Wilkie Collins:
Gefallene Blätter
Ein Criminal-Roman

Deutsch von Edward Rothe

Deutscher
Taschenbuch
Verlag

dtv

Von Wilkie Collins
sind im Deutschen Taschenbuch Verlag erschienen:
Die Frau in Weiß (500, 501)
Der Monddiamant (905)

Ungekürzte Ausgabe
1. Auflage Juli 1976
2. Auflage Dezember 1976: 18. bis 27. Tausend

Umschlaggestaltung: Celestino Piatti
Gesamtherstellung: C. H. Beck'sche Buchdruckerei,
Nördlingen
Printed in Germany · ISBN 3-423-01181-5

Inhalt

Das Buch

Wenn Wilkie Collins im Prolog eine abgefeimte Kindesentführung in einem englischen Seebad schildert, so darf der geneigte Leser sicher sein, daß dieser Handlungsfaden später noch einmal aufgenommen wird. Es ist daher zu empfehlen, sich die Namen der unglücklichen Familie Ronald und des schurkischen Entführers Farnaby zu merken. Denn sechzehn Jahre nach diesem Verbrechen lernen wir einen Jüngling namens Claude-Amelius Goldenheart kennen, der mit jener Geschichte überhaupt nichts zu tun hatte und der sich von New York nach England begibt, »um das Leben kennenzulernen«. Während der Reise befreundet sich Amelius mit dem impulsiven Amerikaner Rufus Dingwell, dem er von seinem Leben bei den »Primitiven Christlichen Sozialisten« in Tadmor erzählt, einer Lebensgemeinschaft, die auf undogmatische Weise mit dem Christentum ernst zu machen versucht. Amelius hat ein Empfehlungsschreiben bei sich. Es ist gerichtet an Mr. John Farnaby, Firma »Ronald und Farnaby«. Schon nach kurzer Bekanntschaft wird Amelius von Mrs. Farnaby in ein Geheimnis eingeweiht, das von nun an sein Leben bestimmen soll. Aber warum soll er auf den Umgang mit der Nichte des Hauses verzichten? Auch Rufus Dingwell scheint mehr zu wissen, als er zugibt. Ein öffentlicher Vortrag, den Amelius über die Idee der »Primitiven Christlichen Sozialisten« hält, stößt auf Ablehnung. Und als Amelius aus Mitleid ein Straßenmädchen zu sich nimmt, begegnet er allenthalben Mißverständnissen und Vorurteilen. Doch eines Tages macht er eine überraschende Entdeckung ... Wie immer erzählt Collins auch diese Geschichte mit großer Behaglichkeit und unterkühltem Humor. Und mehr noch als in seinen anderen Romanen hat er es hier auf die Scheinmoral seiner Zeit abgesehen.

Der Autor

William Wilkie Collins, 1824 als Sohn eines Landschaftsmalers in London geboren, begann nach kurzer juristischer Tätigkeit seine schriftstellerische Laufbahn mit der Biographie seines Vaters. Es folgten eine Reihe spannender, psychologisch geschickt konstruierter »Sensationsromane«, die heute als Beginn des modernen Kriminalromans gewertet werden. Gleichzeitig war Collins – mit Dickens eng befreundet – Mitarbeiter an dessen Familienblatt ›Household Words‹ und schrieb mit ihm gemeinsam das Drama ›A Message from the Sea‹. Collins starb 1889 in London.

DER PROLOG

I.

Geheimnisvoll fern liegen manchmal die Quellen der unaufhaltsamen Einflüsse, die eines Tages unsere armen Seelen allein beherrschen, den armselig kurzen Lauf unseres Lebens formen und sich ihre verschlungenen Wege über die Herzen und das Leben gänzlich Fremder zu uns hin bahnen werden.

Der Jüngling, dessen unruhige Laufbahn wir schildern wollen, hatte eben seinen ersten Sportrock angemessen bekommen und seinen ersten Kricketball über das Feld geschlagen, als häuslicher Unfriede eine Familie befiel, die ihm gänzlich fremd war. Dennoch sollte dies schließlich einen entscheidenden Einfluß auf sein Glück nehmen und sein ganzes Leben von da an formen.

Aus diesem Grunde müssen unserer Geschichte einige einleitende Worte vorangesetzt werden, die kurz beschreiben sollen, was sich in dem Haushalt jener Fremden zutrug. Aufgabe unserer Erzählung wird es sein, jene verschlungenen Wege aufzuspüren, die die Hauptperson – auf diesen Seiten vorgestellt – berührten, als er zum Mann aufwuchs, ihnen zu folgen über Land und Meer, in fröhlichen oder unerfreulichen Tagen, in der Gesellschaft von Mann oder Frau, bis schließlich das Ende erreicht ist und unsere Feder (so Gott will) auf den Schreibtisch wieder niedergelegt werden kann.

II.

Der alte Benjamin Ronald (»Schreibwarenhandel en gros«) nahm im reifen Alter von fünfzig ein junges Weib zur Frau und übernahm gleichzeitig einige seiner Junggesellengewohnheiten in den heiligen Ehestand. Das ganze Jahr hindurch hatte er als Junggeselle niemals freiwillig seinen Laden verlassen, der in dem »die City« benannten Handelsbezirk von London lag. Als verheirateter Mann gab er die gleiche monotone Gewohnheit durchaus nicht auf; der einzige Unterschied war, daß seine Frau sie nun ebenfalls annehmen mußte. »Eine Reise per Bahn«, so erklärte er seiner Frau, »wird dir Kopfschmerzen verursachen. Sie verursacht *mir* Kopfschmerzen. Eine Reise per Schiff wird dich seekrank machen – sie macht *mich* seekrank. Wenn du Luftveränderung brauchst, in der City gibt es jedwede Art von Luft. Wenn du Naturschönheiten bewundern willst, wir haben den Finsbury-Platz, wo alle Schönheiten der Natur sorgsam ausgewählt und arrangiert zu finden sind. Wenn wir uns in London aufhalten, geht es dir und mir gut; wenn wir von London weg sind, dann wird es dir und mir schlecht gehen.« So gewiß die Sommerferien einsetzten, so gewiß lehnte der alte Ronald mit solchen Worten die Bitten seiner Frau ab. Ein Mann, der sich aus alter Gewohnheit hinter seiner eigenen, angeborenen Halsstarrigkeit und Eigensucht verschanzt, stellt meistens in seinem heimischen Dunstkreis eine Macht dar, der man sich nicht widersetzen kann. Mrs. Ronald gab auch für gewöhnlich nach; den Nachbarn gegenüber bot sich dann das glorreiche Bild eines Ehemanns von Charakter, der sich durchzusetzen weiß.

Aber im Spätsommer des Jahres 1856 zerbrach die Vergeltung, die früher oder später alle Despoten – ob groß oder klein – heimsucht, all das, was der alte Ronald an eisernen Regeln aufgebaut hatte; sie bereitete dem Haustyrannen auf dem Schlachtfeld seines eigenen Hauses eine vernichtende Niederlage.

Aus der Ehe stammten zwei Kinder: zwei Töchter. Die ältere hatte ihren Vater tödlich gekränkt, weil sie eine unvernünftige Ehe eingegangen war – unvernünftig vom Finanziellen her gesehen. Er hatte erklärt, sie dürfe sein Haus niemals wieder betreten und hatte unbarmherzig sein Wort gehalten. Die jüngere Tochter, jetzt achtzehn, hatte sich auf andere Weise als eine Ursache väterlicher Beunruhigung erwiesen. Sie war der – passive – Anlaß zu einer Revolte, die die väterliche Autorität in Frage stellte. Ziemlich lange Zeit hatte sie gekränkelt. Dann riß Mrs. Ronald – nach vielen vergeblichen Versuchen, ihren Mann freundlich zu überreden – die Geduld und sie verlangte – wahrlich, sie verlangte – Miss Emma an die See bringen zu dürfen.

»Was ist denn mit dir los?« fragte der alte Ronald. Er spürte etwas im Blick und Gehabe seiner Frau, was ihn verwirrte, als sie anläßlich jener unvergessenen Gelegenheit zum erstenmal in ihrem Leben ihren eigenen Willen durchsetzen wollte.

Ein Mann mit einer feineren Beobachtungsgabe als Ronald sie

besaß, hätte Anzeichen einer mehr als gewöhnlichen Beunruhigung und Besorgtheit im Antlitz seiner armen Frau aufsteigen sehen. Ihr Mann jedoch sah nur eine Veränderung, die ihn erstaunte. »Laß Emma kommen!« sagte er; seine gewohnte Verschlagenheit riet ihm nur, Mutter und Tochter einander gegenüberzustellen und abzuwarten, was sich daraus ergäbe. Emma erschien: plump und klein, mit großen blauen Augen, aufgeworfenen Lippen, mit schönem blonden Haar, sonst aber armselig bläßlich, mit schlaffen Bewegungen, schlampig gekleidet und gänzlich unfroh. »Ungesund«, wie ihre Mutter es bezeichnete und wie es auch ihren Vater dünkte.

»Du siehst ja selbst«, sagte Mrs. Ronald, »das Kind schmachtet nach frischer Luft! Man hat mir Ramsgate empfohlen.«

Der alte Ronald besah sich seine Tochter. Sie war der einzige Mensch, der zärtliche Gefühle in ihm erwecken konnte; nicht viele, aber er verfügte über solche. Zum Beweis begann er nachzugeben, aber auf die unherzlichste Art und Weise.

»Na, wir werden mal sehen ...«, sagte er.

»Es ist keine Zeit zu verlieren.« Mrs. Ronald ließ nicht locker. »Ich habe vor, sie morgen nach Ramsgate zu bringen.«

Mr. Ronald sah seine Frau an, wie ein Hund ein Schaf, das ihn angefallen hat.

»Du hast vor?« wiederholte der Schreibwarenhändler. »Meiner Seel! Und sonst nichts? Du hast vor? Mit welchem Geld willst du das tun? Antworte!«

Mrs. Ronald lehnte es ab, in Anwesenheit ihrer Tochter in einen Ehestreit verwickelt zu werden. Sie nahm Emma beim Arm und führte sie zur Tür. Dort hielt sie inne und sagte: »Ich habe dir bereits erklärt, das Mädchen ist krank. Und ich erkläre dir jetzt nochmals, das Kind braucht Seeluft. Laß uns um Himmels willen nicht streiten! Ich habe genug anderes, womit ich fertig werden muß, – auch ohne dergleichen!« Sie schloß die Tür hinter sich und ihrer Tochter und ließ ihren Herrn und Gebieter allein mit der Ruine seiner beleidigten häuslichen Autorität zurück.

Wie weit sich der Aufruhr gegen ihn weiter entwickelte, als die Nachtlichter im Schlafzimmer angezündet worden waren und die Eltern sich mit der einbrechenden Nacht zurückzogen – das ist naturgemäß mit dem Schleier des Geheimnisses umhüllt. Eines allein ist gewiß: Am nächsten Morgen waren die Koffer gepackt und eine Droschke wurde bestellt. Mrs. Ronald war allein mit ihrem Mann, als sie ihre Abschiedsworte an ihn richtete.

»Hoffentlich drückte ich meine Absicht, Emma ans Meer zu bringen, nicht allzu scharf aus«, sagte sie in einem stillen und flehenden Ton. »Ich mache mir aber Sorgen um die Gesundheit unseres Kindes. Sollte ich dich gekränkt haben – weiß Gott, unbeabsichtigt –, so sage mir, bevor ich fahre, daß du mir vergibst. Ich war immer ehrlich bemüht, mein Lieber, dir eine gute Frau zu sein. Und du, du hast mir doch immer vertraut, nicht wahr? Du vertraust mir doch immer – sicherlich vertraust du mir auch jetzt?«

Sie griff nach seiner mageren kalten Hand und drückte sie inbrünstig; sie sah ihn mit einem seltsamen Ausdruck in ihren Augen an – einer Mischung aus Scheu und Sorge! Sie stand noch in der Blüte ihrer Jahre und hatte sich ihre persönlichen Reize bewahrt: das zarte, stille und feine Gesicht, die natürliche Grazie ihres Aussehens und ihrer Bewegungen, die der Grund für das erbitterte Erstaunen all ihrer Freunde war, als sie einen Mann heiratete, alt genug, ihr Vater zu sein. Die Erregung, in der sie sich nun befand, ließ ihre Wangen erglühen und ihre Augen leuchten; plötzlich sah sie aus, als wäre sie jung genug, Emmas Schwester zu sein. Ihres Gatten kalte, alte Augen sahen es mit mürrischem Erstaunen. »Warum mußt du so viel Aufhebens davon machen?« fragte er. »Ich verstehe dich nicht!« Mrs. Ronald zuckte nach diesen Worten zurück, als hätte er sie geschlagen. Sie küßte ihn stumm und begab sich zu ihrer Tochter in die Kutsche.

Den ganzen Tag hindurch hatten es die Angestellten der Schreibwarenhandlung schwer mit ihrem Herrn. Irgend etwas beunruhigte den alten Ronald. Er ließ die Fensterläden eher als sonst anbringen und, statt wie gewöhnlich in seinen »Club« zu gehen (die alte Kneipe um die Ecke), zog er lange durch die in der Nacht einsamen, unbelebten Straßen der City. Es half ihm nichts, sich etwas vorzumachen: das Benehmen seiner Frau beim Abschied hatte ihn unsicher gemacht. Natürlich fluchte er über sie, als er – allein im Bett – lange wach lag: weil sie sich eine Freiheit herausgenommen hatte. »Der Teufel soll sie holen! Was denkt sie sich eigentlich?« Der Aufschrei einer Seele äußert sich auf die verschiedenste Weise. Es war des alten Ronald Seele, die so schrie ...

III.

Der nächste Morgen brachte ihm einen Brief aus Ramsgate. »Ich schreibe sofort, um Dir unsere gute Ankunft zu melden. Am Albion-Platz, wie Du aus der Adresse oben ersehen wirst, haben wir eine bequeme Unterkunft gefunden. Ich habe Dir zu danken, und Emma möchte Dir auch danken, daß Du so gütig warst, uns für unseren kleinen Abstecher mit reichlichen Mitteln zu versehen. Das Wetter ist heute sehr schön; die See ist ruhig und Vergnügungsboote sind ausgefahren. Natürlich erwarten wir nicht, Dich hier zu sehen. Aber solltest Du Deinen Widerstand, London zu verlassen, aufgeben, so muß ich Dich – wenn es sich so ergäbe – um eine Kleinigkeit bitten: Sei so gut und laß uns rechtzeitig wissen, daß Du kommst, damit ich alle nötigen Vorbereitungen treffen kann. Da ich weiß, wie ungern Du durch Briefe belästigt wirst (außer durch geschäftliche), werde ich Dir nicht allzu häufig schreiben. Inzwischen bitte ich Dich, keine Nachricht für eine gute Nachricht anzusehen. Wenn Du selbst einige Minuten Zeit dafür findest, so wirst Du hoffentlich schreiben und uns wissen lassen, wie es Dir und dem Geschäft geht. Emma schickt Dir liebevolle Grüße, denen ich mich anschließen möchte.« So drückte sie sich aus und so endete das Schreiben.

»Die brauchen keine Sorgen zu haben, daß ich sie stören werde! Ruhige See und Vergnügungsboote! Dummes Zeug!«

Das war die erste Regung, die der Bericht seiner Frau dem alten Ronald entlockte. Nach geraumer Zeit las er den Brief noch einmal, runzelte die Stirn und überlegte. »Sei so gut und laß uns rechtzeitig wissen, daß Du kommst«, wiederholte er für sich, als hätte ihn diese Bitte auf unbegreifliche Weise beleidigt. Er öffnete ein Schubfach seines Tisches und warf den Brief hinein. Nach Geschäftsschluß ging er in seinen »Club«, die Kneipe, und benahm sich jedermann gegenüber ganz ungewöhnlich unangenehm.

Eine Woche verging. Er schrieb seiner Frau nur kurz. »Ich bin in Ordnung und der Laden läuft wie gewöhnlich.« Er schickte Mrs. Ronald auch ein, zwei Briefe nach, die für sie gekommen waren. Aus Ramsgate hörte er nichts mehr. »Ich nehme an, sie amüsieren sich ...« überlegte er. »Das Haus ist merkwürdig still ohne sie; ich geh lieber in den Club.«

Dort blieb er länger als sonst und trank diesen Abend auch

mehr als sonst. Es war fast Morgen, als er seine Haustür aufschloß und hinaufging, um zu Bett zu gehen.

Als er zum Toilettentisch kam, sah er da einen Brief liegen: adressiert an »Mr. Ronald – persönlich«. Es war nicht die Handschrift seiner Frau; es war überhaupt keine ihm bekannte Handschrift. Die Buchstaben standen auf eine merkwürdig falsche Weise schräg und auf dem Umschlag klebte keine Marke. Mißtrauisch besah er sich den Brief wieder und wieder, aber schließlich öffnete er ihn und las folgende Zeilen:

»Ein guter Freund rät Ihnen, keine Zeit zu verlieren und sich um Ihre Frau zu kümmern. Merkwürdige Dinge gehen dort am Meer vor. Wenn Sie mir nicht glauben, fragen Sie Mrs. Turner in Ramsgate, Slains-Straße Nr. 1.«

Kein Absender, kein Datum, keine Unterschrift – ein anonymer Brief. Der erste, den er in einem langen Leben erhalten hatte. Sein scharfer Verstand war keineswegs geschwächt durch den Alkohol, den er konsumiert hatte. Er setzte sich auf sein Bett und faltete den Brief mechanisch auf und zu. Der Hinweis auf »Mrs. Turner« machte keinerlei Eindruck auf ihn: Auf der Liste seiner Freunde und Kunden war dieser Name, so gewöhnlich er auch war, nicht verzeichnet. Er hätte den Brief verächtlich weggeworfen, hätte ihn nicht ein Umstand daran gehindert. Er erinnerte sich an das unverständliche Benehmen seiner Frau beim Abschied. Die anonyme Warnung machte auf dem Umweg über diese Erinnerung einen gewissen Eindruck auf ihn. Er ging hinunter in sein kleines Büro, das hinten im Haus lag, holte den Brief seiner Frau aus der Lade und las ihn nochmals langsam durch. »Aha«, sagt er und hielt inne, als er zu dem Satz mit der Bitte kam, ihr rechtzeitig vorher zu schreiben, falls er sich unerwarteterweise entschlösse, nach Ramsgate zu fahren. Er dachte nochmals an die merkwürdig nachdrückliche Art, mit der seine Frau sich bei der Beteuerung aufgehalten hatte, daß er ihr wohl vertrauen werde; er erinnerte sich an ihren nervösen, ängstlichen Ausdruck, an ihre glühenden Wangen, an ihre plötzliche Erregung, dann wieder an ihr plötzliches Schweigen und ihr rasches Verschwinden in die Kutsche. Der seiner Natur angeborene Argwohn, durch diese irritierenden Erinnerungen genährt, wurde langsam angeheizt. Vielleicht war es eine ganz unschuldige Bitte an ihn, sie rechtzeitig zu unterrichten, bevor er sie am Meer aufsuchte, vielleicht war es natürlich, daß sie keine der notwendigen Vorbereitungen für seine Bequemlichkeit versäumen wollte; aber nein, ihm behagte etwas nicht! Sein knorriges, faltiges Gesicht begann nach und nach Zeichen eines leichten Verfalls zu zeigen. Er sah, als er da an seinem Pult saß und mit dem flackernden Kerzenlicht vor seinen Augen nachdachte, um viele Jahre gealtert aus. Der anonyme Brief lag neben dem von seiner Frau vor ihm. Plötzlich hob Ronald sein graues Haupt, ballte die Faust und schlug auf die bösartige Briefwarnung ein, als wäre sie ein lebendes Wesen, das den Schlag fühlen könnte. »Wer du auch bist«, sagte er, »deinen Rat nehme ich an!«

Er versuchte nicht einmal, in dieser Nacht noch schlafen zu gehen. Seine Pfeife half ihm über die trübseligen Stunden hinweg. Ein- oder zweimal dachte er an seine Tochter. Warum war ihre Mutter so besorgt um sie gewesen? Warum hatte ihre Mutter sie nach Ramsgate gebracht? Vielleicht war das ein Vorwand? Ah, ja natürlich, vielleicht war's ein Vorwand! Ganz ohne Grund und nur um irgend etwas zu tun, packte er eine Handtasche mit dem Nötigsten. Sobald die Magd sich im Hause zu rühren begann, befahl er ihr, ihm eine Tasse starken Kaffee zuzubereiten. Nachher war die Zeit gekommen, bei der Öffnung des Ladens anwesend zu sein. Zu seinem Erstaunen sah er, daß der Gehilfe anstelle des Geschäftsboten die Läden herunternahm.

»Was hat das zu bedeuten?« fragte er. »Wo ist Farnaby?«

Der Gehilfe sah seinen Herrn an und hielt, mit einem der Fensterläden in den Händen, erschrocken inne. »Großer Gott, was ist denn mit Ihnen geschehen?« rief er. »Sind Sie krank?«

Der alte Ronald wiederholte wütend seine Frage: »Wo ist Farnaby?«

»Ich weiß nicht«, hieß die Antwort.

»Du weißt nicht? Hast du oben in seiner Kammer nachgesehen?«

»Ja.«

»Und?«

»Also in seiner Kammer ist er nicht. Und außerdem ist das Bett heute nacht unberührt geblieben. Farnaby ist abgehauen, Sir, und niemand weiß, wohin.«

Der alte Ronald fiel in den nächsten Stuhl. Dieses zweite Rätsel, nach dem mit dem anonymen Brief, verwirrte ihn. Aber sein Geschäftsinstinkt war noch wach und lebendig. Er hielt dem Gehilfen seinen Schlüsselbund hin. »Hole die Portokasse und sieh nach, ob das Geld stimmt.«

Der Gehilfe nahm die Schlüssel, aber protestierte: »So kann man das Rätsel nicht knacken.«

»Tu, was ich dir sage!«

Der Gehilfe öffnete die Geldlade unter dem Ladentisch, zählte die Pfunde, die Schillinge, die Pennies, die noch am Abend knapp vor Geschäftsschluß vorbeigekommene Kunden eingezahlt hatten, verglich das Ergebnis mit dem Kassenbuch und sagte: »Stimmt bis auf den halben Penny.«

Soweit zufrieden, ließ sich Mr. Ronald herab, mit Hilfe seines Untergebenen die Sache von allen möglichen Seiten zu betrachten. »Wenn das, was du eben behauptet hast, irgendeinen Sinn hat«, begann er wieder, »so bedeutet das, daß du einen Verdacht hast, warum Farnaby den Dienst bei mir aufgegeben hat. Laß hören!«

»Sie wissen doch, daß ich John Farnaby nie leiden konnte«, begann der Gehilfe. »Zugegeben, er war ein betriebsamer junger Bursche und ein tüchtiger dazu. Aber trotzdem war er ein schlechter Angestellter. Unehrlich, Mr. Ronald, unehrlich bis auf die Knochen!«

Mr. Ronald begann seine Geduld zu verlieren. »Tatsachen, Tatsachen!« schimpfte er. »Warum ist Farnaby verschwunden, ohne jemandem ein Wort zu sagen? Weißt du das?«

»Ich weiß nicht mehr als Sie«, antwortete der Gehilfe ganz kühl. »Regen Sie sich nicht auf. Wenn Sie mir nur Zeit ließen, dann könnte ich Ihnen mit einigen Tatsachen dienen. Überlegen Sie sich's, dann werden Sie wissen, was sie bedeuten. Vor drei Tagen hatte ich nicht mehr genug Briefmarken und ging aufs Postamt. Farnaby war dort und wartete vor dem Schalter, an dem man Postanweisungen ausgezahlt bekommt. Zwischen ihm und mir standen noch vielleicht zehn oder zwölf Leute mit Briefen, Zahlkarten und was-weiß-ich. Ich stellte mich ungesehen hinter ihn und schaute ihm über die Schulter. Ich sah, wie ihm der Beamte für seine Anweisung Geld auszahlte. Fünf Pfund Sterling in Gold waren's ungefähr, die da auf dem Tisch lagen, und noch eine Banknote, die er in der Hand zusammenknüllte. Was für eine Banknote das war und wieviel es war, das kann ich nicht sagen; ich weiß nur, es war eine Banknote. Nun überlegen Sie sich mal: Wie kommt ein Bote für zwanzig Schilling die Woche – mit einer Mutter, die für andere wäscht, und einem Vater, der säuft –, wie kommt der zu jemandem, der ihm eine Anweisung auf fünf Sovereigns schickt – und zu einer Banknote, Wert unbekannt? Wollen wir annehmen, er ist plötzlich im geheimen Wettagent geworden. Gut und schön! Er hat also eine Postanweisung, die beweist, daß er Glück beim Rennen gehabt hat. Wenn er aber Glück beim Rennen gehabt hat, warum muß er dann seine Stelle wie ein Dieb in der Nacht verlassen? Er ist kein Sklave; er ist ja nicht einmal Lehrling. Wenn er glaubt, er kann es woanders besser haben, dann besteht nicht der leiseste Grund dafür, geheimzuhalten, daß er seinen Posten aufgeben will. Bitte, vielleicht hat er einen Unfall gehabt, bitte sehr! Aber das glaube ich nicht! Ich glaube, er hat irgend etwas Schiefes vor. Aber nun kommen wir zur entscheidenden Frage: Was tun wir?!«

Mr. Ronald hatte sich das mit gesenktem Kopf angehört, ohne von sich aus ein Wort dazwischen geworfen zu haben, und gab jetzt eine außerordentliche Antwort: »Wir tun nichts. Nichts bis morgen.«

»Und warum?« fragte der Gehilfe respektlos.

Mr. Ronald gab ihm eine erstaunliche Antwort. »Weil ich die Stadt verlassen muß für heute. Kümmere du dich ums Geschäft. Der Bursche aus dem Eisenladen wird dir helfen, die Läden für die Nacht hinaufzuheben. Wenn irgendwer nach mir fragt, so sage ihm, morgen bin ich wieder zurück!« Ohne sich darum zu kümmern, welche Wirkung seine Worte auf den Gehilfen hatte, schaute er nach diesen Abschiedsanweisungen auf seine Uhr und verließ den Laden.

IV.

Die Bahnhofsglocke, die fünf Minuten vor Abgang des Zuges nach Ramsgate die Passagiere warnte, hatte eben geläutet.

Während die anderen Reisenden zum Bahnhof eilten, standen zwei Personen unberührt abseits, als hätten sie sich noch nicht einmal entschlossen, ob sie den Zug nehmen wollten oder nicht. Einer der beiden war ein schmucker junger Mann in einem billigen Reiseanzug; er fiel hauptsächlich durch seine blühende Gesichtsfarbe auf, seine unruhigen dunklen Augen und das überreiche, schwarzgelockte Haar.

Die andere Person – eine Frauensperson in mittleren Jahren, unordentlich angezogen – war groß, stämmig, schien verschlagen und mißgelaunt. Der schmucke Jüngling stand hinter der unsympathisch aussehenden Person, mit der er sich zusammengetan hatte, und nutzte sie quasi als einen Schild, hinter dem er sich verstecken konnte, um die Reisenden auf ihrem Weg zum Zug beobachten zu können. Als die Glocke ertönte, drehte sich die Frau plötzlich zu ihrem Partner um und wies auf die Bahnhofsuhr.

»Werden Sie hier so lange herumstehen und überlegen, bis der Zug abgefahren ist?« fragte sie. Der junge Mann verzog unwillig sein Gesicht. »Ich warte so lange auf die Person, von der ich glaube, sie kommt, bis sie kommt!« antwortete er. »Wenn diese Person mit dem Zug wegfährt, dann fahren wir auch mit dem Zug. Wenn nicht, dann kommen wir wieder her und warten auf den nächsten Zug. Und so weiter; bis in die Nacht hinein, wenn nötig.«

Die Frau sah den Mann mit ihren grauen Augen finster an, als er so antwortete. »Hören Sie mal«, brach's aus ihr heraus. »Ich möchte gern wissen, auf was ich mich da einlasse. Ich kenne Sie nicht, junger Mister; höchstwahrscheinlich haben Sie mir einen falschen Namen und eine falsche Adresse genannt. Das ist mir aber egal. Wo ich herkomme, da ist man an falsche Namen eher gewöhnt als an richtige. Aber merken Sie sich eines: Ich rühr mich nicht von der Stelle, bevor ich nicht die Hälfte des Geldes in der Hand habe und meine Fahrkarte für hin und zurück!«

»Halten Sie den Mund!« unterbrach der junge Mann sie plötzlich leise. »Alles in Ordnung, ich hol die Karten.«

Er beobachtete, während er sprach, einen älteren Reisenden, der mit gebücktem Haupt, tief in Gedanken und ohne irgend jemanden zu bemerken, vorbeihastete. Der Reisende war Mr. Ronald. Und der junge Mann, der ihn soeben erkannt hatte, war sein verschwundener Bote, John Farnaby.

Als der Bote mit den Fahrkarten zurückkam, packte er seine widerstrebende Partnerin am Arm und ging mit ihr eilig den Bahnsteig entlang zum Zug. Als sie im Abteil Platz genommen hatten, wisperte sie: »Das Geld!« Farnaby gab es ihr: Er hatte es eingewickelt in ein Stück Papier bereitgehalten. Sie öffnete das Päckchen, überzeugte sich, ob sie nicht betrogen worden war und lehnte sich dann in eine Ecke zurück, um rasch einzunicken. Der Zug fuhr ab. Der alte Ronald reiste zweiter Klasse, sein Bote und dessen Gefährtin begleiteten ihn insgeheim in der dritten.

V.

Es war noch früh am Nachmittag, als Mr. Ronald die enge Straße hinunterstieg, die vom Bahnhof der Süd-Ost-Eisenbahn zum Hafen von Ramsgate führte. Nachdem er den ersten Schutzmann, den er gesehen hatte, nach dem Weg gefragt hatte, ging er nach links und erreichte die Klippen, auf denen die Häuser der Albion-Straße standen. Farnaby zog, gefolgt von der Frauensperson, in vorsichtiger Entfernung hinter ihm her.

Angesichts der Pension, die er bald erreicht hatte, hielt Mr. Ronald inne – teils um wieder zu Atem zu kommen, teils um Fassung zu gewinnen. Als er zu den Fenstern hinaufsah, spürte er eine leichte Sinnesveränderung: Sein Ausflug schien ihm etwas Verächtliches zu sein, und beinahe schämte er sich dafür. War es denn möglich, daß er seiner Ehefrau nach zwanzig Jahren ungestörten Ehelebens mißtraute? Und das, angestiftet von einem Fremden, dessen Namen er nicht einmal kannte? »Wenn sie plötzlich auf den Balkon hinaustritt und mich hier unten sieht«, dachte er, »wie närrisch würde ich mir da vorkommen!« Im Augenblick, da er den Türklopfer anhob, war er fast bereit, ihn leise wieder niederzulegen und nach London zurückzukehren. Aber nein, dazu war es zu spät: Ein Dienstmädchen hing eben ihren Vogelkäfig unten an der Kellertür auf und hatte ihn bemerkt.

»Wohnt hier Mrs. Ronald?« fragte er.

Das Mädchen hob ihre Augenbrauen in die Höhe, öffnete den Mund, starrte ihn in sprachloser Verwirrung an und verschwand in die unteren Küchenregionen. Diese merkwürdige Reaktion auf seine Frage irritierte ihn auf ganz unvernünftige Weise. Er klopfte mit der absurden Heftigkeit eines Mannes an die Haustür, der seine Wut an dem erstbesten Gegenstand ausläßt, der ihm in den Weg kommt. Die Pensionsinhaberin öffnete die Tür und sah ihn überrascht, streng und schweigend an.

»Wohnt hier Mrs. Ronald?« wiederholte er.

Die Inhaberin antwortete ihm – scheinbar nicht ohne Anstrengung – wie jemand, der vorsichtig jedes Wort abwägt, bevor es ausgesprochen wird.

»Mrs. Ronald hat zwei Zimmer hier gemietet. Aber bisher hat sie die Zimmer noch nicht belegt.«

»Noch nicht belegt?« Ihre Worte verwirrten ihn derart, als hätte sie in einer fremden Sprache zu ihm gesprochen. Er stand dümmlich schweigend vor ihrer Schwelle. Seine Wut war verflogen und eine alles überschattende Angst drückte ihm aufs Herz. Die Vermieterin sah ihn an und sagte sich: Was ich erwartet hatte: Da stimmt was nicht!

»Vielleicht habe ich mich nicht klar genug ausgedrückt, Sir«, hob sie mit ernster Höflichkeit wieder an. »Mrs. Ronald hat mir gesagt, sie wohne bei Freunden in Ramsgate. Sie würde bei mir einziehen, so sagte sie, sobald ihre Freunde weggefahren seien, aber der Tag liege noch nicht fest. Sie kommt immer hierher und holt ihre Post ab. Übrigens war sie heute morgen hier und zahlte die Miete für die zweite Woche. Da fragte ich sie, wann sie einzuziehen gedenke. Sie schien es noch nicht zu wissen: Ihre Freunde hatten – wenn ich mich nicht irre – sich noch nicht entschlossen. Ich muß sagen, ich wunderte mich ein wenig. Würden Sie gern eine Nachricht hinterlassen?«

Er faßte sich genügend, um zu antworten: »Können Sie mir sagen, wo ihre Freunde wohnen?«

Die Vermieterin schüttelte den Kopf: »Nein, leider nein. Ich habe Mrs. Ronald angeboten, ihr den Weg hierher zu ersparen und Briefe und Karten an ihren augenblicklichen Wohnsitz nachzusenden. Sie lehnte das Angebot ab und hat mir ihre Adresse nicht gegeben. Wollen Sie nicht hereinkommen und Platz nehmen, Sir? Ich werde dafür Sorge tragen, daß Ihre Visitenkarte nicht verlorengeht, falls Sie eine zurückzulassen wünschen.«

»Danke, Madame. Es ist nicht wichtig. Guten Morgen!«

Die Vermieterin sah ihm nach, als er die Stufen hinunterstieg. Zu ihrem Dienstmädchen, das neugierig hinter ihr wartete, sagte sie: »Das ist der Ehemann, Peggy. Armer alter Herr! Dabei sah sie doch so respektabel aus ...«

Mr. Ronald ging ganz mechanisch bis zum letzten Haus der Straße weiter, bis er zur großen, weiten Aussicht über Meer und Himmel gelangte. Einige Sitzgelegenheiten befanden sich hinter dem Geländer, das den Klippenrand abschirmte. Er ließ sich vollkommen betäubt und hilflos nieder.

Wenn ein Mann dem Ende seines Lebens entgegengeht und er einmal seine gewohnte Nahrung nicht zu sich nimmt, so greift die Schwächung (so verursacht) rapide vom Körper auf seinen Geist über. Mr. Ronald hatte außer einer Tasse Kaffee seit gestern abend nichts zu sich genommen. Seine Gedanken wanderten auf merkwürdige Weise: Er war weder böse, noch ängstlich, noch unglücklich.

Statt an das zu denken, was geschehen war, dachte er an seine Jugend, als er Kricket gespielt hatte. Ein Spiel besonders fiel ihm ein, bei dem ein Ball ihn am Kopf getroffen hatte. Genau dasselbe Gefühl, dachte er vage und griff mit der Hand an die Stirn – er hatte den Hut abgenommen –: betäubt und schwindlig – genau das gleiche Gefühl!

Er lehnte sich zurück, schaute auf das Meer hinaus und wunderte sich in seiner Mattheit, was ihm da wohl passiert sei. Farnaby und die Frau, ihm noch auf der Spur, warteten hinter einer Ecke, von der aus sie ihn im Auge behalten konnten.

Der blaue Himmelsdom war wolkenlos; die besonnten Wogen rauschten auf und nieder, von einer frischen Westbrise bewegt. Vom Strand her klangen die Rufe der spielenden Kinder, die Rufe der Eseltreiber, die ihre armen Tiere anfeuerten, die entfernteren Klänge von Blechinstrumenten im Walzerrhythmus und die milde Musik der kleinen Wellen, die sich am Strande brachen – alles vereinte sich fröhlich in der leichten Luft. Auf der nächsten Bank sprach ein schmutziger alter Bootsverleiher auf einen dummen alten Besucher ein. Mr. Ronald hörte mit einem Gefühl von halber Zufriedenheit zu, nur weil er mithören durfte. Die Worte des Bootsverleihers erreichten seine Ohren gleichzeitig mit den anderen Tönen, die durch die Luft irrten. »Die Sandbänke von Goodwin sind das dort, wo Sie das Feuerschiff sehen können. Und der Dampfer, der ein Schiff in den Hafen täut, das ist der Ramsgate-Schlepper. Wissen Sie, was ich gern sehen möchte? Daß der Ramsgate-Schlepper in die Luft fliegt. Warum? Werde ich Ihnen sagen. Ich komme aus Broadstairs. Ich komme nicht aus Ramsgate. Ich sitze hier nur herum, wie Sie sehen, ohne daß sich in meiner Tasche ein Penny an einem anderen reiben kann. Was ich von Beruf bin? Ich hab keinen Beruf, ich hab ein Boot. Das Boot verfault in Broadstairs, weil's dort keine Arbeit gibt. Und wem verdank ich das? Dem Schlepper. Der Schlepper frißt uns das Brot aus dem Maul weg, mir und meinen Kumpels. Einen Augenblick: Ich sag Ihnen gleich, wie! Was geschah mit einem Schiff, das in der guten alten Zeit auf der Sandbank gestrandet ist, der Goodwin-Sandbank? Wenn der Wind aufgekommen ist, dann ist es in Stücke zerschlagen worden. Und wenn's Wetter gut blieb, dann ist es nach und nach eingesackt. Nun komm ich zu dem, was ich sagen will: Was haben wir dann getan – in den guten alten Tagen natürlich –, wenn wir ein Schiff in Not gesehen haben? Raus mit unserem Boot, hohe See oder nicht, nur raus mit dem Boot! Die Mannschaft gerettet, sagen Sie? Ja, natürlich, das Leben der Mannschaft retten, das war ein Teil unserer Aufgabe; natürlich! Dafür haben wir aber nichts bekommen. Wir retteten die Ladung, Herr! Und bekamen Bergungsgeld! Hunderte Pfund, sag ich Ihnen, und die wurden nach Recht und Gesetz unter uns aufgeteilt. Ach, das waren Zeiten – vorbei! Und dann kommt eine Bande von Schleichern daher und sammelt Geld, damit ein Rettungsdampfer gebaut wird! Wenn heutzutage ein Schiff auf Sand läuft: raus fährt der Schlepper, ob's Tag ist oder Nacht, schleppt das Schiff in den Hafen und holt uns das tägliche Brot aus dem Maul. Eine Schande ist das, eine Schande!«

Die letzten Worte des Klageliedes des Schiffers vernahm Mr. Ronald immer leiser und dann hörte er sie gar nicht mehr; dann sah er die See nicht mehr und dann spürte er den Wind um seine Schläfen nicht mehr. Aber plötzlich riß es ihn wie aus tiefem Schlaf hoch. Von einer Seite schüttelte ihn der Mann aus Broadstairs an der Schulter, auf der anderen bot ihm eine mitleidige Dame ihr Riechsalz an: »Ich fürchte, mein Herr, Sie sind ohnmächtig geworden.« Er kam mit Mühe auf die Beine und dankte der Dame verwirrt. Der Mann aus Broadstairs – auf Bergungsgeld erpicht – übernahm dann das menschliche Wrack und nahm es in Schlepptau, bis zur nächsten Kneipe. »Ein Kotelett und ein Glas Brandy mit Soda«, sagte der gute Samariter des 19. Jahrhunderts, »das ist's, was Sie nötig haben. Bin selbst bißchen hungrig und leiste Ihnen gerne Gesellschaft.«

Mr. Ronald war nachgiebig, wenn irgend jemand Dinge für ihn übernahm. Er ließ alles mit sich geschehen, als wäre er des Seemanns Hund, der seines Herrn Pfiff gehört hatte.

Um der Wahrheit die Ehre zu geben, muß man sagen: zu sich selbst kam er erst, als geraume Zeit verstrichen war, um den belebenden Einfluß des Essens und des Alkohols wirken zu lassen. Dann stand er auf und besah sich mit ungläubigem Staunen seinen Eßgefährten. Der Mann aus Broadstairs öffnete seine fettigen Lippen, schwieg aber schnell, als er eine Goldmünze zwischen Mr. Ronalds Daumen und Zeigefinger sah. »Sag nichts, zahle die Rechnung und bring mir das Wechselgeld hinaus!« Als der Schiffer zu ihm hinauskam, ging Mr. Ronald hin und her, las einen Brief und sprach mit sich selbst. »Um Gottes willen, habe ich meinen Verstand verloren? Ich weiß nicht, was ich tun soll.« Er schaute wieder in den Brief: »Wenn Sie mir nicht glauben, fragen Sie Mrs. Turner, Ramsgate, Slains-Straße Nr. 1.« Er steckte den Brief wieder in die Tasche und nahm sich zusammen.

»Slains-Straße«, sagte er und wandte sich dem Schiffer zu. »Führ mich sofort dorthin und behalte das Wechselgeld für dich.«

Der Seemann konnte offensichtlich seine Dankbarkeit nicht in Worten ausdrücken. Er klopfte fröhlich auf seine Tasche und das war alles. Dann führte er Ronald landeinwärts, marschierte hügelauf und hügelab, bis er plötzlich Richtung auf die östlichen Außenbezirke der Stadt nahm.

Farnaby, der – mit der Frau hinter sich – noch immer Ronald folgte, hielt inne, als der Schiffer sich nach Osten wandte, und schaute aufs Straßenschild. »Ich habe meine Order«, sagte er, »und ich weiß, wohin er geht. Los, rasch! Wir kommen dort vor ihm an, auf einem anderen Weg!«

Mr. Ronald und sein Führer erreichten dann eine kleine Straße mit armseligen kleinen Häusern und armseligen Gärten davor und dahinter. Die Hinterfenster sahen auf die Dünen und Felder hinaus, die auf beiden Seiten der Straße nach Broadstairs lagen. Es war ein einsamer und verlorener Flecken. Ronalds Führer hielt an und fragte ihn voll respektvoller Neugierde: »Welche Nummer, Sir?« Mr. Ronald hatte sich genügend erholt, um selbst für sich sorgen zu können. »Es ist gut«, sagte er. »Du kannst jetzt gehen.« Der Schiffer wartete noch ein wenig. Mr. Ronald sah ihn ruhig an, und der Mann verstand nur langsam, daß ihm die Führerrolle abgenommen wurde. »Sind Sie sicher, daß Sie mich nicht mehr brauchen?« sagte er. »Ganz sicher«, antwortete Mr. Ronald. Der Mann aus Broadstairs verschwand – getröstet durch sein Bergungsgeld.

Nummer 1 lag am äußersten Ende der Häuserreihe. Als Mr. Ronald schellte, hatten die Spione bereits ihren Posten bezogen. Die Frau lungerte auf der Straße in Sicht der Haustür herum, Farnaby war unsichtbar, aber beobachtete das Haus von einer Ecke aus über den niedrigen Holzzaun des Hintergartens.

Ein faul aussehender Mann in Hemdsärmeln öffnete die Türe. »Ob Mrs. Turner zu Hause ist?« wiederholte er Mr. Ronalds Frage. »Ja, zu Hause ist sie schon, aber zu beschäftigt, um irgend jemanden empfangen zu können. Was wollen Sie denn?« Mr. Ronald lehnte es ab, Ausreden zu akzeptieren oder Fragen zu beantworten. Er sagte: »Ich muß Mrs. Turner sofort in einer wichtigen Angelegenheit sprechen.« Sein Ton und Auftreten wirkten auf den trägen Mann. »Name?« fragte er. Mr. Ronald lehnte es ab, seinen Namen zu nennen. »Richten Sie aus«, sagte er, »daß ich Mrs. Turner nicht länger als eine Minute aufhalten werde.« Der Mann zögerte und öffnete die Tür des vorderen

Zimmers. Auf einem kleinen zerlumpten Sofa schlief eine alte Frau fest und tief. Der Mann versuchte sein Glück im Hinterzimmer. Es war leer. »Also warten Sie hier«, sagte er und verschwand, um seine Botschaft loszuwerden.

Das Wohnzimmer war ein armselig möblierter Raum. Der kleine Garten hinten war durch das offne Fenster kaum zu sehen, da draußen flatternde Wäschestücke an Wäscheleinen zum Trocknen hingen. Auf dem ungedeckten kleinen Tisch lagen ein Paket schmutziger Spielkarten und irgendwelche einfachen Handarbeiten. Auf dem Kaminsims tickte mit ernstem Eifer eine billige amerikanische Uhr. In der Luft ein Geruch von Zwiebeln, am Fußboden zerrissenes Zeitungspapier voller Bierflecken. Die unangenehme Atmosphäre des Hauses berührte Mr. Ronald auf schmerzliche Weise. Er hatte das Gefühl, als ob er zu zittern begänne und setzte sich rasch auf einen der klapprigen Sessel. Die Minuten schleppten sich dahin. Im Zimmer über ihm hörte er Schritte, dann das Öffnen und Schließen einer Türe, dann das Rauschen eines Frauenrockes auf der Treppe. Er stand in Erwartung von Mrs. Turners Erscheinen auf, die Tür wurde geöffnet, und er fand sich Angesicht zu Angesicht mit seiner Frau.

VI.

John Farnaby, am Gartenzaun postiert, hob plötzlich seinen Kopf und schaute zum Fenster des Hinterzimmers hinauf. Er überlegte einen Augenblick und ging dann zu der Frau auf der Straße vor dem Haus.

»Ich brauch Sie hinten beim Garten«, sagte er. »Kommen Sie!« Die Frau fragte ihn mißgelaunt: »Wie lange soll ich mir hier in diesem gottverfluchten Nest noch die Beine in den Leib stehen?«

»So lange, wie ich das will – falls Sie auch mit der anderen Hälfte des Geldes nach London zurückfahren wollen.« Und er hielt ihr das Geld unter die Nase. Sie ging daraufhin mit ihm, ohne zu mucksen.

Am Zaun angekommen, wies Farnaby auf das Fenster und zur hinteren Gartentür, die offenstand. »Leise!« flüsterte er. »Hören Sie Stimmen im Haus?«

»Ich hör nicht, was sie reden, wenn Sie das meinen.«

»Das kann ich auch nicht verstehen. Jetzt geben Sie einmal acht! Ich muß jetzt etwas näher an das Fenster rangehen. Sie setzen sich hinter den Zaun, so daß man Sie vom Haus aus nicht sehen kann. Wenn Sie Lärm hören, dann hat man mich wahrscheinlich entdeckt. Dann müssen Sie mit dem nächsten Zug nach London zurück. Sie erwarten mich dann morgen nachmittag um zwei Uhr am Bahnhof. Wenn Sie aber nichts hören, dann bleiben Sie, wo Sie sind und warten hier, bis Sie mich sehen oder ich mich melde.«

Er legte seine Hand auf den niedrigen Zaun und setzte mit einem Sprung hinüber. Geschickt benutzte er die Wäsche an der Leine als Abdeckung, falls jemand zufällig aus dem Fenster sehen würde. Im rechten Winkel zum Fenster im Erdgeschoß stand ein Abfalleimer. Hinter dem war er sicher; vorausgesetzt, daß niemand plötzlich auf dem Weg zwischen Hinter- und Vordergarten auftauchte. Das riskierte er eben, wartete in seinem Versteck und lauschte.

Die erste Stimme, die er ausmachen konnte, war die von Mrs. Ronald. Sie sprach mit einer Entschiedenheit, die ihn überraschte.

»Hör mir bis zum Ende zu, Benjamin!« sagte sie. »So viel darf ich wohl von meinem Mann verlangen? Um das bitte ich dich jetzt. Hätte ich nichts anderes im Sinn gehabt, als den Ruf unseres armen Kindes zu retten, dann hättest du recht gehabt, mir Vorwürfe zu machen, weil ich das Unglück, das uns befallen hat, vor dir verborgen habe.«

Hier unterbrach die Stimme ihres Gatten sie energisch: »Unglück? Nenne es die Schande, die ewige Schande!«

Mrs. »Turner« ignorierte die Unterbrechung. Voller Trauer, doch geduldig fuhr sie fort: »Ich hatte jedoch eine schwerere Prüfung vor mir«, sagte sie. »Ich mußte unsere Tochter – gegen ihren Willen – von dem Elenden befreien, der diese Schmach über uns gebracht hat. Er ist von Anfang an ganz kaltblütig vorgegangen. Er war darauf aus, sie zu heiraten. Und von Anfang bis Ende war er darauf aus, uns diese Heirat aufzuzwingen. Sei um Gottes willen still! Sie ist im Zimmer über uns; wenn sie dich hört, so wäre es ihr Tod. Glaube nur ja nicht, ich rede nur so daher: Ich habe seine Briefe an sie gelesen und ich habe das Eingeständnis des Dienstmädchens. Und was für ein Eingeständnis! Emma wurde sein Opfer, seelisch und körperlich. Das weiß ich! Ich weiß auch, daß sie ihm von hier aus Geld geschickt hat. Und daß das Dienstmädchen auf ihren Wunsch ihm telegraphisch die Geburt des Kindes mitgeteilt hat. Ach, Benjamin, verfluche das arme hilflose Kind nicht – es ist so ein süßes kleines Ding! Du darfst an so etwas nicht denken! Du darfst nicht an so was denken! Zeige mir den Brief, der dich hierher gebracht hat, ich muß ihn sehen. Ach, ich kann dir ja sagen, wer ihn geschrieben hat. Er hat ihn geschrieben. An sich hat er dabei gedacht, denn er hat immer nur seine eigenen Interessen im Sinn. Erkennst du denn das nicht selbst? Aber wenn ich es schaffe, diese Schande und dieses Unglück vor jedermann geheim zu halten – wenn ich Emma unter dem Vorwand ihrer schlechten Gesundheit irgendwohin ins Ausland bringe –, das würde seiner Hoffnung, dein Schwiegersohn zu werden, ein Ende bereiten, ebenso wie dem Gedanken, von dir ins Geschäft aufgenommen zu werden. Ja, das ist es: der armselige Strolch, der die Fensterläden anzubringen hatte, erwartet, dein Geschäftspartner zu werden und nach deinem Tode sogar dein Nachfolger! Ist der Sinn seines Briefes dir denn nicht genauso klar wie der Himmel über uns? Er sieht seine Chance darin, dich in wilde Wut zu versetzen und dadurch den Skandal einer Entdeckung heraufzubeschwören, um dann als letzte Rettung uns zum Einverständnis einer Heirat zu zwingen. Habe ich nicht recht, lieber jedes Opfer zu bringen als unser Kind, unser eigen Fleisch und Blut für sein ganzes Leben an einen solchen Menschen gebunden zu sehen? Gewiß wirst du jetzt Mitgefühl für mich haben und mir vergeben. Wie konnte ich dir denn, da ich dich ja so genau kenne, vor meiner Abreise aus London die Wahrheit sagen? Wie konnte ich denn erwarten, daß du geduldig sein und dich mit uns unter einem falschen Namen verstecken würdest, daß du all jene entwürdigenden Dinge, die getan werden mußten, auf dich nehmen würdest, um Emma diesem Manne zu entreißen? Nein! Aber ich weiß genau so wenig wie du, wo Farnaby zu finden ist. Psst, es hat geläutet! Um diese Zeit kommt immer der Arzt. Ich gebe dir nochmals mein heiliges Ehrenwort: Ich weiß nicht, wo Farnaby ist. Bitte sei still, sei nur still! Der Doktor geht jetzt hinauf, er darf dich nicht hören!«

Bisher hatte sie ihren Mann ruhighalten können. Aber die Wut, die sie in ihrem Bemühen, sich zu rechtfertigen, unschuldigerweise in ihm geweckt hatte, brach sich jetzt unkontrollierbar Bahn. »Du lügst!« schrie er rasend. »Wenn du alles so genau weißt, weißt du auch, wo Farnaby ist. Und wenn ich dafür gehängt werde, ich bringe ihn um. Wo ist er? Wo ist er?«

Bevor Mrs. »Turner« ihren Gatten zum Schweigen bringen

konnte, unterbrach ihn ein schriller Schrei aus dem ersten Stock. Seine Tochter hatte ihn gehört, seine Tochter hatte seine Stimme erkannt.

Ein Schreckensschrei der Mutter wurde zum Echo des Schreis von oben. Daraufhin die Geräusche einer auf- und wieder zugehenden Türe, dann plötzlich Stille. Man hörte Mrs. »Turner« von oben die Krankenschwester rufen, die im unteren Vorderzimmer schlief. Ihre mürrische Antwort war kaum vernehmbar, als sie unten etwas murmelte. Dann war wieder Stille, von einer anderen Stimme unterbrochen – der eines Fremden –, die vom nahen offenen Fenster her sprach.

»Folgen Sie mir hinauf, und zwar sofort, Sir«, sagte die Stimme in einem entschiedenen Ton. »Als Arzt Ihrer Tochter muß ich Ihnen klipp und klar sagen, daß Sie Ihre Tochter ernsthaft in Angst versetzt haben. Ich weigere mich, bei dem kritischen Zustand der Patientin irgendwelche Verantwortung für ihr Leben zu übernehmen, wenn Sie nicht wenigstens den Versuch unternehmen, den von Ihnen angerichteten Schaden wiedergutzumachen. Beruhigen Sie Ihre Tochter mit einigen gütigen Worten, ob Sie sie nun ehrlich meinen oder nicht, und sagen Sie ihr, daß Sie ihr verziehen hätten. Ihre familiären Probleme gehen mich nichts an; ich habe nur an meine Patientin zu denken. Es ist mir gleich, was sie von Ihnen erbitten mag: Sie müssen ihr jetzt nachgeben. Wenn sie in Krämpfe fällt, wird sie sterben und ihr Tod wird Ihre Schuld sein!«

Der Arzt sprach auf diese Weise auf Mr. Ronald ein. Dessen Unterbrechungen der Ermahnungen des Arztes klangen immer schwächer und schwächer. Am Ende gehorchte er einfach. Dann hörte man den Arzt weggehen. Eine Pause des Schweigens folgte, nur unterbrochen von Mrs. Ronald, die wieder von oben zu hören war. »Tragen Sie das Baby ins Vorderzimmer und warten Sie dort, bis ich komme, Schwester. Um diese Zeit ist es unten kühler als hier oben.«

Das Plärren eines Babys und mürrisches Schimpfen der Krankenschwester waren das nächste, das Farnaby in seinem Versteck hören konnte. Die Schwester schimpfte vor sich hin, weil man sie aus dem Schlaf gerissen hatte. »Wenn man die ganze Nacht auf ist, braucht man mal Ruhe! In diesem Haus gibt ja keiner Ruh! Mein Schädel ist mir schwer wie Blei und alle Knochen im Leib tun mir weh.«

Nach einiger Zeit zeigte ein neues Schweigen an, daß es ihr gelungen war, das Kind in den Schlaf zu wiegen. Zum erstenmal vergaß nun Farnaby – er glühte vor Aufregung –, Vorsicht walten zu lassen. Er wagte sich in seinem Eifer, herauszufinden, was jetzt zu geschehen habe, näher an das Fenster heran.

Nach einer langen Pause hörte er als nächstes nur schweres Atmen, was ihm sagte, daß die schläfrige Schwester wieder eingenickt war. Er konnte mit den Händen das Fensterbrett erreichen. Er wartete noch, bis das tiefe Atmen der Schwester zu einem Schnarchkonzert geworden war. Dann zog er sich aufs Fensterbrett hinauf und sah ins Zimmer.

Die Krankenschwester schlief tief und fest in einem Lehnstuhl und das Kind tief und fest auf ihrem Schoß.

Er ließ sich leise wieder auf die Erde hinunterfallen, zog seine Schuhe aus, steckte sie in seine Taschen und stieg die zwei, drei Stufen hinauf, die zu der Hintertüre in den Garten führten. Als er im Korridor angekommen war, konnte er unklare Stimmen von oben vernehmen. Ohne Zweifel war man dort mit eigenen Sorgen beschäftigt. Er hatte jetzt nur das Dienstmädchen zu fürchten. Aber Wassergeplätscher aus der Küche sagte ihm, daß das Mädchen mit Aufwaschen beschäftigt war. Langsam und leise öffnete er die Hintertüre zum Zimmer und stahl sich quer durchs Zimmer zum Stuhl hin, in dem die Schwester schlief.

Eine ihrer Hände lag auf dem Baby. Wenn er seine Geistesgegenwärtigkeit verlor und zu rasch vorging, kam er in ernsthafte Gefahr, sie aufzuwecken.

Er schaute auf die amerikanische Uhr am Kaminsims. Was er sah, beruhigte ihn.

Es war noch nicht so spät, wie er gefürchtet hatte. Er kniete nieder, ganz nahe an der Krankenschwester, um Halt zu haben. Langsam und vorsichtig zog er das Kind unter ihrer Hand weg und legte die Hand ebenso langsam wieder auf ihr Knie zurück. Auch der leichteste Schläfer hätte dadurch nicht gestört werden können. Das geschafft, war das Schwerste hinter ihm – es sei denn, es käme noch ein unglückseliger Zufall dazwischen! Er legte sich das Kind leicht auf den Arm und hatte noch die Rechte frei, um die Türe hinter sich schließen zu können. Als er auf den Stufen zum Garten angekommen war, huschte eine leichte Veränderung über das Gesicht des schlafenden Babys: das zarte Geschöpf fröstelte, als es in die frische Luft kam. Er legte einen Zipfel des Wollschals, in dem es eingewickelt war, leicht über sein Gesicht. Das Kind schlief so ruhig in seinem Arm, als wäre es noch auf dem Schoß der Krankenschwester.

Nach einer Minute war er drüben am Zaun. Die Frau stand auf, um das Baby in Empfang zu nehmen. Zum erstenmal, seit sie London verlassen hatten, zog ein Lächeln über ihr Gesicht.

»Sie haben's also, das Kind!« sagte sie. »Sie sind mir einer, was?«

Gereizt antwortete er: »Da nehmen Sie's! Wir haben keinen Augenblick zu verlieren.«

Er hielt nur inne, um sich die Schuhe anzuziehen und ging dann mit ihr in die Stadt hinein. Der erste Mensch, den sie trafen, zeigte ihnen den Weg zum Bahnhof, der nicht weit entfernt war. Nach weiteren fünf Minuten saß die Frau mit dem Kind im Zug nach London.

»Hier ist die andere Hälfte des Geldes«, sagte er und reichte sie ihr durchs Wagenfenster.

Die Frau besah sich das Kind in ihrem Arm mit einem Ausdruck nachdenklichen Zweifels. »Das ist alles ganz schön und gut«, sagte sie, »wenn's langt. Und was dann?«

»Ich werde natürlich kommen und mich kümmern«, sagte er.

Sie sah ihn scharf an und drückte in zwei Worten aus, welchen Wert sie seiner Versicherung beimaß: »Werden Sie ...?«

Der Zug fuhr in Richtung London ab und Farnaby sah ihn mit unverhohlener Erleichterung den Bahnhof verlassen. Jetzt ist Emmas Ruf gerettet, sagte er sich, und wenn wir erst verheiratet sein werden, wird kein »Kind der Liebe« unseren Aussichten im Wege stehen.

Auf dem Weg in die Stadt trank er am Buffet rasch einen Brandy mit Soda. »Ich brauche etwas«, sagte er, »um mich für das, was jetzt bevorsteht, zu stärken.« Er hatte sich auf der Fahrt nach Ramsgate genau überlegt, was zu geschehen habe, wenn er das Kind losgeworden war. Emmas zukünftiger Ehemann, so hatte er sich's zurechtgelegt, wird – nachdem sich die Aufregung über das verschwundene Kind im Haus gelegt hat – natürlich der erste sein, den sie wird sehen wollen. Der alte Ronald muß uns nach all dem heiraten lassen, wenn er nur eine Spur von Zuneigung für sie empfindet.

So sah er die Dinge und machte sich auf den Weg zurück in die Slains-Straße, wo er die Glocke zog. Wie sich das für einen Besucher gehörte, der nun keinen Anlaß mehr hatte, sich zu verstecken.

Nach der Entdeckung des Verschwindens des Kindes war natürlich das ganze Haus in großer Aufregung. Weder Herr noch Dienerschaft rührten sich nach dem Läuten der Glocke an der Haustür. Farnaby ließ in guter Haltung zu, daß man ihn warten ließ. Es gibt Augenblicke, da ein Mann von Welt die gute Ausgangsposition, die er sich errungen hat, zu seinem Besten nützt. Er holte seinen Taschenkamm heraus und strich mit leichter und geschickter Hand über seine Koteletten. Dann waren endlich näherkommende Schritte im Korridor zu hören. Farnaby steckte seinen Kamm ein, knöpfte schnell seinen Überrock zu und sagte sich: Aber jetzt!, als sich schließlich die Türe für ihn öffnete.

DIE GESCHICHTE

Erstes Buch
Amelius unter den Sozialisten

Kapitel I

Sechzehn Jahre nach Mr. Ronalds unglückseliger Entdeckung in Ramsgate, genauer gesagt im Jahre 1872, verließ der Dampfer ›Aquila‹ den Hafen von New York mit dem Ziel Liverpool.

Es war im Monat September. Die Passagierliste der ›Aquila‹ verzeichnete verhältnismäßig wenige Namen. Die Fahrt von Amerika nach England würde sich für die Reeder meistenteils im Herbst nicht auszahlen, gäbe es nicht die einträgliche Ladung. Um diese Jahreszeit nimmt der Strom der Passagiere die entgegengesetzte Richtung: Amerikaner kehren um diese Zeit aus Europa in ihr eigenes Land zurück. Touristen verschieben ihre Überfahrt, bis in den Vereinigten Staaten die glühende Augusthitze verschwunden ist und sie von dem milden Altweibersommer begrüßt werden können. So hatten also die Passagiere der ›Aquila‹ auf ihrer Heimreise genug Raum an Bord und auch an der weitausgelegten Tafel, wo die leckersten Bissen für jedermann bereitstanden.

Der Wind war günstig und das Wetter gut. Auf dem Schiff herrschten von Bug bis Heck nur Fröhlichkeit und gute Laune. Der liebenswürdige Kapitän lud seine Gäste im Stil eines Gentleman, der Gäste im eigenen Hause empfängt, an den Kapitänstisch. Der schöne Schiffsarzt promenierte an Deck mit Damen, die sich sehr schnell von den ersten Folgen der Magenstörungen zu erholen begannen, die ihnen die Seereise gebracht hatte. Der ausgezeichnete Erste Ingenieur, musikalisch bis in die Fingerspitzen, spielte in seiner Kabine Geige und wurde begleitet von dem jungen »Apoll der atlantischen Handelsflotte«, dem Zweiten Steward. Die Harmonie an Bord der ›Aquila‹ wurde am dritten Morgen der Reise durch einen vorübergehenden Mißklang gestört, weil die Passagiere einen unerwarteten Zuwachs erhielten, und zwar in Gestalt eines verirrten Vögelchens.

Es war nur ein müder kleiner Vogel vom Lande (wie die Kenner solcher Ereignisse wußten: vom Kurse abgetrieben), der sich auf einer der Rahen niederließ, um sich von seinem langen Flug zu erholen.

Sobald das Geschöpfchen entdeckt worden war, zeigte sich in wildester Raserei die unersättliche angelsächsische Lust am Vogelmord, sei es am Morden des majestätischen Adlers oder eines armseligen Sperlings. Die Matrosen rannten auf Deck hin und her und die Passagiere eilten in ihre Kabinen, um das erstbeste Gewehr zu packen und den ersten Schuß abgeben zu können. Ein alter Quartiermeister der ›Aquila‹ war der Beneidenswerte, der als erster ein Mordinstrument zur Hand hatte. Er hob das Gewehr an seine Schulter und hatte den Finger schon am Abzug, als sich plötzlich einer der Passagiere auf ihn stürzte – ein junger Mann, lebhaft und sonnenverbrannt –, ihm die Waffe entriß, sie über die Reling ins Meer abfeuerte und sich dann voller Wut gegen ihn wandte. »Sie Elender! Wollten Sie den armen erschöpften Vogel umbringen, der sich auf unsere Gastfreundschaft verließ und von uns nichts als Ruhe haben wollte? Jenes harmlose Ding ist genauso ein Geschöpf Gottes, wie Sie es sind. Ich schäme mich für Sie. Ich bin entsetzt über Sie, Sie tragen Vogelmord im Antlitz; ich hasse Ihren Anblick!«

Der Quartiermeister – ein ernsthafter schwerer Mann, sowohl langsam in seinen Bewegungen wie auch in seiner geistigen Regsamkeit – hörte sich diesen außergewöhnlichen Einspruch starr vor Staunen und mit offenem Mund an, aus dessen Winkeln sich eine noch nicht ausgespuckte Tabaksauce in kleinen braunen Bächen ergoß. Als der ungestüme junge Herr eine Pause machte (nicht, weil es ihm an Worten gefehlt hätte, sondern nur weil ihm die Luft ausging), drehte sich der Quartiermeister um und wandte sich an die Passagiere, die um ihn herum standen. »Meine Herren«, sagte er mit der Knappheit eines Römers, »dieser junge Bursche ist wahnsinnig!«

Den allgemeinen Lachausbruch stoppte nur die Stimme des Kapitäns. »Das genügt, Quartiermeister. Niemand hat den Vogel abzuschießen, verstanden? Und darf ich *Ihnen* sagen, Sir, daß Sie vielleicht Ihre menschlichen Regungen genauso wirksam in eine weniger leidenschaftliche Sprache hätten kleiden können?«

Als er sich derart angesprochen sah, brach der ungestüme Jüngling in neuerliche Aufregung aus. »Sir, Sie haben vollkommen recht. Ich verdiene jedes der Worte, das Sie an mich gerichtet haben. Ich weiß, daß ich mich schlecht aufgeführt habe.« Er lief hinter dem Quartiermeister her und packte ihn an beiden Händen. »Ich bitte Sie um Entschuldigung. Ich bitte Sie aus ganzem Herzen um Entschuldigung. Sie hätten recht getan, wenn Sie mich – nach der Sprache, die ich Ihnen gegenüber in den Mund genommen habe – über Bord geworfen hätten. Bitte vergeben Sie mir mein heftiges Temperament, bitte verzeihen Sie. Was sagen Sie dazu? ›Vergeben und vergessen‹? Das ist die richtige Art und Weise, es auszudrücken. Sie sind ein grundgütiger Mensch. Lassen Sie mich es wissen, wenn ich Ihnen irgendwie von Nutzen sein kann – hier ist meine Karte mit meiner Londoner Adresse; ich flehe Sie an, lassen Sie mich's wissen.« Er kehrte darauf in wilder Eile zum Kapitän zurück. »Ich habe das mit dem Quartiermeister in Ordnung gebracht, Sir. Er hat mir verziehen und hat es mir nicht übelgenommen. Erlauben Sie mir, Sie zu einem derart guten Christen an Bord Ihres Schiffes zu beglückwünschen. Ich wünschte, ich wäre ihm gleich! Meine Damen und Herren, verzeihen Sie die Störung, die ich verursacht habe. Es soll nicht mehr geschehen, ich verspreche es Ihnen.«

Die Passagiere, hauptsächlich die männlichen, sahen einander an und schienen der Ansicht des Quartiermeisters über ihren Mitreisenden beizustimmen. Die Damen, gerührt durch seine offensichtliche Ehrlichkeit und bezaubert von seinem schönen glühend-eifrigen Aussehen, stimmten darin überein, daß er ganz recht hatte, das arme Vögelchen zu retten und daß es im großen und ganzen um das schwache Geschlecht besser stünde, wären andere Männer wie er. Während die verschiedenen Ansichten noch zum Ausdruck gebracht wurden, ertönte der Gong für den Lunch und räumte das Deck, mit Ausnahme von zwei Passagieren. Einer war der ungestüme Jüngling. Der andere war ein Reisender von mittleren Jahren, mit einem grauen Bart und einem durchdringenden Blick; er hatte den Vorgang stumm beobachtet und ergriff nun die Gelegenheit, sich dem Helden des Augenblicks vorzustellen.

»Werden Sie keinen Lunch einnehmen?« fragte er.

»Nein, mein Herr. Bei den Menschen, mit denen ich gelebt habe, ißt man tagsüber nicht jede drei, vier Stunden.«

»Wenn Sie mir gestatten«, fuhr der andere fort, »möchte ich bekennen, daß ich gern erfahren würde, mit was für Menschen Sie zusammengelebt haben. Mein Name ist Hethcote; während eines gewissen Abschnitts meines Lebens hatte ich eine Verbindung zu einem Institut, das sich der Heranbildung junger Männer verschrieben hatte. Nachdem, was ich heute morgen gesehen und gehört habe, bilde ich mir ein, Sie sind nicht nach einem der heute anerkannten Systeme erzogen worden. Habe ich recht?«

Der leicht erregbare junge Mann bot auf einmal ein Bild völliger Niedergeschlagenheit. Er antwortete auf eine Art und Weise, als würde er eine Lektion aufsagen.

»Ich heiße Claude-Amelius Goldenheart. Ich bin zweiundzwanzig Jahre alt. Sohn und einziges Kind des verstorbenen Claude Goldenheart, Shedfield-Heide, Buckinghamshire, England. Ich wurde von den ›Primitiven Christlichen Sozialisten‹ in der Gemeinschaft von Tadmor im Staate Illinois erzogen. Ich erbte ein Einkommen von fünfhundert Pfund im Jahr. Und jetzt begebe ich mich – mit Bewilligung der Gemeinschaft – nach London, um das Leben kennenzulernen.«

Mr. Hethcote nahm diesen Strom von Informationen mit einem leichten Zweifel entgegen, ob er nicht vielleicht das Opfer einer ungebildeten Verhöhnung geworden sei oder ob er nur eine etwas wunderliche Aufzählung von Tatsachen gehört habe. Claude-Amelius Goldenheart merkte, daß er einen ungünstigen Eindruck hervorgerufen hatte, und beeilte sich, sich ins rechte Licht zu setzen.

»Vergeben Sie mir, Sir«, sagte er, »ich halte Sie nicht zum besten, wie Sie anzunehmen scheinen. Man hat uns in unserer Gemeinschaft angeleitet, zu jedermann zuvorkommend zu sein. Um der Wahrheit die Ehre zu geben, irgend etwas mit mir scheint nicht zu stimmen – ich weiß wirklich nicht, was – und das führt wohl dazu, daß die Menschen, die ich auf meinen Reisen treffe, wissen wollen, wer ich sei. Wenn Sie bitte daran denken wollen, daß der Weg von Illinois bis New York lang ist und neugierige Leute auf dieser Reise leicht anzutreffen sind. Wenn man also genötigt ist, dieselben Dinge immer und immer wieder herzusagen, so erspart eine einmalige Formulierung einem viel Mühe. Ich habe mir eine Formulierung zurechtgelegt, die, mit allem Respekt, einem jeden zur Verfügung steht, der mich beehrt, meine Bekanntschaft machen zu wollen. Genügt Ihnen das, Sir? Gut denn; wollen wir einander die Hände schütteln, damit ich sehe, daß Sie zufriedengestellt sind?«

Mr. Hethcote schüttelte ihm, mehr als zufriedengestellt, die Hand. Er fand, daß es unmöglich war, diesen strahlenden ehrlichen braunen Augen, dem einfachen herzgewinnenden Auftreten dieses jungen Mannes mit seiner wunderlichen Formulierung und seinem merkwürdigen Namen zu widerstehen. »Kommen Sie, Mr. Goldenheart«, sagte er und ging zu einer Sitzgelegenheit am Deck voran, »wir wollen uns bequem niederlassen und uns unterhalten.«

»Alles, was Sie wollen, Sir, nur nennen Sie mich nicht Mr. Goldenheart.«

»Warum nicht?«

»Es klingt so förmlich. Und außerdem sind Sie alt genug, um mein Vater sein zu können. Es wäre meine Pflicht, Sie mit ›Mister‹ oder ›Sir‹ anzusprechen, wie die älteren Mitglieder unserer Gemeinschaft. Ich habe dort meine Freunde zurückgelassen, und hier auf diesem weiten Ozean inmitten von Fremden fühle ich mich sehr einsam. Tun Sie mir einen Gefallen, Sir, nennen Sie mich bei meinem Vornamen. Und wenn Sie im Laufe eines Tages das Gefühl haben sollten, daß wir einander gut verstehen, klopfen Sie mir freundlich auf die Schulter!«

»Welche Vornamen soll ich benutzen?« fragte Mr. Hethcote, um den Jüngling bei Laune zu halten. »Claude?«

»Nein, nicht Claude. Die ›Primitiven Christen‹ sagten, Claude sei ein gezierter französischer Name. Nennen Sie mich Amelius und ich werde mir wieder wie zu Hause vorkommen. Wenn Sie keine Zeit verlieren wollen, kürzen Sie den Namen ab, wie die in Tadmor. Benutzen Sie drei Buchstaben davon und nennen Sie mich ›Mel‹.«

»Einverstanden«, sagte Mr. Hethcote. »Also, mein Freund Amelius – oder Mel –, ich werde so offen wie Sie sprechen. Die ›Primitiven Christlichen Sozialisten‹ müssen großes Vertrauen in ihr Erziehungssystem haben, wenn sie Sie aufs Geratewohl in die Welt ziehen lassen, ohne Ihnen einen Gesellschafter mitzugeben, der auf Sie aufpaßt.«

»Erraten, Sir«, antwortete Amelius kühl. »Sie haben unbegrenztes Vertrauen in ihr Erziehungssystem und ich bin der Beweis dafür.«

»Sie haben in London Anverwandte, nehme ich an?« fuhr Mr. Hethcote fort. Zum erstenmal zeigte sich auf Amelius' Gesicht ein trauriger Schatten.

»Ich habe Anverwandte«, sagte er. »Aber ich habe versprochen, niemals ihre Gastfreundschaft in Anspruch zu nehmen. Sie sind hart und dazu weltklug; das hat mir mein Vater auf seinem Totenbett so gesagt.« Als er seines Vaters Tod erwähnte, zog er den Hut und hielt plötzlich wie ein Mann inne, der – das Haupt gesenkt – in seine Gedanken verloren ist. In weniger als einer

Minute setzte er seinen Hut wieder auf und sah mit seinem gewinnenden Lächeln wieder nach oben. »Wenn wir von unseren Lieben, die vorausgegangen sind, sprechen, dann sagen wir immer ein kurzes Gebet her«, erklärte er. »Aber wir sagen es nicht laut her, weil wir fürchten, sonst unsere Religion zur Schau zu stellen. Wir hassen in unserer Gemeinschaft alles Scheinheilige.«

»Da bin ich mit Ihrer Gemeinschaft völlig einverstanden, Amelius. Aber haben Sie wirklich keinen richtigen Freund, der Sie in London willkommen heißen wird, mein Lieber?«

Amelius gab auf diese Frage eine geheimnisvolle Antwort. »Warten Sie nur!« sagte er und zog aus seiner Brusttasche einen Brief. Mr. Hethcote, der ihn beobachtete, sah, wie er mit unverhohlener Freude und Stolz die Anschrift anschaute.

»Einer unserer Brüder in der Gemeinschaft hat ihn mir gegeben«, erklärte er. »Es ist ein Einführungsbrief, Sir, an einen bemerkenswerten Mann; einen Mann, der uns allen übrigen als Beispiel dienen kann. Er hat sich, vermöge seiner Redlichkeit und Ausdauer, von der Stellung eines armen Boten in einem Geschäft hinaufgearbeitet bis zur Position eines in der City von London hochgeachteten, charaktervollen Handelsmannes.«

Nach dieser Erklärung übergab Amelius Mr. Hethcote den Brief. Seine Anschrift lautete:

An den Hochwohlgeborenen Mr. John Farnaby,
Firma Ronald und Farnaby,
Papierwaren en gros
Aldersgate Straße,
London

Kapitel II

Mr. Hethcote las die Anschrift des Briefes mit einem Ausdruck des Erstaunens, der Amelius nicht entgangen war. »Kennen Sie Mr. Farnaby?« fragte er. »Ich bin mit ihm bekannt«, antwortete Mr. Hethcote mit einer gewissen Zurückhaltung.

Amelius fuhr fort, ihn eifrig zu befragen: »Was für eine Art von Mann ist er? Glauben Sie, er wird gegen mich ein Vorurteil haben, weil ich in Tadmor erzogen worden bin?«

»Ich müßte Sie und Tadmor besser kennen, ehe ich Ihre Fragen beantworten kann. Vielleicht sollten Sie mir zuerst sagen, wie es dazu kam, daß Sie einer dieser Sozialisten wurden.«

»Ich war zu jener Zeit noch ein kleiner Junge, Mr. Hethcote.«

»Sehr gut; auch kleine Jungen haben Erinnerungen. Haben Sie etwas dagegen, mir zu erzählen, an was Sie sich erinnern können?«

Amelius erzählte – die Augen auf den Boden gerichtet – ziemlich traurig: »Ich erinnere mich, daß irgend etwas zu Hause in England geschehen war, das einen Schatten über uns geworfen hatte. Ich habe gehört, es sei meine Mutter angegangen. Als ich älter geworden war, hatte ich nie gewagt, meinen Vater zu fragen, was es gewesen sei, und er hat von sich aus nie davon gesprochen. Ich weiß nur eines: er hatte ihr irgend etwas, das sie begangen hatte, vergeben und ließ sie weiter im Hause leben – und daß alle Verwandten und Freunde ihn dafür tadelten und von da an sich von ihm zurückzogen. Kurz darauf – ich war auf der Schule – starb meine Mutter. Man holte mich, um mit meinem Vater an ihrem Begräbnis teilzunehmen. Als wir nach Hause gekommen und miteinander allein waren, zog er mich auf seine Knie und küßte mich. Er sagte: ›Was möchtest du lieber tun, mit deinem Onkel und deiner Tante in England bleiben oder mit mir bis weit nach Amerika fahren und nie mehr wieder nach England zurückkehren? Nimm dir Zeit zu überlegen.‹ Ich brauchte keine Zeit zum Überlegen. Ich sagte: ›Ich will mit dir kommen.‹ Ich erschrak, als er in Tränen ausbrach; zum erstenmal hatte ich ihn weinen sehen. Heute verstehe ich das: Er war tief in seinem Herzen verletzt worden, hatte es wie ein Märtyrer getragen, und sein Knabe war der einzige Freund, der ihm geblieben war. Nun, am Ende der Woche waren wir an Bord eines Schiffes, dort trafen wir einen wohlwollenden Herren mit einem langen, grauen Bart, der meinen Vater willkommen hieß und mir einen Kuchen schenkte. Unwissend wie ich war, hielt ich ihn für den Kapitän. Nichts dergleichen: er war der erste Sozialist, den ich je traf. Und er war es gewesen, der meinen Vater überredet hatte, England den Rücken zu kehren.«

Mr. Hethcotes Ansicht über Sozialisten zeigte sich – ein wenig säuerlich – in seinem Lächeln. »Und wie kamst du mit jenem wohlwollenden Herren zurecht?« fragte er. »Nachdem er erst deinen Vater bekehrt hatte, bekehrte er dich mit seinem Kuchen?«

Amelius lachte: »Seien Sie gerecht ihm gegenüber, Sir; er verließ sich nicht auf den Kuchen. Er wartete, bis wir in Sichtweite von Amerika waren – und dann hielt er mir eine kleine Predigt. Erst bei unserer Ankunft und nur für mich.«

»Eine Predigt?« wiederholte Mr. Hethcote. »Von Religion war aber sehr wenig darin die Rede, wie ich annehme?«

»Wirklich sehr wenig, Sir«, antwortete Amelius. »Nur von soviel Religion, soweit sie im Neuen Testament zu finden ist. Ich war nicht alt genug, um ihn ganz zu verstehen – daher schrieb er mir seine Predigt auf den Umschlag des Buches, das ich bei mir hatte und sagte, ich solle sie lesen, wenn ich von meinen Erzählungen genug hätte. Ich hatte damals wenige Bücher mit Geschichten; als ich daher meinen kleinen Vorrat ausgelesen hatte und auch, um die alten Geschichten nicht noch einmal lesen zu müssen, las ich meine Predigt. Und ich las sie so oft durch, daß ich mich heute, wie ich glaube, noch an jedes Wort erinnern kann. ›Mein lieber kleiner Junge, der christliche Glaube, soweit Christus ihn uns gelehrt hat, hat längst aufgehört, der Glaube der christlichen Welt zu sein. An seine Stelle ist eine selbstsüchtige grausame Lüge getreten. Dein eigner Vater ist ein Beispiel für die Wahrheit dessen, was ich sage. Er hat die erste und wichtigste Pflicht eines Christenmenschen erfüllt: die Pflicht, Kränkung zu vergeben. Dafür steht er jetzt in der Einschätzung all seiner Freunde, die ihn verraten und aufgegeben haben, entehrt da. Er vergibt ihnen und sucht in der neuen Welt Frieden und Gemeinschaft mit Christen gleich ihm; du wirst ein Teil einer liebenden Familie sein und kannst, sobald du alt genug sein wirst, selbst frei entscheiden, wie dein zukünftiges Leben aussehen soll.‹ Das war alles, was ich über Sozialismus erfahren hatte, als wir nach unserer langen Fahrt Tadmor erreichten.«

Mr. Hethcotes Vorurteile machten sich wieder bemerkbar. »Ein karger Ort«, sagte er, »nach dem Namen zu schließen.«

»Karg? Wie kommen Sie denn darauf?! Einen schöneren Ort habe ich nie gesehen und erwarte auch keinen schöneren jemals zu sehen. Ein klarer Fluß schlängelt sich an ihm vorbei und mündet in einen kleinen blauen See. Eine weite Hügellandschaft, bepflanzt mit Blumengärten und schattigen herrlichen Bäumen. Oben auf dem Hügel liegen die Gebäude der Gemeinschaft, einige aus Ziegel und einige aus Holz; sie sind derart von Schlingpflanzen überwachsen und von Veranden umzogen, daß ich bis zum heutigen Tage nicht von ihnen sagen könnte, in welchem Stil sie gebaut wurden. Hinter den Häusern stehen noch mehr Bäume und jenseits des Hügels sind Kornfelder, nichts als Kornfelder, die sich weit in die großen gelbleuchtenden Ebenen hinaus erstrecken, bis sie den goldenen Himmel und die untergehende Sonne erreichen und dem Auge entschwinden. So erblickten wir, als die Postkutsche uns in die Stadt brachte, zum ersten Male Tadmor.«

Mr. Hethcote gab nicht nach. »Und wie waren die Leute, die in diesem Paradies auf Erden lebten?« fragte er. »Männliche und weibliche Heilige, was?«

»O Gott, nein! Das genaue Gegenteil von Heiligen. Sie essen und trinken wie jedermann. Sie träumen nicht davon, auf schmutzigem Roßhaar zu liegen, wenn sie sauberes Leinen bekommen können. Und wenn sie sich zu einem falschen Betragen verleiten lassen, so finden sie einen besseren Ausweg, als einen Knoten in einen Strick zu winden, um damit ihre Rücken zu züchtigen. ›Heilige!‹ Sie liefen alle zusammen und uns entgegen, um uns willkommen zu heißen – wie die Schulkinder! Zu allererst küßten sie uns, und als nächstes kredenzten sie uns in einem Krug den Wein, den sie selbst gezogen hatten. ›Heilige!‹ Ach, Mr. Hethcote, wessen wollen Sie uns noch beschuldigen? Ich muß sagen: Ihre Verdächtigungen der armen Sozialisten sprießen genauso schnell in die Höhe, wie ich sie vernichten kann. Darf ich – ohne Sie kränken zu wollen, Sir – raten, was Ihr Beruf ist? Nach den zwei oder drei Beobachtungen, die ich gemacht habe, wächst in mir der starke Verdacht: Sie sind ein englischer Geistlicher!«

Mr. Hethcote war nun endlich geschlagen und brach in Lachen aus. »Sie haben mich entlarvt: ein Geistlicher auf Reisen, in einer bunten Krawatte und einem Jägerjackett«, sagte er. »Ich muß sagen, ich wüßte gern, wie Sie das herausgebracht haben!«

»Das ist leicht zu erklären, Sir. In Tadmor sind Besucher aller Art hochwillkommen. Sie kommen dort hin, und in ihren Augen kann man ihre versteckten privaten Verdächtigungen entdecken. Sie sehen sich alles an, was wir ihnen zu zeigen haben, essen und trinken an unserem Tisch, nehmen teil an unseren Vergnügungen und sind so freundlich und liebenswürdig, wie man das nur sein kann. Der Zeitpunkt kommt, adieu zu sagen und dann durchschauen wir sie! Wenn ein Gast, der den ganzen Tag über gelacht und sich amüsiert hat, plötzlich beim Abschied ernsthaft wird und der kleine, versteckte Teufel der Verdächtigungen aus seinen Augenwinkeln hervorlugt, dann ist die Chance zehn zu eins, daß er ein Geistlicher ist! Ich will Sie nicht beleidigen, Mr. Hethcote! Ich anerkenne mit Vergnügen: Ihre Augenwinkel sind wieder ganz rein! Sie sind eben kein sehr geistlicher Geistlicher; den Versuch, Sie zu bekehren, gebe ich jedoch noch nicht auf.«

»Weiter mit Ihrer Geschichte, Amelius! Sie sind der eigenartigste Bursche, der mir seit langem über den Weg gelaufen ist.«

»Ich weiß nicht recht, Sir, ob ich mit meiner Geschichte fortfahren soll. Wie ich nach Tadmor gelangt bin und wie es dort aussieht, was für Leute dort zu Hause sind, habe ich Ihnen erzählt. Wenn ich darüber hinaus in meiner Geschichte fortfahre, muß ich einen Sprung machen und zu der Zeit kommen, da ich alt genug war, die Gemeinschaftsregeln zu lernen.«

»Na, und warum nicht?«

»Einige der Regeln könnten für Sie ein Ärgernis bedeuten, Mr. Hethcote.«

»Das kommt auf einen Versuch an!«

»Also gut, Sir. Machen Sie mir keinen Vorwurf, denn ich schäme mich für die Regeln nicht. Wenn ich nun reden soll, muß ich ernsthaft über ein ernsthaftes Thema reden: Ich muß mit unseren religiösen Prinzipien beginnen. Unser Christentum finden wir im Geiste des Neuen Testaments und nicht in seinen Buchstaben. Wir haben drei gute Gründe, unseren Glauben nicht allein aus den Worten jenes Buches herzuleiten. Erstens, weil wir nicht sicher sind, ob seine englische Übersetzung so genau und ehrlich ist, daß man sich gänzlich auf sie verlassen könnte. Zweitens, weil wir wissen, daß seit der Erfindung der Buchdruckerkunst kein Buch existiert, das von Druckfehlern frei wäre; daß solche Fehler vor jener Erfindung in den Kopien der Manuskripte natürlich ernster und zahlreicher auftraten. Drittens, weil klare, genaue Beweise vorliegen – von Entdeckungen ganz zu schweigen, die in unseren Tagen gemacht wurden – für Einschiebsel und Fehler, die in grauer Vorzeit von einer Kopie des Manuskripts zur anderen weitergetragen wurden. Diese Nachteile sind jedoch unserer Ansicht nach nicht von Wichtigkeit. Im Geist des Buches finden wir das einfachste und vollkommenste Religions- und Moralsystem, das die Menschheit jemals empfangen hat, und geben uns damit zufrieden: Ehrfurcht vor Gott. Und: unseren Nächsten zu lieben wie uns selbst. Wenn wir nur diese beiden Gebote besäßen, um uns leiten zu lassen, wäre es uns genug. Die Ansammlung von Dogmen (wie sie genannt werden), die lehnen wir vollkommen ab, ohne uns mit einer Diskussion über sie auch nur aufzuhalten. Wir wenden ihnen gegenüber die Probe an, die Christus selbst uns angeraten hat: an ihren Früchten sollt ihr sie erkennen! Die Früchte der Dogmen waren in der

Vergangenheit – um nur drei zu nennen –: die spanische Inquisition, das Massaker der Bartholomäusnacht und der Dreißigjährige Krieg. Heute heißen ihre Früchte: Zwietracht, Bigotterie und Widerstand gegen nützliche Reformen. Weg mit den Dogmen! Im Interesse des Christentums, hinweg mit ihnen! Wir haben unsere Feinde zu lieben, wir haben Kränkungen zu vergeben, wir haben dem zu helfen, der in Not ist, wir müssen mitleidig sein und höflich, wir dürfen andere nicht vorschnell beurteilen und wir haben uns zu schämen, wenn wir uns selbst erhöhen. Diese Lehre führt nicht zu Folterungen, Massakern und Kriegen, zu Neid, Haß und Mißgunst. Und aus diesem Grund erkennen wir sie als jene Lehre an, der wir vertrauen dürfen. Das ist unser Glaube, Sir, wie wir ihn in den Regeln der Gemeinschaft finden können.«

»Gut, Amelius. Ganz nebenbei stelle ich fest, daß die Gemeinschaft in einer Beziehung dem Papst ähnelt: Die Gemeinschaft ist unfehlbar. Aber dabei wollen wir uns nicht aufhalten. Sie haben Ihre Grundsätze vorgetragen. Wie steht es um ihre Anwendung? Niemand unter euch hat das Recht, reich zu sein, nicht wahr?«

»Drücken Sie das anders aus, Mr. Hethcote. Alle haben das Recht, reich zu werden – vorausgesetzt, daß sie andere im Verlauf dieses Vorgangs nicht arm machen. Wir kümmern uns nicht sehr um Geld; das ist die Wahrheit! Wir sind Bauern, Tischler, Weber und Drucker; was wir einbringen – fragen Sie nur unsere Nachbarn, ob wir das nicht ehrlich verdienen –, das geht in den gemeinsamen Fonds. Ein Mann, der zu uns stößt und Geld besitzt, zahlt es in diesen Fonds ein und macht die Dinge dadurch für den nächsten Mann leichter, der mit leeren Taschen daherkommt. Alle haben, solange sie bei uns sind, dieselben Bequemlichkeiten und haben denselben Anteil am Gewinn – abzüglich einer Summe, die für plötzliche Nothilfe und für schlechte Zeiten zurückgehalten wird. Wenn einer uns verläßt, so hat der Mann, der Geld mit sich gebracht hat, das unangezweifelte Recht, es wieder mit sich fortzunehmen; und jener Mann, der nichts mitgebracht hat, sagt uns adieu, reicher geworden durch seinen gleichen Anteil an den Profiten, die er selbst mitgeholfen hat zu verdienen. Das einzige Aufheben, das bei uns gemacht wurde und dessen ich mich erinnern kann, war das um meine fünfhundert Pfund pro Jahr. Die waren mein Eigentum, bedenken Sie, geerbt, als ich großjährig wurde: aus dem Besitz meiner Mutter. Die Vorsteher wollten nichts damit zu tun haben, der Ausschußrat nicht und die Gemeinschaft nach einer allgemeinen

Abstimmung ebensowenig. ›Wir stimmen mit seinem Vater überein, daß er – zum Manne herangewachsen – selbst entscheiden sollte‹, so drückten sie sich aus. ›Laßt ihn in die Alte Welt zurückkehren und laßt ihn durch seine eigenen Erfahrungen lernen, sich zu entscheiden, wie er sein zukünftiges Leben gestalten will.‹ Wie, glauben Sie, wird es enden, Mr. Hethcote? Soll ich in die Gemeinschaft zurückgehen? Oder soll ich in London bleiben?«

Mr. Hethcote antwortete nach einem Augenblick des Zögerns: »Sie werden in London bleiben.«

»Und ich wette zwei zu eins gegen Sie, Sir: er wird zurück in die Gemeinschaft gehen.«

Mit diesen Worten mischte sich jemand – mit einem starken Neu-England-Akzent – von rückwärts in die Unterhaltung. Amelius und Mr. Hethcote drehten sich um und entdeckten einen langen, hageren, würdigen Fremden – das Gesicht von einem gewaltigen Filzhut beschattet.

»Ich habe«, so antwortete der würdige Fremde, »Ihnen mit großem Interesse zugehört. Und ich finde, daß dieser junge Mann für mich ein neues Kapitel im Buche der Menschheit aufgeschlagen hat. Nehmen Sie meine Wette an, Sir? Ich heiße Rufus Dingwell und komme aus Coolspring, Massachusetts. Sie wetten nicht? Ich muß mein Bedauern darüber ausdrücken und nehme mir das Vergnügen, neben Ihnen Platz zu nehmen. Wie ist Ihr Name, Sir? Hethcote? In Coolspring haben wir jemanden dieses Namens. Ein sehr angesehener Mann. Sie, Mr. Claude A. Goldenheart sind kein Fremder für mich – nein, das sind Sie nicht, Sir! Ich ließ mir Ihren Namen anläßlich jener kleinen Schwierigkeit wegen dieses Vogels vorhin vom Steward nennen. Ihr Name war jedoch eine bemerkenswerte Überraschung für mich.«

»Wieso?« fragte Amelius.

»Nicht, daß Ihr Nachname – nämlich: Goldenheart – mich unerwarteterweise an ›Den Vormarsch der Pilger‹ erinnerte. Sie selbst sind mir par renommée bekannt.«

Amelius sah ihn verwundert an. »Par renommée?« fragte er. »Was bedeutet das?«

»Es bedeutet, daß Sie in einer der letzten Nummern unseres verbreiteten Journals ›Der Demokrat aus Coolspring‹ eine bedeutende Rolle spielten. Der romantische Zwischenfall kürzlich, der das Verschwinden von Miss Mellicent aus Ihrer Gemeinschaft zur Folge hatte, führte bei uns in Coolspring zu einer gewissen gesellschaftlichen Erregung. Unter unseren Damen, Sir, herrscht eine Ihnen allgemein sehr günstige Stimmung. Sie waren, als ich Coolspring verließ, eine bei uns sehr populäre Persönlichkeit, das kann ich Ihnen versichern. Der Name Claude A. Goldenheart war sozusagen in aller Munde.«

Amelius hörte sich das mit anscheinend tiefempfundenem Ärger an und seine Gesichtsfarbe verdunkelte sich zusehends. »In Amerika kann man nichts geheim halten«, sagte er gereizt. »Bei uns muß ein Spion aufgetaucht sein; unter unseren Leuten hätte niemand das arme Mädchen einer öffentlichen Kritik ausgesetzt. Würde Ihnen gefallen, Mr. Dingwell, wenn die Zeitung die privaten Sorgen Ihrer Frau oder Ihrer Tochter in die Welt hinausposaunte?«

Rufus Dingwell beantwortete dies mit der geraden, gefühlvollen Ehrlichkeit, die einer der unbestreitbaren Vorzüge seiner Nation ist. »So hatte ich das nicht gesehen, Sir«, sagte er. »Sie waren so gütig, mir eine Frau oder eine Tochter zuzutrauen. Ich besitze weder die eine noch die andere; aber Ihr Argument trifft ins Schwarze und es trifft mich direkt, das können Sie mir glauben.« Er sah Mr. Hethcote an, der schweigend und steif dasaß und mit dieser Vertraulichkeit nicht einverstanden war. Rufus begann – in vollkommener Unschuld und guten Glaubens – sich auf dieser Seite beliebt zu machen: »Sie, Sir, sind ein Fremder und Sie werden zweifelsohne wünschen, den Artikel – der Inhalt unserer Unterhaltung ist – durchlesen zu können.« Er entnahm seiner Brieftasche einen Zeitungsausschnitt und bot ihn dem erstaunten Engländer an. »Ich würde mich freuen, Ihre Meinung, Sir, über die Ansicht kennenzulernen, die unser gemeinsamer Freund Claude A. Goldenheart vorgebracht hat.«

Ehe Mr. Hethcote antworten konnte, fuhr Amelius auf die ihm eigene ungestüme Weise dazwischen: »Geben Sie ihn mir! Ich möchte ihn zuerst lesen!« Er griff nach dem Zeitungsausschnitt. Rufus stoppte ihn mit würdiger Fassung. »Ich habe ein ruhiges Temperament, Sir, aber das hindert mich nicht, Feuer in anderen zu bewundern. Außer natürlich, es bringt die Dinge zum Überkochen!« Nach diesem Wink erlaubte der kluge Neu-Engländer Amelius, den Ausschnitt an sich zu nehmen.

Mr. Hethcote, der endlich Gelegenheit fand, auch ein Wort zu sagen, setzte sich nun – ein wenig von oben herab – in Positur: »Ich erbitte Verständnis von Ihnen beiden dafür, daß ich es ablehne, irgend etwas zu lesen, das Privatangelegenheit einer anderen Person ist.«

Weder der eine noch der andere seiner Partner schenkte dieser Erklärung auch nur die geringste Aufmerksamkeit. Amelius las den Zeitungsausschnitt und Rufus beobachtete ihn dabei ruhig. Einen Augenblick später knüllte Amelius den Ausschnitt zusammen und warf ihn unwillig auf den Boden. »Das ist von Anfang bis Ende voller Lügen!« brach es aus ihm heraus.

»Inzwischen geht das aber durch die ganzen Vereinigten Staaten«, bemerkte Rufus. »Und wenn wir in Liverpool ankommen, werden wir ohne Zweifel sehen, daß die englischen Zeitungen diese Notiz abgedruckt haben. Wenn Sie meinen Rat annehmen wollen, Sir, so sollten Sie klugerweise eine Unempfindlichkeit gegenüber Pressekommentaren zu kultivieren beginnen.«

»Glauben Sie denn, die sind mir wichtig?« fragte Amelius indigniert. »Ich denke an die arme Frau. Was kann ich unternehmen, um ihren Ruf zu retten?«

»Also, Sir«, schlug ihm Rufus vor, »an Ihrer Stelle würde ich eine Mitteilung durch das Schiff zirkulieren lassen, in der Sie einen Vortrag über die Angelegenheit für heute nachmittag ansagen – wenn das Wetter das zuläßt. So würden wir in Coolspring vorgehen.«

Amelius hörte ihn an, ohne überzeugt zu sein. »Natürlich wäre es sinnlos, die Angelegenheit jetzt geheimhalten zu wollen. Aber ich möchte sie nicht noch mehr publik machen.« Er hielt inne und schaute Mr. Hethcote an. »Zufälligerweise, Sir«, begann er wieder, »stellt diese unglückliche Sache ein Beispiel für einige der Regeln unserer Gemeinschaft dar, von denen zu sprechen ich keine Zeit fand, als Mr. Dingwell hier sich uns anschloß. Es wäre eine Erleichterung für mich, irgend jemandem gegenüber diese abscheulichen Lügen richtigzustellen; und ich würde gerne von Ihnen hören – wenn Sie erlauben –, was Sie, von Ihrem Gesichtspunkt aus gesehen, von meiner Haltung denken. Das könnte mich«, und er lächelte ein wenig unsicher, »vorbereiten auf das, was ich vielleicht in den englischen Zeitungen finden werde.«

Mit diesen einleitenden Worten begann er seine traurige Geschichte zu erzählen, die scherzhafterweise in den Zeitungen mit Schlagzeilen versehen wurde wie: »Miss Mellicent und Goldenheart inmitten der Sozialisten von Tadmor.«

Kapitel III

»Vor fast sechs Monaten«, sagte Amelius, »wurden wir durch einen Brief benachrichtigt, daß eine unverheiratete englische Dame eintreffen werde, um Mitglied unserer Gemeinschaft zu werden. Sie werden meine Gründe, ihren Familiennamen geheimzuhalten, verstehen; sogar die Zeitung hatte den Anstand, sie nur bei ihrem Vornamen zu nennen. Ich will Ihr Interesse nicht umsonst geweckt haben und eingestehen: Miss Mellicent war weder schön noch jung. Sie war achtunddreißig Jahre alt, als sie zu uns kam, und jedermann konnte ihrem Gesicht die Spuren ansehen, die Zeit und Not dort hinterlassen hatten. Nichtsdestoweniger schien sie für uns alle eine interessante Frau zu sein. Vielleicht war es die Zartheit ihrer Stimme oder irgend etwas in ihrem Ausdruck, was uns anregte. Nein, ich kann es nicht erklären! Ich kann nur sagen, in Tadmor gab es andere junge Frauen, und sie waren außerstande, uns so für sich zu gewinnen wie Miss Mellicent. Ein großer Widerspruch, nicht wahr?«

Mr. Hethcote sagte, er verstünde einen solchen Widerspruch. Rufus stellte die treffende Frage: »Haben Sie eine Photographie dieser Dame, Sir?«

»Nein«, sagte Amelius, »aber ich wünschte, ich hätte eine. Wir empfingen sie also im Gemeinschaftsraum, als sie ankam. Er heißt so, weil wir alle uns dort gemeinsam aufhalten, wenn die Tagesarbeit getan ist. Manchmal werden dort ein Gedicht oder ein Roman vorgelesen, manchmal soziale und politische Fragen erörtert, die in England und Amerika im Augenblick anstehen, und manchmal gibt es Musik oder Tanz oder ein Billardspiel, um uns abzulenken. Wenn ein neues Mitglied eintrifft, gibt es die Einführungszeremonien. Ich stand nahe neben dem Alt-Bruder – das ist der Name, den wir dem Haupt unserer Gemeinschaft geben –, als zwei der Frauen Miss Mellicent hereinführten. Er ist ein kerniger alter Bursche, der den ersten Abschnitt seines Lebens auf seiner eigenen Lichtung in einem der westlichen Forste zugebracht hatte. Auch heute noch dauert es gar nicht lange, bis er in seinen Reden uns beweist, daß sein Umgang mit Bäumen noch immer den ersten Platz in seinen Erinnerungen einnimmt. Er schaute unter seinen wilden alten Augenbrauen genau auf Miss Mellicent, und ich hörte, wie er – halb zu sich – flüsterte: ›O mein Gott, noch eines dieser gefallenen Blätter!‹ Ich wußte, was er meinte. Das waren jene Leute, die in der Lotterie des Lebens

Nieten gezogen hatten, die schwer um das Glück gerungen und nichts anderes geerntet hatten als Enttäuschung und Trauer: die Freundlosen und die Einsamen, die Verwundeten und die Verlorenen. Sie sind es, die unser guter Alt-Bruder ›Die gefallenen Blätter‹ nennt. Ich mag diesen Ausdruck; es ist eine rücksichtsvolle Art, jene armen Mitmenschen, die in unserer Welt untergegangen sind, zu bezeichnen.«

Er hielt einen Augenblick inne und sah gedankenvoll über die weite Leere von Meer und Himmel hin. Ein vorüberhuschender Schatten von Trauer verdunkelte sein frisches junges Gesicht. Die beiden älteren Männer sahen ihn schweigend an und fühlten wohl, auf ganz verschiedene Weise, das gleiche mitleidige Interesse an ihm. Was für ein Leben lag vor ihm? Was würde er damit anstellen?

»Wo war ich stehengeblieben?« fragte er und nahm sich plötzlich wieder zusammen.

»Sie hatten Miss Mellicent im Gemeinschaftsraum zurückgelassen, Sir, und der würdige Bürger mit den weißen Augenbrauen moralisierte verständlicherweise ein wenig.« Der immerbereite Rufus brachte so die Geschichte wieder in Gang.

»Ganz recht«, fuhr Amelius fort. »Da stand es nun, das arme Ding: ein kleines, scheues, dünnes Geschöpf in einem weißen Kleid, mit einem schwarzen Schal über ihren Schultern, zitternd und voller Sorgen in diesem Raum voller Fremder. Der Alt-Bruder nahm sie bei der Hand, küßte sie auf die Stirn und hieß sie im Namen der Gemeinschaft herzlich willkommen. Dann folgten die Frauen seinem Beispiel, worauf ihr alle Männer die Hand schüttelten. Dann richtete unser Chef jene drei Fragen an sie, die er allen neuen Ankömmlingen stellen muß, die sich uns anschließen: ›Kommst du aus eigenem und freien Willen hierher? Bringst du uns eine schriftliche Empfehlung von einem unserer Brüder, die uns zufriedenstellt, so daß wir uns und anderen keinen Schaden zufügen, indem wir dich aufnehmen? Weißt du, daß du durch kein Gelübde an uns gebunden und frei bist, uns wieder zu verlassen, sollte dir das Leben hier nicht zusagen?‹ Als diese Seite der Angelegenheit erledigt war, kam die Verlesung der Gemeinschaftsregeln an die Reihe und die der Strafen, falls sie gebrochen würden. Einige der Regeln kennen Sie bereits und mit anderen von minderer Wichtigkeit muß ich Sie nicht belästigen. Was die Strafen betrifft: wenn man die leichteren auf sich zieht, erhält man einen öffentlichen Verweis oder ist für einige Zeit vom gesellschaftlichen Gemeinschaftsleben ausgeschlossen. Treffen einen die schwereren, wird man entweder für eine bestimmte Zeit wieder in die Welt hinausgeschickt, um später zurückkehren zu dürfen – oder auch nicht, wenn man das will –, oder man wird von der Mitgliederliste gestrichen und ein für allemal ausgestoßen. Sie können annehmen, daß diese Einführung von Miss Mellicent schweigend akzeptiert wurde, und wir können uns dem Ende der Zeremonie zuwenden: der Verlesung jener Regeln, die Fragen der Liebe und der Heirat bestimmen.«

»Aha«, sagte Mr. Hethcote, »endlich kommen wir zu den Schwierigkeiten der Gemeinschaft!«

»Kommen wir auch zu Miss Mellicent, Sir?« wollte Rufus wissen. »Als ein Bürger eines freien Landes, in dem ich in einem Staat lieben, in einem zweiten heiraten und in einem dritten mich scheiden lassen kann, interessiere ich mich nicht so sehr für Ihre Regeln, sondern ich interessiere mich für Ihre Dame.«

»In diesem Fall sind beide voneinander untrennbar«, antwortete Amelius voller Ernst. »Wenn ich von Miss Mellicent erzählen soll, muß ich auch von den Regeln sprechen und Sie werden bald merken, warum. Wenn unsere Gemeinschaft sich mit Liebe und Heirat beschäftigt, meine Herren, dann wird sie despotisch. Sie verbietet zum Beispiel irgendeinem Mitglied zu heiraten, das von einer Erbkrankheit befallen ist; ebenso nimmt sie für sich das Recht in Anspruch, jede geplante Heirat nach Ratsbeschluß zuzulassen oder auch zu verbieten. Wir dürfen uns sogar nicht einmal ineinander verlieben, ohne die Verpflichtung auf uns zu nehmen – unter Strafandrohung –, dies dem Alt-Bruder zu melden, der dann seinerseits dies dem einmal monatlich tagenden Ratsausschuß meldet; dieser entscheidet dann, ob das Liebesverhältnis weiter bestehen darf oder nicht. Aber das ist beileibe nicht das Schlimmste! In manchen Fällen – wenn zwei Leute nicht die geringste Absicht haben, sich ineinander zu verlieben – übernimmt die Leitung die Angelegenheit: ›Euch beiden würde es gut tun, wenn ihr heiratet. Wenn ihr das nicht vorhabt, dann werden wir das arrangieren. Vergeßt das bitte nicht!‹ Sie lachen, aber manche unserer glücklichsten Ehen kamen so zustande. Unsere Ratsherren gehen nach einem festgelegten Prinzip vor. Kurz gesagt, folgendermaßen: die Erfahrungen in Heiratsangelegenheiten auf der ganzen Welt zeigen, daß die wirklich kluge Wahl eines Gatten und einer Ehefrau meistens die Ausnahme von der Regel ist und daß meistens Männer und Frauen glücklicher zusammen leben würden, wenn ihre Heirat, von beiden Seiten her gesehen, durch erfahrene Ratgeber arrangiert worden wäre. Gesetze in diesem Sinn und andere ähnlich strenge, die ich noch nicht erwähnt habe, wurden aber nicht in Kraft gesetzt, da, wie Sie, Mr. Hethcote, wohl annehmen, daraus Schwierigkeiten erwachsen wären, die unsere Gemeinschaft in Frage gestellt hätten. Aber das war vor meiner Zeit. Als ich heranwuchs, sah ich, daß Ehemänner und Ehefrauen um mich herum mit den Regeln zufrieden waren, die den Sinn erfüllten, für den sie geschaffen worden waren: der größtmöglichen Anzahl von Menschen das größtmögliche Glück zu bringen. Von Ihrem Standpunkt aus betrachtet, wird das alles, wie ich annehme, absurd erscheinen. Aber diese merkwürdigen Regeln sind unsere Antwort auf die christliche Prüfung: ›An ihren Früchten sollt ihr sie erkennen!‹ Unsere Ehepaare leben nicht in separaten Abteilungen des Hauses, alle unsere Kinder sind gesund, das Verprügeln von Ehefrauen ist bei uns unbekannt, und die Zahl der Fälle von Ehescheidungen vor unserem Gericht würde auch den bescheidensten Anwalt nicht ernähren können. Können Sie das auch über den Erfolg der Heiratsgesetze in Europa sagen? Ich überlasse es Ihnen, meine Herren, sich Ihre eigene Meinung zu bilden.«

Mr. Hethcote lehnte es ab, eine Meinung auszudrücken. Rufus aber lehnte es ab, sein Interesse an der Dame aufzugeben: »Und was sagte Miss Mellicent zu dem allen?« wollte er wissen.

Amelius antwortete: »Sie sagte etwas, das uns alle überraschte. Als der Alt-Bruder als erste Worte aus dem Regelbuch die vorlas, die sich mit Liebe und Heirat beschäftigen, wurde sie leichenblaß; sie erhob sich mit einem plötzlichen Anflug von Mut oder Verzweiflung – ich weiß nicht, was von beiden es war – und fragte: ›Müssen Sie mir das vorlesen, Sir? Mit Liebe oder Heirat habe ich nichts im Sinn.‹ Der Alt-Bruder legte das Regelbuch beiseite. ›Wenn du von einer Erbkrankheit befallen bist‹, sagte er, ›wird dich der Arzt aus der Stadt untersuchen und uns seinen Bericht geben.‹ Sie antwortete: ›Ich leide unter keiner Erbkrankheit.‹ Der Alt-Bruder nahm das Buch wieder auf. ›Wenn die Zeit gekommen sein wird, meine Liebe, ob du lieben und heiraten wirst oder nicht, wird der Ratsausschuß die Entscheidung für dich treffen.‹ Und er verlas die Bestimmungen. Sie setzte sich wieder nieder, vergrub ihr Gesicht in ihren Händen und sprach weder, noch rührte sie sich, ehe er geschlossen hatte. Die gewöhnlichen Fragen wurden daraufhin gestellt. Hatte sie irgendetwas dagegen vorzubringen? Nein! Würde sie dann die Regeln unterschreiben? Ja! Als die Zeit für das Abendbrot gekommen war, bat sie wie ein Kind, entschuldigt zu werden: ›Ich bin müde, darf ich zu Bett gehen?‹

Die unverheirateten Frauen in ihrem Schlafsaal erwarteten irgendein romantisches Liebesgeständnis von ihr zu hören, als sie sich an ihre neuen Freundinnen gewöhnt hatte, aber das erwies sich als falsch. Alles, was sie sagte, war: ›Mein Leben war eine lange Enttäuschung. Ihr würdet mir eine Freundlichkeit erweisen, mich so zu nehmen, wie ich bin und mich nicht wieder zu bitten, etwas von mir zu berichten.‹ Es war nichts Verstocktes oder Unliebenswürdiges in der Art und Weise, wie sie die Bitte zum Ausdruck brachte, ihr Geheimnis für sich behalten zu dürfen. Es gab kein gütigeres, feineres Mädchen unter ihnen, als sie es war: Niemals dachte sie an sich allein und war immer nur um die anderen besorgt. Durch eine zufällige Entdeckung wurde ich unter den Männern ihr besonderer Freund; denn es ergab sich, daß sie ihre Kindheit dort zugebracht hatte, wo ich die meine durchlebt hatte: in Shedfield-Heide in Buckinghamshire. Sie wurde niemals müde, nach meinen Erinnerungen an die Knabenzeit zu fragen und sie mit den ihren zu vergleichen. ›Ich liebte diese Gegend‹, sagte sie, ›dort erlebte ich die einzig glückliche Zeit meines Lebens.‹ Mein heiliges Ehrenwort: das war die Art von Unterhaltung, die Woche für Woche zwischen uns geführt wurde. Welch andere Unterhaltung konnte zwischen einem Mann geführt werden, dessen zwanzigster Geburtstag kurz bevorstand, und einer Frau, die an die Vierzig war? Was sollte ich denn tun, wenn ich das arme, gebrochene und enttäuschte Geschöpf auf dem Hügel oder am Fluß traf und es mir sagte: ›Sie gehen spazieren? Darf ich mit Ihnen kommen?‹ Ich habe niemals versucht, mich in ihr Vertrauen zu schleichen. Ich habe sie niemals gefragt, warum sie der Gemeinschaft beigetreten ist. Sie sehen kommen, was dann geschah? Ich sah es nicht kommen. Ich wußte nicht, was es bedeutete, wenn einige der jüngeren Frauen – wenn sie uns miteinander antrafen – mich und nicht sie ansahen und maliziös lächelten. Mir gingen endlich meine dummen Augen auf, als die Frau, die im Schlafsaal im Bett neben ihr schlief – eine Frau, die mich umsorgt hatte, als ich ein Kind in Tadmor war und alt genug ihre Mutter zu sein –, mich eines Morgens auf meinem Weg zum Fischen am Fluß aufhielt: ›Amelius‹, sagte sie, ›geh nicht ins Fischerhaus, Mellicent wartet dort auf dich.‹ Ich starrte sie verwundert an. Sie erhob warnend ihren Finger: ›Gib acht, du dummer Junge! Du gerätst schneller, als du denkst, in eine schiefe Lage. Hast du denn keine Ahnung, was los ist?‹ Ich drehte mich um, um zu sehen, was los war. Nichts Ungewöhnliches war zu sehen. ›Was meinen Sie denn?!‹ fragte ich. ›Wenn ichs dir sage, wirst du nur lachen‹, sagte sie. Ich versprach, nicht zu lachen; sie sah dann umher, als ob sie sich fürchtete, irgend jemand in der Nähe könnte uns hören, und dann gab sie ihr Geheimnis preis: ›Amelius, bitte um Urlaub und verlasse uns für einige Zeit. Mellicent liebt dich!‹«

Kapitel IV

Amelius sah seine beiden Gefährten an, als ob er zweifelte, daß sie an diesem kritischen Punkt der Erzählung ernst bleiben würden. Sie beide bewiesen ihm, daß seine Zweifel wohlbegründet waren. Er war ein wenig verletzt und sagte das auch sofort. »Ich muß zu meiner Schande gestehen, daß ich selbst in lautes Lachen ausbrach«, sagte er. »Aber Sie, meine Herren, sind älter und klüger als ich. Von Ihnen erwartete ich nicht, daß Sie, wie ich damals, bereit seien, über die arme Miss Mellicent zu lachen.«

Mr. Hethcote wünschte nicht, auf diese unerwartete Weise an seine Pflichten als ein Gentleman mittleren Alters erinnert zu werden. »Vorsichtig, Amelius! Du darfst nicht erwarten, uns davon überzeugen zu können, eine lächerliche Sache sollte nicht belacht werden. Eine Frau nahe an die Vierzig, die sich verliebt in einen jungen Burschen von Einundzwanzig ...«

»... ist lächerlich!« setzte Rufus fort. »Wenn ein Mann von Vierzig hingegen hinter einer jungen Frau von Einundzwanzig her ist, ist das ›der Ruf der Natur‹. Die Männer haben das so bestimmt. Warum aber die Frauen so viel eher als die Männer aufgeben müssen, das ist eine Frage, über die ich schon lange die Meinung der Frauen selbst hören wollte.«

Mr. Hethcote schob die Meinung der Frauen mit einer Handbewegung hinweg. »Wir wollen den Rest Ihrer Geschichte hören, Amelius. Sie gingen natürlich weiter zum Fischerhaus? Und fanden dort natürlich Miss Mellicent vor?«

»Sie erwartete mich wie gewöhnlich an der Tür«, setzte Amelius fort. »Und hielt, als sie meine Hand drücken wollte, plötzlich inne. Ich kann nur annehmen, irgend etwas in meinem Gesichtsausdruck überraschte sie. Ich merkte, wieso kann ich nicht sagen, wie mich in ihrer Gegenwart meine gute Laune verließ. Ich zweifle, ob sie mich vorher jemals so ernsthaft gesehen hatte. ›Habe ich Sie gekränkt?‹ fragte sie mich. Natürlich leugnete ich das, aber es gelang mir nicht, sie zufriedenzustellen. Sie begann zu zittern. ›Hat irgend jemand etwas gegen mich gesagt? Sind Sie meiner Gesellschaft überdrüssig?‹ Das waren ihre weiteren Fragen. Es war sinnlos, nein zu sagen. Und plötzlich überwältigte sie ein unnatürliches Mißtrauen gegen mich oder eine Art Verzweiflung über sich selbst. Sie fiel auf dem Boden des Fischerhauses nieder und begann zu weinen. Es war aber kein gesunder, simpler Tränenausbruch, es war ein stilles, elendes und sich ganz aufgebendes Weinen; als hätte sie alles Recht verloren, bedauert zu werden und alles Recht erworben, sich verletzt und verwundet zu fühlen. Ich war so bekümmert, daß mir nichts einfiel, womit ich sie trösten konnte. Ich meinte es gut und benahm mich wie ein Narr. Ein vernünftiger Mann hätte sie vom Boden aufgehoben, nehme ich an, und sie dann sich selbst überlassen. Ich hob sie auf und legte meinen Arm um sie. Sie sah mich an, als ich das tat, und einen Augenblick lang, glauben Sie mir, sah sie um zwanzig Jahre jünger aus! Sie errötete, wie ich nie vorher oder seither eine Frau erröten sah; das Blut schoß ihr ins Gesicht und über den ganzen Hals. Ehe ich etwas sagen konnte, griff sie nach meiner Hand und – haben Sie schon so etwas Verrücktes gehört? – küßte sie. ›Nein‹, rief sie, ›verachten Sie mich nicht. Lachen Sie nicht über mich. Warten Sie und hören Sie zu, wie mein Leben ausgesehen hat, dann werden Sie verstehen, warum ein wenig Güte mich überwältigt hat.‹ Sie sah mißtrauisch um die Ecke des Fischerhauses, und sagte: ›Ich will nicht, daß mich irgend jemand sonst hört. Ein wenig Stolz habe ich noch in mir. Kommen Sie zum See und rudern Sie mich im Boot hinaus.‹ Hören konnte uns gewiß niemand, aber sie vergaß und ich vergaß, daß uns jemand sehen konnte und daß das, was auf dem See zu sehen war, am Ufer mißverstanden werden konnte.«

Mr. Hethcote und Rufus wechselten bedeutsame Blicke. Sie hatten nicht vergessen, was die Regeln der Gemeinschaft besagten, wenn eines der Gemeinschaftsmitglieder eine Vorliebe für die Gesellschaft eines anderen zeigte.

Amelius fuhr fort: »Da waren wir also auf dem See. Ich paddelte mit den Rudern, und sie öffnete mir ihr ganzes Herz. Wie das so oft ist, hatten ihre Schwierigkeiten mit dem Tod ihrer Mutter und mit ihres Vaters zweiter Heirat begonnen. Sie hatte einen Bruder und eine Schwester, die Schwester heiratete einen deutschen Kaufmann, der sich in New York niedergelassen hatte, und der Bruder siedelte mit Erfolg in Australien als Schafzüchter. Sie sehen also, sie war allein zu Haus und auf Gnade und Ungnade der Stiefmutter ausgeliefert. Ich verstehe selbst nichts von solchen Fällen, aber Leute, die's tun, sagen mir, im allgemeinen machten beide Seiten Fehler. Die Sache war noch schlimmer dadurch, daß es eine arme Familie war; die einzige reiche Verwandte war eine Schwester der ersten Frau, die gegen die zweite Heirat des Witwers war und seitdem das Haus nicht mehr betreten hatte. Also: die Stiefmutter hatte eine scharfe Zunge und Mellicent war die erste, die das zu spüren bekam. Die Stiefmutter warf ihr vor, sie sei für den Vater eine Last und sollte für sich selber sorgen. Es war unnötig, Mellicent diese harten Worte zweimal zu sagen. Am nächsten Tag beantwortete sie eine Annonce, und ehe die Woche vorüber war, verdiente sie ihren Lebensunterhalt als Gouvernante.«

Hier hatte Rufus eine interessante Frage zu stellen und unterbrach die Erzählung: »Darf ich fragen, Sir, was sie verdiente?«

»Dreißig Pfund pro Jahr«, antwortete Amelius. »Sie unterrichtete von neun Uhr früh bis zwei und ging dann wieder nach Hause.« »Wie Gehälter im allgemeinen so sind, scheint hier kein Grund zur Klage gegeben«, bemerkte Mr. Hethcote.

»Sie beklagte sich auch nicht«, erwiderte Amelius. »Sie war mit ihrem Gehalt zufrieden, aber nicht mit ihrem Leben. Das demütige kleine Ding wurde richtig böse, wenn sie davon sprach. ›Ich hatte keinen Anlaß, mich über meine Herrschaft zu beschweren‹, sagte sie. ›Ich wurde höflich behandelt und pünktlich entlohnt; aber anfreunden konnte ich mich niemals mit ihr. Ich versuchte das bei den Kindern und manchmal glaubte ich, es wäre mir gelungen, aber, du lieber Gott, wenn sie müßig waren und ich sie dazu anhalten mußte, ihre Lektionen zu lernen, merkte ich bald, wie wenig die Liebe ihnen wert war, die ich ihnen schenken wollte. In Büchern lesen wir von Kindern, die vollkommene kleine Engel seien und niemals neidisch oder habgierig oder verdrießlich: immer die gleichen süßen, frommen, zärtlichen, dankbaren und unschuldigen Geschöpfe. Nur mein Unglück war, daß ich – wohin ich auch gehen mochte – solche Engel niemals fand. Es war ein schweres Leben, Amelius. Welch ein Leben führte ich! Das Leben, das die arme Mittelklasse in England führen muß, ich glaube, das gibt es nirgendwo sonst!‹ Von Anfang bis Ende des Jahres kämpft sie denselben schrecklichen Kampf, den ›Anschein wahren‹ zu müssen – in einem Leben ohne irgendeine Veränderung, in einer herzbrechenden Eintönigkeit. ›Wir wohnten in einer Seitengasse in einer schäbigen Vorstadt. Glauben Sie mir, in dem ganzen mühseligen Jahr gab es für uns nur eine Abwechslung: das Wohltätigkeitskonzert, das der Geistliche für seine Schulen einmal im Jahr veranstaltete. Den Rest des Jahres gab es für den ersten Teil des Tages Unterricht, für den anderen Näharbeiten für die jüngeren Schüler. Mein Vater hatte religiöse Skrupel, er untersagte Theater, er untersagte Tanz und leichte Lektüre; er verbot uns sogar, in die Auslagen der Geschäfte zu schauen, da wir kein Geld für Ausgaben hätten und verführt werden könnten. Er ging morgens ins Geschäft, kam abends wieder, schlief nach dem Abendessen ein, wachte wieder auf, las uns Gebete vor und am nächsten Tag: wieder ins Geschäft, wieder zurück, schlafen, aufwachen, Gebete vorlesen – ohne Unterbrechung Woche für Woche, Monat für Monat! Außer am Sonntag, der aber auch immer der gleiche Sonntag war: dieselbe Kirche, derselbe Gottesdienst, dasselbe Mittagessen und dasselbe Gebetbuch am Abend. Auch wenn wir vierzehn Tage am Meer waren, fuhren wir immer in denselben Ort und wohnten in derselben billigen Pension. Die wenigen Freunde, die wir hatten, führten das gleiche Leben und waren gleicherweise erdrückt von der gleichen Eintönigkeit. Aber alle Frauen – außer mein armseliges Ich! – schienen sich dem zufrieden zu unterwerfen. Ich, ich wollte doch so wenig. Nur hier und da eine Veränderung, nur ein wenig Mitgefühl, wenn mir elend und ich krank im Herzen war, nur jemanden haben, den ich lieben und bedienen konnte, um durch ein Lächeln oder ein freundliches Wort belohnt zu werden.

Die Mütter schüttelten nur ihre Köpfe über mich und ihre Töchter lachten. Haben wir denn Zeit für Sentimentalitäten? Haben wir nicht genug zu tun mit Nähen und Flicken, mit dem Herrichten der Kleider und mit dem Einteilen des Bratens, damit er so lange wie möglich vorhält, mit dem Sauberhalten der Kinder und mit der Wäsche, die man selbst im Hause wäscht, und dabei werden noch Tee und Zucker immer teurer und mein Mann schimpft jede Woche, wenn ich ihn ums Haushaltsgeld bitten muß. Ach, genug damit, genug damit! Menschen, die für etwas Besseres geschaffen wurden, sinken auf das gleiche, gemeine und selbstsüchtige Niveau hinab – ist das ein Anblick, den man gern sieht? Wenn ich an die letzten zwanzig Jahre meines Lebens denke, schaudert es mich!‹ Darüber klagte sie mitten im einsamen See und niemand außer mir konnte es hören.«

»In meinem Lande, Sir«, sagte Rufus, »hätte eine Vortrags- und Konzertagentur ihr, gegen geringe Kosten, Amüsements nachweisen können ... Und ich glaube, falls sie sich für die Ehe entschlossen hätte, sie hätte bei uns anklopfen können, um einmal etwas anderes zu erleben!«

»Wir kommen zum traurigsten Teil ihrer Geschichte«, antwortete Amelius. »Vor knapp zwei Jahren kam eine Zeit, da besserten sich ihre Aussichten. Ihre reiche Tante, die Schwester ihrer Mutter, starb und hinterließ ihr – Sie werden's nicht glauben! – ein Legat von sechstausend Pfund. Ein Hoffnungsstrahl in ihrem Leben! Die arme Lehrerin wurde, in einem kleinen Maß, zur Erbin und hatte ein Vermögen zur Verfügung. Zum erstenmal gab es zu Hause ein kleines Fest: Geschenke für einen jeden, Küsse und Glückwünsche und endlich neue Kleider. Und noch mehr als das: kurz darauf gab es noch ein wunderbares Ereignis! Ein Herr erschien im Familienkreis und hatte ein interessantes Ziel vor Augen: ein Herr, der Besuche in jenem Hause gemacht hatte, in dem sie seinerzeit als Lehrerin angestellt war und der sie dort mit ihren Schülern beobachtet hatte: Er hätte es natürlich für sich behalten, aber im geheimen hätte er sie vom ersten Augenblick an bewundert und nun müsse es heraus! Sie war noch nie von jemandem geliebt worden, denken Sie daran! Und er war ein bemerkenswert schöner Mann, sehr gut angezogen, er sang und spielte Klavier und war dennoch bescheiden und war ihr zugetan. Finden Sie es verwunderlich, daß sie ›Ja‹ sagte, als er um sie anhielt? Ich finde es gar nicht verwunderlich. In den ersten Wochen ihrer Verlobung schien ihr die Sonne strahlender denn je. Dann sammelten sich die Wolken: Anonyme Briefe kamen, in denen der schöne Herr – man hatte ihn durchschaut – als nichts geringeres als ein Schuft bezeichnet wurde. Sie zerriß entrüstet diese Briefe, denn sie war zu zartfühlend, um sie ihm auch nur zu zeigen. Als nächstes trafen unterzeichnete Briefe ein, adressiert an ihren Vater und abgeschickt von einem Onkel und einer Tante, die beide ein und dieselbe Warnung enthielten: ›Sollte Ihre Tochter darauf bestehen, ihn sich zum Mann zu nehmen, so raten Sie ihr, vorher ihr Geld sicherzustellen!‹ Wenige Tage später erschien ein Besucher – ein Bruder –, der noch offener sprach. Als Ehrenmann könne er nicht hören, was vorgehe, ohne das schmerzliche Eingeständnis abgeben zu müssen: sein Haus dürfe der Bruder nicht mehr betreten! Nachdem er das erklärt habe, lehne er jede weitere Verantwortung ab. – Sie beide sind Männer von Welt und Sie werden den Ausgang erraten: Streit im

Hause; das arme, ältliche Mädchen, das im Wolkenkuckucksheim lebte, ihrem Liebhaber blind ergeben; überzeugt, man tue ihm schrecklich unrecht; rasend, als er erklärte, er würde sich nicht mit einer Familie verbinden, die ihn verdächtige. Ach, ich kann es nicht ertragen, daran zu denken, und ich wünschte, ich hätte nie begonnen, die Geschichte zu erzählen. Wissen Sie, was er tat? Sie war natürlich – in ihrem Alter – frei, selbst zu entscheiden; es war unmöglich, sie zu halten, und der Hochzeitstag wurde von ihr bestimmt. Ihr Vater hatte erklärt, er würde das nicht gutheißen. Und ihre Stiefmutter sorgte dafür, daß er zu seinem Wort stand. Sie fuhr allein in die Kirche, ihren verlobten künftigen Gatten zu treffen. Er tauchte niemals auf; er hatte sie verlassen, gnadenlos an ihrem Hochzeitstag verlassen, nachdem sie für ihn ihre Verwandten aufgegeben hatte. Sie wurde bewußtlos nach Hause gebracht und hatte Gehirnfieber. Ihr Vater dachte rechtzeitig daran, sich ihr Bankbuch anzusehen. Von ihren sechstausend Pfund hatte sie dem Schurken geheim nicht weniger als viertausend Pfund gegeben – ihm, der sie betrogen und verlassen hatte! Kaum einen Monat später heiratete er ein junges Mädchen, mit Vermögen natürlich! Über solche Dinge liest man sonst in Zeitungen und Büchern. Aber ihnen plötzlich selbst gegenüberzustehen, nachdem man sein eigenes Leben inmitten von anständigen Leuten zugebracht hatte, ich kann Ihnen sagen, es verwirrte mich!«

Mehr sagte er nicht. Man hörte aus der Kabine unterhalb von ihnen fröhliche Stimmen, die zur Begleitung der klappernden Messer und Gabeln lachten und redeten. Um sie herum breiteten sich Meer und Himmel in strahlendem Glanz aus. Was sie sahen, stand im grausamen Gegensatz zu der traurigen Geschichte, die eben ihr Ende erreicht hatte. Wie ein Mann erhoben sich die drei und gingen das Deck entlang, als fühlten sie das körperliche Bedürfnis, durch Bewegung ihren Geist zu beleben. Und gleichzeitig warteten sie, bis die Erzählung wieder anhob.

Kapitel V

Mr. Hethcote sprach als erster wieder. »Ich kann die Motive des armen Geschöpfes, Ihrer Gemeinschaft beizutreten, begreifen«, sagte er. »Nach dem, was geschehen war, muß ihre Stellung bei solchen Verwandten, wie Sie sie beschreiben, für einen Menschen von Empfindung einfach unerträglich gewesen sein. Wie hatte sie von Tadmor und den Sozialisten gehört?«

»Sie hatte eines unserer Bücher gelesen«, antwortete Amelius, »und sie konnte zu ihrer verheirateten Schwester nach New York gehen. Nach ihrer Wiederherstellung gab es für sie Augenblicke – sie gestand es mir offen ein –, da sie Selbstmord im Sinn hatte. Nur ihre religiösen Skrupel bewahrten sie davor. Von ihrer Schwester und dem Ehemann ihrer Schwester wurde sie freundlich aufgenommen. Sie wollten sie bei sich behalten, wo sie ihre Kinder unterrichten sollte. Nein, das neue Leben, das ihr vorgeschlagen wurde, ähnelte zu sehr ihrem alten! Sie war körperlich und seelisch zerbrochen und hatte nicht den Mut dazu. Wir haben in New York einen Vertreter. Er arrangierte ihre Reise nach Tadmor. In diesem Teil der Geschichte wenigstens ist ein Schimmer des Lichts zu sehen: sie segnete den Tag, armes Seelchen, an dem sie zu uns kam. Nie vorher hatte sie sich inmitten derart gutherziger, selbstloser und einfacher Menschen befunden. Nie vorher ...« Er unterbrach sich auf einmal und sah ein wenig verwirrt drein. Zuvorkommenderweise beendete Rufus den Satz für ihn: »Nie vorher hatte sie einen jungen Mann mit solch natürlichen Gaben der Faszination getroffen wie C.A.G. Seien Sie nicht zu bescheiden, Sir; das zahlt sich im neunzehnten Jahrhundert nicht aus, ich versichere Sie!«

Amelius war diesmal mit seinem Lachen nicht so schnell bei der Hand. »Ich wünschte, ich könnte die Geschichte an dem Punkt, den wir jetzt erreicht haben, abbrechen!« sagte er. »Aber sie hat Tadmor verlassen, und um ihr, nach dem Zeitungsskandal, Gerechtigkeit angedeihen zu lassen, muß ich Ihnen erzählen, wie und warum sie es verlassen hat. Das Unheil begann, als ich ihr aus dem Boot heraushalf. Zwei unserer jungen Frauen trafen uns am Seeufer und fragten mich, wie es mir beim Fischen ergangen sei ...? Sie meinten es nicht böse, und waren nur, wie gewöhnlich, in fröhlicher Stimmung. Dennoch konnte man ihre Blicke und ihren Ton nicht mißverstehen, als sie das fragten. Miss Mellicent, verwirrt wie sie war, verschlimmerte alles, wurde rot, riß ihre Hand aus der meinen und lief allein zum Haus zurück. Die Mädchen, die sich ihres dummen Spaßes freuten, beglückwünschten mich zu meinen Aussichten. Ich muß sehr verdrießlich gewesen sein, vielleicht durch das erregt, was ich gehört hatte, jedenfalls verlor ich die Fassung und verschlimmerte nun alles meinerseits. Ich gab ihnen einige sehr böse Worte und ließ sie stehen. Am selben Abend fand ich in meinem Zimmer einen Brief vor. ›Um Ihretwillen darf man mich nicht mehr mit Ihnen alleine sehen. Es ist schwer, den Trost Ihres Mitgefühls zu verlieren, aber ich muß mich dem fügen. Denken Sie so gut an mich, wie ich gut an Sie denke. Es hat mir wohl getan, mein Herz vor Ihnen öffnen zu können.‹ Nur diese Zeilen, unterzeichnet mit Mellicents Initialen. Ich war unbesonnen genug, den Brief aufzubewahren, statt ihn zu zerstören. Alles hätte noch gut ausgehen können, wäre sie nur bei ihrem Entschluß geblieben. Aber unglücklicherweise stand mein einundzwanzigster Geburtstag unmittelbar bevor, und man redete in der Gemeinschaft davon, ihn mit einem Fest zu feiern. Als dieser Tag angebrochen war, stand ich mit Sonnenaufgang auf, denn ich hatte Feldarbeit zu tun und wollte sie rechtzeitig erledigt haben. Im Wald traf ich sie.«

»Allein?« fragte Mr. Hethcote.

Rufus unterstrich die Weisheit seiner Frage auf seine bei ihm gewohnte offene Art und Weise: »Wenn ein Mann und eine Frau im Begriff sind, gemeinsam eine unbesonnene Tat zu begehen, so ist es – wie die Philosophen bemerkten – immer die Frau, die führt. Natürlich war sie allein!«

»Sie hatte für meinen Geburtstag ein kleines Geschenk bereit«, erklärte Amelius, »eine selbstgemachte Geldbörse. Und sie fürchtete den Hohn der jungen Mädchen, wenn sie die mir öffentlich übergebe. ›Ihnen gelten die aufrichtigsten Glückwünsche meines Herzens. Wenn Sie die Börse öffnen, denken Sie manchmal an mich, Amelius!‹ Wären Sie an meiner Stelle gewesen, hätten Sie ihr sagen können, sie möge fortgehen, als sie das sagte und mir ihr Geschenk in die Hand drückte? Nicht, wenn sie Sie gleichzeitig angeblickt hätte – ich schwöre Ihnen, Sie hätten es auch nicht tun können.«

Das magere Gesicht von Rufus Dingwell löste sich zum erstenmal zu einem breiten Grinsen. »In den Zeitungen wurden weitere Einzelheiten beschrieben«, sagte er etwas verschlagen.

»Der Teufel hole die Zeitungen!« antwortete Amelius.

Rufus verneigte sich heiter und höflich, in der Haltung eines Mannes, der einen englischen Fluch als ein Kompliment des Mutterlandes gegenüber der amerikanischen Presse verstanden wissen wollte. »Die Zeitungen erklärten, Sir, sie hätte Sie geküßt.«

»Das ist eine Lüge!« schrie Amelius.

»Vielleicht irrte die Presse«, Rufus gab nicht auf. »Vielleicht küßten Sie sie!«

»Ach: gleichgültig, was ich tat«, sagte Amelius wütend.

Mr. Hethcote fand es nötig, sich einzumengen. Er wandte sich auf seine pompöseste Weise an Rufus: »In England, Mr. Dingwell, ist ein Gentleman nicht gewöhnt, diese ... äh ... diese ... Dinge ... äh ... zu offenbaren.«

»Diese Küsse im Wald?« schlug Rufus vor. »In meinem Land, Sir, halten wir das Küssen in und außerhalb eines Waldes nicht für einen schandbaren Vorgang; ganz im Gegenteil, möchte ich Ihnen versichern!«

Amelius fand seine Ruhe wieder. Diese Diskussion wurde allzu lächerlich, als daß die Person, um die es ging, sie länger ertragen konnte.

»Wir wollen aus einer Mücke keinen Elefanten machen«, sagte er. »Ich habe sie geküßt – nun gut! Wenn eine Frau einem die hübscheste kleine Börse, die ich je gesehen habe, in die Hand drückt und einem mit Tränen in den Augen alles Gute zum Geburtstag wünscht – ich möchte gerne wissen, was man da tun kann, außer sie zu küssen? Ja ja, glätten Sie nur Ihre Zeitungsausschnitte und lesen Sie sie nochmals durch. Ja, sie hatte ihren Kopf auf meine Schulter gelegt, das arme Ding, und sie hatte gesagt: ›Ach Amelius, ich habe geglaubt, mein Herz sei versteint; fühlen Sie nur, wie Sie es zum Schlagen gebracht haben!‹ Wenn ich daran denke, was sie mir im Boot erzählt hatte – ich schwöre zu Gott: ich bin beinahe selbst in Tränen ausgebrochen, so unschuldig und bemitleidenswürdig war sie!«

Rufus streckte ihm mit echt amerikanischer Herzlichkeit die Hand entgegen. »Ich versichere Sie, ich habe es nicht bös gemeint«, sagte er. »In Ihnen lebt der rechte Geist, daran ist nicht zu zweifeln – und hier verschwindet die Zeitung!« Er knüllte die Ausschnitte zusammen und warf sie über Bord.

Mr. Hethcote nickte zum Zeichen seines vollkommenen Einverständnisses mit diesem Vorgang. Amelius setzte seine Geschichte fort.

»Ich bin gleich am Ende«, sagte er. »Hätte ich gewußt, daß die Erzählung so lange Zeit in Anspruch ... – ach was! Schließlich verließen wir den Wald, Mr. Rufus, ohne irgendeinen Verdacht zu haben, daß wir beobachtet worden waren. Ich war klug genug – als es schon zu spät war, werden Sie sagen –, ihr vorzuschlagen, in Zukunft vorsichtig zu sein. Statt das ernst zu nehmen, lachte sie nur. ›Haben Sie Ihre Meinung geändert, seit Sie mir geschrieben haben?‹ fragte ich sie. ›Stimmt, das habe ich‹, sagte sie. ›Als ich Ihnen schrieb, hatte ich den Altersunterschied zwischen Ihnen und mir vergessen. Nichts, was wir tun, wird ernstgenommen werden. Ich habe Angst, Amelius, daß man mich auslachen wird. Aber sonst habe ich vor nichts Angst!‹ Ich tat mein Bestes, sie eines Besseren zu belehren. Ich sagte ihr, daß es bei uns Ehepaare gäbe, die im Alter nicht zusammen paßten: Frauen älter als die Männer, ebenso Männer, die älter als die Frauen waren. Der Rat sorge nur dafür, daß sie auf andere Weise zueinander paßten und lehne es ab, sich mit der Altersfrage zu befassen.

Ich glaube nicht, daß das etwas nützte: Sie schien zum erstenmal in ihrem Leben allzu glücklich – das arme Ding! –, um sich über den Augenblick hinaus Gedanken zu machen. Und am nächsten Tag zog ein anderes Ereignis unsere Aufmerksamkeit auf sich. Aus London erreichte uns ein Brief eines Anwalts mit der Ankündigung einer Erbschaft bei Erreichung meiner Volljährigkeit. Es war, wie Sie wissen, beschlossen worden, daß ich in die Welt hinausziehen und mein eigenes Urteil bilden sollte, aber das Datum meiner Abreise war noch nicht bestimmt worden. Zwei Tage später brach der Sturm los, der sich seit Wochen über uns zusammengezogen hatte: Wir wurden vor den Rat zitiert, um uns für die Verletzung der Regeln zu verantworten. Auf dem Ratstisch lag ein Papier, auf dem alles, was ich Ihnen gestanden habe und noch einiges mehr, das ich für mich behalten hatte, verzeichnet war. Und angeheftet an dieses Papier war Mellicents Brief, der in meinem Zimmer gefunden worden war. Ich nahm alle Schuld auf mich und verlangte jener unbekannten Person gegenübergestellt zu werden, die uns denunziert hatte. Der Rat beantwortete dies mit der Frage: ›Ist unsere Information in irgendwelchen Einzelheiten unrichtig?‹ Keiner von uns konnte leugnen, daß sie in jeder Einzelheit der Wahrheit entsprach. Der Rat beschloß, nachdem er das gehört hatte, daß es nach unserem eigenen Geständnis unnötig sei, uns mit dem Denunzianten zu konfrontieren. Bis zum heutigen Tag weiß ich nicht, wer der Spion war. Weder Mellicent noch ich hatten einen Feind in der Gemeinschaft. Die Mädchen, die uns am See gesehen und einige andere Mitglieder, die uns zusammen getroffen hatten, alle sagten nur unter Zwang aus. Und sogar die machten Ausflüchte: Sie hätten uns gern und wir täten ihnen leid. Ihnen wurde aber ihre Pflicht den Regeln gegenüber in Erinnerung gerufen. Wir wurden zu sechs Monaten Ausweisung verurteilt, um nachher in die Gemeinschaft zurückzukehren oder auch nicht; wie wir das wollten. Das, meine Herren, war ein hartes Urteil für zwei heimatlose und freundlose Menschen, für zwei ›Verlorene Blätter‹, die nach Tadmor verweht worden waren – was immer wir heute von dem Urteil halten mögen. In meinem Fall hatte man bereits bestimmt, daß ich die Gemeinschaft verlassen würde. Nach dem was geschehen war, wurde mir meine Abreise innerhalb von vierundzwanzig Stunden zur Pflicht gemacht. Eine Rückkehr, ehe die Zeit meiner Strafe abgelaufen sei, wurde mir untersagt. Im Falle von Mellicent war man noch strenger. Sie wagten es nicht, sie allein fahren zu lassen. Ein weibliches Mitglied der Gemeinschaft wurde bestimmt, sie bis ins Haus ihrer verheirateten Schwester in New York zu begleiten, und es wurde ihr anbefohlen, am nächsten Morgen bei Sonnenaufgang für die Reise bereit zu sein. Wir merkten natürlich beide, daß das Ziel dieser Maßnahme war, uns daran zu hindern, gemeinsam zu reisen. Sie hätten sich ersparen können, uns derartige Hindernisse in den Weg zu legen!«

»Soweit es Sie selbst betraf, nehme ich an?« sagte Mr. Hethcote.

»Soweit es auch sie betraf!« antwortete Amelius.

»Wie nahm sie das Urteil auf?« wollte Rufus wissen.

»Mit einer Fassung, die uns alle erstaunte«, sagte Amelius. »Wir hatten Tränen erwartet und Bitten um Gnade. Sie stand vollkommen ruhig auf und weitaus ruhiger als ich es war, wendete sie mir ihren Kopf zu und ihre Augen sahen mich ruhig an. Stellen Sie sich eine Frau vor, deren ganzes Wesen davon in Anspruch genommen war, was sie da auf sich zukommen sah und die sah, was kein Mensch um sie herum sehen konnte, und aufrecht gehalten zu werden schien durch Hoffnungen, die kein Mensch um sie herum mit ihr teilen konnte – stellen Sie sich sie so vor, wie ich sie dastehen sah, als sie das Urteil hörte. Die Ratsmitglieder, die ja daran gewöhnt waren, sich von einem Bruder oder einer Schwester, die geirrt hatten, mit liebenden und barmherzigen Worten zu verabschieden, auch die waren mehr oder weniger unglücklich, als sie ihr ›Lebewohl‹ sagten. Die meisten Frauen weinten, als sie Mellicent küßten. Immer und immer wieder sagten sie ihr dieselben freundlichen Worte: ›Wir bedauern dich aufs herzlichste, meine Liebe, und wir werden glücklich sein, wenn wir dich wieder hier willkommen heißen können!‹ Sie sangen, wie immer, unsere Abschiedshymne – und brachen vor ihrem Ende weinend ab. Mellicent mußte sie trösten! Die ganze feierliche Zeremonie hindurch verlor sie auch nicht einmal ihre merkwürdige Fassung und ihren geheimnisvoll verzückten Blick. Ich verabschiedete mich als letzter von ihr: Ich muß zugeben, ich traute mir nicht die Fassung zu, ihr etwas zu sagen. Sie hielt meine Hand fest, und einen Augenblick leuchtete ihr Gesicht mit einem strahlenden Lächeln auf, aber dann verdunkelte jener eigenartige, gedankenverlorene Ausdruck ihr Gesicht, wie ein Schatten das Licht verdeckt. Ihre Augen, noch immer auf mich gerichtet, schienen über mich hinauszuschauen. ›Seien Sie beruhigt, Amelius: dies ist nicht das Ende.‹ Sie legte mir ihre Hand aufs Haupt und zog es zu sich hinunter. ›Du kommst zu mir zurück‹, wisperte sie und küßte mich – vor den Augen aller – auf die Stirn. Als ich wieder aufsah, war sie gegangen. Ich habe sie seither weder gesehen, noch von ihr gehört. Ich habe alles erzählt, meine Herren; manches davon hat mich unglücklich gemacht, da ich es erzählte. Lassen Sie mich eine Minute allein weggehen und aufs Meer hinausschauen.«

Zweites Buch
Amelius in London

Kapitel I

»Ach, Rufus Dingwell, was ist das heute für ein regnerischer Tag! Die Straßen von London, die ich von meinem Hotelfenster aus sehen kann, bieten einen derart elendigen und schmutzigen Anblick! Glauben Sie mir, daß ich mir kaum wie derselbe Amelius vorkomme, der Ihnen zu schreiben versprach, als Sie in Queenstown von Bord des Dampfers gingen? Meine Laune sinkt und ich komme mir alt vor. Bin ich überhaupt in der rechten Verfassung, Ihnen meine Eindrücke von London zu schildern? Vielleicht ändere ich noch meine Ansicht; im Augenblick (dies nur zwischen Ihnen und mir) gefallen mir weder London noch seine Bevölkerung, mit Ausnahme von zwei Damen, die – jede auf ihre Weise – mich interessiert und bezaubert haben.

Wer die zwei Damen sind? Ehe ich sie Ihnen aus meiner Sicht schildere, muß ich Ihnen berichten, was ich von Mr. Hethcote über sie hörte.

Nachdem Sie uns verlassen hatten, war der letzte Tag unserer Fahrt nach Liverpool für mich mehr als langweilig. Mr. Hethcote schien das nicht zu empfinden: Im Gegenteil, er wurde in seinen Gesprächen immer familiärer und vertraulicher. Er besitzt etwas von der englischen Steifheit, wissen Sie, und Ihr amerikanisches Tempo war wohl ein wenig zu groß für ihn. Am letzten Abend an Bord sprachen wir nochmals über die Farnabys. Als Sie noch bei uns waren, sind Sie an diesem Thema nicht genug interessiert gewesen, um zu hören, was er darüber sagte; wenn ich Sie aber mit jenen Damen bekanntmachen soll, müssen Sie sich jetzt dafür interessieren. Ich will zuerst berichten, daß Mr. und Mrs. Farnaby keine Kinder haben, und hinzufügen, daß sie das verwaiste Kind von Mrs. Farnabys Schwester adoptiert haben, ein Mädchen. Jene Schwester ist, so scheint es, vor vielen Jahren gestorben und hatte ihren Gatten nur um wenige Monate überlebt. Um jenen Bericht vergangener Zeiten zu beenden ... der Tod hat auch Mr. Ronald hinweggerafft, den Begründer des Schreibwarengeschäftes, ebenso wie seine Frau, die Mutter von Mrs. Farnaby. Dies sind nüchterne Meldungen, zugegeben! Aber es kommt noch etwas Interessanteres nach. Als nächstes habe ich Ihnen zu berichten, wie Mr. Hethcote ursprünglich mit Mrs. Farnaby bekannt wurde. Rufus, jetzt kommen wir endlich zu etwas Romantischem!

Es ist einige Zeit her, seitdem Mr. Hethcote zum letztenmal seine Pflichten als Geistlicher erfüllt hatte; eine Halserkrankung hatte ihm Schmerzen beim Lesen von der Kanzel herunter und auch an seinem Lesepult verursacht. Er war Kurat einer Kirche im Westend von London gewesen; hier war eines Sonntag abends nach der Predigt eine Dame zu ihm in die Sakristei gekommen, die Schwierigkeiten hatte und ihn um geistlichen Beistand und Trost bat. Sie war eine regelmäßige Besucherin der Kirche, und etwas, was er in der Abendpredigt gesagt hatte, hatte sie tief berührt. Mr. Hethcote unterhielt sich mit ihr später bei ihr zu Hause noch öfters. Er hatte ehrliches Interesse an ihr, obwohl ihr Gatte ihm mißfiel; als er seine Pfarre aufgab, hörte er auch mit seinen Besuchen in ihrem Hause auf. Ich kann Ihnen nichts über die Schwierigkeiten sagen, die Mrs. Farnaby quälten. Mr. Hethcote sprach mit Ernst und Trauer, als er mir sagte, er müsse den Inhalt seiner Gespräche geheim halten. ›Ich bezweifle, daß Sie und Mr. Farnaby einander gut verstehen werden‹, sagte er mir, ›aber ich wäre erstaunt, würden Sie nicht von seiner Frau und ihrer Nichte einen günstigen Eindruck gewinnen.‹

Das war alles, was ich wußte, als ich meinen Einführungsbrief bei Mr. Farnaby – in seinem Geschäft – präsentierte.

Es war ein großes, steinernes Gebäude, mit großen Spiegelglasfenstern, die alle seit Mr. Ronalds Zeiten – wie man mir sagte – erneuert worden waren. Mein Brief und meine Visitenkarte wurden in ein weiter hinten liegendes Büro getragen, wohin ich nach einer Weile folgte. Ein magerer, harter, mittelgroßer Mann, seinen schwarzen Gehrock eng zugeknöpft, empfing mich und hielt meinen Einführungsbrief offen in Händen. Er hatte eine gesunde rötliche Gesichtsfarbe, wie sie bei Londonern ungewöhnlich ist, soweit ich das bisher gesehen habe. Sein eisengraues Haar und seine Koteletten (die Koteletten besonders) waren außergewöhnlich gepflegt, sorgfältig geölt und gekämmt, als käme er eben vom Friseur. Am Morgen war ich im Zoologischen Garten gewesen; als er seine Augen von dem Brief hob, erinnerten sie mich an die der Adler – gläsern und grausam. Ich habe einen Fehler, den ich mir nicht abgewöhnen kann: Ich kann Menschen auf den ersten Blick leiden oder nicht, ohne weder so noch so zu wissen, ob sie das verdienen oder nicht. Im Augenblick, wo sich unsere Augen zum erstenmal trafen, reizte er mich. Genauer ausgedrückt: ich haßte Mr. Farnaby. ›Guten Morgen, Sir‹, begann er mit lauter, barscher und krächzender Stimme. ›Der Brief, den Sie mir bringen, überrascht mich.‹

›Ich dachte, der Schreiber des Briefes sei ein alter Freund von Ihnen‹, sagte ich.

›Er war ein alter Freund von mir‹, antwortete Mr. Farnaby, ›dessen Irrtümer ich bedauere. Als er sich Ihrer Gemeinschaft anschloß, war er für mich gestorben. Ich wundere mich, daß er mir schreibt.‹

Es ist durchaus möglich, daß ich mich irrte, da ich ja die gesellschaftlichen Gewohnheiten in England nicht kannte, aber ich empfand seine Art, mich zu empfangen, mehr als unhöflich. Ich hatte meinen Hut auf einen Stuhl gelegt, griff wieder nach ihm und gab auf diesen Lümmel mit seinen öligen Koteletten einen Abschiedsschuß ab.

Ich sagte: ›Würde ich vorher gewußt haben, was Sie mir jetzt sagen, so hätte ich mir die Mühe erspart, diesen Brief zu präsentieren. Guten Morgen!‹

Dies beleidigte ihn nicht im geringsten. Ein seltsames Lächeln erschien auf seinem Gesicht, das seine Augen größer erscheinen ließ, und einer seiner Mundwinkel zuckte. Er hielt mir seine Hand entgegen, um mich aufzuhalten. Ich wartete, ob er es für nötig halten würde, sich zu entschuldigen. Er tat nichts dergleichen und machte nur eine Bemerkung:

›Sie sind jung und voreilig‹, sagte er. ›Wenn ich die Extravaganzen meines Freundes auch vielleicht bedauere, so verfehle ich doch jetzt nicht, das zu tun, was ich einer alten Freundschaft schuldig bin. Aber Sie sind sich wahrscheinlich nicht darüber im klaren, daß wir hier in England für Sozialisten keinerlei Sympathie empfinden?‹

Ich schlug nochmals zurück: ›In diesem Falle, Sir, würde Ihnen hier in England ein wenig Sozialismus nicht schaden. Wir halten es als Christen für einen Teil unserer Pflicht, allen Männern gegenüber, die ehrlichen Glaubens sind, Sympathie zu zeigen, wie falsch – unserer Meinung nach – ihre Ansichten auch sein mögen!‹ Ich war eigentlich davon überzeugt, daß ich ihn damit schwer getroffen hatte, und nahm meinen Hut wieder in die Hand, um als Sieger das Feld zu verlassen, solange ich das noch konnte.

Ich schäme mich, Rufus, ernsthaft für all das, was ich Ihnen da erzähle. Ich hätte ihm jene milde Antwort geben sollen, ›die den Zorn verwandelt‹. Mein Benehmen war eine Schande für die Gemeinschaft. Welch böser Einfluß wirkte auf mich? War es die Londoner Atmosphäre oder war ich vom Teufel besessen?

Zum zweitenmal hielt Mr. Farnaby mich auf und war nicht im geringsten verärgert durch das, was ich ihm gesagt hatte. Es war wirklich wunderbar, seine ihm angeborene Überzeugung zu beobachten, daß er einem jungen Abenteurer wie mir überlegen sei! Er ließ mir Gerechtigkeit zukommen, er, dieser philiströse Pharisäer mir! Können Sie das begreifen? Als nächstes machte er einige Bemerkungen über meine Vorzüge, als wenn er einen jungen Stier bei einer Viehausstellung zu prämiieren hätte.

›Verzeihen Sie diese Bemerkung‹, sagte er, ›aber Ihre Manieren sind durchaus die eines Gentleman und dazu sprechen Sie Englisch ohne jeden Akzent. Sie sind doch in Amerika erzogen worden ... was bedeutet das?‹

Ich benahm mich schlechter und schlechter, denn ich wurde fast böse.

›Ich nehme an, es bedeutet‹, antwortete ich, ›daß wir in Amerika nicht nur unsere Felder kultivieren, sondern auch uns selbst! Obwohl Sie glauben mögen, daß wir nur Äxte und Spaten gebrauchen, haben wir auch unsere Bücher und unsere Musik. Und die Engländer in Tadmor behaupten nicht, ein Monopol für gute Sitten zu besitzen. Wir kennen keinen Unterschied zwischen einem amerikanischen und einem englischen Gentleman. Und was das ‚Englisch-sprechen-mit-Akzent' betrifft: wir Engländer werden dort von den Amerikanern beschuldigt, mit einem Akzent zu sprechen!‹

Er lächelte wieder. ›Wie vollkommen absurd!‹ sagte er mit dem Ausdruck des vollkommensten Mitleids mit diesen unwissenden Amerikanern. Inzwischen bekam ich den Verdacht, daß er langsam begänne, von mir genug zu haben! Er wurde mich jedoch erst durch eine Einladung los, die er nun aussprach:

›Ich würde mich freuen, Sie in meinem Haus empfangen zu dürfen, um Sie meiner Frau und ihrer Nichte – unserer Adoptivtochter – vorzustellen. Hier ist die Adresse; wir haben für den nächsten Sonnabend sieben Uhr einige Freunde zum Abendessen geladen. Werden Sie uns das Vergnügen Ihrer Gesellschaft machen?‹

Wir alle kennen den Unterschied zwischen Höflichkeit und Herzlichkeit, aber ehe Mr. Farnaby mich zum Abendessen einlud, wußte ich nicht, wie groß dieser Unterschied sein kann.

Wäre ich nicht neugierig darauf gewesen (besonders nach dem, was mir Mr. Hethcote gesagt hatte!), Mrs. Farnaby und ihre Nichte kennenzulernen, so hätte ich diese Einladung nicht angenommen. Da ich es aber war, versprach ich, mit dem geölten Kotelettenträger zu dinieren.

Er gab mir zum Abschied seine Hand. Sie fühlte sich feucht wie ein toter Fisch an. Nachdem ich wieder auf der Straße war, ging ich in die erste Kneipe, an der ich vorbei kam, und bestellte etwas zu trinken. Soll ich Ihnen erzählen, was ich noch tat? Ich ging auf die Toilette und wusch mir Mr. Farnaby von den Händen. (PS.: Hätte ich mich derart in Tadmor aufgeführt, so wäre ich mit einer der leichten Strafen bedacht worden: allein essen und für achtundvierzig Stunden nicht den Gemeinschaftsraum betreten!) Ich habe das Gefühl, in London gottloser und gottloser zu werden und bin nahe daran, zu Ihnen nach Irland zu kommen. Was sagt Tom Moore von seinen Landsleuten, und er müßte sie, glaube ich, kennen!:

›Obgleich Sie Frauen lieben und Reichtum sehr,
Herr Ritter, Sie lieben Ehre und Tugend mehr!‹

In Tom Moores Zeiten müssen alle Leute Sozialisten gewesen sein. Das wäre damals der richtige Ort für mich gewesen!

Ich mußte ein wenig innehalten. Zur Abwechslung ist dichter Nebel auf uns herabgestiegen. Mit einem übelriechenden Kohlenfeuer, mit dem Gaslicht, das um halb elf morgens angezündet wird, und den Vorhängen, die um diese Zeit zugezogen werden, habe ich endlich das Gefühl, in meinem Heimatland angekommen zu sein. Geduld, mein Freund, Geduld! Ich komme noch zu den Damen!

Als ich an dem verabredeten Tag Mr. Farnabys Privathaus betrat, machte ich Bekanntschaft mit noch einer der zahlreichen Unaufrichtigkeiten im englischen Leben. Wenn ein Mann in anderen Ländern dich einlädt, um sieben Uhr mit ihm zu dinieren, so meint er, was er sagt. In England meint er halb acht und manchmal ein Viertel vor acht. Um sieben Uhr war ich die einzige Person, die in Mr. Farnabys Salon anwesend war.

Zehn Minuten nach sieben erschien Mr. Farnaby. Ich hatte beinahe Lust, seinen Platz auf dem Teppich vor dem Kamin einzunehmen und ihn mit den Worten zu begrüßen: ›Farnaby, ich freue mich, Sie hier zu sehen!‹ Aber ich besah mir seine Koteletten und die sagten mir – so präzis, wie Worte das vermögen – ›Lieber nicht!‹. Nach weiteren fünf Minuten gesellte sich Mrs. Farnaby zu uns.

Ich wünschte, ich wäre ein geübter Schriftsteller; oder nein, im Augenblick wäre ich lieber ein tüchtiger Porträtmaler und könnte Ihnen beiliegend Mrs. Farnabys Abbild schicken. Ich weiß wirklich nicht, wie ich sie mit Worten beschreiben soll. Nie vorher habe ich eine solche Frau gesehen und nie mehr erwarte ich, wieder eine solche Frau zu sehen. Nichts an ihrer Figur, nichts an ihrer Art, sich zu bewegen, machte Eindruck auf mich, denn sie ist klein, dick und kommt mit einem sicheren, energischen Schritt gleich dem eines Mannes daher. Ihr Gesicht ist es, das ich Sie so deutlich sehen lassen möchte, wie ich es selbst sah: Ihr Gesicht war es, das mich erschreckte.

Soweit zu beurteilen war, muß sie – als sie jung war – auf eine plump-gesunde Weise hübsch gewesen sein. Ich muß sagen, ich weiß kaum, ob sie nicht auch heute noch hübsch ist! Sie zeigt gewiß keine Runzeln oder Falten. Ihr Haar ist entweder gar nicht grau oder so hell, daß das Grau nicht zu sehen ist. Sie hat sich ihren hellen Teint bewahrt: ob vielleicht mit künstlicher Hilfe, das weiß ich nicht zu sagen. Was ihre Lippen angeht – ich spreche nicht respektlos und beschreibe sie nur wahrheitsgemäß, wenn ich sage: sie laden, trotz allem, zum Küssen ein. Mit zwei Worten: obwohl sie, wie ich von einem der Gäste nach dem Essen erfahren habe, seit sechzehn Jahren verheiratet ist, wäre sie noch immer eine unwiderstehliche kleine Frauensperson, wäre da nicht ein Hindernis: ihre Augen. Mißverstehen Sie mich nicht! Es sind an sich große, offene, blaue Augen und einmal mögen sie der Hauptanziehungspunkt in ihrem Gesicht gewesen sein. Aber heute liegt der Ausdruck des Leidens in ihnen, eines langwährenden und ungetrösteten Leidens, wie ich glaube. Ein so verzweifelter, ein so schrecklicher Ausdruck, daß es mir im Herzen weh tat, als ich sie ansah. Ich könnte schwören, diese Frau lebt mit einem Geheimnis, das nur sie kennt, in einer wahren Hölle und sehnt sich nach einer Erlösung durch den Tod. Aber gleichzeitig besitzt sie eine derart hartnäckige physische Kraft und Stärke, daß sie ihre Last vielleicht bis an den Abgrund und das Ende ihres Lebens wird schleppen müssen. Ich fühle das so genau, daß ich die Feder tief in das Papier einpresse, weil ich armseligerweise unfähig bin, meine Gefühle richtig auszudrücken. Können Sie sich einen kranken Geist vorstellen, der in einem gesunden Körper eingesperrt ist? Es ist mir gleichgültig, was Ärzte oder Bücher darüber sagen mögen. So ist es; nichts anderes wird das Geheimnis dieses glatten Gesichtes lösen können, dieser fleischigen Figur, dieses energischen Schrittes, des festen Händedrucks, wenn sie einem die Hand reicht und gleichzeitig ihre Seele in Aufruhr ist, wie das ihr die ganze Zeit aus den Augen springt. Es ist sinnlos, mir sagen zu wollen, einen solchen Gegensatz könne es nicht geben. Ich habe diese Frau gesehen; es gibt sie ja!

Ach ja, ich kann mir vorstellen, wie Sie über diesen Brief lächeln – ich kann Sie sagen hören: ›Ich möchte wissen, wo er seine Erfahrungen gesammelt haben mag?‹ Ich habe keine Erfahrungen, aber ich besitze nur etwas, das mir stattdessen dient, und ich weiß nicht, was es ist. Der Alt-Bruder in Tadmor pflegte es Sympathie zu nennen. Aber der ist ja sehr sentimental!

Also, Mr. Farnaby stellte mich seiner Frau vor und drehte sich dann von uns ab, als sei er uns leid, und sah zum Fenster hinaus.

Mrs. Farnaby schien zuerst aus irgendwelchen Gründen über mein Aussehen verwundert zu sein. Ihr Mann hatte ihr höchstwahrscheinlich nicht gesagt, wie jung ich sei. Sie überwand ihr momentanes Erstaunen und, nachdem sie mir ein Zeichen gegeben hatte, mich neben sie auf das Sofa zu setzen, sagte sie die gewöhnlichen Willkommensworte und dachte offensichtlich die ganze Zeit an etwas anderes. Ihre merkwürdigen, armen Augen sahen – statt mir ins Gesicht zu schauen – über meine Schulter hinweg.

›Mr. Farnaby hat mir erzählt, daß Sie in Amerika gelebt haben.‹

Der Ton, in dem sie das sagte, war merkwürdig ruhig und monoton. Ich habe im weiten Westen so einen Ton in den Stimmen von Farmern gehört, die nicht gewohnt waren, mit Nachbarn zu sprechen.

Hat Mrs. Farnaby keine nachbarliche Seele, mit der sie – außer bei Abendessen – sprechen konnte?

›Sie sind Engländer, nicht wahr?‹ fuhr sie fort.

Ich sagte ›Ja‹ und zerbrach mir den Kopf, worüber ich mit ihr reden könnte. Sie nahm mir die Mühe ab und machte mich zum Opfer einer ganzen Serie von Fragen. Das war, wie ich nachher herausfand, ihre Art der Konversation mit Fremden. Haben Sie jemals abwesend scheinende Leute kennengelernt, für die es Erholung ist, mechanisch Fragen zu stellen und einem dabei das Gefühl zu geben, daß sie an den Antworten nicht das geringste Interesse haben?

Sie begann: ›Wo leben Sie in Amerika?‹

›In Tadmor, im Staate Illinois.‹

›Was für ein Ort ist Tadmor?‹

Ich beschrieb den Ort, so gut ich es unter den Umständen konnte.

›Warum gingen Sie nach Tadmor?‹

Es war unmöglich, ihr darauf eine Antwort zu geben, ohne von der Gemeinschaft zu sprechen. Da ich fühlte, daß dieses Thema sie überhaupt nicht interessierte, sprach ich so kurz wie möglich darüber. Zu meinem Erstaunen begann ich sie offensichtlich erst von diesem Augenblick an zu interessieren. Die Reihe der Fragen ging weiter, aber sie hörte nicht nur zu, sondern war auch begierig auf die Antworten.

›Gibt es dort unter Ihnen Frauen?‹

›Dort gibt es fast so viele Frauen wie Männer.‹

Noch eine Veränderung! Ein heller Schein des Interesses, der sie vollkommen verwandelte, flog über ihre Augen, die bisher so müde und elend schienen.

›Sind unter den Frauen auch freundlose Geschöpfe, die aus England zu Ihnen gekommen waren?‹

›Ja, einige.‹

Ich dachte an Mellicent, als ich sprach. Galt dieses Interesse, das ich unschuldigerweise erregt hatte, Mellicent? Ihre nächste Frage erhöhte mein Erstaunen noch, denn sie bewies, daß ich vollkommen falsch geraten hatte.

›Gibt es junge Frauen unter ihnen?‹

Mr. Farnaby, der bisher mit dem Rücken zu uns gestanden war, drehte sich plötzlich um und sah sie an, als sie fragte, ob junge Frauen unter uns waren.

›O ja‹, sagte ich, ›aber nur Mädchen.‹

Sie rückte so nahe an mich heran, daß ihre Knie die meinen berührten. ›Wie alt?‹ fragte sie begierig.

Mr. Farnaby verließ seinen Platz am Fenster, kam nahe zum Sofa und unterbrach uns absichtlich.

›Miserables Matschwetter, was?‹ sagte er. ›Ich nehme an, das Klima in Amerika . . .‹

Mrs. Farnaby unterbrach ihrerseits ganz bewußt ihren Mann: ›Wie alt?‹ wiederholte sie lauter.

›Ach, sechzehn bis siebzehn.‹

Sie wurde immer aufgeregter und legte in ihrem Eifer, meine Aufmerksamkeit nur auf sich zu lenken, sogar ihre Hand auf meinen Arm. ›Amerikanische Mädchen oder englische?‹ fuhr sie fort und ihre dicken, kräftigen Finger griffen zitternd nach meinem Arm.

›Werden Sie im November in London sein?‹ sagte Mr. Farnaby

und unterbrach uns wieder mit Absicht. ›Wenn Sie die ‚Lord Mayor-Schau‘ sehen ...‹

Mrs. Farnaby schüttelte ungeduldig meinen Arm. ›Amerikanische oder englische Mädchen?‹ fragte sie wieder und diesmal hartnäckiger als vorher.

Mr. Farnaby warf ihr einen Blick zu. Hätte er sie durch einen Willensakt auf ein brennendes Feuer setzen und sie im Augenblick verbrennen lassen können, er würde es versucht haben. Er sah, daß ich ihn beobachtete, und wandte sich schnell von seiner Frau zu mir. Sein rotes Gesicht war blaß, aber er unterdrückte seine Wut. Als er mich zum Essen eingeladen hatte, hatte er nicht vorausgesehen, daß meine frühe Ankunft seiner Frau Gelegenheit zu einem Gespräch mit mir geben würde. ›Kommen Sie und sehen Sie sich meine Gemälde an!‹ sagte er.

Seine Frau hielt mich noch immer fest. Ob ihm das recht war oder nicht, ich hatte keine andere Wahl, als ihr zu antworten: ›Einige amerikanische und einige englische Mädchen.‹

Ihre Augen öffneten sich auf eine unaussprechliche Weise weiter und weiter. Sie näherte sich mit ihrem Gesicht plötzlich dem meinen, so daß ich an meinen Wangen ihren heißen Atem spürte, als sie die nächsten Worte durch die Lippen stieß:

›In England geboren?‹

›Nein, geboren in Tadmor.‹

Sie ließ meinen Arm los und plötzlich erlosch das Licht in ihren Augen. Ich hatte auf unbegreifliche Weise irgendeine geheime Erwartung, die sie in mich gesetzt hatte, vollkommen zerstört. Sie ließ mich sogar auf dem Sofa allein und setzte sich auf der anderen Seite des Kamins in einen Fauteuil. Mr. Farnaby, der blässer und blässer geworden war, ging zu ihr hin, als sie die Plätze wechselte. Ich stand auf, um mir die Bilder an einer Wand in meiner Nähe zu besehen. Als Sie und ich Passagiere auf dem Dampfer waren, sagten Sie etwas über die außerordentliche Schärfe meines Gehörs! Als er sich über sie beugte und ihr ins Ohr wisperte, hörte ich, obwohl die ganze Breite des Raumes zwischen uns lag: ›Du Teufelsweib!‹ Ja, so nannte Mr. Farnaby seine Frau!

Die Uhr auf dem Kaminsims schlug halb acht. In schneller Reihe kamen nun die Gäste, die zum Essen geladen waren.

Ich war durch die außerordentliche Szene aus dem Eheleben, dessen Zeuge ich eben geworden war, so verwirrt, daß die Gäste nur einen sehr vagen Eindruck auf mich machten. Meine Gedanken waren durch meinen Versuch abgelenkt worden, den wahren

Sinn dessen zu verstehen, was ich gesehen und gehört hatte. War Mrs. Farnaby ein wenig verrückt? Ich verwarf diese Idee, kaum daß sie mir gekommen war; denn nichts, was ich beobachtet hatte, gab ihr Berechtigung. Mir schien eine richtigere Schlußfolgerung zu sein, daß sie an irgendeinem abwesenden (vielleicht verschwundenen) jungen Geschöpf außergewöhnlich interessiert war, das – wenn man nach Gehabe und Ton ging, die mir diesen Teil des Geheimnisses genügend erklärt hatten – nicht älter als sechzehn oder siebzehn Jahre sein konnte. Wie lange hatte sie die Hoffnung genährt, das Mädchen zu sehen oder von ihr zu hören? In jedem Fall muß diese Hoffnung tief in ihr verwurzelt gewesen sein, denn als ich zufällig an sie rührte, war sie außerstande, Fassung zu bewahren. Was ihren Mann betraf, konnte kein Zweifel daran bestehen, daß dieses Thema für ihn nicht nur widerwärtig war, sondern ihn in derartige Wut versetzte, daß er auch in Anwesenheit dritter Personen – von ihm selbst in sein Haus geladen! – seine Ruhe verlor. Hatte er dem Mädchen auf irgendeine Weise etwas angetan? War er für ihr Verschwinden verantwortlich? Wußte seine Frau das oder verdächtigte sie ihn nur? Wer war das Mädchen? Worin bestand das Geheimnis, das das außerordentliche Interesse von Mrs. Farnaby hervorrief – einer Mrs. Farnaby, deren Heirat kinderlos geblieben war? Deren Interesse, so hätte man denken können, natürlicherweise sich auf ihre Adoptivtocher, das verwaiste Kind ihrer Schwester, konzentrieren müßte. Ich verlor mich völlig in derartige Mutmaßungen. Ich würde gerne wissen, was Ihr Scharfsinn von diesen Rätseln hält. Wir wollen zu Mr. Farnabys Abendessen zurückkehren, das auf dem Tisch auf uns wartete.

Der Diener öffnete die Salontüre, und der Ehrengast des Abends führte Mrs. Farnaby an den Eßtisch. Ich zwang mich, zu beobachten, was um mich herum vorging. Damen waren keine eingeladen und die Herren hatten alle ein gewisses Alter erreicht. Vergebens hielt ich nach der charmanten Nichte Ausschau. War sie nicht gesund genug, um an der Abendtafel erscheinen zu können? Ich wagte es, diese Frage an Mr. Farnaby zu richten.

›Sie werden sie am Teetisch vorfinden, wenn wir in den Salon zurückkehren. Mädchen passen nicht zu Abendessen!‹ antwortete er mir nicht sehr liebenswürdig.

Als ich auf den Treppenvorplatz hinaustrat, schaute ich hinauf; ich weiß nicht warum, wenn ich nicht unbewußt das Ziel einer magnetischen Anziehung gewesen war. Jedenfalls wurde ich belohnt: Ein frisches junges Gesicht lugte über die Balustrade des oberen Treppenhauses und zog sich eilig bescheiden zurück. Jedermann, außer Mr. Farnaby und mir, war im Speisezimmer verschwunden. Hatte sie einen Blick auf den jungen Sozialisten riskieren wollen?

Wieder eine Unterbrechung meines Briefes, verursacht durch einen Wetterumschwung: Der Nebel ist verschwunden. Der Kellner dreht das Gas ab und läßt das gelblichgraue Tageslicht herein. Ich frage ihn, ob es noch immer regnet. Er lacht, reibt sich die Hände und sagt: ›Es sieht aus, als ob es sich bald aufklären würde, Sir.‹ Er hat graues Haar, sein Leben lang war er Kellner in London und noch immer kann er den Dingen eine gute Seite abgewinnen. Welch angeborene Sinnesstärke, verschwendet an einen Beruf, der ihrer nicht wert ist!

Also – und nun dieses Abendessen bei Farnaby: Wenn ich daran zurückdenke, Rufus, verspüre ich noch immer einen Druck unter meiner Weste, derartige Mengen gab es da zu verzehren. Mr. Farnaby war wie ein Tyrann, so nachdrücklich würgte er die Delikatessen seinen Gästen in den Hals hinein. Sobald ich meinen Teller wegnehmen ließ, obzwar er noch nicht ganz leer war, richtete sich sein Auge auf mich und bedeutete mir: Ich habe für dieses großartige Essen zahlen müssen und ich werde dafür sorgen, daß Sie es auch aufessen. Als ein Gericht dem anderen folgte, informierte uns eine Karte auch über die Auswahl an Weinen, die man gezwungenermaßen zu jedem Gericht zu trinken hatte. Schon bei Beginn kam ich in Schwierigkeiten. Der Geschmack von Sherry zum Beispiel bereitet mir immer Übelkeit und Rheinwein verwandelt sich zehn Minuten, nachdem ich ihn getrunken habe, in Essig. Ich bat daher – als einziger – um einen Wein, den ich trinken konnte. Sie hätten Mr. Farnabys Gesicht sehen sollen, als ich damit die Regeln seines Abendtisches verletzte! Das war das einzige amüsante Ereignis des Festes und das einzige, was das trübselige und geheimnisvolle Schauspiel um Mrs. Farnaby erhellte. Da saß sie, mit ihren Gedanken hunderte Meilen von allem entfernt, was um sie herum vorging, und verwickelte zwei Gäste zu ihrer Linken und ihrer Rechten genauso in ein Netz vager Fragen, wie vorher mich. Ich fand heraus, daß einer dieser Herren ein Anwalt war und der andere ein Schiffsreeder; und zwar durch die Antworten, die die geistesabwesende Mrs. Farnaby ihnen über ihre verschiedenen Berufe entlockte. Und während sie unaufhörlich fragte, aß sie unaufhörlich. Ihr kräftiger Körper verlangte nach Nahrung. Sie hätte, wie ich annahm, genauso schnell, wie sie Messer und Gabel gebrauchte, ihr Weinglas geleert, aber ich entdeckte ein gewisses System einer Beschränkung, die ihr, was den Wein betraf, auferlegt war: In gewissen Abständen sah Mr. Farnaby den Butler nur kurz an und Butler und Flasche gingen daraufhin an Mrs. Farnaby vorbei. Essen und Trinken riefen bei ihr aber nicht die geringste Veränderung hervor, sie war allen Anforderungen gewachsen, die irgendein Diner hätte stellen können: Ihr Gesicht war nicht gerötet, ihre Stimme nicht verändert, als sie sich – der englischen Sitte folgend – erhob und in den Salon zurückzog. Die Männer, mit ihren Weingläsern allein, begannen nun, politische Gespräche zu führen.

Anfänglich hörte ich zu und erwartete, durch sie informiert zu werden. Durch unser Studium der modernen Geschichte in Tadmor waren wir über die beherrschende Stellung der englischen Mittelklasse seit der Zeit des Reformgesetzes unterrichtet. Mrs. Farnabys Gäste repräsentierten das angesehene Mittelmaß der Gesellschaft, den freiberuflichen und kaufmännischen Durchschnitt der Nation. Sie alle konversierten ziemlich geläufig; ein alter Herr, der neben mir saß, und ich schwiegen und hörten als einzige zu. Ich hatte den Vormittag faul im Rauchsalon meines Hotels mit der Lektüre der Tageszeitungen zugebracht. Und was bekam ich jetzt zu hören, als die Politisierer mit ihren Erörterungen anhoben? Ich hörte, wie die Leitartikel der heutigen Zeitungen in nacktes Gefasel umgesetzt wurden und kühl von dem einen oder dem anderen der Herren den anderen angeboten wurden, als wären es ihre persönlichsten Ansichten über die öffentlichen Angelegenheiten. Dieser absurde Betrug ging um den ganzen Tisch, wurde von einem jeden mit gleichmütiger Feierlichkeit angehört und respektiert; es war eine Schande, das mitanhören zu müssen! Auch nicht einer der Anwesenden sagte auch nur: ›Ich habe das heute in der ‚Times' oder im ‚Telegraph' gelesen.‹ Keiner der Anwesenden hatte eine eigene Meinung oder wagte, wenn er sie hatte, sie auszusprechen oder war gar ehrlich genug, wenn er nichts von dem Thema verstand, das auch zu sagen. Ein einziger enormer Schwindel! Und ein jeder gehörte dieser Verschwörung an und tat, als müsse es so sein: Das ist meine genaue Beschreibung der politischen Haltung von Mr. Farnabys Gästen. Ich bin nicht vorschnell in meiner Kritik eines einzelnen Beispiels, denn ich wurde in Clubs und zu öffentlichen Anlässen mitgenommen und hörte immer wieder das gleiche wie in Mr. Farnabys Speisezimmer. Braucht man große Voraussicht, um zu sehen, daß ein solcher Zustand in einem Lande, das sich selbst noch nicht erneuert hat, nicht viel länger bestehen wird? Die Zeit kommt für England, da man die Menschen, die eigene Ansichten haben, wird anhören müssen und das Parlament gezwungen sein wird, ihnen seine Tore zu öffnen.

Ein schöner Ausbruch republikanischer Freiheit! Was hält mein vielertragender Freund davon, der doch die ganze Zeit darauf wartet, der Nichte von Mrs. Farnaby vorgestellt zu werden? Alles zu seiner Zeit, Rufus! Damals folgte die Nichte auf die Politik und so soll sie es auch jetzt tun.

Zuerst sollen Sie hören, was mein unmittelbarer Tischnachbar über sie sagte – ein wunderlicher alter Herr; wenn ich nicht irre, ein Arzt im Ruhestand. Er schien von diesem Zeitungsgeschwätz aus zweiter Hand, genau wie ich, genug zu haben und lebte richtig auf und wurde fröhlich, als ich das Thema ›Miss Regina‹ aufs Tapet brachte. Hatte ich ihren Namen bisher erwähnt? Falls nicht, hier folgt er in aller Vollständigkeit: Miss Regina Mildmay.

›Ich nenne sie ‚das braune Mädchen‘‹, sagte der alte Herr. ›Braunes Haar, braune Augen und braune Haut. Nein nein, sie ist nicht brünett; dafür ist sie nicht dunkel genug; ein warmes, zartes Braun. Warten Sie, bis Sie sie sehen werden! Sie müssen wissen, sie ähnelt ihrem Vater. Er war zu seiner Zeit ein gutaussehender Bursche und hatte von der Mutter her ausländisches Blut in den Adern. Miss Regina erhielt ihren eigenartigen Vornamen dadurch, daß sie auf den Namen seiner Mutter getauft wurde. Ihr Vorname ist unwichtig; denn, sie ist eine charmante Person. Wir wollen auf ihre Gesundheit trinken!‹

Wir tranken auf ihre Gesundheit. Da ich mich daran erinnerte, daß er sie ›das braune Mädchen‹ genannt hatte, sagte ich, daß ich annähme, sie sei ziemlich jung?

›Mehr als jung‹, antwortete der Doktor. ›In der Blüte ihrer Jahre. Ich nenne sie aus Gewohnheit ein Mädchen. Warten Sie nur, bis Sie sie sehen.‹

›Hat sie eine gute Figur, Sir?‹

›Ha, Sie sind ein Türke, was? Ein nettaussehendes Mädchen genügt Ihnen nicht, Sie wollen es auch wohlproportioniert haben? Wir können Ihnen damit gefällig sein, Sir: Wir sind schlank und groß, schwingen unsere Hüften und gehen einher wie eine Göttin. Warten Sie nur, Sie werden sehen, wie ihr der Kopf auf den Schultern sitzt – mehr sage ich nicht! Stolz? Die nicht! Ein simples, unaffektiertes und herzensgutes Geschöpf! Immer gleich: nie habe ich sie ihre Ruhe verlieren sehen. Nie habe ich sie von jemandem schlecht sprechen hören. Der Mann, der die einmal bekommt, wird ein beneidenswerter Mann sein, das kann ich Ihnen sagen.‹

›Ist sie verlobt?‹

›Nein. Sie hatte viele Angebote, aber es liegt ihr bis jetzt scheinbar nichts an derartigen Angeboten. Sie ist Mrs. Farnaby ergeben und pflegt ihre alten Schulfreundschaften. Ein herrliches Geschöpf – ihr Lebensthermometer steht auf einer maßvollen Wärme: eine kühle, nachdenkliche, gleichmütige Person. Reichen Sie mir die Oliven herüber! Denken Sie mal: der Mann, der die Oliven entdeckt hat, ist unbekannt geblieben und nirgends auf diesem zivilisierten Erdball wurde ihm ein Denkmal errichtet. Ich kenne wenige bemerkenswertere Beispiele für die menschliche Undankbarkeit.‹

Ich wagte eine kühne Frage, aber nicht zum Thema Oliven: ›Führt Miss Regina in diesem Haus nicht ein ziemlich eintöniges Leben?‹

Der Doktor senkte vorsichtig seine Stimme: ›Für manche Frauen wäre es sehr eintönig. Reginas früheres Leben war hart. Ihre Mutter war Mr. Ronalds älteste Tochter. Der alte Tyrann hat ihr nie verziehen, daß sie gegen seinen Willen geheiratet hatte. Mrs. Ronald tat alles, was sie vermochte, der jungen Dame, die in Ungnade gefallen war, zu helfen. Aber der alte Ronald verfügte allein über das gesamte Vermögen und behielt es für sich. Seit Reginas frühester Kindheit herrschte immer Not im Hause. Ihr Vater wurde von Gläubigern verfolgt und versuchte bei der Ausführung eines Plans nach dem anderen sein Glück, aber nichts gelang ihm; ihre Mutter und sie verhungerten beinahe, und sogar ihre Bettwäsche lag manchmal beim Pfandleiher. Ich behandelte sie, wenn sie krank waren. Obwohl sie ihr Elend vor jedermann verbargen – stolz wie der Teufel, beide –, konnten sie es vor mir nicht verheimlichen. Stellen Sie sich nun diese Veränderung vor, nun das Leben in diesem Haus! Ich will nicht sagen, daß ein Leben hier im Luxus einem Menschen wie Regina genügt, ich will aber sagen, es hatte einen Einfluß auf sie. Sie ist eine dieser jungen Frauen, Sir, die glücklich sind, sich für andere aufzuopfern – sie ist, zum Beispiel, Mr. Farnaby sehr zugetan! Ich will hoffen, daß Mr. Farnaby diese Hingabe verdient. Nicht, daß das auf Regina einen Einfluß hätte! Was sie tut, tut sie, weil sie der ihr eigenen reinen Gemütsart folgen muß. Sie bringt Licht in diesen Haushalt, glauben Sie mir! Farnaby hat – in seinem eigenen Interesse – klug gehandelt, als er sie als Tochter adoptierte. Sie glaubt, sie könne ihm dafür niemals genug danken, das gute Ding!, obwohl sie ihm alles längst hundertfach zurückgezahlt hat. Eines Tages, wenn ein Ehemann sie hier wegführt, dann wird Farnaby das herausfinden. Glauben Sie nicht, daß ich unseren Gastgeber schlechtmachen will! Er ist ein alter Freund von mir, aber er ist ein wenig geneigt, alle guten Dinge, die ihm zufallen, für etwas zu halten, was ihm zusteht. Ich habe ihm das oft genug ins Gesicht gesagt, so daß ich das Recht habe, das Ihnen zu sagen, auch wenn er's nicht hört. Rauchen Sie? Ich wünschte, die würden mit ihrer Politik aufhören und zum Rauchen übergehen. Hör mal, Farnaby: ich möchte eine Zigarre!‹

Dieser deutliche Wink bewirkte eine Übersiedlung in den Rauchsalon, und der Doktor führte auf dem Weg dorthin an. Ich begann mich zu wundern, wie lange meine Einführung bei Miss Regina noch hinausgeschoben werden sollte? Sie sollte nicht eher erfolgen, als bis ich eine neue Seite im Charakter meines Gastgebers kennengelernt und selbst eine neue Einschätzung meiner Person in den Augen von Mr. Farnaby erfahren hatte.

Als wir uns vom Tisch erhoben, erzählte mir einer der Gäste von einem Besuch, den er vor kurzem jenem Teil von Buckinghamshire abgestattet hatte, aus dem ich stamme. ›Man zeigte mir ein bemerkenswert malerisches altes Haus auf der Heide‹, sagte er mir, ›und mir wurde gesagt, es wäre jahrhundertelang von einer Familie Goldenheart bewohnt worden. Sind Sie auf irgendeine Weise mit ihr verwandt?‹ Ich antwortete, daß ich in der Tat sehr nah mit ihr verwandt sei, da ich in jenem Haus geboren wurde. Damit, so nahm ich an, wäre die Angelegenheit erledigt. Da ich der Jüngste der Gesellschaft war, wartete ich natürlich, bis die übrigen Herren in den Rauchsalon gegangen waren. Mr. Farnaby und ich waren zurückgeblieben und zu meinem Erstaunen hakte er sich plötzlich bei mir ein und führte mich mit der Herzlichkeit eines alten Freundes aus dem Speisezimmer.

›Sie bekommen von mir eine Zigarre‹, sagte er, ›wie Sie sie in ganz London nicht kaufen können. Sie haben sich hoffentlich gut unterhalten? Da wir jetzt wissen, was für Wein Sie mögen, brauchen Sie das nächste Mal den Butler nicht mehr darum zu bitten. Besuchen Sie uns, wann immer Sie wollen, und nehmen Sie vorlieb mit dem, was auf den Tisch kommt!‹ Er blieb in der Halle stehen und seine knarrende Stimme nahm einen neuen Ton an. Es war wie eine Art Parodie seines großen Respekts für jemanden. ›Waren Sie seit Ihrer Rückkehr nach England schon auf Ihrem Familiensitz?‹ fragte er.

Offensichtlich hatte er die wenigen Worte gehört, die zwischen seinem Freund und mir gewechselt worden waren. Es erschien sehr merkwürdig, daß er sich für einen Ort interessierte, der Leuten gehörte, die ihm fremd waren. Seine Frage war jedoch leicht zu beantworten. Ich konnte ihm nur berichten, daß mein Vater das Haus verkauft hatte, als er England verließ.

›Ach, mein Gott! Es tut mir leid, das zu hören!‹ sagte er. ›Man sollte diese alten Familiensitze bewahren. Die Größe Englands, Sir, hat ihre Wurzel in den alten Familien Englands! Sie mögen reich sein oder arm, das ist nicht wichtig, aber eine alte Familie ist und bleibt eine alte Familie! Traurig zu beobachten, wie Haus und Herd an reiche Kaufleute verkauft wurden, die nicht einmal ihre eigenen Großväter kennen. Darf ich Sie fragen: was ist das Familienmotto der Goldenhearts?‹

Soll ich die Wahrheit eingestehen? Die Flaschen waren an Mr. Farnabys Tisch munter rundum gewandert, und ich begann mich zu fragen, ob er ganz nüchtern war. Ich sagte, es täte mir leid, ihn zu enttäuschen, aber ich wüßte wirklich nicht, was mein Familienmotto sei. Er war ehrlich schockiert. ›Ich dachte, ich hätte einen Ring an Ihrem Finger gesehen‹, sagte er, sobald er sich beruhigt hatte. Er hob meine linke Hand mit seiner eigenen fischkalten Pratze in die Höhe. Der eine Ring, den ich trug, war aus reinem Gold; er hatte meinem Vater gehört, und seine Initialen waren auf dem Siegel eingraviert.

›Guter Gott, Sie tragen ja auf dem Siegelring gar nicht Ihr Wappen!‹ rief Mr. Farnaby aus. ›Mein lieber Herr, ich bin alt genug, Ihr Vater zu sein, und ich muß mir die Freiheit nehmen, Sie zu ermahnen. Ihr Wappen und Ihr Motto sind zweifelsohne im Wappenamt zu finden – warum suchen Sie dort nicht um sie nach? Soll ich für Sie dorthin gehen? Ich täte das mit Vergnügen. Sie sollten in diesen Dingen nicht nachlässig sein; wirklich nicht!‹

Ich hörte ihn mit sprachlosem Erstaunen an: Wollte er auf ironische Weise seine Verachtung für alte Familien ausdrücken? Wir gelangten schließlich in den Rauchsalon, und in einer Ecke klärte mich dann mein Freund, der alte Doktor, auf: Mr. Farnaby hätte jedes Wort, das er sprach, ernst gemeint. Dieser Mann, der seinen Aufstieg aus der niedrigsten sozialen Schicht nur sich selbst zu verdanken hat, der nach seinen Erfahrungen jeden Grund hatte, den armseligen Stolz auf Abstammung zu verachten, dieser Mann hat tatsächlich eine ehrlich unterwürfige Bewunderung für den Zufall privilegierter Geburt! ›O armselige menschliche Natur!‹ wie jemand einmal gesagt hat. Wie sehr stimme ich aus vollem Herzen diesem Jemand zu!

Wir gingen in den Salon, wo ich endlich dem ›braunen Mädchen‹ vorgestellt wurde. Welchen Eindruck machte sie auf mich?

Wissen Sie, Rufus, da ich an dem interessantesten Teil meines übermäßig langen Briefes angekommen bin, habe ich eine merkwürdige Hemmung, fortzufahren. Ich kann meine Geisteshaltung nicht erklären und weiß nur, daß es so ist. Mich verwirrt die Schwierigkeit, die junge Dame zu beschreiben, nicht derart, wie es bei der Beschreibung von Mrs. Farnaby der Fall war. Ich sehe sie jetzt so lebendig vor mir, als wäre sie in meinem Zimmer anwesend. Ich erinnere mich sogar (und das ist bei einem Manne zu verwundern) an das Kleid, das sie trug. Und doch zögere ich, über sie zu schreiben, als wäre das etwas Unrechtes. Seien Sie so gut, lieber Freund, und lassen Sie mich diese Blätter – die müßige Arbeit eines müßigen Vormittags – so absenden, wie sie sind. Ich verspreche, wenn ich das nächstemal schreibe, mich für meinen launenhaften Geisteszustand zu schämen und das Porträt von Miss Regina in voller Größe zu malen.

Bis dahin lassen Sie sich nicht die Idee beikommen, sie hätte einen unangenehmen Eindruck auf mich gemacht! Um Gotteswillen, weit gefehlt! Sie kennen ja die Meinung des alten Doktors über sie. Gut denn! Multiplizieren Sie diese mal zehn und dann haben Sie die meine.«

Auf diesem Brief ist eine merkwürdige Notiz zu finden, datiert mehrere Monate nachdem er eingetroffen war: »Ach, armer Amelius! Er sollte lieber zu Miss Mellicent zurückkehren und sich mit dem geringen Hindernis ihres Alters abfinden. Was für ein frischer, liebenswerter Bursche er doch war. Adieu, Goldenheart!«

Diese Zeilen waren nicht unterzeichnet. Man weiß jedoch, daß es die Handschrift von Rufus Dingwell war.

Kapitel II

»Ich wünsche besonders, daß Du, liebste Cecilia, übermorgen zu uns zum Lunch kommst. Sage Dir nicht: Das Farnaby-Haus ist langweilig und Regina ist mir zu schwerfällig, und denke auch nicht an die lange Reise mit der Pferdekutsche von Deinem Haus bis nach London. Dieser Brief wird Dich interessieren, meine Liebe, denn ich habe etwas Neues für Dich. Was würdest Du von einem jungen Mann halten, der klug, schön und angenehm ist und – o Wunder! – völlig unähnlich anderen jungen Engländern, die Du jemals in Deinem Leben gesehen hast? Du wirst ihn hier beim Lunch treffen und mußt Dich vorher an seinen merkwürdigen Namen gewöhnen. Zu diesem Zweck lege ich seine Karte bei.

Er erschien gestern abend zum erstenmal in unserem Haus. Als er mir am Teetisch vorgestellt wurde, ließ er sich nicht mit einer Verbeugung abspeisen, sondern er bestand darauf, die Hände zu schütteln. ›Wo ich herkomme‹, so erklärte er, ›unterstützen wir ein erstes Treffen durch ein wenig Herzlichkeit.‹ Nachdem er das gesagt hatte, sah er mit der Miene eines Mannes in seine Teetasse, der mehr sagen könnte, würde man ihn ein wenig dazu ermutigen. Natürlich ermutigte ich ihn. ›Ich nehme an, diese Sitte des Händeschüttelns in Amerika entspricht der Sitte des Verbeugens in England?‹ sagte ich so bedeutsam wie nur möglich. Er sah sofort auf und schüttelte den Kopf. ›Wir haben in diesem Lande allzu viele Sitten‹, sagte er. ›Die Tugend der Gastfreundschaft scheint in England zur Sitte geworden zu sein. In Amerika jedoch, wenn da ein neuer Bekannter sagt: ‚Kommen Sie und besuchen Sie mich einmal!‘, so meint er das auch so. Wenn er es hierzulande sagt, so sieht er in neun Fällen von zehn ehrlich erschrocken drein, wenn man dumm genug ist, ihn beim Wort zu nehmen. Ich hasse Unehrlichkeit, Miss Regina, und nun, da ich in mein Heimatland zurückgekehrt bin, merke ich, daß Unehrlichkeit eine der festeingeführten Einrichtungen der englischen Gesellschaft ist. ‚Können wir etwas für Sie tun?‘ Man bitte sie dann nur, etwas für einen zu tun und man findet heraus, was das bedeutet. ‚Danke für einen so vergnüglichen Abend!‘ Man steige auf dem Heimweg mit denen in ihre Kutsche und man wird herausfinden, was sie meinten: ‚Wie war das langweilig!‘ ‚Ach, Mr. So-und-So, erlauben Sie mir, Sie zu Ihrer neuen Ernennung zu beglückwünschen!‘ Mr. So-und-So außer Hörweite, und man findet heraus, was diese Glückwünsche bedeuten: ‚Korrupter alter Kerl! Er wurde für seine Stimme bei der letzten Wahl entlohnt!‘ ‚Oh, Mr. Blank, was für ein zauberhaftes Buch haben Sie da geschrieben!‘ Mr. Blank ist außer Hörweite, und man fragt, wovon sein Buch handelt. ‚Um Ihnen die Wahrheit zu sagen, ich habe es nicht gelesen. Psst, er wird bei Hofe empfangen; man muß diese Dinge eben sagen.‘ Vor einigen Tagen nahm mich ein Freund zum Diner des ,Lord Mayor' mit, vorher ging ich mit ihm in seinen Klub; dort trafen sich viele hervorragende Gäste vor dem Diner. O Gott, wie sie vom ,Lord Mayor' sprachen! Einer kannte seinen Namen nicht und wollte ihn auch gar nicht wissen; ein zweiter war sich nicht im klaren, ob der ,Lord Mayor' ein Kerzenhändler oder ein Knopfmacher war; ein dritter, der ihn irgendwo getroffen hatte, beschrieb ihn als einen verdammten Esel, und ein vierter sagte: ,Ach, seid nicht zu streng mit ihm, er ist nur ein vulgärer Kerl aus dem East-End, der eben so geschaffen ist, daß er kein H aussprechen kann.' Als die Stunde des Diners herankam, erhob sich ein Chorus. ,Gott, wie langweilig!' Ich flüsterte meinem Freund zu: ,Warum gehen Sie denn hin?' Er antwortete: ,Wissen Sie, man muß derartiges eben tun.' Als wir zum ,Mansion-House' kamen, ,taten sie derartiges' mit Lust. Als die Reden begannen, schmeichelten dieselben Leute, die hinter des ,Lord Mayors' Rücken ihre tiefe Verachtung für ihn ausgedrückt hatten, ihm ins Gesicht in einer derart schamlos servilen Weise und mit einer derart schäbigen und vollkommenen Gefühllosigkeit für ihre eigene Gemeinheit, daß mir im wahrsten Sinne des Wortes schlecht wurde. Ich schlüpfte hinaus an die frische Luft und räucherte mich, nach der Gesellschaft, in der ich mich befunden hatte, mit einer Zigarre ein. Nein, nein, es ist sinnlos, diese Dinge (ich könnte Dutzende andere Beispiele nennen, die ich beobachtet habe) zu entschuldigen und zu sagen, es handle sich um Nichtigkeiten. Wenn Nichtigkeiten zur Gewohnheit werden, so werden sie Teile des Charakters. Wir haben in England eine tiefeingewurzelte, falsche und verwerfliche Gesellschaftsordnung. Wenn man einigen der Gründe dafür auf die Spur kommen will, so erinnere man sich rückblickend an einige der organisierten kleinen Unehrlichkeiten des englischen Lebens!‹

Natürlich mußt Du verstehen, Cecilia, daß all dies nicht in einem Ausbruch, so wie ich es beschrieben habe, gesagt wurde. Einiges davon ergab sich durch die Beantwortung von Fragen, die ich stellte und einiges wurde zwischen Lachen, Rauchen und Teetrinken gesagt. Aber ich möchte Dir zeigen, wie sehr sich dieser junge Mann von den jungen Männern unterscheidet, die wir zu treffen gewohnt sind. Deswegen werfe ich alles, was er sagte, in ›eine Mixtur‹ zusammen, wie Papa Farnaby das nennen würde.

Meine Liebe, er ist entschieden schön (ich spreche von unserem entzückenden Amelius!): Sein Gesicht hat einen frischen, eifrigen Ausdruck, der – verglichen mit dem gleichmütigen Gehabe eines gewöhnlichen jungen Engländers – unbeschreiblich erfrischend ist. Sein Lachen ist charmant und er bewegt sich – ein wenig gehemmt zwar – mit der Grazie meines italienischen Windhundes. Er wurde inmitten der eigenartigsten Leute in Amerika erzogen und (kannst Du das glauben?) ist wirklich und wahrhaftig ein Sozialist. Kein Grund zur Aufregung! Er hat uns alle schrecklich durch die Erklärung schockiert, daß Sozialismus völlig aus dem ›Neuen Testament‹ abzuleiten sei. Ich habe, seit er mir einige seiner Grundsätze erklärt hat, in das Neue Testament hineingesehen, und weißt Du, ich muß sagen: es ist wahr!

Ach, ich vergaß: der junge Sozialist kann Klavier spielen und singen! Als wir ihn baten, zum Flügel zu gehen, stand er auf und begann ohne Umschweife. ›Ich kann es nicht gut genug‹, sagte er, ›um mich erst großartig bitten zu lassen.‹ Er sang alte englische Lieder mit viel Geschmack und Zartheit. Einer der Herren der Gesellschaft, der ihn offensichtlich nicht leiden konnte, sprach auf eine, wie mir schien, unhöfliche Weise von ihm: ›Ein Sozialist, der singt und Klavier spielt‹, so sagte er, ›ist in der Tat ein harmloser Sozialist. Ich beginne zu glauben, daß mein Guthaben in meiner Bank nicht gefährdet ist und London diesmal nicht mit Petroleum in Brand gesetzt werden wird.‹ Er erhielt die Antwort, die ihm zukam, das kann ich Dir sagen: ›Warum sollten wir London in Brand setzen? London nimmt Ihnen, Sir, pünktlich einen Prozentsatz Ihres Einkommens ab, ob Sie das mögen oder nicht, und zwar nach gesunden, sozialistischen Grundsätzen. Sie sind ein Mann, der Geld besitzt, und Sozialismus besagt: Sie müssen und werden jenem Manne helfen, der keines besitzt. Das ist genau das, was Ihr eigenes Armengesetz Ihnen vorschreibt und zwar ein jedes Mal, wenn der Steuereinheber seine Quittung in Ihrem Haus zurückläßt.‹ War das nicht gut? Und es traf doppelt so genau, weil es mit Humor gesagt worden war.

Unter uns gesagt, Cecilia, ich glaube, er hat sich in mich verguckt. Als ich im Zimmer umherging, folgten seine leuchtenden Augen mir überall. Und wenn ich mich zu jemand anderem setzte – da ich das Gefühl hatte, es sei nicht richtig, ihn mit Beschlag zu belegen –, schaffte er es unweigerlich, einen Stuhl mir gegenüber zu finden. Auch seine Stimme hat einen gewissen Klang, wenn er mich (und derart niemand anderen im Zimmer) anspricht. Urteile selbst, wenn Du herkommst! Aber triff nicht voreilige Schlußfolgerungen, wenn ich bitten darf! O nein – ich werde mich nicht in ihn verlieben! Mir liegt es nicht, mich in irgend jemanden zu verlieben! Weißt Du noch, was der letzte Mann, den ich abgelehnt habe, von mir sagte? ›Sie hat auf ihrer linken Seite eine Maschine, die das Blut durch ihren Körper jagt, aber Herz hat sie keines.‹ Ich bedaure die Frau, die diesen Mann heiratet!

Noch eines, meine Liebe! Dieser merkwürdige Amelius scheint Kleinigkeiten, die Männern im allgemeinen entgehen, genauso wie wir zu bemerken. Gegen Ende des Abends fiel die arme Mama Farnaby in einen ihrer vagen Zustände: halb schlafend, halb wach saß sie auf dem Sofa im rückwärtigen Salon. Er wisperte: ›Ihre Tante interessiert mich. Sie muß einmal früher in ihrem Leben einen schrecklichen Schmerz erlebt haben.‹ Stell Dir vor: ein Mann merkt das! Er ließ einige Andeutungen fallen, die zeigten, daß er sich Gedanken machte, um herauszufinden, wie ich mit ihr zurecht käme und ob sie mich in ihr Vertrauen zöge oder nicht: Er hörte nicht auf, mich zu fragen, welche Art von Leben ich mit dem Onkel und der Tante führe, die mich adoptiert hatten. Meine Liebe, all das tat er mit größtem Takt, mit derart unwiderstehlicher Sympathie und auf eine so liebenswürdig respektvolle Art und Weise, daß ich später – als ich des Nachts wach lag – ganz erschrocken war, wie offen ich zu ihm gesprochen hatte. Nicht, daß ich irgendwelche Geheimnisse verraten hätte; denn ich weiß – glaube mir – so wenig wie irgend jemand, worin die früheren Schwierigkeiten meiner armen lieben Tante bestanden haben mögen. Aber ich habe ihm erzählt, wie ich als ein hilfloses kleines Waisenkind ins Haus gekommen bin und wie großmütig diese beiden guten Verwandten mich adoptierten und wie glücklich ich war, als ich merkte, ich könnte wirklich etwas dazu tun, ihr trauriges kinderloses Leben aufzuheitern. Er sagte: ›Ich wünschte, ich wäre halb so gutherzig wie Sie. Ich weiß nicht, wie Sie Mrs. Farnaby lieb gewannen. Hat es mit Sympathie und Mitleid begonnen?‹ Stell Dir so etwas bei einem jungen Engländer vor. Er fuhr fort, mir seine Verwunderung einzugestehen, als wenn wir einander seit Kindertagen gekannt hätten: ›Ich wundere mich ein wenig, Mrs. Farnaby auf Unterhaltungen dieser Art anwesend zu finden; ich hätte gedacht, sie würde auf ihrem Zimmer geblieben sein.‹ Ich antwortete: ›Das ist genau das, was sie nicht will. Sie sagt, die Leute würden dann sagen, ihr Gatte schäme sich ihrer oder man könne sie in Gesellschaft nicht sehen lassen, wenn sie nicht erscheine – und sie sei entschlossen, daß man sich nicht auf diese Weise ein falsches Bild von ihr mache.‹ Kannst Du verstehen, daß ich mit so wenig Zurückhaltung mit ihm sprach? Es ist ein Beispiel für die seltsame Art und Weise, Cecilia, in der mich meine Impulse in Gesellschaft dieses Mannes beflügeln. Er ist so nett und höflich und gleichzeitig so männlich! Ich bin gespannt zu sehen, ob Du – mit Deiner überlegenen Sicherheit und Kenntnis der Welt – ihm wirst widerstehen können.

Aber von dem merkwürdigsten Ereignis habe ich Dir noch nicht berichtet, denn ich fühlte eine Hemmung, wie ich es Dir beschreiben soll. Damit auch Du Dich für etwas interessierst, das mich tief interessiert, schreibe ich Dir's so einfach wie möglich und lasse es für sich sprechen.

Wer, glaubst Du, hat Amelius Goldenheart zum Lunch gebeten? Es war nicht Papa Farnaby, der ihn zum Abendessen geladen hatte. Unnötig zu sagen, daß ich es nicht war. Wer denn war es also?! Mama Farnaby selbst. Er hatte sie tatsächlich so interessiert, daß sie in seiner Abwesenheit nur an ihn dachte und von ihm träumte! Vergangene Nacht hörte ich sie, das arme Ding! im Schlaf reden und mit den Zähnen knirschen. Ich ging in ihr Zimmer, um zu versuchen, sie wie gewöhnlich zur Ruhe zu bringen, indem ich meine kühle Hand auf ihre Stirn legte und ein wenig drückte. (Der alte Doktor sagt, das sei Magnetismus, was lächerlich ist!) Diesmal hatte ich keinen Erfolg; sie hörte mit dem Gemurmel und auch mit dem schrecklichen Geräusch nicht auf, das ihre Zähne verursachten. Gelegentlich sprach sie ein Wort so klar aus, daß man es verstehen konnte. Ich konnte in dem, was ich hörte, keinen zusammenhängenden Sinn erkennen, aber eindeutig konnte ich feststellen, sie träumte von unserem Gast aus Amerika!

Als ich am nächsten Morgen mit ihrer Tasse Tee zu ihr hinaufkam, sagte ich natürlich kein Wort davon. Und was glaubst Du, war das erste, worum sie bat? Feder, Tinte und Briefpapier. Ihre nächste Bitte war, daß ich Mr. Goldenhearts Adresse auf ein Kuvert schreiben solle. ›Schreibst du ihm denn?‹ fragte ich. ›Ja‹, sagte sie, ›ich möchte mit ihm sprechen, während John in Geschäften weg ist.‹ ›Geheimnisse?‹ sagte ich und lachte nur. Sie antwortete voller Ernst und Nachdruck: ›Ja, Geheimnisse.‹ Der Brief wurde geschrieben und in sein Hotel geschickt: mit der Einladung, an seinem ersten freien Tag mit uns den Lunch einzunehmen. Er hat geantwortet und den übermorgigen Tag bestimmt. Ich fragte sie – um zu versuchen, in ihr Geheimnis einzudringen –, ob sie wünsche, daß ich bei dem Lunch anwesend sei? Sie überlegte, ehe sie antwortete. ›Ich möchte ihn in guter Laune und Stimmung wissen‹, sagte sie, ›ehe ich mit ihm spreche. Du mußt mit uns essen und lade Cecilia ein!‹ Sie hielt inne und dachte nochmals nach. ›Eines ist wichtig‹, fuhr sie fort, ›dein Onkel darf nichts davon wissen. Wenn du ihm etwas erzählst, rede ich nie mehr ein Wort mit dir!‹

Ist das nicht außerordentlich? Was immer sie geträumt haben mag, es hat sie offensichtlich stark beeindruckt. Ich bin fest überzeugt, daß sie ihn nach dem Lunch zu sich in ihr eigenes Zimmer führen wird. Liebste Cecilia, Du mußt mir helfen, dies zu verhindern. Sie hat mich niemals in ihre Geheimnisse eingeweiht und vielleicht sind es, soweit ich das sehen kann, ganz harmlose Geheimnisse; armes Ding! Es ist aber sicherlich nicht wünschenswert, daß sie einem jungen Mann, der nur ein flüchtiger Bekannter von uns ist, ihr Vertrauen schenkt; entweder macht sie sich lächerlich oder es führt zu etwas Schlimmerem. Ich zittere wahrhaftig, was geschehen könnte, wenn Mr. Farnaby das herausfindet.

Um unserer alten Freundschaft willen, laß mich in dieser schwierigen Lage nicht allein. Eine Zeile von Dir, Liebste, soll mir sagen, daß Du mich nicht im Stich lassen wirst!«

Drittes Buch
Mrs. Farnabys Fuss

Kapitel I

Es war ein »Nachmittags-Konzert«, und auf dem Programm stand hauptsächlich moderne deutsche Musik. Die geduldigen Engländer saßen in dicht besetzten Reihen nebeneinander und lauschten dem prätentiösen Instrumentenlärm, der ihnen unverschämterweise als Ersatz für Melodien vorgesetzt wurde. Während diese fügsamen Opfer der schlimmsten aller Marktschreiereien (musikalischer Marktschreiereien!) sich eben durch die erste Stunde ihrer Ausdauer hinquälten, ging eine kleine Welle des Interesses über die träge Zuhörerschaft, durch eine Dame verursacht, die die Hitze nicht vertrug und sich plötzlich erhob. Ein Herr, die vierte Person dieser Gruppe, führte sie schnell aus dem Saal, nachdem er den beiden Damen an ihrer Seite ein erklärendes Wort zugeflüstert hatte. Alleingelassen sahen die beiden jungen Damen einander an, wisperten einander zu, erhoben sich halb von ihren Sitzen, wurden verwirrt gewahr, daß die erstaunte Aufmerksamkeit des Publikums ihnen galt und entschlossen sich zuletzt, ihrer Begleitung auf dem Weg aus dem Saal hinaus zu folgen.

Die Dame aber, die ihnen vorangegangen war, hatte irgendwelche eigenen Gründe, nicht im Vestibül zu warten und sich dort zu erholen. Als der Herr, der um sie besorgt war, fragte, ob er ihr ein Glas Wasser holen solle, antwortete sie scharf: »Holen Sie eine Droschke, aber bitte schnell!« Die Droschke war kurz darauf zur Stelle; der Herr stieg, der Aufforderung der Dame Folge leistend, nach ihr ein. »Geht es Ihnen jetzt besser?« fragte er.

»Es war mit mir nie irgend etwas nicht in Ordnung«, antwortete sie ruhig. »Sagen Sie dem Kutscher, er soll schneller fahren.«

Nachdem er ihrem Befehl gehorcht hatte, sah der Herr (sonst Amelius genannt) ein wenig verwirrt drein. Die Dame (Mrs. Farnaby natürlich) sah, in welcher Verwirrung er war, und gönnte ihm eine Erklärung.

»Ich hatte meine besonderen Gründe, Sie heute zum Lunch zu

bitten«, begann sie auf die ihr eigene ruhige, direkte Weise. »Ich wollte mich mit Ihnen allein unterhalten. Meine Nichte Regina – seien Sie nicht überrascht, wenn ich sie ›meine Nichte‹ nenne, da Sie Mr. Farnaby von ihr als ›seiner Tochter‹ sprechen hörten – sie ist meine Nichte. ›Adoptiert‹ ist nichts als eine Redensart, ändert nichts an den Tatsachen und macht sie weder zu Mr. Farnabys Kind noch zu dem meinen, nicht wahr?«

Sie hatte mit einer Frage geschlossen, aber schien keine Antwort zu erwarten. Ihr Gesicht war gegen das Droschkenfenster gewendet, statt gegen das von Amelius. Er aber war einer jener seltenen Menschen, die imstande sind zu schweigen, wenn sie nichts zu sagen haben. Mrs. Farnaby fuhr fort:

»Meine Nichte Regina ist auf ihre Weise ein gutes Ding, aber sie verdächtigt Leute immer. Sie hat einen besonderen Grund, mich daran zu hindern, Sie in mein Vertrauen zu ziehen, und ihre Freundin Cecilia hilft ihr dabei. Ja, ja, das Konzert war das Hindernis, das sie mir in den Weg legen wollten. Nachdem sie Ihnen gesagt hatten, sie wollten diese Musik hören, mußten sie auch hingehen, und ich konnte nichts dagegen sagen, da sie eine vierte Karte für mich bereit hatten. Ich nahm mir vor, zu tun, was ich zu tun hatte, und das tat ich nun. Nichts Absonderliches, daß mir wegen der Hitze schlecht wurde und nichts Absonderliches, daß Sie Ihre Pflicht als Gentleman erfüllten und sich um mich kümmerten. Und was ist die Folge? Hier sind wir – trotz der beiden – und auf dem Wege in mein Zimmer. Nicht schlecht für ein armes, hilfloses Geschöpf wie ich es bin, nicht wahr?«

Insgeheim fragte sich Amelius, was das alles zu bedeuten hätte und was sie um Himmels willen mit ihm vorhabe? Aber er gab zu bedenken, daß die beiden Damen die Konzerthalle auch verlassen und, nachdem sie im Vestibül sie nicht vorgefunden hatten, vielleicht nach Hause folgen würden.

Mrs. Farnaby drehte den Kopf vom Fenster weg und sah ihm zum erstenmal ins Gesicht. »Bis jetzt war ich den Mädchen gewachsen«, sagte sie, »überlassen Sie alles mir und Sie werden sehen, ich werde ihnen auch weiterhin gewachsen sein.«

Nachdem sie das gesagt hatte, beobachtete sie das verwirrte Gesicht von Amelius für einen Augenblick mit einem forschenden Blick. Ihre vollen Lippen gingen in einem leichten Lächeln auf und ihr Kopf senkte sich langsam auf ihre Brust. Leise sagte sie zu sich: Ich wüßte gern, ob er mich für ein wenig verrückt hält? Manche Frau in meiner Lage wäre schon vor Jahren wahnsinnig geworden. Vielleicht wäre das auch für mich besser gewesen? Sie sah wieder zu Amelius auf: »Ich glaube, Sie sind ein gutmütiger Bursche«, sagte sie weiter. »Sind Sie heute bei gleich guter Laune wie auch sonst immer? Hat Sie die lebhafte Gesellschaft der jungen Damen Frauen gegenüber im allgemeinen freundlich gestimmt? Ich möchte, daß Sie mir gegenüber besonders freundlich gestimmt sind.«

Sie sprach ernst und ruhig. Amelius hörte sich – zu seinem eigenen Erstaunen – seinerseits auch ernsthaft antworten, indem er ihr auf die konventionellste Weise versicherte, er stehe ihr vollkommen zu Diensten. Aber irgend etwas in ihrem Gehabe berührte ihn unangenehm. Wäre er seinem Impuls gefolgt, würde er aus dem Wagen gesprungen sein und hätte seine Freiheit und Sorglosigkeit in dem Augenblick wiedergefunden, da er mit höchster Geschwindigkeit davongelaufen wäre.

Der Kutscher fuhr in die Straße ein, in der Mr. Farnabys Haus stand. Mrs. Farnaby ließ ihn anhalten und stieg eine kleine Entfernung von der Haustüre aus. »Sie glauben, daß die Jugend uns nachfolgen wird?« sagte sie zu Amelius. »Es tut nichts; die Dienerschaft wird ihnen nichts zu berichten haben, wenn sie kommen.« Als sie die Haustüre erreicht hatte und er eben klopfen wollte, hielt sie ihn davon ab. »Man trinkt unten jetzt Tee«, flüsterte sie, nachdem sie auf die Uhr gesehen hatte. »Sie und ich gehen hinein, ohne daß wir die Dienerschaft etwas davon wissen lassen. Verstehen Sie?«

Sie zog aus ihrer Tasche einen Stahlring mit mehreren Schlüsseln hervor. »Ein Duplikat von Mr. Farnabys Schlüssel«, erklärte sie, als sie einen auswählte und die Haustür damit öffnete. »Wenn ich manchmal in den frühen Morgenstunden aufwache, kann ich es im Bett nicht aushalten und muß hinaus und spazieren gehen. Mit meinem Schlüssel komme ich wie jetzt wieder hinein, ohne daß ich irgend jemanden störe. Mr. Farnaby erzählen Sie lieber nichts davon! Nicht, daß es wichtig wäre; denn ich würde mich weigern, die Schlüssel herauszugeben, sollte er das von mir verlangen. Aber Sie sind ein gutmütiger Bursche und wollen doch zwischen Ehemann und Ehefrau nicht böses Blut stiften, nicht wahr? Gehen Sie leise und folgen Sie mir!«

Amelius zögerte. Es widerstrebte ihm irgendwie, das Haus eines anderen Mannes unter heimlichen Umständen zu betreten. »Alles in Ordnung!« flüsterte Mrs. Farnaby ihm zu, die ihn vollkommen verstand. »Lassen Sie sich von Ihrer Würde leiten und gehen Sie wieder hinaus, klopfen Sie an der Türe und erkundigen Sie sich, ob ich zu Hause sei. Ich wollte nur nicht viel

Aufhebens machen und eine Störung vermeiden, wenn Regina zurückkommt. Wenn das Personal nicht weiß, daß wir hier sind, so wird man ihr sagen, wir seien noch nicht zurückgekehrt, – verstehen Sie nicht?«

Es wäre danach absurd gewesen, sich zu streiten. Amelius folgte ihr ergeben bis in die entfernteste Ecke der Halle. Dort öffnete sie die Tür zu einem engen Raum, der in den rückwärtigen Teil des Hauses eingebaut worden war. »Hier ist meine Höhle«, sagte sie und gab Amelius ein Zeichen, hineinzugehen. »Wenn wir hier sind, wird uns niemand stören.« Sie legte ihre Haube und ihren Schal ab und wies auf eine Schachtel Zigarren auf dem Tisch. »Nehmen Sie eine!« fuhr sie fort. »Wenn es keiner sieht, rauche ich manchmal eine. Das ist, nehme ich an, einer der Gründe, warum Regina Sie nicht in meinem Zimmer haben wollte. Ich finde, daß Rauchen mich beruhigt. Was meinen Sie?«

Sie zündete eine Zigarre an und reichte die Zündhölzer Amelius weiter. Er fand, er hätte sich auf dieses Abenteuer nun einmal eingelassen und ergab sich mit seiner gewohnten Gewandtheit den Umständen, zündete auch eine Zigarre an, ließ sich auf einem Fauteuil beim Feuer nieder und blickte mit einer undurchdringlichen Ruhe umher, die selbst eines Rufus Dingwell würdig gewesen wäre.

Der Raum erinnerte in keiner Weise an ein Boudoir. Auf dem Boden war ein verblaßter, alter türkischer Teppich ausgebreitet. Auf dem gewöhnlichen Mahagoni-Tisch lag keine Decke und der Chintz auf den Stühlen hatte ein wahrhaft respekteinflößendes Alter erreicht. Einige der Möbelstücke ließen den Raum aussehen, als würde ein Mann ihn bewohnen: Hantel und Schläger, die man für athletische Übungen benutzt, hingen über dem leeren Kaminsims, und auf einer Seite des Zimmers stand etwas, das aussah wie eine Mischung zwischen einem Kabinett und einem Kleiderschrank, eine große Eichen-Angelegenheit mit geschlossenen Türen, die bis an die Decke hinaufreichte. Auf der anderen Zimmerseite stand eine Drechselbank. Darüber hingen in einer Reihe in schmutzig-braunen alten Rahmen vier Drucke, die die Aufmerksamkeit von Amelius besonders erregten. Es waren meistens ausländische Drucke – sie hatten inzwischen ihre Farbe verloren – und merkwürdigerweise zeigten sie alle verschiedene Aspekte desselben Themas: kleine Kinder, die durch Raub von ihren Eltern getrennt oder verlassen werden. Der junge Moses war da in seinem Kästlein aus Rohr zwischen dem Schilf zu sehen. Als nächstes: der gute St. Franziskus, wie er die Straßen durchzog und verlassene Kinder in der Winternacht rettete. Ein dritter Druck zeigte das alte Pariser Findling-Hospital, mit dem Drehkorb an der Mauer und der Glocke, die man zog, wenn das Kindchen in ihn gelegt worden war. Das nächste und letzte Bild zeigte, wie ein Kind von einer Zigeunerin vom Schoße einer schlummernden Krankenschwester gestohlen wurde. Diese auf eine traurige Weise eindrucksvollen Gegenstände waren der einzige Schmuck der Wand. Von Büchern oder Noten war keine Spur zu sehen, ebensowenig von Handarbeiten irgendwelcher Art; keine eleganten Kleinigkeiten, kein Porzellan oder Blumen oder delikate Spitzen oder glitzernde Juwelen – nichts, absolut nichts, was an die Anwesenheit einer Frau hätte erinnern können, war in irgendeinem Teil von Mrs. Farnabys Zimmer zu finden!

Sie begann: »Ich habe Ihnen einige Dinge zu sagen, aber zuerst muß etwas erledigt werden: Geben Sie mir Ihr heiliges Ehrenwort, daß Sie nichts von dem gegenüber irgendeiner Menschenseele wiederholen werden, was ich Ihnen jetzt sagen werde.« Sie lehnte sich in ihrem Fauteuil zurück, zog Rauch ein, blies ihn wieder aus und wartete auf seine Erwiderung.

Jung und ohne Arg, wie er war, erschrak Amelius über diese skrupellose Art, ihn mit Gewalt ins Vertrauen ziehen zu wollen. Sein natürlicher Takt und seine Vernunft sagten ihm eindeutig, daß Mrs. Farnaby zu viel verlange.

»Seien Sie mir nicht böse, Madame«, sagte er, »wenn ich Sie daran erinnere, daß Sie im Begriffe sind, mir Geheimnisse anzuvertrauen, ohne daß ich meinerseits den Wunsch äußerte, in sie einzudringen und ...« Sie unterbrach ihn: »Und was liegt daran?« fragte sie ihn kühl. Amelius gab nicht nach und setzte fort, was er hatte sagen wollen: »... und ich möchte wissen«, sagte er, »daß ich – ehe ich Ihnen mein Versprechen gebe – damit niemandem etwas Schlechtes antue.«

»Sie würden einem armen Geschöpf etwas Gutes antun«, antwortete sie so ruhig wie vorher. »Wenn Sie mir dieses Versprechen abgeben, so schaden Sie damit weder sich noch irgend jemandem. Das ist alles, was ich sagen kann. Ihre Zigarre ist ausgegangen, nehmen Sie sich Feuer!«

Amelius nahm sich Feuer mit der hündischen Ergebenheit eines Mannes, der in einem Zustande verwirrter Verblüffung ist. Sie wartete und beobachtete ihn ruhig, bis seine Zigarre wieder zog.

»Nun«, fragte sie, »wollen Sie mir das versprechen?«

Amelius gab ihr sein Versprechen.

»Auf Ihr heiliges Ehrenwort?« ließ sie nicht locker.

Amelius wiederholte die Formel. Sie lehnte sich wieder in ihren Fauteuil zurück. »Ich möchte mit Ihnen wie zu einem alten Freunde sprechen«, erklärte sie. »Ich darf Sie doch Amelius nennen?«

»Gewiß.«

»Ich muß Ihnen also zuerst sagen, Amelius, daß ich vor vielen Jahren eine Sünde begangen habe. Ich habe dafür gebüßt und ich büße noch immer dafür. Seit ich eine junge Frau war, hat eine schwere Last mir aufs Herz gedrückt. Ich habe mich nie damit abgefunden und habe mich nie unterworfen. Und ich werde mich damit nicht abfinden und ich werde mich dem niemals unterwerfen! Und wenn ich hundert Jahre alt werde! Wollen Sie, daß ich Einzelheiten erzähle? Oder sind Sie mir gnädig gesonnen und es genügt Ihnen, was ich bisher gesagt habe?«

Sie sprach nicht bittend oder vorsichtig oder demütig, sondern sie sprach mit einer wütenden und gleichzeitig verschlossenen Resignation in Stimme und Haltung. Er antwortete ihr so, wie sein eigenes, großmütiges und impulsives Temperament ihn drängte zu antworten: »Sagen Sie mir nichts, was Ihnen auch nur für einen Augenblick Schmerz bereiten könnte, und sagen Sie mir nur, wie ich Ihnen helfen kann?« Sie reichte ihm die Zündholzschachtel und sagte: »Ihre Zigarre ist wieder ausgegangen.«

Er legte die Zigarre aus der Hand. Er hatte in seinem kurzen bisherigen Leben kein menschliches Elend sich auf eine solche Weise ausdrücken sehen. »Entschuldigen Sie«, sagte er, »aber ich werde jetzt nicht weiterrauchen.«

Sie legte ihre Zigarre genauso wie Amelius die seine weg, kreuzte die Arme über der Brust und sah ihn zum erstenmal mit einem weichen Anschein einer Zärtlichkeit an, die er bisher in ihrem Gesicht nicht hatte entdecken können. »Mein Freund«, sagte sie, »Sie werden ein trauriges Leben führen und ich bedaure Sie. Die Welt wird Ihr empfindsames Herz verletzen und auf Ihrer so großmütigen Natur herumtrampeln. Vielleicht werden Sie eines Tages ebenso arm dran sein wie ich. Genug davon! Stehen Sie auf, ich habe Ihnen etwas zu zeigen.«

Sie stand selbst auf, führte ihn zu dem großen Eichenschrank und nahm ihren Schlüsselbund wieder aus der Tasche.

»Um von diesem alten Schmerz, den ich habe, zu sprechen ...«, setzte sie fort, »seien Sie von Anfang an gerecht: ich habe mich in bezug auf diesen Schmerz nicht wie andere Frauen aufgeführt, habe ihn nicht gehegt und gepflegt und zur Hauptsache gemacht; weder mir selbst, noch anderen gegenüber. Nein, ich habe alles getan, um mich von ihm zu befreien und jede mögliche Beschäftigung gesucht, um mich abzulenken. Ein Beispiel für das, was ich sage, mag für hundert andere sprechen. Sehen Sie selbst!«

Sie steckte den Schlüssel ins Schloß. Es widersetzte sich erst ihrem Versuch, es zu öffnen. Mit einem verächtlichen Ausbruch der Ungeduld und einer plötzlichen besonderen Kraftanstrengung riß sie die zwei Türen des Schrankes auf. Hinter der linken Tür wurde eine Reihe offener Regale sichtbar; hinter der anderen Tür waren in der gegenüberliegenden Abteilung von oben bis unten Schubladen mit Messinggriffen zu sehen. Die linke Tür schloß sie mit einem verärgerten Krach, als hätte man, als sie offen war, etwas sehen können, wovon sie nicht wollte, daß es gesehen wurde. Durch Zufall hatte Amelius aber zuerst dorthin geschaut. In dem kurzen Augenblick, in dem man etwas erkennen konnte, hatte er auf einem der Regale ein leinenes langes Babykleidchen und ein Mützchen sorgfältig ausgebreitet liegen sehen, die im Laufe der Zeit gelb geworden waren.

Die bisher nur halbberichtete Geschichte aus ihrer Vergangenheit war nun mehr als erzählt: die Erinnerungsstücke an ein Baby, sorgfältig bewahrt, warfen ein wenig Licht auf die Motive, aus denen heraus jene Drucke an der Wand und ihre Themen ausgewählt worden waren. Ein Kind, verlassen und verloren! Ein Kind, das möglicherweise noch am Leben war!

Sie wandte sich plötzlich Amelius zu. »Auf dieser Seite ist nichts«, sagte sie, »das Sie interessiert. Sehen Sie die Schubfächer hier und öffnen Sie sie selbst.« Sie trat ein wenig zurück, als sie das sagte und wies auf die oberste Reihe der Fächer. Ein schmaler Papierstreifen war dort angeklebt, mit der Inschrift: »Tote Tröstungen«. Amelius öffnete das Fach, es war voller Bücher. »Sehen Sie sich die an!« sagte sie. Amelius, ihr gehorchend, entdeckte Wörterbücher, Grammatiken, Übungshefte, Gedichte, Romane und Geschichtsbücher und alle in Deutsch.

»Eine Fremdsprache, zur Ablenkung versucht«, sagte Mrs. Farnaby leise hinter ihm. »Monat für Monat harten Studiums – alles jetzt vergessen. Der alte Schmerz kam trotz allem wieder. Ein toter Trost! Öffnen Sie das nächste Schubfach!«

Das nächste Fach zeigte Aquarelle und Zeichenmaterial, die in einer Ecke durcheinander lagen; sonst lag im Fach ein Haufen armseliger und konventioneller kleiner Landschaftsbilder. Als

Kunstwerke waren sie äußerst erbärmlich: Beweise für Fleiß und Mühen, elend und vollkommen nutzlos vertan!

»Wie Sie sehen, besaß ich kein Talent für dergleichen«, sagte Mrs. Farnaby. »Aber Woche um Woche, Monat um Monat hielt ich durch. Ich sagte mir: Ich hasse das und es bereitet mir so schreckliche Mühe und quält, verfolgt mich und erniedrigt mich derart, daß es doch schließlich mich okkupieren und meine Gedanken von mir selbst ablenken wird! Nein, der alte Schmerz starrte mir nun nur vom Papier, das ich ruinierte, in Farben entgegen, die ich nicht zu gebrauchen lernte. Noch ein toter Trost! Schließen Sie die Lade!«

Sie selbst öffnete noch eine dritte und eine vierte Lade. In einer tauchte eine Kopie von Euklid auf: eine Tafel mit der Lösung von Problemen war noch darangeheftet, im anderen Fach waren ein Mikroskop und Abhandlungen über dessen Gebrauch zu finden. »Immer dieselbe Bemühung«, sagte sie und schloß den Schrank, während sie sprach, »und immer dasselbe Ergebnis. Sie haben gewiß genug davon? Ich auch!« Sie drehte sich um, wies auf die Drehbank in der Ecke, wie auf Hantel und Schläger über dem Kamin. »Die kann ich geduldig ansehen«, fuhr sie fort, »denn sie verschaffen mir körperliche Ablenkung. An der Drehbank arbeite ich, bis mich der Rücken schmerzt; die Schläger schwinge ich, bis ich vor Müdigkeit umfalle. Und dann lege ich mich dorthin auf die Decke, schlafe mich aus und vergesse mich für ein oder zwei Stunden. Kommen Sie zum Feuer zurück! Meine toten Tröstungen haben Sie nun gesehen; als nächstes müssen Sie von meinen lebenden hören. Um Mr. Farnaby Gerechtigkeit zuteil werden zu lassen ... ach, wie ich ihn hasse!«

Sie sprach diese letzten leidenschaftlichen Worte zu sich, aber mit einer derart heftigen Bitterkeit und Verachtung und laut genug, daß sie gehört werden konnten. Amelius schaute verstohlen nach der Tür. Gab es keine Hoffnung, daß Regina und ihre Freundin zurückkommen und sie unterbrechen würden? Konnte er denn hoffen – nach dem, was er gesehen und gehört hatte –, Mrs. Farnaby trösten zu können? Ihm blieb nur die Frage, welche Absicht sie überhaupt gehabt haben konnte, ihn ins Vertrauen zu ziehen? Komme ich durch Frauen immer nur in Schwierigkeiten? dachte er. Erst die arme Mellicent und dann die hier! Welche kommt als nächste? Er zündete seine Zigarre wieder an. Die Bruderschaft der Raucher (sie allein) wird verstehen, welch eine Zuflucht diese Zigarre in diesem Augenblick für ihn darstellte.

»Geben Sie mir Feuer!« sagte Mrs. Farnaby und erinnerte sich ihrer Zigarre. »Eines möchte ich wissen, ehe ich fortfahre: beim Lunch beobachtete ich Ihre strahlenden Augen, Amelius. Sagten die mir die Wahrheit? Sie sind doch nicht in meine Nichte verliebt? Oder sind Sie das?«

Amelius nahm seine Zigarre aus dem Mund und sah Mrs. Farnaby an.

»Raus damit, nur Mut!« sagte sie.

Amelius hatte ihn – bis zu einem gewissen Grad. »Ich bewundere sie sehr«, antwortete er.

»Ach, Sie kennen sie nicht so gut wie ich«, bemerkte Mrs. Farnaby. Die verächtliche Nebensächlichkeit, mit der sie das sagte, irritierte Amelius. Er war noch jung genug, um zu glauben, daß es Dankbarkeit geben konnte; Mrs. Farnaby hatte jedoch voller Undankbarkeit gesprochen. Außerdem hatte er Regina bereits so gern, daß es ihn kränkte, wenn man geringschätzig von ihr sprach.

»Ich bin überrascht zu hören, wie Sie von ihr sprechen«, brach es aus ihm heraus. »Sie ist Ihnen völlig ergeben.«

»Ach ja«, sagte Mrs. Farnaby nebensächlich, »natürlich ist sie mir ergeben. Sie ist der lebende Trost, von dem ich Ihnen eben erzählte. Das war der Grund, warum Mr. Farnaby sie adoptierte. Mr. Farnaby dachte: Hier ist eine ausgewachsene Tochter für meine Frau und das ist genau das, was diese lästige Frauensperson braucht, um zufrieden zu sein! Ja, das wär's! Wissen Sie, wie ich das nenne? Ich nenne das, wie ein Idiot gedacht! Ein Mann kann in seinen Geschäften gewitzt und trotzdem ein verachtenswürdiger Dummkopf sein. Das Kind einer anderen Frau als Trost für mich! Pah, es ist, um krank vor Ekel zu werden! Amelius, ich habe eine gute Eigenschaft: ich bin nicht verlogen! Es ist meine Pflicht, mich um das Kind meiner Schwester zu kümmern; ich tue diese Pflicht gern und Regina ist ein anständiges Ding, das streite ich nicht ab. Aber sie ist wie all diese großen dunklen Mädchen: sie hat kein Rückgrat, keinen Schwung. Sie hat Anlagen, um eine gütige, schwache, brave und zuckersüße Frau zu werden; dabei liegt ein Gutteil stiller Widerspenstigkeit auf dem Grunde ihrer Seele, das kann ich Ihnen sagen! Ich will gerecht gegen sie sein, ich leugne nicht, daß sie – wie Sie behaupten – mir ergeben ist. Aber jetzt sage ich alles: Sie sollten wissen, der lebende Trost – um mit Mr. Farnaby zu sprechen – tröstet mich nicht ein Jota mehr als die Dinge, die Sie in diesen Schubfächern gesehen haben. So, damit wäre Regina erledigt! Nein, noch etwas muß geklärt werden: Was meinen Sie damit, wenn Sie sagen, Sie bewunderten Regina? Haben Sie vor, sie zu heiraten?«

Einmal in seinem Leben bewies Amelius Haltung: »Ich habe für die junge Dame zu viel Respekt, um Ihre Frage zu beantworten«, sagte er hoheitsvoll.

»Denn, wenn Sie das vorhaben«, setzte Mrs. Farnaby fort, »habe ich vor, Ihren Absichten jedwedes mögliche Hindernis in den Weg zu legen. Kurz gesagt: ich werde das verhindern!«

Diese offene Erklärung erschreckte Amelius und er sagte etwas, aus dem sich die Wahrheit folgern ließ:

»Warum?« fragte er nicht ohne Schärfe.

»Einen Moment, verlieren Sie nicht die Fassung!« antwortete sie.

Eine Pause folgte. Sie saßen sich auf den entgegengesetzten Seiten des Kamins gegenüber und beobachteten einander aufmerksam.

»Sind Sie nun bereit?« setzte Mrs. Farnaby fort. »Mein Grund ist folgender: Wenn Sie Regina oder jemand anderen heiraten, werden Sie sich irgendwo niederlassen und ein langweiliges Leben führen.«

»Na, und?« fragte Amelius. »Und warum nicht, wenn mir das gefällt?«

»Weil ich will, daß Sie ein rastloser Junggeselle bleiben: heute hier, morgen dort, unterwegs um die ganze Welt, einer, der alles sieht und jeden kennt.«

»Was würde Ihnen das nützen, Mrs. Farnaby?«

Sie erhob sich von ihrer Seite des Kamins, ging hinüber, wo Amelius saß, und legte, vor ihm stehend, ihre Hände schwer auf seine Schultern. Ihre Augen strahlten mit plötzlichem Interesse und Feuer, als sie auf ihn hinuntersah.

»Mein Freund, ich warte noch immer auf den lebenden Trost, der mir noch werden soll. Amelius, hören Sie: nach all den Jahren mögen *Sie* vielleicht der Mann sein, der ihn mir bringt!«

In der plötzlichen Stille, die darauf entstand, hörten sie ein zweimaliges Klopfen an der Haustür.

»Regina«, sagte Mrs. Farnaby.

Als dieser Name von ihren Lippen gekommen war, lief sie rasch zur Tür und drehte den Schlüssel im Schloß um.

Kapitel II

Amelius sprang impulsiv von seinem Stuhl auf. Mrs. Farnaby drehte sich im selben Augenblick um und gab ihm ein Zeichen, sich wieder niederzusetzen. »Sie haben mir Ihr Versprechen gegeben«, wisperte sie. »Ich bitte Sie um nichts anderes, als sich still zu verhalten.« Sie zog vorsichtig den Schlüssel aus dem Schloß und zeigte ihn ihm. »Sie kommen hier nicht heraus, außer Sie nehmen mir den Schlüssel mit Gewalt ab.«

Was immer Amelius von der Lage, in der er sich befand, halten mochte, das einzige, was er anständigerweise tun konnte, war, nichts zu sagen und nachzugeben. Er blieb ruhig am Kamin stehen. Keine nur irgendwie vorstellbare Rücksicht – so entschloß er sich im Geiste – würde ihn dazu bringen, einem zweiten vertraulichen Gespräch in Mrs. Farnabys Zimmer zuzustimmen. Der Diener öffnete die Haustüre. Man konnte Reginas Stimme in der Halle hören.

»Ist meine Tante nach Hause gekommen?«

»Nein, Miss.«

»Haben Sie etwas von ihr gehört?«

»Nichts, Miss.«

»Ist Mr. Goldenheart hier gewesen?«

»Nein, Miss.«

»Sehr merkwürdig! Was kann mit ihnen geschehen sein, Cecilia?« Die antwortende Stimme der anderen Dame war zu hören. »Wir haben sie wahrscheinlich verfehlt, als wir die Konzerthalle verließen. Reg dich nicht auf, Regina. Ich jedenfalls muß wieder gehen; die Kutsche wartet auf mich. Wenn ich deine Tante irgendwo treffe, werde ich ihr sagen, du erwartest sie zu Hause.«

»Einen Augenblick, Cecilia. (Thomas, Sie brauchen nicht zu warten!) Stimmt es wirklich, daß du Mr. Goldenheart nicht magst?«

»Was? So steht es also schon? Gut, ich werde mich bemühen, ihn zu mögen ... Nochmals: adieu!«

Das Zuschlagen der Haustür zeigte an, daß die Damen sich getrennt hatten. Diesem Geräusch folgte einen Augenblick später das des Öffnens und Schließens der Eßzimmertür. Mrs. Farnaby kehrte zu ihrem Fauteuil am Kamin zurück.

»Regina ist ins Speisezimmer gegangen, um dort auf uns zu warten«, sagte sie. »Ich merke, daß Sie die Lage, in der Sie sich hier befinden, nicht schätzen. Ich werde Sie nicht länger als einige Minuten hier aufhalten. Natürlich sind Sie außerstande, zu verstehen, was ich sagte, als das Türgeräusch uns unterbrach. Setzen Sie sich noch für fünf Minuten hin; es macht mich nervös, Sie da stehen und auf Ihre Stiefel starren zu sehen! Ich hatte Ihnen erzählt, daß mir ein Trost vielleicht noch übriggeblieben ist. Urteilen Sie selbst, was mir eine solche Hoffnung bedeutet, wenn ich Ihnen gestehe, daß ich ohne diese Hoffnung meinem Leben längst ein Ende bereitet hätte. Glauben Sie nicht, daß ich Unsinn daherrede: Ich meine, was ich sage! Zu meinem Unglück (unter anderem) habe ich keine religiösen Skrupel, die mich davon abhalten könnten. Es gab eine Zeit, da glaubte ich an die Tröstungen der Religion und öffnete einmal einem Pfarrer mein Herz, einem ehrenwerten Mann, der sein Bestes versuchte, mir zu helfen. Alles umsonst! Ich glaube, mein Herz war zu hart, das ist gleichgültig, außer daß das Ihnen beweisen soll, wie überaus ernst es mir ist. Geduld, Geduld, ich komme zur Sache! An dem Tag, als Sie zum erstenmal hier speisten, habe ich einige merkwürdige Fragen an Sie gestellt, nicht wahr? Sie haben natürlich alles vergessen?«

»Ich erinnere mich genau an diese Fragen«, antwortete Amelius.

»Sie erinnern sich an sie? Das sieht aus, als hätten Sie nachher darüber nachgedacht? Los, sagen Sie mir offen, was Sie sich gedacht haben?«

Amelius sagte es ihr offen und als er weitersprach, wurde sie mehr und mehr interessiert und immer aufgeregter und aufgeregter.

»Ganz recht!« rief sie aus, sprang auf und ging schnell im Zimmer auf und ab. »Es gibt ein verlorenes Mädchen, das ich finden will; es ist, wie Sie sich's dachten, zwischen sechzehn und siebzehn Jahre alt. Bitte: ich habe keinen Anlaß, nicht den Schatten davon, zu glauben, daß es noch immer lebt. Aber ich habe den festen, hartnäckigen, dummen Glauben daran tief hier innen verwurzelt«, und sie drückte ihre beiden Hände fest gegen ihr Herz, »und so tief, daß nichts ihn mir entreißen kann. Ich habe in diesem Glauben gelebt – ach, fragen Sie mich nicht, wie lange schon! Es ist zu lange her, elendig lange, als daß ich zurückschauen möchte.« Sie blieb mitten im Zimmer stehen. Ihr Atem ging mit schnellem, schwerem Keuchen auf und nieder. Die ersten Tränen, die die harte Verzweiflung in ihren Augen erweicht hatten, brachen nun hervor und veränderten sie durch die göttliche Schönheit der Mutterliebe. »Ich will Sie nicht quälen«, sagte sie und stampfte gegen den Fußboden, um der hysterischen Leidenschaft Herr zu werden, die von ihr Besitz ergriffen hatte. »Geben Sie mir eine Minute Zeit, und ich werde es schon schaffen.«

Sie fiel in einen Stuhl, warf ihre Arme schwer über den Tisch und legte ihren Kopf auf sie. Amelius erinnerte sich an das Kinderkleid und die Mütze, die im Kabinett versteckt lagen. Alles Edle und Männliche in seinem Wesen fühlte mit dieser unglücklichen Frau, deren Geheimnis sich für ihn etwas erhellt hatte. Seine ein wenig selbstsüchtige Verärgerung über die unangenehme Lage, in die sie ihn gebracht hatte, war verschwunden, um nie wiederzukehren! Er ging näher zu ihr hin und legte ihr leicht die Hand auf die Schulter. »Sie tun mir wahrhaftig leid«, sagte er. »Sagen Sie mir, wie ich Ihnen helfen kann, und ich werde es mit ganzem Herzen tun.«

»Meinen Sie das wirklich im Ernst?« Sie wischte sich schnell die Tränen aus den Augen und stand mit dieser Frage auf. Mit der einen Hand hielt sie ihn fest, mit der anderen schob sie ihm die Haare aus der Stirn. »Ich muß Ihr Gesicht ganz sehen!« sagte sie, »Ihr Gesicht wird es mir sagen: ja, Sie meinen es ernst! Noch hat die Welt Sie nicht verdorben! Glauben Sie an Träume?« Amelius sah sie erschreckt durch ihren plötzlichen Wandel an. Sie wiederholte ihre Frage mit Bedacht: »Ich frage Sie ganz ernsthaft«, sagte sie, »glauben Sie an Träume?«

Amelius antwortete seinerseits ganz ernsthaft: »Ich kann eigentlich nicht sagen, daß ich das tue.«

»Ach«, rief sie aus, »genau wie ich! Ich glaube auch nicht an Träume – ich wünschte, ich könnte es. Doch Aberglaube liegt mir nicht; ich bin zu hart – leider! Ich habe Leute erlebt, die durch ihren Aberglauben getröstet wurden: glückliche Leute, erfüllt vom Glauben. Denken Sie nicht wenigstens, daß Träume durch Zufall manchmal in Erfüllung gehen?«

»Niemand kann das ableugnen«, antwortete Amelius, »dafür gibt es zu viele Beispiele. Aber gegen einen Traum, zufällig in Erfüllung gegangen, stehen ...«

»... wenigstens einhundert Fälle, die nicht in Erfüllung gingen«, warf Mrs. Farnaby ein. »Also schön! Das rechne ich ein. Sie sehen, mit wie wenig Hoffnung man leben kann. Es besteht also eine geringe Möglichkeit, daß das, was ich vor wenigen Nächten träumte, sich erfüllt. Es ist eine armselige Chance; aber sie hat mich ermutigt, Sie ins Vertrauen zu ziehen und um Ihre Hilfe zu bitten.« Dieses eigenartige Eingeständnis – diese traurige Offenbarung, die sich bewußt selbst belügt und sich hinter dem Mantel der Hoffnung verbirgt – verstärkte nur in Amelius die mitleidige Sympathie für sie. »Was haben Sie von mir geträumt?« fragte er vorsichtig.

»Es gibt nicht viel zu erzählen«, erwiderte sie. »Ich war in einem mir ganz fremden Zimmer, die Tür öffnete sich, und Sie kamen mit einem jungen Mädchen an der Hand herein. Sie sagten: ›Seien Sie endlich glücklich, hier ist sie.‹ Mein Herz hatte sie sofort erkannt, obwohl meine Augen sie seit ihren ersten Lebenstagen nicht mehr gesehen hatten. Ich wachte durch meine Freudentränen auf. Warten Sie, ich habe noch nicht alles erzählt. Ich schlief wieder ein und träumte wieder dasselbe, wachte auf, blieb einige Zeit wach, schlief nochmals ein und träumte dasselbe zum drittenmal. Ach, wenn ich nur das Vertrauen der Leute teilen könnte, die glauben: Dreimal, dann muß es wahr sein! Nein: es machte einen gewissen Eindruck auf mich, aber nicht mehr. Ich konnte mir immer nur sagen: es ist eine kleine Chance! Ich habe niemanden in der Welt, der mir hilft. Vielleicht rede ich mit *ihm!* Ach, Sie müssen mich nicht daran erinnern, daß es eine ganz vernünftige Erklärung für meinen Traum gibt. Ich habe alles darüber in der Bibliothek im Lexikon nachgelesen. Eine der klugen Ideen dieser weisen Männer ist ja, daß wir tagsüber – bewußt oder unbewußt – an etwas denken, das wir im Traum dann neu erleben. Ich wage zu behaupten, daß das bei mir der Fall ist. Als Sie mir zum erstenmal vorgestellt wurden und ich hörte, wo Sie erzogen worden sind, dachte ich sofort: Sie könnte eine unter den vielen verlorenen Geschöpfen gewesen sein, die in Ihre Gemeinschaft getrieben worden sind und ich könnte sie durch Sie vielleicht wiederfinden. Nehmen wir an, ich schliefe mit diesem Gedanken ein – und wir haben die Erklärung für meinen Traum. Genug davon! Hier liegt noch immer meine armselige Chance: eins zu hundert. Sie werden an mich denken, Amelius, wenn Sie sie treffen sollten, nicht wahr?«

Dieses angedeutete Bekenntnis ihres eigenen, störrischen Charakters – ohne die Veredlung durch einen religiösen Glauben, sogar ohne die Vorstellung von einer Verfeinerung durch ihn, diese unbewußte Enthüllung des einzigen zärtlichen und liebenden Instinktes ihrer Natur, der kläglich darum kämpfte, zum Leben erweckt zu werden: ohne Mitleid, das ihn stützen, ohne Licht das ihn lenken könnte – all dies hätte das Herz eines jeden Mannes gerührt, der nicht unheilbar verdorben ist! Amelius sprach mit dem enthusiastischen Eifer seiner Jugend: »Ich würde bis ans äußerste Ende der Welt gehen, könnte ich glauben, das nützte Ihnen. Aber es klingt alles so hoffnungslos!«

Sie schüttelte den Kopf und lächelte ein wenig.

»Sagen Sie das nicht! Sie sind ein freier Mann, besitzen Geld, werden durch die Welt reisen und sich vergnügen. Innerhalb einer Woche werden Sie mehr erleben als Stubenhocker in einem Jahr. Was wissen wir denn, was die Zukunft Ihnen bringen wird? Ich habe so meine eigene Vorstellung davon ...; mag sie sich im Labyrinth von London verlieren oder Hunderte und Tausende Meilen von hier entfernt auftauchen. Vergnügen Sie sich, Amelius, vergnügen Sie sich! Morgen – oder zehn Jahre von heute an – werden Sie sie vielleicht treffen!«

Aus reinem Mitleid mit diesem armen Geschöpf weigerte Amelius sich, sie in ihrer Verblendung zu unterstützen. »Sogar angenommen, so etwas könnte eintreffen«, widersprach er ihr, »wie soll ich denn das verlorene Mädchen erkennen? Sie können sie mir nicht beschreiben, denn Sie haben sie nicht gesehen, seit sie ein Kind war. Wissen Sie irgend etwas darüber, was damals geschah – ich meine zur Zeit, als sie verlorenging?«

»Nichts weiß ich.«

»Absolut nichts?«

»Absolut nichts!«

»Hatten Sie nie einen Verdacht, wie es geschehen ist?«

Ihr Gesicht verwandelte sich und sie überlegte, während sie ihn ansah. »Nicht bevor Wochen und Monate vergangen waren«, sagte sie, »nicht ehe es zu spät war. Ich war damals krank. Als ich wieder bei klarem Bewußtsein war, begann ich eine besondere Person zu verdächtigen, erst nach und nach, wissen Sie? Ich bemerkte Kleinigkeiten und dachte nachher über sie nach.« Sie hielt inne und zwang sich offensichtlich, nicht mehr zu sagen.

Amelius versuchte, sie weiterzuführen: »Verdächtigen Sie diese Person ...?«

»Ich verdächtigte sie, das Kind hilflos in die Welt hinausgestoßen zu haben«, unterbrach Mrs. Farnaby ihn in einem plötzlichen Wutausbruch. »Fragen Sie mich nicht mehr darüber oder ich lasse mich gehen und erschrecke Sie zutiefst!« Sie ballte die Fäuste, als sie das sagte. Zwischen den Zähnen murmelte sie: »Gut für den Mann, daß ich nicht mehr als nur einen Verdacht hatte und die Wahrheit nicht herausfand! – Warum haben Sie mich darauf gebracht?! Das hätten Sie nicht tun sollen! Helfen

Sie mir zu dem zurück, worüber wir vor einer Minute gesprochen haben. Sie hatten irgendeinen Einwand; Sie sagten ...?«

»Ich sagte«, erinnerte Amelius sie, »daß, selbst wenn ich das verlorene Mädchen treffen würde, ich sie unmöglich erkennen könnte. Und ich muß Ihnen noch mehr sagen: Ich kann nicht glauben, daß Sie selbst sicher sein können, sie wiederzuerkennen, würde sie in diesem Augenblick hier vor Ihnen stehen.«

Er sprach voller Zartheit, da er fürchtete, sie zu erregen. Aber sie zeigte kein Anzeichen von Erregung, sah ihn an und hörte ihm aufmerksam zu.

»Stellen Sie mir eine Falle?« fragte sie ihn. »Nein!« rief sie, ehe er antworten konnte. »Ich bin nicht so häßlich, Ihnen zu mißtrauen – ich ließ mich gehen. Sie haben unschuldigerweise etwas gesagt, das mir nicht aus dem Kopf geht. Ich kann das nicht ruhen lassen! Ich mag nicht, daß man mir sagt, ich würde sie nicht wiedererkennen! Geben Sie mir Zeit zum Überlegen. Ich muß da Klarheit schaffen.«

Sie überließ sich ihren Gedanken und sah dabei Amelius starr an.

»Ich werde ganz offen sprechen«, erklärte sie mit dem Anschein von Entschiedenheit. »Hören Sie mir zu! Als ich die Tür meines großen Schrankes zuwarf, geschah das, weil ich Sie etwas auf den Regalen nicht sehen lassen wollte. Haben Sie trotzdem etwas gesehen?«

Die Frage war nicht leicht zu beantworten und Amelius zögerte. Aber Mrs. Farnaby bestand auf einer Antwort.

»Haben Sie etwas gesehen?!« wiederholte sie.

Sie wandte sich von ihm ab und sah ins Kaminfeuer. Ihre bisher so sichere und starke Stimme war, als sie dann sprach, so leise, daß er sie kaum hören konnte.

»War es etwas, das dem Kind gehörte?«

»Ja.«

»War es ein Babykleidchen und Mützchen? Antworten Sie mir! Wir sind jetzt schon zu weit gekommen, um aufhören zu können. Ich will keine Entschuldigungen oder Erklärungen hören, nur: ja oder nein.«

»Ja.«

Eine Pause des Schweigens. Sie rührte sich nicht; sie sah noch immer ins Feuer – und sah hinein, als wäre ihr vergangenes Leben in den brennenden Kohlen zu sehen.

»Verachten Sie mich?« fragte sie endlich sehr leise.

»Gott hört mich: ich bedaure Sie nur!« antwortete Amelius.

Eine andere Frau wäre in Tränen zerflossen. Diese Frau sah weiter in die Flammen – und das war alles. »Was für ein guter Mensch ist doch dieser Jüngling!« Es folgte eine zweite Pause. Dann wandte sie sich ebenso abrupt zu ihm, wie sie sich weggewandt hatte.

»Ich hatte gehofft, Sie und auch mich selbst schonen zu können«, sagte sie. »Wenn die traurige Wahrheit denn ans Licht kommen muß, so nicht durch Ihre Neugier und – Gott weiß es – ganz gegen meinen Willen. Ich weiß nicht, ob Sie mir bisher wie ein Freund gesonnen waren, jetzt müssen Sie mein Freund sein. Sagen Sie nichts! Ich weiß, ich kann Ihnen trauen. Ein letztes Wort über mein verschwundenes Kind, Amelius. Sie bezweifeln, daß ich es erkennen würde, stünde es jetzt vor mir. Besäße ich nur allein meine armseligen Hoffnungen und Ängste, um mich führen zu lassen, dann mag das wohl wahr sein. Aber ich besitze etwas anderes, das mich lenkt – und nach alldem, was zwischen uns gesagt wurde, sollen Sie wissen, was das ist: Es könnte durch Zufall sogar Sie lenken. Seien Sie unbesorgt: diesmal ist es nichts Erschreckendes. Wie kann ich es erklären?« fuhr sie fort, hielt dann inne und sprach etwas verwirrt zu sich selbst. »Es wäre leichter, wenn ich es zeigte – warum auch nicht?« Sie sprach jetzt wieder Amelius an: »Ich bin ein merkwürdiges Geschöpf«, setzte sie fort. »Zuerst quäle ich Sie mit meinen Angelegenheiten, dann gebe ich Ihnen Rätsel auf, dann zwinge ich Sie, mich zu bemitleiden, und jetzt – stellen Sie sich vor! –, jetzt werde ich Sie amüsieren. Amelius, sind Sie ein Bewunderer kleiner Füße?«

Amelius hatte (aus Büchern) von Männern gehört, die Grund hatten zu glauben, daß ihre eigenen Ohren sie im Stiche ließen. Er verstand diese Männer zum erstenmal und begann, mit ihnen zu fühlen. Er gab also auf etwas verwirrte Weise zu, daß er hübsche Füße bewundere, und wartete dann, was kommen würde.

»Wenn eine Frau schöne Hände hat«, setzte Mrs. Farnaby fort, »dann ist sie gern bereit, die vorzuzeigen. Wenn sie auf einen Ball geht, schenkt sie Ihnen den Anblick ihres Dekolletés und eines Teils ihres Rückens. Nun sagen Sie mir: wenn ein nackter Busen nichts Unfeines ist, was ist dann unfein an einem nackten Fuß?«

Amelius stimmte zu – wie im Traum! »Was in der Tat?« bemerkte er – und wartete wieder, was folgen würde.

»Schauen Sie aus dem Fenster!« sagte Mrs. Farnaby.

Amelius gehorchte. Das Fenster war oben einige Zentimeter geöffnet worden – zweifelsohne, um das Zimmer zu lüften. Der langweilige Anblick des Hofes wurde durch Stallungen an seinem entfernteren Ende unterbrochen und durch das Oberlicht der Küche, das in der Mitte des Hofs nach oben ragte. Als Amelius hinausschaute, beobachtete er eine Person in der Küche, die eben einen größeren Zustrom an frischer Luft zu brauchen schien. Das Klappfenster an der Seite des Oberlichts, das ihm am nächsten lag, wurde unsichtbar und lautlos von unten geöffnet; das gleiche Fenster an der anderen Seite war bereits weit offen. Dem Anschein nach besaßen die Bewohner der Küche eine verdienstvolle Eigenschaft – unter Dienstboten außerordentlich selten –, sie verstanden die Gesetze der Ventilation und genossen die Wohltat der frischen Luft.

»Das genügt«, sagte Mrs. Farnaby. »Sie können sich jetzt umdrehen.«

Amelius drehte sich um. Mrs. Farnabys Stiefel und Strümpfe lagen auf dem Teppich vor dem Kamin und einer von Mrs. Farnabys Füßen war auf dem Fauteuil plaziert, das Amelius soeben verlassen hatte. »Sehen Sie sich zuerst meinen rechten Fuß an«, sagte sie und sprach in ihrem gewohnten Ton, ernsthaft und ruhig. Der Fuß war es wert, besehen zu werden: ein Fuß, in Form und Farbe gleich schön, der Spann war gebogen und hoch, der Knöchel gleichzeitig stark und zart, die Zehen an den Spitzen leicht rosig. Kurz: ein Fuß, wert photographiert oder in Gips gegossen, gestreichelt und geküßt zu werden. Amelius versuchte seiner Bewunderung Ausdruck zu geben, aber ihm wurde nicht erlaubt, mehr als zwei, drei Worte zu sagen. »Nein«, sagte Mrs. Farnaby, »dieses tue ich nicht aus Eitelkeit, sondern nur, um Sie zu informieren. Sie haben meinen rechten Fuß gesehen und haben bemerkt, daß alles in Ordnung mit ihm ist. Sehr gut; schauen Sie sich nun meinen linken Fuß an!«

Sie stellte den linken Fuß auf das Fauteuil. »Sehen Sie zwischen die dritte und vierte Zehe!«

Er folgte dem Befehl und entdeckte, daß die Schönheit des Fußes in diesem Fall durch einen einzigartigen Schönheitsfehler gemindert wurde. Diese beiden Zehen waren durch ein biegsames Häutchen oder Gewebe verbunden, das eine jede Zehe in der Höhe des Fußnagels hoch hielt.

»Sie fragen sich gewiß«, sagte Mrs. Farnaby, »warum ich Ihnen diesen Defekt meines Fußes zeige? Mein Liebling wurde mit der gleichen Mißförmigkeit wie ich geboren, Amelius. Und ich wollte, daß Sie genau wissen, mit welcher Mißförmigkeit, denn weder Sie noch ich können sagen, was für einen Grund es in der

Zukunft geben wird, sich ihrer zu erinnern.« Sie hielt inne, als wollte sie ihm Gelegenheit zum Sprechen geben. Ein Mann, von Natur aus oberflächlich und leichtfertig, hätte diese Offenbarung in einem grotesken Licht gesehen. Amelius war ernst und schweigsam. »Ich beginne mehr und mehr, Sie gern zu haben«, setzte sie fort. »Sie sind nicht wie die Männer im allgemeinen. Neun unter zehn hätten das, was ich Ihnen gesagt habe, benutzt, um einen Witz zu machen: ›Soll ich jedes Mädchen, das ich treffe, bitten, mir ihren linken Fuß zu zeigen?‹. Über dergleichen sind Sie erhaben und Sie verstehen mich. Habe ich nun also keine Möglichkeit, mein eigenes Kind wiederzuerkennen?«

Sie lächelte und nahm ihren Fuß vom Fauteuil herunter – dann, nach einem Augenblick der Überlegung, wies sie wieder auf ihn.

»Halten Sie das, wie alles andere, vollkommen geheim!« sagte sie. »In der Vergangenheit, als ich privat Menschen angestellt hatte, die mir helfen sollten, war dies mein einziger Schutz dagegen, getäuscht zu werden. Verbrecher und Schurken denken an andere Markierungen und Zeichen, aber keiner von ihnen konnte ein derartiges Merkmal erraten. Haben Sie ein Notizbuch bei sich, Amelius? Für den Fall, daß wir später einmal getrennt werden, möchte ich Ihnen den Namen und die Adresse einer Person aufschreiben, der wir trauen können. Ich bestehe darauf, wie Sie sehen, für die Zukunft Sorge zu tragen. Darin liegt eine Chance in hundert, daß mein Traum sich erfülle. Und Sie haben noch so viele Jahre vor sich und werden in der Zeit so viele Mädchen treffen!«

Nachdem sie den Namen eines Mannes und seine Adresse auf eine der leeren Seiten seines Notizbuchs geschrieben hatte, das Amelius ihr gegeben hatte, reichte sie es ihm zurück.

»Er war meines Vaters Anwalt«, erklärte sie, »und er und sein Sohn sind vertrauenswürdig. Angenommen, ich werde krank – nein, das ist absurd! Ich war noch keinen Tag in meinem Leben krank. Angenommen, ich sterbe – vielleicht nach einem Unglücksfall oder von eigner Hand –, so besitzen die Anwälte genaue Instruktionen, für den Fall, daß mein Kind wiedergefunden werden sollte. Außerdem für den Fall, daß ich – ich bin doch eine so sonderbare Frau! – ganz allein irgendwohin fahre. Genug! Die Anwälte werden meine Adresse – obwohl sie die der ganzen Welt gegenüber ansonsten als Geheimnis zu wahren haben – und meine genauen Anweisungen haben, Ihnen das Nötige zu sagen. Ich bitte Sie nicht, mir zu verzeihen, daß ich Sie bemühe, Amelius. Meine Chancen stehen schrecklich schlecht und es ist mehr als unmöglich, daß ich Sie jemals – wie ich das in meinem Traum sah – in mein Zimmer kommen sehen werde, mit meinem Kind an der Hand. Seltsam, nicht wahr? So wende ich mich zwischen Hoffnung und Verzweiflung hin und her. Na, vielleicht werden Sie das eines Tages komisch finden. Nach Jahren – wenn ich in Mutter Erde ruhen und Sie ein verheirateter Mann mittleren Alters sein werden – werden Sie Ihrer Frau vielleicht erzählen, wie Sie zur letzten Hoffnung für das ärmste Weib geworden waren, das je gelebt hat. Und vielleicht werden Ihre Frau und Sie einander, gemütlich am Kaminfeuer sitzend, sagen: ›Vielleicht lebt diese arme, verlorene Tocher noch irgendwo und fragt sich, wer ihre Mutter war?‹ Nein, ich lasse Sie nicht nochmals die Tränen in meinen Augen sehen, ich lasse Sie jetzt endlich gehen!«

Sie führte ihn zur Tür – wahrlich ein bedauernswertes Geschöpf, wenn es jemals ein so bedauernswertes Geschöpf gegeben hat, eine Frau, die von Natur ganz mütterlich war, die nichts war als Mutter. Und die sechzehn Jahre hindurch in der hoffnungslosen Erwartung, ihr verlorenes Kind wiederzuerlangen, ein leeres Leben geführt hatte. »Adieu! Und: danke!« sagte sie. »Ich möchte jetzt mit dem kleinen Kleid und der Mütze allein sein, die Sie, mein Lieber, gegen meinen Willen entdeckt haben. Gehen Sie und sagen Sie meiner Nichte, alles sei in Ordnung – und seien Sie nicht so dumm, sich in ein Mädchen zu verlieben, das Ihnen ihrerseits keine Liebe schenken kann.« Sie schob Amelius in die Halle. »Hier ist er, Regina!« rief sie. »Ich brauche ihn nicht mehr.«

Ehe Amelius etwas sagen konnte, hatte sie sich wieder in ihr Zimmer eingeschlossen. Er ging die Halle entlang und traf Regina an der Türe des Speisezimmers.

Kapitel III

Die junge Dame sprach zuerst.

»Mr. Goldenheart«, sagte sie mit der kältesten Höflichkeit, die ihr zur Verfügung stand, »vielleicht sind Sie so gütig, mir zu erklären, was dies alles bedeutet?«

Sie drehte sich um und ging ins Speiszimmer. Amelius folgte ihr schweigend. Hier bin ich wieder in einer Klemme und wieder mit einer Frau! dachte er. Ich möchte wissen, ob Männer im allgemeinen so ein Pech haben?

»Sie brauchen die Tür nicht zu schließen«, sagte Regina auf maliziöse Weise. »Jeder im Haus darf hören, was ich Ihnen zu sagen habe ...«

Amelius beging gleich zu Beginn einen Fehler, denn er glaubte versuchen zu sollen, ob ihm nicht etwas Demut helfen würde. Es gibt wahrscheinlich kein Beispiel dafür – das verzeichnet worden wäre –, daß jemals Demut von seiten eines Mannes seinen Weg zum Herzen einer gereizten Frau und dadurch Nachsicht gefunden hat. Die besten und die schlechtesten Frauen haben eine Tugend gemeinsam; sie verachten im geheimen den Mann, der nicht kühn genug ist, sich zu verteidigen, wenn sie ihm böse sind.

»Ich hoffe, Sie nicht gekränkt zu haben?« wagte Amelius zu sagen.

Sie warf ihren Kopf voller Verachtung zurück. »Ach, mein Lieber, nein! Ich bin nicht gekränkt. Nur ein wenig überrascht, wie schnell Sie bereit waren, meiner Tante zu Willen zu sein!«

In der kurzen Zeit, die es Amelius vergönnt war, sie zu kennen, hatte sie noch nie so reizvoll ausgesehen wie jetzt. Die nervöse Gereiztheit, unter der sie eben litt, belebte ihr Gesicht mit einer Beseeltheit, die ihr zu anderen Zeiten fehlte. Ihre weichen braunen Augen sprühten, ihre weichen dunklen Wangen glühten in einem warmen roten Glanz, und ihre große, geschmeidige Gestalt strahlte Würde aus in dem glänzenden Kleid aus purpurroter und schwarzer Spitze, das ihre persönlichen Reize aufs beste hervorhob. Sie erregte nicht nur die Bewunderung von Amelius, sondern gab ihm auch unabsichtlich das Selbstgefühl zurück, das er einen Augenblick vorher völlig verloren hatte. Er war Mann genug, um die Erniedrigung zu fühlen, die ihm die einzige Frau in der Welt, deren Liebe er zu gewinnen ersehnte, durch ihre Verachtung bereitete; er antwortete ihr mit einer plötzlichen Entschiedenheit in Ton und Auftreten, die sie verwirrten.

»Sie sollten noch offener mit mir sprechen, Miss Regina«, sagte er, »Sie sollten mich gleichzeitig auch dafür tadeln, daß ich ein Mann bin.«

Sie wich einen Schritt zurück. »Ich verstehe Sie nicht«, antwortete sie.

»Muß ich nicht einer Frau gegenüber, die mich um einen Gefallen bittet, Nachsicht üben?« setzte Amelius fort. »Hätte ein Mann mich aufgefordert, mich auf den Zehenspitzen in ein Haus zu stehlen, ich hätte gesagt … – na! Ich hätte ihm etwas erwidert, was ich besser hier nicht wiederhole. Wäre ein Mann zwischen mir und der Türe gestanden, als Sie zurückkamen, ich hätte ihn am Kragen gepackt und aus dem Weg geschoben. Hätte ich das mit Mrs. Farnaby tun können?« Regina erkannte mit der schnellen Auffassungsgabe einer Frau den schwachen Punkt in seiner Verteidigung. »Ich kann dazu keine Meinung abgeben«, sagte sie, »besonders, da Sie alle Schuld meiner Tante zuschieben.«

Amelius öffnete den Mund zum Protest – und ließ es dann sein. Klugerweise setzte er fort, was er hatte sagen wollen.

»Wenn Sie mich zu Ende reden lassen wollten«, fuhr er fort, »so würden Sie mich ein wenig besser verstehen als bisher. Wer auch immer zu tadeln ist, ich bin bereit, den Tadel auf mich zu nehmen, Miss Regina. Ich möchte Sie nur daran erinnern, daß ich in einer schwierigen Lage war und höflicherweise keinen Ausweg aus ihr finden konnte. Was Ihre Tante betrifft, will ich nur so viel sagen: Ich kenne kein Opfer, das ich nicht bringen würde, wenn ich ihr damit auch nur auf die geringste Weise dienen könnte. Nach dem, was ich in ihrem Zimmer gehört habe …«

Hier unterbrach ihn Regina. »Ich nehme an, das ist ein Geheimnis zwischen Ihnen beiden?« sagte sie.

»Ja, es ist ein Geheimnis«, setzte Amelius fort, »wie Sie sagen. Aber etwas darf ich Ihnen, ohne ein Versprechen zu brechen, sagen: Mrs. Farnaby hat … also: ich bin ihr auf das herzlichste zugetan! – sie hat das Recht, arme Seele!, mein aufrichtigstes Mitgefühl zu verlangen. Und ich werde meinem Gefühl ihr gegenüber, so lange ich lebe, treu bleiben!«

Das war nicht sehr elegant ausgedrückt; aber der Ton, in dem er das sagte, war echt: Seine Stimme bebte und die Röte stieg ihm ins Gesicht. Er stand vor ihr da und sprach mit vollkommener Einfachheit, seine Worte kamen unmittelbar aus dem Herzen. Und das Herz der Frau vor ihm empfand das auch sofort. Das war also der Mann, dessen Hohn sie gefürchtet hatte, wenn die unbesonnene Vertrauensseligkeit ihrer Tante ihm in einem absurden Licht erschienen wäre? Sie setzte sich mit schwerem, traurigem Herz nieder; sie warf sich die Ungerechtigkeit vor, mit der sie in ihrem allzu schnellen Mißtrauen ihm begegnet war und sie sehnte sich danach, ihn um Vergebung bitten zu können, und zögerte doch, diese einfachen Worte auszusprechen.

Er näherte sich ihrem Stuhl, legte seine Hände auf die Rückenlehne und fragte scheu: »Denken Sie jetzt ein wenig besser von mir?«

Sie hatte ihre Handschuhe ausgezogen und faltete und entfaltete sie schweigend auf ihrem Schoß.

»Ihre gute Meinung über mich ist mir sehr wichtig«, bat Amelius und beugte sich ein wenig näher an sie heran. »Ich kann Ihnen nicht sagen, wie traurig ich wäre ...« Er hielt inne und sprach deutlicher: »Ich hätte nie mehr den Mut, wieder in dieses Haus zu kommen, wenn ich etwas getan hätte, das Sie schlecht von mir denken ließe.«

Eine Frau, der er nicht wichtig gewesen wäre, hätte darauf eine leichte Antwort gefunden. Reginas kühles Herz begann zu erzittern: Irgend etwas in ihr warnte sie davor, sich zuzutrauen, jetzt etwas zu sagen. Ohne daß er es ahnte, hatte Amelius den ruhigen Sinn dieses Mädchens aufgestört. Er hatte den Weg zu den geheimen Reserven ihrer Zärtlichkeit – sanft und stark – gefunden, deren sie sich kaum selbst bewußt war, bevor sein Einfluß sie ihr gezeigt hatte. Sie fürchtete sich, ihn anzusehen; ihre Augen würden ihm die Wahrheit sagen. Sie hob ihre lange, feingeformte, dunkle Hand und bot sie ihm dar – als die beste Antwort, die sie zu geben vermochte.

Amelius ergriff sie, sah sie an und wagte die erste Intimität: er küßte ihre Hand. Sie sagte nur ganz zart: »Nein, bitte nein!«

»Wäre ich bei Hof zugelassen, die Königin ließe mich wohl ihre Hand küssen!« erinnerte sie Amelius – in der vergnüglichen inneren Überzeugung, daß er eine wunderbare Fähigkeit habe, schnell mit einer Entschuldigung bei der Hand zu sein.

Sie lachte gegen ihren Willen. »Erlaubte die Königin Ihnen auch, sie zu halten?« fragte sie, zog vorsichtig ihre Hand zurück und sah ihn, da sie das tat, voll an. Ohne ein weiteres Wort der Erklärung war der Friede geschlossen. Amelius setzte sich auf einen Stuhl nahe bei ihr. »Ich bin ziemlich glücklich, daß Sie mir verziehen haben!« sagte er. »Sie wissen gar nicht, wie sehr ich Sie bewundere. Und wie sehr mir daran liegt, Ihnen zu Gefallen zu sein – wenn ich nur wüßte, auf welche Weise.«

Er zog seinen Stuhl etwas näher an sie heran und seine Augen sagten ihr ganz offen, daß seine Sprache bald herzlicher sein würde, wenn sie ihm nur die geringste Ermutigung gäbe. Dies war ein Grund für sie, das Thema zu wechseln. Ihr früheres schmerzliches Gefühl, ihn ungerecht behandelt zu haben, machte sich nicht mehr gleich stark bemerkbar; die geringeren Gefühlsregungen hatten Gelegenheit, hervorzutreten: Neugier, unaufhaltsame Neugier ergriff ihren Geist und drängte danach, das Geheimnis des Gespräches zwischen Amelius und ihrer Tante zu ergründen.

»Werden Sie mich für sehr indiskret halten«, begann sie schlau, »wenn ich Ihnen ein kleines Geständnis mache?«

Amelius war nur zu gerne bereit, ein Geständnis anzuhören; es würde den Weg für etwas ähnliches von seiner Seite ebnen.

»Ich glaube zu wissen, daß meine Tante die Hitze im Konzertsaal zum Vorwand nahm, um Sie entführen zu können«, setzte sie fort. »Was mich aber erstaunt, ist, daß meine Tante Sie nach einer derart kurzen Bekanntschaft in ihr Vertrauen zieht. Sie sind doch noch – wie soll ich das sagen? – ein sehr neuer Freund von ihr?«

»Wie lange wird es dauern, ehe ich ein alter Freund sein werde?« fragte Amelius. »Ich meine«, fuhr er mit geschickter Betonung fort, »ein alter Freund von Ihnen?«

Regina – verwirrt durch die Frage – ging darüber hinweg, ohne sie zur Kenntnis zu nehmen. »Ich bin Mrs. Farnabys Adoptivtochter«, fuhr sie fort, »und lebe mit ihr, seit ich ein kleines Mädchen war, dennoch hat sie mir niemals eines ihrer Geheimnisse eröffnet. Ich bitte Sie nicht anzunehmen, daß ich Sie zum Bruch Ihres Versprechens meiner Tante gegenüber verführen will. Ich wäre gänzlich unfähig zu einem solchen Betragen!«

Amelius fand einen Weg durch ein vollkommen konventionelles Kompliment, das – was seine Erfahrungen betraf – aber den Charme völliger Neuheit besaß. Hätte sie ihm nur die Zeit dafür gegeben, so würde er ihr wahrhaftig gesagt haben, sie sei außerstande, irgend etwas zu tun, das einer derartig charmanten Person nicht zu Gesicht stünde. Sie war aber allzu sehr mit dem Erreichen ihrer eigenen Absichten beschäftigt, um ihm Zeit dafür zu geben! »Ich möchte gern wissen«, setzte sie fort, »ob meine Tante durch einen Traum, in dem Sie vorkamen, beeinflußt wurde?«

Amelius erschrak: »Hat sie Ihnen von ihrem Traum erzählt?« fragte er mit einem Anzeichen von Unruhe.

Regina errötete und zögerte ein wenig. »Mein Zimmer liegt neben dem meiner Tante«, erklärte sie, »und wir halten die Tür zwischen uns immer offen. Wenn sie unruhig schläft, gehe ich oft hinein. Sie redete im Schlaf und ich hörte sie Ihren Namen nennen – das war alles. Hätte ich das vielleicht nicht erwähnen sollen? Vielleicht sollte ich keine Antwort mehr von Ihnen erwarten?«

»Ich darf Ihnen getrost eine Antwort darauf geben«, sagte

Amelius. »Der Traum hatte etwas damit zu tun, daß sie mir vertraute. Da Sie das jetzt wissen, werden Sie vielleicht nicht ganz so schlecht über ihr Benehmen denken.«

»Was ich denke, ist nicht von Bedeutung«, sagte Regina zurückhaltend. »Wenn die Träume meiner Tante für Sie von Interesse waren, welches Recht habe ich, etwas dagegen zu haben? Ich werde gewiß nichts sagen. Obwohl ich weder das Vertrauen meiner Tante, noch das Ihre besitze ... Sie werden sehen, daß ich ein Geheimnis bewahren kann.«

Sie faltete mindestens zum zwanzigsten Mal ihre Handschuhe und gab, da sie sich von ihrem Stuhl erhob, Amelius Gelegenheit, sich zurückzuziehen. Er versuchte noch einmal, verlorenen Grund zurückzugewinnen, ohne Verrat an Mrs. Farnabys Vertrauen in ihn zu begehen:

»Ich bin gewiß, Sie können ein Geheimnis bewahren«, sagte er. »Ich würde Ihnen gerne eines meiner Geheimnisse anvertrauen – allein ich glaube, diese Freiheit kann ich mir jetzt noch nicht nehmen, nicht wahr?«

Sie wußte genau, was er sagen wollte. Ihr Herz schlug schneller und sie wußte nicht, was sie antworten sollte. Nach einer peinlichen Pause versuchte sie, ihn zu verabschieden: »Lassen Sie mich Sie nicht länger aufhalten«, sagte sie, »falls Sie eine andere Verabredung haben.«

Amelius sah sich stumm nach seinem Hut um. Auf einem Tisch hinter ihm lag ein Monatsmagazin offen da, das eine dieser melancholischen modernen »Illustrationen« zeigte, wie die englische zeitgenössische Kunst sie in dem traurigsten und tiefsten Zustand ihres Niedergangs hervorbrachte. Ein ausdrucksloser junger Riese in wallenden Hosen stand in seinem Garten und starrte auf eine plumpe junge Riesin mit großen Augen und runden Hüften, die ausdruckslos mit ihrem Sonnenschirm Löcher ins Gras bohrte. Vollkommen außerstande, eine Erklärung für sich finden zu können, vertraute diese schwachsinnige Produktion auf den Drucker, der – unten auf dem Blatt – mit wohltätigen Buchstaben aushalf, die den Titel vermittelten: »Liebe auf den ersten Blick«. An diese bedeutsamen Worte klammerte sich Amelius mit der gleichen Verzweiflung, mit der der Ertrinkende sich an den sprichwörtlichen Strohhalm klammert. Sie gaben ihm die Gelegenheit, seine Sache zu verfechten, aber dieses Mal glücklicherweise auf dem Umweg über eine Anspielung, die sogar eine empfindliche junge Dame nicht übelnehmen konnte.

»Glauben Sie an dergleichen?« fragte er und zeigte auf die Illustration.

Regina lehnte es ab, ihn zu verstehen. »Woran«? fragte sie.

»An Liebe auf den ersten Blick.«

Man würde eine unentschuldbare Ungezogenheit begehen, sagte man offen, sie hätte nun gelogen. Man sollte vielleicht eine mildere Ausdrucksform benutzen und berichten, sie habe die Wahrheit bescheiden verborgen. »Darüber weiß ich nichts«, sagte sie.

»Aber ich!« bemerkte Amelius munter.

Sie hörte nicht auf, die Illustration zu besehen. Steckte dieses schicksalsschwangere Kunstwerk durch seine Kindlichkeit an? Sie war zu simpel, um ihn sogar jetzt zu verstehen. »Sie wissen: was?« fragte sie unschuldig.

»Ich weiß, was Liebe auf den ersten Blick bedeutet«, brach es aus Amelius hervor.

Regina blätterte die Seiten des Magazins um. »Ach so«, sagte sie, »Sie haben die Geschichte gelesen?«

»Ich habe die Geschichte nicht gelesen«, antwortete Amelius. »Ich weiß nur, was ich selbst fühlte, als ich einer gewissen jungen Dame vorgestellt wurde.«

Sie sah mit einem schlauen Lächeln zu ihm hinauf. »Einer jungen Dame in Amerika?« fragte sie ihn.

»In England, Miss Regina.« Er versuchte, ihre Hand zu ergreifen, aber sie hielt sie aus seiner Reichweite. »In London«, fuhr er fort und verfiel wieder in die gewohnte Direktheit seiner Redeweise. »Genau in dieser Straße«, fuhr er fort und nahm ihre Hand, ehe sie sich dessen bewußt war. Zu verwirrt, um zu wissen, was sie tun sollte, flüchtete Regina sich in ein Händeschütteln mit ihm.

»Adieu, Mr. Goldenheart«, sagte sie – und schickte ihn zum zweitenmal des Wegs.

Amelius ergab sich in sein Schicksal; in ihren Augen sah er etwas, das ihm warnend zu verstehen gab, er hätte für heute genug gewagt.

»Darf ich wieder vorsprechen und das bald?« fragte er flehend.

»Nein«, antwortete eine Stimme von der Türe her; beide erkannten sie: es war die Stimme von Mrs. Farnaby.

»Ja«, flüsterte Regina ihm zu, als ihre Tante das Zimmer betrat. Mrs. Farnabys Einmischung – nach den früheren Ereignissen des Tages – rührte an eine zarte Stelle im gewöhnlich versöhnlichen Charakter der jungen Dame und Amelius zog Nutzen daraus.

Mrs. Farnaby ging direkt auf ihn zu, legte ihre Hand auf seinen Arm und führte ihn in die Halle.

»Ich hatte so meinen Verdacht«, sagte sie, »und ich merke, er hat mich nicht getäuscht. Ich habe Sie schon zweimal gewarnt, meine Nichte in Frieden zu lassen. Ich sage Ihnen jetzt zum dritten und letzten Mal: sie ist kalt wie Eis. Sie wird mit Ihnen spielen, solange das ihre Eitelkeit befriedigt ... und dann wird sie Sie aufgeben, wie sie andere Männer aufgegeben hat. Stoßen Sie sich die Hörner ab, Sie dummer Junge, bevor Sie jemanden heiraten! Statten Sie diesem Hause keine Besuche mehr ab, außer Sie besuchen mich. Ich erwarte von Ihnen zu hören!« Sie hielt inne und zeigte auf eine Statue, eine der Zierden der Halle: »Sehen Sie sich diese metallene Frau an, die Uhr in der Hand: so ist Regina. Ab mit Ihnen! – Adieu!«

Amelius fand sich auf der Straße wieder. Regina sah aus dem Speisezimmerfenster. Er warf ihr einen Handkuß zu; sie lächelte und verneigte sich. »Der Teufel hole die anderen Männer!« sagte Amelius zu sich. »Morgen werde ich sie besuchen.«

Kapitel IV

In sein Hotel zurückgekehrt, fand er drei Briefe auf seinem Wohnzimmertisch.

Der erste Brief, den er öffnete, war vom Wirt und enthielt seine Rechnung für die vergangene Woche. Nachdem Amelius die Endsumme gesehen hatte, nahm er – das perfekte Bild eines seriösen jungen Mannes – Feder, Tinte und Papier zur Hand und führte einige sorgfältige Berechnungen durch. Geld, das er allzu freigebig verliehen oder verschenkt, ebenso wie jenes, das er für sich ausgegeben hatte, erschien auf der Ausgaben-Seite. Das Ergebnis seiner Berechnung kann am besten mit seinen eigenen Worten ausgedrückt werden: »Adieu, Hotel! Ich muß mir ein Zimmer mieten.«

Nachdem er diesen klugen Entschluß gefaßt hatte, öffnete er den zweiten Brief. Es erwies sich, daß er von den Anwälten kam, die sich bereits in Tadmor wegen seiner Erbschaft mit ihm in Verbindung gesetzt hatten.

»Sehr geehrter Herr,
beiliegender Brief, ungenügend adressiert, wie Sie feststellen werden, erreichte uns erst heute. Wir zeichnen hochachtend usw.«

Amelius öffnete den beigelegten Brief und suchte nach dem Absender. Der Name, den er fand, führte ihn sofort wieder in die Gemeinschaft zurück: es war der Mellicents.

Ihr Brief begann unvermittelt mit folgenden Worten:

»Wissen Sie noch, was ich Ihnen beim Abschied in Tadmor sagte? Ich sagte: ›Seien Sie ruhig, Amelius: dies ist nicht das Ende.‹ Und ich sagte noch, ›du kommst zu mir zurück‹.

Ich möchte Sie daran erinnern, mein Freund! Ich schreibe an Ihre Anwälte, deren Namen ich kenne, seit ihr Brief an Sie öffentlich im Gemeinschaftsraum verlesen worden war. Ein oder zwei Mal im Jahr werde ich Sie an diese meine Abschiedsworte erinnern und vielleicht wird einmal eine Zeit kommen, da Sie mir dankbar dafür sein werden.

Bis dahin zünden Sie mit meinen Briefen Ihre Pfeife an, denn sie sind ohne Bedeutung. Wenn ich Sie trösten und mit Ihrem Leben versöhnen kann – Jahre später, wenn auch Sie, mein Amelius, vielleicht eines der ›Gefallenen Blätter‹, wie ich eines bin, sein werden –, dann werde ich nicht umsonst gelebt und gelitten haben und meine letzten Erdentage werden die glücklichsten sein, die ich je gesehen habe.

Seien Sie so gütig, diese Zeilen oder anderes, das folgen mag, nicht zu beantworten, solange Sie erfolgreich und glücklich sind. Mit jenem Teil Ihres Lebens habe ich nichts zu schaffen. Wohin Sie auch gehen werden, werden Sie sich Freunde schaffen, besonders unter den Frauen. Ihre großmütige Natur steht ja offen in Ihrem Antlitz geschrieben. Jedes Ihrer Worte verrät Ihre männliche Zartheit; wir armen Frauen sind durch Ihre Anziehungskraft, der wir keinen Widerstand entgegensetzen können, an Sie gefesselt. Haben Sie sich bereits in irgendein schönes englisches Mädchen verliebt? Oh, seien Sie vorsichtig und klug! Überzeugen Sie sich, ehe Sie Ihr Herz an sie verlieren, daß sie Ihrer wert ist! So viele Frauen sind grausam und falsch. Manche unter ihnen werden Sie glauben machen, Sie hätten ihre Liebe gewonnen, wenn Sie nur ihrer Eitelkeit geschmeichelt haben; manche unter ihnen sind arme, schwache Geschöpfe, die nur ihren eigenen Vorteil im Sinn haben und die sich, wenn Sie nicht in der Nähe sind, von schlechten Ratgebern leiten lassen. Um Ihrer selbst willen, seien Sie auf der Hut!

Ich lebe in New York mit meiner Schwester. Die Tage und Wochen gleiten ruhig an mir vorüber; Sie sind Inhalt meiner Gedanken und Gebete und ich habe keinen Grund zur Klage. Ich warte und hoffe. Wenn die Zeit meiner Verbannung aus Tadmor abgelaufen sein wird, werde ich dorthin zurückkehren und dort, Amelius, werden Sie mich finden als den ersten Menschen, der Sie willkommen heißt, wenn Ihr Mut unter der Last des Lebens sinken und Ihr Herz sich wieder den Freunden Ihrer früheren Tage zuwenden wird.

Leben Sie wohl, mein Lieber – leben Sie wohl!«

Amelius legte den Brief beiseite; er war gerührt und traurig über die kunstlose Zuneigung, die er ausdrückte. Er verspürte in sich ein unsicheres Gefühl der Überraschung, als er die Zeilen über eine mögliche Verbindung mit irgendeinem schönen, englischen Mädchen las: Hier wiederholte sich Mrs. Farnabys Warnung, aber aus gänzlich anderem Grund und von einer Fremden am anderen Ende des Erdballs geschrieben; ein merkwürdiger Zufall, gelinde gesagt! Nachdem er eine Weile darüber nachgedacht hatte, wandte er sich rasch dem dritten Brief zu, der auf ihn wartete. Er war unsicher geworden und hatte eine Ablenkung nötig.

Der dritte Brief kam von Rufus Dingwell: Er gab das Ende seiner Reise nach Irland bekannt und seine Absicht, in Kürze in London zu Amelius zu stoßen. Der hervorragende Amerikaner drückte – mit seinem bei ihm gewohnten Mangel an Zurückhaltung – seine leidenschaftliche Bewunderung für irische Gastfreundschaft, für irische Schönheit und irischen Whisky folgendermaßen aus: »Dem grünen Irland fehlt nur noch eines«, so weissagte er, »um ein Paradies auf Erden zu sein: der Tag, an dem wir einen amerikanischen Gesandten in die *Republik* von Irland entsenden werden!« Amelius lachte über diesen komischen Satz und ging von der ersten zur zweiten Seite des Briefes über. Als sein Auge auf den nächsten Absatz fiel, vollzog sich in ihm eine plötzliche Veränderung, die ihn den Brief auf den Fußboden fallen ließ.

»Ein letztes Wort noch«, schrieb der Amerikaner, »über Ihren langen und fröhlichen Brief. Ich habe ihn mit gespannter Aufmerksamkeit gelesen und dann sehr über ihn nachgedacht. Ärgern Sie sich nicht, Freund Amelius, wenn ich Ihnen offen sage, daß Ihr Bericht über die Farnabys mich nicht glücklich macht – im Gegenteil, wie ich Ihnen versichern möchte! Ich habe etwas gegen diese Familie, Sir! Es würde Ihnen guttun, sie fallen zu lassen. Und vor allem, seien Sie vorsichtig mit jenem ›braunen Mädchen‹, das Sie derartig schnell dazu gebracht hat, eine so gute Meinung von ihm zu haben. Tun Sie mir einen Gefallen, guter Junge, und warten Sie noch, bis ich sie gesehen habe. Einverstanden?«

Mrs. Farnaby, Mellicent, Rufus – alle drei Schreiber einander völlig fremd und nichtsdestoweniger alle drei sich in dem Versuch einig, ihn von jener schönen jungen Engländerin zu trennen! Es ist mir gleich, dachte Amelius. Sie mögen sagen, was ihnen Spaß macht; wenn Regina mich nimmt, heirate ich sie!

Viertes Buch
Liebe und Geld

Kapitel I

Welche Ereignisse können nach einer Unterbrechung von kaum drei Wochen nicht geschehen, welche Veränderung nicht eintreten? Man sehe Amelius, in einer respektablen Wohnung etabliert (die wöchentliche Miete ist bescheiden) an dem ersten regnerischen Novembertag! Er steht vor dem kleinen Kaminfeuer und wärmt dort seinen Rücken mit dem ernsthaften Vergnügen, das der Engländer an dergleichen findet. Der billige Spiegel auf dem Kaminsims wirft von Kopf und Schultern das Bild eines veränderten Amelius zurück. Auch seine Gewohnheiten haben sich geändert und er ist im Begriff, seine gesellschaftliche Stellung weiter zu entwickeln. Er ist bereits ein genauer Wirtschafter; nicht mehr lange und er erwartet, ein verheirateter Mann zu sein.

Es ist gut, wenn man haushält, aber vielleicht ist es noch besser, von einer schönen jungen Frau als Ehemann akzeptiert zu werden. Aber trotz alledem ist ein solcher Mann – im Begriffe, eine moralische Aufbesserung zu erleben und mit Aussichten vor sich, um die ihn seine weniger begünstigten Mitmenschen mit Recht beneiden – der boshaften Gnade von Umständen unterworfen und fähig, dies überaus stark zu empfinden. Das Gesicht dieses neuen Amelius zeigte einen Ausdruck von Angst und, was noch auffallender war, die Laune des neuen Amelius war schwankend.

Zum erstenmal in seinem Leben merkte er, daß er sich mit derartig unbedeutenden Summen wie »Sixpence« und kleinen Rabattbegünstigungen bei Barzahlungen abgab, was an sich schon ein irritierender Zustand war. Es gab jedoch noch ernstere Sorgen als die, welche ihn in Anspruch nahmen. Über die geliebte Person selbst zu klagen, hatte er keinen Anlaß. Es waren kaum zwölf Stunden vergangen, seit er Regina mit einer Stimme, die zitterte und einem Herzen, das wie wild schlug, gefragt hatte: »Haben Sie mich gern genug, um mich zu heiraten?«, und sie sanft und mit einem Herzen geantwortet hatte, dessen Schlag auch das gestrenge Stethoskop der Mediziner befriedigt hätte:

»Ja, wenn Sie das wünschen!« Dann gab es einen Augenblick der Seligkeit, da sie ihm gestattete, sie zum ersten Male zu küssen und sich dazu bereit fand – da sie auf zarte Weise daran erinnert wurde, daß man von ihr erwarte, den Kuß zurückzugeben –, dies ein einziges Mal zu tun und nicht öfter! Es gab außerdem eine Reihe von ernsthaften Überlegungen, nachdem der Kußwechsel geschehen war und er sich für heute verabschiedet hatte, die Amelius nicht zur Ruhe kommen ließen.

Er hatte sich zwei Frauen zu Feinden gemacht und beide waren seiner Verheiratung wegen entschieden gegen ihn.

Reginas Schreib- und Busenfreundin Cecilia, die ihn von Anfang an nicht hatte leiden mögen, ohne zu wissen warum, gab ihre ungünstige Meinung über den neuen Freund der Farnabys nicht auf. Sie war eine jungverheiratete Frau und hatte auf Regina einen Einfluß, der – sollte die rechte Gelegenheit sich ergeben – sich auszuwirken versprach. Der zweite und bei weitem stärkere Einfluß war der von Mrs. Farnaby. Nichts konnte das halbschwesterliche, halb-mütterliche Wohlwollen übertreffen, mit dem sie Amelius bei den seltenen Gelegenheiten empfing, da sie einander ungestört von dritten in ihrem Zimmer trafen. Ohne je auf das zurückzukommen, was sich zwischen ihnen bei jenem unvergeßlichen Gespräch abgespielt hatte, stellte Mrs. Farnaby Fragen, die deutlich zeigten, daß die verlorene Hoffnung, die sich bei ihr mit Amelius verband, in ihrem Geist tief verwurzelt war. »Sind Sie in letzter Zeit in London viel herumgekommen? Haben Sie irgendwelche Mädchen kennengelernt, die Ihnen gefallen haben? Sind Sie langsam müde, immer am selben Ort zu bleiben und werden Sie bald auf Reisen gehen?« Wenn sie allein waren, kam es gewiß nach einiger Zeit zu Fragen dieser Art. Aber Mrs. Farnaby kürzte die Unterhaltung mit Absicht ab, sobald Regina ins Zimmer kam oder Amelius es schaffte, Regina in einem anderen Teil des Hauses aufzusuchen; dann störte sie das liebende Paar, immer noch fest entschlossen, Amelius den Abenteuern eines freien Junggesellenlebens auszusetzen. In der letzten Woche schaffte er sich die einzige Möglichkeit, mit Regina zu sprechen, dadurch, daß er sich die (gut entlohnte) Ergebenheit ihrer Zofe zunutzemachte. Vor sich hatte er es nun noch, bei Mr. Farnaby um die Hand seiner Adoptivtocher anzuhalten, dies dazu in der Gewißheit, daß der Einfluß von zwei Frauen gegen ihn arbeitete; sogar wenn sein Antrag vom Hausherrn selbst günstig aufgenommen würde.

Sogar Amelius machte unter Umständen wie diesen, nämlich

des Alleinseins an einem regnerischen Novembertag in seinem Zimmer in der Tottenham-Court-Road (auf der öden Ostseite dieser Straße) den Eindruck eines melancholischen Mannes. Er ärgerte sich über seine Zigarre, die nicht richtig brennen wollte, er ärgerte sich über das arme taube Mädchen-für-alles, das nach einem lauten Klopfen an der Tür ins Zimmer kam und in unterdrücktem Ton die barbarische Meldung von sich gab: »Da ist einer, der will Sie besuchen!«

»Wer zum Teufel ist ›einer‹?« brüllte Amelius.

»Einer ist ein Bürger der Vereinigten Staaten«, antwortete Rufus und trat leichtfüßig ins Zimmer. »Und er bedauert, Claude A. Goldenhearts Laune bereits auf dem Siedepunkt anzutreffen.«

Rufus hatte sich, seit er den Dampfer in Queenstown verlassen hatte, nicht im geringsten verändert. Die irische Gastfreundschaft hatte ihn nicht dicker werden lassen und der Wechsel vom Meer aufs Land hatte nicht die leiseste Veränderung seiner Kleidung bewirkt. Er trug noch immer den gewaltigen Filzhut, mit dem er an Bord des Schiffes die Aufmerksamkeit auf sich gezogen hatte. Das Mädchen-für-alles schaute mit ehrfürchtigem Staunen zu dem Gesicht dieses langen, mageren Fremden im Schatten dieses breitrandigen Hutes auf. »Seien Sie gegrüßt, Miss«, sagte Rufus mit seiner gewohnt würdigen Herzlichkeit. »Ich werde die Türe schließen.« Nachdem er das Mädchen mit diesem zarten Wink entlassen hatte, schüttelte er herzlich Amelius' Hand. »Na, das nenne ich einen fröhlichen Morgen«, sagte er genauso als hätten sie einander am Frühstückstisch an Bord getroffen.

Im ersten Augenblick wenigstens hellte sich die Laune von Amelius angesichts seines Mitreisenden auf: »Ich freue mich wirklich, Sie zu sehen!« sagte er. »Man fühlt sich in diesen neuen Räumen einsam, bevor man eingewöhnt ist.«

Rufus legte seinen Hut und Überzieher ab und besah sich stumm den Raum. »Ich habe schwere Knochen«, bemerkte er und inspizierte die klapprigen Pensionsmöbel mit Mißtrauen, »und bin ein wenig schwerer, als man mir ansieht. Wenn ich mich auf einen dieser Stühle setze, breche ich doch nicht damit zusammen, oder?«

Als er um den Tisch, der übersät mit Büchern und Briefen war, auf der Suche nach dem nächsten Stuhl herumging, stieß er zufällig auf einen beschriebenen Bogen Papier: »Memorandum: Namen von Freunden, denen meine Adressenveränderung bekanntzugeben ist«, las er, als er das Papier aufhob, mit der freundlichen Unbefangenheit, die ihn charakterisierte. »Sie haben Ihre Zeit gut genutzt, mein Sohn, seit ich Sie im Hafen von Queenstown verlassen habe. Ich nenne das hier eine bemerkenswert lange Liste für einen jungen Mann, der in London fremd ist.«

»Ich traf in meinem Hotel einen alten Freund meiner Familie«, erklärte Amelius. »Es war ein großer Verlust für meinen armen Vater, als dieser Freund eine Anstellung in Indien bekam; jetzt, da er heimgekehrt ist, war er auch mir gegenüber sehr gütig. Ich habe ihm bei den meisten Namen auf dieser Liste für eine Einführung zu danken.«

»Und?« sagte Rufus mit dem fragenden Ton eines Mannes, der mehr zu hören erwartete. »Ich höre, obgleich vielleicht nicht gern! Weiter im Text!«

Amelius schaute seinen Besucher an und fragte sich, in welchem »Text« er weitergehen sollte.

»Ich bin kein Freund von halben Auskünften«, fuhr Rufus fort, »und komme gern selbst zu eigenen Schlußfolgerungen. Es stehen Namen auf dieser Liste, über die Sie noch keine Auskunft gegeben haben. Wer schaffte Ihnen Aufklärung über Ihre neuen Freunde, Sir?«

»Ich traf sie in Mr. Farnabys Haus«, antwortete Amelius nicht sehr bereitwillig.

Rufus sah von der Liste in der Art eines Mannes auf, der von einer unangenehmen Nachricht überrascht ist und sie ungern entgegennimmt. »Wie?« rief er aus und gebrauchte das in Amerika oft gehörte alte englische Äquivalent für »Was«.

»Haben Sie meinen Brief – in Dublin aufgegeben – erhalten?« fragte Rufus.

»Ja.«

»Haben Sie meinem Rat irgendeinen Wert beigemessen?«

»Natürlich.«

»Und trotzdem pflegen Sie gesellschaftlichen Verkehr mit Farnaby und seiner Familie?«

»Ich habe meine Gründe, warum ich mit ihnen befreundet bin, die . . ., die zu erklären ich bisher keine Zeit fand.«

Rufus streckte seine langen Beine aus und richtete seine schlauen, ernsten Augen unverwandt auf Amelius.

»Mein Freund«, sagte er ruhig, »ich finde, Sie haben sich, was persönliche Erscheinung und Ihre angenehme geistige Elastizität betrifft, sehr zum Nachteil verändert, in der Tat! Vielleicht ist es die Leber, vielleicht aber auch die Liebe! Wenn ich es mir recht überlege, sind Sie für ›Leber‹ noch zu jung. Es ist das ›braune Fräulein‹; ja, sie ist es! Ich hasse dieses Mädchen, Sir – instinktiv!«

»Das ist eine nette Art und Weise, von einer jungen Dame zu sprechen, die Sie nie gesehen haben«, brach's aus Amelius hervor.

Rufus lächelte ingrimmig. »Nur weiter!« sagte er. »Wenn ein Streit mit mir Sie erleichtert – nur weiter so, mein Sohn!«

Er besah sich den Raum wieder und pfiff, mit den Händen in den Taschen, vor sich hin. Im Lauf der Zeit sah er auf den Tisch hinab und entdeckte mit seinem schnellen Blick eine Photographie, die auf dem offenen Schreibpult lag, das Amelius vorher benutzt hatte. Ehe man ihn aufhalten konnte, hatte er die Photographie in Händen. »Ich glaube, ich habe ihr Konterfei gefunden«, erklärte er. »Ich kann Ihnen versichern, diese Art, ihre Bekanntschaft zu machen, bereitet mir großes Vergnügen. Also wirklich, ich muß sagen: sie ist das Bild eines Mädchens. Ja, Sir, meinen Respekt für dieses Produkt Ihres Landes: das feine, gut gepolsterte, fleischgenährte englische Mädchen! Aber das sage ich Ihnen: diese Art Mädchen wird nach dem ersten, zweiten Kind fett, und Sie sind dann mit mehr verheiratet, als Sie erwartet hatten. Wie weit mögen Sie wohl bei dieser prächtigen und tüchtigen Person schon vorgedrungen sein?«

Amelius war nahe daran, beleidigt zu sein. »Reden Sie mit Respekt von ihr«, sagte er, »wenn Sie eine Antwort von mir erwarten!«

Rufus sah ihn erstaunt an. »Ich mache ihr alle möglichen Komplimente«, protestierte er, »und Sie sind noch immer nicht zufrieden. Mein Freund, bei dieser Gelegenheit merke ich etwas an Ihnen, was mich an gegen-die-Faser-geschnittenes Fleisch erinnert: Sie sind ja fast ungemütlich. Ja, wirklich! Die Londoner Luft bekommt Ihnen nicht, glaube ich. Na, mir macht das nichts aus, denn ich mag Sie. Wissen Sie, was ich an Ihrer Stelle tun würde, wenn ich merkte, daß ich ein bißchen zu nah an dieses ›braune Mädchen‹ herangesegelt bin? Ich würde – also um es mit einem Wort zu sagen –, ich würde Reißaus nehmen. Was wäre schon dabei, frage ich Sie, wenn Sie erst ein oder zwei andere Mädchen ausprobierten, ehe Sie sich entscheiden? Es wäre mir eine Ehre, Sie mit unserem schlanken und geschmeidigen Mädchentyp in Coolspring bekanntzumachen. Ja, ich meine das im Ernst: Ich würde deswegen mit Ihnen über den großen Teich zurückfahren.« Nachdem er auf diese Weise den Atlantischen

Ozean apostrophiert hatte, streckte Rufus Amelius als Beweis für seine unveränderliche Zuneigung und sein Wohlwollen seine Hand entgegen.

Wer hätte einem solchen Mann widerstehen können? Amelius – immer geneigt, von einem Extrem ins andere zu verfallen – schüttelte ihm mit einem plötzlichen Gefühl von Beschämung die Hand. »Ich war mißgelaunt«, sagte er, »und ich war unhöflich, ich sollte mich schämen und das tue ich auch! Es gibt nur eine Entschuldigung für mich, Rufus: Ich liebe das Mädchen aus tiefster Seele und mit ganzem Herzen. Ich bin mit ihr verlobt und werde sie heiraten. Und dennoch, falls Sie verstehen, wenn ich mich auf diese Weise ausdrücke, bin ich – kurzgesagt – in des Teufels Küche!«

Nach dieser für ihn sehr charakteristischen Vorrede beschrieb er seine Lage, so gut er konnte. Rufus hörte ihn von Anfang bis Ende mit größter Aufmerksamkeit an und versuchte gar nicht, den ungünstigen Eindruck, den die Ankündigung der Heirat auf ihn gemacht hatte, zu verbergen. Als er schließlich den Mund aufmachte, hielt er, statt wie gewöhnlich Amelius anzusehen, den Kopf gesenkt und besah sich verdrießlich seine Stiefel.

»Also«, sagte er, »Sie sind diesmal schnell vorgegangen, das ist gewiß! Hat sie irgendwelche Schwierigkeiten gemacht, so daß ein Mann sie erst in den Griff ..., oder?«

»Sie war süß und die reine Güte«, antwortete Amelius enthusiastisch.

»Sie war süß und die reine Güte!« wiederholte Rufus abwesend, noch immer interessiert an dem wichtigen Spektakulum seiner Stiefel. »Und was ist mit Onkel Farnaby? Vielleicht ist der ebenfalls süß und die reine Güte oder benimmt er sich vielleicht rabiat? Das wär doch möglich, oder nicht?«

»Ich weiß nicht; ich habe mit ihm noch nicht gesprochen.«

Rufus sah plötzlich auf. Ein schwacher Hoffnungsschimmer erhellte sein schmales, langes Gesicht. »Gott sei gepriesen! Sie haben noch eine letzte Chance«, bemerkte er. »Onkel Farnaby sagt vielleicht ›nein‹!«

»Es ist gleich, was er sagt«, antwortete Amelius. »Sie ist alt genug, selbst ihre Wahl zu treffen, er kann die Heirat nicht aufhalten.«

Rufus erhob seinen langen gelblichen Zeigefinger senkrecht in warnendem Protest: »Er kann die Heirat nicht aufhalten«, gab der scharfsinnige Neu-Engländer zu, »aber er kann das Geld zurückhalten, mein Sohn. Finden Sie heraus, ehe der Tag vergangen ist, wie Ihre Lage ihm gegenüber in dieser Hinsicht ist.«

»Heute abend kann ich nicht mehr zu ihm gehen«, sagte Amelius. »Er diniert auswärts.«

»Wo ist er jetzt?«

»In seinem Geschäft.«

»Nageln Sie ihn in seinem Geschäft fest, und zwar sofort!« rief Rufus und sprang mit plötzlicher Energie auf die Beine.

»Ich glaube nicht, daß er das gern hätte«, widersprach Amelius. »Er ist kein sehr angenehmer Mensch, aber besonders unangenehm, wenn er in seinem Geschäft ist.«

Rufus ging zum Fenster und sah hinaus. Die Einwände gegen Mr. Farnaby schienen ihn wenig zu interessieren.

»Um es klar auszudrücken«, fuhr Amelius fort, »irgendwas ist mit ihm los, das ich nicht ertragen kann. Und, obwohl er auf seine Weise sehr höflich zu mir ist, hat er, glaube ich, die Entdeckung nicht überwunden, daß ich ein ›Christlicher Sozialist‹ bin.«

Rufus wandte sich rasch vom Fenster um und wurde wieder aufmerksam. »Sie haben ihm das also gesagt?« fragte er.

»Natürlich«, antwortete Amelius ziemlich scharf. »Glauben Sie denn, ich schäme mich der Grundsätze, nach denen ich erzogen wurde?«

»Ich nehme an, es ist Ihnen gleich, ob alle Welt Ihre Grundsätze kennt?« Rufus gab nicht auf und forderte ihn mit Absicht heraus.

»Mir ist es gleich?« antwortete Amelius. »Ich wünschte, ich hätte die ganze Welt als Zuhörer! Ich würde ihr von meinen Grundsätzen schon etwas erzählen und das aus vollem Herzen, das kann ich Ihnen versprechen!«

Es gab eine Pause. Rufus wandte sich wieder zum Fenster zurück. »Wenn Farnaby in der Stadt ist, wo wohnt er da?« fragte er plötzlich, noch immer mit dem Gesicht der Straße zugewandt.

Amelius nannte die Adresse. »Sie wollen doch nicht sagen, daß Sie ihn dort aufsuchen werden?« fragte er nicht ohne Sorge.

»Na, ich glaube, ich treffe ihn noch vor dem Abendessen an. Sie scheinen ja Angst zu haben, selbst mit ihm zu sprechen. Ich bin Ihr Freund, Amelius, also werde ich mit ihm sprechen.«

Allein die Idee eines solchen Besuches versetzte Amelius in Schrecken. »Nein, nein!« sagte er. »Ich bin Ihnen sehr verbunden, Rufus, aber bei einer Angelegenheit dieser Art möchte ich die Verantwortung nicht einem Freund übertragen. Ich werde in ein bis zwei Tagen mit Mr. Farnaby sprechen.«

Rufus war offensichtlich nicht zufriedengestellt. »Also ich nehme an«, schlug er vor, »daß Sie nicht der einzige Mann sind, der in dieser Metropole herumläuft und Miss Regina im Sinn hat? Frage, mein Sohn: wenn Sie Farnaby noch länger hinausschieben ...« Er machte eine Pause und sah Amelius an. »Na«, sagte er, »ich glaube, ich muß nicht deutlicher werden: Es gibt also noch einen Mann! Na, in meinem Land ist das genauso; ich weiß nicht, wie das bei euch so ist. Bei uns erscheint der andere Mann immer dann, wenn man ihn am wenigsten brauchen kann.«

Es gab einen anderen Mann, einen älteren und reicheren, als Amelius es war; gleichermaßen eifrig in seinen Aufmerksamkeiten gegenüber Tante und Nichte, auf unterwürfige Weise seinem begünstigteren jungen Rivalen gegenüber höflich und genau der Mensch, nach Alter und Temperament, der durchaus fähig wäre, seine Interessen mit Hilfe des feindseligen Einflusses von Mrs. Farnaby zu fördern. Wer könnte sagen, mit welchem Ergebnis, wenn er durch irgendeinen unglückseligen Zufall seinen Versuch wagte, ehe Amelius die Unterstützung des Hausherrn für sich gewonnen hätte? Amelius war in seiner augenblicklichen nervösen Gereiztheit geneigt, an irgendwelche unglücklichen Zufälle dieser Art zu glauben. Der reiche Nebenbuhler war Geschäftsmann und ein Nachbar Mr. Farnabys in der »City«. Vielleicht sind beide eben jetzt beisammen, und Reginas Treue zu ihrem Liebhaber ist vielleicht einer härteren Prüfung ausgesetzt, als sie zu erdulden bereit war? Amelius erinnerte sich an das sanfte, friedliche Lächeln (allzu sanft), mit dem seine Geliebte seine ersten Küsse empfangen hatte, und griff, ohne alle Schlußfolgerungen gegeneinander abzuwägen, rasch nach seinem Hut. »Seien Sie nett, Rufus und warten Sie hier auf mich. Ich gehe in das Schreibwarengeschäft!« Mit diesen Abschiedsworten eilte er aus dem Zimmer.

Rufus begann, alleingelassen, in den Taschen seines Gehrockes etwas zu suchen, einem langen, losen schmutzigbraunen Kleidungsstück, das ihm durch langen Gebrauch angenehm und bequem geworden war. Er holte eine Handvoll Briefe hervor und wählte das größte Kuvert darunter aus, schüttelte dann mehrere kleine Briefe aus dem Umschlag auf den Tisch, suchte einen heraus und las mit größter Aufmerksamkeit nur dessen Schlußabsatz:

»Ich lege Einführungsbriefe an die Sekretäre der literarischen Vereinigungen in London und in einigen der anderen großen

Städte Englands bei. Wenn Sie geneigt sind, selbst Vorträge zu halten, oder Freunde und Bürger, die Ihnen bekannt sind, dazu zu überreden, so läge es – wie ich glaube – in Ihrer Hand, die Interessen unseres Bureaus dadurch zu fördern. Bitte beachten Sie, daß die fortschrittlicheren Institutionen, die freies Denken in Religion, Politik und Moral begünstigen, auf dem Umschlag mit einem roten Kreuz gekennzeichnet sind. Die Umschläge ohne ein Zeichen richten sich an jene Einrichtungen, bei welchen die gewohnten britischen Vorurteile nach wie vor vorherrschen und wo die Kosten höher wären als die für das, was man in den Stätten der Gedankenfreiheit bisher erreichen konnte.«

Rufus legte den Brief weg und wählte einen unter den mit roter Tinte markierten Umschlägen aus und besah sich die inliegende Einführung. Wenn von diesem Verein die rechte Einladung an Amelius gelangte, dachte er, würde der Junge dort mit ganzer Seele über »Christlichen Sozialismus« sprechen. Ich wüßte gerne, was das »braune Mädchen« und ihr Onkel dazu sagen würden?

Er grinste, schob den Brief zurück in den Umschlag und dachte kurz nach. Unter seiner rauhen Schale war er ein Mann, wie man ihn einmal unter Zehntausenden findet: Es gab im Leben keinen ehrlicheren und herzlicheren Menschen. In seinem eigenen kleinen Kreis war er nicht verstanden worden, denn es mangelte zu Hause an Sympathie für ihn, und man kannte ihn auch nicht gut genug. Amelius, bei jedermann beliebt, hatte das große Herz dieses Mannes angerührt. Rufus sah die Gefahr, die in der eigenartigen und einsamen Lage, in der sich sein Mitreisender befand, ihm insgeheim drohte – ihm, der den Praktiken der Welt so unschuldig gegenüber stand, jung und leicht beeindruckbar wie er war! Die Zuneigung, die Rufus für Amelius empfand, war – wie leicht zu sehen – die eines Vaters zu seinem Sohn. Mit einem Seufzer schüttelte Rufus den Kopf, sammelte die Briefe ein und steckte sie wieder in die Tasche. Nein, noch nicht!, entschloß er sich. Der arme Junge liebt sie wirklich und vielleicht ist das Mädchen so gut, daß es ihm das Glück seines Lebens bringt. Er stand auf und ging von einer neuen Idee gepackt im Zimmer umher. Plötzlich blieb er stehen. Warum soll ich mir nicht selbst ein Urteil bilden?, dachte er. Die Adresse besitze ich. Ich glaube, ich besuche die Farnabys einmal freundlicherweise!

Er setzte sich an den Tisch und schrieb Amelius – sollte dieser als erster in die Wohnung zurückkehren – ein paar Zeilen:

»Lieber Junge,
ich finde, daß des Mädchens Photographie nicht so viel über sie aussagt, wie ich wissen will. Ich möchte das Original sehen! Da ich Dein Freund bin, ist es nur höflich, der Familie meine Aufwartung zu machen. Erwarte von mir, nach meiner Rückkehr eine unvoreingenommene Meinung zu hören.

Stets Dein
Rufus«

Nachdem er diese Zeilen in ein Kuvert gesteckt und dieses adressiert hatte, griff er nach seinem Mantel, hielt aber inne, als er ihn eben anziehen wollte. Das braune Mädchen war eine »englische Miss«. Ein unbekannter Neu-Engländer mußte sehr auf seine äußere Erscheinung bedacht sein, bevor er es wagte, in ihre Nähe zu kommen. Aus diesem Grund mißtrauisch, näherte er sich dem Spiegel und besah sich kritisch.

Ich glaube, es wäre besser, so schien es ihm, wenn ich mir das Haar bürstete und ein wenig nach Parfum röche. Ja, ich werde Toilette machen. Ich möchte wissen, wo das Schlafzimmer des Jungen ist!

Er entdeckte im Wohnzimmer eine zweite Tür und öffnete sie auf gut Glück. Und das Glück war ihm soweit günstig: Er befand sich im Schlafzimmer seines jungen Freundes.

Der Toilettentisch von Amelius, so einfach er war, bot Geheimnisse für Rufus. Er war ratlos mit den Parfums; sie lagen alle in einem bescheidenen kleinen Necessaire und hatten keinerlei Etiketten mit einer Beschreibung des Inhalts der Tiegel und Fläschchen. Er untersuchte eines nach dem anderen und hielt bei einer der kürzlich erfundenen französischen Rasiercremes inne. »Die riecht großartig«, sagte er, in der Annahme, es sei eine seltene Pomade. »Scheint genau das, was ich für mein Haar brauche.« Er rieb die Rasiercreme so heftig in sein eisengraues borstiges Haar, daß ihm die Arme wehtaten.

Nachdem er dann sein Taschentuch und sich selbst ausführlich zuerst mit Rosenwasser und dann – um auf Nummer sicher zu gehen – mit Eau-de-Cologne als dem Höhepunkt seiner Toilette bespritzt hatte, glaubte er soweit gerüstet zu sein, daß er auf die Sinne des schwachen Geschlechtes wirken könnte. Nach weiteren fünf Minuten war er auf dem Wege zu Mr. Farnabys Privatwohnung.

Kapitel II

Der Regen, der morgens zu fallen begonnen hatte, strömte nachmittags noch immer vom Himmel. Regina entschloß sich nach einem Blick aus dem Fenster, den Rest des Tages gemütlich am Kamin in Gesellschaft eines Romans zu verbringen. Mit den Füßen am Kamingitter, den Kopf gegen ein weiches Kissen auf ihrem Lieblingsfauteuil gelehnt, öffnete sie das Buch. Sie hatte eben das erste Kapitel und einen Teil des zweiten gelesen und blätterte langsam die Seiten auf der Suche nach einer Liebesszene um, als ihr geringes Interesse an dem Roman durch ein Ereignis im wirklichen Leben abgelenkt wurde. Die Wohnzimmertüre wurde leise geöffnet, und ihre Zofe erschien im Zustand leichter Verwirrung.

»Wenn Sie erlauben, Miss, hier ist ein sonderbarer Herr, von Mr. Goldenheart geschickt. Besonders möchte er sagen ...«

Sie hielt inne und sah hinter sich. Ein leichter und merkwürdiger Geruch von Seife vermischt mit Parfum drang ins Zimmer, kurz darauf gefolgt von einem großen, sehr ruhigen, schäbig gekleideten Mann, der eine lange, gelbliche Hand dem Mädchen auf die Schulter legte und sie dadurch zum Schweigen brachte, bevor sie mehr sagen konnte.

»Mach dir keine Mühe, den Satz zu Ende zu bringen, meine Liebe: ich bin schon da und erledige das für dich!« Nachdem er die Zofe mit diesen ermutigenden Worten angesprochen hatte, näherte sich der Fremde Regina und versuchte sogar, ihre Hand zu schütteln! Regina stand auf und sah ihn an. Es war ein Blick, der den kühnsten Mann der Welt entmutigt hätte, aber auf diesen hier hatte er keinerlei Wirkung. Er hielt noch immer seine Hand ausgestreckt und über sein Gesicht zog ein breites freundliches Lachen. »Mein Name ist Rufus Dingwell«, sagte er. »Ich komme aus Coolspring, Miss. Meine Einführung bei Ihnen und Ihrer Familie heißt: Amelius!«

Regina nahm schweigend mit einer kühlen Verneigung diese Mitteilung zur Kenntnis und wandte sich an die Zofe, die an der Türe wartete: »Du verläßt nicht das Zimmer, Phoebe!«

Rufus, der sich wunderte, was Phoebe hier sollte, begann die herzlichen Gefühle auszudrücken, die dem Anlaß entsprachen: »Ich habe viel von Ihnen gehört, Miss, und freue mich, Ihre Bekanntschaft zu machen.«

Die ungeschriebenen Höflichkeitsregeln zwangen Regina,

auch etwas zu sagen: »Ich habe Mr. Goldenheart Ihren Namen nicht erwähnen hören«, bemerkte sie. »Sind Sie ein alter Freund von ihm?«

Rufus erklärte alles mit rascher Freundlichkeit: »Wir haben gemeinsam den großen Teich überquert, Miss. Ich mag den Jungen; er ist klug und flink und für mich wirklich eine Erfrischung! In meiner Heimat sind uns viele Dinge wichtig und Freundschaft ist eines davon! Wie geht es Ihnen? Wollen wir einander nicht die Hand geben?«

Regina schauderte; sie suchte Hilfe für den Fall noch größerer Ungezwungenheit: »Phoebe, sage meiner Tante Bescheid!«

Rufus setzte von sich aus der Botschaft noch etwas hinzu: »Und sage ihr, meine Liebe: ich wünschte sehnlichst, die Bekanntschaft von Miss Reginas Tante und die anderer Mitglieder des Familienkreises zu machen.«

Phoebe ging lachend aus dem Zimmer. Ein derart komischer Besucher war in Mr. Farnabys Haus eine Seltenheit. Rufus sah ihr mit unverhohlener Zustimmung nach, die Zofe war mehr nach seinem Geschmack als ihre Herrin. »Na, ich muß sagen, das ist ein hübsches Ding!« sagte er zu Regina. »Erinnert mich an unsere amerikanischen Mädchen: schlanke Taille und hält ihren Kopf schön aufrecht! Wie alt mag sie wohl sein?«

Regina äußerte ihre Meinung zu dieser familiären Frage dadurch, daß sie mit schweigender Würde auf ein Fauteuil wies.

»Danke, Miss: nicht dieses da!« sagte Rufus. »Wissen Sie, ich habe lange Beine, und wenn ich einmal so tief unten sitze, muß ich – so glaube ich – mein Gleichgewicht dadurch wieder gewinnen, daß ich die Füße aufs Kamingitter lege. Und in Großbritannien gilt so etwas nicht als gute Manieren, und das mit Recht!«

Er wählte den nächsten Stuhl aus, den er finden konnte, und während er ihn näher an den Kamin zog, bewunderte er seine Machart: »Sehr kostbar und elegant«, sagte er, »›Renaysance‹, wie man das nennt!« Regina sah mit Entsetzen, daß er seinen Hut, wie andere Besucher, nicht in der Hand hatte. Zweifellos hatte er ihn in der Halle gelassen. Er sah danach aus, als wäre er vorbeigekommen, um hier den ganzen Tag zuzubringen und zum Abendessen zu bleiben.

»Also, Miss, ich habe Ihre Photographie gesehen«, fuhr er fort, »und jetzt, wenn ich Sie selbst so vor mir sehe, bin ich mit der Photographie nicht einverstanden. Ich bin überhaupt dieser Kunst nicht sehr freundlich gesonnen! Ich habe in Coolspring einen Vortrag über Porträt-Photographie gehalten und habe sie kurz als ›gnadenlose Gerechtigkeit‹ bezeichnet. Meine Zuhörer waren einverstanden und sie grinsten darüber, glauben Sie mir! Lachen bringt mich auf Amelius. Haben Sie etwas dagegen, daß er ein ›Christlicher Sozialist‹ ist, Miss?«

Der Blick der jungen Dame, als sie diese Frage beantwortete, entging Rufus nicht. Für den Notfall wollte Rufus ihn sich merken. Sie sagte: »Amelius wird, wenn er erst ein wenig länger in London gelebt haben wird, diesen Unsinn bald vergessen.«

»Möglich!« gab Rufus zu. »Der Junge ist Ihnen zugetan. Ja, er liebt Sie. Ich habe ihn mir genau angesehen und kann bezeugen, er liebt Sie. Ich darf vielleicht bemerken: er braucht als Gegengabe seinen Teil Liebe! Zweifelsohne haben Sie diesen Umstand auch festgestellt, Miss?«

Regina nahm ihm die letzte Frage übel und hielt sie für einen Verstoß gegen das, was schicklich war. Was wird er noch sagen?, fragte sie sich. Ich muß diesen anmaßenden Menschen in seine Schranken verweisen. Sie warf ihm einen weiteren vernichtenden Blick zu und sagte dann ihrerseits: »Darf ich fragen, Mr. ... Mr.?«

»Dingwell«, soufflierte Rufus.

»Darf ich fragen, Mr. Dingwell, ob Sie mir das Vergnügen Ihres Besuches auf Wunsch von Mr. Goldenheart machen?«

Freundlich und von einfachem Sinn, wie er war, und begierig, wie er es war, den ganzen Wert der jungen Dame erkennen zu können, die eines Tages die Frau von Amelius sein würde, spürte Rufus, in welchem Ton diese Worte gesprochen wurden; es war nicht leicht, sein bescheidenes Gefühl für das, was er erwarten konnte, zu reizen, aber das kalte Mißtrauen und die absichtsvolle Distanz in Reginas Benehmen beanspruchten die Nachsicht dieses einzigartig geduldigen Mannes über Gebühr. Gott in seiner Gnade schütze Amelius davor, dich heiraten zu müssen!, dachte er, als er sich von seinem Stuhl erhob und mit einer gewissen simplen Würde an sie herantrat, um sich zu verabschieden.

»Es ist mir nicht in den Sinn gekommen, Miss, Ihnen meine Aufwartung erst dann zu machen, wenn Amelius und ich uns trennen würden«, sagte er. »Bitte verzeihen Sie mir das! In meinem Land wäre ich willkommen gewesen; auch ohne eine bessere Einführung bei Ihnen als die, der Freund – wenn ich mich so nennen darf – von Amelius zu sein, der ihm alles Gute wünscht. Sollte ich einen Fehler begangen ...«

Er hielt inne, denn Regina hatte plötzlich die Farbe gewechselt. Statt auf ihn zu schauen, sah sie über seine Schulter hinweg und erblickte offensichtlich dort etwas. Er drehte sich um, um zu sehen, was es war: eine Dame, klein und stämmig, mit einem eigenartig wilden, schmerzbewegten Blick, hatte lautlos den Raum betreten, während er sprach, und, so schien es, gewartet, bis er mit dem, was er zu sagen hatte, zu Ende gekommen war. Als sie sich sahen, kam sie mit energischen und festen Schritten auf ihn zu und hielt ihm zum Willkomm die Hand entgegen:

»Sie können dennoch eines freundlichen Empfanges hier gewiß sein!« sagte sie auf ihre ruhige, sichere Weise. »Ich bin die Tante dieser jungen Dame. Und ich freue mich, einen Freund von Amelius in meinem Hause zu sehen!« Ehe Rufus antworten konnte, wandte sie sich zu Regina. »Ich habe gewartet«, fuhr sie fort, »um dir Gelegenheit zu einer Erklärung dem Herrn gegenüber zu geben. Ich fürchte, er wird die Kälte in deinem Benehmen für absichtliche Unhöflichkeit gehalten haben.«

Das Blut schoß Regina wieder in die Wangen. Einen Augenblick zitterte sie, hin- und hergerissen zwischen Wut und Weinen. Aber ihre guten Anlagen bahnten sich einen Weg durch die ihr angeborene Scheu und Zurückhaltung, die diese für gewöhnlich unterdrückten. »Ich habe es nicht böse gemeint, Sir«, sagte sie und richtete ihre schönen Augen unterwürfig auf Rufus. »Ich bin nicht gewohnt, Fremde zu empfangen. Sie haben mir aber auch sehr merkwürdige Fragen gestellt, nicht wahr?« setzte sie mit einem plötzlichen Versuch, sich zu behaupten, hinzu. »Fremde sagen in England für gewöhnlich solche Dinge nicht.« Sie sah auf Mrs. Farnaby, die mit undurchdringlicher Ruhe zuhörte und hielt verwirrt inne. Ihre Tante würde wohl keine Skrupel haben, zu Fremden in ihrer Anwesenheit über Amelius zu sprechen, denn sie wußte ja nicht, was sie noch würde ertragen müssen! So wandte sie sich also zu Rufus: »Entschuldigen Sie mich«, sagte sie, »wenn ich Sie mit meiner Tante allein lassen muß, ich habe eine Verabredung.« Und mit dieser fadenscheinigen Ausrede flüchtete sie aus dem Zimmer.

»Sie hat keine Verabredung«, bemerkte Mrs. Farnaby kurz, nachdem die Tür geschlossen war. »Nehmen Sie Platz, Sir.«

Rufus war unsicher geworden, was selten war. »Ich komme mit den meisten Leuten gut aus, Gnädige«, sagte er, »womit habe ich wohl Ihre Nichte beleidigt?«

»Meine Nichte ist trotz vieler guter Eigenschaften eine engstirnige junge Frauensperson«, erklärte Mrs. Farnaby. »Sie ähneln nicht den Männern, an die sie gewohnt ist. Sie versteht Sie gar nicht, denn Sie sind kein alltäglicher Mann! Sie haben zum Beispiel«, fuhr Mrs. Farnaby mit dem sachlichen Ernst einer Frau fort, der Humor nicht angeboren ist, »irgendetwas Merkwürdiges auf Ihrem Haar. Es scheint sich aufzulösen und riecht nach Seife. Nein, es ist sinnlos, Ihr Taschentuch herauszunehmen; mit dem Taschentuch können Sie es nicht abwischen. Ich hole ein Handtuch.« Sie öffnete eine Nebentüre, die zu einem kleinen Gang und einem Badezimmer führte. »Ich bin die stärkste Person im Hause«, fuhr sie ernsthaft wie stets fort, als sie mit einem Handtuch in der Hand zurückkehrte. »Halten Sie still und entschuldigen Sie sich nicht! Wenn irgendeine Frau hier Sie trockenreiben kann, dann bin ich die.« Sie ging mit dem Handtuch ans Werk, als wäre sie Rufusens Mutter, die ihn – den Knaben – in die Hand nahm, damit er sich sehen lassen könnte. Rufus überließ sich fügsam und mit stummem Erstaunen diesen Gegebenheiten; ihm schwindelte fast durch die Gewalt ihres Reibens und er war etwas verschreckt durch den Gegensatz zwischen dem kalten Empfang durch die Nichte und das mehr als freundliche Willkomm durch die Tante. »Also das genügt, bis Sie nach Hause kommen! Jetzt kann keiner mehr über Sie lachen«, erklärte Mrs. Farnaby. »Sie sind ein zerstreuter Mensch, glaube ich. Sie wollten sich den Kopf waschen und vergaßen das heiße Wasser und das Handtuch; war es nicht so?«

»Ich danke Ihnen aus ganzem Herzen, meine Gnädige, ich hielt das Zeug für Pomade!« antwortete Rufus. »Hätten Sie etwas dagegen, wenn ich Ihnen nochmals die Hand schüttelte? Dieser herzliche Empfang erinnert mich, ich versichere Ihnen, an meine Heimat. Seit ich Neu-England verlassen habe, habe ich jemanden wie Sie noch nicht angetroffen. Ich nehme also an, daß Miss Regina durch mein Haar gegen mich eingenommen wurde? Ich kenne mich mit Ihrer Nichte nicht aus, Mrs. Farnaby; ich habe etwas Angst vor dem, was sie Amelius über mich sagen wird. Ich hatte nichts Böses im Sinn, Gott weiß es!« Der Grund für Mrs. Farnabys außerordentliche Bereitwilligkeit, mit dem Handtuch Hilfe zu leisten, war klar: der Ton ihres amerikanischen Gastes wurde so freundlich und vertraut, wie sie das zu erreichen im Sinn gehabt hatte. Mit etwas Nachhilfe ihrerseits könnte er zum wertvollen Verbündeten bei der Aufgabe werden, die Heirat von Amelius und Regina zu verhindern.

»Sie haben Ihren jungen Freund sehr gern?« begann sie ruhig.

»Das ist der Fall, meine Gnädige.«

»Und er hat Ihnen gesagt, daß er meiner Nichte zugetan ist?«

»Und hat mir ihr Bild gezeigt«, fügte Rufus hinzu.

»Und hat Ihnen ihr Bild gezeigt! Und Sie haben sich gedacht, Sie würden hierherkommen, um selbst zu sehen, was für eine Art Mädchen sie ist, nicht wahr?«

»Genau.«

Ohne Zögern erklärte Mrs. Farnaby ihm, was sie vorhatte. »Amelius ist heute noch ein Jüngling, nicht viel mehr«, sagte sie. »Er hat noch das ganze Leben vor sich. Es wäre traurig, heiratete er ein Mädchen, das ihn nicht glücklich machen wird.« Sie drehte sich im Fauteuil um und wies auf die Türe, durch die Regina sie verlassen hatte. »Unter uns gesagt«, fuhr sie fort und senkte ihre Stimme zu einem Flüstern, »glauben Sie, meine Nichte würde ihn glücklich machen?«

Rufus zögerte.

»Ich bin Familienvorurteilen gegenüber erhaben«, sprach Mrs. Farnaby weiter. »Sie brauchen keine Sorge zu haben, daß Sie mich beleidigen könnten. Sprechen Sie offen!«

Gegenüber jeder anderen Frau auf der Welt hätte Rufus offen gesprochen. Diese Frau aber hatte ihn davor bewahrt, sich lächerlich zu machen: diese Frau hatte ihm das Haar trocken gerieben! Er gebrauchte Ausflüchte.

»Ich glaube nicht, daß ich die Damen in diesem Lande verstehe«, sagte er.

Aber so konnte man Mrs. Farnaby nicht kommen. »Wäre Amelius Ihr Sohn und würde Sie um Ihre Zustimmung zu seiner Heirat mit meiner Nichte bitten«, erwiderte sie, »würden Sie ›ja‹ sagen?«

Das war zuviel für Rufus. »Nicht einmal, wenn er bittend auf beide Knie vor mir niederfiele!« antwortete er.

Mrs. Farnaby war endlich zufriedengestellt: »Ganz meine Meinung«, sagte sie, »und genauest ausgedrückt! Wundern Sie sich nicht über mich, denn habe ich Ihnen nicht gesagt, ich sei gegenüber meiner Familie unvoreingenommen? Wissen Sie, ob er schon mit meinem Mann gesprochen hat?«

Rufus sah auf die Uhr: »Ich glaube, inzwischen hat er mit ihm gesprochen.« Mrs. Farnaby hielt inne und überlegte einen Augenblick. Sie hatte bereits ihren Gatten gegen Amelius zu beeinflussen versucht und eine Antwort erhalten, die nach Mrs. Farnabys Ansicht endgültig war: »Mr. Goldenheart ehrt uns, wenn er eine Verbindung mit uns sucht: er repräsentiert eine alte englische Familie.« Unter diesen Umständen war es leicht möglich, daß der Heiratsantrag angenommen worden war. Mrs. Farnaby war aber nichtsdestoweniger entschlossen, daß die Hochzeit nicht stattfinden sollte und nicht weniger daran interessiert, sich die Unterstützung ihres neuen Bundesgenossen zu sichern.

»Wann sprechen Sie mit Amelius darüber?« fragte sie.

»Sobald ich in seine Wohnung zurückgekehrt bin, meine Gnädige.«

»Fahren Sie sofort hin und denken Sie auf der Fahrt an folgendes: Wenn Sie einen möglichen Weg finden, wie man diese beiden jungen Leute – in ihrem eigenen Interesse – trennen kann, können Sie sich darauf verlassen, daß ich Ihnen, soweit ich es kann, helfen werde. Ich mag Amelius ebenso gern wie Sie. Fragen Sie ihn doch, ob ich nicht mein Bestes versucht habe, ihn von meiner Nichte fernzuhalten? Fragen Sie ihn doch, ob ich nicht gesagt habe, daß ich sie nicht für die richtige Frau für ihn halte? Besuchen Sie mich so bald wieder, wie Sie nur mögen; ich habe Amerikaner gern. Guten Morgen!«

Rufus versuchte, auf seine eigene kurze, aber beredte Weise seine Dankbarkeit zum Ausdruck zu bringen. Man schenkte ihm kein Gehör. Mrs. Farnaby klopfte ihm auf die Schulter und schob ihn gleichzeitig aus dem Zimmer.

Wäre diese Frau Amerikanerin, überlegte Rufus auf seinem Weg durch die Straßen, sie würde der erste weibliche Präsident der Vereinigten Staaten werden. Für seine Bewunderung für Mrs. Farnabys Energie und Entschlußkraft (mit diesen starken Worten drückte er sich aus) gab es nur eine Einschränkung: so sehr er Mrs. Farnaby schätzte, es gab in den Augen dieser Frau ein unergründliches Etwas, das ihn störte und entmutigte.

Kapitel III

Rufus traf seinen Freund in der Wohnung heftig qualmend auf dem Sofa ausgestreckt. Ehe ein Wort gesprochen wurde, war es dem Neu-Engländer klar, daß irgend etwas schief gegangen war.

»Na«, fragte er, »und was hat Farnaby gesagt?«

»Der Teufel soll Farnaby holen!«

Insgeheim verspürte Rufus ein Gefühl größter Erleichterung: »Ich halte das zwar für eine merkwürdige Weise, sich auszudrükken«, bemerkte er ruhig, »aber was es bedeutet, scheint klar: Farnaby hat ›nein‹ gesagt.«

Amelius sprang vom Sofa auf und stellte sich herausfordernd vor dem Kamin auf.

»Einmal haben Sie unrecht!« sagte er mit einem bitteren Lachen. »Was so empörend ist: er hat weder ›ja‹ noch ›nein‹ gesagt. Dieser Kerl mit seinen eingeölten Koteletten – Sie haben ihn ja noch gar nicht gesehen, was? – fing an mit ›ja‹. Ein Mann wie ich, der Erbe einer feinen, alten englischen Familie, ehre ihn durch einen solchen Antrag und er könne seinem lieben Adoptivkind keine besseren Aussichten wünschen. Sie würde die hohe Stellung, die ihr geboten werde, mit Ehren verwalten. Auf diese kriecherische Weise redete er zuerst mit mir. Er drückte mit seiner schrecklichen kalten, feuchten Pratze derart meine Hand, daß mir – Ehrenwort! – fast schlecht wurde. Warten Sie, das Schlimmste kommt noch! Es dauerte nicht lange, da wechselte er die Tonart: er begann damit, daß er mich fragte, ob ich mir die Frage der Versorgung schon überlegt habe? Ich wußte nicht, was er meinte und sagte, er solle das in klaren Worten ausdrücken. Er wolle hören, was ich besäße. ›Ach, das ist schnell gesagt‹, erklärte ich. ›Ich habe fünfhundert Pfund im Jahr, und Regina kann jeden Penny davon haben.‹ Er fiel in seinen Stuhl zurück, als hätte ich auf ihn geschossen. Er erblaßte; nein, er wurde mehr als blaß, er wurde fast grün. Zuerst glaubte er mir nicht; er sagte, ich machte wohl einen Scherz. Ich stellte das sofort richtig. Und nun ging er zu Frechheit, geldstolzer Frechheit über! ›Ist Ihnen denn nicht aufgefallen, Sir, in welchem Stil Regina in meinem Hause zu leben gewohnt ist? Fünfhundert im Jahr? Heiliger Himmel! Wenn sie sehr spart, kann sie damit vielleicht die Rechnung der Hutmacherin bezahlen und die Kosten für Pferd und Wagen! Und wer zahlt für alles andere – die Einrichtung, die Abendunterhaltungen und Bälle, die Auslandsreisen, die Kinder, die Kinderschwestern, den Arzt? Ich sage Ihnen folgendes, Mr. Goldenheart: da Sie ein Gentleman von Herkunft sind, bin ich zu einem Opfer bereit, was ich bei einem Selfmademan nicht wäre. Wenn Sie Ihr Einkommen auf viermal fünfhundert Pfund vergrößern, garantiere ich Regina einen Jahreszuschuß von noch mal der Hälfte davon – nicht gerechnet das Vermögen, das sie nach meinem Tode erbt. Das wird Ihr Vermögen auf tausend im Jahr bringen. Ich weiß etwas von häuslichen Ausgaben und ich sage Ihnen verbindlich, es geht um keinen Penny billiger.‹ So redete er mit mir, Rufus. Ich kann nicht einmal versuchen, seinen unverschämten Ton zu beschreiben. Hätte ich nicht an Regina gedacht, so hätte ich mich in einer Weise benommen, die eines Christen unwürdig wäre. Ich glaube, ich hätte meinen Spazierstock ergriffen und ihm eine gesunde Tracht Prügel verabreicht.«

Rufus zeigte weder Verwunderung, noch gab er einen Rat. Er war in Gedanken über Mr. Farnabys Reichtum versunken. »In diesem Land scheint der Schreibwarenhandel mit einem großen Profit zu enden«, sagte er.

»Schreibwarenhandel?« wiederholte Amelius angeekelt. »Farnaby hat außerdem noch ein Dutzend Eisen im Feuer. Er besitzt eine Zeitung, eine Patentmedizin, eine neue Bank und ich-weiß-nicht-was-noch! Einer seiner Freunde sagte mir: ›Niemand weiß, ob Farnaby reich ist oder arm; zwei Sachen können mit ihm passieren: entweder stirbt er millionenschwer oder pleite.‹ Ach, wenn ich nur den Tag erlebte, da der Sozialismus einen Mann dieser Art an seinen richtigen Platz verweist.«

»Versuchen Sie's zuerst mal mit einer Republik nach unserem Modell!« sagte Rufus. »Wenn Farnaby vom Stil spricht, in dem seine junge Dame zu leben gewöhnt sei, was meint er damit?«

»Er meint«, antwortete Amelius rasch, »eine Kalesche, um auszufahren, Champagner auf dem Tisch und einen Lakai, der die Haustür öffnet.«

»Farnabys Ideen, Sir, haben auch den Ozean überquert und sind in New York an Land gegangen«, bemerkte Rufus. »Na, und was haben Sie ihm Ihrerseits gesagt?«

»Ich hab's ihm gegeben, das kann ich Ihnen sagen! ›Das ist alles Prahlerei!‹, sagte ich. ›Warum können Regina und ich nicht zu Anfang bescheiden leben? Was tun wir mit einer Kalesche, die uns ausfährt, und mit Champagner auf dem Tisch und einem Lakai an der Türe? Wir wollen einander lieben und glücklich sein. Es gibt in England tausende Männer – Gentlemen – mit Frau und Familie, die glücklich wären mit Fünfhundert im Jahr. Die Wahrheit ist, Mr. Farnaby, Sie sind bis oben hin voll mit Geld. Sir, holen Sie sich Ihr Neues Testament und lesen Sie nach, was Christus über die reichen Leute gesagt hat!‹ Und was glauben Sie, hat er getan, als ich ihm das sagte, worauf es ja keine Antwort gibt? Er hob seine Hände in die Höhe und sah entsetzt drein. ›In meinem Büro kann ich Gottlosigkeit nicht zulassen. Ich höre zu, wenn das Neue Testament vor mir jeden Sonntag in meiner Kirche verlesen wird.‹ Das ist die Art von Christenmensch, Rufus, den die modernen Zeiten hervorbringen! Er war widerspenstig wie ein Esel und gab keinen Zentimeter nach. Seine Adoptivtochter, sagte er, sei daran gewöhnt, in einem gewissen Stil zu leben. In diesem Stil solle sie, so lange er etwas in dieser

Angelegenheit zu sagen hätte, nach ihrer Hochzeit weiterleben. Wenn sie natürlich es vorziehe, sich seinen Wünschen und Gefühlen zu widersetzen – als Dank für alles, was er für sie getan habe –, so sei sie alt genug, ihren eigenen Weg einzuschlagen. Für einen solchen Fall sage er mir so offen, wie er es ihr sagen würde, könne sie ebensowenig von seinem Geld einen Penny als Hilfe erwarten, wie ihr Name in seinem Letzten Willen erscheinen werde. Er empfinde eine Verbindung seiner Familie mit der meinen nach wie vor als eine Ehre, aber er müsse bei den Bedingungen bleiben, die er genannt habe. Unter diesen Bedingungen wäre er stolz darauf, daß er seinem Adoptivkind gegenüber seine Pflicht erfüllt habe. Ich ließ ihn reden, bis er nicht mehr weiter wußte, und dann fragte ich ganz ruhig, ob er mir sagen könne, wie man mein Einkommen um zweitausend Pfund im Jahr vergrößern könne. Was, glauben Sie, antwortete er mir?«

»Vielleicht bot er Ihnen an, Ihr Kapital in seinem Geschäft anzulegen?« riet Rufus.

»Nicht der! Er hielt Geschäfte für unter meiner Würde; meine Pflicht mir selbst gegenüber als ein Gentleman sei es, einen freien Beruf zu ergreifen. Nach einer kurzen Überlegung stellte es sich heraus, daß es für meinen Fall nur einen möglichen Beruf gäbe: einen vor Gericht! Ich könnte Anwalt werden und mit etwas Glück in acht bis zehn Jahren mit meiner Arbeit auch etwas verdienen. Das, so erkläre ich Ihnen, waren die Aussichten, die er für mich hätte, wenn ich seinen Rat befolgte! Ich fragte ihn, ob er scherze? Selbstverständlich nicht! Ich sei erst einundzwanzig Jahre alt – erinnerte er mich – und hätte noch genügend Zeit vor mir und wäre noch jung genug, wenn ich erst mit dreißig heiratete. Ich nahm meinen Hut und sagte ihm zum Abschied meine Meinung: ›Wenn Sie mir irgend etwas mit alledem sagen wollen‹, erklärte ich, ›so ist es wohl das: Regina möge welken und dahinschmachten, bis sie eine Frau in mittleren Jahren ist, und ich möge den Versuchungen widerstehen, die einen jungen Mann in London heimsuchen und die nächsten zehn Jahre das Leben eines Mönchs führen? Und das alles für was? Für eine Kutsche, um darin auszufahren, für Champagner auf dem Tisch und einen Lakai, der die Haustüre öffnet! Behalten Sie Ihr Geld, Mr. Farnaby; Regina und ich schaffen es auch ohne das.‹ Worüber lachen Sie? Ich glaube, Sie hätten es selber nicht nachdrücklicher sagen können?«

Rufus fand plötzlich seine Würde wieder. »Ich sage Ihnen folgendes, Amelius«, antwortete er. »Sie brauchen – wie wir bei uns zu Hause sagen – starken Tobak, um etwas klar zu sehen, weiß Gott im Himmel!«

»Was meinen Sie damit?«

»Na, ich glaube, Sie erinnern sich an die Zeit, als wir an Bord waren? Sie erzählten uns, was in Ihrer Gemeinschaft geschehen war, und ich kann ehrlicherweise Ihre Erzählung nur als eine Mischung von angeborener Beredsamkeit und reinigender Vernunft bezeichnen. Ich frage mich jetzt, Sir, was ist aus dem gut informierten und diskreten jungen Christen geworden, nun da er seine alte Umgebung mit der Englands vertauscht und sich mit den Farnabys eingelassen hat? Es ist nicht zu leugnen, daß ich ihn in voller Größe vor mir sehe, wenn ich über den Tisch schaue. Aber es ist ebenso wahr, daß ich ihn im Geistigen nicht wiederfinde!«

Amelius setzte sich auf das Sofa. »Mit anderen Worten«, sagte er, »Sie denken, ich habe mich in der Sache wie ein Narr aufgeführt?«

Rufus verschränkte seine beiden langen Beine und nickte in schweigender Zustimmung mit dem Kopf. Statt darüber beleidigt zu sein, dachte Amelius kurz nach.

»Vorher ist es mir nicht aufgefallen«, sagte er, »aber da Sie es jetzt erwähnen, kann ich verstehen, daß ich den Leuten, die man hier ›Gesellschaft‹ nennt, als ein sehr simpler Bursche vorkommen muß. Der Grund dafür scheint mir zu sein – ich habe so eine Ahnung –, daß das eben nicht die Gesellschaft ist, in der ich gewöhnt war, mich zu bewegen. Die Farnabys sind für mich neu, Rufus. Wenn es um die Frage meines Lebens in Tadmor geht und darum, was ich in unserer Gemeinschaft gesehen, gelernt und gefühlt habe, dann kann ich wie ein vernünftiger Mensch denken und mich so ausdrücken, weil ich an etwas denke und von etwas rede, das ich genau kenne. Zum Teufel, rechnen Sie doch die verschiedenen Umstände ein! Außerdem bin ich verliebt, das verändert einen Mann und, wie ich von einigen Leuten gehört habe, nicht immer zum Besseren. Auf jeden Fall habe ich mich mit den Farnabys eingelassen, und da gibt es kein Zurück mehr. Ich werde so lange keine Ruhe haben, bis ich mit Regina gesprochen habe. Ich habe die paar Zeilen gelesen, die Sie für mich hier hinterlassen haben. Sahen Sie sie, als Sie im Hause Farnaby vorsprachen?«

Der ruhige Ton dieser Frage überraschte Rufus. Nach der Art seines Empfanges durch Regina hatte er durchaus erwartet, für die Freiheit, die er sich herausgenommen hatte, zur Rede gestellt zu werden. Amelius war aber derart von seinen augenblicklichen Sorgen in Anspruch genommen, daß er sich um unwichtige Etikettefragen nicht kümmern konnte. Er hörte zwar, daß Rufus Regina gesehen hatte, fragte aber nicht einmal nach der Meinung seines Freundes über sie. Seine Gedanken waren ganz mit den Hindernissen beschäftigt, die einem neuen Zusammentreffen mit ihr in den Weg gestellt werden könnten.

»Farnaby wird sie – nach dem, was zwischen uns vorgefallen ist – von mir fernhalten, wenn er das nur kann«, sagte Amelius. »Und Mrs. Farnaby, dessen bin ich sicher, wird ihm dabei behilflich sein. Gegen Sie hat man keinen Verdacht. Könnten Sie nicht noch einmal hingehen – Sie sind alt genug, um ihr Vater zu sein – und sie unter irgendeinem Vorwand zu einem Spaziergang überreden?«

Die Antwort, die Rufus darauf gab, war die eines alten Römers. Er wies zum Fenster und sagte: »Sehen Sie sich den Regen an!«

»Dann muß ich's noch einmal durch ihre Zofe versuchen«, sagte Amelius niedergeschlagen. Er nahm Hut und Regenschirm. »Lassen Sie mich nicht allein, alter Freund«, sagte er und öffnete die Tür. »Dies ist der Wendepunkt in meinem Leben. Ich brauche dringend einen Freund!«

»Glauben Sie denn, sie wird Sie gegen den Willen ihres Onkels und ihrer Tante heiraten?« fragte Rufus.

»Dessen bin ich gewiß!« antwortete Amelius und verließ damit das Zimmer. Rufus sah ihm traurig nach. In jeder Falte seines Gesichts drückten sich Mitgefühl und Schmerz aus. Mein armer Junge! Wie wird er es ertragen, wenn sie nein sagt? Und was soll aus ihm werden, wenn sie ja sagt?! Er rieb sich wütend die Stirn wie ein Mann, dem seine eigenen Gedanken abstoßend erscheinen. Einen Augenblick später griff er in seine Taschen und zog die Einführungsbriefe an die Sekretäre der öffentlichen Anstalten wieder hervor. Wenn es eine Rettung für Amelius gibt, sagte er sich, so glaube ich: hier werde ich sie finden!

Kapitel IV

Die Mittelsperson zwischen Amelius und Reginas Zofe war eine alte Frau, die in einer Nebenstraße nicht weit vom Hause der Farnabys einen Laden besaß, in dem sie Zeitungen und Zeitschriften verkaufte. Von dort aus wurden seine Briefe, in der Morgenzeitung versteckt, an die Zofe weitergeleitet, und hier fand er auch später am Tage die Antworten. Wenn Rufus sie nur zu einem Spaziergang hätte ausführen können, so hätte ich Regina heute nachmittag getroffen, dachte Amelius. Wie die Dinge stehen, muß ich vielleicht bis morgen oder noch länger warten. Und dann noch diese zwanzig Schilling für Phoebe! Er seufzte, als er an das Trinkgeld für Phoebe dachte. Die Sovereign-Münzen in des jungen Sozialisten Börse wurden immer weniger.

Als Amelius in der Nähe des Zeitungsladens angekommen war, sah er, wie ein Mann den Laden verließ und in entgegengesetzter Richtung die Straße entlang ging. Als Amelius eine Minute später den Laden betrat, hob die Frau einen Brief vom Ladentisch hoch: »Ein junger Mann hat dies eben für Sie hinterlassen.«

Amelius erkannte auf dem Umschlag die Handschrift der Zofe. Es war der Bote der Zofe gewesen, den er das Geschäft verlassen gesehen hatte.

Er öffnete den Brief. Ihre junge Herrin sei – so erklärte Phoebe – zu nervös, um selbst schreiben zu können. Der »Herr« hätte den ganzen Haushalt erschreckt, als er wenigstens drei Stunden vor der Zeit, zu der er sonst sein Geschäft verlasse, plötzlich bei ihnen erschienen sei, und hätte »Mrs. Ormond« (Reginas Freundin und Briefpartnerin) zu Besuch bei seiner Nichte angetroffen und sie gebeten, bevor sie gehe, mit ihr privat sprechen zu dürfen. Das Ergebnis des Gesprächs war eine Einladung von Mrs. Ormond an Regina, sie für einige Zeit in ihrem Haus in der Nähe von Harrow zu besuchen. Die Damen sollten heute nachmittag in Mrs. Ormonds Kutsche London verlassen. Unter dem Druck der nachdrücklichen Überredung von seiten ihres Onkels, ihrer Tante und auch ihrer Freundin hätte Regina schließlich nachgegeben. Aber sie hätte Amelius' Sorgen nicht vergessen. Sie wäre bereit, ihn allein am nächsten Tag zu treffen, vorausgesetzt, er führe mit jenem Zug von London weg, der Harrow kurz nach 11 Uhr morgens erreicht. Wenn es zufällig regnen sollte, dann müsse er seine Reise auf den nächsten schönen Tag verschieben und dann in jedem Fall um dieselbe Stunde ankommen. Der Ort, an dem er zu warten hätte, wurde ihm beschrieben. Mit diesen Anweisungen endete der Brief.

Die Schnelligkeit, mit der Mr. Farnaby seinen Entschluß, die Liebenden auseinanderzubringen, ausgeführt hatte, setzte die Schwächen in Reginas Charakter für Amelius in ein neues und erschreckendes Licht. Warum hatte sie nicht, als eine Frau, die mündig geworden war, auf ihrem Recht bestanden und erklärt, nicht eher London zu verlassen, bevor sie gehört hätte, was ihr Liebhaber zu sagen habe? Amelius war von seinem amerikanischen Freund in dem Gefühl weggegangen, daß Reginas Entscheidung gewiß zu seinen Gunsten ausfallen würde, wenn man sie aufforderte, zwischen jenem Mann zu wählen, der bereit war, sie zu heiraten, oder dem, der nichts anderes für sie bedeuten konnte als ein Onkel und den sie höflicherweise auch so nannte. Zum erstenmal empfand Amelius, daß sein vertrauensvolles Gefühl ihn vielleicht doch trügen könnte. Er kehrte derart deprimiert in seine Wohnung zurück, daß der mitleidige Rufus darauf bestand, ihn zum Abendessen auszuführen, um ihn nachher eiligst in ein Theater zu schleppen. Amelius, völlig niedergeschlagen wie er war, überließ sich dem belebenden Einfluß seines Freundes. Er hatte nicht einmal genügend Energie, um Überraschung zu zeigen, als Rufus auf dem Weg zur Kneipe vor einem schmutzigen, mit einem griechischen Portal verzierten Gebäude stehen blieb und bei einem Bediensteten, der am Seiteneingang zu finden war, einen Brief und eine Visitenkarte abgab.

Der nächste Tag brachte durch eine glückliche Schicksalsfügung keinen Regen. Amelius befolgte genau seine Instruktionen. Als er den Bahnhof von Harrow verließ, stieß die Sonne schwach durch den Dunst. Sein Herz war derart verstört und voller Zweifel, daß er aus Aberglauben dies als ein schwaches und ermutigendes Anzeichen für eine begründete Hoffnung nahm. Er begrüßte das schwache November-Sonnenlicht als gutes Omen.

Mr. und Mrs. Ormonds Wohnhaus war eine freistehende Villa, umgeben von einem Garten. Ein Holzzaun schloß den Besitz auf der einen Seite gegen eine schlammige kleine Nebenstraße ab, die zu einer Nachbarfarm führte. An der kleinen Pforte im Zaun, durch die man zu einer Gebüschgruppe etwas entfernt vom Hause gelangen konnte, wartete Amelius jetzt auf das Erscheinen der Zofe.

Nach einer kurzen Wartezeit von nur wenigen Minuten erschien die treue Phoebe mit einem Schlüssel in der Hand am

Türchen. »Wo ist sie?« fragte Amelius, als das Mädchen die Tür für ihn öffnete.

»Sie wartet auf Sie bei den Gebüschen. Einen Augenblick, Sir, ich muß Ihnen zuerst etwas sagen!«

Amelius griff nach seiner Geldbörse und holte das Trinkgeld heraus. Sogar er merkte, daß Phoebe vielleicht etwas allzu erpicht darauf war, ihr Geld zu bekommen!

»Danke, Sir. Bitte schauen Sie auf Ihre Uhr; Sie dürfen sich nicht einen Augenblick länger bei Miss Regina aufhalten als eine Viertelstunde.«

»Warum nicht?«

»Um diese Zeit, Sir, ist Mrs. Ormond immer mit Köchin und Haushälterin beschäftigt. Aber in einer Viertelstunde wird sie ihnen ihre Befehle gegeben haben und dann zu Miss Regina kommen, um mit ihr im Garten spazieren zu gehen. Wenn sie dann Sie hier findet, wäre das mein Ende, Sir!« Nach dieser Warnung führte die Zofe Amelius die sich schlängelnden Wege zum Boskett hin.

Amelius sagte, während er ihr folgte: »Ich muß Ihnen für Ihren Brief danken, Phoebe. Wer war übrigens Ihr Bote?«

Phoebes Antwort war so gut wie keine Beantwortung seiner Frage: »Ach, nur so ein junger Mann, Sir«, sagte sie.

»Mit anderen Worten, wie ich annehme, Ihr Liebster?« Ein ausdrucksvolles Schweigen war die einzige Antwort. Sie ging dann um eine Biegung und wies auf ihre Herrin, die vor dem Eingang zu einem feuchten, verlassenen Sommerhaus allein stand.

Als die Zofe sich diskret zurückgezogen hatte, drückte Regina ihr Taschentuch an die Augen. »Oh, ich fürchte, es ist nicht richtig, was wir tun!« sagte sie leise.

Amelius nahm ihr mit sanfter Gewalt das Taschentuch fort und tröstete sie durch einen Kuß. Nachdem er das Verfahren derart eröffnet hatte, stellte er seine erste Frage: »Warum hast du London verlassen?«

»Was konnte ich anderes tun?« antwortete sie schwächlich. »Alle waren gegen mich. Was blieb mir anderes übrig?«

Es schien Amelius, daß sie in ihrem Alter ihren eigenen Willen hätte durchsetzen können. Diese Idee behielt er jedoch für sich; er reichte ihr seinen Arm und führte sie langsam den Weg durch das Gebüsch entlang. »Du hast, wie ich annehme, gehört, was Mr. Farnaby von mir erwartet?«

»Ja, mein Lieber.«

»Ich möchte das als etwas noch Schlimmeres denn Käuflichkeit bezeichnen – ich nenne es einfach: Brutalität.«

»Ach, Amelius, sprich doch nicht so!«

Amelius blieb plötzlich stehen. »Heißt das, du bist seiner Meinung?« fragte er.

»Sei nicht böse mit mir, Lieber. Ich meinte nur, es gibt eine Entschuldigung.«

»Welche Entschuldigung?«

»Siehst du, er hat großen Respekt vor deiner Familie und dachte, ihr seid reiche Leute. Und du hast ihn – ich weiß, das war nicht deine Absicht – aber dennoch hast du ihn enttäuscht.«

Amelius ließ ihren Arm los. Diese mild-nachdrückliche Verteidigung von Mr. Farnaby erbitterte ihn.

»Vielleicht habe ich dich enttäuscht?« fragte er.

»Oh, nein, nein! Oh, wie grausam du bist!« Sofort zeigten sich wieder Tränen in ihren wunderschönen Augen – zarte, rücksichtsvolle Tränen, die keinen Sturm in ihrer Brust entfachten und in ihrem Gesicht keine unziemlichen Spuren hinterließen. »Sei nicht hart zu mir«, sagte sie und appellierte wie ein charmantes, aber etwas zu großes Kind voller Hilflosigkeit an seine Großmut.

Andere Männer hätten ihr vielleicht dennoch widerstanden, aber Amelius zählte nicht zu denen. Er nahm ihre Hand und drückte sie zärtlich.

»Regina«, fragte er, »liebst du mich?«

»Das weißt du doch.«

Er legte seinen Arm um sie, konzentrierte alle Liebe, die er für sie empfand, in seine Augen und blickte in die ihren. »Liebst du mich so herzlich, wie ich dich liebe?« flüsterte er.

Sie ergab sich der schwachen Leidenschaft, die sie in sich fühlte und legte nach einem zögernden Augenblick ihren Arm scheu um seinen Hals, worauf sie ihren herrlichen Kopf niederbeugte und ihn an seine Brust lehnte. Ihre schöngeformte, geschmeidige und muskulöse Figur erzitterte, als wäre sie die zerbrechlichste Person auf der Welt. Fast unhörbar wisperte sie: »Lieber Amelius!« Er versuchte, ihr zu antworten, jedoch seine Stimme versagte. Sie hatte in vollendeter Unschuld sein junges Blut in Feuer gesetzt. Er zog sie näher und näher an sich heran, hob ihren Kopf mit einer herrischen Entschiedenheit, der sich kein Widerstand entgegensetzen konnte, empor und drückte ihr seine Küsse in heißer und atemloser Folge auf die Lippen. Seine Leidenschaftlichkeit erschreckte sie. Sie riß sich mit einer plötzlichen Kraftanstrengung, die ihn völlig überraschte, aus seinen Armen los. »Ich hatte nicht erwartet, daß du so ungestüm sein würdest!« Mit diesem milden Vorwurf wandte sie sich ab und folgte dem Weg, der vom Gebüsch zum Hause führte. Amelius, hinter ihr her, beschwor sie, seine Entschuldigungen anzunehmen und ihm noch einige Minuten zu vergönnen. Er gab bescheiden ihrer Schönheit alle Schuld und klagte, daß er nicht genug Entschlossenheit besäße, dem Reiz ihrer Schönheit zu widerstehen. Wann hätte dieses abgenutzte Kompliment jemals seine Wirkung verfehlt? Regina lächelte ihrer schwächlichen und selbstzufriedenen Natur folgend, die nur durch die Verbindung mit ihren persönlichen Reizen nicht verachtenswürdig war. »Willst du mir versprechen, dich zu benehmen?« stellte sie zur Bedingung. Und Amelius versprach das – nicht allzu gerne.

»Wollen wir ins Sommerhaus gehen?« schlug er vor.

»Um diese Jahreszeit ist es da sehr feucht«, antwortete Regina mit sanfter Vernunft. »Wir könnten uns da vielleicht erkälten. Wir sollten lieber auf- und abgehen.«

Sie spazierten daher weiter. »Ich wollte mit dir über unsere Heirat sprechen«, begann Amelius wieder.

Sie seufzte leicht und sagte: »Bevor wir daran denken können, müssen wir noch einige Zeit vergehen lassen.«

Er nahm von dieser Bemerkung keinerlei Notiz: »Du weißt«, so fuhr er fort, »daß ich über ein Einkommen von fünfhundert Pfund im Jahr verfüge?«

»Ja, mein Lieber.«

»Es gibt Hunderttausende von ehrenwerten Handwerkern mit großen Familien, die mit weniger als der Hälfte meines Einkommens sehr gut leben, Regina!«

»Wirklich, Lieber?«

»Und viele Herren der Gesellschaft besitzen auch nicht mehr. Hilfsgeistliche, zum Beispiel! Weißt du, Liebling, worauf ich hinaus will?«

»Nein, Lieber.«

»Könntest du mit mir in einem kleinen Häuschen auf dem Lande leben, mit einem kleinen Garten, einem jungen Mädchen zu unserer Bedienung und zwei, drei neuen Kleidern im Jahr?«

Regina erhob ihre schönen Augen in kühler Ekstase zum Himmel. »Es klingt sehr verführerisch«, bemerkte sie mit dem süßesten Ton ihrer Stimme.

»Und man könnte das mit Fünfhundert-im-Jahr schaffen«, fuhr Amelius fort.

»Wirklich, Lieber?«

»Ich habe es mir ausgerechnet, den nötigen Spielraum gelassen, und ich weiß, wovon ich rede. Und ich habe noch etwas getan: ich habe um die Heiratsbewilligung nachgesucht. Ich kann hier in der Nachbarschaft leicht eine Wohnung finden. In vierzehn Tagen könnten wir getraut werden.«

Regina erschrak, ihre Augen öffneten sich weit und richteten sich mit dem Ausdruck fassungslosen Erstaunens auf Amelius. »In vierzehn Tagen getraut werden?« wiederholte sie. »Was würden mein Onkel und meine Tante sagen?«

»Mein Engel, unser Glück hängt nicht von deinem Onkel und deiner Tante, sondern allein von uns ab. Niemand hat das Recht, uns zu kontrollieren. Ich bin ein Mann und du bist eine Frau, und wir haben das Recht zu heiraten, wann immer wir wollen.« Amelius betonte diesen letzten bedeutenden Satz mit hocherhobenem Haupt und mit einem angenehmen inneren Gefühl, das ihm einredete, jetzt habe er seine Sache in überzeugender Weise vorgetragen.

»Ohne daß mein Onkel Brautvater wäre?« rief Regina aus. »Ohne meine Tante? Ohne Brautjungfern und ohne Freunde und ohne Hochzeitsfrühstück? Oh, Amelius, was fällt dir denn ein?!« Sie trat einen Schritt zurück und sah ihn in hilfloser Bestürzung an.

Einen Augenblick – und nur einen Augenblick lang – verlor Amelius seine Geduld mit ihr. »Würdest du mich wirklich lieben«, sagte er bitter, »dann hättest du etwas anderes im Sinn als die Brautjungfern und das Hochzeitsfrühstück.« Regina hatte ihre Antwort in ihrer Tasche bereit: sie zog ihr Taschentuch heraus. Ehe sie es an die Augen drücken konnte, hatte Amelius sich wieder in der Gewalt. »Nein, nein«, sagte er, »ich habe das nicht so gemeint; ich bin gewiß, du liebst mich – nimm bitte wieder meinen Arm! Weißt du, Regina, ich bezweifle, ob dein Onkel dir alles erzählt hat, was zwischen uns vorging. Weißt du wirklich über die harten Bedingungen Bescheid, auf denen er besteht? Er erwartet, bevor er in unsere Heirat einwilligt, daß ich meine Fünfhundert-im-Jahr auf Zweitausend vervierfache.«

»Ja, mein Lieber, das sagte er mir.«

»Ich habe genauso eine Chance, Fünfzehnhundert im Jahr zu verdienen, wie ich die Chance habe, zum König von England ernannt zu werden. Hat er dir das auch gesagt?«

»Er ist nicht deiner Meinung, mein Lieber. Er denkt, du könntest sie – bei deinen Fähigkeiten – innerhalb von zehn Jahren verdienen.«

Dieses Mal war es an Amelius, in hilfloser Bestürzung Regina anzusehen. »Zehn Jahre?« wiederholte er. »Erwägst du ganz kühl, zehn Jahre lang zu warten, ehe wir verheiratet sein werden? Gott im Himmel, kann es möglich sein, daß du nur ans Geld denkst? Daß du ohne Kutschen und Lakaien und Schau und Grandeur nicht leben kannst ...?«

Er hielt inne. Nun bewies Regina, daß sie es in sich hatte, böse zu werden. »Du solltest dich schämen, auf diese Weise zu mir zu sprechen!« rief sie empört aus. »Wenn du keine bessere Meinung von mir hast, so werde ich dich überhaupt nicht heiraten. Nein, auch nicht, wenn du Fünfzigtausend im Jahr hättest. Und mit denen auch nicht morgen, Sir! Darf ich kein Pflichtgefühl gegenüber dem Mann empfinden, der mir wie ein zweiter Vater war? Hältst du mich für derart undankbar, daß ich gegen seine Wünsche handle? Ja, ja: ich weiß, du kannst ihn nicht leiden. Ich weiß, daß sehr viele Leute ihn nicht leiden mögen. Das sollte mir gleichgültig sein? Aber wäre der gute Onkel Farnaby nicht da gewesen, wäre ich vielleicht ins Armenhaus gekommen oder vielleicht eine verhungerte Näherin geworden oder ein armes, gehetztes Mädchen-für-alles. Soll ich das vergessen, nur weil du keine Geduld hast und nur an dich selbst denkst? Ach, ich wünschte, ich hätte dich niemals getroffen! Ich wünschte, ich wäre niemals so dumm gewesen, dich so gern zu haben, wie ich das eben tue!« Mit diesem Zugeständnis wandte sie ihm den Rücken zu und nahm wieder einmal zu ihrem Taschentuch Zuflucht.

Amelius schaute sie in stummer Verzweiflung an. Nach dem Ton zu schließen, in dem sie von ihren Verpflichtungen ihrem Onkel gegenüber gesprochen hatte, war es sinnlos, ein zufriedenstellendes Ergebnis von dem Einfluß zu erwarten, den er auf Regina hatte. Amelius hatte nach dem, was er in Mrs. Farnabys Zimmer gesehen und gehört hatte, keinen Zweifel daran, daß der Grund, warum Farnaby ursprünglich Regina in sein Haus aufgenommen hatte, der war, seine Frau zu beruhigen. War es denn unvernünftig oder ungerecht, daraus zu schließen, daß das Waisenkind seither Mrs. Farnaby gegenüber hauptsächlich Pflichtgefühl empfand, weil sie ihr im Andenken an ihre Schwester elterlichen Schutz geboten hatte? Es wäre sinnlos und mehr als sinnlos gewesen, Regina mit solchen Überlegungen zu konfrontieren. Das übertriebene Dankbarkeitsgefühl, das sie ihrem Onkel schuldig zu sein glaubte, stand jenseits einer vernünftigen Grenze. Durch Widerstand konnte nichts erreicht werden; er konnte vernünftigerweise keinen anderen Kurs verfolgen, als einige Worte um des lieben Friedens willen zu sagen und nachzugeben.

»Ich bitte um Vergebung, Regina, falls ich dich beleidigt habe. Du hast mich bitter enttäuscht. Ich habe dich nicht mit Absicht falsch eingeschätzt; mehr kann ich nicht sagen«

Sie drehte sich schnell um und sah ihn an. In seiner Stimme war ein verdächtiger Wechsel zur Resignation zu merken und in seinem Gehabe eine verbissene Unterwürfigkeit, die sie erschreckten. Sie hatte ihn niemals vorher sich so gefährlich geduldig ergeben sehen, nachdem er sich entschuldigt hatte.

»Ich verzeihe dir aus vollem Herzen, Amelius«, sagte sie und hielt ihm scheu ihre Hand entgegen.

Er nahm sie, führte sie stumm an die Lippen und ließ sie wieder fallen.

Sie erblaßte auf einmal. Sie hatte alles an Liebe, was in ihr einem Manne gegenüber zu finden war, Amelius gegeben. Ihr Herz sank und sie fragte sich in wildem Schreck, ob sie ihn verloren habe.

»Ich fürchte, ich war es, die dich gekränkt hat«, sagte sie. »Sei nicht böse mit mir, Amelius! Mach mich nicht noch unglücklicher, als ich es schon bin!«

»Ich bin nicht im geringsten böse«, antwortete er noch immer auf die ruhige, verhaltene Weise, die sie so erschreckte. »Du kannst von mir nicht erwarten, Regina, daß ich fröhlich eine zehnjährige Verlobung erwäge.«

Sie ergriff seine Hand, hielt sie mit ihren eigenen beiden Händen und so fest, als ob in ihr seine Liebe zu ihr läge und sie entschlossen sei, sie nicht herzugeben.

»Wenn du es mir überließest«, flehte sie, »würde die Verlobung nicht so lange währen. Tritt meinem Onkel mit ein wenig Freundlichkeit und Respekt gegenüber, Amelius, statt ihm harte Worte zu geben! Oder lasse mich das tun, wenn du zu stolz bist, um nachzugeben. Darf ich ihm sagen, du hättest nicht die Absicht gehabt, ihn zu beleidigen und seiest bereit, die Zukunft mir zu überlassen?«

»Natürlich«, sagte Amelius, »falls du glaubst, daß das den geringsten Zweck hätte.« Dahinter klang deutlich: »Ich glaube nicht an deinen Onkel, wie du das tust, vergiß das bitte nicht!«

Sie gab nicht auf: »Es hat in der Tat den allergrößten Zweck«, fuhr sie fort. »Er wird mich wieder nach Hause kommen lassen und nichts dagegen haben, wenn du mich besuchen kommst. Er mag es eben nicht, wenn man ihn verachtet und gegen ihn auftritt. Wer mag das schon? Sei geduldig, Amelius, ich werde ihn dazu überreden, weniger Geld von dir zu erwarten und nur das, was du – bevor die zehn Jahre vergangen sind – mit Hilfe deiner Talente verdienen wirst, Lieber.«

Sie wartete auf eine Antwort, die ihr zeigen sollte, daß sie ihn ein wenig ermutigt habe. Er lächelte nur. »Du sagst, daß du mich liebst«, sagte sie und zog sich mit einem vorwurfsvollen Blick ein wenig von ihm zurück, »und du glaubst nicht einmal an das, was ich dir sage.« Sie hielt inne und sah mit einem leisen Angstschrei hinter sich. An der anderen Seite der immergrünen Büsche, die sie abdeckten, hörte man schnelle Schritte. Amelius ging bis zu einer Biegung des Weges zurück und entdeckte Phoebe.

»Bleiben Sie keinen Augenblick länger, Sir!« rief das Mädchen. »Ich war im Hause, Mrs. Ormond ist nicht dort; niemand weiß, wo sie ist. Gehen Sie durchs Tor hinaus, Sir, so lange Sie's noch können!«

Amelius lief zu Regina zurück. »Ich darf das Mädchen nicht in Schwierigkeiten bringen«, sagte er. »Du weißt, wohin du mir zu schreiben hast. Adieu!«

Regina gab der Zofe ein Zeichen, zu verschwinden. Amelius hatte sich nie vorher so von ihr verabschiedet, wie er es jetzt zu tun im Begriffe war. Sie vergaß die stürmische Umarmung und den gewagten Kuß, sie war nur verzweifelt über die vage Möglichkeit, ihn zu verlieren: »Ach, Amelius, zweifle nicht daran, daß ich dich liebe! Sag, daß du mir glaubst, daß ich dich liebe! Küsse mich, ehe du gehst!«

Er küßte sie, aber, ach!: nicht so wie früher! Er sprach all die Worte aus, die sie ihn sagen hören wollte, aber nur ihr zu Gefallen und nicht mit ganzem Herzen. Sie ließ ihn gehen; Vorwürfe wären in diesem Augenblick nutzlos gewesen.

Phoebe fand sie – an dem Fleck, wo sie sich verabschiedet hatten – blaß und unbeweglich dastehend vor. »O Gott, Miss, was ist denn schiefgegangen?« Ihre Herrin antwortete ihr ungestüm und mit Worten, wie sie vorher nie ihre sanften Lippen verlassen hatten: »Ach Phoebe, ich wünschte, ich wäre tot!«

Das war die Wirkung, die das Gespräch bei den Büschen auf Regina gehabt hatte.

Die Wirkung, die das Gespräch auf Amelius und seine Stimmung gehabt hatte, wurde von ihm am selben Tag in gleich starken Worten ausgedrückt. Sein amerikanischer Freund erkundigte sich unschuldig nach den Neuigkeiten und bekam folgende Antwort:

»Finden Sie irgend etwas, Rufus, das mich ablenkt, oder ich gebe die ganze Angelegenheit auf und möge mich auch der Teufel holen!«

Der kluge Mann aus Neu-England war zu klug, unter diesen Umständen Amelius mit Fragen zu quälen. »Was Sie nicht sagen?!« war seine ganze Antwort. Dann steckte er seine Hand in die Tasche und zog einen Brief hervor, den er ruhig auf den Tisch legte.

»Für mich?« fragte Amelius.

»Sie wollten doch etwas haben, das Sie ablenkt«, antwortete der schlaue Rufus. »Da ist es!«

Amelius las den Brief. Als Absender stand da: »Hampden-Institut«. Dessen Sekretär forderte Amelius in sehr ehrenden Ausdrücken auf, in der Halle des Institutes einen Vortrag über ›Christlichen Sozialismus‹ zu halten, so wie er in der Gemeinschaft von Tadmor gelehrt und ausgeübt werde. Man bot ihm zwei Drittel der Einnahmen aus dem Kartenverkauf an und überließ es ihm, nach seinen Wünschen ein Datum für den Abend zu bestimmen und selbst die Ankündigung zu veröffentlichen. Sobald der Vortragende sich mit den vorgeschlagenen Arrangements einverstanden erklärt hätte, könne er unwesentlichere Einzelheiten mit dem Sekretär besprechen.

Nachdem Amelius den Brief gelesen hatte, sah er seinen Freund an und sagte: »Das ist Ihr Werk!«

Rufus gab das mit seiner gewohnten Aufrichtigkeit zu. Er habe einen Einführungsbrief für den Sekretär besessen und er hätte sich mit ihm verabredet, ihn heute morgen aufzusuchen. Das Institut suchte nach etwas Neuem, um seine Mitglieder und die Öffentlichkeit zu interessieren. Da er im Augenblick nicht vorhatte, selbst Vorträge zu halten, sei ihm Amelius eingefallen und er hätte dem Sekretär von diesem Einfall erzählt. »Ich erwähnte«, sagte Rufus verschmitzt, »daß ich annähme, du würdest das Podium nicht besteigen wollen. Aber der Sekretär ist ein zuversichtlicher Mensch und sagte, er würde dich zu überreden versuchen.«

»Warum sollte ich nein sagen?« fragte Amelius etwas irritiert. »Der Sekretär macht mir Komplimente und gibt mir die Gelegenheit, unsere Prinzipien publik zu machen!« Nach einem Augenblick der Überlegung setzte er, etwas ruhiger geworden, hinzu: »Vielleicht dachten Sie, ich wäre dem Anlaß nicht gewachsen? Ich sage nicht, daß Sie nicht vielleicht in diesem Falle recht hätten.«

Rufus schüttelte den Kopf. »Wenn Sie Ihr ganzes Leben auf dieser altersschwachen kleinen Insel zugebracht hätten«, antwortete er, »so wäre ich vielleicht im Zweifel über Sie gewesen. Aber Tadmor liegt in den Vereinigten Staaten. Wenn man dort nicht die Jungen Redekunst gelehrt hat, dann erzählen Sie mir nicht, daß irgendein amerikanischer Bürger in eurer Gemeinschaft nur ein Wort mitzureden gehabt hätte! Raten Sie einmal, mein Sohn! Sie wollen nicht? Also: Onkel Farnaby war es, an den ich dachte! Und ich sagte mir – mir und nicht dem Sekretär –: Amelius wird bestimmt an Onkel Farnaby denken und sagen: ›O Gott, was wird denn Onkel Farnaby dazu sagen?‹«

Die schlechte Laune, die Amelius schon hatte, vergrößerte sich sofort noch mehr. »Was zum Teufel interessiert mich Farnabys Meinung?« brach es aus ihm heraus. »Wenn es in England einen Menschen gibt, in dessen harten Schädel man die Grundsätze des ›Christlichen Sozialismus‹ hineinhämmern sollte, dann ist das Farnaby! Sehen Sie den Sekretär noch einmal?«

»Vielleicht schaue ich im Laufe des Abends bei ihm nochmals vorbei«, antwortete Rufus.

»Sagen Sie ihm, ich werde den Vortrag halten. Geben Sie ihm meine Empfehlungen und danken Sie ihm von mir. Wenn ich Erfolg dort habe«, fuhr Amelius fort, der sich mit der neuen Idee befreundete, »kann ich mir einen Namen als Vortragender machen, ein Name bedeutet Geld und Geld bedeutet, man könnte Farnaby mit seinen eigenen Waffen schlagen. Das ist in dieser Krise meines Lebens eine Chance für mich, Rufus.«

»Genau das«, stimmte Rufus zu. »Ich sollte wohl jetzt den Sekretär nochmals aufsuchen!«

»Warum gehe ich eigentlich nicht mit Ihnen?« schlug Amelius vor.

»Warum eigentlich nicht?« stimmte Rufus zu.

Sie verließen gemeinsam das Haus.

Fünftes Buch
Der verhängnisvolle Vortrag

Kapitel I

Amelius saß in dieser Nacht spät noch allein in seinem Zimmer und machte sich Notizen für den Vortrag, der in dieser Woche stattfinden sollte, und für den er nun offiziell verpflichtet worden war.

Amelius war, wie Rufus das angenommen hatte, dank seiner amerikanischen Erziehung, nicht ohne Übung in der Kunst der öffentlichen Rede. Er hatte gelernt, seinen Mitbürgern als Redner gegenüberzustehen und war daran gewöhnt, den Ton seiner eigenen Stimme vor einer schweigsamen Versammlung zu hören, ohne von Kopf bis Fuß zu erzittern. Englische Zeitungen waren regelmäßig nach Tadmor geschickt und englische Politik war im kleinen Parlament der Gemeinschaft oft diskutiert worden. Ohne Zweifel barg die Aussicht ihre Schrecken, eine neue Zuhörerschaft zu gewinnen, deren Sympathie er wahrscheinlich von vornherein nicht erwarten konnte. Aber größere Schwierigkeiten, so dachte Amelius, ergäben sich für ihn durch die begrenzte Zeit, die ihm gesetzt worden war. Auf den Vortrag sollte, auf Bitten eines geistlichen Mitgliedes des Instituts, eine öffentliche Diskussion folgen. Der Sekretär schlug aus Erfahrung vor, daß der Vortragende gut beraten wäre, wenn er die Vortragsdauer auf eine Stunde begrenzte. Amelius hatte dagegen gesagt: »Sozialismus ist ein allzu großes Feld, als daß es in einen derart kleinen Rahmen gepreßt werden könnte.« Der Sekretär hatte geseufzt und geantwortet: »Länger hört man Ihnen nicht zu!«

Als Amelius sich von Zeit zu Zeit Notizen über die Punkte machte, auf die zu kommen wünschenswert wäre, und ebenso über jene Stellen, an denen sie in seinen Vortrag aufgenommen werden sollten, da wurde er mehr und mehr an Szenen erinnert, die sich in seinem früheren Leben ereignet hatten.

Als die Turmuhr der nächstgelegenen Kirche die erste dunkle Morgenstunde anzeigte, legte er seine Feder nieder und ließ seine Gedanken – ohne Unterbrechung und Einschränkung – zu den Hügeln und Tälern von Tadmor zurückschweifen. Noch einmal übermittelte der gütige Alt-Bruder ihm die edlen Lehren des Christentums, wie er sie früher schon aus dem Munde des begeisterten Lehrers erfahren hatte. Noch einmal vereinten sich die Stimmen seiner Gefährten mit der seinen zum Abendgesang und wieder stand an seiner Seite die scheue kleine Figur von Mellicent, die zufrieden damit war, sein Gesangbuch halten und zuhören zu dürfen. Wie arm, wie korrupt erschien ihm das Leben, das er jetzt führte, verglichen mit dem, das er in jenen früheren und glücklicheren Tagen geführt hatte. Wie schandbar, daß er die einfachen Regeln christlicher Demut, christlichen Mitgefühls und christlicher Selbstbeschränkung vergessen hatte, denen seine Lehrer vertraut hatten; *sie* würden ihm Schutz und Rettung sein gegenüber den eklen Berührungen mit der Welt! Allein in den letzten beiden Tagen hatte er sich geweigert, gegenüber den Irrtümern eines Mannes Nachsicht zu üben, dessen Leben bei dem schmutzigen Kampf aus der Armut hinauf zum Reichtum vergeudet worden war. Er hatte, und das war noch schlimmer, das arme Mädchen, das ihn liebte, grausam gequält und war den Einflüsterungen seiner selbstsüchtigen Leidenschaften gefolgt, denen zu widerstehen seine erste und wichtigste Pflicht war. In seinem augenblicklichen Geisteszustand war schon die Erinnerung daran für ihn unerträglich. Er griff mit seiner bei ihm gewohnten Impulsivität wieder zur Feder, um – ehe er diese Nacht schlafen ging – zu sühnen: Er schrieb Mr. Farnaby einige Zeilen und erklärte ihm, daß er bedauere, bei ihrem Gespräch ungeduldig und verächtlich gesprochen zu haben, und er gab der Hoffnung Ausdruck, ihre gegenseitigen Erfahrungen würden in Zukunft vielleicht zu annehmbaren Zugeständnissen von beiden Seiten führen. Für seinen Brief an Regina fand er – unnötig, das zu betonen! – wärmere Worte und schrieb in größerer Ausführlichkeit: Es wurde ein ehrlicher Erguß über seine Liebe und Reue. Er war noch immer nicht zufrieden, als beide Briefe schon in den Umschlägen lagen. Gleichgültig, wie weit die Zeit vorgeschritten war: er war nicht beruhigt, ehe er die Briefe auch eingeworfen hatte. Er stahl sich hinunter, öffnete leise den Türriegel und ging rasch zum nächsten Briefkasten. Als er wieder zurückgekehrt war und die Haustüre geschlossen hatte, war er endlich erleichtert. Jetzt, dachte er, als er die Kerze im Schlafzimmer anzündete, jetzt kann ich schlafen gehen!

Das erste Ereignis des nächsten Tages war ein Besuch von Rufus.

Die beiden gingen daran, die notwendige Ankündigung des

Vortrages zu entwerfen und genau so, daß sie in gewissen Kreisen Aufmerksamkeit erregen würde. Die Anzeige richtete sich in großen Lettern an alle ehrlichen Menschen, die arm und unzufrieden waren. »Kommt und hört die Hilfe, die ›Christlicher Sozialismus‹ für Eure Schwierigkeiten bereit hält! Ein Freund und Bruder wird sie Euch erläutern. Ihr bezahlt für Euren Platz nicht mehr als Sixpence.« Diesem Aufruf folgten die notwendigen Angaben über Ort und Zeit, ebenso das Angebot, für höhere Eintrittspreise sich Plätze zu reservieren. Auf den Rat des Sekretärs hin wurde die Ankündigung nicht an jene Journale versendet, deren Auflage in den reichen Gesellschaftsklassen zirkulierte. Die Annonce erschien an hervorragender Stelle in einer Tageszeitung und zwei Wochenblättern; diese drei Publikationen verfügten zusammen über vierhunderttausend verkaufte Exemplare. »Nehmen Sie nur an: jedes Exemplar wird von fünf Menschen gelesen«, rief der zuversichtliche Amelius aus. »Dann erreichen wir eine Leserschaft von zwei Millionen. Welch wundervolle Publicity!«

Es gab jedoch ein unvermeidliches Ergebnis dieser »wundervollen Publicity«, an das Amelius nicht gedacht hatte. Seine Anzeigen würden sicherlich Leute zusammenführen, die in diesem großen London sonst niemals unter einem Dach zusammengekommen wären. Er lud ja unbekannte Menschen aus ganz England, Schottland und Irland ein, mit ihm den Abend zu verbringen. Unter diesen Umständen könnten Wiedererkennungsszenen zwischen Menschen, die einander seit Jahren aus den Augen verloren hatten, zustande kommen, sowie auch Unterhaltungen, die sonst niemals geführt worden wären, und Ergebnisse, für die der Held des Abends unschuldigerweise verantwortlich sein könnte, und das nur, weil zwei oder drei Menschen unter seinen Zuhörern zufällig auf derselben Bank saßen! Ein Mann, der sein Tor öffnet und die Öffentlichkeit unterschiedslos einzutreten einlädt, riskiert ein Spiel mit dem Feuer und kann nie gewiß sein, zu welcher Zeit und in welche Richtung es zu einer Explosion kommt.

Rufus selbst trug die sauberen Kopien der Anzeige zum nächsten Agenten. Amelius blieb zu Hause, um über seinen Vortrag nachzudenken.

Er wurde durch das Eintreffen von Mr. Farnabys Antwort auf seinen Brief unterbrochen. Der Mann mit den öligen Koteletten schrieb höflich und vorsichtig. Offensichtlich war er geschmeichelt und erfreut über das Entgegenkommen ihm gegenüber und war ganz bereit, den Liebenden »unter diesen Umständen« Gelegenheit zu geben, einander in seinem Hause zu treffen. Gleichzeitig beschränkte er jedoch die Anzahl dieser Zusammentreffen: »Für den Augenblick: einmal in der Woche, mein lieber Herr. Regina wird Ihnen zweifellos nach ihrer Rückkehr nach London schreiben.«

Regina schrieb postwendend, denn am nächsten Morgen erhielt Amelius einen Brief von ihr, der ihn entzückte. Sie hätte ihn nie so geliebt, wie sie ihn jetzt liebe; sie sehne sich danach, ihn wiederzusehen; sie habe Mrs. Ormond gebeten, ihren Besuch bei ihr abkürzen zu dürfen und mit den »Mächten zu Hause« in ihrem Interesse zu sprechen. Sie würden morgen nachmittag gemeinsam nach London zurückkehren und Amelius würde sie sicherlich zu Hause antreffen, wenn er zum Fünf-Uhr-Tee dort vorspräche.

Als Amelius am nächsten Tag gegen vier Uhr sich fertig machte, teilte man ihm mit, daß »eine junge Person ihn zu sehen wünsche«. Der Besuch war Phoebe, mit ihrem Taschentuch an den Augen: Sie gab sich ihrem Schmerz hin und zwar in einer bescheidenen Nachahmung des stillen Vorgangs, den ihre junge Herrin bei vielen Gelegenheiten dargeboten hatte.

»Um Gottes willen!« rief Amelius aus, »ist Regina irgend etwas zugestoßen?«

»Nein, Sir«, murmelte Phoebe hinter ihrem Taschentuch. »Miss Regina ist zu Hause und wohlauf.«

»Worüber weinen Sie dann also?«

Phoebe vergaß die stille Methode ihrer Herrin und antwortete mit einem Ausbruch lauter Schluchzer: »Ich bin ruiniert, Sir.«

»Was meinen Sie mit ›ruiniert‹? Wer hat Sie ruiniert?«

»Sie, Sir!«

Amelius erschrak. Seine Beziehungen zu Phoebe standen nur auf einer rein pekuniären Basis; immerhin war sie ein präsentables, hübsches Mädchen mit einer hübschen kleinen Figur, aber um ihre Augenbrauen und ihren Mund gab es unzweifelbar harte Linien, die nur ein aufmerksamer Kenner von Physiognomien erkennen würde. Amelius war das nicht, aber er war in Regina verliebt und das bedeutete in diesem Alter: treue Liebe. Denn nur Männer über Vierzig können einer Herrin den Hof machen und gleichzeitig deren Zofe auch noch genügend Bewunderung zollen.

»Setzen Sie sich«, sagte Amelius, »und sagen Sie mir in zwei Worten, was Sie meinen!«

Phoebe setzte sich und trocknete ihre Tränen: »Ich bin von Mrs. Farnaby gemein behandelt worden, Sir«, begann sie und, überwältigt von der Erinnerung an das, was ihr angetan worden war, hielt sie inne. Sie war in diesem Augenblick so wütend, daß sie unvorsichtig wurde. Die rachsüchtige Natur dieses Mädchens zeigte sich ganz offen in ihrem Gesicht. Amelius erkannte die Veränderung und begann zu bezweifeln, ob Phoebe die Einschätzung wert war, die sie bisher bei ihm genossen hatte.

»Sie müssen sich sicherlich irren«, sagte er. »Welche Gelegenheit hatte Mrs. Farnaby denn, Sie schlecht zu behandeln? Sie sind doch eben erst nach London zurückgekommen?«

»Entschuldigung, Sir, aber wir sind eher als erwartet zurückgekommen. Mrs. Ormond hatte in der Stadt zu tun und hat Miss Regina vor zwei Stunden an unserer Tür abgesetzt.«

»Und ...?«

»Und ich hatte kaum meinen Hut und meinen Schal abgelegt, Sir, als Mrs. Farnaby nach mir schickte. ›Hast du deine Kiste schon ausgepackt?‹ sagte sie. Ich sagte ihr, ich hätte noch keine Zeit dazu gefunden. ›Du brauchst dir mit dem Auspacken keine Mühe zu machen‹, sagte sie. ›Du bist nicht mehr in Miss Reginas Diensten. Hier ist dein Lohn, außerdem statt der üblichen Kündigung noch der für einen weiteren Monat.‹ Sir, ich bin nur ein armes Mädchen, aber ich habe mich gewehrt und habe mit ihr so geradeheraus geredet wie sie mit mir. ›Ich möchte wissen‹, sagte ich, ›warum ich auf diese unhöfliche Weise weggeschickt werde?‹ Was sie mir darauf gesagt hat, das kann ich Ihnen unmöglich wiederholen. Mein Blut kocht, wenn ich nur daran denke!« erklärte Phoebe mit einer etwas melodramatischen Vehemenz. »Irgendwer hat uns entdeckt, Sir. Irgend jemand hat Mrs. Farnaby von Ihrem geheimen Rendezvous im Gebüsch erzählt und von dem Geld, das Sie mir freundlicherweise gegeben haben. Ich glaube, Mrs. Ormond steckt dahinter. Sie erinnern sich doch, daß niemand wußte, wo sie war, als ich glaubte, sie wäre im Haus und redete mit der Köchin? Zugegeben, das ist bis jetzt nur so geraten. Was aber gewiß ist: Mrs. Farnaby hat mit mir geredet, als wäre ich das gemeinste Geschöpf von der Straße. Sie weigerte sich, mir ein Zeugnis auszustellen. Sie hat sogar gesagt, wenn ich das Haus nicht innerhalb einer halben Stunde verlasse, hole sie die Polizei! Wie kann ich denn ohne ein Zeugnis eine andere Stelle bekommen? Ich bin ruiniert; wirklich, das bin ich! Und alles das Ihretwegen!«

In diesem Augenblick drohte sie wieder in einen ausführlichen

Tränenstrom auszubrechen, und Amelius wußte sich nicht anders zu helfen – simpel wie er war – als die tröstende Wirkung eines Sovereign zu erproben. »Warum sprechen Sie nicht mit Miss Regina?« fragte er. »Sie wissen doch, daß sie Ihnen gewiß helfen wird.«

»Sie hat getan, was sie konnte, Sir. Gegen Miss Regina sage ich nichts, die ist ein gutes Ding. Sie kam ins Zimmer, bat und bettelte und nahm alle Schuld auf sich. Mrs. Farnaby wollte nichts davon hören. ›Ich bin hier die Herrin‹, sagte sie, ›du solltest lieber in dein Zimmer zurückgehen, Regina.‹ Mr. Amelius, ich kann Ihnen nur sagen, Mrs. Farnaby ist gegen Sie und gegen mich! Wenn sie's verhindern kann, so kommt es nie zu Ihrer Heirat mit ihrer Nichte. Glauben Sie mir, Sir: das steckt hinter der gemeinen Art und Weise, in der sie mich behandelt hat. Mein Gewissen ist Gott sei Dank rein! Ich habe versucht, der Sache der reinen Liebe zu dienen! Und ich schäme mich nicht dafür! Aber es tut nichts: bald komm ich dran! Jetzt bin ich nur ein armes Dienstmädchen, das man ohne Zeugnis in die Welt hinausjagt. Aber warten Sie nur ein wenig! Sie werden schon sehen, ob ich nicht, ehe viel Zeit vergangen ist, mit Mrs. Farnaby quitt bin oder sogar mehr als quitt! Ich weiß, was ich weiß! Und mehr sage ich auch nicht! Die wird den Tag bedauern«, rief Phoebe aus und verfiel wieder ins Melodram, »an dem sie mich wie eine Diebin aus dem Haus gejagt hat!«

»Na, na«, sagte Amelius scharf, »so dürfen Sie nicht sprechen!«

Phoebe hatte aber ihr Geld bekommen und konnte sich Unabhängigkeit leisten. Sie stand von ihrem Platz auf und die Unverschämtheit, die unter englischen Frauen ihrer Klasse fast immer dem Gefühl, beleidigt worden zu sein, folgt, drückte sich in ihrer Antwort an Amelius so aus: »Ich rede, wie ich denke, Sir. Mich kriegt man nicht unter und ich bin keine Frau, auf der man herumtrampeln darf. Mrs. Farnaby wird das merken, ehe sie noch sehr viel älter geworden ist!«

»Phoebe, Phoebe! Sie reden wie eine Heidin. Wenn Mrs. Farnaby sich Ihnen gegenüber mit ungerechtfertigter Strenge aufgeführt hat, geben Sie ihr doch Ihrerseits ein Beispiel an Mäßigung! Es ist Ihre Christenpflicht, Kränkungen zu vergeben.«

Phoebe brach in ein Lachen aus: »Ha-ha-ha! Ich danke Ihnen, Sir, für das Trinkgeld und die Predigt! Sie waren wirklich sehr gütig!« Sie ging plötzlich von Ironie zu Wut über. »Niemand hat mich bis jetzt eine Heidin genannt! Wenn man bedenkt, was ich für Sie alles getan habe, könnten Sie wenigstens höflich zu mir sein! Guten Tag, Sir.« Sie steckte ihre freche, kleine Stupsnase in die Höhe und marschierte würdevoll aus dem Zimmer.

Erst war Amelius belustigt. Als er die Haustüre zufallen hörte, ging er lachend zum Fenster, um noch einen letzten Blick von Phoebe als »Verletzte Christin« zu erhaschen. Das Lachen wich aber schnell aus seinem Gesicht und er zog sich erschrocken vom Fenster zurück.

Auf der Straße hatte ein Mann auf Phoebe gewartet. In dem Augenblick, da Amelius hinausschaute, hatte sie dessen Arm genommen. Als sie gemeinsam weggingen, hatte der Mann auf das Haus zurückgeschaut. Amelius erkannte in Phoebes Begleiter (und Liebhaber) einen irischen Vagabunden mit dem Spitznamen »Jervy« wieder, dessen Gesicht er zuletzt in Tadmor gesehen hatte. Dieser Mann war von der Gemeinschaft als einer ihrer Vertreter für die Durchführung von Geschäften mit den Nachbarstädten angestellt und wegen schlechter Führung entlassen worden; später war er, auf Empfehlung einer angesehenen Persönlichkeit hin, die seinen Versprechungen, sich bessern zu wollen, geglaubt hatte, fälschlicherweise wieder eingestellt worden. Amelius hatte diesen Mann verdächtigt, jener Spion gewesen zu sein, der übertrieben dienstfertig ihn und Mellicent angezeigt hatte; da er jedoch keinen Beweis für die Richtigkeit seines Verdachtes gefunden hatte, mußte er darüber schweigen. Nun war ganz klar für ihn, daß Jervys Erscheinen in London ein Beweis für eine neuerliche Entlassung aus den Diensten der Gemeinschaft war und zwar irgendwelcher Vergehen wegen, die ihn gezwungen hatten, Zuflucht in England zu suchen. Es gab kaum eine schändlichere Person, mit der Phoebe hätte bekannt sein können. Er würde in ihrer augenblicklichen rachsüchtigen Stimmung bestimmt für sie zu einem gefährlichen Begleiter und Ratgeber werden. Amelius empfand dies so stark, daß er entschlossen war, ihnen zu folgen, um herauszufinden, wo Jervy lebte, aber unglücklicherweise erst nachdem ein bis zwei Minuten verstrichen waren. Er lief dann auf die Straße, aber kam zu spät, denn von den beiden war keine Spur mehr zu sehen. Auf dem Weg zu Mrs. Farnabys Haus entschloß er sich, Regina gegenüber zu erwähnen, was vorgefallen war. Ihre Tante hätte unklug gehandelt, als sie sich weigerte, Phoebe ein Zeugnis auszustellen und wäre in diesem Punkt gut beraten, wenn sie sich mit ihr arrangierte, bevor es zu spät sei.

Kapitel II

Mrs. Farnaby stand an der Türe ihres Zimmers und sah ihre Nichte mit einem Anschein verächtlicher Neugier an.

»Und? Ich nehme an, du und dein Liebhaber habt euch gut amüsiert? Was willst du hier?«

»Amelius legt besonderen Wert auf ein Gespräch mit dir, Tante.«

»Sage ihm, die Mühe könnte er sich sparen. Deinen Onkel mag er mit dieser Heirat versöhnen –, mich wird er nicht versöhnen!«

»Es handelt sich nicht darum, Tante: es geht um Phoebe.«

»Will er, daß ich Phoebe zurücknehme?«

In diesem Augenblick erschien Amelius in der Halle und beantwortete diese Frage selbst: »Ich möchte Sie warnen!« sagte er.

Mrs. Farnaby lachte ingrimmig. »Das reizt meine Neugier«, antwortete sie. »Kommen Sie herein. Aber dich will ich nicht!« fügte sie hinzu und wies ihre Nichte an der Türe zurück. Als Amelius mit ihr allein war, fuhr sie fort: »Sie sind also bereit, zehn Jahre auf Regina zu warten? Ich bin enttäuscht von Ihnen; Sie sind ein armer, schwacher Mensch! Was ist also mit diesem jungen, liederlichen Frauenzimmer Phoebe?«

Amelius erzählte ihr ohne Rückhalt alles, was zwischen der entlassenen Zofe und ihm vorgefallen war und vergaß auch nicht, ehe er endete, Mrs. Farnaby vor dem Begleiter des Mädchens zu warnen. Er sagte: »Es gibt nichts, was dieser Mann nicht tun würde, um Phoebe vom rechten Pfad abzubringen. Wenn ich Sie wäre, würde ich sie nicht in die Enge treiben.«

Mrs. Farnaby besah ihn verächtlich von Kopf bis Fuß. »Sie dachten einmal wie ein Mann«, antwortete sie. »Aber die Gesellschaft von Regina hat Sie bereits in einen Schlappschwanz verwandelt. Wollen Sie wissen, was ich von Phoebe und ihrem Liebhaber halte ...« Sie hielt inne und schnippte mit den Fingern. »So viel halte ich von ihr. Gehen Sie jetzt wieder zu Regina. Aber eines kann ich Ihnen sagen: Ihre Frau wird sie niemals!«

Amelius sah sie mit ruhigem Erstaunen an: »Nach dem, was Sie mir das letztemal in diesem Zimmer sagten, ist es merkwürdig, wie Sie mich behandeln. Sie erwarten meine Hilfe bei dem größten Wunsch Ihres Lebens und tun alles, um den größten Wunsch meines Lebens zu durchkreuzen. Ein Mann kann nicht ruhig bleiben, wenn man ihn fortgesetzt herausfordert. Angenommen, ich weigere mich Ihnen zu helfen?«

Mrs. Farnaby sah ihn mit einer Ruhe an, die aufreizend war: »Ich fordere Sie sogar dazu auf. Weigern Sie sich nur!« antwortete sie.

»Sie fordern mich dazu auf?« rief Amelius aus.

»Halten Sie mich für eine Närrin?« fuhr Mrs. Farnaby fort. »Glauben Sie denn nicht, ich kenne Sie besser, als Sie sich selbst?« Sie trat nahe an ihn heran und ihre Stimme wurde plötzlich leiser und zärtlicher: »Wenn jene letzte, unvorhersehbare Chance zu meinen Gunsten sich ergäbe«, fuhr sie fort, »und Sie eines Tages wirklich mein armes Mädchen träfen und wüßten, daß sie es sei, wollen Sie wirklich behaupten, Sie könnten dann – gleichgültig, wie schlecht ich mich zu Ihnen benommen habe – so grausam sein, mir nichts davon zu sagen? Ist das das Herz, das ich unter meiner Hand schlagen fühle? Ist das das Christentum, das man Sie in Tadmor gelehrt hat? Sie närrischer Junge! Gehen Sie zu Regina zurück und sagen Sie ihr, Sie hätten versucht, mich zu erschrecken und herausgefunden, daß das nicht ginge.«

Der nächste Tag war ein Sonnabend. Die Anzeige des Vortrags erschien in den Zeitungen. Rufus gestand, extravagant gehandelt und bei zwei Wochenzeitungen eine halbe Seite gemietet zu haben. »Die Öffentlichkeit«, so erklärte er, »übersieht unfreundlicherweise Anzeigen mit einem bescheidenen und zurückhaltenden Charakter. Schlage den Leuten direkt zwischen die Augen, wenn sie ihre Zeitungen aufmachen oder du triffst sie überhaupt nicht!«

Mrs. Farnaby war eine der Leserinnen, denen die neue Anzeige auffiel. Sie beehrte Amelius mit ihrem Besuch in seiner Wohnung. »Ich habe Sie gestern einen armen, schwachen Menschen genannt«, das waren ihre ersten Worte, als sie ins Zimmer trat. »Ich redete wie eine Närrin. Sie sind ein großartiger Bursche, ich respektiere Ihren Mut und werde zu Ihrem Vortrag kommen, gleichgültig, was Mr. Farnaby und Regina dazu sagen. Reginas armselige, kleine, konventionelle Seele ist erschüttert, dessen bin ich sicher; unnötig zu glauben, daß sie unter Ihren Zuhörern sein wird. Aber Farnaby schwindelt wie gewöhnlich. Er tut, als wäre er entsetzt und redet große Töne, daß er die Verbindung auflösen werde. Tief drinnen zerspringt er vor Neugier, herauszubekommen, wie Sie es schaffen werden. Ich sage Ihnen folgendes: er wird sich ganz hinten hin in den Saal stehlen, wo ihn niemand sehen kann. Ich werde mit ihm kommen und wenn Sie am Podium stehen, werde ich mein Taschentuch hochhalten. Dann wissen Sie, daß er da ist. Schlagen Sie auf ihn ein, schlagen Sie auf ihn ein, Amelius! Wo ist Ihr Freund Rufus? Eben fortgegangen? Ich mag diesen Amerikaner; grüßen Sie ihn von mir und sagen Sie ihm, er möge mich wieder besuchen.« Sie verließ das Zimmer so unvermittelt, wie sie es betreten hatte und Amelius sah ihr erstaunt nach. Mrs. Farnaby glich sich nicht, denn sie war guter Laune gewesen!

Reginas Ansichten über seinen Vortrag kamen durch die Post.

Jedes zweite Wort des Briefes war unterstrichen und die Hälfte der Sätze begann mit einem »Oh«. Regina war schockiert, erstaunt, beschämt und beunruhigt. Was noch hatte Amelius vor? Warum hatte er sie getäuscht und warum mußte sie es aus den Zeitungen erfahren? Er hatte alle guten Resultate zunichte gemacht, die seine liebenswürdigen Briefe an ihren Vater und sie selbst erreicht hatten. Er könne sich gar nicht den Ekel und den Abscheu vorstellen, die angesehene Leute diesem widerlichen Sozialismus entgegenbrächten. Würde sie nie wieder einen glücklichen Augenblick erleben? Und würde Amelius daran schuld sein? Und so weiter und so weiter.

Mr. Farnabys Protest folgte, überbracht von Mr. Farnaby selbst. Er behielt bei seinem Besuch die Handschuhe an; er war feierlich und pathetisch; er machte Einwendungen, als wäre er einer von Amelius' Vorfahren; er beklagte jene Familie, »die im stillen Grab vermodere«. Er würde sich enthalten, voreilig eine Entscheidung zu treffen, aber die Gefühle seiner Tochter seien gröblich beleidigt worden und er fürchte, es könnte für ihn zur Pflicht werden, die Verbindung aufzulösen. Amelius, der seine Ruhe vollkommen behielt, bot ihm freien Eintritt an und ersuchte ihn, sich den Vortrag anzuhören und dann selbst zu entscheiden, ob etwas Schlechtes daran sei. Mr. Farnaby lenkte von der Frage der Eintrittskarte ab, als wäre sie etwas Unanständiges: »Traurig, traurig!« Das war sein Lebewohl für den »Gentleman-Sozialisten«.

Am Sonntag – dem einzigen Tag, an dem ein Mann in London seinen Verstand gebrauchen kann, ohne durch Musik gestört zu werden – probte Amelius seinen Vortrag. Am Montag stattete er Regina seinen wöchentlichen Besuch ab.

Man berichtete ihm – ob es wahr war oder nicht, konnte er nicht herausfinden –, Regina sei mit Miss Ormond ausgefahren. Amelius schrieb ihr in besänftigenden und herzlichen Worten und schlug vor, wie er es ihrem Vater gegenüber getan habe, sie möge abwarten und sich den Vortrag anhören, ehe sie ihn verurteile. Bis dahin erbäte er von ihr, sie möge sich an ihr gegenseitiges Versprechen erinnern, einander ungeachtet des Sozialismus für ewige Zeiten treu zu bleiben.

Die Antwort darauf kam durch einen Boten. Ihr Ton war sehr ernst. Reginas Grundsätze verböten ihr, sich einen sozialistischen Vortrag anzuhören. Sie hoffe, Amelius meine ernst, was er von »für·ewige Zeiten« geschrieben habe. Die Angelegenheit sei für einen wohlgeordneten Geist etwas Schreckliches. Auf der nächsten Seite wurde ihre Strenge durch ein Postscriptum gemildert: Regina würde Amelius am Tage »nach seinem bedauerlichen Auftreten in der Öffentlichkeit« zu Hause erwarten.

Dienstag war der Abend des Vortrags.

Rufus postierte sich im Interesse von Amelius nahe der Eintrittskasse. »Auch Sixpence-Münzen können manchmal auf dem Weg von den Leuten in die Kasse an den Fingern eines Mannes hängen bleiben«, bemerkte er. Die Sixpence flossen aber in der Tat rasch in die Kasse; soweit hatten die Anzeigen ihre Wirkung getan. Aber die »Reservierten Sitze« wurden sehr langsam verkauft. Die Mitglieder des Instituts, die freien Eintritt hatten, erschienen in großer Zahl und sicherten sich die besten Plätze. Unter den Spätkommern erkannte Rufus Phoebe, die von einer Person begleitet wurde, die wie ein Gentleman angezogen, aber nichtsdestoweniger deutlich als Gauner zu erkennen war. Eine robuste kleine Dame folgte, die Rufus herzlich die Hand schüttelte und sagte: »Lassen Sie mich Ihnen Mr. Farnaby vorstellen, Sir.« Mr. Farnabys Mund und Kinn waren hinter einem Schal versteckt und sein Hut deckte ihn bis zu den Augenbrauen ab. Rufus fand, er sähe aus, als schäme er sich seiner selbst. Ein hageres, schmutziges und wild aussehendes altes Weib, elend angezogen, überreichte dem Kassierer ihren Sixpence, während die beiden Herren einander die Hände schüttelten; unnötig zu sagen, daß Rufus mit gutem Beispiel voranging. Die alte Frau besah sich aufmerksam, was – im Licht des Glasleuchters, der im Gang hing – von Mr. Farnaby zu erkennen war: also seine Augen und seine Koteletten. Sie zog sich sofort zurück, obwohl sie ihre Karte schon hatte und wartete, bis Mr. Farnaby für seine Frau und sich gezahlt hatte; dann folgte sie ihnen unmittelbar in den Saal.

Und warum auch nicht? Die Anzeige hatte sich an dieses arme, alte Geschöpf gewandt als an eine der Armen und Unzufriedenen. Vor sechzehn Jahren hatte John Farnaby sein eigenes Kind in Ramsgate in die Hände dieser Frau gelegt und beide niemals wiedergesehen.

Mr. Farnaby entdeckte, nachdem er in den Saal gekommen war, ohne Mühe einen Platz, wie er ihn suchte, um sich bescheiden im Hintergrund halten zu können.

Die billigen Plätze lagen wie gewöhnlich in dem Teil des Saals, der am weitesten vom Podium entfernt war. Eine Galerie an diesem Ende der Halle warf ihre Schatten auf die hintersten Bänke und den Gang, durch den man dorthin gelangte. In dieser schützenden Dunkelheit nahm Mr. Farnaby seinen Platz ein und stand, mit seiner pflichtgetreuen Frau neben sich, in jener Ecke, die durch den Winkel der beiden Mauern, die sich dort trafen, entstanden war.

Die alte Frau, die ihnen unbemerkt in der Menge gefolgt war, blieb am Ende der letzten Reihe stehen und besah sich genau einen elegant gekleideten jungen Mann, der den Eckplatz besetzt hielt und seine Aufmerksamkeit in auffallender Weise einem hübschen jungen Mädchen widmete, das neben ihm saß. Die alte Frau flüsterte ihm dann zu: »Na was denn, Jervy?! Kannst du der Mutter Sowler nicht Platz machen?« Der Mann erschrak und drehte sich um: »Du bist da?!« rief er aus und fluchte.

Bevor er mehr sagen konnte, wisperte Phoebe auf seiner anderen Seite: »Was für ein schreckliches altes Ding! Woher kennst du die denn?«

Im gleichen Augenblick wiederholte Mrs. Sowler ihre Aufforderung auf eine etwas nachdrücklichere Weise: »Hörst du mich, Jervy – hörst du nicht? Rutsch ein wenig rüber!«

Jervy hatte offensichtlich seine Gründe, Mrs. Sowlers Wünsche – schäbig, wie sie war – mit Respekt aufzunehmen. Mit großen Entschuldigungen bat er seine Nachbarn, ein wenig näher aneinanderzurücken und schaffte es so, daß am Ende der Bank ein Sitz frei wurde.

Phoebe, die unwillig Platz gemacht hatte, begann wieder zu flüstern? »Wie kommt die dazu, dich ›Jervy‹ zu nennen? Die sieht ja wie eine Bettlerin aus. Sag ihr, daß du ›Jervis‹ heißt.«

Die Antwort, die sie erhielt, ermutigte sie nicht dazu, mehr zu sagen. »Halt den Mund! Ich hab Gründe, warum ich höflich zu ihr bin. Sei du's auch!« Er wandte sich Mrs. Sowler zu, bereit, sich den gegebenen Umständen anzupassen. Unter dem Deckmantel seines auffallenden Aussehens und der etwas vulgären Art seines Auftretens verbarg sich im wesentlichen hartes Gaunertum und undurchdringliche Schläue. Er besaß jene Anlagen, die manche zu gewitzten Mördern werden lassen, denen die Polizei verwirrt gegenübersteht. Er hätte ohne Reue das armselige Weib umgebracht, das bei ihm saß, hätte er das ungestraft tun können. Es wußte genug über seine frühere Laufbahn in England, um ihn auf Lebenszeit ins Zuchthaus schicken zu können. Den Umständen entsprechend sprach er die alte Frau mit falscher Herablassung an: »Was denn? Es ist sicher zehn Jahre her, seit ich Sie gesehen habe, Mrs. Sowler. Was haben Sie so mit sich angefangen?«

Die Frau verzog ihr Gesicht, als sie ihm antwortete: »Siehst du das denn nicht, wenn du mich anschaust? Gehungert habe ich!« Sie sah gierig auf seine auffallende Uhr und Uhrkette: »Geld scheinst du genug zu haben! Hast du in Amerika ein Vermögen gemacht?«

Er legte seine Hand auf ihren Arm und drückte ihn warnend: »Pssst!« sagte er leise. »Wir reden nach dem Vortrag darüber.« Seine hellen, verschlagenen Augen sahen verstohlen zu Phoebe hin und Mrs. Sowler bemerkte das. Was das Mädchen sich in ihrer Stellung erspart hatte, das hatte für seine Juwelen und feine Kleidung herhalten müssen. Phoebe nahm ihm insgeheim seine Unhöflichkeit, ihr den Mund zu verbieten, übel, saß beleidigt da und streckte ihre freche kleine Nase in die Luft. Jervy versuchte sie indirekt in die Unterhaltung mit seiner schäbigen alten Freundin einzubeziehen: »Diese junge Dame«, sagte er, »kennt Mr. Goldenheart. Sie ist sicher, er wird sich blamieren und wir sind hergekommen, um diesen Spaß mitzuerleben. Ich selbst halte gar nichts von Sozialismus. Ich bin für das, was meine Lieblingszeitung: ›Altar und Thron‹ nennt. Kurz gesagt, meine Politik ist: ›Konservativ‹.«

»Deine Politik ist, dem Mädchen in die Tasche greifen«, murmelte Mrs. Sowler. »Wie weit wird ihr Geld langen?«

Jervy überhörte diese Unterbrechung. »Und wie sind Sie hierher gekommen?« fuhr er fort, um sich beliebt zu machen. »Haben Sie die Anzeige in der Zeitung gesehen?«

Mrs. Sowlers Antwort war laut genug, um den Gesprächslärm auf den Sixpence-Plätzen zu übertönen. »Ich hab in der Kneipe einen Gin gekippt und die Zeitung dort gesehen. Ich bin eine der Unzufriedenen! Ich hasse die Reichen und bin gern bereit, Sixpence dafür auszugeben, um zu hören, wie sie beschimpft werden.«

»Hört, hört!« sagte ein Mann in der Nähe, der wie ein Schuster aussah.

»Hoffentlich gibt er's der Aristokratie!« rief eine Frau mit wildem Gesicht und einem zerdrückten Hut. »Sie sind's, die das Geld auffressen. Wieso haben die ihre Paläste und Parks und mein Mann ist dafür arbeitslos und meine Kinder hungern zu Hause?«

Der Schuhmacher hörte höchlichst einverstanden und mit Bewunderung zu: »Gut gesagt«, sagte er, »sehr gut gesagt!«

Dieser Ausdruck der Volksmeinung erreichte die würdigen Ohren von Mr. Farnaby. »Hörst du diese Elenden?« fragte er seine Frau.

Mrs. Farnaby ergriff diese willkommene Gelegenheit, um ihn zu ärgern: »Arme Dinger!« antwortete sie. »An ihrer Stelle würden wir auch so reden.«

»Du solltest dich lieber auf einen der ›Reservierten Sitze‹ setzen«, erwiderte ihr Mann und wandte sich mit einem angeekelten Blick von ihr ab. »Dort ist genug Platz. Warum bleibst du hier?«

»Ich würde dich nicht im Traum allein lassen. Wie gefiel dir mein amerikanischer Freund?«

»Ich wundere mich, daß du dir die Freiheit nimmst, ihn mir vorzustellen. Du weißt genau, daß ich inkognito hier bin. Was interessiert mich ein umherziehender Amerikaner?«

Mrs. Farnaby ließ boshafterweise nicht nach: »Aber weißt du denn nicht, daß er mir gefällt? Der umherziehende Amerikaner ist mein Bundesgenosse.«

»Dein Bundesgenosse? Was meinst du damit?«

»Gott im Himmel, wie langweilig du bist! Weißt du denn nicht, daß ich gegen die Verlobung und Hochzeitspläne meiner Nichte bin? Ich war sehr begeistert, als ich von diesem Vortrag hörte; weil er nämlich ein Hindernis darstellt. Er ekelt Regina und dich an, und mein lieber Amerikaner war der erste, der das zustande brachte. Pst, da kommt Amelius! Wie gut er aussieht! So elegant und wie ein Gentleman!« rief Mrs. Farnaby aus und winkte mit dem Taschentuch, um Amelius zu zeigen, wo im Saal sie säßen. »Ich schwöre dir, ich bin bereit, Sozialistin zu werden, ehe er noch den Mund aufgemacht hat.«

Die persönliche Erscheinung von Amelius überraschte das Publikum vollkommen. Ein junger und schöner Mann ist für gewöhnlich nicht einer, den die öffentliche Meinung mit einem Vortrag in Verbindung bringt. Nach einem Augenblick des Schweigens gab es einen spontanen Beifallssturm. Der wiederholte sich, als Amelius – der zuerst ein kleines Buch auf seinen Tisch niedergelegt hatte – seine Absicht bekanntgab, den Vortrag frei zu halten. Die Abwesenheit des unvermeidlichen Manuskripts war an sich ein Gnadenakt für das Publikum, das dadurch schon zu Beginn in gute Stimmung versetzt wurde.

Der Sprecher des Abends begann:

»Meine Damen und Herren! Menschen, die denken und gewohnt sind, die Zeichen der Zeit in diesem Land und bei den anderen europäischen Nationen zu beobachten, sind – soweit ich es weiß – alle der gleichen Meinung: ehe das Jahrhundert, in dem wir leben, zu Ende gegangen sein wird, werden wahrscheinlich ernsthafte Veränderungen der augenblicklichen Regierungsformen und der bestehenden Gesellschaftssysteme stattfinden. Mit anderen Worten: die nächste Revolution ist nicht so ungewiß und nicht so weit entfernt, wie die höheren und reicheren Klassen unter der europäischen Bevölkerung das gerne glauben wollen. Ich bin einer von denen, der gewiß ist: diesmal wird die kommende Erschütterung eine Form des Sozialismus bringen und der Mann an seiner Spitze wird kein Militär und kein Politiker sein, sondern ein wahrhaft großer Bürger, aus dem Volke stammend, dessen Herz und Seele der Sache des Volkes geweiht sein werden. Es ist für mich unmöglich – in den Grenzen, die mir heute abend gesetzt sind –, zu Ihnen über die Regierung und die Gesellschaft in anderen Ländern zu sprechen, auch wenn ich die nötigen Kenntnisse und Erfahrungen besäße, mich auf so ein weites Gebiet vorzuwagen. Alles, was ich jetzt versuchen kann, ist – erstens – einige der Gründe aufzuzeigen, die den kommenden Wechsel der sozialen und politischen Bedingungen in diesem Lande herbeiführen werden und – zweitens – Ihnen zu Ihrer Zufriedenheit zu beweisen: die einzige vertrauenswürdige Kur für die bestehenden Mißstände kann nur in dem System gefunden werden, das der ›Christliche Sozialismus‹ aus dem kleinen Buch hier auf meinem Tisch extrahiert hat: ein Buch, das wir alle unter dem Namen ›Neues Testament‹ kennen. Ehe ich jedoch mich dieser meiner Aufgabe zuwende, halte ich es für meine Pflicht, einige einführende Worte über meine Berechtigung zu sagen – soweit sie besteht –, zu Ihnen sprechen zu dürfen. Ich rede sehr ungern über mich selbst, aber meine Lage hier zwingt mich dazu. Ich bin Ihnen allen fremd und ich bin ein sehr junger Mensch. Lassen Sie mich Ihnen also kurz sagen, wie mein Leben ausgesehen hat und wo ich erzogen worden bin, und dann entscheiden Sie selbst, ob es für Sie einen Sinn hat, mir Ihre Aufmerksamkeit zu schenken oder nicht.«

»Ein sehr guter Anfang!« bemerkte der Schuster.

»Er ist ja viel zu höflich«, schimpfte Mrs. Sowler. »Ich wünschte, ich hätte meinen Sixpence wieder in der Tasche.«

»Lassen Sie ihm Zeit«, flüsterte Jervy, »und er wird in Fahrt kommen. Sag mal, Phoebe, der fängt aber nicht an wie einer, der sich blamieren wird. Ich glaube nicht, wir werden heute abend viel zu lachen haben.«

»Was für ein bewundernswürdiger Sprecher«, sagte Mrs. Farnaby zu ihrem Mann. »Stell dir mal vor: so ein Mann wäre mit einer so dummen Person wie Regina verheiratet!«

»Er hat Glück«, antwortete Mr. Farnaby wütend, »wenn er nicht mit einer Frau wie dir verheiratet ist!«

Inzwischen hatte Amelius sich seinem englischen Publikum als Engländer zu erkennen gegeben und hatte in kurzen Zügen sein Leben in Tadmor in dessen bemerkenswertesten Punkten gezeichnet. Das getan, stellte er die Frage, ob er angehört werden solle? Seine Offenheit und seine Frische hatten das Publikum bereits gewonnen.

Und es antwortete mit allgemeinen Beifallsrufen.

»Also gut!« fuhr Amelius fort. »Lassen Sie uns anfangen! Angenommen, wir werfen einen kurzen Blick, denn zu mehr haben wir keine Zeit, zuerst auf den augenblicklichen Zustand unseres Religionssystems. Wie sieht die Öffentlichkeit im England unserer Tage die Sache, die sich ›Christentum‹ nennt? Hundert verschiedene Sekten und alle miteinander uneinig. Eine etablierte Kirche, durch endlose Streite in alle Richtungen gerissen, im Streit um weiße oder schwarze Roben, um Kerzen auf oder nicht auf den Tischen, um Verbeugungen gegen Osten oder gegen Westen, um die Frage, welche Doktrin den würdigsten Respekt und die größte Summe Geldes einbringt oder um die Frage: Doktrin in deiner Kirche oder in meiner oder in der auf der anderen Straßenseite? Sehen Sie hinauf – wenn Sie das mögen –: weg von den vielfachen und pausenlosen Streitereien unter den niedrigen Rängen und hinauf in die höheren Regionen, wo die hochverehrten Vertreter der Staatsreligion abseits thronen. Sind das Christen? Wenn sie es sind, zeigen Sie mir doch den Bischof, der es wagt, sich im Oberhaus zu seinem Christentum zu bekennen, wenn das Ministerium des Tages zufällig seinen Vorteil darin erblickt, einen Krieg zu führen! Wo ist dieser Bischof und wieviel Menschen kann er zu seiner Herde zählen, die ihn unterstützen? Tadeln Sie mich für meine maßlose Sprache – eine Sprache, für die ich mich nicht rechtfertigen könnte? Machen Sie eine gerechte Probe und beurteilen Sie mich dann nach dieser

Sprache. Das Ziel des Christentums des ›Neuen Testaments‹ ist es, die Menschen wahrhaftig zu machen: menschlich, gütig, bescheiden und peinlich gewissenhaft und auf gewissenhafteste Weise rücksichtsvoll im Verkehr mit ihren Nachbarn. Bringt das Christentum unserer Kirchen und Sekten ein solches Ergebnis unter uns Menschen zustande? Sehen Sie auf die Industrie in unserem Land, auf die Beschäftigung der größten Zahl der Menschen aller Art in England, schauen Sie sich unseren Handel an! Was ist, nach den Moralgesetzen dieses Buches in meiner Hand beurteilt, sein sozialer Aspekt? Lassen Sie jene organisierten Betrugssysteme die Antwort geben, die sich unter der Maske von Banken und Gesellschaften verbergen, denn ich brauche diese Antwort gar nicht zu geben! Sie wissen, welche angesehenen Namen Jahr für Jahr mit den schamlosen Verfälschungen von Guthaben verbunden sind, und Sie kennen den gnadenlosen Ruin von Tausenden ihrer Opfer. Sie wissen, wie unser armer indischer Kunde feststellt, daß sein Leinenanzug ein Schwindel ist, der in Stücke fällt; wie der Wilde, der ehrlich mit uns Handel treibt, merkt, daß das Gewehr, das er erworben hat, eine Waffe ist, die aus Täuschung besteht und ihm in der Hand explodiert; wie die halbverhungerte Näherin, die ihre Rolle Zwirn kauft, eine Etikette mit einer falschen Erklärung über die Anzahl von Yards auf der Zwirnrolle vorfindet, die sie gekauft hat. Wissen Sie, daß auf dem europäischen Markt ausländische Erzeugnisse immer mehr den englischen vorgezogen werden, denn der ausländische Erzeuger ist der korrektere von beiden? Und – als letztes –: wissen Sie, was schlimmer als dies alles ist? Daß bei den höchsten Stellen des Handels diese gemeinen und wirklichen Täuschungen und noch viele ähnliche als ›Konkurrenzformen‹ und berechtigte Handelsmethoden bezeichnet werden! Glauben Sie an eine ehrenvolle Anhäufung von Reichtümern bei Männern, die derartige Meinungen vertreten und einen solchen Schwindel durchführen? Ich nicht! Sehen Sie eine Hoffnung auf eine reichere, klarere Zukunft, wenn Sie von dem Mann, der Sie und mich in großem Maße betrügt, nun auf den Mann blicken, der uns auf kleinere Weise beschwindelt? Ich nicht! Alles, was wir essen, trinken und womit wir uns kleiden, ist mehr oder weniger verfälscht worden, und diese Fälschung wird uns von den Kaufleuten zu derart unverschämten Preisen verkauft, daß wir gezwungen sind, uns durch ein sozialistisches Prinzip zu schützen, indem wir unsere eigenen kooperativen Geschäfte gründen! Warten Sie und hören Sie mich zu Ende an, bevor Sie applaudieren! Mißverstehen Sie nicht die einfache Begründung für das, was ich Ihnen sage, und glauben Sie nicht, daß ich blind gegenüber der helleren Seite dessen bin, was ich Ihnen in dunklen Farben gezeichnet habe! Schauen Sie auf das private Leben und Sie werden, Gott sei Lob, wahre Christen sowohl unter den Geistlichen wie auch unter Laien finden; Sie werden Männer und Frauen vorfinden, die – im höchsten Sinne des Wortes – ›Jünger des Herrn‹ genannt zu werden verdienen. Aber meine Aufgabe gilt nicht dem Privatleben; die meine ist, mich den augenblicklichen Aspekten der Religion zu widmen, der Moral und der Politik dieses Landes, und ich sage nochmals, daß dieser Aspekt auf einem weiten Gebiet Korruption und Mißbrauch zeigt und eine schändliche und erschreckende Gefühllosigkeit eines großen Teiles der Nation im allgemeinen gegenüber dem Schauspiel seiner eigenen Demoralisierung und Entehrung.«

Hier pausierte Amelius und trank seinen ersten Schluck Wasser.

»Reservierte Plätze« werden durch irgendeine seltsame Verschwägerung von reservierten Leuten eingenommen. Das exklusive Publikum, das seine Sitze dem Sprecher am nächsten hatte, bewahrte sein zurückhaltendes Schweigen. Aber der herzliche Applaus, der von den Sixpence-Plätzen kam, machte das mehr als wett. Dieser Anfangsangriff, der unbezweifelbar eine gesunde und wahrhafte Grundlage hatte und genügend Vehemenz und Schwung des Vortragenden vermittelte, wirkte sehr stark auf die Mehrheit der Hörer. Mrs. Sowler fing an zu denken, daß ihr Sixpence schließlich doch gut angelegt war, und Mrs. Farnaby wies ihren Gatten auf die ihn direkt betreffenden Punkte bei den schwersten Schlägen gegen den Handel dadurch besonders hin, indem sie – als sie ausgeteilt wurden – mit dem Kopf in seine Richtung nickte.

Amelius fuhr fort.

»Als nächstes müssen wir folgendes herausfinden: Wird unser augenblickliches Regierungssystem uns die friedlichen Möglichkeiten geben, um die Reformen des Mißbrauchs, den ich bisher festgestellt habe, durchzuführen? Nicht zu vergessen, daß andere Mißstände – durch unsere unerträglichen Ausgaben repräsentiert – sich jedes Jahr vergrößern! Falls Sie nicht darauf bestehen, schlage ich vor, unsere kostbare Zeit nicht damit zu vergeuden, daß ich auch nur irgend etwas über das Oberhaus sage. Und zwar aus dreierlei guten Gründen: Zum ersten wurde jene Versammlung nicht vom Volke gewählt und hat daher in einem wahrhaft freien Lande keine Daseinsberechtigung. Zweitens profitieren nicht weniger als einhundertvierundachtzig von vierhundertachtundfünfzig seiner Mitglieder direkt durch die Ausgabe öffentlicher Gelder, da sie unter diesem oder jenem Vorwand mehr als eine halbe Million Pfund Sterling jährlich einnehmen. Drittens: wenn das Unterhaus sowohl den Willen wie auch die Möglichkeit besitzt, den Weg zu den nötigen Reformen auszuführen, dann hat das Oberhaus keine andere Wahl, als ihm zu folgen oder die Revolution in Gang zu setzen, der es seit etwa vierzig Jahren um Haaresbreite entgangen ist. Was sagen Sie dazu? Sollen wir unsere Zeit vertun und vom Oberhaus sprechen?«

Laute Rufe von den Sixpence-Sitzen her antworteten mit »Nein«! Ein Stallknecht und die wild aussehende Frau waren die lautesten Rufer. Hie und da zischten einige, die nicht einverstanden waren, angeführt, im Interesse von »Altar und Thron«, von Jervy.

Amelius fuhr fort.

»Also: wird uns das Unterhaus dabei helfen, ein reines Christentum zu erreichen und eine billigere Regierungsweise – und zwar durch ein gesetzliches und genügend wirksames Reformverfahren? Lassen Sie mich Sie noch einmal daran erinnern, daß das Unterhaus die Macht dazu hätte, wenn es gleichzeitig den Willen dazu besitzt. Ist es heute derart zusammengestellt, daß es den Willen hat? Das ist die Frage! Die Zahl seiner Mitglieder ist etwas höher als sechshundertfünfzig. In dieser Versammlung vertritt nur ein Fünftel – oder gibt es vor, das zu tun – die Handelsinteressen unseres Landes. Was die Mitglieder, denen die Interessen der Arbeiterklasse obliegen, betrifft, die sind noch leichter aufzuzählen: es sind ihrer zwei! Wessen Interessen – in des Himmels Namen! – werden Sie fragen, vertritt die Mehrheit dieser Versammlung also? Darauf gibt es nur eine Antwort: die Interessen des Militärs und der Aristokratie! Das Unterhaus hat in diesen Tagen des Verfalls unserer repräsentativen Institutionen als Haus des Volkes einen völlig falschen Namen. Das Volk ist dort nicht vertreten; die heutigen Mitglieder des Hauses gehören zu den Klassen der Allgemeinheit, die sich weder um allgemeine Bedürfnisse sorgen, noch darum, die Lasten des Volkes zu erleichtern. Mit einem Wort: für uns gibt es keine Hoffnung vom Unterhaus. Und wer ist daran Schuld? Ich gebe voll Scham und Trauer zu: das Volk ist entschieden selbst daran schuld. Ja, ich erkläre Ihnen offen: es ist eine Schande und ein Unglück für England, daß das Volk selbst die repräsentative Versammlung gewählt hat, die des Volkes Bedürfnisse ignoriert. Ihr Wähler in Stadt und Land gleichermaßen, ihr habt über jegliche vorstellbare Freiheit und Ermutigung verfügen können, die euch zur Ausübung eures heiligen Glaubens zugesichert wurde, und das Unterhaus ist Beweis dafür, daß ihr euch dessen völlig unwert erwiesen habt!«

Diese kühnen Worte entfesselten im Publikum einen Sturm der Ablehnung, der einen Augenblick lang die Stimme des Vortragenden völlig übertönte. Man war bereit gewesen, mit unerschöpflicher Geduld die Aufzählung seiner eigenen Tugenden und Untugenden anzuhören, aber man hatte nicht einen Sixpence dafür ausgegeben, über die gemeine und hassenswerte Rolle belehrt zu werden, die man in der modernen Politik gespielt hatte. Die Leute pfiffen, buhten, zischten und hatten das Gefühl, von ihrem hübschen jungen Vortragenden beleidigt worden zu sein.

Amelius wartete ruhig ab, bis sich die Unruhe gelegt hatte.

»Es tut mir leid, wenn ich Sie böse gegen mich gestimmt habe«, sagte er lächelnd. »In Wahrheit sind jene öffentlichen Redner schuld an dieser kleinen Unruhe, die Angst vor Ihnen haben und Ihnen nur schmeicheln und besonders, wenn Sie der Arbeitsklasse angehören. Meine guten Freunde, das Volk dieses Landes, des großen Vertrauens unwürdig, das die weise und großmütige englische Verfassung in seine Hand gelegt hat, – dieses Volk ist so groß und die Leute sind so zahlreich, daß sie in deutliche Klassen getrennt werden können. Es gibt die hervorragend erzogene Klasse: ohne Selbstachtung und daher ohne Gemeinsinn, die auf Umwegen durch das Geschenk eines Hauses bestochen werden kann, durch die Zuweisung eines Mietvertrages, sogar durch die Einladung zu einer Unterhaltung in einem wichtigen Hause, die Gattinnen und Töchter einbezieht. Und es gibt die niedrigere Klasse: käuflich, korrupt, schamlos bis auf die Knochen, die sich und seine Freiheiten für Geld und für ›was zu trinken‹ verkauft. Als ich diesen Vortrag begann und die großen Veränderungen, die im Kommen sind, in Aussicht stellte, sprach ich von ihnen als von revolutionären Veränderungen. Bin ich ein Bangemacher? Ignoriere ich ungerechtfertigterweise die Fähigkeit, Reformen, die bisher das moderne England vor Revolutionen bewahrt hat, friedlich durchzuführen? Gott behüte, daß ich die Wahrheit verschwiege oder Sie ohne Grund beunruhigte! Aber die Geschichte hat mich gelehrt – wenn ich nicht weiter als bis zur ersten Französischen Revolution zurückblicke –, daß es soziale und politische Ausbrüche gibt, die so tief und weit ihre Wurzeln in eine Nation treiben, daß keine Kraft außer einer revolutionären Erschütterung sie ausreißen und endgültig entfernen kann. Ich persönlich fürchte – und ältere und klügere Männer als ich es bin, sind auch dieser Meinung –, daß die Korruption, die ich in diesem kurzen Vortrag nur andeuten konnte, sich schnell – in England wie überall in Europa – über den Zugriff durch eine gesetzliche und unblutige Reform hinaus, die uns in den vergangenen Jahren so gut gedient hat, ausbreiten wird! Mag ich mit dieser Ansicht im Unrecht sein – und ich hoffe aus vollem Herzen, ich möge es sein! – oder mögen zukünftige Ereignisse beweisen, daß ich recht hatte: die Kur für den einen oder anderen Fall – die einzige sichere Grundlage, auf der eine dauernde, vollständige und wertvolle Reform erbaut werden kann, ob sie eine Erschütterung auslösen oder ihr folgen mag –, die kann nur in diesem Buch gefunden werden. Ich flehe Sie an, lassen Sie sich nicht von jenen kurzsichtigen Philosophen überreden, auszuharren, die da behaupten: die göttliche Tugend des Christentums sei eine Tugend, die nach einiger Zeit sich abbrauchte. Der Mißbrauch und die Mißachtung des Christentums, die brauchen sich so ab, wie jegliche Falschheit und jeglicher Betrug sich abnützen müssen und abnützen werden! Nie, seitdem Christus und seine Apostel den Menschen den Weg gewiesen haben, wie man besser und glücklicher werden kann, war es nötiger für die Völker, zu dieser Lehre in seiner vormaligen Reinheit und Einfachheit zurückzukehren als heute! Niemals und sicherlich nie so sehr wie in dieser kritischen Zeit lag es so sehr im Interesse der Menschheit und war es auch eine Pflicht, dem Getöse der falschen Propheten kein Gehör zu schenken und der ewig weisen und allgnädigen Stimme zu vertrauen, die nur dann aufhört, die Menschen zu erheben, zu trösten und zu reinigen, wenn sie unter der Qual des Kreuzes in der Dunkelheit verklingt. Sind dies die wilden Worte eines Enthusiasten? Ist dies der Traum von einem Paradies auf Erden, an den zu glauben, reine Narretei sei? Ich kann Ihnen von einer Gemeinschaft erzählen – eine der vielen, die bestehen –, die einige hundert Personen zählt und die Gedeihen und Glück gefunden hat, indem sie alle Kunst und alles Geheimnis des Regierens auf die simple Lösung zurückgeführt hat, die das ›Neue Testament‹ niederlegt: ›Fürchte Gott und liebe deinen Nächsten wie dich selbst!‹«

Damit erreichte Amelius den zweiten der beiden Teile, in die er seinen Vortrag gegliedert hatte.

Er wiederholte nun ausführlicher und mit einem vorsichtiger ausgewählten Wortschatz die Erklärung der religiösen und sozialen Grundsätze der Gemeinschaft von Tadmor, so wie er diese auf der Fahrt nach England seinen beiden Mitreisenden bereits erläutert hatte. Er gewann die Aufmerksamkeit seines Publikums, obwohl er sich an eine ganz einfache Erzählweise hielt und eine Lebensart beschrieb, wie sie seinen Hörern vollkommen neu war. Aber dann begann das Interesse des Publikums nachzulassen, als er die Frage erörterte, ob der »Christliche Sozialismus« sowohl auf die Regierung einer großen, wie auch einer kleinen Bevölkerung anzuwenden sei, und als er logischerweise herausfinden wollte, ob das, was sich für einige Tausend als gut erwiesen hatte, auch für Hunderttausende gut wäre, und so weiter, bis er schließlich zu dem Argument (um des Argumentierens willen) gekommen war und die Schlußfolgerung gezogen hatte: was in Tadmor erfolgreich gewesen sei, müsse auch notwendigerweise eines Versuchs in London wert sein! Da erinnerten die Leute sich an ihre Verkühlung und ihren Husten, flüsterten einander zu und sahen mit einem vagen Gefühl der Erleichterung, einander anstarren zu dürfen, umher. Mrs. Sowler, die sich bisher damit zufriedengegeben hatte, Mr. Farnaby von Zeit zu Zeit verstohlen anzuschauen, sah ihm mutiger ins Gesicht, wie er da in seiner Ecke stand und auf das Podium am Saalende blickte. Auch er hatte langsam das Gefühl, daß der Ton des Vortrags sich ändere. Es kam nicht mehr zu dem wagemutigen Ausbruch, den zu hören er gekommen war, um eine genügende Rechtfertigung (falls notwendig) dafür zu haben, Amelius sein Haus verbieten zu können. »Ich habe genug davon«, sagte er und wandte sich plötzlich zu seiner Frau. »Gehen wir!«

Wäre Mrs. Farnaby davor gewarnt worden, daß sie sich ja inmitten von Fremden als eine aufhalte, die nicht zu ihnen gehörte, sondern als eine Frau mit einer Gefahr über ihrem Haupt, oder hätte sie zufällig auf Phoebe geschaut und einen vorübergehenden Widerwillen dagegen verspürt, sich der möglicherweise unverschämten Aufmerksamkeit eines entlassenen Dienstboten auszusetzen, dann wäre sie vielleicht mit ihrem Mann weggegangen und dem Unheil entgangen, das vom Augenblick ihres Eintritts in den Saal ihrer harrte. Da dem nicht so war, weigerte sie sich zu gehen: »Du hast die öffentliche Diskussion vergessen!« sagte sie. »Warte und laß uns sehen, welchen Kampf Amelius liefert, wenn sein Vortrag vorbei ist.«

Sie sprach laut genug, um von einigen der Leute in ihrer Nähe gehört zu werden. Phoebe, die eben kritisch die Kleider der wenigen Damen auf den »Reservierten Plätzen« betrachtet hatte, drehte sich auf ihrer Bank um und entdeckte zum erstenmal die Anwesenheit von Mr. und Mrs. Farnaby in ihrer dunklen Ecke. »Schau mal«, flüsterte sie Jervy zu, »dort sitzt das Weib, das mich ohne Zeugnis aus dem Haus geworfen hat und ihr Mann ist auch dabei.«

Jervy sah sich daraufhin seinerseits um, ein wenig im Zweifel über die Genauigkeit der Information, die seine Liebste ihm gab. »Die würden doch nicht auf die Sixpence-Plätze kommen!« sagte er. »Bist du sicher, daß das Mr. und Mrs. Farnaby sind?«

Er sprach vorsichtig und mit leiser Stimme; Mrs. Sowler hatte aber gesehen, wie er nach dem Herrn und der Dame in der Ecke geblickt hatte und hörte genau hin, um das erste Wort aufzufangen, das von seinen Lippen fallen würde.

»Welcher ist Mr. Farnaby?« fragte sie.

»Der Mann dort in der Ecke mit dem weißen Schal vor seinem Mund. Der den Hut in die Stirn bis auf die Augenbrauen hinunter gezogen hat!«

Mrs. Sowler drehte sich einen Augenblick um, damit sie sicher sein konnte, daß Jervys Mann und *ihr* Mann ein und derselbe sei.

»Farnaby?« sagte sie leise zu sich und im Ton einer Person, die den Namen zum erstenmal gehört hatte. Sie überlegte einen Augenblick, lehnte sich zu Jervy hinüber, wandte sich aber an seine Begleiterin: »Meine Liebe«, flüsterte sie, »nannte der Herr sich früher ›Morgan‹ und ließ sich seine Briefe in die Kneipe ›Georg und der Drache‹ in der Tooley-Straße schicken?«

Phoebe hob die Augenbrauen mit dem Anschein einer verächtlichen Überraschung, die aber schon an sich eine Antwort darstellte. »Was sagst du dazu: Der große Mr. Farnaby hat einen angenommenen Namen und läßt sich seine Briefe in eine Kneipe schicken!« sagte sie zu Jervy.

Mrs. Sowler stellte keine Fragen mehr und fiel in das Gebrabbel mit sich selbst zurück: »Seine Koteletten sind grau geworden, weiß Gott, aber seine Augen erkenne ich wieder: die sind nicht zu verwechseln, darauf könnt ich schwören.« Sie wandte sich plötzlich zu Jervy: »Ist Mr. Farnaby reich?« fragte sie.

»Der wälzt sich nur so im Geld!« kam als Antwort.

»Wo lebt er?«

Jervy war zu vorsichtig, um darauf sofort eine Antwort zu geben und fragte Phoebe um Rat: »Soll ich's ihr sagen?«

Phoebe antwortete verdrießlich: »Die haben mich ja aus dem Haus geworfen! Mir ist es gleich, was du ihr sagst.«

Jervy sprach wieder zu der alten Frau, aber behielt seine Kenntnis noch für sich: »Warum wollen Sie wissen, wo er wohnt?«

»Er schuldet mir Geld«, sagte Mrs. Sowler.

Jervy sah sie scharf an und pfiff langsam und leise zum Zeichen seines großen Erstaunens vor sich hin. Die Personen in der Nähe, gestört durch dieses unaufhörliche Pfeifen, drehten sich verärgert um und verlangten Ruhe. Jervy wagte nichtsdestoweniger noch eine letzte Unterbrechung: »Du hast anscheinend genug von hier«, bemerkte er zu Phoebe. »Gehen wir essen!« Sie stand sofort auf. Jervy klopfte im Vorbeigehen Mrs. Sowler auf die Schulter: »Kommen Sie mit uns abendessen«, sagte er. »Ich lade Sie ein.«

Die Drei fielen notwendigerweise ihren Nachbarn auf, als sie hinausgingen. Mrs. Farnaby entdeckte Phoebe, als es zu spät war. Mr. Farnaby sah zufälligerweise zuerst die alte Frau. Sechzehn Jahre elender Armut hatten sie – noch dazu in diesem schwachen Licht – sehr verändert. Er sah wieder weg und sagte ungeduldig zu seiner Frau: »Wir wollen auch gehen!« Mrs. Farnaby war aber noch immer hartnäckig: »Du kannst ja gehen, wenn du willst«, sagte sie. »Ich werde hier bleiben.«

Kapitel IV

»Drei Dutzend Austern, Brot und Butter, Porterbier in Flaschen und ein Extrazimmer, gut geheizt!« Nachdem Jervy nach seiner Ankunft in der Kneipe diese Befehle gegeben hatte, wurde er durch eine plötzliche Einmischung von seiten seines würdigen Gastes überrascht: Mrs. Sowler ließ es sich angelegen sein, ihr eigenes Abendessen zu bestellen!

»Für mich nichts Kaltes zu essen oder zu trinken!« sagte sie. »Ich kann weder morgens noch in der Nacht warm werden, ob ich wach bin oder schlafe. Schau dir mal an, Jervy, wie ich – seit du mich kennst –, vom Fleisch gefallen bin! Für mich ein Steak, auf dem Rost gegrillt und heiß serviert; Gin und Wasser noch heißer. So hat mein Abendessen auszusehen!«

»Nehmen Sie die Bestellung so auf, Kellner!« sagte Jervy ergeben. »Und dann zeigen Sie uns das Extrazimmer.«

Die Kneipe war eine von jenen altmodischen englischen Tavernen, die es ablehnen, von der Helligkeit und Eleganz der französischen Gaststätten zu lernen. Das Extrazimmer kann nur als ein Museum für die Ausstellung von Schmutz aller möglichen Art beschrieben werden. Hinter den Stangen des verrosteten kleinen Kamingitters sah man ein Feuer, das eben seine letzten Züge aushauchte. Mrs. Sowler verlangte Holz und Kohle, entfachte mit eigenen Händen das Feuer wieder und ließ sich fröstelnd so nahe am Kamin nieder, wie das mit ihrem Sessel nur möglich war. Nach einer Weile machte sich die beruhigende Wirkung der Hitze spürbar; der Kopf der armen Halbverhungerten sank vorwärts und eine Art Betäubung – halb Ohnmacht, halb Schlaf – überkam sie.

Phoebe und ihr Liebhaber saßen auf einem Sofa am anderen Ende des Zimmers nebeneinander und warteten das Erscheinen des Abendessens ab. Da Jervy gewisse Ziele im Auge hatte, legte er seinen Arm um Phoebes Taille und sprach und sah sie auf die einschmeichelndste Weise an.

»Versuche Mutter Sowler für ein bis zwei Stunden zu ertragen!« sagte er. »Ich weiß, mein süßes Mädchen, daß sie keine richtige Gesellschaft für dich ist. Aber ich kann mich doch einer alten Freundin gegenüber nicht schlecht benehmen?«

»Genau das wundert mich!« antwortete Phoebe. »Ich kann nicht begreifen, daß du mit so einer Person befreundet bist.«

Jervy – immer bereit zu einer passenden Lüge, falls notwendig – erfand eine rührende kleine Geschichte in zwei Teilen. Erster Teil: Mrs. Sowler, reich und angesehen, eine Witwe, die eine Villa bewohnt und in ihrer eigenen Kutsche ausfährt. Zweiter Teil: ein schuftiger Anwalt, mißbrauchtes Vertrauen, Tod des Schurken und Ruin für Mrs. Sowler. »Sprich nicht über ihr Unglück, wenn sie aufwacht«, schloß Jervy, »oder sie bricht mit hundertprozentiger Sicherheit in Tränen aus. Sage mir aber, liebe Phoebe: Würdest du einer verlorenen alten Person den Rücken kehren, nur weil sie alle ihre Freunde überlebt hat und keinen Penny mehr besitzt? Ich bin zwar arm, aber ich kann ihr doch in jedem Fall zu einem Abendessen verhelfen.«

Phoebe drückte ihre Bewunderung für diese edlen Gefühle durch eine zärtliche Aufwallung aus, was sie nichts kostete, aber Jervys geheime Erwartung etwas enttäuschte. Er hatte hauptsächlich auf ihre Geldbörse spekuliert und was hatte er getroffen? Ihr Herz! Als nächstes versuchte er's mit einem deutlichen Wink: »Werde ich, wenn ich für's Abendessen gezahlt habe, noch ein-zwei Schilling bei mir haben, um sie Mrs. Sowler zu geben?« Er seufzte, zog etwas Kleingeld hervor und besah es mit einem ausdrucksvollen Schweigen. Er hatte Phoebe endlich am rechten Platz getroffen: sie übergab ihm ihre Börse. »Was mein ist, soll ja dein sein, wenn wir erst einmal verheiratet sein werden!« sagte sie. »Warum nicht gleich so?« Jervy drückte das Gefühl, ihr gegenüber verpflichtet zu sein, mit der Schnelligkeit eines dankbaren Menschen aus und wiederholte folgende edlen Worte: »Mein süßes Mädchen!« Phoebe lehnte ihren Kopf an seine Schulter, erlaubte ihm, sie zu küssen und genoß das mit halbgeschlossenen Augen in schweigender Ekstase. Der Schuft wartete ab und beobachtete sie, bis sie völlig unter seinem Einfluß stand, und dann und nicht eher wagte er die schrittweise Enthüllung seiner Absichten, die ihn dazu bewogen hatten, den Saal, noch bevor das Programm des Abends sein Ende erreicht hatte, zu verlassen.

»Hast du gehört«, fragte er, »was Mrs. Sowler zu mir sagte, knapp bevor wir vom Vortrag weggingen?«

»Nein, Lieber.«

»Erinnerst du dich nicht, daß sie mich um Farnabys Adresse bat?«

»Ja natürlich! Und sie wollte wissen, ob er sich jemals ›Morgan‹ genannt hat. Lächerlich, nicht?«

»Ich weiß gar nicht, ob das so lächerlich ist, meine Liebe. Sie hat mir wörtlich gesagt, Farnaby schulde ihr Geld. Ich nehme an, daß er sein Vermögen nicht auf einmal gemacht hat. Was wissen wir denn, was er in seiner Jugend getrieben oder wie er eine schwache Frau beschwindelt haben mag? Warte nur, bis unsere Freundin dort am Feuer ihre alten Knochen durch Grog erwärmt hat, dann werde ich mehr über Farnabys Schulden rauskriegen.«

»Warum, Lieber? Was interessiert dich das denn?«

Jervy überlegte einen Augenblick und entschied dann, daß die Zeit für eine offene Sprache gekommen sei.

»Zuerst einmal«, sagte er, »wäre es nur ein Akt allgemeiner Menschlichkeit meinerseits, Mrs. Sowler wieder zu ihrem Geld zu verhelfen. Das siehst du ein, nicht wahr? Gut! Und ich bin, wie du weißt, kein Sozialist, sondern ganz im Gegenteil. Gleichzeitig bin ich ein bemerkenswert gerechter Mensch und muß zugeben, daß ich durch das, was Mr. Goldenheart über die Verwendung des Geldes gesagt hat, zu der reiche Leute durch die

Bestimmungen von Tadmor angeleitet werden, beeindruckt war. ›Der Mensch, der Geld besitzt, wird durch das präzise Gesetz christlicher Moral verpflichtet, es zur Unterstützung der Menschen zu verwenden, die es nicht besitzen.‹ Das waren, soweit ich mich erinnern kann, seine Worte. Nachher drückte er sich noch deutlicher aus und sagte: ›Ein Mann, der aus rein selbstsüchtigen Gründen ein großes Vermögen hortet – entweder weil er geizig ist oder nur, weil er für die Vergrößerung des Vermögens seiner Familie nach seinem Tode sorgen will –, ist in jedem Falle eine im wesentlichen unchristliche Person, die eindeutig durch das Gesetz Christi erleuchtet oder kontrolliert werden müßte.‹ Darauf haben, wenn du dich erinnerst, einige Leute gemurrt, und Mr. Goldenheart brachte sie dadurch zum Schweigen, daß er eine Zeile aus dem ›Neuen Testament‹ zitierte, die genau das sagte, was er gesagt hatte, nur mit weniger Worten. Mein liebes Mädchen, Farnaby scheint also einer der vielen zu sein, auf die sich der Vortrag des jungen Mannes bezog. Seinem Aussehen nach zu schließen, würde ich sagen: er ist ein harter Mann.«

»Genau das ist er: hart wie Stahl! Der schaut auf seine Dienerschaft hinunter, als wäre sie Dreck unter seinen Füßen, und von Jahresanfang bis Jahresende bekommt sie kein freundliches Wort von ihm zu hören.«

»Soll ich noch einmal raten? Er ist auch nicht sehr freigebig mit seinem Geld, was?«

»Der? Für sich selbst und seine eigene Großartigkeit gibt er alles aus, aber für andere hat er sein Leben lang noch keinen halben Penny hergegeben.«

Jervy wies in einem Ausbruch ehrlichen Unwillens gegen den Kamin: »Und dort sitzt diese arme Seele, verhungert, weil er ihr Geld schuldig ist! Zum Teufel, ich bin einer Meinung mit den Sozialisten: es ist nur anständig, wenn man einen solchen Menschen bluten läßt. Schau mich und dich an: wir sind genau die Leute, denen er helfen sollte. Wir könnten sofort heiraten, wenn wir nur wüßten, woher das bißchen Geld nehmen! Ich habe einen Teil der Welt gesehen und meine Erfahrung lehrt mich: Farnaby möchte nicht, daß man von seinen Schulden bei der Alten weiß. Warum sollten wir nicht aus dem reichen Geizhals für uns ein paar Fünf-Pfund-Noten herausreißen? Weil er Angst hat?«

Phoebe war vorsichtig: »Das ist doch gegen das Gesetz, stimmt's?« fragte sie.

»Verlaß dich auf mich: Ich halte mich raus aus dem Gesetz!«

antwortete Jervy. »Ich rühr mich in der Angelegenheit nicht, ehe ich genau weiß, daß er sich nicht getraut, die Polizei ins Vertrauen zu ziehen. Wenn wir das genau wissen, dann wird alles leicht sein. Du warst lange genug in seiner Familie, um Farnabys schwache Stellen zu kennen. Würd's genügen, wenn wir erst einmal auf dem Umweg über seine Frau gegen ihn vorgehen?«

Phoebe errötete plötzlich bis zu den Haarwurzeln. »Rede nicht zu mir über seine Frau!« brach sie wütend los. »Mit der Dame habe ich noch eines Tages abzurechnen!« Sie sah Jervy an und nahm sich zusammen. Er beobachtete sie mit einer derart begierigen Spannung, die sogar er mit aller seiner Schläue nicht rasch genug verbergen konnte.

»Ich will mich um alles in der Welt nicht in deine kleinen Geheimnisse drängen, Liebste«, sagte er auf seine überzeugendste Weise. »Aber wenn du einen Rat brauchst, weißt du, daß ich dir mit Herz und Seele zu Diensten bin.«

Phoebe sah Mrs. Sowler an, die noch immer am Kamin eingenickt war.

»Sprechen wir jetzt nicht davon«, sagte sie. »Ich glaube, ein Mann kann einem da nicht raten; das ist eine Sache zwischen Mrs. Farnaby und mir. Mit ihm tue, was du willst! Ist mir gleich. Er ist gemein, und ich hasse ihn. Aber eines verlange ich: ich lass nicht zu, daß Miß Regina erschreckt oder belästigt wird. Vergiß das nicht! Sie ist ein gutes Geschöpf. Da, lies mal den Brief, den sie mir gestern geschrieben hat, und urteile selbst.«

Jervy schaute auf den Brief. Er war nicht sehr lang und ergeben nahm er die Mühe auf sich, ihn zu lesen.

»Liebe Phoebe,
sei nicht niedergeschlagen! Ich bin immer noch Deine Freundin und werde Dir zu einer neuen Stellung verhelfen. Es tut mir leid, sagen zu müssen, daß es wirklich Mrs. Ormond war, die uns damals entdeckte. Sie hatte einen Verdacht, beobachtete uns und erzählte ihn meiner Tante. Das hat sie mir mit eigenen Worten eingestanden. Sie sagte: ›Ich würde alles tun, meine Liebe, dich vor einer unpassenden Heirat zu bewahren.‹ Ich bin sehr unglücklich darüber, da ich sie jetzt nie mehr für meine Freundin halten kann. Wie Du weißt, denkt meine Tante genau wie Mrs. Ormond. Du darfst ihr aber ihre schlechte Laune nicht übelnehmen. Denke daran, daß Du – weil Du mir gut gesinnt bist – mir genau das ermöglicht hast, was meine Tante zu verhindern bemüht war. Das machte sie sehr böse. Aber sei unbesorgt: nach

einiger Zeit wird sie Vernunft annehmen. Wenn Du Deine Ersparnisse nicht aufbrauchen willst, während Du auf eine neue Stellung hoffst, so lasse es mich wissen! Ein Anteil an meinem Taschengeld steht Dir immer zur Verfügung.

Deine Freundin,
Regina.«

»Wirklich sehr nett«, sagte Jervy, gab ihr den Brief zurück und gähnte, als er das tat. »Und auch nützlich, falls uns das Geld ausgeht. Ah, da ist endlich der Kellner mit dem Essen! Also, Mrs. Sowler: es kommt die Zeit für alles; jetzt kommt die fürs Aufwachen!«

Er hob die alte Frau vom Stuhl auf und setzte sie wie ein Kind an den Tisch. Der Anblick des warmen Essens und der Getränke versetzte sie in eine wilde Betriebsamkeit: wie eine Tigerin verschlang sie das Fleisch sowohl mit den Augen wie mit ihren Zähnen; das heiße Gin-und-Wasser-Gemisch trank sie in wilden Schlucken und setzte dann ihr Glas mit hörbarem, erleichterten Stöhnen nieder: »Noch einen!« rief sie. »Dann erst wird mir wieder warm werden!«

Jervy, der sie – mit Phoebe neben sich – von der gegenüberliegenden Tischseite beobachtete, hatte seine eigenen Gründe, sie zum Reden zu ermutigen und tat das auf die einfachste Weise: er ermutigte sie einfach, weiterzutrinken. Er bestellte noch ein Glas heißen Grog. Phoebe, die ihre Austern delikat mit der Gabel herauspickte, tat, als wäre sie schockiert durch Mrs. Sowlers ordinäre Art zu essen und zu trinken. Sie hielt ihre Augen auf den Teller gerichtet und war nur unter leichtem Protest dazu bereit, von dem Malzliqueur zu kosten. Als Jervy nach Beendigung des Abendessens seine Zigarre anzündete, erinnerte sie ihn – auf eine eindrucksvoll-vornehme Weise – an die Rücksicht, die er der Anwesenheit einer älteren Dame schulde: »Ich selbst liebe den Geruch«, sagte sie geziert, »aber vielleicht hat Mrs. Sowler etwas dagegen.«

Mrs. Sowler brach in eine ordinäre Lache aus: »Seh ich so aus, als ob ich mich vor was ekle, das riecht?« fragte sie mit einer wilden Verachtung für ihre eigene Armut: schon immer eine ihrer gefährlichen Charaktereigenschaften. »Schauen Sie sich erst mal das Loch an, in dem ich wohne, junge Frau, und dann reden Sie meinetwegen von Gerüchen.«

Dies war unappetitlich. Phoebe pickte eine letzte Auster aus ihrer Schale und blickte bescheiden auf ihren Teller hinunter.

Nachdem Jervy sah, daß das zweite Glas Gin-und-Wasser rasch leer wurde, riskierte er ein erstes Näherkommen auf dem Weg zu Mrs. Sowlers Vertrauen.

»Diese Schulden von Farnaby?« begann er. »Ist das eine sehr alte Schuld?« Mrs. Sowler war vorsichtig. Mit anderen Worten: Mrs. Sowlers Kopf war heißem Grog gegenüber nur anfällig, wenn er von ihr in großen Mengen konsumiert wurde. Sie sagte also, es sei ein alte Schuld, und mehr sagte sie nicht.

»Sieben Jahre alt?«

Mrs. Sowler trank ihr Glas aus und sah Jervy auf der anderen Tischseite scharf an: »Mein Gedächtnis ist bei meinem Alter nicht mehr sehr gut.« So lautete ihre Anwort und eine weitere gab sie ihm nicht.

Jervy ließ keine Zeit verstreichen und setzte seine Fragen fort: »Sind Sie ganz sicher, daß der Mann, den ich Ihnen bei dem Vortrag zeigte, derselbe ist, der sich ›Morgan‹ nannte und seine Briefe in die Kneipe geschickt bekam?«

»Ganz sicher. Ich würde immer schwören, er ist es, schon nach seinen Augen zu schließen.«

»Und Sie haben ihn darum gebeten, seine Schulden zu zahlen?«

»Wie hätte ich das tun können, da ich ja nie gewußt habe, wie er heißt, bevor du's mir heute abend gesagt hast?«

»Welche Summe Geld ist er Ihnen schuldig?«

Es ist schwer zu sagen, ob Mrs. Sowlers Gedanken prophetisch auf ein viertes Glas Grog gerichtet waren oder ob sie es an der Zeit fand, ihrerseits Fragen zu stellen. Was immer ihre Gründe gewesen sein mögen, sie schüttelte schlau den Kopf und blinzelte Jervy an: »Das Geld ist meine Angelegenheit«, bemerkte sie. »Du sagst mir, wo er wohnt, und ich sorge dafür, daß er blecht.«

Jervy war der Situation gewachsen: »Sie werden nichts dergleichen tun!« sagte er.

Mrs. Sowler lachte herausfordernd: »Das glaubst du, mein kluger Junge!«

»Ich glaube überhaupt nichts, alte Dame – ich weiß das! Zuerst einmal schuldet Ihnen Farnaby, dem Gesetz nach, nach sieben Jahren überhaupt nichts. Zweitens: schauen Sie in den Spiegel dort! Glauben Sie denn, die Diener würden Sie reinlassen, wenn Sie an Farnabys Tor klopfen? Sie brauchen einen ›klugen Jungen‹, der Ihnen hilft oder Sie werden Ihre Schuld niemals eintreiben!«

Mrs. Sowler war – auch mit einem halb ausgetrunkenen dritten

Glas Grog – Vernunftgründen zugängig, wenn die Vernunft ihr auf überzeugende Weise präsentiert wurde, und kam sofort zur Sache: »Wieviel willst du?« fragte sie.

»Nichts«, antwortete Jervy. »Ich erwarte von Ihnen keine Provision.«

Mrs. Sowler überlegte ein wenig und verstand ihn. »Sag das noch mal!« beharrte sie, »und zwar vor der jungen Person als Zeugin!«

Jervy berührte die Hand der »jungen Person« unter dem Tisch und warnte sie damit davor, irgend etwas dagegen zu sagen; sie möge alles ihm überlassen. Nachdem er zum zweiten Male erklärt hatte, keinen Penny von Mrs. Sowler anzunehmen, setzte er seine Befragung fort.

»Ich handle nur in Ihrem Interesse, Mutter Sowler«, sagte er, »und Sie sind die Verliererin, wenn Sie meine Fragen nicht geduldig beantworten und mir nicht die Wahrheit sagen. Ich komme auf die Schulden zurück: Schulden wofür?«

»Für sechs Wochen ein Kind versorgen – zu zehn Schilling die Woche!«

Phoebe sah von ihrem Teller auf.

»Wessen Kind?« fragte Jervy, der diese plötzliche Bewegung bemerkte.

»Morgans Kind – das von dem, der Farnaby heißt, wie du behauptest.«

»Wissen Sie, wer die Mutter war?«

»Möchte ich gern wissen! Der hätte ich schon lange das Geld rausgezogen.«

Jervy sah verstohlen auf Phoebe. Sie war blaß geworden, hörte zu, und ihre Augen richteten sich auf Mrs. Sowlers häßliches Gesicht.

»Wie lange ist das her?« fuhr Jervy fort.

»Mehr als sechzehn Jahre.«

»Hat Farnaby selbst Ihnen das Kind gegeben?«

»Mit seinen eigenen Händen und über den Gartenzaun von einem Haus in Ramsgate. Er brachte mich und das Kind an den Zug nach London. Zehn Pfund habe ich von ihm bekommen und keinen Penny mehr. Er versprach, mich innerhalb von einem Monat aufzusuchen und alles in Ordnung zu bringen. Seit dem Tag habe ich ihn nie wieder erblickt, bis ich ihn heute abend sein Geld beim Saaleingang zahlen sah.«

Jervy sah noch einmal verstohlen auf Phoebe. Sie war sich noch immer nicht bewußt, daß er sie beobachtete. Ihre Aufmerksamkeit galt noch immer Mrs. Sowlers Antworten. Jervy gab die Frage nach der Schuld auf, da er über das mögliche Ergebnis seiner Frage sich seine eigenen Gedanken gemacht hatte und zielte mit seinen nächsten Fragen auf das Thema Kind.

»Ich verspreche Ihnen, Mutter Sowler, Sie bekommen jeden Penny Ihres Geldes zurück und Zinsen dazu! Wie alt war das Kind, als Farnaby es Ihnen gab?«

»Alt? Nicht einmal eine Woche alt, würde ich glauben.«

»Nicht mal eine Woche alt?« wiederholte Jervy und schaute Phoebe an. »O Gott! Man könnte also sagen: ein neugeborenes Baby?«

Die Erregung des Mädchens geriet sehr schnell außer Kontrolle. Phoebe beugte sich in ihrer Gier, mehr zu hören, über den Tisch.

»Und wie lange sorgten Sie für das Kind?« fuhr Jervy fort.

»Wie kann ich dir das nach all den Jahren sagen? Paar Monate, denk ich. Ja, das weiß ich genau: ich behielt es sechs Wochen, nachdem die zehn Pfund, die er mir gegeben hatte, aufgebraucht waren. Und dann ...«, sie hielt inne und sah auf Phoebe.

»Und dann sind Sie's los geworden?«

Mrs. Sowler suchte Jervys Fuß unter dem Tisch und gab ihm einen bedeutsamen Tritt. »Ich habe nichts getan, wofür ich mich schämen muß, Miß«, sagte sie und wandte sich herausfordernd an Phoebe, »ich war zu arm, um das arme kleine Ding zu behalten und übergab es einer guten Dame zur Pflege, die's dann adoptiert hat.«

Phoebe konnte nicht länger an sich halten. Ehe Jervy den Mund aufmachen konnte, stieß sie die nächste Frage hervor.

»Wissen Sie, wo die Dame jetzt ist?«

»Nein«, antwortete Mrs. Sowler kurz, »das weiß ich nicht.«

»Wissen Sie, wo man das Kind finden könnte?«

Mrs. Sowler rührte im Rest ihres Grogs herum. »Ich weiß nicht mehr als Sie. Noch Fragen, Miß?«

Phoebes Erregung machte sie vollkommen blind gegenüber den deutlichen Anzeichen dafür, daß Mrs. Sowlers Laune sich verschlechtert hatte. Sie fuhr unbesonnen fort:

»Haben Sie das Kind, seit Sie sie der Dame gegeben haben, nie wieder gesehen?

Mrs. Sowler setzte ihr Glas, das sie eben an den Mund geführt hatte, nieder. Jervy hörte, wie vom Donner gerührt, auf, sich seine zweite Zigarre anzuzünden.

»Sie?« wiederholte Mrs. Sowler langsam, während sie mit einem lauernden Ausdruck von Mißtrauen und Verdacht auf Phoebe schaute. »Sie?« Sie wandte sich zu Jervy. »Hast du mich gefragt, ob das Kind ein Junge oder ein Mädchen war?«

»Daran habe ich überhaupt nicht gedacht!« antwortete Jervy.

»Habe ich das zufällig ungefragt gesagt?«

Jervy überließ Phoebe mit Absicht der unerbittlichen Alten, vor der sie sich verraten hatte. Es war der einzig mögliche Weg, das Mädchen zu zwingen, alles einzugestehen.

»Nein«, antwortete er, »Sie haben das nie ungefragt gesagt.«

Mrs. Sowler wendete sich wiederum Phoebe zu: »Wieso wissen Sie, daß das Kind ein Mädchen war?«

Phoebe zitterte und schwieg. Sie saß mit gesenktem Kopf da und mit fest auf dem Schoß gefalteten Händen.

»Darf ich fragen – wenn Sie nichts dagegen haben«, fuhr Mrs. Sowler mit einem rabiaten Anschein von Höflichkeit fort, »wie alt Sie sind, Miß? Sie sind jung und hübsch genug, nichts dagegen zu haben, auf diese Frage zu antworten, wie ich glaube.«

Sogar Jervys schurkische Welterfahrung warnte ihn nicht vor dem, was da kam. Und Phoebe fiel – unnötig das zu sagen – sofort in die Falle.

»Vierundzwanzig«, erwiderte sie, »an meinem nächsten Geburtstag.«

»Und das Kind wurde mir vor sechzehn Jahren anvertraut«, sagte Mrs. Sowler. »Zieht man sechzehn von vierundzwanzig ab, bleiben acht. Ich wundere mich mehr denn je, Miß, daß Sie wissen, es ist ein Mädchen. Es könnte doch nicht Ihr Kind sein, oder?«

Phoebe sprang in wilder Wut auf: »Hörst du das?« rief sie aus und appellierte an Jervy. »Was fällt dir ein, mich hierherzubringen, um mich von dieser betrunkenen Alten beleidigen zu lassen?«

Mrs. Sowler stand ihrerseits auf. Die wilde Alte griff nach ihrem leeren Glas mit der Absicht, es auf Phoebe zu werfen. Gleichzeitig packte Jervy sie geistesgegenwärtig am Arm, zog sie aus dem Zimmer und schloß die Türe hinter sich ab.

Draußen auf dem Gang stand eine Bank. Mit einer Hand drückte er Mrs. Sowler auf die Bank nieder und mit der anderen zog er Phoebes Geldbörse aus der Tasche. »Hier haben Sie ein Pfund!« sagte er, »als Anzahlung auf die Schuld, die Sie noch zu bekommen haben. Gehen Sie ruhig nach Hause und treffen Sie mich morgen abend um sechs hier vor der Tür.«

Mrs. Sowler wollte protestierend den Mund öffnen, schloß ihn aber wieder – fasziniert durch den Anblick des Goldstücks – griff nach der Münze, wurde sofort wieder freundlich und vertraut. Sie sagte: »Hilf mir die Treppe hinunter, mein Schätzchen, und setze mich in eine Droschke. Ich hab Angst vor der kalten Nachtluft.«

»Noch ein Wort, bevor ich Sie in eine Droschke setze«, sagte Jervy. »Was haben Sie mit dem Kind wirklich getan?«

Mrs. Sowler grinste auf eine scheußliche Weise und flüsterte ihm ihre Antwort in strengstem Vertrauen zu:

»Hab's der Moll Davis verkauft – für fünf Pfund Sixpence.«

»Wer war Moll Davis?«

»Eine Bettlerin.«

»Und jetzt wissen Sie wirklich nichts mehr von Moll Davis oder dem Kind?«

»Brauchte ich dann deine Hilfe, wenn ich was wüßte?« fragte Mrs. Sowler voller Verachtung. »Vielleicht sind beide tot und begraben – wenn ich nicht das Gegenteil höre!«

Jervy setzte sie ohne weiteren Aufenthalt in eine Droschke. »Nun zu der anderen!« sagte er sich und eilte in das Extrazimmer zurück.

Kapitel V

Manche Männer hätten es unter diesen Umständen für keine leichte Aufgabe gehalten, Phoebe zu trösten. Jervy hatte den großen Vorteil, nicht die geringste Sympathie für sie zu fühlen und ihm standen außerdem seine großen Reserven an fließender Überredungskunst und bereitwilliger Schmeichelei zur Verfügung. Phoebes Tränen waren in weniger als fünf Minuten getrocknet und ihr Liebhaber – das Abbild eines verehrten Mannes, dem man vergeben hat – hatte wieder seinen Arm um ihre Taille gelegt.

»Nun, mein Engel«, sagte er (Phoebe seufzte zärtlich, denn er hatte sie noch nie vorher »Engel« genannt), »sage mir alles darüber und ganz im Vertrauen! Du mußt mir nur die Tatsachen berichten, und dann werde ich sehen, wie ich dich in Zukunft gegen Ärger durch Mrs. Sowler schützen kann. Du hast eine ganz außerordentliche Entdeckung gemacht. Komm näher zu mir, mein süßes Mädchen. Hast du die in Farnabys Haus gemacht?«

»Ich hörte es in der Küche«, sagte Phoebe.

Jervy fuhr auf. »Hat irgend jemand anderer davon gehört?«

»Nein. Alle waren im Zimmer der Haushälterin und schauten sich Indianerzeug an, das ihr Sohn aus Kanada geschickt hatte. Ich hatte meinen Vogel am Toilettentisch stehen gelassen und aus Angst vor der Katze lief ich in die Küche, um den Käfig in Sicherheit zu bringen. Eines der Klappfenster im Oberlicht war offen und ich hörte Stimmen im Hinterzimmer, das Mrs. Farnabys Zimmer ist.«

»Wessen Stimmen?«

»Mrs. Farnabys Stimme und die von Mr. Goldenheart.«

»Mrs. Farnaby?« wiederholte Jervy überrascht. »Bist du sicher, es war Mrs. Farnaby?«

»Natürlich bin ich sicher. Glaubst du, ich kenne die Stimme dieser schrecklichen Frau nicht genau? Als ich sie hörte, sagte sie zuerst etwas ganz Komisches: Sie fragte, ob was daran sei, wenn sie ihm ihren nackten Fuß zeigte? Ein Mann antwortete, und es war Mr. Goldenhearts Stimme. Du wärest an meiner Stelle auch neugierig gewesen, mehr zu hören, nicht wahr? Ich öffnete das zweite Küchenfenster, um sicher zu sein, nichts zu versäumen. Und was glaubst du, hab ich sie sagen hören?«

»Du meinst Mrs. Farnaby?«

»Ja. Ich hörte, wie sie sagte: ›Sehen Sie sich meinen linken Fuß an und schauen Sie zwischen die dritte und vierte Zehe!‹ Hast du eine verheiratete Frau einem jungen Mann schon etwas derartig Unverschämtes sagen hören?!«

»Weiter, weiter! Was hat er gesagt?«

»Nichts; ich nehme an, er schaute ihren Fuß an.«

»Ihren linken Fuß?«

»Ja, ihren linken Fuß! Kein Grund, stolz auf ihn zu sein, das kann ich dir sagen! Nachdem, was sie sagte, hat sie dort irgendeine schreckliche Entstellung zwischen der dritten und vierten Zehe. Nein, ich hab sie nicht sagen hören, was für eine Entstellung. Ich hab nur gehört, daß sie das einen ›Defekt‹ genannt hat. Und sie sagte, ihr ›armer Liebling‹ sei mit demselben Defekt auf die Welt gekommen und das sei ihre Verteidigung, wenn sie von Verbrechern und Schurken getäuscht wird. Ich erinnere mich genau an ihre Worte: ›Als ich private Menschen angestellt hatte, die sie finden sollten ...‹ Ja, sie sagte: *sie*! Das habe ich genau gehört. Und nachher redete sie von ›ihrer armen, verlorenen

Tochter, die vielleicht noch irgendwo lebt und sich fragt, wer ihre Mutter war.‹ Ich hab natürlich zwei und zwei zusammengesetzt, als ich dann hörte, wie dieses hassenswerte, betrunkene alte Weib von einem Kind redete, das ihr von Mr. Farnaby gegeben worden sei. Mein Gott, wie komisch du dreinschaust. Ist irgend etwas los mit dir?«

»Ich bin nur sehr interessiert, das ist alles. Aber eines versteh ich nicht! Was hatte Mr. Goldenheart mit alledem zu schaffen?«

»Habe ich dir das nicht erzählt?«

»Nein.«

»Dann erzähl ich dir's also jetzt: Mrs. Farnaby ist nicht nur eine herzlose Person, die ein armes Mädchen aus seiner Stellung jagt und sich weigert, ihr ein Zeugnis auszustellen – dumm ist sie außerdem. Diese fabelhafte Vorführung von ihrem gräßlichen Fuß war dazu da, um Mr. Goldenheart von etwas zu unterrichten, das er wissen müsse. Wenn er auf seinen Wanderungen und Reisen zufällig ein Mädchen treffen sollte und herausfände, daß sie denselben Defekt am selben Fuß habe, dann würde er gewiß sein, daß ...«

»In Ordnung, ich versteh schon. Aber warum Mr. Goldenheart?«

»Weil sie geträumt hatte, Mr. Goldenheart hätte das verlorene Mädchen gefunden. Und weil sie dachte, es gäbe eine Chance ›eins zu hundert‹, daß ihr Traum sich erfüllt. Hast du von so einer dummen Person je gehört? Nach dem, was ich mitkriegen konnte, hat sie sogar deswegen geweint. Und so eine Frau jagt mich auf die Straße und ruiniert mich. Ihr ist das aber vollkommen egal! Hör mal genau zu: Ich hätte ihr Geheimnis nicht preisgegeben – es geht mich ja schließlich nichts an –, wenn sie sich zu mir anständig benommen hätte. Aber ich habe vor, mit ihr quitt zu werden. Und das, was ich dort unten in der Küche gehört habe, das verhilft mir dazu – mehr als genug! Irgendwie werde ich sie bloßstellen – weiß nur noch nicht, wie –, aber irgendwann kommt es dazu! Mein Lieber, du kannst doch ein Geheimnis für dich behalten, was? Wir werden ja sowieso bald nur gemeinsame Geheimnisse haben. Wenn wir Mann und Frau sein werden, nicht wahr? Na, du hörst mir ja gar nicht zu! Was ist denn mit dir los?«

Jervy sah plötzlich auf. Sein weiches, einschmeichelndes Benehmen war verschwunden, er sprach nun grob und ungeduldig: »Eines will ich wissen: besitzt Farnabys Frau eigenes Geld?«

Phoebe war mit ihren Gedanken noch immer bei der Veränderung ihres Liebhabers. »Du redest, als wärst du böse mit mir«, sagte sie.

Jervy fand mit einigen Schwierigkeiten seinen einschmeichelnden Ton wieder. »Mein süßes Mädchen,ich liebe dich! Wie kann ich dir böse sein? Du hast mich nur auf etwas gebracht, und das gibt mir zu denken, nichts anderes! Weißt du zufällig, ob Mrs. Farnaby eigenes Geld hat?«

Diesmal antwortete Phoebe: »Ich habe Miß Regina sagen hören, Mrs. Farnabys Vater sei ein reicher Mann gewesen«, sagte sie.

»Wie hieß er?«

»Ronald.«

»Weißt du, wann er gestorben ist?«

»Nein.«

Jervy verfiel wieder in Nachdenken und kaute – völlig verwirrt – an seinen Nägeln. Nach ein oder zwei Augenblicken kam ihm eine Idee. »Der Grabstein wird's mir sagen!« rief er im Selbstgespräch aus. Bevor Phoebe ihrer Verwunderung Ausdruck geben konnte, wandte er sich zu ihr und fragte sie, wo Mr. Ronald begraben liege.

»Ja«, sagte Phoebe, »das habe ich gehört: auf dem Friedhof von Highgate. Aber warum willst du das wissen?«

Jervy sah auf die Uhr. »Es ist spät geworden«, sagte er, »ich bring dich nach Haus.«

»Aber ich will wissen, warum ...«

»Setz deinen Hut auf und warte damit, bis wir auf der Straße sind.«

Jervy zahlte die Rechnung und bedachte auch den Kellner, wie es sich gehörte. Er war freigebig und er war höflich, aber offensichtlich nicht bereit, Phoebe sofort die Erklärung zu geben, die er ihr versprochen hatte. Sie hatten die Taverne schon seit einigen Minuten verlassen, und er war immer noch so unhöflich, seinen eigenen Gedanken nachzugehen. Phoebe verlor die Geduld.

»Ich hab dir alles gesagt!« sagte sie vorwurfsvoll. »Ich finde es nicht fair von dir, mich danach noch immer im Dunkeln tappen zu lassen.«

Er nahm sich sofort zusammen: »Mein liebes Kind, du mißverstehst mich völlig!«

Seine Antwort kam wie immer sehr schnell, aber sie wurde eher abwesend gegeben. Erst in diesem Augenblick hatte er sich entschlossen, Phoebe (bis zu einem gewissen Punkt wenigstens) über seine Absichten, die er sich eben überlegt hatte, zu unterrichten. Er würde weitaus lieber Mrs. Sowler zu seiner einzigen Komplizin gemacht haben, aber er kannte das Mädchen zu gut, um das zu riskieren. Wenn er sich weigerte, ihrer Neugier Genüge zu tun, wäre sie durch keinerlei feinfühlige Skrupel davon abzubringen, ihn insgeheim beobachten zu lassen oder ihrer jungen Herrin – entweder mündlich oder schriftlich, denn sie korrespondierte mit ihr – etwas zu erzählen, und das würde zu entsetzlichen Ergebnissen führen. Es war vom größten Interesse für ihn, Phoebe mit seinen Absichten vertraut zu machen, damit diese für sie so wichtig waren, daß sie seine Geheimnisse für sich behalten würde.

Er fuhr fort: »Ich habe nicht den geringsten Wunsch, irgend etwas vor dir geheimzuhalten. Soweit ich bis jetzt sehen kann ..., weiß ich nun, wie ich vorgehen muß; du wirst das auch erfahren.« Nachdem er sich auf diese geschickte Weise die Freiheit bewahrt hatte, lügen zu dürfen und vom Pfad der Wahrheit abzuweichen, wann immer er es für nötig hielt, lächelte er sie ermutigend an und wartete auf ihre Fragen.

Phoebe wiederholte die Frage, die sie in der Kneipe gestellt hatte.

»Warum willst du wissen, wo Mr. Ronald beerdigt ist?« fragte sie grob.

»Mr. Ronalds Grabstein, meine Liebe, wird mir das Datum von Mr. Ronalds Tod sagen«, erwiderte Jervy. »Sobald ich das Datum habe, gehe ich in ein Amt in der Nähe der St.-Pauls-Kathedrale, das ›Doktorhaus‹ genannt wird; dort werde ich eine Gebühr von einem Schilling bezahlen und berechtigt sein, Mr. Ronalds Testament nachzulesen.«

»Und was hast du davon?«

»Gut gefragt, Phoebe! In unserer Lage darf man nicht mal einen Schilling zum Fenster hinauswerfen. Aber mit meinem Schilling erkaufe ich mir – für nur zwei Sixpence! – eine Auskunft. Ich werde herausfinden, welche Summe Geldes Mr. Ronald seiner Tochter hinterlassen hat und ob Mrs. Farnabys Mann Vollmacht darüber hat oder nicht.«

»Und?« fragte Phoebe, die bisher noch nicht sehr interessiert war. »Und was dann?«

Jervy sah sich um. Sie waren jetzt in einer belebten Straße. Er schwieg vorsichtig, bis sie an der ersten Kreuzung angekommen waren, die zu einer ruhigen Gasse hinunterführte.

»Was ich dir zu sagen habe«, sagte er, »darf nicht durch Zufall von irgend jemandem gehört werden. Hier, meine Liebe, sind wir fast am Ende der Welt angekommen und hier kann ich ungestört mit dir reden. Ich verspreche dir zwei gute Dinge: du wirst den Tag erleben, an dem du mit Mrs. Farnaby abrechnen wirst, und wir werden zu genügend Geld kommen, um bequem und so früh wie möglich heiraten zu können.«

Phoebes schwaches Interesse an der Angelegenheit begann sich zu beleben; sie verlangte jedoch eine deutlichere Erklärung als diese: »Glaubst du, das Geld Mr. Farnaby herausreißen zu können?«

»Mit Mr. Farnaby habe ich nichts zu schaffen – außer, ich finde heraus, daß das Geld seiner Frau nicht ihr allein zur Verfügung steht. Was du in der Küche mitgehört hast, hat alle meine Pläne umgeworfen. Warte einen Augenblick, und du wirst sehen, auf was ich hinaus will. Wie viel, glaubst du, würde Mrs. Farnaby mir geben, wenn ich ihre verlorene Tochter fände?«

Phoebe blieb plötzlich stehen und sah den elenden Schurken, der sie in Versuchung führte, nur staunend an.

»Aber niemand weiß doch, wo die Tochter ist?« wandte sie ein.

»Du und ich wissen, daß die Tochter einen Defekt an ihrem linken Fuß hat«, erwiderte Jervy. »Und du und ich wissen auch, an welchem Teil des Fußes. Nicht nur kann man dieses Wissen zu Geld machen, sondern zu leichtverdientem Geld. Und das ohne das geringste Risiko! Angenommen, ich behandle die Angelegenheit schriftlich, ohne selbst in Erscheinung zu treten? Glaubst du nicht, daß Mrs. Farnaby ihre Börse schon vorher aufmachen würde, wenn ich als Beweis, daß man mir trauen kann, die genaue Lage dieses kleinen Defektes erwähne?«

Phoebe war auch jetzt noch außerstande oder nicht bereit, den offensichtlichen Schluß aus dem allen zu ziehen.

»Aber was würdest du tun«, sagte sie, »wenn Mrs. Farnaby darauf besteht, ihre Tochter zu sehen?«

Irgend etwas in des Mädchens Ton – halb Furcht, halb Verdacht – warnte Jervy, daß er sich auf gefährlichem Boden bewege. Er wußte ganz genau, was er vorschlug – in einer Angelegenheit, die ihm so simpel präsentiert worden war. Es war die einfachste Sache der Welt. Er hatte nur ein Treffen mit Mrs. Farnaby auszumachen, inzwischen die Flucht zu ergreifen und ein höfliches Briefchen zu schreiben, in dem er sagte: es sei alles ein Irrtum gewesen und er bedauere, zu arm zu sein, um das Geld zurückzugeben. Konnte er, nachdem er seinen Plan soweit erklärt hatte, es noch wagen, seiner Gefährtin ohne Rückhalt Rede und Antwort zu stehen? Phoebe war eitel, Phoebe war rachsüchtig und Phoebe war, was weitaus nützlicher war, dumm. Aber dennoch war sie noch außerstande, einem Akt gemeinster Niedertracht kaltblütig zuzustimmen. Jervy blickte sie an und sah, daß der erwartete und notwendige Augenblick für eine Lüge schließlich gekommen war.

»Da liegt eben die Schwierigkeit«, sagte er, »ich weiß nicht, wie ich weiter vorgehen soll. Kannst du mir raten?«

Phoebe erschrak und zog sich etwas von ihm zurück. »Ich dir raten?« rief sie aus. »Ich habe Angst, daran auch nur zu denken! Wenn du sie glauben gemacht hast, daß sie ihre Tochter sehen wird, und sie findet dann heraus, daß du sie bestohlen und belogen hast, du würdest sie – das kann ich dir sagen – bei ihrem wilden Gemütszustand zum Wahnsinn treiben!«

Jervys Erwiderung darauf war ein Musterbeispiel gutgespielter Entrüstung.

»Sage nicht so etwas Schreckliches!« rief er aus. »Wenn du mich einer solchen Grausamkeit für fähig hältst, dann geh zu Mrs. Farnaby und warne sie sofort vor mir!«

»Das ist gemein, so von mir zu sprechen!« erwiderte Phoebe mit dem ehrlichen Ungestüm einer beleidigten Frau. »Du weißt, ich würde lieber sterben als dich in Schwierigkeiten zu bringen. Bitte mich sofort um Verzeihung, oder ich gehe keinen Schritt mit dir weiter!«

Jervy brachte die notwendigen Entschuldigungen mit aller notwendigen Demut vor. Er hatte erreicht, was er wollte und nun konnte er – ohne Phoebes Mißtrauen zu erregen – weitere Erörterungen dieses Themas hinausschieben. »Wir wollen für den Augenblick nicht weiter darüber reden«, schlug er vor. »Wir werden uns alles überlegen und bis dahin von angenehmeren Dingen sprechen. Küß mich, mein süßes Mädchen, niemand schaut her.«

So schloß er Frieden mit seiner Liebsten und schaffte sich gleichzeitig die volle Freiheit für die künftigen Taten, die er auszuführen hatte. Sollte Phoebe weitere Fragen stellen, war die richtige Antwort auch für den Dümmsten klar; er mußte nur sagen: »Die Angelegenheit würde Schwierigkeiten bereiten, die ich nicht vorhergesehen habe und ich habe sie daher aufgegeben!«

Der kürzeste Rückweg zu Phoebes Unterkunft war der durch die Straße, in der das »Hampden-Institut« lag. Als sie auf der gegenüberliegenden Straßenseite daran vorbeigingen, sahen sie, wie sich die Seitentüre öffnete und zwei Männer herauskamen.

Eine dritte Person rief einem der beiden von innen nach: »Mr. Goldenheart, Sie haben die Empfangsbestätigung im Wartezimmer liegen lassen!« »Gleichgültig«, antwortete Amelius, »die Einnahmen des Abends waren so gering, daß ich lieber nicht daran erinnert werde.« Eine dritte Stimme bemerkte: »Hätte er in meiner Heimat einen Vortrag wie den von heute abend gehalten, ich hätte ihm – wie ich annehme – dreihundert Dollar in Gold gegeben – sechzig Pfund in englischer Währung – und würde an der Transaktion selbst noch etwas verdient haben. Die britische Nation, Sir, hat ihr Gefühl für intellektuelle Erholung verloren. Ich wünsche Ihnen einen guten Abend.«

Jervy führte Phoebe, als die beiden Herren die Straße überquerten, schnell aus dem Wege. Er hatte gewisse Ereignisse in Tadmor nicht vergessen und war keinesfalls daran interessiert, seine frühere Bekanntschaft mit Amelius zu erneuern.

Kapitel VI

Rufus und sein junger Freund gingen schweigend gemeinsam bis zu einem großen Platz. Hier blieben sie stehen, da sie die Stelle erreicht hatten, von der aus sie auf ihrem Heimweg verschiedene Richtungen einschlagen mußten.

»Mein Sohn, ich habe – nur für Ihr Ohr bestimmt – Ihnen einen Rat zu geben«, sagte der Neu-Engländer. »Das Barometer unter Ihrer Weste zeigt ein Tief in Ihrer moralischen Atmosphäre an. Kommen Sie mit mir nach Hause, denn Sie brauchen dringend einen Whisky-Cocktail.«

»Danke nein, mein guter Freund«, antwortete Amelius etwas betrübt. »Zugegeben ich bin niedergeschlagen, wie Sie sagen. Denn – wissen Sie – ich habe von dem Vortrag eine neue Chance für mich erwartet. Ich persönlich – das wissen Sie – gebe nicht das Geringste auf Geld. Aber meine Heirat hängt davon ab, daß ich mein Einkommen vergrößere, und nun hat der erste Versuch, den ich dafür unternommen habe, mit einem völligen Mißerfolg geendet. Wenn ich mir meine Zukunft jetzt so ansehe: alles schwimmt mir davon! Und ich fürchte, daß ich dumm genug bin, mir dadurch den Mut nehmen zu lassen. Nein, der Cocktail wäre für mich nicht die rechte Kur. Ich habe hier nicht genügend frische Luft und Bewegung, wie ich sie von Tadmor gewöhnt bin. Ein guter, langer Spaziergang wird mich wieder in Ordnung bringen. Nichts anderes!«

Rufus bot ihm sofort seine Begleitung an, aber Amelius schüttelte den Kopf.

»Sind Sie in Ihrem Leben auch nur eine Meile gegangen, wenn Sie hätten fahren können?« fragte er gutgelaunt. »Ich habe vor, mir vier bis fünf Stunden meine Beine zu vertreten und müßte Sie dann in einer Droschke nach Hause schicken. Danke, lieber Freund, für das brüderliche Interesse, das Sie an mir nehmen. Morgen früh werde ich in Ihrem Hotel mit Ihnen frühstücken. Gute Nacht!«

Irgendeine merkwürdige Vorahnung von etwas Bösem schien den guten Neu-Engländer zu beunruhigen. Er hielt Amelius an der Hand fest und sagte sehr ernsthaft: »Es geht mir gegen den Strich, Sie um diese Nachtzeit ganz allein losmarschieren zu sehen, wirklich! Tun Sie mir einmal einen Gefallen, mein lieber Junge, und gehen Sie direkt zu Bett.«

Amelius lachte und ließ seine Hand los. »Wenn ich zu Bett ginge, könnte ich nicht schlafen. Frühstück: morgen früh um zehn Uhr! Nochmals: gute Nacht!«

Er begann seinen Marsch in einem derartigen Tempo, daß eine Verfolgung für Rufus zu einer unmöglichen Herausforderung geworden wäre. Der Amerikaner stand da und sah ihm nach, bis Amelius in der Dunkelheit verschwunden war. »Wie dieser Junge in weniger als zwei Monaten mich doch für sich eingenommen hat!« dachte Rufus, als er sich langsam in die Richtung seines Hotels entfernte. »Gott gebe, daß der arme Junge heute nacht nicht in Schwierigkeiten gerät!«

Inzwischen marschierte Amelius schnell dahin und unbesorgt, in welche Richtung er seine Schritte lenkte, solange er nur frische Luft hätte und in Bewegung bliebe.

Seine Gedanken beschäftigten sich zuerst nicht mit der zweifelhaften Heiratsfrage; der Vortrag war noch immer das, was ihn am meisten bewegte. Für den Schluß seines Vortrages hatte er sich die Rechtfertigung für einen Blick in die Zukunft aufgespart, wie er sich ihm allein durch die weitverbreitete und schreckliche Armut unter den Millionen der Londoner Bevölkerung darbot. Über dieses traurige Thema hatte er mit Beredsamkeit und voll echtem Gefühl gesprochen und einen starken Eindruck gemacht – sogar auch auf jene Mitglieder seines Auditoriums, die den von ihm vertretenen Ansichten mit Entschlossenheit Widerstand entgegensetzten. Auf den Schluß seines Vortrages konnte er – ohne irgendeine unberechtigte Selbstüberschätzung – mit der Überzeugung zurückblicken, daß er sich und seiner Sache gerecht geworden war. Der Rückblick auf die öffentliche Diskussion, die gefolgt war, bereitete ihm weniger Vergnügen. Sein herzliches Temperament und seine ungestüme Ehrlichkeit versetzten ihn gegenüber den zurückhaltenden Sprechern (alle älter als er), die einer nach dem anderen sich erhoben hatten, um seine Ansichten zu bekämpfen, in eine wahrhaft ungünstige Lage. Mehr als einmal hatte er die Geduld verloren, war aber dann gezwungen gewesen, seine Entschuldigungen vorzubringen. Mehr als einmal hatte er für die schnelle Unterstützung durch Rufus dankbar zu sein, der an der Wortschlacht teilgenommen hatte und das nur in der großmütigen Absicht, seinen Rückzug zu decken. »Nein«, dachte er mit einem Gefühl bitterer Erniedrigung, »ich bin für öffentliche Diskussionen nicht geschaffen. Wenn man mich morgen ins Parlament wählte, würde ich dort nur zur Ordnung gerufen werden und nichts leisten.«

Er erreichte am Ostende des »Strand« die Themse.

Gedankenverloren wie bisher ging er weiter über die Waterloo-Brücke und folgte der breiten Straße, die auf der anderen Seite des Flusses vor ihm lag. Er dachte wieder an die Zukunft und seine Gedanken galten jetzt Regina. Eine Aussicht auf ein ruhiges und glückliches Leben (mit Pflichten, ebenso wie mit Vergnügungen, die ihn vielleicht zu der Berufung führen könnten, die ihm bestimmt war) bestand für ihn nur in der Aussicht auf seine Heirat. Welches Hindernis stand ihm im Wege? Das elende Hindernis Geld und die verächtliche Gesinnung jenes Sich-zur-Schau-stellens, das ihm verbot, mit seinem eigenen, kleinen und genügend großen Einkommen zu leben und das verlangte, er solle sein häusliches Glück um den Preis der aufgeputzten Herrlichkeit eines reichen Kaufmanns und seiner Freunde aufgeben! Und Regina, die ihren eigenen, besseren Impulsen hätte folgen können – Regina, deren Herz ihn als dessen Herrn anerkannte –, sie beugte sich vor dem goldenen Bild, das die schützende Gottheit des Haushalts ihres Onkels darbot und sagte ergeben: Die Liebe muß warten!

Während er in Gedanken weiterging, wurde er plötzlich durch ein Gefühl von irgendwelchen Geschehnissen um sich herum aufgeschreckt. Während er gerade eine Nebenstraße überquerte, packte ihn ein Mann hart am Arm und rettete ihn davor, überfahren zu werden. Der Mann hatte einen Besen in der Hand und war ein Straßenkehrer: »Ich glaube, meinen Penny habe ich mir verdient, Sir!« sagte er.

Amelius gab ihm eine »Halbe Krone«. Der Mann schulterte seinen Besen und warf mit deutlicher Begeisterung das Geldstück in die Höhe. »Damit kann man nach Hause kommen!« rief er und fing das Geldstück wieder auf.

»Haben Sie eine Familie zu Hause?« fragte Amelius.

»Ich habe nur einen Menschen, Sir«, sagte der Mann. »Die anderen sind alle tot. Sie ist genauso ein hübsches Mädchen, wie andere, die jemals einen Unterrock angezogen haben! Das dürfte ich aber nicht sagen! Danke ergebenst, Sir. Gute Nacht.«

Amelius sah dem armen Burschen nach, der wenigstens in dieser Nacht glücklich war. »Wenn ich das Glück gehabt hätte, mich in die Tochter dieses Straßenkehrers zu verlieben«, dachte er bitter, »sie würde mich geheiratet haben, wenn ich sie darum gebeten hätte!«

Er sah die Straße entlang, die dann einen Bogen machte, so daß man ihr Ende nicht sehen konnte. Als Amelius an der nächsten Seitenstraße zur Linken angelangt war, ging er die hinunter, da er des Geradeausgehens überdrüssig geworden war. Wohin sie ihn führen würde, wußte er weder, noch interessierte es ihn. In seiner augenblicklichen Stimmung war es eine vergnügliche Sensation für ihn, sich in London verirrt zu haben.

Die kurze Straße wurde plötzlich breiter. Lichterschein von flackerndem Gaslicht blendete seine Augen und überall um sich herum hörte er das Rufen unzähliger Stimmen. Zum erstenmal seit seiner Ankunft in London fand er sich auf einem der Straßenmärkte der Armen.

Auf beiden Seiten waren die Karren der Händler, der wandernden »Kaufleute der Straße«, in Reihen aufgestellt und ein jeder pries seine Ware mit Hilfe des billigsten Reklamemittels, mit seiner Stimme: Fische und Gemüse, Porzellan und Schreibpapier, Spiegel, Pfannen und kolorierte Drucke – alle zusammen zielten auf die knappgefüllten Geldbörsen der Menge, die die Gehsteige füllte. Ein lustiger Landstreicher stand auf einem wakkeligen Eselkarren bis zu den Knien in Äpfeln und verkaufte für einen Penny ein großes Holzgefäß voll davon und schrie lauter als all die übrigen: »Nie sind solche Äpfel jemals vorher auf einer öffentlichen Straße verkauft worden! Süß wie Blumenduft und rein wie Glockenklang! Wer behauptet da, um die Armen kümmert sich keiner«, rief der Bursche mit wilder Ironie aus, »wenn sie für ihre Schweinslenden eine derartige Apfelsauce haben können. Hier sind die Äpfel für den feinen Herrn! Für einen Penny von Ihrem Geld! Wieder verkauft! Hallo, du da: du siehst hungrig aus. Fang mal! Hier gibt's Äpfel für nichts, nur zum Kosten! Kommt rechtzeitig, kommt rechtzeitig, sonst sind alle verkauft!« Amelius ging einige Schritte weiter und wurde fast taub, so laut schrien rivalisierende Metzger auf eine Gruppe von zerlumpten Frauen ein, die mit sehnsüchtigen Augen das Fleisch befühlten: »Kaufen, kaufen, kaufen!« Noch ein wenig weiter stand ein blinder Mann und verkaufte Korsettstangen und sang dabei einen Psalm; hinter ihm wieder war ein ausgehungerter Soldat zu sehen, der »Gott schütze die Königin« auf einem Zinn-Flageolett spielte. Die einzige stumme Person in diesem schmutzigen Karnevalstreiben war ein indischer Bettler mit einem Plakat um den Hals, auf dem zu lesen stand: »Die Wohltätige Öffentlichkeit.« Er hielt eine Talgkerze in der Hand, um die weitschweifige Erzählung seiner Leiden zu beleuchten. Der einzige Leser, den er fand, war ein dicker Mensch, der sich am Kopf kratzte und zu Amelius sagte, er möge keine Ausländer. Verhungerte Jungen und Mädchen schauten hinter den Händlerkarren hervor und bettelten, unter dem Vorwand, sie verkauften Zigarrenanzünder, zum Erbarmen und sangen gleichzeitig komische Lieder. Wütende Ehefrauen standen vor den Türen der Kneipen und schimpften mit ihren Männern, weil die das Haushaltsgeld für Gin ausgegeben hatten. Eine größere Menschenmenge drängte sich in der Mitte der Straße aus einem Kochzelt heraus und wieder hinein. Hier boten die Leute ein weniger schreckliches Schauspiel und es war eher rührend, sie zu beobachten. Hier waren die geduldigen Armen zu sehen, die kleine Stücke Schafherz und -leber für einen Penny die Unze kauften und dazu – für einen halben Penny die Portion – armselige kleine Happen von Bohnenpudding, Erbsen und Kartoffeln. Blasse Kinder schlürften in der Ecke kleine Schüsseln Suppe aus, auch für einen Penny, und sahen mit hungriger Bewunderung auf ihre beneidenswerten Nachbarn, die es sich leisten konnten, geschmorten Aal für zwei Pennies zu erwerben! Überall herrschte – bei Alten und Jungen gleicherweise – die gleiche würdige Ergebung in ein hartes Los. Keine Ungeduld, keine Klagen! An diesem armseligen Ort konnte man die Sprache der ehrlichen Dankbarkeit noch vernehmen, die hier dem Koch für einen kleinen Löffel Sauce – umsonst als Draufgabe geschenkt – dankte, und dort konnte man sehen, wie bescheidene Barmherzigkeit einen überflüssigen halben Penny aufsparte, um ihn dem vollkommeneren Elend zu schenken, und das mit ehrlich gutem Willen. Amelius gab alle seine Schilling- und Sixpence-Münzen her, um die armseligen Happen von Penny-Nahrung zu verdoppeln oder zu verdreifachen – und verließ den Ort mit Tränen in den Augen.

Er war inzwischen am Ende der Straße angelangt. Der Anblick des Elends um ihn herum und das Gefühl von völliger Hilflosigkeit, nichts dagegen tun zu können, lasteten schwer auf seiner Seele. Er dachte an das friedliche und gedeihliche Leben in Tadmor. Waren seine glücklichen Brüder in der Gemeinschaft und diese elenden Leute um ihn her denn Geschöpfe desselben allgnädigen Gottes? Die schrecklichen Zweifel, die alle denkenden Menschen befallen – die Zweifel, die durch den Ruf »Pfui!« von der Kanzel nicht unterdrückt werden können –, stiegen dunkel in seiner Seele auf. Er beschleunigte seine Schritte. »Ich will hier heraus«, sagte er sich, »ich will hier heraus!«

Sechstes Buch
Filia dolorosa

Kapitel I

Amelius fand, daß es keine leichte Aufgabe war, sich einen Weg durch die um ihn herumlungernde und schwatzende Menge zu bahnen. Für einen schnellen Wanderer bot die Straße größere Bewegungsfreiheit. Er war im Begriff, vom Gehsteig hinunterzutreten, als eine Stimme hinter ihm – eine zarte, weiche Stimme, obwohl sehr leise – sagte: »Sind Sie gutherzig, Sir?«

Er drehte sich um und fand sich Angesicht zu Angesicht mit einem Mitglied der traurigsten Schwesterngemeinschaft auf Erden: dem der Straße.

Sein Herz tat ihm weh, als er das Mädchen sah: so arm und so jung! Das verlorene Geschöpf hatte allem Anschein nach eben erst die Grenze zwischen Kindheit und Mädchentum überschritten. Sie konnte kaum älter als fünfzehn oder sechzehn Jahre sein. Ihre Augen mit dem reinsten und lieblichsten Blau ruhten mit einem vagen, geduldigen Blick auf Amelius –, den Augen eines leidenden Kindes ähnlich. Den Umriß ihres weichen, ovalen Gesichts hätte man für vollendet halten können, wären die Wangen nicht eingefallen gewesen und verbraucht, hager und auf eine traurige Weise bläßlich. Ihre zarten Lippen hatten nicht die rosige Farbe der Jugend und ihr feingeformtes Kinn war durch ein Pflaster entstellt, das wohl eine Wunde verdeckte. Sie war klein und dünn; ihre abgetragene und dürftige Kleidung zeigte eine zerbrechliche, jugendliche Figur noch in Erwartung des Erwachens zur Reife. Ihre hübschen nackten Hände waren durch die kalte Nachtluft gerötet. Sie zitterte, als Amelius sie in stummem, mitleidigem Erstaunen ansah. Wären nicht die Worte zu hören gewesen, mit denen sie ihn angesprochen hatte, man hätte sie unmöglich mit dem bedauerlichen Leben in Verbindung gebracht, das sie führte. Die Erscheinung des Mädchens war auf eine kunstlose Weise jungfräulich und unschuldig; sie sah aus, als wäre sie unberührt von dem Schmutz der Straßen und ohne ihn zu fürchten oder zu fühlen oder zu verstehen. Ein Maler hätte sie, in reines Weiß gekleidet – mit ihren zarten blauen Augen zum

Himmel schauend – als Heilige oder Engel auf seine Leinwand bannen können, und die kritische Welt hätte gesagt: Hier ist das wahre Ideal, Raffael selbst hätte dies malen können!

»Du siehst sehr blaß aus«, sagte Amelius. »Bist du krank?«

»Nein, Sir, nur hungrig.«

Mit halbgeschlossenen Augen schwankte sie aus Schwäche ein wenig, als sie diese Worte aussprach. Amelius hielt sie aufrecht und sah um sich. Sie waren nahe einer Bude, wo Kaffee und Butterbrote verkauft wurden. Er bestellte Kaffee und bot ihr zu essen an. Sie dankte ihm und versuchte zu essen. »Ich kann nicht, Sir«, sagte sie schwach. Das Brot fiel ihr aus der Hand und ihr müder Kopf legte sich auf seine Schulter.

Zwei junge Frauen – Mitglieder dieser traurigen Schwesternschaft – kamen in diesem Augenblick vorbei. »Sie ist zu erschöpft, Sir, um essen zu können«, sagte eine von ihnen. »Ich weiß, was ihr guttun würde: wenn Sie so freundlich wären und in eine Kneipe mit ihr gingen?«

»Wo ist eine?« fragte Amelius. »Schnell!«

Eine der Frauen zeigte den Weg, die andere half Amelius das Mädchen zu stützen. Sie betraten die überfüllte Kneipe. In weniger als einer Minute hatte die erste Frau sich ihren Weg durch die betrunkenen Kunden an der Theke gebahnt und kam mit einem Glas Portwein und Gewürznelke zurück. Das Mädchen kam wieder zu sich, als sie das Reizmittel schlucken mußte. Sie öffnete ihre unschuldigen blauen Augen wieder, und sagte mit leichtem Erstaunen ruhig: »Diesmal werde ich nicht sterben.«

Eine Ecke der Kneipe war nicht besetzt; dort stand ein kleiner, leerer Korb. Amelius hieß die arme Kreatur sich dort niedersetzen und ein Weilchen ausruhen. Er hatte nur Goldstücke in seiner Börse und als die eine Frau damit für ihn den Wein bezahlt hatte, bot er ihr einen Teil des Wechselgeldes an. Sie weigerte sich, es anzunehmen. »Ich habe ein–zwei Schillinge, Sir«, sagte sie, »und ich kann für mich sorgen. Geben Sie es der Simplen Sally.«

»Sie ersparen ihr wenigstens für eine Nacht Schläge, Sir«, sagte die andere Frau. »Wir nennen sie Simple Sally, weil sie eine arme, stille Seele ist und im Kopf noch nicht erwachsen; seit sie ein Kind war, wissen Sie! Geben Sie ihr etwas von Ihrem Kleingeld und Sie tun eine gute Tat.«

Alles, was ganz selbstlos, göttlich-mitleidvoll und selbstaufopfernd in der weiblichen Natur ist, war in diesen Frauen rein und unbeschmutzt zu finden – dem »Abschaum« der Straße!

Amelius wandte sich an das Mädchen. Ihr Kopf war ihr auf die Brust gesunken und sie schlief fast. Sie sah auf, als er sich ihr näherte.

»Wärest du heute nacht geschlagen worden«, fragte er sie, »wenn du mich nicht getroffen hättest?«

»Vater schlägt mich immer, Sir«, sagte die Simple Sally, »wenn ich kein Geld mit nach Hause bringe. Gestern nacht warf er ein Messer nach mir, aber es hat mich nur hier getroffen«, sagte das Mädchen und wies auf das Pflaster an ihrem Kinn.

Eine der Frauen berührte Amelius an der Schulter und flüsterte ihm zu: »Er ist genausowenig ihr Vater, wie ich es bin. Sie ist ein hilfloses Geschöpf und er mißbraucht sie. Wenn ich nur Platz für sie hätte, würde er sie nie mehr sehen. Zeige dem Herrn deinen Busen, Sally!«

Sie öffnete ihren armen, fadenscheinigen, kleinen Schal. Oberhalb der lieblich-mädchenhaften Brust – eben erst zu der runden Frauenschönheit reifend – war eine schreckliche, blauschwarze Beule zu sehen. Die Simple Sally lächelte und sagte: »Das hat mir weh getan, Sir. Ich krieg's lieber mit dem Messer.«

Einige der Trinker an der Bar in der Nähe drehten sich um und grinsten. Amelius zog zärtlich den Schal über den kalten Busen des Mädchens zusammen: »Wir wollen um Himmels willen hier weggehen!« sagte er.

Der Einfluß der kalten Nachtluft half der Simplen Sally, ganz zu sich zu kommen. Sie war nun imstande, etwas zu essen. Amelius schlug vor, zu dem Eßzelt zurückzugehen und ihr das Beste zu essen zu geben, was man dort bekommen konnte. Sie zog die Butterbrote an der Kaffeebude vor. Diese dicken auf den Teller gehäuften Schnitten waren eine luxuriöse Versuchung für sie. Als sie aber diesen Luxus hätte genießen können, genügte ihr eine Schnitte. »Ich habe gedacht, ich bin hungrig genug, um den ganzen Teller zu essen«, sagte das Mädchen, als es sich von dem Stand wegdrehte, und sagte das auf diese abwesende, ergebene Weise, die Amelius so schmerzte, als er sie bemerkt hatte. Er kaufte – falls ihr Appetit wiederkommen würde – mehrere Butterbrote und als er die in ein Stück Papier einpackte, berührte ihn eine ihrer älteren Genossinnen: »Dort ist er, Sir.« Amelius sah sie an. »Der Rohling, der sich ihr Vater nennt!« erklärte ihm die Frau ungeduldig.

Amelius drehte sich um und sah, wie ein halbbetrunkener Raufbold die Simple Sally am Arm packte; es war eines jener wilden Tiere, die durch den ärmeren Teil von London zogen, von

Kopf bis Fuß von Schmutz bedeckt und in der Farbe der Gosse: eine lebende Gefahr und Schande für die englische Zivilisation! Als Amelius ihn ansah, zog er das Mädchen ein zwei Schritte weiter: »Diesmal hast du einen Gentleman«, sagte er zu ihr, »heute nacht will ich das Gold sehen oder ...« Er beendete seinen Satz, indem er seine gräßliche Hand erhob und sie vor ihrem Gesicht zur Faust ballte.

Obzwar er vorsichtig seine Stimme gesenkt hatte, erreichten diese Worte die sehr empfindlichen Ohren von Amelius. Im nächsten Augenblick hätte er den Rohling niedergeschlagen, wäre nicht im rechten Moment der Arm des Gesetzes, in eines Polizisten Mantel gekleidet, dazwischen gefahren. »Bringen Sie sich nicht in Schwierigkeiten, Sir!« sagte der Mann mit Humor. »Du da, Höllenfeuer!« Das wilde Tier auf zwei Beinen duckte sich unter der Stimme der Autorität, so wie das wilde Vierbeiner tun und war im nächsten Augenblick am dunklen Ende der Straße verschwunden.

»Ich sah, wie er sie mit seiner Faust bedrohte«, sagte Amelius, dessen Augen noch vor Empörung glühten. »Er hat ihr eine schreckliche Beule auf der Brust zugefügt. Gibt es denn keinen Schutz für das arme Geschöpf?«

»Also, Sir,« antwortete der Polizist, »Sie können ihn natürlich anzeigen, wenn Sie wollen; ich glaube, er bekäme einen Monat Zuchthaus. Aber wissen Sie, wenn er wieder rauskommt, dann wär das noch viel schlimmer für sie.«

Es war nichts gegen die Ansicht des Polizisten über die Lage des Mädchens zu sagen. Amelius wandte sich freundlich zu ihr; sie zitterte vor Kälte und Angst, vielleicht aus beiden Gründen. »Sage mir«, fragte er sie, »ist dieser Mann wirklich dein Vater?«

»Gott schütze uns, Sir!« unterbrach der Schutzmann, der überrascht über des Gentlemans Einfalt war. »Die Simple Sally hat weder Vater noch Mutter, oder?« Sie kümmerte sich nicht um den Polizisten. Die Sorge und das Mitleid, die sich so sichtbar bei Amelius zeigten, erfüllten sie mit kindlichem Interesse und Erstaunen. Unklar verstand sie, daß seine Sorge und Mitleid ihr galten. Allein der Gedanke, ihren neuen Freund – so unbeschreibbar gütig und rücksichtsvoll – zu erschrecken, schien sie zu beunruhigen. »Machen Sie sich um mich keine Sorgen, Sir!« sagte sie schüchtern. »Mir macht es nichts aus, daß ich keinen Vater und keine Mutter habe; mir macht's auch nichts aus, geschlagen zu werden.« Sie wandte sich an ihre beiden Freundinnen. »Wir haben uns an alles gewöhnt, nicht wahr, Jenny?«

Amelius konnte es nicht länger ertragen. »Dir zuzuhören und dich anzusehen, das ist genug, um einem das Herz zu brechen!« platzte es aus ihm heraus, und plötzlich drehte er den Kopf weg. Seine mildtätige Natur war tief getroffen; er verlor nur nicht die Gewalt über sich durch einen Entschluß und eine Kraftanstrengung, die ihm Herz, Seele und Körper erzittern machten: »Ich werde und will dieses unglückliche Geschöpf nicht davongehen lassen, nur damit es wieder geschlagen und ausgehungert wird!« sagte er und sprach leidenschaftlich auf den Polizisten ein. »Sehen Sie sich nur an, wie hilflos und jung sie ist!«

Der Polizist starrte ihn an. Für ihn waren das seltene Worte. Aber bei ehrlichen Leuten ernten wahre Gefühle Anerkennung. Mit auffallendem Respekt wandte er sich zu Amelius:

»Ein schlimmer Fall, Sir, zweifellos!« sagte er. »Das Mädchen ist ein ruhiges, gutherziges Ding und die anderen beiden sind es ebenso. Sie sind von der Art, die nicht auffällt und nicht trinkt. Es geht ganz gut mit ihnen, solange sie das Trinken nicht überhandnehmen lassen. Die Hälfte der Zeit sind die Männer schuld daran, daß sie trinken. Vielleicht würde das Armenhaus das Mädchen heute nacht aufnehmen. Was hast du da in der Hand, Mädchen? Geld?«

Amelius beeilte sich, ihm zu sagen, er habe ihr das Geld gegeben. »Das Armenhaus?« wiederholte er. »Schon der Name klingt schrecklich!«

»Beruhigen Sie sich, Sir«, sagte der Polizist. »Mit Geld in der Hand würde man die im Armenhaus gar nicht aufnehmen.«

Verzweifelt, wie er war, fragte Amelius ganz hilflos, ob ein Hotel in der Nähe sei. Der Polizist wies auf Sallys fadenscheinige und ärmliche Kleidung und überließ es ihm, diese Frage selbst zu beantworten. »Es gibt etwas, das nennt sich ›Kaffeehaus‹«, sagte er und gab sich den Anschein eines Mannes, der sich dachte: über dieses Thema sollte man lieber keine Untersuchung in die Wege leiten ...

Amelius entschloß sich – allzu sehr in seine Gedanken verloren oder allzu unerfahren in Londoner Angelegenheiten –, es mit dem »Kaffeehaus« zu versuchen. Ein mißtrauisches Weib empfing sie an der Tür und als sie den Polizisten im Hintergrund erblickte, sagte sie ohne auf irgendwelche Fragen zu warten: »Alles voll heute nacht!« und warf ihnen die Tür vor der Nase zu.

»Gibt es nichts anderes?« fragte Amelius.

»Es gibt eine Herberge ...«, antwortete der Polizist, zweifelnder als vorher. »Aber es ist spät geworden, Sir, und ich fürchte, dort ist alles gerammelt voll. Kommen Sie, damit Sie's selbst sehen!«

Er führte sie in eine armselig beleuchtete Nebenstraße und klopfte mit seinem Fuß auf eine Falltüre, die in den Gehsteig eingelassen war. Die Türe wurde von unten von einem stämmigen Jungen, mit einer schmutzigen Nachtmütze am Kopf, hochgehoben.

»Wird einer von denen hier heute nacht gesucht, Sir?« fragte der stämmige Junge, sobald er des Polizisten ansichtig wurde.

»Was meint er?« fragte Amelius.

»Es gibt einige Diebe unter denen hier, Sir«, erklärte ihm der Polizist. »Geh aus dem Weg, Jakob, und laß den Herrn hineinschauen!«

Er zog seine Lampe hervor und ließ das Licht – während er sprach – nach unten leuchten. Amelius sah hinein. Die Bemerkung des Polizisten, es würde dort gerammelt voll sein, beschrieb die Szene genau. Auf dem Boden der Küche lagen Männer, Frauen und Kinder in enggedrängten Reihen nebeneinander. Geisterhafte Gesichter erhoben sich verschreckt aus der Dunkelheit, sobald das Laternenlicht auf sie fiel. Der Gestank trieb Amelius zurück, es wurde ihm schlecht und er schauderte.

»Wie geht es der wunden Stelle auf deinem Kopf, Jakob?« fragte der Polizist. »Das ist ein gesitteter Bursche«, erklärte er Amelius »und ich möchte ihm Mut machen.« »Ich komme schon wieder in Ordnung, Sir, so schnell ich nur kann«, sagte der Bursche.

»Gute Nacht, Jakob.«

»Gute Nacht, Sir.« Die Falltüre schloß sich und die Herberge verschwand wie eine schreckliche Traumerscheinung.

Bei der kleinen Gruppe auf dem Gehsteig entstand ein kurzes Schweigen. Die Frage, was jetzt zu tun sei, war nicht leicht zu lösen. »Es scheint einige Schwierigkeiten zu bereiten, das Mädchen für die Nacht unterzubringen ...«, bemerkte der Polizist.

»Warum können wir sie nicht mit uns nehmen?« schlug eine der Frauen vor. »Sie wird nichts dagegen haben, als dritte mit uns im Bett zu schlafen, das weiß ich.«

»Was fällt dir ein?« widersetzte sich die andere. »Wenn der Kerl merkt, daß sie nicht nach Hause kommt, dann sucht er sie zuerst bei uns!«

Amelius löste die Schwierigkeiten auf seine eigene entschlossene Weise. »Ich kümmere mich heute nacht um sie«, sagte er. »Sally, vertraust du dich mir an?«

Sie legte ihre Hand in die seine – ganz wie ein Kind, das bereit ist, nach Hause zu gehen. Ihr Gesicht leuchtete zum erstenmal auf. »Danke, Sir«, sagte sie. »Mit Ihnen gehe ich, wohin Sie wollen!«

Der Polizist lächelte. Die beiden Frauen sahen wie vom Donner gerührt drein. Bevor sie ihre Fassung wiedergewonnen hatten, zwang sie Amelius, von ihm Geld entgegenzunehmen und schüttelte dann herzlich beiden die Hände. »Sie sind gute Wesen«, sagte er auf seine eifrige, herzliche Weise. »Sie tun mir aufrichtig leid. Nun, Herr Polizist, zeigen Sie mir, wo ich eine Droschke bekommen kann und nehmen Sie das für die Mühe, die ich Ihnen gemacht habe. Sie sind sehr menschlich und eine Ehre für die Polizei.«

Nach weiteren fünf Minuten war Amelius, die Simple Sally an seiner Seite, auf dem Weg zu seiner Wohnung. Nach seiner Meinung war sein leichtsinniges und unvernünftiges Tun nichts anderes als ein Akt christlicher Pflichterfüllung. Ihn quälten nicht die geringsten Besorgnisse. »Ich werde auf irgendeine Weise für sie sorgen«, dachte er fröhlich. Er sah sie an. Die müde Ausgestoßene war in ihrer Droschkenecke schon in Schlaf versunken. Sogar im Schlaf zitterte sie von Zeit zu Zeit ein wenig. Amelius zog seinen Mantel aus und legte ihn über sie. Wie einige seiner Freunde im Klub gelächelt hätten, würden sie ihn in diesem Augenblick gesehen haben!

Als die Droschke hielt, mußte er sie wecken. Er schloß die Haustüre auf. In der Halle entzündete er seine Kerze und führte sie die Treppe hinauf. Er flüsterte ihr zu: »Bald wirst du wieder schlafen, Sally.«

Sie sah im kleinen Wohnzimmer mit verschlafener Bewunderung umher. »Was für ein hübsches Zimmer, um darin zu leben!« sagte sie.

»Bist du wieder hungrig?« fragte Amelius.

Sie schüttelte den Kopf und nahm ihr schäbiges Häubchen ab; ihr schönes, hellbraunes Haar fiel ihr über Gesicht und Schultern. »Ich glaube, ich bin zu müde, um hungrig zu sein. Darf ich mir das Sofakissen nehmen und mich auf dem Teppich vor dem Kamin niederlegen?«

Amelius öffnete die Türe zu seinem Schlafzimmer. »Du wirst die Nacht bequemer als auf diese Weise verbringen«, antwortete er. »Hier drin wartet ein Bett auf dich.«

Sie folgte ihm ins Schlafzimmer und sah sich mit erneuter Bewunderung für alles, was sie erblickte, um. Beim Anblick der

Haarbürsten und des Kammes schlug sie die Hände vor Begeisterung zusammen. »Ach, die sehen anders aus als meine!« rief sie aus. »Ist der Kamm aus Schildpatt, Sir, wie die, die man in den Schaufenstern sieht?« Als nächstes fesselten sie das Bad und die Handtücher; sie stand da und sah alles mit sehnsüchtigen Augen an und hatte den wunderbaren Kamm vollkommen vergessen. »Ich habe schon oft in Eisengeschäfte reingeschaut«, sagte sie, »und hab mir gedacht: ich wäre das glücklichste Mädchen auf der Welt, wenn ich so ein Bad hätte. Alles, was ich habe, ist ein Krug, und sie schimpfen mit mir, wenn ich ihn mehr als einmal voll haben will. Mein ganzes Leben lang hab ich nie so viel Wasser gehabt, wie ich wollte.« Sie hielt inne und überlegte einen Augenblick. Der verlorene, abwesende Ausdruck erschien wieder in ihren blauen Augen und beschattete deren Schönheit. »Es wird schwer sein, nachdem man alle diese schönen Dinge gesehen hat, wieder nach Hause zurückzugehen«, sagte sie zu sich selbst und seufzte mit einer tiefeingewurzelten Ergebung in ihr Schicksal; es war traurig, das bei einem so jungen Geschöpf beobachten zu müssen.

»Du wirst niemals wieder in dieses schreckliche Leben zurückkehren!« unterbrach sie Amelius. »Sprich niemals mehr davon und denke niemals mehr daran. Und sieh mich nicht so an!« Sie hörte ihm mit einem schmerzlichen Ausdruck zu und hielt ihre Hände hoch über ihren Kopf erhoben. In der Idee, die er ihr vorgeschlagen hatte, lag etwas derart Wundervolles, daß sie dies gar nicht auf einmal aufnehmen konnte. »Sie sagen etwas, das mich ganz schwindlig macht«, antwortete sie. »Ich bin nur ein armes, dummes Mädel. Ich habe ein Gefühl, als wäre ich gar nicht ich selbst, wenn ein Herr wie Sie mich auf solche Sachen bringt. Bitte, würden Sie das vielleicht nochmal sagen, Sir?«

»Ich werde es dir morgen früh sagen«, antwortete Amelius freundlich. »Du bist müde – ruh dich aus!«

Sie nahm sich zusammen und sah das Bett an: »Ist das Ihr Bett, Sir?«

»Es ist heute nacht dein Bett«, sagte Amelius. »Ich werde nebenan auf dem Sofa schlafen.«

Ihre Augen sahen ihn einen Augenblick mit sprachlosem Erstaunen an; sie blickte auf das Bett zurück. »Werden Sie mich ganz allein lassen?« fragte sie verwundert. Als sie diese Worte aussprach, war nicht die geringste Andeutung einer Unanständigkeit zu bemerken – nichts, was auch der sittenloseste Mann als unkeusch hätte ausdeuten können.

Amelius dachte an das, was eine ihrer Freundinnen von ihr gesagt hatte: »Sie ist – seit sie ein Kind war – selbst noch nicht erwachsen.« Daneben waren auch andere Empfindungen in dem armen Opfer noch nicht entwickelt. Er wußte nicht, was er ihr – mit allem Respekt für ihre verzeihliche Unwissenheit – antworten sollte. Sein Schweigen erstaunte und erschreckte sie.

»Habe ich irgend etwas gesagt, weswegen Sie mit mir böse sind?« fragte sie.

Amelius zögerte nicht länger. »Mein armes Mädchen«, sagte er, »du dauerst mich von ganzer Seele. Schlaf gut!« Er verließ sie rasch und verschloß die Tür zwischen ihnen beiden.

Sie folgte ihm bis zur verschlossenen Tür; dort stand sie nun allein und versuchte, ihn zu verstehen – und doch: umsonst! Nach einer Weile hatte sie genug Mut, durch die Tür zu flüstern: »Bitte, Sir, wenn Sie ...« Sie hielt, von ihrem eigenen Mut erschreckt, inne. Er hatte sie gar nicht gehört, stand am Fenster, schaute gedankenvoll in die Nacht hinaus und sah schon nicht mehr so vertrauensvoll in die Zukunft. Sie ihrerseits stand noch immer an der Tür, gequält von der festen Überzeugung, ihn gekränkt zu haben. Einmal hob sie die Hand, um an die Tür zu klopfen, und ließ sie wieder fallen. Sie versuchte es ein zweites Mal und rang sich verzweiflungsvoll zu dem Entschluß durch, zu klopfen. Er öffnete sogleich.

»Es tut mir leid, wenn ich etwas Falsches gesagt habe«, begann sie leise und ihr Atem ging in schnellen, hysterischen Zügen. »Bitte verzeihen Sie mir und wünschen Sie mir eine gute Nacht.« Amelius ergriff ihre Hand; er wünschte ihr mit äußerster Höflichkeit eine gute Nacht, aber es klang sehr besorgt. Sie war noch nicht ganz beruhigt: »Hätten Sie etwas dagegen, Sir ...?« Sie hielt verlegen inne und fürchtete, weiterzureden. In der ungekünstelten Verwirrung in ihren Augen lag etwas derart völlig Kindliches, daß Amelius lächelte. Die Verwandlung in seinem Gesichtsausdruck gab ihr sofort ihren Mut zurück; ihre blassen, zarten Lippen waren eine hübsche Antwort auf sein Lächeln: »Hätten Sie etwas dagegen, mir einen Kuß zu geben?« sagte sie.

Amelius küßte sie. Der Mann, der ehrlich von sich sagen kann, er würde etwas anderes getan haben, möge ihn nur tadeln! Noch einmal schloß er die Tür hinter sich. Sie war nun vollkommen glücklich. Er hörte, wie sie vor sich hinsang, als sie zu Bett ging. Später, da er schlaflos die Nacht verbrachte, erschreckte sie ihn. Er hörte einen Schreckens- oder Angstschrei aus ihrem Schlafzimmer. »Was gibt es?« fragte er durch die Tür. »Was erschreckt dich?« Es kam keine Antwort. Nach ein, zwei Minuten wiederholte sich der Schrei. Er öffnete die Tür und sah hinein. Sie schlief und träumte im Schlaf. Einer ihrer dünnen, kleinen weißen Arme war in die Luft gereckt und bewegte sich unaufhörlich vor ihrem Kopf hin und her. »Bring mich nicht um!« murmelte sie mit einem leisen Stöhnen, »ach, bring mich nicht um!« Amelius nahm zart ihren Arm und legte ihn auf die Überdecke des Betts. Seine Berührung schien einen beruhigenden Einfluß auf sie zu haben; sie seufzte und wandte den Kopf auf dem Kissen nach der anderen Seite; eine zarte Röte erschien auf ihren Wangen und verschwand wieder – sie versank ruhig in einen traumlosen Schlaf.

Amelius kehrte zu seinem Sofa zurück und fiel nun in einen unruhigen Schlummer. Die Nachtstunden vergingen. Das traurige Novemberlicht fiel morgens unklar durch die vorhanglosen Fenster und weckte ihn.

Er schrak auf und sah nach der Schlafzimmertüre: »Und was ist jetzt zu tun?« Das war sein erster Gedanke beim Erwachen; er hatte endlich ein Gefühl von Verantwortung.

Kapitel II

Die Wirtin des Hauses entschied, was zu tun sei.

»Sie werden die Güte haben, Sir, und meine Räume sofort verlassen!« sagte sie zu Amelius. »In Anbetracht der kurzfristigen Kündigung verlange ich nicht die Miete für eine weitere Woche. Ich führe ein anständiges Haus und werde jedes Opfer dafür bringen, um es anständig zu erhalten.«

Amelius erklärte und beteuerte; er wandte sich an der Wirtin Gerechtigkeitsgefühl und ihr Pflichtgefühl als christliche Frau.

Die Begründung, die in Tadmor unwiderleglich gewirkt hätte, war in London verlorene Liebesmüh. Die Wirtin blieb unergründlich wie die ägyptische Sphinx. »Wenn dieses Geschöpf im Schlafzimmer nicht innerhalb einer Stunde mein Haus verlassen hat, so hole ich die Polizei.« Nachdem sie die Argumente ihres Mieters auf diese Weise beantwortet hatte, verließ sie das Zimmer und warf die Tür mit einem Knall hinter sich zu.

»Danke, Sir, daß Sie so gut zu mir waren. Ich gehe sofort weg, und dann wird die Dame Ihnen vielleicht verzeihen.«

Amelius drehte sich um. Die Simple Sally hatte alles gehört. Sie war in ihren armseligen Kleidern und stand weinend in der offenen Schlafzimmertür.

»Warte einen Augenblick!« sagte Amelius und trocknete mit seinem eigenen Taschentuch ihre Tränen. »Wir werden zusammen hier weggehen. Ich will ein paar bessere Kleider für dich kaufen, und ich weiß nicht genau, wie man da vorgeht. Weine nicht, meine Liebe, weine nicht!«

Während er sprach, kam das taube Mädchen-für-alles herein. Auch sie war in Tränen. Amelius war verschiedentlich gut zu ihr gewesen, und sie war die schuldige Person, die die Entdeckung im Schlafzimmer verursacht hatte. »Wenn Sie's mir nur gesagt hätten«, sagte sie reuig, »dann hätte ich's geheimgehalten. Aber ich kam wie gewöhnlich mit heißem Wasser herein und – o Gott! – ich war so erschrocken, daß ich den Krug fallen ließ, und wieder hinunterlief und ...«

Amelius unterbrach den weiteren Entschuldigungsschwall. »Ich tadele dich ja nicht, Maria«, sagte er. »Ich bin in Schwierigkeiten. Hilf mir heraus, und du tust mir einen Gefallen.«

Maria verstand ihn nur teilweise. Da er fürchtete, nicht nur des Mädchens Ohren, sondern auch die der Wirtin zu erreichen, wenn er lauter spräche, so fragte er sie, ob sie richtig lesen könne. Ja, wenn es einfach sei. Amelius reduzierte sofort die Ausdrücke für das, was er besorgt haben wollte, und schrieb in großen Buchstaben. Maria war entzückt. Sie kannte ein Geschäft ganz in der Nähe, das fertige Frauenkleider hatte. Ein unwissender Mann brauchte keinen Rat, sondern nur zwei Schnüre. Mit einer Schnur maß sie die Höhe der Simplen Sally und mit der anderen den zarten Umfang der Taille des Mädchens, während Amelius den Schreibtisch öffnete und sich mit dem letzten Rest seines übrigen Geldes versah. Er hatte eben den Schreibtisch wieder geschlossen, als man die Stimme der gnadenlosen Wirtin energisch nach Maria rufen hörte. Das Mädchen-für-alles übergab Amelius die zwei Schnüre und sagte: »Die werden Ihnen in dem Geschäft nützen!« und schlurfte aus dem Zimmer.

Amelius wandte sich an die Simple Sally: »Ich werde dir einige neue Kleider besorgen ...«, begann er.

Das Mädchen unterbrach ihn; sie brauchte kein weiteres Wort mehr hören. »Oh«, rief sie aus, »neue Kleider, saubere Kleider? Ich möchte mit Ihnen kommen!«

Sogar Amelius sah, daß es unmöglich war, sie – so angezogen wie sie war – mit sich bei hellem Tageslicht auf die Straße hinauszuführen. »Nein, nein«, sagte er. »Du wartest hier, bis du deine neuen Kleider hast. Ich werde nicht länger als eine halbe Stunde fort sein. Schließe dich ein, wenn du Angst hast, und öffne niemandem die Tür, bis ich zurückkomme.«

Sally zögerte und sah ängstlich drein.

»Denke an das neue Kleid und die hübsche Haube«, schlug Amelius ihr vor und sprach unbewußt in einem Ton, wie wenn er einem Kind ein neues Spielzeug versprochen hätte.

Er war auf dem richtigen Weg. Ihr Gesicht leuchtete wieder auf. »Ich tu alles, was Sie wollen«, sagte sie.

Er gab ihr den Schlüssel in die Hand und war schnell auf der Straße. Amelius verfügte über eine wertvolle moralische Eigenschaft, die unter Engländern äußerst selten ist. Er schämte sich nicht im geringsten, sich in eine lächerliche Lage zu bringen, wenn er wußte, daß seine Motive sie rechtfertigten. Das Lächeln und das Gekichere der Verkäuferinnen, als er den Zweck seines Botenganges bekanntgab und seine zwei Schnüre vorzeigte, ärgerten ihn in keiner Weise. Er lachte selbst: »Komisch, nicht wahr?« sagte er. »Ein Mann wie ich kauft Kleider und das übrige ein! Sie kann nicht selbst kommen, und deswegen werden Sie – nette Geschöpfe, die Sie sind – mich gut beraten, nicht wahr?« Sie berieten ihren hübschen jungen Kunden derartig gut, daß er in weniger als zehn Minuten der Besitzer eines grauen Ausgehkostüms war, eines schwarzen Tuchjacketts, einer einfachen lavendelfarbenen Haube, eines Paars Handschuhe und eines Pakets voll Nadeln. Der nächstgelegene Koffermacher verkaufte ihm eine Reisetasche, in der all diese Schätze transportiert werden konnten, und als gerade eine halbe Stunde vergangen war, brachte eine zufällig vorbeifahrende Droschke Amelius in die Wohnung zurück. Während seiner Abwesenheit hatte sich jedoch etwas ereignet. Die Wirtin hatte an die Tür geklopft, mit schrecklicher Stimme gerufen: »Noch eine halbe Stunde!« und hatte sich dann, ohne eine Antwort abzuwarten, zurückgezogen.

Amelius trug die Tasche ins Schlafzimmer. »Sei so schnell wie möglich, Sally!« hatte er gesagt und sie alleingelassen, damit sie das volle Entzücken über die zu entdeckenden neuen Kleider auskosten konnte.

Als sie die Tür öffnete und sich zeigte, war ihre Veränderung derart wundervoll, daß Amelius völlig unfähig war, sie anzusprechen. Freude ließ ihre blassen Wangen erröten und warf einen zarten Glanz auf ihre reinen blauen Augen. Ein liebenswerteres kleines Geschöpf – in seiner augenblicklichen Verwandlung durch ihren Stolz und ihr Entzücken – hatte kein Mann je besehen. Sie lief durch das ganze Zimmer auf Amelius zu und warf ihre Arme um seinen Hals. »Ich will Ihre Dienerin sein!« rief sie aus. »Ich möchte mein ganzes Leben mit Ihnen leben. Werfen Sie mich in die Luft! Ich bin wie verrückt – ich möchte durchs Fenster fliegen.« Sie sah sich plötzlich im Spiegel und wurde ruhig und ernst. »Oh!« sagte sie mit der wunderlichsten Mischung von Scheu und Staunen. »Hat es jemals eine solche Haube wie diese gegeben? Schauen Sie sie an, – bitte schauen Sie sie an!«

Amelius kam bereitwillig näher, die Haube anzusehen. Im gleichen Augenblick wurde die Wohnzimmertür geöffnet – ohne eine vorhergehende Zeremonie des Anklopfens – und Rufus kam ins Zimmer. »Es ist halb elf«, sagte er, »und das Frühstück wird immer kälter!«

Ehe Amelius seine Entschuldigungen dafür anbringen konnte, daß er seine Verabredung vollkommen vergessen hatte, entdeckte Rufus Sally. Keine Frau – jung oder alt, hochgeboren oder von niedrigem Rang – fand jemals den Neu-Engländer unwillig, ihr die Höflichkeit zu erweisen, die er dem anderen Geschlecht schuldete. Er ging mit seinen gewohnten langen Schritten auf Sally zu und bestand darauf, mit ihr einen Händedruck zu wechseln. »Wie geht es Ihnen, Miss? Es ist mir ein Vergnügen, Ihre Bekanntschaft zu machen.« Das Mädchen drehte sich mit erstaunten, weit aufgerissenen Augen und zweifelnd zu Amelius. »Gehe ins andere Zimmer, Sally! Nur für ein, zwei Minuten!« sagte er. »Dieser Herr ist ein Freund von mir und ich hab ihm etwas zu sagen.«

»Das ist ein lebhaftes kleines Mädchen«, sagte Rufus und sah ihr nach, als sie in den freundlichen Schutz des Schlafzimmers zurücklief. »Sie erinnert mich an eines unserer Mädchen in Coolspring – wirklich! Na, und wer mag Sally wohl sein?«

Amelius beantwortete seine Frage wie immer ohne den leisesten Rückhalt. Rufus wartete in undurchdringliches Schweigen gehüllt, bis Amelius seine Erzählung beendet hatte, dann berührte er ihn leicht am Arm und führte ihn zum Fenster. Mit den Händen in seinen Taschen, seine langen Beine weit auseinander gestreckt stand er auf seinen großen Füßen da und studierte das Gesicht seines jungen Freundes im besten Licht, das auf ihn fallen konnte.

»Nein«, sagte Rufus ruhig zu sich, »so weit ich es sehen kann, ist der Junge nicht vollkommen wahnsinnig. Er gibt völlig den Anschein, daß er alles so meint, wie er es sagt. Und so etwas erzielt die Gemeinschaft von Tadmor, ja? Na, in den Vereinigten Staaten werden bürgerliche und religiöse Freiheit manchmal teuer erkauft ... weiß Gott!«

Amelius ging zurück, um seinen Handkoffer zu packen. »Ich verstehe Sie nicht«, sagte er.

»Ich erwarte nicht, daß Sie das tun!« bemerkte Rufus. »Ich bin gleicherweise außerstande, Sie zu verstehen. Mein Schatz an vernünftigen Bemerkungen ist für die meisten Gelegenheiten nicht klein, aber ich lasse mich hängen, wenn ich angesichts dieser Geschichte nicht verstumme! Darf ich mir die Frage erlauben, was der ehrwürdige Alt-Bruder in Tadmor zu dieser unglückseligen Lage sagen würde, in der sich mein junger Sozialist heute morgen befindet?«

»Was er sagen würde?« wiederholte Amelius. »Genau das, was er sagte, als Mellicent bei uns eintraf. ›Ach ja! Noch eines der Gefallenen Blätter!‹ Ich wünschte, ich hätte den guten alten Mann hier, um mir helfen zu lassen! Er würde wissen, wie man dieses arme, ausgehungerte, beleidigte, geschlagene Geschöpf zurückführen könnte zu dem glücklichen Platz, den Gottes Herz dafür bestimmt hatte, daß sie ihn ausfüllen möge!«

Rufus ergriff rasch seine Hand. »Meinen Sie das im Ernst?« fragte er.

»Wie soll ich das denn meinen?« antwortete er scharf.

»Bringen Sie sie sofort zum Frühstück ins Hotel mit!« rief Rufus mit einem deutlichen Gefühl der Erleichterung aus. »Ich kann nicht behaupten, daß ich Ihnen den ehrwürdigen Christenhäuptling herbeischaffen kann, aber ich kann eine Frau finden, die Ihnen helfen wird, eine Frau, die einem Engel – ohne Flügel natürlich! – so ähnlich ist, wie irgendein weibliches Geschöpf seit Mutter Evas Zeiten.« Er klopfte an die Schlafzimmertüre und war nicht bereit, den Bitten seines Freundes um weitere Auskünfte, die er an ihn richten wollte, irgendein Gehör zu schenken. »Das Frühstück ist bereit, Miss«, rief er aus, »und ich muß Ihnen sagen, daß die Laune des Kochs in unserem Hotel weit davon entfernt ist, gut zu sein. Mein lieber Amelius, dies ist das Jahrhundert der Schaustellungen. Wenn es je eine Schaustellung der Unfähigkeit gab, einen Handkoffer richtig zu packen, so können Sie sich um die Goldmedaille in dieser Konkurrenz bewerben und die Jury wird sie einem jungen Mann aus Tadmor einstimmig zuerkennen. Verschwinden Sie bitte und überlassen Sie das mir!«

Er zog seinen Mantel aus und bewältigte die Schwierigkeiten

des Packens so schnell, als hätte er sein Leben lang nichts anderes getan. Selbst die Wirtin, die genau nach Ablauf einer Stunde mit gnadenloser Pünktlichkeit erschien, milderte dank der versöhnlichen Anwesenheit des höflichen Rufus ihr schreckliches Erscheinen. Er bestand darauf, ihre Hand zu schütteln: es sei ein Vergnügen für ihn, ihre Bekanntschaft zu machen, und er versichere, sie erinnere ihn an den weiblichen Generalhauptmann des Coolspringer Zweigs des St.-Vitus-Ordens und er erlaube sich die Freiheit, sie zu fragen, ob sie mit ihr verwandt sei oder nicht? Im Schutze dieser eleganten Konversation wurde die Simple Sally von Amelius – ohne aufzufallen – aus dem Zimmer entfernt. Sie bestand darauf, ihre armseligen Kleider in dem Koffer, in dem er das neue Kleid gebracht hatte, mitzunehmen. »Manchmal möchte ich sie mir noch ansehen«, sagte sie, »damit ich weiß, wieviel besser es mir jetzt geht.«

Rufus nahm als letzter seinen Abschied und beharrte darauf, sich mit der Wirtin auf dem Weg die Treppe hinunter und bis zur Haustüre zu unterhalten.

Während Amelius vor den Stufen zum Haus auf seinen Freund wartete, fuhr ein junger Mann vorbei, der sich aus dem Wagen lehnte und ihn ansah. Dieser junge Mann war Jervy auf seinem Weg von Mr. Ronalds Grabstein zum »Doktorhaus«.

Kapitel III

Mit einem Ereignis nach dem anderen, in rascher Folge, hatte der Morgen begonnen. Mit einem Ereignis nach dem anderen, in rascher Folge, ging der Tag weiter.

Nach dem Frühstück mietete Rufus für seine »beiden jungen Freunde« zwei Zimmer in seinem Hotel. Danach war das Nächste, was es zu tun galt, die Simple Sally mit gewissen nötigen Artikeln zu versehen: unsichtbaren Kleidungsteilen, an die Amelius überhaupt nicht gedacht hatte. Eine Botschaft an das nächstgelegene Geschäft hatte die schnelle Ankunft einer eleganten Dame zur Folge, die von einem Burschen und einem großen Korb begleitet war. Es gab die Schwierigkeit, Sally zu überreden, sich mit der Fremden allein in ein Zimmer zu trauen. Sie hatte, die arme Seele, Angst vor jedermann außer Amelius. Sogar der gute

Amerikaner konnte ihr Vertrauen nicht gewinnen. Das Mißtrauen, das das schreckliche Leben, das sie geführt hatte, ihrem armen Hirn eingepflanzt hatte, war das unwillkürliche eines Tieres im Walde. »Warum muß ich mit anderen Leuten gehen?« flüsterte sie voller Jammer Amelius zu. »Ich möchte nur bei Ihnen sein.« Es war genauso vollkommen sinnlos, sie davon abbringen zu wollen, wie es gewesen wäre, wenn man einem neu eingefangenen Vogel die Vorteile eines bequemen Käfigs hätte erklären wollen. Es gab nur einen Weg, sie dazu zu bringen, sich dem ganz vorsichtig angewandten Zwang zu beugen: Amelius hatte nur zu sagen: »Tu das, mir zu Gefallen, Sally!« Daraufhin seufzte Sally und tat es.

Als sie fort war, wiederholte Amelius seine Fragen in bezug auf die unbekannte Freundin, die Rufus sich nicht gescheut hatte, als »Engel – natürlich ohne Flügel« zu bezeichnen.

Die fragliche Dame war, wie der Amerikaner kurz erläuterte, eine Engländerin, jetzt Gattin eines Landsmannes von ihm, der sich als Kaufmann in London niedergelassen hatte. Er hatte beide vor ihrer Abreise aus den Vereinigten Staaten gut gekannt. Mrs. Payson stand in Verbindung mit vielen Wohltätigkeitseinrichtungen, war aber auch eine der leitenden Ausschußmitglieder eines »Heimes für freundlose Frauen«, das besonders dafür eingerichtet worden war, arme Mädchen aufzunehmen, die sich in einer ähnlich traurigen Lage wie Sally befanden. Rufus erbot sich, Mrs. Payson einen Brief zu schreiben und sich zu erkundigen, um welche Zeit sie seinen Freund und ihn empfangen könnte und um ihre Erlaubnis für sie beide einzuholen, das Heim besichtigen zu dürfen. Nach einigem Zögern nahm Amelius den Vorschlag an. Der Bote war mit dem Brief noch nicht lange auf dem Weg, da erschien die elegante Dame aus dem Geschäft nochmals, um zu melden, die Ausstattung der jungen Dame sei vollkommen in Ordnung gebracht worden und um das Ergebnis ihrer Bemühungen in Form einer unvermeidlichen Rechnung zu präsentieren. Der letzte Penny von dem Bargeld, das Amelius besaß, erwies sich als zu wenig zur Begleichung der Schuld. Er nahm eine Leihgabe von Rufus an; solange, bis er seiner Bank die nötige Anweisung geben könnte, einiges von dem Geld, das er in Fonds angelegt hatte, zu verkaufen. Seine Antwort auf den Protest von Rufus gegen ein solches Verfahren war typisch für die Lehren, die er der Gemeinschaft verdankte: »Mein lieber Freund, ich muß das Geld, das Sie mir geliehen haben, im Interesse unserer armen Brüder zurückzahlen. Der nächste Freund, der sich von Ihnen etwas borgen will, hat vielleicht nicht die Mittel, Ihnen zurückzuzahlen.«

Nachdem sie auf die Rückkehr der Simplen Sally gewartet und vergebens gewartet hatten, sandte Amelius ein Stubenmädchen mit einer Nachricht zu ihr. Rufus war gegen dieses hastige Vorgehen. »Warum das Mädchen vor dem Spiegel stören?« fragte der alte Junggeselle mit seinem kauzig-humorvollen Lächeln.

Sally kam herein, aber diesmal ohne das helle Vergnügen auf ihrem Gesicht. Das Mädchen sah angespannt und hager aus, zog Amelius in eine Ecke und flüsterte ihm zu: »Manchmal habe ich dort, wo die Beule ist, Schmerzen«, sagte sie, »und diesmal besonders starke.« Sie schaute mit einem eigenartig gehetzten Blick voll Eifersucht nach Rufus. »Ich bin Ihnen aus dem Weg gegangen«, erklärte sie, »weil ich nicht wollte, daß er es weiß.« Sie hielt inne, legte ihre Hand auf die Brust und biß die Zähne zusammen. »Gleichgültig«, sagte sie fröhlich, als der Schmerz wieder nachließ, »ich kann's aushalten!«

Amelius folgte wie gewöhnlich seinem Impuls und bestellte sofort die bequemste Kutsche, die dem Hotel zur Verfügung stand. Er hatte schlimme Geschichten über die möglichen Folgen einer Verletzung der weiblichen Brust gehört.

»Ich bringe dich zum besten Arzt von London«, erklärte er. Sally flüsterte ihm wieder, noch immer mit dem Blick auf Rufus gerichtet, zu: »Kommt er mit uns?« fragte sie. »Nein«, sagte Amelius, »einer von uns muß hier bleiben, um eine Nachricht entgegenzunehmen.« Rufus sah beiden, als sie das Zimmer verließen, sehr ernst nach.

Amelius wandte sich um Auskunft an die Hausdame des Hotels und bekam die Adresse eines Arztes genannt, der eine große Berühmtheit war; währenddessen bereitete sich Sally zum Ausgehen vor.

»Warum kannst du meinen guten Freund oben nicht leiden?« fragte er das Mädchen, als sie vom Hotel wegfuhren. Die Antwort erfolgte schnell und kam unmittelbar aus dem Herzen der Evastocher. »Weil Sie ihn mögen!« Amelius wechselte das Thema und fragte sie, ob sie noch immer Schmerzen habe. Schmerzen oder keine Schmerzen – der Gedanke, der ihr Herz am unmittelbarsten bewegte, war noch immer die Idee, seine Dienerin sein zu wollen; das hatte sie schon gesagt, bevor sie die Wohnung verlassen hatten. »Werden Sie mir erlauben, das schöne neue Kleid bei meinem Ausgang am Sonntag zu tragen?« fragte sie. »Die schäbigen alten Kleider genügen für meinen

Dienst bei Ihnen. Ich kann Ihre Schuhe putzen, Ihre Kleider ausbürsten und Ihr Zimmer sauber halten und, wenn Sie mir Kochen beibringen, werde ich versuchen, das zu tun.« Amelius versuchte wieder, das Thema zu wechseln. Aber er hätte ebensogut in einer anderen Sprache mit ihr sprechen können. Die glanzvolle Aussicht, seine Dienerin zu werden, nahm ihre ganze Aufmerksamkeit in Anspruch. »Ich bin klein und dumm«, fuhr sie fort, »aber ich glaube, ich könnte kochen lernen, wenn ich weiß, daß ichs für Sie tue.« Sie hielt inne und sah ihn ängstlich an. »Bitte lassen Sie mich's versuchen«, bettelte sie, »ich habe nicht viel Spaß in meinem Leben gehabt und ich möchte es so gern!« Es war unmöglich, dem zu widerstehen. »Du sollst so glücklich werden, wie ich es schaffen kann, Sally«, antwortete Amelius, »Gott weiß, du bittest da nicht um sehr viel.« Irgend etwas in seiner mitleidigen Antwort brachte sie auf andere Gedanken. Es war traurig zu beobachten, wie ihr langsam und schmerzlich klar wurde, was es war, das er ihr vorschlug.

»Ob Sie mich glücklich machen können?« sagte sie. »Ich nehme an, ich war schon vorher einmal glücklich; ich weiß aber nicht, wann das war. Ich kann mich an keine Zeit erinnern, da ich nicht fror und hungerte. Warten Sie mal! Ich glaube, einmal war ich glücklich! Es ist schon lange her und es war eine schwierige Zeit für mich, aber schließlich und endlich hatte ich damals gelernt, eine Melodie auf der Geige zu spielen. Der alte Mann und seine Frau haben mich abwechselnd unterrichtet. Irgend jemand hatte mich dem alten Mann und seiner Frau übergeben; ich weiß nicht, wer das war, und an ihre Namen erinnere ich mich auch nicht mehr. Sie waren Musiker. In den feinen Straßen sangen sie Psalmen und in den armen Straßen sangen sie komische Lieder. Oh, es war kalt, barfuß auf dem Bürgersteig stehen, aber ich bekam eine Menge halbe Pennies! Die Leute haben gesagt, daß es eine Schande sei, mich auf die Straße zu bringen, und deswegen bekam ich halbe Pennies. Zum Abend hatte ich Brot und Äpfel und konnte in einer hübschen kleinen Ecke unter der Treppe schlafen. Wissen Sie, ich glaube, das hat mir damals Spaß gemacht!« sagte sie zum Schluß und war sich noch immer nicht ganz im klaren, ob sie diesen schwachen Erinnerungen wirklich noch trauen konnte.

Amelius versuchte, sie an andere Ereignisse zu erinnern. Er fragte sie, wie alt sie gewesen sei, als sie Geige gespielt hatte.

»Das weiß ich nicht«, antwortete sie. »Ich weiß ja nicht, wie alt ich jetzt bin. Ich erinnere mich an nichts vor der Geige. Ich kann mich nicht daran erinnern, wie lang das dauerte; aber dann kam eine Zeit, wo der alte Mann und seine Frau in Schwierigkeiten gerieten. Sie kamen ins Gefängnis und ich sah sie nachher nie wieder. Wissen Sie, ich lief dann mit der Geige weg, um die halben Pennies nur für mich allein zu bekommen. Ich denke, ich hätte viel Geld bekommen, wären nicht die Jungs gewesen. Jungen sind so gemein, wirklich! Sie haben meine Geige zerbrochen. Nachher habe ich versucht, Bleistifte zu verkaufen, aber die Leute schienen Bleistifte nicht haben zu wollen. Sie fanden heraus, daß ich bettelte. Ich wurde verhaftet und vor den – Wie-heißt-der? – gebracht. Sie wissen doch: vor den Herrn, der ganz oben wo hinter einem Pult sitzt. Oh, hatte ich Angst, als die mich vor den Herrn hinstellten. Er sah aber auch sehr verwirrt drein. Und er sagte: ›Bringt sie herauf zu mir, sie ist ja so klein, daß ich sie kaum erkennen kann.‹ Es waren noch viele andere Leute da. Einer von ihnen sagte: ›Das Armenhaus sollte sie aufnehmen.‹

Und eine Dame kam herein und sagte: ›Ich übernehme sie, Sir, wenn Sie erlauben.‹ Die kannte er und erlaubte es ihr. Sie brachte mich in ein Haus, das man ›Asyl für vagabundierende Kinder‹ nennt, wissen Sie? Ja, die haben uns dort genug zu essen gegeben, wirklich, und Stunden hatten wir auch! Sie erzählten uns alles über unseren Vater im Himmel. Ich habe dann 'was Falsches gesagt. Hab gesagt: ›Ich will nicht, daß der oben im Himmel ist; ich will ihn hier unten haben.‹ Als ich das sagte, waren sie sehr beschämt meinetwegen. Ich sei ein schlechtes Mädchen, das sich undankbar benehme. Nach einiger Zeit bin ich ausgerissen. Wissen Sie, man war so streng dort und ich war so an die Straße gewöhnt! Ich habe dann einen Schotten auf der Straße kennengelernt. Er trug einen Schottenrock und spielte Dudelsack; er brachte mir Tanzen bei und zog mich wie ein schottisches Mädchen an. Er hatte eine komische Frau, so eine Halbschwarze. Sie hat auch getanzt, wissen Sie: auf so einem Stück Teppich, damit sie ihre guten Schuhe nicht kaputt machte. Sie haben mir Lieder beigebracht und darunter er ein schottisches. Eines Tages sagte seine Frau, sie sei englisch – wieso das so war, weiß ich nicht, weil sie doch eine halbschwarze Frau war – und ich sollte ein englisches Lied lernen. Sie stritten sich deswegen. Und sie behielt recht. Sie brachte mir bei: ›Sally in unsrer Allee.‹ Ich hatte keinen eigenen Namen, immer nur Spitznamen. ›Sally‹ war der letzte und der blieb an mir hängen. Ich hoffe, das ist kein zu ordinärer Name und er gefällt Ihnen? Oh, was für ein schönes Haus!

Gehen Sie da wirklich rein? Werden sie mich auch hineinlassen? Ach, ich bin so dumm. Ich habe nicht an meine schönen Kleider gedacht. Wenn die mich für eine Lady halten, werden Sie mich aber nicht verraten, oder?!«

Die Kutsche hatte vor dem Haus des großen Arztes gehalten; das Wartezimmer war voller Patienten. Einige von ihnen versuchten, die Bücher und Zeitungen, die auf dem Tisch lagen, zu lesen; andere sahen einander an, nicht nur ohne die geringste Sympathie, gelegentlich auch mit ehrlichem Mißtrauen und mit Abneigung. Amelius griff nach einer Zeitung und gab Sally ein illustriertes Buch zu ihrer Unterhaltung, und sie warteten, bis sie bei dem Doktor drankamen.

Zwei lange Stunden vergingen, ehe der Diener Amelius ins Ordinationszimmer rief. Sally war in ihrem Sessel müde eingenickt. Er ließ sie dort ungestört sitzen, da er dem Arzt Fragen über ihren unentwickelten Geisteszustand stellen wollte, die er in ihrer Anwesenheit nicht vorbringen konnte. Der Arzt hörte sich – ohne Anzeichen von besonderem Interesse – die einfache und ungeschminkte Erzählung des jungen Fremden über die Vorkommnisse der vergangenen Nacht an. »Sie gleichen den anderen jungen Männern nicht sehr«, sagte er. »Darf ich fragen, wie Sie aufgezogen worden sind?« Die Antwort überraschte ihn. »Das eröffnet einen ganz neuen Ausblick auf den Sozialismus«, sagte er. »Zuerst hielt ich Ihr Benehmen für höchlichst unklug, es scheint aber das natürliche Resultat Ihrer Erziehung zu sein. Wir wollen einmal sehen, wie ich Ihnen helfen kann.«

Als Sally ihm vorgestellt wurde, benahm er sich ihr gegenüber sehr ernst und sehr zartfühlend. Seine Ansicht über die Verletzung an ihrer Brust beruhigte Amelius' Sorgen: es könnten sich noch einige Zeit hindurch Schmerzen bemerkbar machen, aber ernsthafte Folgen seien nicht zu befürchten. Nachdem der Arzt seine Rezepte ausgeschrieben und Sally mehrere Fragen gestellt hatte, schickte er sie – mit betonter Freundlichkeit – wieder ins Wartezimmer hinaus, um dort auf Amelius zu warten.

»Ich habe selbst junge Töchter«, sagte er, als sie die Türe geschlossen hatte, »und ich kann Ihnen mein Mitgefühl für dieses unglückliche Geschöpf nicht verschweigen, wenn ich das Leben meiner Töchter mit dem ihren vergleiche. Soweit ich das sehe, sind das natürliche Wachstum ihrer Sinne – der höheren, sowie der niedrigeren –, ebenso wie das natürliche Wachstum ihres Körpers verkümmert: durch Hunger, Schreck, Kälte und andere Einflüsse, denen sie in dem Leben, das sie geführt hat, ausgesetzt war. Ich sehe keinen Grund, warum sie mit nahrhafter Kost und guter Luft sich nicht zu einer intelligenten und gesunden jungen Frau entwickeln sollte. Erlauben Sie mir, Ihnen einen Rat zu geben? In Ihrem Alter würden Sie gut daran tun, das Mädchen sofort in die richtige Obhut zu geben. Wenn Sie in einem solchen Fall allzu sehr Ihren eigenen guten Motiven vertrauen, könnten Sie das eines Tages bereuen müssen. Kommen Sie wieder zu mir, wenn ich Ihnen irgendwie helfen kann.« Er weigerte sich, ein Honorar anzunehmen: »Meine Hilfe diesem armen, verlorenen Mädchen gegenüber ist kostenfrei.« Er schüttelte Amelius die Hand: ein würdiger Vertreter des edlen Ordens, dem er angehörte.

Der letzte Rat des Arztes – der dem schwachen Protest von Rufus gefolgt war – verfehlte seine Wirkung auf Amelius nicht. Er war stumm und in Gedanken, als er wieder die Kutsche bestieg.

Die Simple Sally sah ihn mit einem unklaren Angstgefühl an. Unter der immerwiederkehrenden Furcht, etwas getan oder gesagt zu haben, das ihn beleidigt hatte, schlug ihr Herz sehr schnell. »War es schlechtes Benehmen von mir«, fragte sie, »daß ich im Stuhl eingeschlafen bin?« Als sie darüber beruhigt worden war, blieb sie dennoch so ängstlich bemüht wie vorher, der Wahrheit auf die Spur zu kommen: »Der Herr hat mich aus dem Zimmer geschickt; hat er Ihnen irgend etwas gegen mich gesagt?«

»Der Herr hat nur gut von dir gesprochen«, erwiderte Amelius, »und auf eine Weise, daß ich hoffe, du wirst ein glückliches Mädchen werden.«

Daraufhin sagte sie nichts; unbestimmte Versicherungen hatten für sie dieselbe Bedeutung wie gar keine Versicherungen: sie sah ihn nur mit der stummen Treue eines Hundes an. Plötzlich fiel sie im Wagen auf die Knie, verbarg ihr Gesicht in den Händen und weinte leise. Er versuchte – erschrocken und überrascht –, sie hochzuheben und zu beruhigen. »Nein«, sagt sie widerborstig, »es ist irgendetwas geschehen, was Sie quält, und Sie wollen mir nicht sagen, was es ist. Bitte, bitte, sagen Sie's mir!«

»Mein liebes Kind«, sagte Amelius, »ich dachte nur mit Sorge an dich, deiner Zukunft wegen.«

Sie sah rasch zu ihm auf. »Was? Haben Sie's denn schon vergessen?« rief sie aus. »In Zukunft werde ich Ihre Dienerin sein.« Sie trocknete ihre Augen und setzte sich wieder fröhlich neben ihn. »Sie haben mir Angst gemacht«, sagte sie, »und ganz ohne Grund. Aber Sie haben's nicht ernst gemeint, nicht wahr?«

Ein älterer Mensch hätte vielleicht den Mut gehabt, sie aufzuklären. Amelius schrak davor zurück. Er versuchte sie wieder auf ihre traurige Geschichte zu bringen, die so alltäglich und so schrecklich war und so bedauernswert durch das völlige Fehlen von Gefühl und Romantik: die Geschichte ihres bisherigen Lebens.

»Nein«, antwortete sie mit jener schnellen Einsicht, der einzigen, die sie besaß, wenn es um ihre Gefühle ging. »Ich will Sie nicht traurig machen. Und Sie sahen traurig aus, wirklich, als ich vorher darüber sprach. Diese Straßen, als kleines Mädchen oder großes Mädchen, immer nur die Straßen und immer hungrig oder kalt und gemeine Männer, wenn es nicht gemeine Jungs waren. Ich möchte glücklich sein und möchte meine neuen Kleider genießen! Erzählen Sie mir etwas über sich selbst! Wieso sind Sie so gut? Ich verstehe es nicht; ich versuch's zu verstehen, aber ich versteh es nicht!«

Einige Zeit verging, bis sie am Hotel wieder angelangt waren. Amelius war erst in die City gefahren, um seiner Bank die nötigen Anweisungen zu geben.

Als er endlich in seinem Wohnzimmer wieder eingetroffen war, sah er, daß sein Freund nicht allein war. Eine grauhaarige Dame mit einem fröhlichen, freundlichen Gesicht unterhielt sich sehr ernsthaft mit Rufus. Im Augenblick, da Sally die Fremde entdeckte, floh sie in den Schutz ihres Schlafzimmers und schloß sich dort ein. Amelius, der den Raum nach einigem Zögern betrat, wurde Mrs. Payson vorgestellt.

»Irgend etwas in dem Brief meines alten Freundes«, sagte die Dame lächelnd und wandte sich Rufus zu, »ließ mich glauben, daß ich ihn besser persönlich beantworten sollte. Ich bin noch nicht so alt, daß ich nicht manchmal der Eingebung des Augenblicks folgen würde, und ich freue mich, daß ich es getan habe. Ich habe eine für mich sehr interessante Geschichte gehört. Mr. Goldenheart, ich habe Respekt vor Ihnen! Und ich werde meinen Respekt dadurch beweisen, daß ich Ihnen mit ganzem Herzen helfen werde, das arme kleine Mädchen, das eben vor mir davongelaufen ist, zu retten. Bitte entschuldigen Sie sich nicht für sie: ich wäre in ihrem Alter auch davongelaufen. Wir haben besprochen«, fuhr sie fort und sah wieder auf Rufus, »daß ich Sie beide heute nachmittag ins ›Heim‹ führen werde. Wenn wir Sally überreden können, mitzukommen, werden wir jedenfalls ein ernstes Hindernis aus dem Weg geräumt haben. Geben Sie mir die Nummer ihres Zimmers. Ich werde versuchen, mich mit ihr anzufreunden. Ich habe einige Erfahrung und habe die Hoffnung, sie Hand-in-Hand mit der schrecklichen Person hierher zurückzubringen, die sie so erschreckt hat.«

Sie ließ die beiden Männer allein; Amelius versuchte, zu sprechen.

»Halten Sie sich zurück!« sagte Rufus. »Keinen voreiligen Meinungsausbruch, wenn ich bitten darf, – für eine Weile wenigstens nicht! Warten Sie, bis sie Sally beruhigt und uns das Paradies für ›Verlorene Mädchen‹ gezeigt hat. Es ist innerhalb des Postbezirks von London, mehr weiß ich auch nicht darüber. Na, und Sie waren beim Doktor? Toll! Was ist in den Jungen gefahren?! Es scheint, als hätte er seine gute Gesichtsfarbe in der Kutsche zurückgelassen! Er sieht ja aus, als brauchte er selbst ärztliche Behandlung!«

Amelius erklärte ihm, daß er vergangene Nacht hauptsächlich gewacht habe und daß die Tagesereignisse ihm keine Gelegenheit zur Ruhe gelassen hätten. »Seit heute morgen«, sagte er, »folgte ein Ereignis dem anderen, so daß ich jetzt ein bißchen schwindlig und müde zu werden beginne!« Ohne ein Wort der Erwiderung hatte Rufus die Kur dafür bereit. Das Material stand ja auf der Kommode: er bereitete einen Cocktail.

»Noch einen?« fragte der Neu-Engländer nach einer geziemenden Pause.

Amelius lehnte ein zweites Getränk ab und streckte sich auf dem Sofa aus; sein Freund griff taktvoll nach einer Zeitung.

Zum erstenmal an diesem Tag hatte Amelius nun Aussicht auf eine Ruhepause und Gelegenheit nachzudenken. In weniger als einer Minute war jedoch diese irrige Aussicht wieder verschwunden. Er sprang auf, weil er von einer neuen Sorge geplagt wurde. Da er Ruhe zum Nachdenken hatte, war ihm der Gedanke an Regina gekommen. »Gott im Himmel!« rief er aus, »Regina wartet ja auf mich, und bis zu diesem Augenblick habe ich nicht daran gedacht!« Er sah auf die Uhr: es war fünf. »Was mache ich jetzt?« fragte er hilflos.

Rufus legte die Zeitung nieder und bedachte diese neue Schwierigkeit von allen Seiten.

»Wir müssen mit Mrs. Payson ins ›Heim‹ fahren«, sagte er. »Das sage ich Ihnen: die Angelegenheit mit Sally darf nicht leichtfertig behandelt werden und ist eine Sache, die erledigt werden muß. An Ihrer Stelle würde ich Miss Regina höflich schreiben und euer Zusammentreffen auf morgen verschieben.«

Ein Mann, der Rufus als Ratgeber akzeptiert, wäre in neunundneunzig von hundert Fällen ein Mann, der in des Wortes wahrster Bedeutung weise handelt. Ereignisse, die sich der Kenntnis von Amelius und seinem Freund entzogen hatten, brachten es mit sich, daß der gutgemeinte Rat des Amerikaners in diesem seltenen Fall der schlechteste war, den er hätte geben können. Eine Stunde später sollten Jervy und Mrs. Sowler einander vor der Kneipe treffen. Die einzige und letzte Hoffnung, um Mrs. Farnaby vor der abscheulichen Verschwörung zu bewahren, deren Opfer zu sein ihr Schicksal war, lag allein in der Einhaltung der Verabredung, die Amelius für diesen Tag mit Regina getroffen hatte. Mrs. Farnaby – immer interessiert daran, die Entwicklung des Liebesverhältnisses zwischen den beiden zu unterbinden – hätte gierig die erste Gelegenheit ergriffen, um mit ihrem jungen sozialistischen Freund über seinen Vortrag zu sprechen. Im Verlauf dieses Gesprächs zwischen ihnen wäre jene Idee – die ihm in seinem augenblicklichen verwirrten Zustand noch nicht gekommen war: die Idee nämlich, daß die auf die Straße Verstoßene durch eine rein zufällige Möglichkeit als ihre Tochter identifiziert werden könnte – auf diese oder jene Weise fast gewiß Amelius in den Sinn gekommen und die Verschwörung wäre in der allerletzten Minute vereitelt worden.

Wenn andererseits man jedoch dem verhängnisvollen Ratschlag des Amerikaners folgte, dann brachte die Post am nächsten Morgen einen Brief von Jervy an Mrs. Farnaby und folgendes unglückliche Ergebnis resultierte daraus: nach dem ersten Wort von Amelius würde sie seinem weiteren Interesse in der Angelegenheit ein Ende setzen durch die Ankündigung: das verlorene Mädchen sei gefunden worden und zwar durch eine andere Person!

Rufus wies auf das Schreibpapier auf einem Nebentisch, das er im Laufe des Tages schon benutzt hatte. Die nötige Ausrede war unglücklicherweise leicht zu finden. Ein Mißverständnis mit seiner Wirtin habe Amelius gezwungen, innerhalb einer Stunde seine Wohnung aufzugeben und er wäre den ganzen Tag hindurch mit der Suche nach einer neuen Wohnung beschäftigt gewesen. Der Brief wurde geschrieben. Rufus, der der Glocke am nächsten stand, streckte seine Hand aus, um nach einem Boten zu läuten. Aber Amelius hielt ihn plötzlich zurück.

»Sie hat es nicht sehr gern, von mir enttäuscht zu werden«, sagte er. »Ich muß ja nicht lange dort bleiben und gehe vielleicht besser selbst hin und bin dann, mit Hilfe einer schnellen Droschke, in einer halben Stunde wieder da.«

Er hatte kein ganz reines Gewissen. Das Gefühl, Regina vergessen zu haben – aus welchem natürlichen und entschuldbaren Grund auch immer – ließ ihn sich mit Selbstvorwürfen überhäufen. Rufus hatte nichts dagegen, denn das Zögern von Amelius gereichte ihm zweifellos zur Ehre. »Wenn Sie's tun müssen, mein Sohn«, sagte er, »dann tun Sie es gleich! Wir warten auf Sie.«

Amelius nahm seinen Hut. Als er sich der Tür näherte, ging sie auf, Mrs. Payson kam herein und führte die Simple Sally an der Hand.

»Wir fahren jetzt alle zusammen«, sagte die freundliche alte Dame, »um uns meine große Familie von Töchtern im ›Heim‹ anzusehen. Reden können wir im Wagen. Von hier aus dauert die Fahrt eine Stunde, und ich muß zum Abendessen um halb acht zu Hause sein.«

Amelius und Rufus sahen einander an. Amelius dachte daran, eine Verabredung vorzutäuschen und darum zu bitten, entschuldigt zu werden. Unter den Umständen wäre das gewiß keine sehr nette Art und Weise gewesen. Aber ehe er sich so oder so hätte entscheiden können, stahl sich Sally an seine Seite und legte ihm ihre Hand auf den Arm. Mrs. Payson hatte eine Wunderleistung vollbracht, indem sie das angeborene Mißtrauen des Mädchens Fremden gegenüber besiegt und – bis zu einem gewissen Punkt jedenfalls – ihr Vertrauen gewonnen hatte. Aber Sallys hündische Zuneigung zu Amelius konnte durch keinen irgendwie gearteten Einfluß erschüttert werden. In seinem plötzlichen Schweigen verspürte ihr mißtrauischer Instinkt irgend etwas Verdächtiges. »Sie müssen mit uns fahren«, sagte sie. »Ohne Sie fahre ich nicht.«

»Natürlich«, fügte Mrs. Payson hinzu. »Ich habe ihr das vorher so versprochen.«

Rufus läutete und sandte einen Boten mit dem Brief zu Regina. »Das ist ein Ausweg, mein Sohn«, flüsterte er Amelius zu, als sie Mrs. Payson und Sally die Treppen des Hotels hinunter folgten.

Sie waren eben vor dem Tor des Heims vorgefahren, als sich zur gleichen Zeit Jervy und seine Spießgesellin in der Kneipe trafen und zu ihrer Beratung in das Extrazimmer zurückzogen.

Trotz ihrer armseligen Erscheinung war Mrs. Sowler nicht völlig aller Mittel entblößt. Sie schaffte es, von Woche zu Woche durch Geschäfte unter der Hand und auf verschiedenen verstohlenen Wegen zu ein paar Schillingen zu kommen. Wenn sie trotzdem halb verhungert war, so aus dem unter Personen ihrer lasterhaften Klasse gewohnten Grund: weil sie es vorzog, ihr

Geld für Alkohol auszugeben! Jervy stellte zu seinem Erstaunen fest – nachdem er ihr so zurückhaltend und schlau wie gewöhnlich das Geschäft erklärt hatte, das er mit ihr vorhatte –, daß sogar dieses armselige alte Ding sich anmaßte, mit ihm zu handeln. Die beiden Elenden waren im Begriff, in einen Streit auszubrechen, der die Ausführung des Plans gegen Mrs. Farnaby verzögert hätte, wäre nicht Jervy eben einer der größten Verbrecher seiner Zeit gewesen, und das durch die schreckliche Selbstkontrolle, die er sich gegenüber ausübte.

Er gab in punkto Geld nach und hatte von diesem Augenblick an Mrs. Sowler vollkommen in der Hand.

»Treffen Sie mich morgen früh, um Ihre Anweisungen entgegenzunehmen!« sagte er. »Punkt zehn Uhr. Der Treffpunkt ist das Pulvermagazin im Hydepark. Und merken Sie sich eines: Sie müssen anständig angezogen sein; Sie wissen ja, wo man Kleider ausleihen kann. Wenn ich morgen früh merke, daß Sie nach Alkohol riechen, hole ich mir jemanden anderen. Nein, jetzt bekommen Sie keinen Penny. Sie bekommen Ihr Geld – die erste Rate natürlich nur, das wissen Sie! – morgen um zehn.«

Nachdem er wieder allein war, ließ sich Jervy Feder, Tinte und Papier bringen. Er schrieb folgende Zeilen nieder, und das mit seiner Linken, die ihm ebenso wie seine rechte Hand dienen konnte:

»Hiermit werden Sie durch einen unbekannten Freund unterrichtet, daß eine gewisse verlorene junge Dame jetzt im Ausland lebt und gegen die Zahlung einer genügend großen Summe (um die Kosten zu decken und den Schreiber dieses Briefes zu entschädigen, der sich unverdienterweise in bedrängten Umständen befindet) zu ihrer gequälten Mutter zurückgebracht werden könnte.

Sind Sie, Madame, ihre Mutter? Ich stelle diese Frage im größten Vertrauen, da ich nichts genaues über die Angelegenheit weiß, außer daß Ihr Gatte jene Person war, die die junge Dame als Säugling in Pflege gab.

Ich richte mich nicht an Ihren Gatten, da sein unmenschliches Imstichlassen des armen Babys mich nicht dazu ermutigt, ihm zu trauen. Ich nehme jedoch das Risiko auf mich, zu Ihnen in einem gewissen Maße anfänglich Zutrauen zu zeigen. Soll ich Ihnen einen Hinweis geben, der Ihnen helfen könnte, das Kind Ihrer Meinung nach wiederzuerkennen? Es wäre meinerseits unentschuldbar dumm, würde ich zu diesem Zeitpunkt allzu offen sprechen. Mein Hinweis muß ungenau sein. Darf ich einen poetischen Ausdruck benutzen und sagen: Die junge Dame ist von Kopf bis Fuß in ein Mysterium gehüllt – besonders, was den Fuß betrifft?

Falls ich mich mit diesem Schreiben an die richtige Person wende, so erlaube ich mir folgenden Vorschlag für ein einleitendes Gespräch:

Sollten Sie morgen früh um halb elf Uhr einen Spaziergang über die ›Serpentine-Brücke‹ in Richtung auf die Kensington Gardens unternehmen und in Ihrer linken Hand ein weißes Taschentuch halten, so werden Sie jene schwergekränkte Frau treffen, die man seinerzeit so getäuscht hatte, daß sie in Ramsgate ein Baby in ihre Obhut genommen hat. Sie werden dann überzeugt sein können, daß Sie Ihr Vertrauen Menschen schenken, die es wahrhaft verdienen.«

Jervy adressierte diesen infamen Brief an Mrs. Farnaby, steckte ihn in einen gewöhnlichen Umschlag, setzte den Vermerk darauf: »Privat!« und gab ihn persönlich am selben Abend auf.

Kapitel IV

»Rufus! Ich mag die Art und Weise nicht, wie Sie mich ansehen. Sie scheinen zu denken, daß ...«

»Sprechen Sie sich ruhig aus, mein Sohn! Was scheine ich zu denken?«

»Sie denken, daß ich Regina vergesse. Sie glauben mir nicht, daß ich Regina noch genau so gern habe wie früher. Tatsache ist eben, Sie sind ein alter Junggeselle!«

»Das stimmt. Was ist schlecht daran, Amelius?«

»Sie verstehen nicht ...«

»Mein kluger Junge, da irren Sie! Ich glaube, daß ich mehr verstehe, als Sie denken. Das Klügste, was Sie je in Ihrem Leben getan haben, war das, was Sie heute abend taten: als Sie nämlich Sally in der Obhut jener Dame in dem ›Heim‹ zurückließen.«

»Gute Nacht, Rufus. Wenn ich länger hier bliebe, würden wir uns streiten.«

»Gute Nacht, Amelius. Wir werden uns nicht streiten und daher bleiben Sie hier, so lange Sie wollen.«

Die gute Tat war geschehen und das Opfer – bereits ein schweres Opfer – war gebracht worden. Mrs. Payson war alt genug, um ganz offen, wie auch sehr ernst, mit Amelius über die absolute Notwendigkeit sprechen zu dürfen, sich ohne einen weiteren und unnötigen Aufschub von Sally zu trennen. »Sie haben selbst gesehen«, sagte sie, »daß die Grundlage, auf welcher die kleine Institution geführt wird, unwandelbare Geduld und Güte ist. Soweit es Sally betrifft, können Sie gewiß sein, daß sie – solange sie sich in unserer Obhut befindet – nie ein hartes Wort hören und nie mit einem bösen Blick angesehen werden wird. Die beklagenswerte Vernachlässigung, unter der das arme Geschöpf gelitten hat, wird nie vergessen und durch Zärtlichkeit gesühnt werden. Ich verspreche Ihnen, daß sie – sollten wir sie bei uns nicht glücklich machen können – innerhalb von sechs Wochen das ›Heim‹ verlassen kann, wenn sie es wünscht. Was Sie selbst betrifft, denken Sie an die Lage, in die Sie gerieten, wenn Sie darauf bestünden, Sally zurückzunehmen. Unser guter Freund Rufus hat mir erzählt, daß Sie verlobt sind. Denken Sie an die – gering gesagt – falschen Auslegungen, denen Sie sich aussetzen würden, und denken Sie an die Berichte, die früher oder später ihren Weg ins Ohr jener jungen Dame finden würden, und an die bedauerlichen Folgen, die sie haben würden. Ich glaube unbedingt an die Reinheit Ihrer Motive. Aber vergessen Sie nicht, wer uns gelehrt hat, zu beten: Führe uns nicht in Versuchung! Vollenden Sie die gute Tat, die Sie getan haben, und lassen Sie Sally unter Freunden und den Schwestern in diesem Hause zurück!«

Es gab – für einen Ehrenmann – keine Antwort auf diese Worte, denn sie ließen Amelius keine andere Wahl, als nachzugeben, und besonders nach dem, was Rufus und der Arzt ihm gesagt hatten. Er bat um Erlaubnis, Sally schreiben und sie nach einiger Zeit, wenn sie sich an ihr neues Leben gewöhnt habe, besuchen zu dürfen. Mrs. Payson hatte diesen beiden Bitten eben zugestimmt, und Rufus ihn herzlich zu seinem Entschluß beglückwünscht, als die Tür heftig aufgerissen wurde. Die Simple Sally stürzte ins Zimmer, gefolgt von einer der Wärterinnen, die in einem Zustand atemloser Verblüffung zu sein schien.

»Sie hat mir ein Schlafzimmer gezeigt«, rief Sally und wies wütend auf die Frau, »und mich gefragt, ob ich da schlafen wollte.« Sie drehte sich zu Amelius und ergriff seine Hand, um ihn wegzuführen. Ihr unauslöschlich mißtrauischer Instinkt war durch die allzu eifrige Wärterin wieder geweckt worden. »Hier werde ich nicht bleiben«, sagte sie. »Ich fahre mit Ihnen wieder weg.«

Amelius sah auf Mrs. Payson, aber Sally versuchte, ihn zur Türe zu zerren. Er tat sein Bestes, sie durch ein Lächeln zu beruhigen; er sagte ihr verwirrt einige tröstende Worte. Aber sein ehrliches Gesicht – stets gewohnt, die Wahrheit zu sagen – sprach auch jetzt die Wahrheit. Das arme, verlorene Geschöpf, dessen schwache Intelligenz nur langsam Dinge erkennen konnte und ungeeignet war, darüber nachzudenken, sah ihn mit der raschen Aufnahmefähigkeit ihres Herzens an und erkannte ihr Verhängnis. Sie ließ seine Hand los, ihr Kopf sank hinunter und wortlos und ohne zu weinen fiel sie zu seinen Füßen zu Boden.

Die Wärterin hob sie sofort auf und setzte sie auf das Sofa. Mrs. Payson merkte, wie tapfer Amelius sich zusammennahm und hatte herzliches Mitleid mit ihm. Sie wandte sich einen Augenblick ab, schrieb hastig einige Zeilen nieder und kehrte zu ihm zurück. »Gehen Sie schnell, noch bevor wir sie wieder zu sich gebracht haben«, wisperte sie, »und geben Sie, was ich da aufgeschrieben habe, dem Kutscher. Sie sollen sich keine Sorgen machen, denn ich werde sie Ihnen ersparen«, sagte die großartige Frau, »und werde selbst heute nacht hier bleiben und Sally mit ihrem neuen Leben versöhnen.«

Sie hielt ihm ihre Hand entgegen, Amelius küßte sie stumm und Rufus führte ihn hinaus. Auf ihrer langen Fahrt nach London kam kein Wort von seinen Lippen.

Seine Gedanken waren – außer durch die Angelegenheit mit Sally – durch andere Dinge beunruhigt. Er dachte an seine Zukunft, die durch die bevorstehende bedenkliche Heirat sehr im Dunklen lag. Den Rest des Abends – allein mit Rufus – mißverstand er übelgelaunt das Mitleid, mit dem der gütige Amerikaner ihn betrachtete. Ihre Schlafzimmer lagen nebeneinander. Rufus hörte ihn pausenlos hin- und hergehen und hin und wieder mit sich selbst sprechen. Nach einiger Zeit verstummten diese Geräusche. Offensichtlich war er am Ende seiner Kräfte angelangt und fand endlich die Ruhe, die er brauchte.

Am nächsten Morgen empfing er einige Zeilen von Mrs. Payson, die einen günstigen Bericht über Sally gab und versprach, in ein oder zwei Tagen weitere Einzelheiten zu schreiben.

Gegen Mittag – ermutigt durch diese gute Nachricht und

erholt durch einen langen Schlaf – stattete er Regina seinen verschobenen Besuch ab. Zu dieser frühen Stunde würde er – wie er glaubte – nicht durch Besucher gestört werden. Sie empfing ihn ruhig und ernst und drückte ihm mit wärmerer Herzlichkeit als gewöhnlich die Hand. Er hatte Klagen über seine Abwesenheit am gestrigen Tage erwartet sowie einige strenge Andeutungen über sein Auftreten in der Eigenschaft eines sozialistischen Vortragenden. Reginas Nachsicht oder ihr Interesse an Dingen, die von größerer Wichtigkeit waren, führten dazu, daß sie ein gnädiges Schweigen über diese beiden Angelegenheiten bewahrte.

»Es ist für mich sehr beruhigend, daß du mich besuchst, Amelius«, sagte sie. »Ich bin in Schwierigkeiten mit meinem Onkel und habe Sorgen, die mich ängstigen. In Mr. Farnabys Geschäft ist irgendetwas Unangenehmes passiert. Er geht viel früher als sonst in die City und kehrt später zurück. Wenn er dann zurückkommt, spricht er nicht mit mir und schließt sich in sein Zimmer ein; er sieht angestrengt und abgehärmt aus, wenn ich ihm morgens das Frühstück bereite. Du weißt, daß er einer der Direktoren der neuen Bank ist? Gestern stand etwas über die Bank in der Zeitung, das ihn schrecklich aufregte; er setzte seine Kaffeetasse nieder und fuhr, ohne sein Frühstück einzunehmen, in die City. Ich möchte dich deswegen nicht beunruhigen, Amelius, aber meine Tante scheint sich für die Angelegenheiten ihres Mannes nicht zu interessieren und es ist für mich wirklich eine Erlösung, mit dir über meine Sorgen sprechen zu können. Ich habe die Zeitung aufgehoben; bitte sieh dir an, was sie über die Bank schreibt, und sage mir, ob du's verstehst.«

Amelius las den Abschnitt, auf den er hingewiesen wurde. Er wußte über Bankgeschäfte ebensowenig Bescheid wie Regina. »So weit ich's verstehen kann«, sagte er, »zahlen sie Geld an ihre Aktionäre aus, das sie nicht eingenommen haben. Wie sie das können, versteh ich nicht.«

Regina wechselte verzweifelt das Thema. Sie fragte Amelius, ob er eine neue Unterkunft gefunden habe. Als sie hörte, daß er noch keinen Erfolg bei seiner Suche nach einer neuen Wohnung gehabt habe, öffnete sie ein Schubfach ihres Arbeitstisches und entnahm ihm eine Karte.

»Der Bruder einer meiner Mitschülerinnen ist im Begriff zu heiraten«, sagte sie. »Er besitzt in der Nähe des Regent's Park ein hübsches Junggesellenhäuschen und möchte es, so wie es ist, möbliert vermieten. Ich weiß nicht, ob du dich mit einem eigenen kleinen Haus belasten willst. Seine Schwester hat mich aber gebeten, einige seiner Karten – mit der Adresse und den Einzelheiten – zu verteilen. Vielleicht ist es deiner Mühe wert, im Vorbeigehen das Häuschen zu besichtigen.«

Amelius nahm die Karte. Die zarte weibliche Zurückhaltung und Güte von Regina, ihre beruhigende und gleichmäßige Art zu sprechen und die heitere Anmut ihrer Bewegungen hatten – nach den Aufregungen der letzten vierundzwanzig Stunden – eine angenehme und beruhigende Wirkung auf seine Stimmung. Er sah ihr zu, wie sie sich mit geschicktem und graziösem Eifer über ihre Stickerei beugte – und zog seinen Stuhl näher an sie heran. Sie lächelte leise über ihrer Arbeit: sie wußte, daß er sie bewunderte, und war auf sanfte Weise bereit, diesen Tribut anzunehmen.

»Ich würde das Häuschen sofort kaufen«, sagte Amelius, »wenn ich denken könnte, daß du dort mit mir leben wolltest.«

Sie sah ernst auf und hielt die Nadel halb in die Luft erhoben.

»Wir wollen darauf nicht zurückkommen«, antwortete sie und beschäftigte sich weiter mit ihrer Stickerei.

»Warum nicht?« fragte Amelius.

Sie hörte mit ihrer Arbeit nicht auf und tat so eifrig, als wäre sie eine arme Näherin, die ernste Gründe hatte, sich schnell ihr Geld zu verdienen.

»Es ist sinnlos«, antwortete sie, »von etwas zu sprechen, das in absehbarer Zukunft nicht geschehen kann.«

Amelius unterbrach ihre Arbeit an der Stickerei, indem er ihre Hand ergriff. Ihre Hingabe an ihre Arbeit ärgerte ihn.

»Sieh mich an, Regina«, sagte er, aber blieb ganz ruhig. »Ich möchte vorschlagen, daß wir beide ein wenig nachgeben. Ich will dich nicht drängen und werde eine angemessene Zeit abwarten. Wenn ich dir etwas verspreche, so kannst du doch dafür deinerseits auch ein wenig nachgeben? Geld scheint ein harter Ratgeber zu sein, mein Liebling, nach dem, was du mir von deinem Onkel erzählt hast. Sieh doch, wie er darunter leidet, weil er nur darauf aus ist, reich zu sein! Und frage dich selbst, ob es uns nicht zur Warnung dienen sollte, seinem Beispiel zu folgen. Würdest du mich gerne in einem derart elenden Zustand sehen, daß ich nicht mit dir sprechen oder mein Frühstück essen könnte und all das, nur um des unwichtigen ›Anscheins nach außen‹ willen? Na, wir wollen lieber an uns denken! Warum sollten wir die besten Tage unseres Lebens getrennt voneinander vergeuden, wenn wir doch beide es schaffen könnten, zusammen glücklich zu werden? Neben Rufus besitze ich noch einen guten Freund, der schon ein guter Freund meines Vaters war, bevor ich ihn kannte. Er kennt die verschiedensten großen Leute und wird mir helfen, irgendeine Anstellung zu bekommen. In einem halben Jahr könnte ich vielleicht zusätzlich zu meinem Vermögen ein kleines Gehalt haben. Sage mir die süßesten Worte, mein Liebling, die je über deine Lippen gekommen sind; sage mir, daß du mich in sechs Monaten heiraten wirst!«

Es liegt nicht in der Natur der Frau, solch einer Bitte gegenüber gefühllos zu bleiben. Sie gab fast nach: »Ich würde gerne ja sagen, Liebster«, antwortete sie mit einem kleinen, zitternden Seufzer.

»Sage es also!« schlug Amelius zärtlich vor.

Sie suchte ihre Zuflucht wieder bei der Stickerei. »Wenn du mir nur ein wenig Zeit gäbest«, schlug sie vor, »würde ich es vielleicht aussprechen.«

»Wofür Zeit, meine einzig Geliebte?«

»Zeit, um abzuwarten, Lieber, bis mein Onkel nicht so voller Sorgen ist wie jetzt.«

»Sprich nicht von deinem Onkel, Regina! Du weißt so gut wie ich, was er sagen würde. Um Himmels willen, warum kannst du nicht selbst eine Entscheidung treffen? Nein, ich möchte nicht immer wieder hören, was du Mr. Farnaby schuldest; ich habe damals im Gebüsch genug davon gehört. Ach, mein liebes Mädchen, habe doch ein bißchen Mitgefühl mit mir! Und zeige einmal einen eigenen Willen!«

Diese letzten Worte waren eine Beleidigung für ihr Selbstgefühl. »Ich halte es für eine große Unhöflichkeit, mir zu sagen, ich hätte keinen eigenen Willen, und für sehr böse, mich auf diese Weise zu bedrängen, obwohl du weißt, daß ich in Schwierigkeiten bin.« Das unvermeidliche Taschentuch erschien und verschaffte ihrem Protest Nachdruck und in Reginas wunderbaren Augen zeigten sich bescheiden geziemende Tränen.

Amelius sprang von seinem Stuhl auf und ging zum Fenster. Dieser letzte Hinweis auf Mr. Farnabys finanzielle Sorgen war mehr, als er zu erdulden bereit war. Ich spreche von unserer Heirat zu ihr, dachte er, und sie kann nicht ein einziges Mal ihren Onkel und seine Bank vergessen!

Er hielt am Fenster sein Gesicht von ihr abgewandt. Durch irgendeinen feinen Verbindungsvorgang in seinem Hirn, dem er nicht auf die Spur kommen konnte, erschien das Bild der Simplen Sally vor seinen Augen. Ein unwiderstehlicher Einfluß zwang ihn dazu, an sie zu denken. Nicht an das arme, verhungerte, erniedrigte und einfältige Geschöpf, sondern an das dankbare Mädchen, das sich keine glücklichere Zukunft gewünscht hatte, als eine, in der es seine Dienerin sein durfte, und das wegen der bloßen Vorstellung, sich von ihm trennen zu müssen, bewußtlos zu seinen Füßen niedergesunken war! Sein eigenes Gefühl für Selbstrespekt und seine Loyalität der ihm anverlobten Frau gegenüber wehrten sich hartnäckig gegen die unwürdige Schlußfolgerung, zu der seine eigenen Gedanken ihn hinführten. Er wandte sich wieder Regina zu und sprach so laut und nachdrücklich auf sie ein, daß der immer größer werdende Tränenstrom überrascht versiegte. »Du hast recht, du hast ganz recht, meine Liebe! Natürlich muß ich dir Zeit geben. Ich versuche, mein unbändiges Temperament im Zaum zu halten, aber ich habe damit – anfänglich – nicht immer Erfolg. Bitte vergib mir; es soll genau so geschehen, wie du es wünschst.«

Regina vergab ihm und das mit einem leichten und damenhaften Erstaunen über die aufgeregte Art und Weise, in der er seine Entschuldigungen vorbrachte. Sie ließ sogar ihre Stickerei im Stich und hielt ihr Gesicht empor zu ihm, damit er es küsse. »Du bist so nett, Lieber«, sagte sie, »wenn du nicht heftig und unvernünftig bist. Es ist so schade, daß du in Amerika erzogen wurdest. Willst du nicht zum Lunch bleiben?«

Zum Glück für Amelius erschien in diesem kritischen Augenblick der Diener mit einer Nachricht: »Meine Herrin legt besonderen Wert darauf, Sie zu sehen, Sir, bevor Sie gehen.«

Dieses war das erste Mal – nach den bisherigen Erfahrungen der Liebenden –, daß Mrs. Farnaby ihre Wünsche mit Hilfe eines Dieners zum Ausdruck brachte, statt persönlich zu erscheinen. In Regina regte sich leichte Neugier: »Was für eine merkwürdige Mitteilung?« sagte sie. »Was bedeutet das? Meine Tante ist heute morgen früher als sonst ausgegangen und ich habe sie seither nicht gesehen. Ich wüßte gern, ob sie dich wegen der Angelegenheiten meines Onkels um Rat fragen will?«

»Ich werde zu ihr gehen und es dann erfahren«, sagte Amelius.

»Und zum Lunch bleiben?« wiederholte Regina.

»Nicht heute, meine Liebe.«

»Also dann morgen?«

»Ja, morgen.« So kam er davon. Als er die Türe geöffnet hatte, sah er zurück und küßte seine Hand. Regina erhob ihren Kopf und lächelte liebenswürdig. Sie war wieder sehr mit ihrer Stickerei beschäftigt.

Kapitel V

Die Tür zu Mrs. Farnabys ebenerdigem Zimmer im hinteren Teil des Hauses stand halb offen. Sie hatte auf Amelius gelauert.

»Herein!« rief sie im Augenblick, da er in der Halle erschien. Sie zog ihn in das Zimmer und warf die Türe laut zu. Ihr Gesicht war vor Erregung gerötet und ihre Augen funkelten. »Ich habe Ihnen etwas zu erzählen, mein lieber, guter Freund«, rief sie aufgeregt aus, »etwas, das ein Geheimnis zwischen Ihnen und mir bleiben muß.« Sie hielt inne und sah ihn mit plötzlicher Angst und Sorge an. »Was ist los mit Ihnen?« fragte sie.

Der Anblick des Zimmers, der Hinweis auf ein Geheimnis und die Aussicht auf eine weitere persönliche Besprechung erinnerten Amelius für einen kurzen Augenblick an sein erstes, unvergeßliches Gespräch mit Mrs. Farnaby. Die kläglichen und hoffnungsvollen Worte einer Mutter, die von ihrer verlorenen Tochter gesprochen hatte, klangen wieder in seinem Ohr, als wären sie eben von ihren Lippen gekommen: »Vielleicht ist sie im Labyrinth von London verloren gegangen ... Morgen oder in zehn Jahren, von heute ab, werden Sie sie vielleicht treffen. ...« Es bestand eine Hundert-zu-eins-Chance dagegen, nein; tausend, zehntausend zu eins! Diese erregende Möglichkeit ging ihm nichtsdestoweniger (wie ein plötzlicher Schein des Tageslichts in der Dunkelheit) durch den Kopf. »Habe ich sie getroffen und war das die erste Chance?«

»Warten Sie!« rief er aus. »Ehe Sie sprechen, habe ich Ihnen etwas zu sagen. Täuschen Sie sich nicht selbst mit nutzlosen Hoffnungen. Versprechen Sie mir das, ehe ich beginne?«

Sie winkte spöttisch mit der Hand ab. »Hoffnungen?« wiederholte sie. »Hoffnungen habe ich hinter mir gelassen, auch die Angst – endlich habe ich Gewißheit bekommen!«

Er war zu eifrig, um auf das zu hören, was sie ihm da sagte, denn seine ganze Seele war auf die kommende Enthüllung eingestellt. »Vor zwei Abenden«, fuhr er fort, »ging ich durch London und traf ...«

Sie brach in Lachen aus. »Weiter!« rief sie mit einer wilden, höhnischen Fröhlichkeit.

Amelius hielt verwirrt und erschreckt inne. »Worüber lachen Sie?« fragte er.

»Weiter!« wiederholte sie. »Mich können Sie nicht überraschen! Raus damit! Wen haben Sie getroffen?«

Amelius fuhr langsam fort, Wort für Wort: »Ich traf ein armes Mädchen auf der Straße«, sagte er und beobachtete sie dabei.

Sie veränderte sich auf seine Worte hin vollkommen und sah ihn mit dem Ausdruck eines strengen Tadels an: »Nichts mehr davon!« unterbrach sie ihn. »Ich habe diese elenden Jahre hindurch nicht gewartet, um ein so schreckliches Ende zu erleben.« Ihr Gesicht erhellte sich plötzlich in strahlenden Zärtlichkeit, und ein Lächeln des Triumphs ergoß sich über sie und ließ sie wieder jung und glücklich aussehen. »Amelius!« sagte sie. »Hören Sie mir zu: mein Traum hat sich erfüllt, mein Mädchen ist gefunden worden! Dank Ihrer, obwohl Sie das gar nicht wissen.«

Amelius sah sie an. Sprach sie von etwas, das wirklich geschehen war? Oder hatte sie wiederum geträumt?

Sie war mit ihrem Glück beschäftigt und sagte nichts über sein Schweigen. »Ich habe die Frau getroffen«, fuhr sie fort. »Heute morgen, an diesem Glückstag, habe ich die Frau getroffen, welche meine Tochter in den ersten Tagen ihres armen, kleinen Lebens fortbrachte. Die Elende schwört, sie sei nicht daran schuld. Ich bemühte mich, ihr zu verzeihen. Im Glücksgefühl, das zu erfahren, was sie mir zu erzählen hatte, habe ich ihr vielleicht sogar verziehen! Wenn Sie nicht Ihren herrlichen Vortrag gehalten hätten, würde ich nie davon gehört haben, Amelius. Die Frau war eine Ihrer Zuhörerinnen. Sie hätte nie über die vergangenen Tage gesprochen, sie hätte nie an mich gedacht ...«

Nach diesen Worten hielt Mrs. Farnaby plötzlich inne und wandte sich von Amelius ab. Nachdem er eine Weile abgewartet hatte und sie noch immer stumm blieb und sich nicht rührte, wagte er es, eine Frage an sie zu richten.

»Sind Sie sicher, daß man Sie nicht betrügt?« fragte er. »Ich erinnere mich, daß Sie mir erzählten, wie Schurken Sie früher – als Sie Leute angestellt hatten, das Kind zu finden – getäuscht hatten?«

»Ich habe Beweise dafür, daß ich nicht getäuscht werde«, antwortete Mrs. Farnaby, die ihr Gesicht noch immer vor ihm verborgen hielt. »Einer von ihnen weiß von dem Defekt an ihrem Fuß.«

»Einer von ihnen?« wiederholte Amelius. »Wie viele von ihnen sind es dann?«

»Zwei. Die alte Frau und ein junger Mann.«

»Wie heißen sie?«

»Ihre Namen wollen sie mir noch nicht nennen.«

»Ist das nicht ein bißchen verdächtig?«

»Einer von ihnen weiß von dem Defekt an ihrem Fuß«, wiederholte Mrs. Farnaby.

»Darf ich fragen, welcher von beiden? Die alte Frau, nehme ich an?«

»Nein, der junge Mann.«

»Das ist merkwürdig, nicht? Haben Sie den jungen Mann gesehen?«

»Ich weiß nichts über ihn, außer dem wenigen, das mir die Frau erzählt hat. Er hat mir einen Brief geschrieben.«

»Darf ich ihn sehen?«

»Ich wage es nicht, ihn Ihnen zu zeigen.«

Amelius sagte nichts mehr. Hätte er den leisesten Verdacht gehabt, daß die Enthüllung, die ihm Mrs. Farnaby bei ihrem ersten Gespräch freiwillig gemacht hatte, von jener unbekannten Person, die das Klappfenster in der Küche geöffnet hatte, belauscht worden war, so hätte er sich an Phoebes rachsüchtige Sprache in seiner Wohnung erinnert und an die Zweifel, die in ihm bei der Entdeckung des auf der Straße wartenden Lumpen aufgestiegen waren. Da dem nicht so war, war er nur verwirrt. Die einzige klare Schlußfolgerung war für ihn natürlicher- und unglücklicherweise, nach alledem was er gehört hatte, nur die: Mrs. Farnaby hatte keinerlei Interesse an seiner Entdeckung der Simplen Sally und er selbst müsse sich in dieser Angelegenheit keine weiteren Gedanken machen. So merkwürdig Mrs. Farnabys geheimnisvolle Offenbarung auch schien, so war die Kenntnis ihres Briefschreibers von dem Defekt an dem Fuß unzweifelbar ein Umstand zu seinen Gunsten. Amelius fragte sich dennoch im stillen, wie es möglich war, daß die Frau – die das Kind übernommen hatte – nicht hatte entdecken können, was einer anderen Person anscheinend bekannt war? Wäre er sich jedoch darüber im klaren gewesen, daß Mrs. Sowlers Beruf damals der einer »Baby-Hüterin« war und noch viele andere verlassene Kinder sich in ihrer Obhut abhärmten, er hätte leicht begriffen, warum sie die letzte Person auf Erden war, sich um eine genaue Untersuchung irgendeines der unglücklichen kleinen Geschöpfe zu bemühen, die ihrer betrunkenen und unbarmherzigen Mißpflege überlassen worden waren. Jervy hatte sich – ehe er ihr seine Anweisungen anvertraute – davon überzeugt, daß sie nicht mehr als irgendein völlig Fremder über die Eigenartigkeiten an dem einen oder dem anderen Fuß des Kindes wußte.

Da er Mrs. Farnabys letzte Erwiderung als einen Hinweis darauf ansah, daß ihr Gespräch beendet sei, nahm Amelius seinen Hut und war im Begriff, zu gehen.

Er sagte: »Ich hoffe aus tiefstem Herzen, daß das, was so gut begonnen hat, auch ein gutes Ende finden wird. Wenn ich Ihnen mit irgend etwas dienlich sein kann ...«

Sie trat näher an ihn heran und legte ihre Hand leicht auf seine Schulter. »Glauben Sie nicht, daß ich Ihnen mißtraue«, sagte sie sehr ernst. »Ich möchte Sie nur nicht erschrecken, das ist alles. Sogar diese große Freude hat eine Schattenseite; denn mein elendes Eheleben wirft auf alles, was mir geschieht, einen dunklen Schatten. Halten Sie das wenige, was ich Ihnen erzählt habe, vor jedermann geheim! Sie bringen mir Unglück, wenn Sie ein Wort davon irgendeiner lebenden Seele weitersagen. Ich hätte mein Herz vor Ihnen nicht öffnen sollen, aber wie hätte ich das denn tun können? Alles Glück, das jetzt auf mich zukommt, kommt doch durch Sie! Wenn Sie mir heute adieu sagen, Amelius, so tun Sie das zum letztenmal in diesem Hause! Ich gehe fort. Fragen Sie mich nicht, warum; da ist noch etwas, das ich Ihnen nicht zu erzählen wage! Sie werden von mir hören oder mich treffen, das verspreche ich Ihnen? Geben Sie mir eine sichere Adresse, wohin ich Ihnen schreiben kann und wo keine neugierige Frauensperson in Ihrer Abwesenheit meinen Brief öffnet!«

Sie übergab ihm ihr Notizbuch. Amelius schrieb seine Klubadresse ein. Sie ergriff seine Hand. »Denken Sie gut von mir!« sagte sie. »Und nochmals: haben Sie keine Sorge, daß ich getäuscht werde. In mir gibt es noch einen harten Kern, der mich wachsam sein läßt. Die alte Frau versuchte heute morgen, mich zum Reden über den kleinen Fehler am Fuß meines kleinen Kindes, von dem wir wissen, zu bringen. Aber ich dachte mir: Hättest du dich richtig um mein kleines, armes Baby gekümmert, als es bei dir war, dann hättest du ihn früher oder später herausgefunden. Kein Wort kam über meine Lippen. Nein, nein: haben Sie keine Sorgen, wenn Sie an mich denken. Ich bin so verschlagen wie die anderen auch; und ich werde herausfinden, wie der Mann – der mir geschrieben hat – entdeckt hat, was er weiß; ich verspreche Ihnen, er wird mich zufriedenstellen müssen, wenn ich ihn das nächste Mal sehe oder von ihm höre. All das bleibt geheim zwischen Ihnen und mir, striktest und auf Ihr heiligstes Ehrenwort?! Sagen Sie nichts – ich weiß, ich kann Ihnen trauen! Adieu! Und verzeihen Sie mir, daß ich mich so oft zwischen Regina und Sie gestellt habe. Ich werde Ihnen nie mehr im Wege stehen. Heiraten Sie sie, wenn Sie glauben, daß sie gut genug für

Sie sei; ich bin nicht mehr daran interessiert, daß Sie ein umhervagabundierender Junggeselle bleiben, der Mädchen hier, dort oder anderswo trifft. Sie werden von mir erfahren, wie es weitergeht! Ach, ich bin ja so glücklich!«

Sie brach in Tränen aus und zeigte Amelius mit einer wilden, flehenden Geste an, daß er sie allein lassen möge.

Er drückte ihr stumm die Hand und ging hinaus.

Die Tür hatte sich hinter ihm kaum geschlossen, da veränderte sich das Betragen der Frau schon wieder. Eine kurze Weile ging sie schnell auf und ab und sprach zu sich selbst. Ihr Tränenstrom versiegte, ihre Lippen schlossen sich fest zusammen und ihre Augen nahmen einen wild entschlossenen Ausdruck an. Sie setzte sich an den Tisch und öffnete die Schublade. »Ich lese ihn nochmals durch«, sagte sie zu sich, »ehe ich ihn versiegele.«

Sie entnahm der Schublade einen Brief in ihrer eigenen Handschrift und breitete ihn offen vor sich aus. Mit den Ellenbogen auf den Tisch aufgestützt und ihre Hände wild in ihr Haar verkrampft, las sie die Zeilen, die an ihren Mann gerichtet waren:

»*John Farnaby,* – ich hatte immer den Verdacht, daß Du irgend etwas mit dem Verschwinden unseres Kindes zu tun hast. Jetzt weiß ich gewiß, daß Du Deine Tochter als Säugling auf Gnad und Ungnad in die Welt ausgesetzt und Deine Frau zu einem elenden Leben verurteilt hast.

Glaube nur ja nicht, daß ich mich täuschen ließ! Ich habe mit der Frau gesprochen, die am Gartenzaun in Ramsgate gewartet und das Kind aus Deinen Händen empfangen hat. Sie sah Dich in meiner Gesellschaft bei dem Vortrag und sie ist absolut sicher, daß Du der Mann warst.

Dank der Versammlung im Vortragssaal bin ich endlich meiner verlorenen Tochter auf die Spur gekommen. Heute früh hörte ich die Geschichte der Frau. Sie behielt das Kind in der Hoffnung, daß es wieder zurückgefordert werde, bis sie dann außerstande war, länger für das Kind zu sorgen. Sie traf eine Person, die bereit war, es zu adoptieren, und es mit sich in ein fremdes Land nahm, das mir bisher noch nicht genannt wurde. Meine Tochter lebt noch in jenem Land und wird mir unter Bedingungen zurückgebracht werden, die in wenigen Tagen zu erfahren sein werden.

Einiges an dieser Geschichte mag wahr, einiges mag falsch sein und diese Frau lügt vielleicht, um ihren Interessen mir gegenüber zu dienen. Eines bin ich jedoch sicher: mein Mädchen ist auf eine

Weise identifiziert worden, die mir bekannt ist, und worüber keine Zweifel herrschen können. Sie muß noch am Leben sein, denn im Interesse der Personen, die mit mir verhandeln, liegt es ja gleichzeitig, daß sie lebt.

Wenn Du diesen Brief nach Deiner Rückkehr aus dem Geschäft vorfindest, werde ich Dich verlassen haben, und zwar für immer. Allein der Gedanke, Dich nur noch einmal sehen zu müssen, erfüllt mich mit Schauder. Ich habe mein eigenes Einkommen und bin entschlossen, meinen eigenen Weg zu gehen. Ich warne Dich in Deinem eigenen Interesse, zu versuchen, mich aufzufinden. Ich erkläre feierlich: ehe ich Deine von Dir verlassene Tochter durch Deinen Anblick beschmutzen lasse, würde ich Dich mit eigenen Händen töten und dafür auf dem Schafott sterben. Falls sie sich jemals nach ihrem Vater erkundigt, werde ich Dir einen Gefallen erweisen: Zur Ehre der menschlichen Natur werde ich ihr sagen, ihr Vater sei tot. Das wird nicht gänzlich eine Lüge sein! Dich und Deinen Namen erkenne ich nicht mehr an und von diesem Zeitpunkt an bist Du für mich gestorben.

Ich unterzeichne mit meinem väterlichen Namen:

Emma Ronald.«

Sie hatte selbst gesagt, daß sie Amelius nicht hatte erschrecken wollen. Dies war der Grund dafür.

Nachdem sie eine Weile vor sich hingedacht hatte, versiegelte und adressierte sie den Brief. Nachdem sie das getan hatte, sperrte sie den Holzschrank auf, in dem einmal das Babykleid und die Mütze gelegen hatten und die anderen Erinnerungsstükke an die Vergangenheit, die sie ihren »toten Trost« genannt hatte. Als sie sich überzeugt hatte, daß der Schrank leer war, schrieb sie auf eine Karte: »Wird von einem Bankboten abgeholt« und band die Karte an eine Blechbüchse, die in einer Ecke stand und durch ein Vorhängeschloß gesichert war. Sie hob die Büchse auf und stellte sie vor den Schrank, so daß sie für jeden, der das Zimmer betrat, leicht zu sehen war. Nachdem sie ihre Schätze in Sicherheit wußte, nahm sie den versiegelten Brief, ging die Treppe hinauf und legte ihn auf einen Tisch im Ankleidezimmer ihres Mannes. Sofort danach eilte sie hinaus, als wäre ihr der Anblick des Zimmers unerträglich.

Sie ging zum anderen Ende des Ganges, betrat ihr eigenes Schlafzimmer und zog Hut und Überrock an. Auf dem Bett lag eine lederne Handtasche. Sie hob sie in die Höhe und blickte dann mit einem Schauer des Ekels durch den großen luxuriösen Raum. Keine menschliche Seele außer ihr selbst wußte, was sie innerhalb dieser vier Wände gelitten hatte. Sie eilte hinaus, genau so wie sie aus dem Schlafzimmer ihres Mannes hinausgeeilt war.

Ihre Nichte war noch immer im Salon. Als Mrs. Farnaby an die Tür gekommen war, zögerte sie und blieb stehen. Das Mädchen war auf ihre fade und ruhige Weise ein gutes Ding und dazu noch die Tochter ihrer eigenen Schwester. Eine kleine gütige Geste diente vielleicht einmal als willkommene Erinnerung. Sie öffnete so schnell die Türe, daß Regina mit einem kleinen Schreckensruf aufschrak. »Oh, Tante, wie du einen erschreckst! Gehst du aus?« »Ja, ich gehe aus«, war die kurze Antwort. »Komm her, gib mir einen Kuß!« Regina sah sie verblüfft an. Mrs. Farnaby stampfte ungeduldig auf, Regina erhob sich und zeigte anmutiges Erstaunen: »Meine liebe Tante, wie überaus merkwürdig!« sagte sie und gab ihr den gewünschten Kuß, verbunden mit einem gleichzeitig heiteren und überraschten Hochziehen ihrer schöngeschwungenen Augenbrauen. »Ja«, sagte Mrs. Farnaby, »das ist eine meiner Merkwürdigkeiten. Geh wieder an deine Arbeit! Adieu!«

Sie verließ das Zimmer so plötzlich, wie sie es betreten hatte. Sie ging mit ihrem sicheren, schweren Tritt die Stufen zur Halle hinunter, zur Haustüre hinaus und schloß sie hinter sich – um nie mehr wiederzukehren.

Kapitel VI

Amelius verließ Mrs. Farnaby, durch Gefühlsregungen und eine Angst beunruhigt, die geduldig zu ertragen er sonst der letzte gewesen wäre. Ihre seltsame Erzählung über die Entdeckung der verlorenen Tochter, die noch befremdlichere Versicherung ihres Entschlusses, das Haus verlassen zu wollen, das Fehlen irgendeiner einfachen Erklärung und die Belastung durch das ihm auferlegte Geheimnis –, all dies zusammengenommen irritierte seine empfindlichen Nerven. »Ich hasse Geheimnisse«, dachte er, »und vom ersten Augenblick an, da ich in England gelandet war, scheint es mein Los zu sein, in Geheimnisse verwickelt zu werden. Hat sie wirklich die Absicht, ihren Mann und ihre Nichte zu verlassen? Was wird Farnaby tun? Was wird aus Regina werden?«

Wenn er an Regina dachte, mußte er gleichzeitig an die neuerliche Ablehnung denken, die ihm gegolten hatte. Wiederum hatte er an ihre Liebe zu ihm appelliert und wiederum hatte sie sich geweigert, ihn zu heiraten, sobald er es wollte.

Besonders verwirrt und ärgerlich war er, wenn er an den unantastbar starken Einfluß dachte, den ihr Onkel auf sie zu haben schien. Reginas ganze Sympathie galt Mr. Farnaby und seinen Sorgen. Amelius hätte sie ein wenig besser verstehen können, wenn sie ihm erzählt hätte, was zwischen ihrem Onkel und ihr vorgefallen war, als Mr. Farnaby im Zustand großer Entrüstung am Abend des Vortrags heimgekehrt war. In Angst, daß ihre Verlobung rückgängig gemacht werden könnte, war sie zu dem Eingeständnis gezwungen gewesen, daß sie Amelius allzu gern habe, um sich von ihm trennen zu können. Sie gab jedoch zu: wenn er zum zweitenmal seine sozialistischen Grundsätze auf einem Vortragspodium zur Schau stellte, es wäre vielleicht unmöglich, ihn als Bewerber weiter zu empfangen. Aber sie bat – im Interesse ihrer eigenen Ruhe (wenn nicht, um Gnade für Amelius zu erreichen) – sehr um Entschuldigung für dieses sein erstes Vergehen! Mr. Farnaby, der bereits durch seine geschäftlichen Sorgen beunruhigt war, hörte ihr freundlicher und auch abwesender zu als gewöhnlich und akzeptierte ihre Bitten mit der schnell bereiten Nachsicht eines Mannes, der andere Sorgen hatte. Es war zwischen ihnen beschlossene Sache, daß das Ärgernis des Vortrags mit diskretem Schweigen übergangen wurde. Aber die natürliche Zurückhaltung in ihrem Charakter – in diesem Fall verstärkt durch den Stolz, mit dem eine Frau sich verteidigt und vor der Hochzeit nicht bereit ist, ihre Schwäche dem Mann, der sie verursacht, ohne Rückhalt einzugestehen – verschloß ihr den Mund. »Wenn Amelius weniger heftig und ein wenig bescheidener sein wird«, dachte sie, »dann sage ich es ihm vielleicht.«

So geschah's, daß Amelius verwirrt und ängstlich durch die Straßen nach Hause ging. Vor dem Hotel angekommen, blieb er stehen und sah sich um. Wenn er in seinem augenblicklichen Geisteszustand an die Simple Sally dachte – es war ihm unmöglich, sich der Gedanken an sie zu erwehren –, so beschlich ihn ein geheimes Gefühl des Bedauerns. Höchstwahrscheinlich hätte er sich mit jedem Menschen gestritten, der ihm unterstellt hätte, die Abwesenheit des Mädchens zu bedauern und ihre Rückkehr zu wünschen. Er erinnerte sich zufällig an ihre einfachen blauen Augen, ihren vagen und geduldigen Blick und ihre komischen, kindlichen Fragen, die sie mit ihrer süßen Stimme so freimütig an ihn gestellt hatte, das war alles. War es denn tadelnswert, wenn man sich erinnerte? Er beruhigte sich selbst mit diesen Überlegungen, ging ein, zwei Schritte weiter und blieb erneut stehen. In seiner augenblicklichen Laune schreckte er davor zurück, Rufus zu treffen. Der Amerikaner las in ihm wie in einem Buch und würde Fragen stellen, die ihm auf die Nerven fielen. Amelius drehte dem Hotel den Rücken und sah auf die Uhr. Als er sie herausnahm, berührten seine Finger gleichzeitig etwas anderes in seiner Westentasche. Es war die Karte, die Regina ihm gegeben hatte – die Karte von dem Häuschen, das zu vermieten war. Er hatte nichts zu tun und kein Ziel. Warum sich das Häuschen nicht ansehen? Wenn es sich als nicht wert erwies, angesehen zu werden, so waren da die Zoologischen Gärten in der Nachbarschaft! Es gibt in eines Mannes Leben Perioden, da er die Gesellschaft von Vierfüßlern für eine willkommene Erholung von der von Geschöpfen auf zwei Beinen hält.

Es war ein ziemlich schöner Tag. Amelius ging nordwärts in Richtung Regent's Park.

Das Häuschen lag in einer Nebenstraße knapp vor dem Park: ein Häuschen im wahrsten Sinne des Wortes. Ein Wohnzimmer, eine Bibliothek und ein Schlafzimmer – alle in kleinen Maßen – und im Souterrain: eine Küche und zwei weitere Zimmer. Dies alles stellte von oben bis unten das Wohnhaus dar. Es war einfach, hübsch möbliert und völlig umschlossen von seinem eigenen kleinen Gartengrundstück. Besonders die Bibliothek war ein vollkommener kleiner Hafen der Zuflucht, mit Blick in den rückwärtigen Garten, friedlich und schattig und verschönt durch Bücherschränke aus geschnitzter alter Eiche.

Amelius hatte sich kaum in dem Raum umgesehen, da war sein leicht entzündbarer Sinn schon Feuer und Flamme für die neue Idee. Andere müßige Männer, die Schwierigkeiten in ihrem Leben hatten, fanden Trost und Ablenkung in der Beschäftigung mit Büchern. Warum sollte er nicht einer von denen sein? Warum sollte er sich nicht in dieser zauberhaften Zurückgezogenheit aufs Studium stürzen und vielleicht eines Tages Regina und ihren Vater damit überraschen, daß er als Verfasser eines berühmten Buches die Welt in Erstaunen setzte? Genau wie Amelius vor zwei Tagen sich zukünftig als Vortragender gesehen hatte, der großartige Honorare einheimste, so stellte er sich jetzt als der gefeierte Scholast und Schreiber einer neu heraufkommenden Ära vor. Die Frau, die ihm das Häuschen zeigte, erwähnte zufällig, daß ein Herr am Morgen das Haus besichtigt hatte und es zu mögen schien. Amelius gab ihr sofort einen Schilling und sagte: »Ich nehme es sofort.« Die erstaunte Frau verwies ihn an die Adresse des Häusermaklers und blieb in sicherer Entfernung zu dem leicht erregbaren Fremden, als sie ihn hinausließ. In weniger als einer weiteren Stunde hatte Amelius das Häuschen gemietet und war zum Hotel zurückgekehrt: mit einem neuen Lebensziel und einer neuen Überraschung für Rufus.

Wie gewöhnlich vertat – wie nie, wenn es notwendig war – der Amerikaner keine Zeit mit Gerede. Er ging sofort aus, um das Häuschen zu besichtigen und stellte dem Makler seine eigenen Fragen. Das Ergebnis bewies gültig, daß Amelius nicht betrogen worden war. Sollte er seinen Handel bereuen, wo würde jener Herr, der als erster das Häuschen gesehen hatte, bereit sein, es ihm abzunehmen, und zwar in kürzester Frist.

Nachdem er ins Hotel zurückgekehrt war, fand Rufus Amelius bereit, in sein neues Quartier einzuziehen und begierig darauf, sein kommendes Leben dem Studium und der Zurückgezogenheit zu widmen. Der Amerikaner wußte vorher schon nur zu gut, wie letzterer Plan enden würde, und versuchte, Amelius mit etwas Weltlichkeit zu verführen: er habe geplant, so sagte er, »sich in Paris zu amüsieren«, und er schlage Amelius vor, als sein Begleiter dorthin zu kommen. Dieser Vorschlag hatte nicht die geringste Wirkung; Amelius antwortete, als wäre er ein überzeugter Einsiedler und am Ende seines Lebens angelangt. »Danke«, sagte er und das mit dem überraschendsten Ernst, »ich ziehe die Gesellschaft meiner Bücher und die Zurückgezogenheit meines Arbeitszimmers vor.« Dieser Erklärung folgten weitere Wertpapierverkäufe aus seinem Kapital und ein Besuch einer Buchhandlung, was eine hübsche finanzielle Wirkung auf die Sollseite seines Guthabens zur Folge hatte.

Am nächsten Tag erschien Amelius um zwei Uhr in Mr. Farnabys Haus. Er war nicht derart selbstsüchtig nur mit seinen eigenen Plänen beschäftigt, daß er Mrs. Farnaby vergessen hätte! Er war im Gegenteil ehrlich daran interessiert, eine Nachricht über sie zu erhalten.

Ein gewisser Geschäftsmann in mittleren Jahren war in diesen Blättern als einer der treuen Verehrer von Regina erwähnt worden, der geduldig den Triumph seines begünstigteren jungen

Rivalen ertragen hatte. Diesen Herrn, der eben mit seinem kleinen Aktenkoffer in der Hand seinem Wagen entstiegen war, traf Amelius an der Tür mit einem Gesichtsausdruck, der deutlich anzeigte, eine Katastrophe habe sich ereignet. »Sie haben die schlechte Nachricht zweifelsohne gehört?« fragte er mit einer tiefen Baßstimme und in einem traurig-höflichen Ton. Ehe Amelius antworten konnte, öffnete der Diener die Haustür. Nach einem höflichen Hin und Her zeigte sich der Herr in mittleren Jahren bereit, als erster seine Fragen an den Diener zu richten: »Wie geht es Mr. Farnaby? Noch nicht besser? Und Miss Regina? Nicht gut, was? O Gott, o Gott! Melden Sie, ich wäre dagewesen, bitte!« und mit einem wilden Genuß an dem traurigen Anlaß überreichte er zwei Visitenkarten und wandte sich – mit den reichen Baßtönen seiner Stimme, die er genoß und dem Anschein väterlicher Nachsicht – an seinen jugendlichen Rivalen: »Sehr traurig, nicht wahr? Guten Morgen.« Er verbeugte sich mit melancholischer Grandezza und bestieg seinen Wagen.

Amelius sah dem erfolgreichen Kaufmann nach, als die sich aufbäumenden Pferde den Wagen anzogen. »Schließlich und endlich«, dachte er bitter, »würde sie mit diesem reichen Snob vielleicht glücklicher werden, als sie es mit mir sein könnte.« Er trat in die Halle und sprach mit dem Diener. Der Mann hatte eine Botschaft für ihn: Miss Regina würde Mr. Goldenheart empfangen, wenn er so gütig wäre, im Speisezimmer zu warten.

Regina erschien blaß, verschreckt, und ihre Augen waren vom Weinen entzündet. »O Amelius, kannst du mir sagen, was dieses schreckliche Unglück bedeutet? Warum hat sie uns verlassen? Als sie dich gestern sprechen wollte, was hat sie da gesagt?«

Amelius konnte in der Lage, in der er sich befand, keine Antwort geben. »Deine Tante – so sagte sie – plane wegzugehen. Aber«, fügte er vollkommen wahrheitsgetreu hinzu, »sie weigerte sich, mir zu sagen, warum und wohin. Ich bin genauso außerstande wie du, es zu verstehen. Was schlägt dein Onkel vor zu tun?«

Mr. Farnabys Benehmen – so wie Regina es beschrieb – verstärkte das Geheimnis: er schlüge vor, nichts zu unternehmen. Man hatte ihn auf dem Teppich vor dem Kamin seines Ankleidezimmers gefunden; offensichtlich hatte er eine Ohnmacht erlitten, während er einige Papiere verbrannte, denn Asche war hinter dem Kamingitter, aber nicht weit von ihm entfernt, entdeckt worden. Nachdem er wieder zu sich gekommen war, sei es seine erste Sorge gewesen zu fragen, ob ein Brief »verbrannt« vorgefunden worden sei. Nachdem er darüber beruhigt worden war, befahl er der Dienerschaft, sich um sein Bett zu stellen und verbot aufs bestimmteste, ihrer Herrin – sollte sie jemals in Zukunft ins Haus zurückkehren wollen– die Tür zu öffnen. Auf Reginas Fragen und Vorstellungen wurde ihr, als sie beide wieder allein waren, folgende gnadenlose Antwort zuteil: »Wenn du das väterliche Interesse, das ich für dich hege, verdienen willst, dann tu es mir gleich: vergiß, daß eine solche Person wie deine Tante jemals existierte! Wir würden in Streit geraten, wenn du ihren Namen jemals in meiner Hörweite erwähntest.« Nachdem er das gesagt hatte, wechselte er sofort das Thema und wies Regina an, einen Entschuldigungsbrief an »Mr. Melton« zu schreiben (mit anderen Worten: an den Mann von mittleren Jahren), mit dem er am Abend zum Essen verabredet gewesen war. Als sie von dieser Tatsache berichtete, floß Regina, in allzeit bereiter Dankbarkeit in bezug auf Mr. Melton über: »Er war so gütig! Er ließ seine Gäste am Abend im Stich, kam hierher und saß fast eine Stunde bei meinem Onkel.« Amelius sagte dazu nichts und führte das Gespräch auf Mrs. Farnaby zurück. »Sie erwähnte mir gegenüber einmal ihre Anwälte«, sagte er. »Wissen die etwas über sie?«

Die Antwort auf diese Frage zeigte, daß Mr. Farnabys entschiedener und endgültiger Beschluß einer ähnlichen Entschlossenheit auf seiten seiner Frau glich.

Einer der Teilhaber des Anwaltsbüros sei morgens vorbeigekommen, um Regina in einer geschäftlichen Angelegenheit zu sehen. Mrs. Farnaby wäre am vorhergehenden Tage in dem Büro erschienen und hätte kurz ihren Wunsch zum Ausdruck gebracht, für ihre Nichte vorsorglich eine kleine, jährliche Summe für einen Notfall auszusetzen. Sie hätte irgendwelche Erklärung darüber verweigert und abgewartet, bis das notwendige Dokument ausgestellt worden war, und nur gebeten, Regina über die Sache zu informieren; dann wäre sie völlig schweigend wieder gegangen. Der Anwalt war – nachdem er gehört hatte, daß sie ihren Gatten verlassen hätte – wie jedermann vollkommen außerstande zu verstehen, was das bedeute.

»Und was sagt der Arzt?« fragte Amelius als nächstes.

»Mein Onkel muß völlige Ruhe haben«, antwortete Regina, »und darf für einige Zeit nicht in sein Geschäft gehen. Mr. Melton hat – mit der ihm gewohnten Güte – es übernommen, sich um seine Angelegenheiten zu kümmern. Sonst hätte mein Onkel, bei seinen augenblicklichen Sorgen um die Bank, niemals die Befehle des Arztes akzeptiert. Der Arzt hat ihm empfohlen, sobald er reisen darf, für den Winter ins Ausland zu fahren und sich in einem wärmeren Klima zu erholen. Er weigert sich jedoch, sein Geschäft im Stich zu lassen und der Arzt weigert sich, die Verantwortung dafür zu übernehmen. Morgen werden einige Ärzte zu einem Konsilium zusammentreten. Ach, Amelius: ich hatte meine Tante wirklich gern und mir bricht das Herz wegen dieser schrecklichen Veränderung!«

Einen Augenblick herrschte Schweigen. Wäre Mr. Melton anwesend gewesen, er hätte einige passende mitleidige Worte gefunden. Amelius beherrschte die Kunst der Konversation nur auf eine ungeschlachte Weise. Tadmor hatte ihn mit den sozialen und politischen Fragen der Zeit vertraut gemacht und ihn das Reden in der Öffentlichkeit gelehrt, aber Tadmor – reich an Büchern und Zeitungen – war eine wirkungslose Übungsstätte für leichte Konversation.

»Angenommen, Mr. Farnaby muß ins Ausland fahren«, fragte er, nachdem er eine Weile hatte vergehen lassen, »was wirst du dann tun?«

Regina sah ihn mit einer Miene voll Trauer und Überraschung an. »Ich werde natürlich meine Pflicht tun«, antwortete sie gewichtig. »Wenn er es wünscht, werde ich meinen Onkel begleiten.« Sie sah nach der Uhr auf dem Kaminsims. »Es ist Zeit für ihn, seine Medizin einzunehmen«, setzte sie fort, »du wirst mich gewiß entschuldigen.« Sie schüttelte – nicht sehr herzlich – seine Hand und eilte aus dem Zimmer.

Amelius verließ das Haus mit einer entmutigenden Überzeugung – nämlich der, daß er Regina bisher niemals verstanden habe und sie in Zukunft wahrscheinlich auch nicht verstehen werde. Zu seiner Ablenkung wandte er sich Gedanken über das merkwürdige Verhalten zu, das Mr. Farnaby nach dem häuslichen Unglück, das ihn befallen hatte, an den Tag gelegt hatte.

Er rief sich in Erinnerung, was er selbst beobachtet hatte und was er von Mrs. Farnaby hörte, als sie ihn das erste Mal ins Vertrauen gezogen hatte und folgerte daraus, daß die Angelegenheit des verlorenen Kindes nicht der Grund für die Entfremdung zwischen Mann und Frau war, sondern daß der Ehemann selbst auf irgendeine Weise die Schuld daran trug. Angenommen, diese Theorie war richtig, so stünden einem Zusammentreffen von Mutter und Kind im Hause der Mutter somit ernste Hindernisse im Wege. Das Verschwinden von Mrs. Farnaby war in diesem Fall nicht länger unverständlich und das ansonsten unerklärliche

Benehmen von Mr. Farnaby erschien im Lichte eines Motivs verständlich, das einen hartherzigen Vater nicht unnatürlicherweise beeinflussen konnte, der gleichermaßen die Schwierigkeiten seiner Frau wie seine Frau selbst leid war.

Nachdem Amelius schneller, als hier angedeutet, zu dieser Schlußfolgerung gelangt war, beschäftigte er sich nicht mehr mit dieser Angelegenheit. Zur Zeit seines ersten Besuchs bei den Farnabys hatte Rufus ihm geraten – solange er die Möglichkeit hatte –, sich vor einem näheren Kontakt mit ihnen zurückzuhalten. In seiner augenblicklichen Stimmung war er nahe daran, sich selbst einzugestehen, daß Rufus recht behalten hatte.

Er nahm mit seinem Freund im Hotel den Lunch ein. Noch vor Beendigung des Essens erschien Mrs. Payson und brachte einige erfreuliche Nachrichten über Sally mit.

Es war nicht zu leugnen, daß das Mädchen beharrlich schwieg und nach wie vor zurückhaltend blieb. Andererseits war der Bericht jedoch sehr günstig, denn Sally befolge die Regeln des Hauses, sei immer bereit, ihren Gefährtinnen jeden möglichen kleinen Dienst zu erweisen und so begierig, mit Hilfe ihres Lese- und Schreibunterrichts weiterzukommen, daß es nicht leicht wäre, sie dazu zu bringen, ihr Buch und ihre Schiefertafel beiseitezulegen. Wenn der Lehrer ihr für ihr gutes Betragen eine kleine Belohnung verspräche und sie frage, was sie gerne hätte, erhelle sich ihr trauriges Gesichtchen und die Antwort des treuen Geschöpfes sei immer dieselbe: »Ich wüßte gern, was er jetzt tut.« (Die arme Sally!: »er« sei Amelius.)

»Sie müssen noch ein bißchen länger warten, ehe Sie ihr schreiben«, schloß Mrs. Payson, »und Sie können auch für einige Zeit noch nicht daran denken, sie zu besuchen. Ich weiß, daß Sie uns durch Ihr Einverständnis helfen werden – Sally zuliebe!«

Amelius verneigte sich schweigend. Er hätte in diesem Augenblick keiner lebenden Seele eingestehen können, wie ihm zumute war, und es war zweifelhaft, ob er es sich selbst eingestand. Mrs. Payson, die ihn mit dem herzlichen Mitleid einer echten Frau beobachtet hatte, ließ sich ein wenig erweichen: »Ich könnte ihr etwas ausrichten«, schlug die gute Dame vor, »und ihr bestellen, Sie freuten sich, von ihrem guten Betragen zu hören.«

»Wollen Sie ihr das da bringen?« fragte Amelius.

Er entnahm seiner Tasche ein kleine Photographie des Häuschens, die er auf dem Tisch des Häusermaklers gesehen und mitgenommen hatte. »Es ist jetzt mein Häuschen«, erklärte er mit etwas stockender Stimme. »Ich werde dort leben, und Sally sieht das Bild vielleicht gern an.«

»Sally wird es gern ansehen«, stimmte Mrs. Payson zu, »wenn Sie mir erlauben, das da zuerst zu entfernen.« Sie wies auf die unter der Photographie gedruckte Londoner Adresse, unter der Amelius zu finden war. Sie dachte dabei an frühere Erfahrungen aus ihrem Heim.

Rufus brachte ein gewaltiges, mehrteiliges Messer zum Vorschein, aus dem eine Schere hervorsprang, wenn man eine Feder berührte. Mrs Payson schnitt die Adresse ab und legte das Bild in ihre Brieftasche. »Nun wird Sally glücklich sein«, sagte sie, »und kein Schaden kann daraus entstehen.«

»Madame, ich kenne Sie seit etwa zwanzig Jahren«, bemerkte Rufus, »und ich versichere Ihnen, das ist die erste vorschnelle Bemerkung, die ich je über Ihre Lippen kommen hörte.«

Siebentes Buch
Die entschwindenden Hoffnungen

Kapitel I

Zwei Tage später zog Amelius in das Häuschen ein.

Er hatte sich ebenso leicht einen neuen Diener verschafft, wie er die neue Wohnung gefunden hatte. Ein ausländischer Kellner im Hotel – ein grauhaariger Franzose der alten Schule, der im Hotel als der schlechtestgelaunte Kellner bekannt war – hatte auf die freundliche Wirkung von Amelius mit der schnellen Bereitwilligkeit seiner Rasse reagiert: hier war ein junger Engländer, der mit ihm ungehemmt und freundlich umging, als spräche er zu einem Freund, der seine kleinen Klagen sich anhörte und diese niemals dazu benutzte, um sich über ihn lustig zu machen und der freundlich zu ihm sagte: »Ich hoffe, Sie haben nichts dagegen, wenn ich Sie bei Ihrem Spitznamen rufe«, als er sich die Erklärung erlaubte, sein Vorname sei »Théophile«, den seine englischen Kollegen witzigerweise – um ihrer insularen Bequemlichkeit willen – zu »Toff« verändert und abgekürzt hätten. »Zum erstenmal, Sir«, fügte er hastig hinzu, »ist es eine Ehre für mich, ›Toff‹ zu sein, da Sie mich so nennen!« Da Amelius jeden, den er traf, gefragt hatte, ob man ihm nicht einen Diener empfehlen könne, hatte Amelius auch an Toff die Frage gerichtet, als der eines Morgens mit dem heißen Wasser hereinkam. Der alte Franzose machte eine tiefe, seine Verehrung ausdrückende Verbeugung: »Ich weiß nur von einem Menschen, den ich Ihnen mit gutem Gewissen empfehlen kann«, antwortete er, »nehmen Sie mich!« Amelius war begeistert, hatte aber nur einen Einwand: »Ich will mir nicht zwei Diener halten«, sagte er, während Toff ihm half, den Morgenrock anzuziehen. »Warum wollen Sie zwei Diener haben, Sir?« fragte der Franzose. Amelius antwortete: »Ich kann Sie doch nicht darum bitten, Betten zu machen.« »Warum nicht?« sagte Toff und machte zur Probe sofort innerhalb von fünf Minuten das Bett. Er stürzte aus dem Zimmer und kam mit dem Besen eines der Stubenmädchen zurück. »Urteilen Sie selbst, Sir: kann ich einen Teppich putzen?« Er stellte für Amelius einen Stuhl hin: »Erlauben Sie mir, Ihnen die Mühe des

Rasierens abzunehmen. Sind Sie zufrieden? Sehr gut. Ich bin genauso imstande, Ihnen die Haare zu schneiden und auch Ihre Hühneraugen, falls Sie unter dieser Unannehmlichkeit zu leiden hätten, Sir? Erlauben Sie mir, Ihnen etwas für Ihr Frühstück vorzuschlagen, was Sie bisher noch nicht serviert bekamen.« In einer halben Stunde hatte er das neue Gericht gebracht: »›Œufs à la Tripe‹, und das ist für den Anfang ein Muster dessen, was ich als Ihr Koch für Sie tun könnte. Seien Sie so gütig, davon zu kosten.« Amelius aß das Gericht auf der Stelle ganz auf, und Toff fand die zierlichsten Worte, um daraus eine Moral zu folgern: »Ich danke Ihnen, Sir, für den dankenswerten Ausdruck Ihrer Zustimmung! Noch ein Beispiel für meine armseligen Fähigkeiten, und ich habe es geschafft: es wäre ja möglich – Gott möge es verhüten! –, daß Sie krank werden könnten ... Geben Sie mir die Ehre, sich dieses Dokument durchzulesen?« Er überreichte Amelius ein handgeschriebenes Papier, das vor einigen Jahren in Paris datiert und mit einem englischen Namen unterzeichnet worden war: »Hiermit bezeuge ich mit Dankbarkeit und Vergnügen, daß Théophile Leblond mich während einer langen Krankheit mit einem derartigen Verständnis und einer Zuneigung gepflegt hat, wie ich sie nicht hoch genug loben kann.« »Mögen Sie, Sir, mich niemals in dieser Eigenschaft beschäftigen müssen!« sagte Toff. »Ich erlaube mir nur noch hinzuzufügen, daß ich nicht so alt bin, wie ich aussehe, und meine politischen Ansichten sich im späteren Verlauf meines Lebens von ›rot-republikanisch‹ zu ›mäßig-liberal‹ verändert haben. Ich gestehe auch ein, wenn das nötig ist, daß ich ein eifriger Bewunderer des schwachen Geschlechts bin.« Er legte seine Hand aufs Herz und wartete darauf, angestellt zu werden.

So beschränkte sich der bescheidene Haushalt auf Amelius und Toff.

Rufus blieb noch eine Woche in London, um das Experiment zu beobachten. Er hatte sorgsame Erkundigungen über den Leumund des Franzosen eingezogen und herausgefunden, daß die Klagen über dessen Launen schließlich und endlich nur auf eines hinausliefen: daß er »sich den Anschein eines Gentleman gab und keinen Spaß verstand«. In der Frage seiner Ehrlichkeit und Nüchternheit ließ das Zeugnis des Hotelbesitzers nichts zu wünschen übrig. Zu seinem großen Erstaunen zeigte Amelius keine Anzeichen dafür, daß er des ruhigen Lebens müde werde oder Zuflucht bei gefährlichen Vergnügen suche, um der nüchternen Gesellschaft der Bücher zu entgehen. Er fragte regelmäßig in Mr.

Farnabys Haus nach und unternahm lange Spaziergänge, erwähnte Sallys Namen niemals, verlor sein Interesse an Theaterbesuchen und erschien niemals im Rauchsalon seines Klubs. Manche Menschen, wenn sie den bemerkenswerten Wechsel in seinem leicht erregbaren Temperament beobachtet hätten, würden dies als gutes Omen für seine Zunkunft angesehen haben. Der Neu-Engländer sah unter die Oberfläche und wurde nicht so leicht getäuscht. »Die Seele meines munteren Jungen ist entmutigt und niedergeschlagen«, war seine Schlußfolgerung. »Wo einmal Licht in ihm leuchtete, da herrscht jetzt das Dunkel; und was noch schlimmer an dem allen ist: er kapselt sich ein und verkriecht sich.« Nachdem Rufus vergebens versucht hatte, Amelius dazu zu bewegen, ihm sein Herz auszuschütten, fuhr er schließlich mit einem unbehaglichen Gefühl nach Paris.

Am Tage der Abreise des Amerikaners begann wieder der Aufmarsch der Ereignisse und das unnatürlich ruhige Leben von Amelius wurde wiederum gestört.

Als er eines Morgens seine gewohnten Erkundigungen an Mr. Farnabys Tür einziehen wollte, fand er den Haushalt in einem erregten Zustand vor. Als Folge des Erscheinens von alarmierenden Symptomen im Befinden des Patienten hatte ein zweites Ärzte-Konsilium stattgefunden. Bei dieser Gelegenheit hatten die Doktoren Mr. Farnaby deutlich zu verstehen gegeben, daß er sein Leben seiner Widerspenstigkeit zum Opfer bringen würde, wenn er darauf bestünde, in London zu bleiben und in sein Geschäft zurückzukehren. Guten Umständen zu Dank hatten die Angelegenheiten der Bank sich besonders durch die einflußreiche Vermittlung von Mr. Melton sehr verbessert. Mr. Farnaby hatte sich nach diesen verbesserten Aussichten auf Bitten seiner Nichte dem Rat des Arztes gefügt und sollte am kommenden Morgen den ersten Abschnitt seiner Reise antreten. Regina sollte, seinem eigenen aufrichtigen Wunsch folgend, mit ihm fahren. »Ich hasse Fremde und Ausländer und bin nicht gern allein. Wenn du nicht mit mir kommst, so bleibe ich, wo ich bin, und sterbe hier.« So drückte sich Mr. Farnaby mit seiner heiseren Stimme und seinem finsteren Blick seiner Adoptivtochter gegenüber aus.

Regina sagte: »Es tut mir leid, Amelius, dich verlassen zu müssen, aber was kann ich tun? Es wäre nett gewesen, hättest du mit uns fahren können. Ich habe etwas derartiges angedeutet, aber ...«

Ihr niedergeschlagenes Gesicht beendete den Satz für sie.

Amelius fühlte, wie ihn allein der Gedanke, Mr. Farnabys Reisegesellschafter zu sein, schaudern ließ. Und Mr. Farnaby seinerseits erwiderte diese Gefühle. »Ich werde ständig schreiben, Liebster«, fuhr Regina fort, »und du wirst mir wieder schreiben, nicht wahr? Sage, daß du mich liebst und versprich mir, morgen, bevor wir wegfahren, wiederzukommen!«

Sie küßte Amelius liebevoll und wehrte eine Sekunde danach den Zärtlichkeitsausbruch ab, der seine Antwort darauf war, und das mit einem derart völligen Mangel an Taktgefühl, wie er (trotz der allgemein gegenteiligen irrtümlichen Meinung) bei Frauen eben viel öfter zu bemerken ist als bei Männern. »Mein Onkel ist so eigen darin, wie seine Wäsche gepackt sein muß«, sagte sie, »niemand macht es ihm recht, außer mir; ich muß dich bitten, mich wieder hinauflaufen zu lassen!«

Amelius ging mit gesenktem Kopf und fest verschlossenen Lippen auf die Straße. Er war nicht weit von Mrs. Paysons Haus entfernt. »Warum soll ich dort nicht läuten?« dachte er. Und sein ehrliches Gewissen fügte hinzu: »Und auch, um etwas über Sally zu erfahren!«

Es gab gute Neuigkeiten. Das Mädchen entwickelte sich geistig und körperlich glänzend und wenn sie nur weiter im »Heim« bliebe, würde sie sich immer mehr von der »Simplen Sally« entfernen. Amelius fragte, ob sie die Photographie des Häuschens bekommen habe. Mrs. Payson lachte: »Sie schläft mit dem Photo unter ihrem Kissen, das arme Kind! Sie sieht es fünfzigmal am Tag an.« Dreißig Jahre früher wäre die würdige Matrone – mit ihrer damals weitaus geringeren Erfahrung, die sie hätte leiten können – ihrem Instinkt gefolgt und hätte gezögert, Amelius ganz so viel von der Photographie zu erzählen. Aber einiges vom feineren Empfindungsvermögen einer Frau wird mit den Jahren und dem angesammelten Wissen etwas abgestumpft.

Statt sich für Sallys Fortschritte weiter zu interessieren, verabschiedete sich Amelius – zu Mrs. Paysons Überraschung – plötzlich mit einer ungeschickten Ausrede.

Er hatte das Gefühl, allein sein zu müssen; er verspürte in sich ein vages Mißtrauen gegen sich selbst, das ihn vor sich selbst erniedrigte: War er, wie er das in Büchern gelesen hatte, einer von jenen Charakteren, die einer Schicksalsfügung zum Opfer fallen? Sein Interesse an Sally vergrößerte sich durch den geringsten Umstand und in einem Augenblick, da er von Regina enttäuscht worden war. Er war fest davon überzeugt – als wäre er einer der strengsten Moralisten, die es gab –, daß es eine Beleidigung

Reginas und seiner Selbstachtung sei, das verlorene Geschöpf, das er gerettet hatte, mit der jungen Dame, die eines Tages seine Frau sein würde, in einem vergleichenden Licht zu sehen. Und dennoch gab Sally den Platz, den sie in seinen Gedanken einnahm, nicht auf, so sehr Amelius sie auch daraus zu vertreiben suchte. Offensichtlich war eine angeborene Verderbtheit in ihm: Wenn ihm in diesem Augenblick ein Spiegel gereicht worden wäre, so hätte er sich gescheut, sich selbst ins Gesicht zu schauen.

Nachdem er marschiert war, bis er müde wurde, ging er in seinen Klub.

Als er die Halle durchquerte, überreichte ihm der Portier einen Brief. Mrs. Farnaby hatte ihr Versprechen gehalten und ihm geschrieben. Um diese Tageszeit war das Rauchzimmer verlassen. Er öffnete dort in Ruhe seinen Brief, zerknüllte ihn ungelesen und steckte ihn in seine Tasche. In diesem kritischen Augenblick interessierte ihn sogar Mrs. Farnaby nicht, seine eigenen Angelegenheiten nahmen ihn gänzlich in Anspruch. Der einzige Gedanke, der ihn – nach dem, was er über Sally gehört hatte – beschäftigte, war der: wie er eine letzte Anstrengung unternehmen könnte, das Heiratsdatum mit Regina vorzuverlegen, ehe Mr. Farnaby England verließ. »Wenn ich Reginas nur sicher wäre ...«

Seine Gedanken blieben immer da stehen. Er ging im leeren Rauchsalon auf und ab, war ängstlich, unruhig und vertraute seiner Zukunft nicht mehr. Plötzlich entschloß er sich: »Ich muß es einfach versuchen!« und setzte sich sofort an einen Tisch, um einen Brief zu schreiben.

Seit er und sein Vater England verlassen hatten, hatte der Tod in der langen Zeit, die inzwischen vergangen war, reiche Ernte unter den Mitgliedern seiner Familie gehalten. Sein nächster noch lebender Verwandter war ein Onkel – der jüngere Bruder seines Vaters –, der einen wichtigen Posten im Außenministerium einnahm. Diesem Gentleman schrieb er nun, gab seine Ankunft in England bekannt und auch sein Interesse, sich um eine Anstellung in einem Regierungsamt zu bewerben: »Sei so gut und gewähre mir ein Gespräch mit Dir«, schrieb er abschließend. »Ich hoffe, Dich zufriedenzustellen, so daß ich – solltest Du Deinen Einfluß zu meinen Gunsten anwenden wollen – Deiner Güte nicht unwürdig bin.«

Er sandte diesen Brief sofort durch einen Boten ab, der Anweisung hatte, auf eine Antwort zu warten.

Er hatte nicht ohne Zögern und sogar mit einem gewissen

Schmerz eine Verbindung zu einem Manne aufgenommen, dessen rauhes Verhalten seinem Vater gegenüber er unmöglich hatte vergessen können. Was konnte dessen Sohn erwarten? Es gab nur die eine Hoffnung: die Zeit könnte den jüngeren Bruder geneigt gemacht haben, in Erinnerung an seinen älteren Bruder durch eine günstige Aufnahme der Bitte seines Neffen Sühne zu leisten.

Während Amelius auf die Rückkehr des Boten wartete, erinnerte er sich lebhaft an seines Vaters letzte Mahnung zur Vorsicht, sowie an sein eigenes knabenhaftes Versprechen, keine verwandtschaftlichen Beziehungen zu seiner Familie in England in Anspruch zu nehmen. Seine eigene Rechtfertigung war das Motiv, das ihn dazu geführt hatte zu schreiben. Umstände, die sein Vater nie hatte voraussehen können, machten es ihm zur Pflicht, wenigstens zu versuchen herauszufinden, ob seine Familienbeziehungen ihm helfen könnten. Er hegte nicht den geringsten Zweifel, daß ein Mann von Mr. Farnabys Charakter nachgeben würde, könnte Amelius vermelden: er habe das Versprechen, einen Regierungsposten zu erhalten und er habe den mächtigen Einfluß eines nahen Verwandten hinter sich, der eine Beförderung schnell herbeiführen würde. Er saß da und strich unnütze Linien auf das Löschpapier; in dem einen Augenblick bedauerte er, den Brief abgeschickt zu haben, im nächsten tröstete er sich in dem Glauben, daß sein Vater – hätte er gelebt, um ihm raten zu können – dem Weg, den er beschritten hatte, zugestimmt hätte.

Der Bote kehrte mit folgenden Antwortzeilen zurück:

»Unter gewöhnlichen Umständen hätte ich meinen Einfluß geltend gemacht, Dir in der Welt vorwärts zu helfen. Da Du aber nicht nur die verabscheuenswürdigsten politischen Ansichten hast, sondern diese auch öffentlich vertrittst, staune ich nur über Deine Frechheit, mir zu schreiben. Es darf keine weitere Verbindung zwischen uns geben. Solange Du ein Sozialist bist, bist Du für mich ein Fremder.«

Amelius nahm diese neuerliche Zurückweisung mit einer unheilschwangeren Ruhe auf. Er saß mit seines Onkels Brief in Händen ruhig in dem leeren Rauchzimmer da.

Zu den weiteren unglücklichen Ergebnissen seines Vortrags zählten auch die kurzen Berichte der Zeitungen darüber. Mit seinen anderen Sorgen beschäftigt, hatte Amelius diese vergessen, als er seinem Verwandten schrieb. »Sieht mir ähnlich!« dachte er, als er den Brief ins Feuer warf.

Seine letzten Hoffnungen verschwanden in leichten Rauchschwaden im Kamin. Es gab aber noch eine zweite Möglichkeit, wie er die Verlobungszeit verkürzen könnte. Er hatte sich bereits an den guten Freund gewendet, den er Regina gegenüber erwähnt hatte. Die Antwort – in diesem Fall freundlich abgefaßt – war nicht sehr ermutigend gewesen: »Ich habe auch an andere Ansprüche an mich zu denken. Alles, was ich tun kann, werde ich jedoch tun. Seien Sie nicht entmutigt; ich bitte Sie nur noch zu warten.«

Amelius stand auf, um nach Hause zu gehen, und setzte sich wieder hin. Seine natürliche Energie schien ihn verlassen zu haben und es kostete ihn einige Anstrengung, aus dem Klub wegzukommen. Keiner der unglücklichen Schriftsteller und Reporter machte ihm an diesem unglückseligen Tag irgendwelchen Spaß. Erst als er seine zweite Zigarre anzündete, erinnerte er sich an Mrs. Farnabys ungelesenen Brief an ihn. Er lautete:

»Ich finde, daß die Leute, in deren Händen mein Glück liegt, saumselig und gierig sind. Aber das wenige, daß ich sie überreden kann, mir zu sagen, verstärkt meine Hoffnungen sehr. Zu meinem Ärger habe ich nur zu der hassenswerten alten Frau eine persönliche Verbindung. Der junge Mann sendet mir entweder seine Botschaften oder schreibt mir durch die Post. Auf letzterem Wege hatte er mir nicht nur genau beschrieben, an welchem Fuß meines Kindes dieser Defekt zu finden ist, sondern auch die genaue Lage des Fehlers. Sie werden mir beipflichten, daß das ein klarer Beweis dafür ist: wer immer er auch sein möge, er spricht die Wahrheit.

Wäre es nicht dieser beruhigende Umstand, so würde ich geneigt sein, wegen einiger Dinge einen Verdacht zu hegen; zum Beispiel wegen der hartnäckigen Art und Weise, in der der junge Mann sich verborgen hält, sowie außerdem wegen seiner persönlichen Warnung an mich, der Frau – die sein eigener Bote ist – nicht zu trauen und ihr auf keinen Fall von den Mitteilungen zu erzählen, die er mir in seinen Briefen gemacht hat. In der Frage des Geldes habe ich, meinem Gefühl nach, ihm gegenüber vorsichtig zu sein, und doch bin ich bereit, in meiner Begierde, meinen Liebling zu sehen, ihm alles, was er verlangt, zu geben. In diesem unsicheren Geisteszustand werde ich merkwürdigerweise von der alten Frau selbst bestärkt. Sie warnt mich: Er sei einer jener Männer, die, sobald sie das Geld in der Hand hielten, sich der Mühe entzögen, es zu verdienen. Sie sagt, das sei die einzige

Gewalt, die ich über ihn hätte; daher halte ich die brennende Ungeduld, die mich ergriffen hat, so gut ich kann im Zaume.

Nein, ich darf erst gar nicht versuchen, meinen Geisteszustand zu beschreiben. Wenn ich Ihnen sage, daß ich mich tatsächlich davor fürchte, zu sterben, ehe ich meiner süßen, geliebten Tochter den ersten Kuß gegeben habe, so werden Sie mich verstehen und bemitleiden. Wenn der Abend hereinbricht, werde ich manchmal fast wahnsinnig.

Ich sende Ihnen hier meine augenblickliche Anschrift und hoffe, daß Sie mir schreiben und mich ein wenig aufheitern werden. Ich darf Sie noch nicht bitten, mich zu besuchen. Ich bin nicht in guter Verfassung und außerdem habe ich versprochen, im augenblicklichen Stadium der Verhandlungen meine Tür auch für Freunde nicht zu öffnen. Das Versprechen ist leicht genug zu erfüllen: Ich haben keinen Freund, Amelius – außer Ihnen!

Versuchen Sie, mein guter Junge, Mitgefühl für mich zu empfinden! Seit so vielen und langen Jahren wurde mein Herz nur durch die Hoffnung genährt, die sich jetzt endlich erfüllt. Zwischen meinem Gatten und mir bestand keine Sympathie (im Gegenteil: eine schreckliche, uneingestandene Feindschaft, die uns immer auseinandertrieb), und mein Vater und meine Mutter waren zu ihrer Zeit beide unglücklich über meine Heirat und aus gutem Grund; meine einzige Schwester starb in Armut – welch ein Leben für eine kinderlose Frau! Lassen Sie uns nicht länger darüber nachdenken.

Adieu für jetzt, Amelius. Ich bete darum, daß Sie nicht glauben, ich sei immer so elend. Wenn ich glücklich sein will, dann denke ich an die kommende Zeit.«

Dieser trübselige Brief verstärkte die Niedergeschlagenheit, die Amelius' Laune bedrückte, und ließ ihn für Mrs. Farnaby eine unklare Furcht empfinden. Er hätte sich – in ihrem eigenen Interesse – geneigt gefühlt, Rufus, ohne Namen zu nennen, um Rat zu bitten, wäre der Amerikaner in London gewesen. Wie die Dinge aber standen, steckte er nur seufzend den Brief in seine Tasche zurück. Sogar Mrs. Farnaby fand in ihren traurigen Augenblicken Zuflucht zu Gedanken an tröstende Aussichten. Jeder außer mir! dachte Amelius.

Seine Überlegungen wurden durch das Erscheinen eines jungen Müßiggängers, eines Klubmitgliedes, unterbrochen, mit dem er bekannt war. Der Neuankömmling bemerkte, daß Amelius niedergeschlagen aussähe, schlug ein gemeinsames Diner vor und daß sie sich nachher abends irgendwo amüsieren sollten. Amelius nahm den Vorschlag an; jeder, der ihm eine Zuflucht vor sich selbst anbot, war für diesen Tag sein Freund. Er trank, von seinen sonstigen Gewohnheiten abweichend, mehr als gewöhnlich. Aber der Wein regte ihn zuerst an, um ihn dann niedergeschlagener als vorher werden zu lassen. Die Vergnüglichkeiten des Abends hatten dasselbe Ergebnis. Er kehrte derart deprimiert in sein Häuschen zurück, daß er den Tag verfluchte, an dem er Tadmor verlassen hatte.

Aber am nächsten Morgen hielt er seine Verabredung ein, um sich von Regina zu verabschieden.

Die Kutsche stand vor der Tür und eine zweite mit Gepäck beladene Droschke wartete dahinter. Mr. Farnabys schlechte Laune drückte sich in Prophezeiungen aus, daß sie zu spät daran seien, um den Zug zu erreichen. Seine heisere Stimme, unterbrochen von Reginas schwächlichen Erwiderungen, erreichten vom Frühstückszimmer aus das Ohr von Amelius. »Ich werde nicht auf diesen sozialistischen Herrn warten«, erklärte Mr. Farnaby in seinem sarkastischen Ton. »Lieber Onkel, wir haben noch eine Viertelstunde Zeit.« »Nichts dergleichen! Wir brauchen all die Zeit, um unser Gepäck aufzugeben.« Als nächstes hörte man die anmeldende Stimme des Dieners. »Mr. Goldenheart, Miss!« Mr. Farnaby kam sofort in die Halle. »Adieu!« rief er Amelius durch die offene Speisezimmertüre zu und ging zugleich hinaus zum Wagen. »Ich werde nicht warten, Regina«, rief er von der Schwelle aus. »Soll er doch alleine fahren!« sagte Amelius verärgert, als Regina ins Zimmer gelaufen kam. »Oh, psst, psst, mein Lieber! Angenommen, er hört dich? Es wird keine Woche vergehen, in der ich dir nicht schreiben werde; versprich mir, zu antworten, Amelius. Noch einen Kuß! O, Gott!« Der Diener, der sich diskret im Hintergrund hielt, unterbrach. »Ich bitte um Verzeihung, Miss, aber der Herr wünscht zu wissen, ob Sie mit ihm kämen oder nicht?« Mehr wartete Regina nicht ab. Sie warf ihrem Liebhaber einen Abschiedsblick zu, durch den er an sie erinnert werden sollte, und lief hinaus.

Die angeborene Verworfenheit, die Amelius seit kurzem in seinem Charakter entdeckt hatte, ließ in ihm wieder verbotene Gedanken aufkommen, als er die abfahrende Kutsche von der Türe aus beobachtete. »Wenn die arme Sally an ihrer Stelle gewesen wäre ...« Er versuchte zu einem ehrenvollen Entschluß zu kommen und hielt inne. Bußfertig dachte er: »Was für ein

Schuft ein Mann doch sein kann, ohne es selbst auch nur zu ahnen!«

Er stieg die Treppen vor dem Hause hinunter. Der diskrete Diener entbot ihm einen »Guten Morgen« mit einer Art respektvoller Fröhlichkeit: der Mann war begeistert, seinen Herrn und Meister für einige Monate zum letzten Male gesehen zu haben. Amelius blieb stehen und wandte sich mit einem grimmigen Lächeln um. Er war in einer solch wagemutigen Laune, daß er sogar dazu bereit war, seine Gedanken dadurch abzulenken, daß er einen Lakaien in Erstaunen setzte: »Richard«, sagte er, »sind Sie verlobt?« Richard starrte ihn erstaunt über diese merkwürdige Frage an und gab bescheiden zu, daß er mit dem Hausmädchen der Nachbarn verlobt sei. »Werden Sie bald heiraten?« fragte Amelius und spielte mit seinem Spazierstock. »Sobald ich ein wenig Geld zusammengespart habe, Sir.« »Pfeifen Sie auf das Geld!« rief Amelius aus, schlug mit dem Stock auf die Gehsteigkante und ging mit einem letzten Blick auf das Haus, dessen Anblick er haßte, seines Weges. Richard beobachtete den weggehenden jungen Mann und schüttelte Übles ahnend den Kopf, während er die Haustür zuschloß.

Kapitel II

Amelius ging auf dem schnellsten Weg in sein Häuschen zurück, um in seiner Verzweiflung seinen alten Plan wieder wahr zu machen und sich in seine Bücher zu vergraben. Als er mit einer Ungeduld, die eines alten Gelehrten würdig gewesen wäre, seine Bücherregale überblickte, fiel ihm unglücklicherweise Humes ›Geschichte Englands‹ in die Augen. Er nahm den ersten Band herunter. In kaum einer halben Stunde hatte er herausgefunden, daß auch Hume ihm nicht helfen konnte. Er hatte einen klugen Einfall und wandte sich als nächstem der wahren Geschichtsschreibung zu, die Dichtung genannt wird. Die Schriften eines überragenden Genies, der – so wie Shakespeare alle anderen Dramatiker hinter sich läßt – über alle anderen Romanschriftsteller hinausragt, nämlich die von Walter Scott, nahmen in seiner Bibliothek einen Ehrenplatz ein. Die Sammlung der Waverley-

Romane war in Tadmor nicht vollständig gewesen. Der beneidenswerte Amelius hatte die Lektüre von ›Rob Roy‹ noch vor sich. Er öffnete das Buch. Den Rest des Tages war er in Diana Vernon verliebt; und wenn er – um seine Augen auszuruhen – ein- oder zweimal in den Garten hinaussah, da sah er, wie »Andrew Fairservice« sich an den Blumenbeeten zu schaffen machte.

Er blätterte eben die letzte Seite der edlen Geschichte um, als Toff mit dem Tischtuch für den Abendtisch hereinkam.

Der Herr am Tisch und der Diener hinter seinem Stuhl waren gewöhnt, während des Essens freundlich miteinander zu plaudern. Amelius tat wie gewöhnlich sein Bestes, um die Unterhaltung in Gang zu halten. Aber Amelius befand sich nicht mehr in der ergötzlichen Scheinwelt, die Scott für ihn geöffnet hatte. Die ernsten Tatsachen seines eigenen alltäglichen Lebens waren wieder um ihn. Der Franzose, der ihn mit seiner unaufdringlichen Aufmerksamkeit beobachtet hatte, merkte das Fehlen seines leichten Humors und des gesunden Appetits, die beide sonst seinen jungen Herrn auszeichneten.

»Darf ich mir eine Bemerkung erlauben, Sir?« fragte Toff nach einer langen Gesprächspause.

»Natürlich.«

»Darf ich mir die Freiheit nehmen und meine Ansichten offen ausdrücken?«

»Natürlich darfst du.«

»Verehrter Herr, Sie haben heute ein ziemlich kleines Abendessen vor sich«, begann er, »vergeben Sie mir mein Selbstlob; ich bin von dem gesunden Stolz beeinflußt, das Abendessen zubereitet zu haben. Als Suppe haben Sie ›Croûte au pot‹, als Fleischgericht ›Tournedos à la sauce poivrade‹ und als Dessert ›Pommes au beurre‹. Alles so gut, und Sie essen kaum etwas davon, und Ihre liebenswürdige Unterhaltung verfällt in trauriges Schweigen und das bedaure ich. Sind Sie es, der dafür zu tadeln ist? Nein, Sir! Es ist das Leben, das Sie führen; ich nenne es das Leben eines Mönches, ich nenne es das eines Eremiten – ich behaupte kühn: es ist das Leben all der anderen, das einem jungen Mann, wie Sie einer sind, nicht angemessen ist. Verzeihen Sie mir die Hitze in meinen Ausdrücken: ich bin eifrig darauf bedacht, meine Sprache zu einer Sprache der äußersten Delikatesse werden zu lassen. Darf ich ein kleines Lied zitieren? Es ist ein altes, altes und längst vergessenes französisches Liedchen mit dem Titel ›Les Maris Garçons‹. Darin kommen zwei Zeilen vor – ich habe sie meinen guten alten Vater oft singen hören –, die ich mir erlauben werde, zu Ihrem Fall in Beziehung zu bringen: ›Amour, délicatesse et gaîé /D'un bon Français c'est la devise!‹ Sir, Sie haben natürliche délicatesse und gaîté; aber die letztere war die letzten Tage bewölkt. Was ist vonnöten, um die Wolken zu verscheuchen? L'amour! Oder Liebe, wie Sie es nennen! Wo ist die charmante Frau, wo ist der einzige Schmuck, der diesem bezaubernden Häuschen noch fehlt? Warum ist sie noch immer nicht zu sehen? Helfen Sie diesem unglücklichen Versäumnis ab, Sir! Sie leben in einem paradiesischen Vorort. Ich nütze meine lange Erfahrung und flehe Sie an: laden Sie Eva zu sich! Ha, jetzt lachen Sie: Ihre verlorene Fröhlichkeit ist zurückgekehrt, und Sie spüren es, wie ich auch. Darf ich noch ein Glas Claret vorschlagen und das Wiedererscheinen der ›Tournedos à la sauce poivrade‹ auf Ihrem Tisch?«

In dieses Menschen Gesellschaft war es unmöglich, lange traurig zu bleiben. Amelius bewilligte das »Wiedererscheinen« und genoß noch ein Glas Claret. »Mein guter Freund«, sagte er mit einer Spur seiner alten Leichtigkeit, »du redest von charmanten Frauen und deiner langen Erfahrung. Ich möchte hören, was für Erfahrungen du hast!«

Zum erstenmal begann Toff, etwas verwirrt dreinzuschauen. »Sie haben mir die Ehre zuteil werden lassen, mich als Ihren ›guten Freund‹ anzusprechen«, sagte er, »demnach werden Sie mich, dessen bin ich gewiß, nicht fortschicken, wenn ich die Wahrheit eingestehe. Nein, mein Herz sagt mir, daß ich nicht vergebens an Ihre Nachsicht appellieren werde. Lieber Herr, während des Urlaubs, den Sie mir gütigerweise gewähren, gebe ich immer das Haus in die Obhut kompetenter Menschen, nicht wahr? Eine dieser Personen war, wenn Sie sich erinnern, ein sehr schöner und sehr reizvoller junger Mann. Es ist, wenn ich das erwähnen darf, mein Sohn von meiner ersten Frau – die nun ein Engel im Himmel ist. Ein anderer, der danach für das Haus sorgte, war ein kleiner schwarzäugiger Junge: ein Wunder an Diskretion, wenn man sein Alter bedenkt. Er ist mein Sohn von meiner zweiten Frau – nun ebenfalls ein Engel im Himmel. Verzeihen Sie mir, ich bin noch nicht zu Ende! Vor einigen Tagen glaubten Sie, einen Säugling unten weinen zu hören. Ich log wie ein elender Schurke und behauptete, es sei der Säugling im Nachbarhaus. Ach, Sir, es war mein eigenes engelhaftes Baby – von meiner dritten Frau, einem Engel, die sich in der Nähe der Edgware-Straße in einem kleinen Modistinnenladen etabliert hat, der sich einer Tages und nach und nach zu etwas Größerem entwickeln wird. Die Pausen zwischen meinen Hochzeiten sind Ihrer Aufmerksamkeit nicht wert. Flüchtige Kapricen, Sir, flüchtige Kapricen! Um den Schlußstrich darunter zu ziehen – wie Sie in England das ausdrücken –: es liegt mir nicht, dem schwachen Geschlecht Widerstand entgegenzusetzen! Wenn mein dritter Engel sterben sollte, werde ich mir die Haare ausraufen, aber ich werde nichtsdestoweniger einen vierten nehmen.«

»Nimm dir ein Dutzend, wenn du willst!« sagte Amelius. »Warum hast du mir all das verschwiegen?«

Toff senkte sein Haupt. Mit einem »Ich glaube, das war einer meiner ausländischen Fehler« bat er um Verständnis. »Die Anzeigen für Diener in Ihren englischen Zeitungen erschreckten mich. Wie soll sich denn der verdienstvollste Herrendiener anpreisen, wenn er die bestmögliche Stelle haben will? Er sagt, er sei ›ohne Nachfolge‹. Gott im Himmel, was für ein schreckliches Wort, um damit die armen, harmlosen kleinen Kinder zu beschreiben! Ich hatte gefürchtet, Sir, Sie würden englische Einwände gegen meine ›Nachfolge‹ haben. Ein junger Mann, ein Knabe und ein engelhaftes Baby; nicht von den heiligen Erinnerungen an zwei Frauen zu sprechen und von der gelegentlichen zauberhaften Gesellschaft einer dritten, die alle in das Leben einer liebe- und verdienstvollen französischen Persönlichkeit unentwirrbar verwickelt waren! Gab es da nicht Grund zu zögern, Sir? Gleichgültig! Heute danke ich meinen Sternen dafür und entziehe mich Ihrer Aufmerksamkeit, Sir! Gestatten Sie mir, Ihre Aufmerksamkeit auf den Roquefort-Käse zu lenken und einen Happen des Kartoffelsalats, um seiner Üppigkeit ein Gegengewicht entgegenzusetzen?«

Endlich war das Abendessen vorbei. Amelius war wieder mit sich allein. Es war noch früher Abend. Kein Windhauch regte sich in den Bäumen im Garten und kein Fahrzeug fuhr durch die Seitenstraße, in der das Häuschen stand. Hie und da konnte man unten Toff hören, wie er französische Lieder mit einer hohen, quäkenden Stimme sang, während er die Teller und Schüsseln abwusch und alles für die Nacht in Ordnung brachte. Amelius besah sich seine Bücherregale und hatte das Gefühl: nach dem ›Rob Roy‹ sollte er heute abend nicht mehr lesen. Die Minuten schlichen langsam dahin und die tödliche Bedrückung, die die frühen Morgenstunden gebracht hatten, drängte sich ihm langsam wieder auf. Wie könnte er sich ihrer am besten erwehren? Die Gewohnheit aus Tadmor, an die frische Luft zu gehen, war die einzige Idee, die ihm kam. Mögen seine Sorgen woher auch immer stammen, seine einzig richtige und einfache Methode, ihnen Widerstand entgegenzusetzen, und das zu jeder Zeit, war auch die für jetzt: Das Haus verlassen und spazieren gehen!

Zwei Stunden lang zog er durch die große Vorstadt im Nordosten von London. Vielleicht verspürte er das schwer drückende Wetter oder vielleicht war ihm das reiche Abendessen nicht bekommen, jedenfalls war er dann so erschöpft, daß er gezwungen war, in einer Droschke nach Hause zurückzukehren.

Toff öffnete ihm die Haustür, aber nicht mit der bei ihm gewohnten Frische. Amelius war allzu sehr ermüdet, um irgendwelche nebensächlichen Kleinigkeiten zu bemerken. Sonst wäre ihm gewiß irgend etwas Eigenartiges in des alten Franzosen faltigem Gesicht aufgefallen. Der sah seinen Herrn, als er ihm Hut und Mantel abnahm, mit dem merkwürdigsten Ausdruck von Angst und Sorge an, der aber durch ein gewisses sardonisches Gefühl einer Belustigung seine ernsteren Gefühle verdeckte. »Ein schrecklich langweiliger Abend«, sagte Amelius unlustig. Und Toff, der sonst nur allzu bereit zu einem Gespräch war, antwortete nur: »Ja, Sir«, und zog sich sofort in seine Küchenregion zurück.

Amelius ging in die Bibliothek, um sich dort in seinem bequemen Fauteuil auszuruhen.

Das Kaminfeuer brannte hell, die Vorhänge waren zugezogen und die Leselampe mit ihrem weiten grünen Schirm stand auf dem Tisch. Niemand hätte nach einem langen Marsch einen behaglicheren Raum zu seinem Empfang vorfinden können.

Amelius, der sich in seinem Sessel bequem zurücklegte, dachte daran, nach einem aufmunternden Brandy-mit-Soda zu läuten. Aber während er sich das noch überlegte, schlief er schon ein und träumte im Schlaf.

Aber war es ein Traum?

Sicherlich sah er die Bibliothek vor sich: nicht phantastisch verwandelt, sondern so, wie der Raum wirklich aussah. Insoweit hätte er hellwach sein und die gewohnten Dinge um sich herum sehen können. Nach einer Weile jedoch geschah etwas, was die Gesetze der Wirklichkeit umkehrte: die Simple Sally, meilenweit entfernt in ihrem »Heim«, erschien nichtsdestoweniger jetzt hier in der Bibliothek. Er sah, wie die zugezogenen Vorhänge vor den Fenstern von hinten geteilt wurden und wie das Mädchen aus ihnen hervortrat, stehenblieb und ihn scheu anblickte. Sie war in das einfache Gewand gekleidet, das er für sie gekauft hatte, und sah darin noch reizender als sonst aus. Die Schönheit ihrer gesunden Erscheinung forderte nun durch ihr hübsches Gesicht zum Vergleich mit ihrer jugendlichen Schönheit heraus: die blassen Wangen waren voller geworden und dic bleichen Lippen nun leicht mit einem natürlich zarten Rot übergossen. Nach und nach schien ihre erste Furcht zu verschwinden. Sie lächelte, kam leichtfüßig quer durch das Zimmer und stellte sich neben ihn. Nachdem sie ihn mit einem Ausdruck entzückter Zärtlichkeit und Freude angesehen hatte, legte sie ihre Hände auf die Armlehnen des Fauteuils und sagte – auf jene merkwürdig ruhige Weise, an die er sich so gut erinnerte –: »Ich möchte dich küssen.« Sie beute sich über ihn und küßte ihn mit der unschuldigen Ungezwungenheit eines Kindes. Dann erhob sie sich wieder und blickte zwischen Amelius und der Lampe hin und her. »Das Kaminfeuer ist am schönsten!« sagte sie. Während sie sprach, wurde das Zimmer dunkel; er sah und hörte sie nicht mehr. Eine Pause, und dann kam das Vergessen über ihn, das ruhiger Schlaf mit sich bringt. Das nächste bewußte Gefühl, das ihn überkam, war das der Kälte; er fröstelte und wachte auf.

Im Augenblick des Erwachens fühlte er aber noch den Traum. Er erschrak und setzte sich im Sessel auf. Träumte er noch immer? Nein, er war gewißlich wach. Und genau so gewiß war es, daß das Zimmer im Dunkeln lag.

Er schaute und schaute. Das konnte nicht wegerklärt oder geleugnet wenden: da war das niedergebrannte Feuer im Kamin und dort – auf dem Tisch eben noch zu erkennen – war im Flackern des ausgehenden Kaminfeuers die erstickende Flamme der Tischlampe zu sehen!

Er brachte das Kaminfeuer wieder in Gang, legte seine Hand an die Glocke, um nach Toff zu läuten, und überlegte es sich wieder: Wofür brauchte er denn das Licht der Lampe? Er war zum Lesen zu müde; also zog er es vor, wieder einzuschlafen, um von Sally zu träumen. Was tat es weh, wenn er von der armen lieben Seele träumte, die so weit weg war? Der glücklichste Teil seines Lebens war nun der, den er im Schlaf verbrachte.

Als die neuen Kohlen mühselig zu brennen anfingen, sah er wieder nach der Lampe. Es war – gelinde gesagt – merkwürdig, daß die Lampe zufälligerweise genau dann ausgegangen war, um gleichzeitig das wunderliche Ausgehen der Lampe in seinem Traum zu ermöglichen! Wieso war kein Brandgeruch nach dem Auslöschen der Lampe festzustellen? Er war zu faul oder zu müde, die Frage noch weiter zu verfolgen. Soll doch das Geheimnis weiter ein Geheimnis bleiben und möge er damit in Frieden gelassen werden! Er rückte sich ärgerlich im Fauteuil zurecht: Was für ein Narr war er doch, sich den Kopf wegen einer Lampe zu zerbrechen, statt die Augen zu schließen und wieder einzuschlafen!

Das Zimmer hatte langsam wieder eine angenehme Temperatur. Er schob das Kissen zurecht, so daß es seinen Kopf in größtmöglicher Bequemlichkeit stützen konnte, und legte sich zurück, um Ruhe zu finden. Aber der launenhafte Schlaf hatte ihn verlassen und er probierte vergebens eine Stellung nach der anderen aus. Der Versuch, die Augen geschlossen zu halten, mißglückte lächerlicherweise, so ergab er sich den Umständen, streckte seine Beine aus und blickte auf das freundliche Kaminfeuer.

In letzter Zeit hatte er an die vergangenen Zeiten in der Gemeinschaft öfter als früher gedacht. Seine Gedanken wanderten jetzt auch wieder zu jenen Tagen zurück. Die Uhr auf dem Kaminsims schlug neun. In Tadmor waren sie jetzt alle beim Abendessen und besprachen die Ereignisse des verflossenen Tages. Er sah sich selbst wieder an dem langen Holztisch sitzen, die scheue Mellicent in einem Sessel neben ihm und ihm zu Füßen sein Lieblingshund in Erwartung einiger Happen. Wo war Mellicent heute? Sie hatte ihm, in der fixen Idee, er würde eines Tages zu ihr zurückkehren, einen traurigen Brief geschrieben. Es war etwas sehr Gewinnendes und Liebenswertes um die arme Person, die zu Hause ein so schweres Leben geführt und so tief gelitten hatte. Es war gut zu wissen, daß sie in die Gemeinschaft zurückkehren würde. Welch glücklichere Zukunft konnte sie für sich erhoffen? Würde sie sich um seinen Hund kümmern, wenn sie wieder zurück sein wird? Sie hatten alle versprochen, in seiner Abwesenheit für seine Lieblingstiere Sorge zu tragen; der Hund aber hatte Mellicent gern und er wäre bei ihr glücklicher als bei den anderen. Und sein kleines zahmes Rehkitz und seine Vögel, wie mag es ihnen ergehen? Er hatte sich nicht einmal nach ihnen erkundigt und geschrieben; ja, er war schandbar vergeßlich gewesen in bezug auf diese harmlosen, stummen und liebenden Freunde. Was würde er in seiner augenblicklichen Einsamkeit, in seinem traurigen Zweifeln über die Zukunft nicht darum geben, seinen Hund sich an seine Brust schmiegen zu fühlen und wie die kleine rauhe Zunge des Rehkitz seine Hand leckt?! Das Herz tat ihm weh, als er daran dachte, und ein drückendes Angstgefühl legte sich ihm auf die Brust. Er versuchte aufzustehen, um nach dem Licht zu läuten und dann seinen Mannesmut zurückzugewinnen, um alles ertragen und seinem Gefühl Widerstand entgegensetzen zu können. Es kam nicht dazu. Wo war sein Mut geblieben, wo war seine Fröhlichkeit hingekommen, die ihn in früheren Zeiten nie im Stich gelassen hatten? Er sank in den Fauteuil zurück, verbarg sein Gesicht aus Scham über seine eigene Schwäche und brach in Tränen aus.

Eine Berührung durch sanfte, überredende Finger ließ ihn plötzlich aufschrecken. Seine Hände wurden ihm sanft vom Gesicht fortgezogen und eine bekannte Stimme, süß und leise, sagte: »Ach, weinen Sie doch nicht!« Er sah – unklar durch seine Tränen – die unvergeßliche kleine Figur; sie stand zwischen ihm und dem Kaminfeuer. In seiner unerträglichen Einsamkeit hatte er sich nach seinem Hund, nach seinem kleinen Reh gesehnt! Und nun stand das gemarterte Geschöpf von der Straße, das er aus namenlosem Schrecken errettet hatte, vor ihm und wartete darauf, seine Gefährtin, Dienerin und Freundin sein zu dürfen! Da stand das kindhafte Opfer von Kälte und Hunger, das immer noch den Weg zum Frausein nur erfühlte, das unschuldig war und kein anderes Sehnen kannte – so lange es nur den Platz ausfüllen durfte, den ein Hund und ein Reh eingenommen hatten!

Amelius sah sie mit einem plötzlichen Zweifel an, ob er wache oder schliefe. »Guter Gott«, rief er aus, »träume ich denn wieder?«

»Nein«, sagte sie ganz einfach. »Diesmal sind Sie wach. Lassen Sie mich Ihnen die Augen abtrocknen; ich weiß, wohin Sie ihr Taschentuch stecken.« Sie hockte sich auf seine Knie, wischte seine Tränen ab und strich ihm das Haar aus der Stirn. »Ich hatte Angst, mich zu zeigen, als ich Sie weinen hörte«, gestand sie. »Dann dachte ich mir: Komm, er kann dir nicht mehr böse sein! und stahl mich hinter dem Vorhang hervor. Der alte Mann hatte mich hereingelassen. Ich kann nicht leben, ohne Sie zu sehen; ich habe es versucht, bis ich es nicht mehr aushielt. Ich hab's dem alten Mann eingestanden, als er die Haustüre öffnete. Ich sagte: ›Ich will ihn nur ansehen; wollen Sie mich nicht hereinlassen?‹ Und er sagte: ›Gott segne dich, hier kommt die Eva schon!‹ Ich weiß nicht, was er meinte, er ließ mich aber herein und das war alles, was für mich wichtig war. Er ist ein komischer alter Ausländer. Schicken Sie ihn weg; ich bin von jetzt an Ihr Diener. Warum haben Sie geweint? Ich habe Ihretwegen oft genug geweint. Nein, das kann nicht sein! Ich kann nicht erwarten, daß Sie meinetwegen weinen. Ich kann nur erwarten, daß sie mich ausschelten. Ich weiß, ich bin ein schlechtes Ding.«

Sie warf ihm einen zweifelnden Blick zu und senkte ihren Kopf in der Erwartung, gescholten zu werden. Amelius verlor vollkommen die Kontrolle über sich. Er nahm sie in seine Arme und küßte sie wieder und wieder: »Du bist ein liebes und gutes und dankbares kleines Geschöpf!« stieß er hervor, hielt plötzlich inne und, war sich klar darüber, wie unvernünftig er handelte. Er schob sie von sich weg und versuchte, strenge Fragen an sie zu richten und ihr wohlverdiente Vorwürfe zu machen. Auch wenn ihm das gelungen wäre, so war Sally viel zu glücklich, um ihn anzuhören: »Alles ist jetzt in Ordnung!« rief sie aus. »Ich muß nie, nie, nie, niemals wieder ins ›Heim‹ zurückgehen. Ach, ich bin ja so glücklich! Wir wollen die Lampe wieder anzünden!«

Sie fand auf dem Kaminsims die Streichholzschachtel und einen Augenblick später war das Zimmer hell. Amelius sah sie an und war vollkommen außerstande, sich zu entschließen, was er als nächstes zu sagen oder zu tun hatte. Um seine Verwirrung vollkommen zu machen, hörte man die Stimme des aufmerksamen Franzosen in einem diskret-vertraulichen Ton durch die Tür sagen:

»Ich habe ein kleines, appetitanregendes Abendessen zubereitet, Sir. Seien Sie so gütig und läuten Sie, wenn Sie und die junge Dame bereit sind.«

Kapitel III

Die Unterbrechung erwies sich als nützlich. Die Meldung des kleinen Abendessens mit der gleichzeitigen Andeutung, daß somit die Simple Sally im Häuschen aufgenommen sei, erinnerte Amelius an seine Verantwortlichkeit. Er ging auf den Gang hinaus und schloß die Tür hinter sich zu.

Der alte Franzose stand bereit, gescholten oder bedankt zu werden – wie es der Fall sein möge –, hielt den Kopf gesenkt, beide Schultern fast bis an die Ohren hochgezogen und breitete seine Hände, mit den Handflächen nach oben, bittend aus: ein Muster stummer Ergebung in die Umstände ...

»Weißt du auch, daß du mich in eine sehr schwierige Lage versetzt hast?« begann Amelius.

Toff legte eine seiner Hände ans Herz. »Sie kennen ja meine

Schwäche, Sir. Als dieses charmante junge Geschöpf an der Türe erschien und vor Müdigkeit fast umsank, konnte ich ihr genausowenig widerstehen wie ein Springpferd, das eine Hürde vor sich sieht. Wenn ich falsch gehandelt habe, denken Sie nicht an die treuen Dienste, die ich Ihnen voller Stolz geleistet habe, und befehlen Sie mir, mein Zeug zu packen und zu gehen! Aber erwarten Sie nicht, daß ich gegenüber dieser bezaubernden Miß eine strenge Haltung einnehmen würde. So etwas zu tun, liegt nicht in meiner Natur«, sagte Toff und schlug seine Augen mit tränenreicher Feierlichkeit zum eingebildeten Himmel empor. »Auf mein heiliges Ehrenwort als Franzose: Eher würde ich sterben!«

»Sprich keinen Unsinn!« unterbrach ihn Amelius etwas ungeduldig. »Ich habe dich nicht getadelt, aber trotzdem hast du mich in eine Klemme gebracht. Wenn ich meine Pflicht erfüllte, so würde ich eine Droschke kommen lassen und das Mädchen ins ›Heim‹ zurückbringen.«

Toff öffnete seine blitzenden alten Augen in einer vollendeten Darstellung des Erstaunens: »Was?« rief er aus. »Sie zurückbringen? Ohne sie sich ausruhen zu lassen und ohne Abendessen? Und das nennen Sie Ihre Pflicht? Wie unbegreiflich häßlich sieht Pflicht doch aus, wenn sie einer Frau gegenüber sich ungastlich zeigt! Verzeihung Sir, ich muß meinem Gefühl Ausdruck geben oder ich platze. Sie wollen vielleicht sagen, ich hätte keine Vorstellung von Pflicht? Verzeihen Sie mir nochmals, aber meine Vorstellung von Pflicht sieht so aus!« und er riß die Tür des Wohnzimmers auf. Amelius brach trotz all seiner Sorgen in lautes Lachen aus. Die unerschöpfliche Findigkeit des Franzosen hatte das Wohnzimmer in ein Schlafzimmer für Sally verwandelt. Das Sofa war zum gemütlichen weißen Bett geworden; auf dem Tisch lagen eine Haarbürste und ein Kamm sowie eine Flasche Eau de Cologne, nahe dem Kamin stand ein kleiner Badebottich mit Krügen für heißes und kaltes Wasser, und ein Reiseplaid lag darunter, um den Teppich zu schützen. »Ich wage die Unverschämtheit nicht, Ihnen zu widersprechen, Sir«, sagte Toff, »aber das ist meine Vorstellung von Pflicht. In der Küche habe ich noch eine Vorstellung von Pflicht warmgestellt, und Sie können sie oben an der Treppe riechen: Rebhuhnragout und in der Sauce ein ganz kleiner Schuß Knoblauch. Oh, Sir, lassen Sie den Engel sich ausruhen und erfrischen! In Ihrem Alter, Sir, wäre tugendhafte Strenge eine höchst unpassende Tugend, das können Sie mir glauben!« Er sprach auf die Art und Weise eines tiefgründigen

Moralisten, und das ganz ernsthaft, und vertrat so Grundsätze, die seinem Verstand und seinem Herzen zur Ehre gereichten.

Amelius ging in die Bibliothek zurück.

Sally ruhte im Fauteuil; ihre Stellung zeigte deutlich, wie sehr sie unter Müdigkeit litt. »Ich bin weit, weit zu Fuß gegangen«, sagte sie »und weiß nicht, was mir mehr weh tut: mein Rücken oder meine Füße. Es ist mir auch gleich, denn ich bin vollkommen glücklich, weil ich jetzt hier bin.« Sie kuschelte sich gemütlich in den Sessel hinein. »Haben Sie etwas dagegen, wenn ich Sie ansehe?« fragte sie. »Es ist so lange her, seit ich Sie zuletzt gesehen habe.«

Ihre Stimme hatte einen neuen Klang von Zärtlichkeit, einer unschuldigen Zärtlichkeit, die sich offen darbot. Die anregenden Einflüsse des Lebens im »Heim« hatten viel zuwege gebracht, aber noch vieles zu tun übrig gelassen. Ihr ausgehungertes Gesicht und ihre Figur waren voller geworden und ihre Lippen und Wangen hatten ihre natürliche Farbe wieder gewonnen, so wie Amelius das im Traum gesehen hatte. Nur ihre Augen hatten, wenn sie ruhig war, noch ihren alten, leeren Ausdruck, aber ihr Auftreten hatte – mit einem deutlich merkbaren Gewinn an Sicherheit und Vertrauen – ihren reizvollen kindlichen Charme nicht verloren. Ihr Erblühen vom Kind zur Frau war ein Wachstum in feinen Graden, gelenkt von der nicht-irrenden Beratung durch Natur und Zeit.

»Glaubst du, daß man dir vom ›Heim‹ her hierher folgen wird?« fragte Amelius. Sie sah auf die Uhr. »Ich glaube nicht«, sagte sie ruhig. »Es sind Stunden vergangen, seit ich durch die Hintertür weggelaufen bin. Es gibt dort sehr strenge Bestimmungen gegen Mädchen, die davonlaufen auch wenn ihre Freunde sie dann zurückbringen. Wenn Sie mich zurückschikken ...« Sie hörte zu sprechen auf und sah gedankenvoll ins Feuer.

»Was machst du, wenn ich dich zurückschicke?«

»Dasselbe, was eines unserer Mädchen tat, ehe man sie ins ›Heim‹ zurückbrachte. Sie sprang in den Fluß. Sie hat ›ein Loch ins Wasser geschlagen‹, so nennen die das. Sie ist ein großes, starkes Mädchen, und sie holten sie heraus und retteten sie. Sie hat gesagt, es hat nicht sehr weh getan – ehe sie sie wieder zur Besinnung brachten. Ich bin klein und schwach, aber ich glaube, mich könnten die nicht mehr zurückholen, auch wenn sie es versuchten!«

Amelius unternahm einen müßigen Versuch, sie zur Vernunft

zu bringen. Er ging sogar soweit, ihr zu sagen, sie hätte etwas sehr Schlimmes getan, als sie das »Heim« verlassen hatte. Sallys Antwort machte alle weiteren Ermahnungen nutzlos: statt zu versuchen, sich weiter zu verteidigen, seufzte sie müde und sagte: »Ich hatte kein Geld und bin den ganzen Weg hierher zu Fuß gegangen.«

Die gutgemeinten Ermahnungen von Amelius wurden durch seine mitleidige Überraschung abgelöst: »Du arme kleine Seele!« rief er aus. »Das müssen ja mindestens sieben bis acht Meilen gewesen sein?«

»Mindestens!« sagte Sally. »Aber jetzt, da ich Sie ja wiedergefunden habe, tut das ja nichts.«

»Aber wie hast du mich wiedergefunden? Wer hat dir gesagt, wo ich lebe?«

Sie lächelte und zog aus ihrem Busen die Photographie des Häuschens hervor.

»Aber Mrs. Payson hatte doch die Adresse abgeschnitten ...« rief Amelius aus und brachte damit im Eifer des Augenblicks die Wahrheit ans Licht.

Sally drehte die Photographie um und zeigte auf die Rückseite, auf der Name und Adresse des Photographen gedruckt standen. »Daran hat Mrs. Payson nicht gedacht!« sagte sie schlau.

»Hast du daran gedacht?!« fragte Amelius.

Sally schüttelte den Kopf. »Dazu bin ich zu dumm!« antwortete sie. »Das Mädchen, das das Loch ins Wasser geschlagen hat, die brachte mich auf diese Idee. ›Bist du entschlossen, wegzulaufen?‹ fragte sie. Ich sagte: ›Ja.‹ ›Dann gehst du zu dem Mann, der das Photo aufgenommen hat‹, sagte sie, ›ich wette, er weiß, wo das Haus liegt.‹ Ich habe mich durchgefragt, bis ich ihn fand. Und er hat es gewußt. Er war ein netter Mensch und hat mir ein Glas Bier gegeben; er hat gesagt, ich sähe so müde aus. Ich habe gesagt, wir würden eines Tages kommen und uns aufnehmen lassen – Sie und Ihre Dienerin. Darf ich dem komischen alten Ausländer sagen, er kann jetzt wieder weggehen, weil ich jetzt zu Ihnen gekommen bin?« Die völlige Einfachheit, mit der sie ihre Eifersucht auf Toff zeigte, brachte Amelius zum Lachen. Sally, die jede Veränderung in seinem Gesicht beobachtete, zog sofort ihre eigene Schlußfolgerung. »Ach«, sagte sie fröhlich, »ich werde Ihr Zimmer sauberer halten, als er das tut. Die Vorhänge rochen nach Staub, als ich mich vor Ihnen versteckte.«

Amelius dachte an seinen Traum. »Kamst du dort heraus, als ich noch schlief?« fragte er.

»Ja, ich hatte keine Angst vor Ihnen, als Sie schliefen. Ich sah mir Sie genau an und gab Ihnen einen Kuß.«Sie gestand das ohne das geringste Zeichen von Verwirrung, und ihre ruhigen blauen Augen sahen ihm gerade ins Gesicht. »Dann wurden Sie unruhig«, fuhr sie fort, »und ich bekam es wieder mit der Angst. Ich löschte die Lampe aus und sagte mir, wenn er mit mir schimpft, halte ich das besser im Dunkeln aus.«

Amelius hörte zu und wunderte sich. Hatte er im Halbschlaf gesehen, was er im Traum zu sehen glaubte? Oder bestand zwischen Sally und ihm irgendeine mysteriöse Verbindung? Diese okkultistischen Überlegungen wurden von Sally unterbrochen. »Darf ich meine Haube abnehmen und mich frischmachen?« fragte sie. Andere Männer hätten vielleicht nein gesagt, aber Amelius gehörte nicht zu ihnen.

Die Bibliothek hatte eine Verbindungstüre zum Wohnzimmer, das von Amelius bewohnte Schlafzimmer lag jedoch auf der anderen Seite des Häuschens. Als Sally das von Toff umgebaute Zimmer sah, stand sie in sprachloser Bewunderung an der Tür und betrachtete diese Vision an Luxus, die sich ihr darbot. Amelius hörte sie dann, als er in der Bibliothek allein war, in ihrem Bad planschen und das simple englische Liedchen summen, von dem ihr Name stammte. Einmal klopfte sie an die Türe und rief eine Bitte durch: »Auf dem Tisch steht was zum Riechen; darf ich das haben?« Und ein anderes Mal klopfte Toff an der anderen Türe, die auf den Gang hinausging, und fragte, wann »die hübsche junge Miss« zum Abendessen bereit sein werde? Die Dinge entwickelten sich in dem kleinen Haushalt, als ob Sally schon ein richtiger Bestandteil davon geworden wäre. »Was soll ich denn tun?« fragte sich Amelius. Und Toff, der in diesem Augenblick hereinkam, um den Tisch zu decken, sagte: »Drängen Sie die junge Person zur Eile oder das Ragout wird schlecht.«

Sie kam aus ihrem Zimmer, ging ihrer wunden Füße wegen etwas vorsichtig und war so frisch und entzückend, daß Toff, in Bewunderung versunken, zum erstenmal in seinem Leben den Fehler beging, eine Serviette zu falten. »Champagner, Sir – natürlich ...?« fragte er Amelius vertraulich. Das Rebhuhnragout erschien, und in den Gläsern schäumte der belebende Wein. Toff übertraf sich in all den Eigenschaften, die einen Diener am Abendtisch unersetzbar machten. Sally vergaß das »Heim«, vergaß die grausamen Straßen, lachte und plauderte fröhlich wie das glücklichste Mädchen, das da lebte. Amelius gab sich der heiteren Stimmung von Jugend und Fröhlichkeit hin, schüttelte das Gefühl seiner Verantwortung ab und wurde wiederum zum liebenswürdigen Gesellschafter, der jedermanns Zuneigung gewann. Die überschäumende Laune des Abends erreichte ihren Höhepunkt und die schreckenvollen Formen der Pflicht, Schicklichkeit und Vernunft waren schon längst aus dem Zimmer hinausgelacht worden – als Nemesis, die Göttin der Rache, draußen ihre Ankunft durch das Dröhnen von Wagenrädern und ein entschiedenes Läuten an der Türglocke des Häuschens ankündigte.

Es wurde totenstill; Amelius und Sally sahen einander an. Der erfahrene Toff erriet sofort, was vorging: »Ist das ihr Vater oder ihre Mutter?« fragte er Amelius ein wenig ängstlich. Als er hörte, daß sie nie Vater oder Mutter gekannt hatte, schnalzte er fröhlich mit den Fingern und führte sie beide auf Zehenspitzen in die Halle hinaus. »Ich habe so eine Idee ...«, flüsterte er. »Wir wollen lauschen!«

Das nächste, was zu hören war, war eine Frauenstimme – hoch, klar und entschlossen –, die scheinbar mit dem Kutscher sprach. »Sagen Sie, ich käme von Mrs. Payson und müsse Mr. Goldenheart sofort sprechen!« Sally zitterte und wurde blaß. »Die Oberin!« sagte sie leise. »Bitte lassen Sie sie nicht herein!« Amelius führte das entsetzte Mädchen in die Bibliothek zurück, Toff folgte ihnen und fragte voller Respekt, was eine »Oberin« sei? Nachdem er die notwendige Aufklärung bekommen hatte, brachte er seine Verachtung für Oberinnen, die charmante Menschen in Gefangenschaft verschleppen wollten, dadurch zum Ausdruck, daß er die Türe zur Bibliothek öffnete und in die Halle spuckte. Nachdem er sein Herz derart erleichtert hatte, kehrte er zu seinem Herrn zurück und legte seinen dünnen knochigen Zeigefinger mit schlauem Ausdruck an die Nase: »Ich nehme an, Sir, daß Sie dieses wütende Weib nicht empfangen wollen?« fragte er. Ehe es möglich war, darauf zu antworten, zeigte ein neuerliches Läuten der Glocke an, daß die wütende Frau von Amelius empfangen zu werden verlangte. Toff las seines Herrn Wünsche in seines Herrn Gesicht. Sogar diese Notlage fand ihn nicht unvorbereitet: er war ebenso fähig, eine Oberin zu überlisten, wie ein Diner vorzubereiten. »Die Fensterläden sind geschlossen und die Vorhänge zugezogen«, erinnerte er Amelius. »Keine Spur von Licht ist von draußen zu sehen. Mögen die nur weiterläuten, wir sind schon alle zu Bett gegangen.« Er wandte sich an Sally und grinste mit einer faunischen Freude über seine eigene Kriegslist: »Na, Miss, was halten Sie davon?« Jemand zog zum drittenmal die Glocke, während er sprach. »Läuten Sie ruhig weiter, Mrs. Oberin!« rief er. Ein scharfer Knall zeigte an, daß der Draht zur Glocke abgerissen worden war, darauf hörte man den schrillen Fall des eisernen Griffs auf dem Gehsteig vor der Gartentür. Die Tür selbst war, ebenso wie der Zaun, oben gegen streunende Katzen gesichert. »Beruhigen Sie sich, Miss!« sagte Toff, »wenn sie versucht, über das Tor zu klettern, wird sie an den Spitzen hängenbleiben.« Im nächsten Augenblick zeigte aber das Geräusch abfahrender Wagenräder die Niederlage der Oberin an, und die ernste Frage, ob Sally hier für die Nacht aufzunehmen sei, war somit gelöst.

Sie saß, nachdem Toff das Zimmer verlassen hatte, still am Fenster, schob die Vorhänge zur Seite und sah zum dunklen Himmel empor.

»Was suchst du?« fragte Amelius.

»Ich suche die Sterne.«

Amelius kam zu ihr ans Fenster. »Heute nacht sind keine Sterne zu sehen.« Sie ließ die Vorhänge wieder zufallen. »Ich habe an die Nachtstunden im Heim gedacht«, sagte sie. »Wissen Sie, den Tag habe ich mit Lesen und Schreiben ganz gut hingebracht, ich wollte mich ja verbessern. Ich war immer in Angst, Sie könnten eine so unwissende Person wie mich verachten und habe deswegen meine Lektionen immer gelernt. Ich habe gedacht, ich wollte Sie überraschen und Ihnen eines Tags einen hübschen Brief schreiben. Eine meiner Lehrerinnen – sie ist krank geworden und jetzt von dort fortgezogen – war sehr nett zu mir. Mit ihr habe ich immer gesprochen, und wenn ich ein falsches Wort benutzt habe, hat sie mich verbessert und mir das richtige gesagt. Sie sagte, Sie würden mehr von mir halten, wenn Sie mich ordentlich reden hörten! Ich spreche jetzt schon besser, nicht wahr? Das war immer tagsüber, aber in der Nacht, da war's schwer auszuhalten. Wenn die anderen Mädchen schliefen und ich an nichts anderes zu denken hatte als daran, wie weit weg ich von Ihnen war! Ich bin immer aufgestanden, habe die Bettdecke um mich gewickelt und bin ans Fenster gegangen. In schönen Nächten haben die Sterne mir Gesellschaft geleistet; es gab zwei Sterne, die ganz nahe bei mir waren und die habe ich gut gekannt. Lachen Sie mich nicht aus! Ich habe immer gedacht, einer davon wären Sie und einer ich. Ich habe darüber nachgedacht, ob Sie sterben würden, ehe ich Sie wiedersehe, oder ob ich sterben würde! Und meistens war es immer mein Stern, der zuerst verschwand. Gott wie habe ich dann immer geweint! Ich hatte es mir in meinen dummen Kopf gesetzt, daß ich Sie niemals wiedersehen würde. Ich glaube, deswegen bin ich davongelaufen. Sie sagen das niemandem, nicht wahr? Es war so dumm, und ich schäme mich jetzt dafür. Ich wollte heute nacht Ihren und meinen Stern zusammen sehen. Ich weiß nicht, warum. Ah, ich habe Sie ja so gern!« Sie fiel auf ihre Knie, nahm seine Hand und legte sie sich auf den Kopf. »Er ist kochend heiß«, sagte sie, »und Ihre guten Hände kühlen ihn.«

Amelius hob sie vorsichtig hoch und führte sie zur Tür ihres Zimmers. »Meine arme Sally, du bist ganz erschöpft. Du brauchst Ruhe und Schlaf. Wir wollen uns ›Gute Nacht‹ sagen.«

»Ich tue alles, was Sie mir sagen«, antwortete sie. »Wenn morgen Mrs. Payson kommt, dann erlauben Sie ihr nicht, mich mitzunehmen, ja? Danke! Gute Nacht!« Sie legte seine Hände mit einer unschuldigen Vertraulichkeit auf ihre Schultern, stellte sich auf die Zehenspitzen und küßte ihn, wie eine Schwester ihn geküßt hätte.

Lange, nachdem Sally in ihrem Bett eingeschlafen war, saß Amelius noch in der Bibliothek am Feuer und dachte nach.

Das Wiederaufleben der niedergetretenen Gefühle und der Phantasie in der Natur dieses Mädchens – was sich auf so ungekünstelte Weise in der traurigen kleinen Geschichte von den Sternen, die »ihr Gesellschaft leisteten«, zeigte –, das rührte und interessierte ihn nicht nur, sondern beschwerte auch seine Ansichten über die Zukunft durch Zweifel und Sorgen, die ihm bis zu diesem Augenblick nie gekommen waren. Die geheimnisvollen Einflüsse auf die Entwicklung des Mädchens wirkten gleichzeitig auf moralische und körperliche Weise. Wochen und Monate könnten harmlos verstreichen, aber die Zeit würde kommen, da das unschuldige Verhältnis zwischen ihnen beiden Schaden nehmen würde. Amelius war bis jetzt außerstande, diese Wahrheit gänzlich zu verstehen, aber nichtsdestoweniger fühlte er sie unklar. Er sah besorgt aus, als er schließlich die Nachtkerze anzündete, um zu Bett zu gehen. »Ich kann meinen Weg nicht so klar erkennen, wie ich mir das wünschte ...« überlegte er. »Wie soll das alles enden?«

In der Tat, wie?

Kapitel IV

Am nächsten Morgen wurde Amelius um acht Uhr von Toff geweckt. Ein Brief mit dem Vermerk »Dringend« war angekommen, und der Bote wartete auf Antwort.

Der Brief stammte von Mrs. Payson. Sie schrieb nur kurz und auf förmliche Weise. Nachdem sie auf den vergeblichen Besuch der Oberin vor dem Häuschen gestern abend Bezug genommen hatte, fuhr Mrs. Payson mit folgenden Worten fort: »Ich ersuche Sie, mich sofort wissen zu lassen, ob Sally bei Ihnen Zuflucht gesucht und die Nacht unter Ihrem Dach zugebracht hat. Wenn ich recht habe, anzunehmen, daß sie das getan hat, habe ich Sie davon zu informieren, daß – in Übereinstimmung mit unseren Bestimmungen – die Tore des ›Heims‹ von jetzt an für Sally verschlossen sein werden. Wenn ich unrecht habe, wird es meine schmerzliche Pflicht sein, die Angelegenheit ohne Zeitverlust in die Hände der Polizei zu legen.«

Amelius handelte, wie immer seinem Impuls folgend, sofort und begann mit der Beantwortung dieses Briefes: Er machte Mrs. Payson leidenschaftliche Vorhaltungen über die unversöhnliche und unchristliche Natur der Bestimmungen des »Heims«. Bevor er noch die Hälfte seines Schreibens erreicht hatte, sandte der Mensch, der den Brief überbracht hatte, die Nachricht herein, er werde sofort wieder im »Heim« erwartet und hoffe, daß Mr. Goldenheart einen einfachen Mann nicht in Schwierigkeiten bringen und noch länger warten lassen werde. Amelius, der sich mitten im Schwung seiner Sprachkunst unterbrochen sah, zerriß die unvollendete Vorhaltung und entsprach der geschäftlichen Ausdrucksweise im Brief von Mrs. Payson durch eine einzeilige Antwort: »Ich habe die Ehre, Ihnen mitzuteilen, daß Sie ganz recht haben.« Nach einiger Überlegung hatte er das Gefühl, daß der zweite Brief nicht nur als eine Antwort an eine Dame unhöflich, sondern auch undankbar war, da er sich an Mrs. Payson richtete. Beim dritten Versuch schrieb er sowohl geziemend wie auch kurz: »Sally hat die Nacht hier als mein Gast zugebracht. Sie litt unter einer starken Ermüdung; es wäre ein Akt völliger Unmenschlichkeit gewesen, sie des Weges zu schicken. Ich bedaure Ihre Entscheidung, aber unterwerfe mich ihr natürlich. Sie haben einmal gesagt, Sie glaubten unbedingt an die Reinheit meiner Absichten. Lassen Sie mir die Gerechtigkeit zuteil werden – wie sehr Sie mein Verhalten auch tadeln mögen –, mir noch immer zu glauben!«

Nachdem Amelius diese Zeilen abgesandt hatte, wurde er wieder ruhig. Er ging in die Bibliothek und lauschte, ob Sally zu hören war. Die vollkommene Ruhe auf der anderen Seite der Türe zeigte ihm, daß das müde Mädchen noch immer fest schlief. Er gab Anweisung, daß sie keinesfalls gestört werden dürfe, und setzte sich hin, um allein zu frühstücken.

Während er noch bei Tische saß, erschien Toff, vollendetes Mysterium im Gehabe und diskretes Vertrauen im Ton seiner Stimme: »Jetzt ist noch eine gekommen, Sir«, sagte er seinem Herrn ins Ohr.

»Noch eine?« wiederholte Amelius. »Was meinst du damit?«

»Sie ist nicht so eine wie die süße kleine schlafende Miss«, erklärte Toff. »Diesmal, Sir, ist es die Schönheit des Teufels, wie wir das in Frankreich nennen. Sie lehnt es ab, mir zu vertrauen, und scheint aufgeregt zu sein, – das sind beides böse Anzeichen! Soll ich sie loswerden, bevor die andere Miss aufwacht?«

»Hat sie keinen Namen?« fragte Amelius.

Toff antwortete mit seinem ausländischen Akzent: »Nur: ›Faybay‹.«

»Meinst du: Phoebe?«

»Habe ich das nicht gesagt, Sir?«

»Führe sie sofort herein!«

Toff sah nach der Türe zu Sallys Zimmer, zuckte mit den Schultern und gehorchte dem Befehl.

Phoebe erschien und sah blaß und ängstlich aus. Ihre gewohnte Sicherheit hatte sie vollkommen verlassen, denn sie blieb an der Türe stehen, als hätte sie Angst, ins Zimmer hereinzukommen.

»Kommen Sie herein und setzen Sie sich!« sagte Amelius. »Was ist los?«

»Ich bin besorgt, Sir!« antwortete Phoebe. »Ich weiß, daß ich mir eine Freiheit herausnehme, wenn ich zu Ihnen komme, aber ich ging gestern zu Miss Regina, um sie um Rat zu fragen, und erfuhr, daß sie mit ihrem Onkel ins Ausland gefahren ist. Ich habe Ihnen etwas über Mrs. Farnaby zu sagen, Sir, und darf keine Zeit verlieren. Ich kenne niemanden, mit dem ich darüber sprechen kann außer mit Ihnen – jetzt, wo Miss Regina weg ist. Der Diener sagte mir, wo Sie leben.«

Sie hielt inne, offensichtlich in größter Verlegenheit, und Amelius versuchte, ihr Mut zu machen. »Wenn ich Mrs. Farnaby irgendwie behilflich sein kann«, sagte er, »sagen Sie mir sofort, was ich zu tun habe.«

Phoebe senkte unter seinem scharfen Blick, während er mit ihr sprach, die Augen.

»Ich muß Sie bitten, mir zu verzeihen, wenn ich keine Namen nenne, Sir«, fuhr sie verwirrt fort. »Es gibt einen Mann, an dem ich interessiert bin und den darf ich um alles in der Welt nicht in Schwierigkeiten bringen. Er ist verführt worden; ich bin sicher, er ist von einer anderen Person angestiftet worden, einer schlechten, betrunkenen alten Frau, die im Gefängnis sitzen sollte – ja, das hätte sie verdient! Ich selber bin auch ein bißchen daran schuld, das weiß ich wohl! Ich habe etwas gehört, Sir, was ich nicht hätte hören sollen und hab's weitergesagt, – ganz vertraulich nur, und ich habe mir nichts Böses dabei gedacht – und zwar der Person, die ich vorhin erwähnt habe. Nicht der alten Frau – ich meine: dem Mann, für den ich mich interessiere! Ich hoffe, Sie verstehen mich, Sir? Wegen Mrs. Farnaby möchte ich ganz offen sprechen, – außer, daß ich keine Namen nennen kann ...«

Amelius erinnerte sich an die rachsüchtige Sprache, die Phoebe im Mund geführt hatte, als er sie das letztemal sah. Er blickte in die Richtung des Schreibkabinettes, das in einer Ecke des Zimmers stand, und in dem er Mrs. Farnabys Brief aufbewahrte. In ihm regte sich ein instinktives Mißtrauen gegen seine Besucherin. Seine Haltung änderte sich, er wandte sich wieder seinem Teller zu und setzte sein Frühstück fort. »Können Sie nicht offen mit mir sprechen?« sagte er. »Ist Mrs. Farnaby in irgendwelchen Schwierigkeiten?«

»Ja, Sir.«

»Und kann ich irgend etwas tun, ihr herauszuhelfen?«

»Ich bin sicher, daß Sie das könnten, Sir, wenn ich nur wüßte, wo man sie finden kann.«

»Ich weiß, wo man sie finden kann; sie hat es mir geschrieben. Das letztemal, als ich Sie traf, da haben Sie sich sehr ungehörig über Mrs. Farnaby ausgedrückt und sprachen so, als ob Sie ihr übelwollten.«

»Jetzt will ich ihr nur etwas Gutes antun, Sir!«

»Also schön. Wenn ich Ihnen ihre Adresse gebe, können Sie dann hingehen und mit ihr reden?«

Phoebes blasses Gesicht wurde rot. »Das könnte ich nicht tun, Sir, nach der Art und Weise, in der Mrs. Farnaby mich behandelt hat. Außerdem: wenn sie wüßte, daß ich bei der Unterhaltung zwischen Ihnen und ihr zugehört ....« Sie hielt wiederum inne und schien diesmal noch verzweifelter als vorher.

Amelius legte Gabel und Messer nieder. »Hören Sie einmal!« sagte er. »Das ist eine Art und Weise, an die ich nicht gewöhnt bin. Wenn Sie nicht ehrlich alles sagen können, dann reden wir besser von etwas anderem. Ich muß befürchten«, fuhr er fort, aber wie immer ohne irgendwelche Hinterhalte, »daß Sie nicht so ein harmloses Mädchen sind, für das ich Sie gehalten habe. Was meinen Sie mit ›Unterhaltung‹ zwischen Mrs. Farnaby und mir?«

Phoebe drückte ihr Taschentuch an die Augen. »Es ist sehr böse von Ihnen, so grob mit mir zu sprechen«, sagte sie, »wo es mir doch leid tut, was ich getan habe, und wo ich doch nur will, daß nichts Schlimmes daraus entsteht.«

»Was haben Sie getan?« rief der ehrliche Amelius aus, der des hartnäckig krummen Weges müde wurde, den das Mädchen einschlug.

Das kurze Aufblitzen der Ungeduld in seinen Augen, als er ihr diese einfache Frage stellte, führte zu einer gleichen Reaktion bei Phoebe, die dadurch endlich zum Sprechen gebracht worden war. Sie sagte ebenso offen, was sie in der Küche gehört hatte, wie sie es Jervy weitergesagt hatte, nur mit dem einzigen Unterschied, daß sie diesmal nicht frech von Mrs. Farnaby sprach.

Amelius hatte ihr schweigend zugehört, stand dann auf, öffnete das Kabinett und entnahm ihm Mrs. Farnabys Brief. Er las ihn, hielt seine Rückseite gegen Phoebe zugewandt, überlegte einen Augenblick und drehte sich plötzlich zu dem Mädchen um und das mit einem Blick, der sie in ihrem Sitz zurückschrecken ließ. »Sie elendes Weib!« sagte er, »Sie abscheuliche, elende Person ...!«

Phoebe versuchte – in diesem Augenblick des Schreckens – das Zimmer zu verlassen, aber Amelius hielt sie sofort auf: »Setzen Sie sich wieder hin!« sagte er. »Ich gedenke, jetzt die ganze Wahrheit aus Ihnen herauszubekommen.«

Phoebe nahm ihren Mut wieder zusammen: »Sie kennen die ganze Wahrheit, Sir; ich könnte Ihnen auch auf meinem Totenbett nicht mehr erzählen.«

Amelius weigerte sich, ihr zu glauben: »Hier gibt es eine gemeine Verschwörung gegen Mrs. Farnaby«, sagte er. »Wollen Sie behaupten, Sie seien nicht daran beteiligt?«

»So helfe mir Gott, Sir, bis gestern habe ich nie davon gehört!«

Der Ton, in dem sie das sagte, erschütterte seine Überzeugung, denn er hatte den unleugbaren Klang der Wahrheit.

»Es gibt zwei Personen, die diese arme Dame grausam in die Irre führen und ausplündern«, fuhr er fort. »Wer sind sie?«

»Ich habe Ihnen gesagt, wenn Sie sich erinnern wollen, daß ich keine Namen nennen darf, Sir.«

Amelius sah sich nochmals den Brief an. Nach dem, was er gehört hatte, war es nicht schwierig, den unsichtbaren jungen Mann, auf den Mrs. Farnaby anspielte, als die unbekannte »Person« zu identifizieren, an der Phoebe interessiert war. Als diese Frage ihm durch den Kopf ging, erinnerte sich Amelius des Schuftes, den er mit Phoebe auf der Straße erkannt hatte. Jetzt herrschte kein Zweifel: der Mann, der die Verschwörung im Dunkel leitete, war Jervy. Amelius wäre unzweifelhaft voreilig genug gewesen, seine Entdeckung bekanntzugeben, hätte Phoebe ihn nicht davon abgehalten. Sein neuerlicher Hinweis auf Mrs. Farnabys Brief und sein plötzliches Schweigen, nachdem er ihn betrachtet hatte, erregten Phoebes Verdacht. »Wenn Sie vorhaben, meinen Freund in Schwierigkeiten zu bringen«, stieß sie hervor, »dann sage ich kein Wort mehr!«

Sogar Amelius profitierte von dieser Warnung, die unbeabsichtigt in dieser Drohung enthalten war.

»Behalten Sie Ihre Geheimnisse für sich«, sagte er. »Ich möchte nur Mrs. Farnaby eine schreckliche Enttäuschung ersparen. Aber ich muß wissen, wovon ich spreche, wenn ich sie aufsuche. Können Sie mir nicht sagen, wie Sie diesen widerwärtigen Schwindel herausbekommen haben?«

Phoebe war gern bereit, ihm's zu sagen. Wenn man ihre lange, verwickelte Erzählung in eine klare Sprache – mit Angabe der Namen – übertragen wollte, wären folgende Tatsachen von ihr angegeben worden: Mrs. Sowler – die sich eines Gesprächs erinnerte, das sich zwischen ihnen aus Anlaß des Abendessens ergeben hatte – war am vorhergegangenen Tag in Phoebes Unterkunft erschienen und hatte sie dazu zu verleiten versucht, ihr mitzuteilen, was sie über die Geheimnisse von Mrs. Farnaby wüßte. Nachdem ihr das nicht gelungen war, hatte sie daraufhin versucht, sie zu bestechen und ihr eine große Geldsumme versprochen, die zu gleichen Teilen unter ihnen aufgeteilt werden sollte, wenn sie nur spräche; sie hatte gesagt, daß Jervy durchaus imstande wäre, ein Eheversprechen zu brechen und »sie beide im Stich zu lassen, sobald er das Geld in seine eigene Tasche praktiziert hätte«. Auf diese Weise teilte sie Phoebe mit, daß die Verschwörung – die angeblich aufgegeben worden sei – ohne ihr Wissen noch in vollem Gang war. Phoebe hatte Mrs. Sowler hinzuhalten versucht, weil sie sich davor fürchtete, eine derartige Person offen herauszufordern, und war sofort weggeeilt, um von Jervy eine Erklärung zu erhalten. Man berichtete ihr, er sei nicht zu Hause. Darauf unternahm sie ihren fruchtlosen Besuch bei Regina. Das war, was die Tatsachen betraf, das Ende ihrer Geschichte.

Amelius richtete keine weiteren Fragen mehr an sie und sprach – als sie zu Ende gekommen war – so kurz wie möglich zu ihr: »Ich werde heute morgen Mrs. Farnaby aufsuchen«, war alles was er sagte.

»Wollen Sie mich bitte wissen lassen, wie alles ausgeht?« fragte Phoebe.

Amelius schob ihr über den Tisch sein Notizbuch und einen

Bleistift hin und zeigte auf ein leeres Blatt, auf dem sie ihre Adresse niederschreiben konnte. Während sie damit beschäftigt war, kam der aufmerksame Toff herein und wisperte mit einem Blick auf Phoebe etwas ins Ohr seines Herrn. Er hätte Sally sich rühren hören. Wäre es unter den Umständen nicht passender, wenn sie ihr Frühstück in ihrem Zimmer einnähme? Toffs Erstaunen war sehenswert, als Amelius antwortete: »Natürlich nicht. Sie soll hier frühstücken!«

Phoebe stand auf, um zu gehen. Ihre Abschiedsworte zeigten ihre zweiseitige Natur: das Gute und das Schlechte lagen im ständigen Wettstreit miteinander, wer die Oberhand gewinnen sollte.

»Bitte erwähnen Sie mich nicht zu Mrs. Farnaby, Sir«, sagte sie. »Ich verzeihe ihr nicht, was sie mir angetan hat und ich kann nicht sagen, ob ich nicht eines Tages noch mit ihr abrechnen werde. Aber nicht auf diese Weise! Ich will nicht an ihrem Tod schuld sein. Aber ich kenne ihr Temperament, und wenn sie nicht rechtzeitig gewarnt wird, kann das für sie den Tod bedeuten, oder daß sie wahnsinnig wird! Mir ist es gleichgültig, wenn sie Geld verliert. Mir wäre es auch gleichgültig, wenn sie auch ein dutzendmal ausgeraubt wird! Aber sorgen Sie dafür, daß sie sich nicht in den Kopf setzt, ihr Kind wiederzusehen und dann herausfinden muß, daß alles ein Schwindel war. Ich hasse sie; aber daß das so weitergeht, will und kann ich nicht zulassen. Guten Morgen, Sir.«

Amelius war erlöst durch ihr Verschwinden. Ein oder zwei Minuten saß er da, rührte abwesend seinen Kaffee um und überlegte, wie er auf sicherste Weise die schreckliche Pflicht erfüllen könnte, Mrs. Farnaby zur Vorsicht zu zwingen. Toff unterbrach seine Überlegungen, indem er kam, um Sallys Frühstückstisch vorzubereiten; fast im selben Augenblick öffnete Sally selbst – frisch und rosig – die Türe ein wenig und sah herein.

»Du hast schön lang geschlafen«, sagte Amelius. »Hast du dich von deinem Marsch gestern abend erholt?«

»Oh, ja!« antwortete sie fröhlich. »Ich spüre ihn nur noch in meinen Füßen, und es tut weh, Schuhe anzuziehen. Können Sie mir ein paar Hausschuhe leihen?«

»Was ist mit deinen Füßen los?«

»Sie sind beide wundgelaufen. Und ich glaube, an dem einen habe ich eine Blase.«

»Komm herein, und wir wollen uns das ansehen!«

Sie kam mit bloßen Füßen hereingehinkt. »Schimpfen Sie nicht it mir!« bat sie. »Ich konnte meine Strümpfe nicht wieder anhen, ohne sie erst gewaschen zu haben. Und sie sind noch nicht ken.«

»Ich werde neue Strümpfe und Hausschuhe für dich besorgen«, sagte Amelius. »Welches ist der Fuß mit der Blase?«
»Der linke Fuß«, antwortete sie und zeigte auf ihn.

Kapitel V

»Zeig mir die Blase!« sagte Amelius.
Sally schaute sehnsüchtig nach dem Feuer.
»Darf ich meine Füße zuerst wärmen?« fragte sie. »Sie sind so kalt.« Mit diesen Worten schob sie ganz unschuldig die Entdeckung hinaus, die – wäre sie in diesem Augenblick gemacht worden – den nachfolgenden Verlauf der Dinge verändert hätte. Amelius dachte jetzt nur daran, wie er verhüten könne, daß sie sich verkühle. Er schickte Toff nach dem wärmsten Paar Socken, das er besäße, und fragte sie, ob er sie ihr anziehen solle. Sie lächelte, schüttelte den Kopf und zog sie sich selbst an.
Als sie genug über den komischen Anblick der kleinen Füße in den großen Socken gelacht hatten, entfernten sie sich vom Thema der Fußblase. Sally erinnerte sich an die schreckliche Oberin und fragte, ob man heute morgen etwas von ihr gehört hätte. Nachdem man ihr gesagt hatte, daß Mrs. Payson geschrieben habe und die Tore des »Heims« für sie verschlossen seien, gewann sie wieder Mut und begann sich zu fragen, ob die beleidigte Obrigkeit sie ihre Kleider wiederhaben lassen werde? Toff bot sich an, im Laufe des Tages hinzugehen und sich zu erkundigen; inzwischen schlug er den Einkauf von Hausschuhen und Strümpfen vor, während Sally frühstükke. Amelius war mit dem Vorschlag einverstanden und Toff machte sich – mit einem der Stiefel von Sally als Muster – auf seinen Weg.
Es war inzwischen zehn Uhr vormittags geworden.
Amelius stand vor dem Kamin und sprach, während Sally ihr Frühstück einnahm. Nachdem er ihr zuerst die Gründe dafür auseinandergesetzt hatte, warum es unmöglich sei, daß sie in dem Häuschen in der Eigenschaft einer Dienerin leben könne, erstaunte er sie durch die Ankündigung, daß er vorhabe, die Aufsicht über ihre Erziehung selbst zu übernehmen. Während des Verlaufs der Lektionen würden sie Schulmeister und Schülerin sein und zu den anderen Zeiten wie Bruder und Schwester. Sie müßten herausfinden, wie sie – diesem Plan folgend – miteinander auskommen würden,

ohne sich unnötige Sorgen über die Zukunft zu machen. Amelius glaubte vollen Ernstes, daß er das unter den Umständen einzig vernünftige Arrangement getroffen habe, und Sally rief begeistert: »Ach, wie gut Sie zu mir sind! Endlich ist das glückliche Leben da!«

Zur selben Stunde, da diese Worte von den Lippen der Tochter kamen, brach die Entdeckung der Verschwörung mit all ihrer Gemeinheit und ihren Schrecken über die Mutter herein.

Der Verdacht, den Mrs. Sowler gegen ihren gemeinen Auftraggeber gehegt und der sie zu dem Versuch angeregt hatte, sich in Phoebes Vertrauen zu stehlen, führte sie im Verlauf des Tages dazu, Jervys Unterkunft zu besuchen und zu inspizieren. Als sie erfuhr – wie Phoebe es erfahren hatte –, daß er nicht zu Hause sei, sprach sie einige Stunden später nochmals vor. Inzwischen hatte der Wirt entdeckt, daß Jervys Gepäck insgeheim weggebracht worden war und sein Mieter ihn verlassen hatte, ohne die Miete für die zwei besten Zimmer des Hauses gezahlt zu haben.

Da sie nun keinen Zweifel mehr haben konnte, was geschehen war, benutzte Mrs. Sowler die beiden übrigen Abendstunden dazu, Erkundigungen über den Vermißten einzuziehen. Bis acht Uhr morgens des nächsten Tages war keine Spur von ihm entdeckt worden.

Kurz nach neun Uhr – damit sei gesagt: um dieselbe Stunde, da Phoebe ihren Besuch bei Amelius abstattete – erschien Mrs. Sowler, entschlossen, das Schlimmste zu erfahren, in dem Appartement, das Mrs. Farnaby bewohnte.

»Ich wünsche mit Ihnen zu sprechen!« begann sie unvermittelt, »und zwar über den jungen Mann, den wir beide kennen. Haben Sie in letzter Zeit etwas von ihm gesehen?«

Mrs. Farnaby, sehr auf der Hut, schob die Antwort auf diese Frage hinaus. »Warum wollen Sie das wissen?« fragte sie.

Die Antwort kam sofort. »Weil ich Grund zur Annahme habe, daß er mit Ihrem Geld in der Tasche ausgerückt ist.«

»Er hat nichts dergleichen getan«, antwortete Mrs. Farnaby.

»Hat er Ihr Geld bekommen?« Mrs. Sowler ließ nicht locker. »Sagen Sie mir die Wahrheit, und ich will Ihnen die Wahrheit sagen. Mich hat er hereingelegt. Wenn er Sie auch betrogen hat, so ist es in Ihrem Interesse, keine Zeit zu verlieren, ihn zu finden. Die Polizei kann ihn vielleicht noch fangen. Hat er Geld von Ihnen bekommen?«

Sie meinte es ernst – bitter ernst! –, und ihre Augen und ihre Stimme bezeugten das. Da stand sie, die leibhaftige Verkörperung jener Zweifel und Sorgen, die Mrs. Farnaby in ihrem Brief an Amelius eingestanden hatte! Sie war in diesem Augenblick wahrhaft in einer alles beherrschenden Position, und Mrs. Farnaby fühlte das gegen ihren Willen. Sie gab zu: ja, Jervy hätte das Geld.

»Haben Sie es ihm geschickt oder gegeben?« fragte Mrs. Sowler.

»Ich habe es ihm gegeben.«

»Wann?«

»Gestern abend.«

Mrs. Sowler ballte die Fäuste und schüttelte sie in ohnmächtiger Wut. »Er ist der größte Schuft, der lebt!« rief sie wütend aus. »Und Sie sind die größte Närrin! Setzen Sie Ihre Haube auf und kommen Sie zur Polizei. Wenn Sie Ihr Geld zurückbekommen, bevor er alles ausgegeben hat, vergessen Sie nicht, daß Sie das mir zu danken haben werden.«

Die Frechheit in ihrer Sprache regte Mrs. Farnaby auf. Sie wies zur Tür. »Sie sind eine unverschämte Person«, sagte sie. »Ich habe nichts mehr mit Ihnen zu schaffen.«

»Sie haben nichts mehr mit mir zu schaffen?« wiederholte Mrs. Sowler. »Sie und der junge Mann haben also alles untereinander abgemacht?« Sie lachte verächtlich. »Ich nehme also an, daß Sie erwarten, ihn nochmals zu sehen?«

Mrs. Farnaby ließ sich zu einer Antwort hinreißen: »Ich erwarte ihn heute morgen«, sagte sie, »um zehn Uhr!«

»Und die verlorengegangene junge Dame mit ihm?«

»Sprechen Sie nicht von meiner verlorenen Tochter! Ich will nicht hören, daß Sie von ihr sprechen!«

Mrs. Sowler setzte sich nieder. »Schauen Sie auf die Uhr«, sagte sie. »Es muß jetzt beinahe zehn Uhr sein. Sie würden im Haus Lärm verursachen, wenn Sie mich hinauszuwerfen versuchten. Ich habe vor, bis zehn Uhr hier zu warten.«

Im Begriff, eine böse Antwort zu geben, nahm Mrs. Farnaby sich zusammen: »Sie versuchen, einen Streit mit mir vom Zaun zu brechen«, sagte sie, »aber Sie werden mir den glücklichsten Morgen meines Lebens nicht verderben. Warten Sie hier allein!«

Sie öffnete die Tür, die in ihr Schlafzimmer führte, und schloß sich dort ein. Mrs. Sowler, die gegenüber jeder Zurückweisung ihrer Person unempfindlich war, sah mit einem grimmigen Lächeln auf die Tür und wartete.

Die Uhr in der Halle schlug zehn, Mrs. Farnaby kehrte in das Wohnzimmer zurück, ging sofort zum Fenster und sah hinaus.

»Irgendwelche Anzeichen von ihm?« fragte Mrs. Sowler.

Es gab keine Anzeichen von ihm. Mrs. Farnaby zog sich einen

Stuhl an das Fenster und setzte sich. Ihre Hände wurden kalt. Sie sah nur auf die Straße hinaus.

»Ich werde mal raten, was geschehen ist!« begann Mrs. Sowler wieder. »Ich bin eine gesellige Person, wissen Sie, und ich muß über etwas reden. Über das Geld zum Beispiel? Hat der junge Mann von Ihnen seine Reisekosten ersetzt bekommen? Um irgendwohin ins Ausland zu gehen und Ihr Mädchen wieder zurückbringen zu können? So war es, nehme ich an. Wissen Sie, ich kenne den so genau! Und was geschah gestern abend, wenn ich bitten darf? Hat er Ihnen nicht gesagt, er hätte sie zurückgebracht, und sie sei in seiner Wohnung? Und hat er nicht gesagt, er würde Sie sie nicht sehen lassen, ehe Sie ihm nicht seine Belohnung und auch die Reisekosten ausgezahlt hätten? Und Sie, Sie haben meine Warnung vergessen, ihm nicht zu trauen! Wenn ich's versuche, dann bin ich gut im Raten, was? Ich merke, daß Sie derselben Meinung sind. Sind schon irgendwelche Anzeichen von ihm zu sehen?«

Mrs. Farnaby drehte sich vom Fenster weg und ihr zu. Ihr Verhalten hatte sich ganz geändert: sie war zu der elenden Person, die sie derart quälte, auf eine nervöse Weise höflich: »Ich bitte um Verzeihung, Madame«, sagte sie leise, »wenn ich Sie beleidigt habe. Ich bin ein wenig aufgeregt und ängstlich wegen meines armen Kindes. Sind Sie vielleicht selbst eine Mutter?« Sie hielt inne und griff sich mit der Hand an den Kopf. »Gestern abend hat er mir gesagt«, fuhr sie langsam und abwesend fort, »daß mein armer Liebling in seiner Wohnung sei; er sagte, sie sei nach der langen Reise aus dem Ausland so erschöpft, daß sie der Nachtruhe bedürfe, ehe sie zu mir kommen könnte. Ich bat ihn, mir zu sagen, wo er wohne, und mir zu erlauben, zu ihr hinzugehen; ich bot ihm noch mehr Geld, zweimal soviel Geld an, wenn er mir sagte, wo sie sei. Er war sehr hart zu mir und sagte nur: ›Warten Sie bis morgen um zehn Uhr früh‹, dann wünschte er mir ›Gute Nacht‹. Ich lief hinaus, um ihm zu folgen, fiel die Stufen hinunter und verletzte mich. Die Leute im Hause waren sehr nett zu mir.« Sie drehte ihren Kopf in Richtung Fenster und sah wieder auf die Straße hinaus: »Ich muß Geduld haben«, sagte sie. »Er hat sich nur ein wenig verspätet.«

Mrs. Sowler stand auf und schlug ihr heftig auf die Schulter. »Lügen!« rief sie laut. »Er weiß genausowenig, wo Ihre Tochter ist, wie ich das weiß. Und er ist mit Ihrem Geld abgehauen!« Die hassenswerte Berührung durch die Frau brachte in Mrs. Farnaby einen Funken ihres alten Feuers zum Erglühen. Ihre natürliche Charakterstärke kam wieder zum Vorschein. »*Sie* lügen!« erwiderte sie. »Verlassen Sie das Zimmer!«

Während sie sprach, wurde die Türe geöffnet. Ein anständig aussehendes Dienstmädchen kam mit einem Brief herein. Mrs. Farnaby nahm ihn automatisch entgegen und sah auf die Adresse. Jervys verstellte Handschrift war ihr bekannt. Im Augenblick, da sie die Schrift erkannte, schien das Leben aus ihr wie ein verlöschendes Licht zu entweichen. Sie stand bleich, unbeweglich und stumm mit dem ungeöffneten Brief in der Hand da.

Mrs. Sowler, die sie mit boshafter Neugier beobachtet hatte, nahm den Brief unverfroren an sich, sah ihn an und erkannte ihrerseits die Handschrift. »Halt!« rief sie, als das Dienstmädchen im Begriff war, hinauszugehen. »Auf dem Brief ist keine Marke. Wurde er persönlich überbracht? Wartet der Bote noch?«

Das wohlanständige Dienstmädchen brachte in seinem Gesicht seine Ansicht über Mrs. Sowler ganz offen zum Ausdruck und antwortete so kurz und unfreundlich wie möglich mit einem: »Nein.«

»Mann oder Frau?« war die nächste Frage.

»Muß ich dieser Person antworten, Madame?« fragte das Mädchen und sah Mrs. Farnaby an.

»Antworten Sie mir sofort!« unterbrach sie Mrs. Sowler, »im Interesse von Mrs. Farnaby. Sehen Sie denn nicht, daß sie selbst mit Ihnen nicht sprechen kann?«

»Also dann«, sagte das Dienstmädchen, »es war ein Mann.«

»Ein Mann, der schielte?«

»Ja.«

»In welche Richtung ist er weggegangen?«

»In Richtung auf den Platz.«

Mrs. Sowler warf den Brief auf den Tisch und eilte aus dem Zimmer. Das Mädchen näherte sich Mrs. Farnaby. »Sie haben Ihren Brief noch nicht aufgemacht, Madame«, sagte sie.

»Nein«, sagte Mrs. Farnaby ausdruckslos, »ich habe ihn noch nicht geöffnet ...«

»Ist es vielleicht – wie ich fürchte – eine schlechte Nachricht, Madame?«

»Ja, ich glaube, daß es eine schlechte Nachricht ist.«

»Kann ich irgend etwas für Sie tun?«

»Nein, danke. Ja: eines. Öffnen Sie bitte den Brief für mich!«

Es war eine eigenartige Bitte; das Mädchen war erstaunt, gehorchte aber. Sie war eine gutherzige Person und hatte wirklich Mitgefühl für die arme Dame. Aber ihre nächsten Worte – als sie den Brief aus dem Umschlag genommen hatte – waren ihr von dem wohlbekannten, alltäglichen Teufel, der »Neugier« heißt, eingegeben worden, als sie nämlich sagte: »Soll ich ihn vorlesen, Madame?«

»Nein, legen Sie ihn bitte auf den Tisch. Ich werde läuten, wenn ich Sie brauche.«

Die Mutter war nun allein – allein mit dem Todesurteil, das auf dem Tisch auf sie wartete.

Unten schlug die Uhr halb elf. Sie bewegte sich zum erstenmal, seit sie den Brief bekommen hatte. Wieder ging sie zum Fenster und sah hinaus, aber nur für einen Augenblick. Sie drehte sich wieder ab und das mit einer plötzlichen Verachtung ihrer selbst. »Was für eine Närrin ich doch bin!« sagte sie und griff nach dem offenen Brief.

Sie sah ihn an und legte ihn wieder nieder. »Warum soll ich ihn lesen?« fragte sie sich, »da ich – ohne ihn zu lesen – weiß, was darin steht.«

An den Wänden hingen eingerahmte Holzschnitte aus illustrierten Zeitschriften. Einer stellte die Rettung von einem untergehenden Schiff dar. In einer der Gruppen im Vordergrund war eine Mutter zu sehen, die ihre von einem Rettungsboot gerettete Tochter umarmte. Der Druck hatte die Unterschrift: ›Die Gnade der Vorsehung‹. Mrs. Farnaby sah den Druck einen Augenblick lang ruhig an. »Die Vorsehung hat ihre Günstlinge. Ich gehöre nicht zu ihnen«, sagte sie.

Nach kurzer Überlegung ging sie in ihr Schlafzimmer und nahm aus ihrem Reise-Necessaire zwei Papiere heraus. Es waren Arzt-Rezepte.

Dann wandte sie sich dem Kaminsims zu. Dort standen zwei Medizinflaschen. Eine davon nahm sie herunter; es war eine gewöhnlich große Flasche, wie sie unter Apothekern als Sechs-Unzen-Flasche bekannt ist. Sie enthielt eine farblose Flüssigkeit. Das Etikett schrieb eine Dosis von »Zwei Eßlöffel« vor und trug – wie üblich – eine Nummer, die einer Nummer auf dem Rezept entsprach. Sie nahm das Rezept an sich. Es war eine Mixtur von Soda-Bikarbonat und Blausäure, die zur Behebung von Magenbeschwerden dienen sollte. Sie sah nach dem Datum und erinnerte sich sofort an die sehr seltenen Gelegenheiten, bei denen sie ärztliche Hilfe in Anspruch hatte nehmen müssen. Bei einem Abendessen, das von irgendwelchen Freunden gegeben worden war, hatte es einen ernsten Zwischenfall gegeben: sie hatte wenig von einer gewissen Speise gegessen, deren Genuß für einige andere schwere Folgen zeitigte, und man hatte herausgefunden, daß das Essen in einer alten Kupferpfanne zubereitet worden war. In ihrem Falle war eine leichte Verdauungsstörung und nicht mehr die unbedeutende Folge gewesen. Der Doktor hatte ihr dafür ein Rezept ausgestellt. Sie hatte nur eine Dosis zu sich genommen, denn bei ihrer gesunden Konstitution verachtete sie Medikamente. Der Rest der Mixtur war noch immer in der Flasche.

Sie dachte noch einmal nach, ging dann wieder zum Kaminsims und nahm die zweite Flasche herunter. Sie enthielt ebenfalls eine farblose Flüssigkeit, war aber halb so groß wie die erste Flasche, und kein Tropfen daraus war verbraucht. Sie wartete und betrachtete die beiden unterschiedlichen Flaschen mit außerordentlicher Aufmerksamkeit. In diesem Falle war das Rezept ebenfalls in ihrem Besitz, aber es war nicht das Original. Eine Zeile oben am Rezept besagte, die Kopie sei auf Wunsch des Kunden vom Apotheker ausgestellt worden; das Datum war mehr als drei Jahre alt. Ein kleiner Papierzettel war an das Rezept angesteckt worden, mit einigen Zeilen in der Handschrift einer Frau: »Bei Ihrer beneidenswerten Gesundheit und Kraft, meine Liebe, hätte ich Sie für die letzte Person auf der Welt gehalten, die eine Medizin beansprucht. Wenn Sie sie jedoch haben wollen, hier ist mein Rezept. Seien Sie sehr vorsichtig und nehmen Sie die richtige Dosis ein, denn das Medikament enthält Gift.« Die Medizin hatte drei Bestandteile: Strychnin, Chinin und Königswasser; die Dosis war: »Fünfzehn Tropfen in Wasser einzunehmen«. Mrs. Farnaby zündete ein Streichholz an und verbrannte die Zeilen ihrer Freundin. Vor so langer Zeit, überlegte sie, während sie das Verbrennen des Papiers beobachtete, vor so langer Zeit hatte ich an Selbstmord gedacht. Warum habe ich's nicht getan?

Nachdem das Papier verbrannt war, legte sie das Rezept in ihr Reise-Necessaire zurück, dann zögerte sie einen Augenblick lang und öffnete das Schlafzimmerfenster. Es sah auf einen einsamen kleinen Hof hinaus. Sie schüttete den Inhalt der zweiten und kleineren Flasche aus dem Fenster und stellte sie dann wieder leer auf den Kaminsims zurück. Nach einem neuerlichen Augenblick des Zögerns kehrte sie ins Wohnzimmer zurück: in der Hand die Flasche mit der Mixtur und die Kopie des Rezepts für die giftigen Strychnintropfen.

Sie stellte die Flasche auf den Tisch und ging zum Kamin, um zu läuten. Obwohl es im Zimmer warm war, begann sie zu frieren. Fühlte das gierige Leben in ihr den schicksalsschweren

Entschluß, den sie plante, und schreckte davor zurück? Statt zu läuten, beugte sie sich zum Feuer und versuchte sich zu wärmen.

»Andere Frauen fänden Erleichterung im Weinen«, dachte sie. »Ich wünschte, ich wäre wie andere Frauen!«

In dieser traurigen Sehnsucht drückte sich die ganze Wahrheit über sie aus. Für sie gab es keine Erleichterung durch Tränen, keine gnädige Vergessenheit durch einen Ohnmachtsanfall. Die schreckliche Stärke des vitalen Körpers dieser Frau kannte kein Sich-Ergeben an das unaussprechliche Elend, das sie bis in ihre tiefste Seele erschütterte. Diese Kraft spannte ihre besten Kräfte zum Widerstand ein und zwang sie mit eisernem Griff zu einer steinernen Ruhe.

Sie wandte sich vom Kamin ab und fragte sich: Was ist so schwach in mir, daß ich den Tod fürchte? Wofür habe ich denn jetzt noch zu leben? Sie sah plötzlich den offenen Brief auf dem Tisch liegen. »Der wird mir helfen!« sagte sie, griff rasch danach und begann ihn endlich doch zu lesen.

»Das Geringste, was ich für Sie tun kann, ist, mich wie ein Gentleman zu betragen und Ihnen unnötige Spannung zu ersparen. Sie werden mich heute morgen um zehn Uhr nicht sehen, da ich wirklich nicht weiß und auch niemals wußte, wo Ihre Tochter zu finden wäre. Ich wünschte, ich wäre reich genug, Ihnen das Geld zurückgeben zu können. Da ich dazu außerstande bin, gebe ich Ihnen statt dessen einen Rat. Das nächstemal, wenn Sie Mr. Goldenheart irgendwelche Ihrer Geheimnisse anvertrauen, seien Sie vorsichtiger, damit keine dritte Person mithört.«

Sie las diese grausamen Zeilen, ohne irgendwelche sichtbare Veränderung der schrecklichen Ruhe zu zeigen, mit der sie sich aufrecht hielt. Sie versuchte gar nicht nachzudenken und zu entdecken, welche Person sie gehört und verraten hatte. Sie war – was gewöhnliche Neugier und gewöhnliche Gemütsbewegungen betraf – eigentlich schon tot. Der einzige Gedanke, der sie beherrschte, war einer, wie er einem Manne hätte kommen können: Wenn ich nur meine Hände um seinen Hals legen könnte! Wie würde ich dann das Leben aus ihm herauspressen! Aber wie die Dinge liegen ...

Statt diese Überlegung weiterzuverfolgen, warf sie den Brief ins Feuer und läutete.

»Tragen Sie das in die nächste Apotheke!« sagte sie und gab

dem Mädchen das Strychnin-Rezept. »Warten Sie dort bitte und bringen Sie mir das Medikament zurück!«

Als sie allein war, nahm sie ihre Feder zur Hand und schrieb einen Brief. Er war an Amelius gerichtet.

Als das Dienstmädchen das Zimmer wieder betrat und die Medizin mit sich brachte, schlug die Uhr unten elf.

Kapitel VI

Toff kehrte mit den Hausschuhen und den Strümpfen in das Häuschen zurück.

»Wieso bist du so lange fort gewesen?« fragte Amelius.

»Es ist nicht meine Schuld, Sir«, erklärte Toff. »Die Strümpfe bekam ich ohne Schwierigkeiten. Aber das nächstgelegene Schuhgeschäft in der Nachbarschaft verkaufte nur grobe Schuhe und die waren auch noch viel zu groß. Ich mußte zu meiner Frau fahren und sie bitten, mich in das richtige Geschäft zu führen. Sehen Sie!« rief er aus und brachte ein Paar abgesteppter Seidenpantoffel mit blauen Rosetten zum Vorschein. »Das hier ist ein Entwurf, der hübscher Füße würdig ist. Probieren Sie sie an, Miss!«

Sallys Augen strahlten, als sie die Pantoffeln sah. Sie stand sofort auf und hinkte in ihr Zimmer. Amelius rief sie zurück, als er sah, daß sie noch immer mit Schmerzen ging. »Ich habe die Blase vergessen. Ehe du die neuen Strümpfe anziehst, möchte ich deinen Fuß sehen.« Er wandte sich an Toff: »Du hast doch immer alles zur Hand«, fuhr er fort, »hast du vielleicht auch eine Nadel und Zwirn?«

Der alte Franzose antwortete mit dem Anschein eines respektvollen Vorwurfs: »Da Sie mich so gut kennen, Sir«, sagte er, »wie konnten Sie dann einen Augenblick lang daran zweifeln, daß ich meine Kleider selbst flicke und meine Strümpfe selbst stopfe?« Er lief in sein Schlafzimmer unten im Souterrain und erschien wieder mit einer Zwirnrolle. »Wenn Sie bereit sind, Sir?« sagte er, ließ die Zwirnrolle auf dem Tisch abrollen und fädelte – während Sally den Strumpf von ihrem linken Fuß zog – die Nadel ein.

Sie setzte sich, auf den Vorschlag von Amelius, auf einen Stuhl in der Nähe des Fensters. Er kniete mit einem Bein nieder, um ihren Fuß auf sein Knie zu setzen. Er nahm den Fuß in die Hand, hob ihn hoch, sah ihn an – und ließ ihn plötzlich auf den Fußboden zurückfallen.

Ein Schreckensschrei von Sally brachte Toff schnell zum Fenster. »Oh, sehen Sie doch!« rief sie. »Ihm ist schlecht geworden.« Toff hob Amelius in einen Sessel. »Um Himmels willen, Sir!«, rief der alte Mann erschrocken, »was ist geschehen?«

Amelius war aschfahl geworden, wie man das nur bei Männern mit seiner blühenden Gesichtsfarbe erlebt. Er war von einer plötzlichen Gefühlsregung überwältigt worden. Er stotterte, als er zu sprechen versuchte. »Holen Sie den Brandy!« sagte Toff zu Sally und zeigte auf den Flaschenbehälter, der auf der Anrichte stand. Sally brachte ihn sofort herüber, und das starke Reizmittel half Amelius.

»Es tut mir leid, wenn ich dich erschreckt habe, Sally«, sagte er matt. »Liebe, liebe kleine Sally, geh hinein und zieh dich sofort an! Du mußt mit mir wegfahren; ich werde dir nachher sagen, warum. Mein Gott, warum habe ich das nicht eher herausgefunden?!« Er bemerkte, wie Toff erstaunt war und erzitterte: »Guter alter Bursche, sei nicht erschrocken – du wirst auch alles darüber erfahren. Geh, lauf und hole die erste Droschke, die du finden kannst!«

Da er nun einige Minuten allein war, hatte Amelius Zeit, seine Ruhe wiederzufinden. Er versuchte sein Bestes, die Zeit auszunützen und seine Gedanken auf das kommende Gespräch mit Mrs. Farnaby zu konzentrieren. »Ich muß vorsichtig sein bei dem, was ich tue«, dachte er im Bewußtsein der überwältigenden Wirkung der Entdeckung auf sich selbst: »Sie erwartet nicht, daß ich ihr ihre Tochter bringen werde.«

Sally kam zu ihm zurück und war ausgehfertig. Als er sich ihr näherte und ihre Hand nahm, schien sie Furcht vor ihm zu haben. »Habe ich etwas falsch gemacht?« fragte sie auf ihre kindliche Weise. »Bringen Sie mich in ein anderes ›Heim‹?« Der Ton, mit dem sie diese Frage an ihn richtete, und ihr Aussehen ließen Amelius die Zurückhaltung aufgeben, die er sich in ihrem Interesse auferlegt hatte. »Mein liebes Kind!« sagte er, »kannst du eine große Überraschung ertragen? Ich sehne mich danach, dir die Wahrheit zu sagen, und wage kaum, es zu tun.« Er schloß sie in die Arme. Statt ihm zu antworten, wiederholte sie ihre Frage:

»Bringen Sie mich in ein anderes ›Heim‹?«

Er ertrug es nicht länger: »Das ist der glücklichste Tag in deinem Leben«, rief er aus. »Denn ich bringe dich zu deiner Mutter!«

Er hielt sie fest an sich gedrückt und sah sie an: ängstlich, ob er allzu offen geredet habe?

Sie hob ihre Augen langsam zu ihm empor, überrascht und in unklarer Angst; sie brach nicht in Begeisterung aus und keine überwältigende Gefühlsregung ließ sie ohnmächtig ihm in die Arme sinken. Die heiligen Gedankenverbindungen, die allein mit dem Namen »Mutter« verbunden sind, waren ihr unbekannt; für sie war der Mann, der sie so zärtlich im Arm hielt – der Held, der sie bemitleidet und gerettet hatte – nach ihrem einfachen Sinn Vater und Mutter gleichzeitig. Sie ließ ihren Kopf an seine Brust fallen und, nach ihrer zitternden Stimme zu schließen, mußte er glauben, sie weine. »Wird meine Mutter mich von Ihnen wegnehmen?« fragte sie. »Ach, versprechen Sie mir, daß Sie mich wieder hier ins Häuschen zurückbringen werden!«

Amelius war einen Augenblick von ihr enttäuscht, aber wirklich nur einen Augenblick lang. Seine mitfühlende und großmütige Natur führte ihn jedoch unbeirrt zu der richtigen Ansicht zurück, und er erinnerte sich daran, wie ihr Leben ausgesehen hatte. Unaussprechliches Mitleid erfüllte sein Herz: »Ach, meine arme Sally, es wird die Zeit kommen, da du anders als jetzt denken wirst. Ich will nichts tun, was dir Sorgen bereiten könnte. Du darfst nicht weinen, denn du mußt jetzt glücklich sein, deine Mutter lieben und ihr treu sein!«

Sie trocknete ihre Augen. »Ich werde alles tun, was Sie von mir verlangen werden«, antwortete sie, »wenn Sie mich nur mit sich hierher zurückbringen!«

Amelius seufzte und sagte nichts mehr. Als die Droschke gemeldet wurde, führte er sie ernst und schweigend hinaus. Nachdem er dem Kutscher seine Anweisungen gegeben hatte, sagte er noch zu ihm: »Wenn Sie uns in einer Viertelstunde ans Ziel bringen, können Sie Ihre Taxe verdoppeln.«

Es war fünfundzwanzig Minuten vor zwölf, als die Droschke vom Häuschen wegfuhr.

Im Augenblick konnten die Gefühle der beiden kaum gegensätzlicher sein; Amelius wurde im gleichen Maße immer aufgeregter, in dem Sally ihre verlorene Ruhe und ihr Zutrauen wieder zurückgewann. Die erste Frage, die sie an ihn richtete, bezog sich nicht auf ihre Mutter, sondern auf sein eigenartiges Benehmen, als er niedergekniet war, um ihren Fuß zu besehen. Er erklärte ihr in seiner Antwort kurz und klar, was sein Benehmen bedeutet hatte. Die Beschreibung seines Gesprächs mit ihrer Mutter interessierte und verwirrte sie. »Wie kann sie mich gern haben, ohne daß sie irgend etwas über mich in all den Jahren gewußt hat?« fragte sie. »Ist meine Mutter eine Dame? Sagen Sie ihr nicht, wo Sie mich gefunden haben, denn sie könnte sich sonst für mich schämen.« Sie hielt inne und sah Amelius ängstlich an. »Machen Sie sich über irgend etwas Sorgen? Darf ich Ihre Hand halten?« Amelius gab ihr seine Hand und Sally war's zufrieden.

Als die Droschke vor dem Haus vorfuhr, wurde die Haustür von innen geöffnet. Ein schwarzgekleideter Herr kam eilig heraus, sah Amelius aus der Droschke auf den Bürgersteig springen und sprach ihn an.

»Ich bitte um Entschuldigung, Sir. Darf ich fragen, ob Sie ein Verwandter der Dame sind, die in diesem Haus wohnt?«

»Kein Verwandter«, antwortete Amelius, »nur ein Freund, der ihr eine gute Nachricht bringt.«

Das Gesicht des Fremden nahm plötzlich einen ebenso mitleidigen wie ernsten Ausdruck an. »Ehe Sie hinaufgehen, muß ich mit Ihnen sprechen«, sagte er leise, während er auf Sally blickte, die noch im Wagen saß. »Sie werden hoffentlich die Freiheit, die ich mir herausnehme, entschuldigen, wenn ich Ihnen mitteile, daß ich Arzt bin. Kommen Sie für einen Augenblick in die Halle und bringen Sie bitte die junge Dame nicht mit hinein!«

Amelius sagte Sally, sie möge im Wagen warten. Sie sah seine besorgte Miene und bettelte ihn an, sie nicht allein zu lassen. Er versprach ihr, die Haustüre offenstehen zu lassen, so daß sie ihn sehen könne, während er nicht bei ihr war. Dann eilte er in die Halle.

Der Arzt begann: »Es tut mir leid, Ihnen sagen zu müssen, daß ich eine schlechte, sehr schlechte Nachricht für Sie habe. Von größter Wichtigkeit ist es, Zeit zu gewinnen; das muß ich Ihnen offen sagen! Sie haben von Fehlern gehört, die man begeht, wenn man eine falsche Medizinflasche ergreift? Die arme Dame oben liegt, wie ich befürchte, im Sterben, weil sie einen derartigen Fehler begangen hat. Versuchen Sie, Ruhe zu bewahren! Wenn Sie – während ich weg bin – stark genug sind, meinen Platz einzunehmen, könnten Sie mir von größtem Nutzen sein.«

Amelius nahm sich sofort zusammen. »Was ich tun kann, werde ich tun«, antwortete er.

Der Arzt sah ihn an. »Ich glaube Ihnen«, sagte er. »Also hören Sie zu: in diesem Fall wurde eine Dosis von 15 Tropfen mit einer

Dosis von zwei Eßlöffeln verwechselt und die Arznei, die irrtümlicherweise eingenommen wurde, war Strychnin. Man hat die Erfahrung, daß schon ein Gramm dieses Giftes tödlich wirken kann, sie aber hat drei Gramm eingenommen! Gegengifte kommen nicht in Frage, denn das arme Geschöpf kann nichts hinunterschlucken. Ich habe gehört, daß Opium eine mögliche Abhilfe schaffen kann, und hole mir jetzt ein Instrument, um Opium subkutan zu spritzen. Nicht, daß ich an dieses Gegenmittel sehr glaubte, aber ich muß irgend etwas versuchen. Haben Sie Mut genug, sie festzuhalten, wenn sich in meiner Abwesenheit wieder einer dieser Krampfanfälle ereignet?«

»Wird es ihr helfen, wenn ich sie festhalte?« fragte Amelius.

»Sicherlich.«

»Dann verspreche ich Ihnen, es zu tun.«

»Aber Sie müssen es nachdrücklich tun. Oben sind nur zwei Frauen, und beide sind für diesen Notfall vollkommen unbrauchbar. Wenn sie schreit, daß Sie sie festhalten sollen, wenden Sie Ihre ganze Kraft an und halten Sie sie in einem festen Griff! Wenn Sie sie nur leicht berühren – ich kann es Ihnen nicht erklären, aber es ist so –, dann verschlimmern Sie die Sache nur.«

Das Dienstmädchen kam, während er sprach, heruntergelaufen. »Verlassen Sie uns nicht, Sir, ich fürchte, es fängt wieder an!«

»Dieser Herr wird Ihnen helfen, während ich fort bin«, sagte der Arzt. »Noch ein Wort«, sagte der Doktor und wandte sich wieder an Amelius. »Zwischen den Anfällen ist sie vollkommen bei Bewußtsein, imstande zuzuhören und sogar zu sprechen. Wenn sie irgendwelche letzten Wünsche mitteilen möchte, nützen Sie die Zeit gut aus, denn sie kann jeden Augenblick an Erschöpfung sterben. Ich werde gleich wieder zurück sein.«

Er eilte zur Tür.

»Nehmen Sie meine Droschke«, sagte Amelius, »um keine Zeit zu verlieren.«

»Aber die junge Dame ...«

»Lassen Sie sie bei mir!« Er öffnete die Wagentür und reichte Sally die Hand. Das war schnell geschehen, und der Doktor fuhr ab.

Amelius sah das Dienstmädchen in der Halle auf sie warten. Er sprach mit Sally, bevor er sie ins Haus führte, und teilte ihr vorsichtig mit, was er gehört hatte. »Ich hegte so große Hoffnungen für dich«, sagte er, »und nun hat alles ein so schreckliches Ende gefunden! Hast du Mut genug, alles durchzustehen, wenn ich dich mit an ihr Bett bringe? Eines Tages wirst du dich gern daran erinnern, mein Liebes, daß du deiner Mutter die letzten Augenblicke auf dieser Erde erleichtert hast!«

Sally schob ihre Hand in die seine: »Mit Ihnen gehe ich überall hin!« sagte sie leise.

Amelius führte sie ins Haus. Das Dienstmädchen wagte – aus Mitleid mit Sallys Jugend – ein Wort des Widerspruchs: »Ach, Sir, Sie werden doch dieser armen jungen Dame den schrecklichen Anblick oben nicht zumuten wollen?«

»Sie meinen es gut«, antwortete Amelius, »und ich danke Ihnen dafür. Wenn Sie wüßten, was ich weiß, so würden Sie die junge Dame auch mit nach oben nehmen. Zeigen Sie uns den Weg!«

Sally sah ihn mit schweigendem Respekt an, als sie zusammen dem Mädchen folgten. Er war nicht mehr der gleiche Mann; seine Stirn lag in Falten, seine Lippen waren zusammengepreßt und er hielt die Hand des Mädchens so fest, daß er ihr weh tat. Der ihm innewohnende Wille und die zurückhaltende Entschlußkraft, die in der Natur zartbesaiteter Männer so fein und fest miteinander verflochten sind, rüsteten sich, um der kommenden Prüfung gewachsen zu sein. Hätte der Doktor ihn in diesem Augenblick gesehen, er hätte doppeltes Zutrauen zu ihm gehabt.

Sie erreichten den ersten Stock.

Ehe das Mädchen die Türe zum Wohnzimmer öffnen konnte, hallte ein schrecklicher Schrei durch das stille Haus. Das Dienstmädchen wich zurück und kauerte sich zitternd auf die obere Treppe. Im selben Augenblick wurde die Türe aufgerissen und eine andere Frau lief in hellem Entsetzen heraus: »Ich kann's nicht aushalten«, rief sie aus und lief die Treppe hinauf, ohne in der Panik, die sie ergriffen hatte, die Anwesenheit der Fremden wahrzunehmen. Amelius ging, den Arm um Sally gelegt, die er aufrecht hielt, in das Wohnzimmer hinein. Als er sie in einen Stuhl setzte, kam der schreckliche Schrei erneut. Er wartete nur noch, um sie durch ein Wort und einen Blick aufzurichten und zu ermutigen, und ging dann schnell ins Schlafzimmer.

Einen Augenblick, und nur einen Augenblick lang, blieb er voller Schrecken vor der vergifteten Frau stehen.

Das Strychnin hatte durch seine plötzliche Wirkung jeden Muskel in ihr in die Folter eines Krampfs gezwängt. Ihre Hände waren fest verkrampft, ihr Kopf war zurückgebogen, und ihr Körper war – steif wie eine Eisenstange – vom Bett nach oben gebogen und stützte sich nur auf Kopf und Fersen. Die starrenden Augen, das düstere Gesicht, die verzerrten Lippen, die verbissenen Zähne: es war ein entsetzlicher Anblick! Er nahm ihn auf sich!

Seine Hände griffen nach ihr, ehe sie wieder aufschreien konnte. Seine ganze Kraft genügte kaum, die wahnsinnigen Zukkungen des Krampfes niederzuhalten, der sich seinem Höhepunkt näherte, und zu verhindern, daß sie dadurch vom Bett geworfen wurde. Während der schlimmsten Augenblicke erwies er sich des Zutrauens würdig, das in ihn gesetzt worden war, und blieb der Gnadenarbeit treu gewachsen. Langsam, ganz langsam – als der Paroxysmus sich zu legen begann – fühlte er ein Nachlassen des Widerstands des starren Körpers. Er sah, wie das gespensterhafte Starren ihre Augen verließ und wie die verzerrten Lippen ihr schreckliches Grinsen aufgaben. Der gequälte Körper sank zurück und begann zur Ruhe zu kommen. Schweiß brach auf ihrem Gesicht aus, und ihre matten Hände fielen ruhig auf das Bett zurück. Sie sah ihn an. »Erkennen Sie mich?« fragte er und beugte sich über sie. Und sie antwortete mit einem schwachen Wispern: »Amelius!«

Er kniete bei ihr nieder und küßte ihre Hand. »Können Sie mir zuhören, wenn ich Ihnen etwas sage?«

Sie atmete schwer, ihre Brust hob und senkte sich unter dem erstickendem Druck, der sie belastete. Als er sie in seine Arme nahm, um sie im Bett hochzuheben, hörte er Sallys Stimme, die ihn vom angrenzenden Zimmer in flehenden Tönen anrief: »Oh, lassen Sie mich zu Ihnen hinein! Ich habe hier allein solche Angst!«

Er wartete, ehe er ihr erlaubte, hereinzukommen, und sah einen Augenblick auf das Gesicht, das gegen seine Brust lehnte. Ein grauer Schatten flog über das Gesicht und eine kalte klebrige Feuchtigkeit, die er auf ihrer Stirn fühlte, als er sie berührte, sandte einen eisigen Schrecken durch seine Glieder. Er drehte sich in die Richtung des anderen Zimmers. Das Mädchen hatte sich bis an die Türe vorgewagt, und er nickte ihr zu. Sie kam scheu heran, stand neben ihm und sah auf ihre Mutter. Amelius gab ihr ein Zeichen, seinen Platz einzunehmen. »Lege deine Arme um sie«, flüsterte er ihr zu. »Oh, Sally, sage ihr durch einen Kuß, wer du bist!« Die Tränen des Mädchens strömten herab, als sie ihre Lippen auf ihrer Mutter Wange drückte. Die sterbende Frau sah sie mit einem hilflos-fragenden Blick an, dann sah sie auf Amelius. Der Zweifel in ihren Augen war allzu schrecklich, als daß er auszuhalten gewesen wäre. Amelius arrangierte ihre Kissen derart, daß sie ihre aufgerichtete Lage beibehalten konnte, und gab Sally ein Zeichen, an ihn heranzukommen, und zog den Pantoffel von ihrem linken Fuß. Als er ihn abnahm, sah er wieder zum Bett hin, sah hin und schauderte. Noch einen Augenblick, und es könnte zu spät sein! Mit seinem Messer zerschnitt er ihren Strumpf, hob sie auf das Bett und legte ihren nackten Fuß auf den Schoß der Mutter. »Ihr Kind, Ihr Kind«, rief er, »ich habe Ihren Liebling gefunden! Um Gottes willen, richten Sie sich auf! Sehen Sie doch!«

Sie hörte ihn. Sie hob ihren schwach zurücksinkenden Kopf in die Höhe. Sie sah hin. Und sie erkannte, was sie sah!

Einen schrecklichen Augenblick lang sammelten sich die verlöschenden Lebenskräfte und schleuderten die Gewalt des Todes zurück. Ihre Augen erstrahlten im göttlichen Licht der Mutterliebe und ein jubelnder Glücksschrei kam von ihren Lippen. Langsam, ganz langsam beugte sie sich vor, bis ihr Gesicht auf dem Fuß ihrer Tochter zur Ruhe kam. Mit einem schwachen ekstatischen Seufzer küßte sie ihn. Der Augenblick verging, und das gebeugte Haupt erhob sich nicht mehr. Ihr letzter Herzensschlag war pulsierende Freude gewesen!

Achtes Buch
Die Dame Natur entscheidet

Kapitel I

Der Tag, der Mutter und Tochter zusammengeführt hatte, um sie dann in dieser Welt für ewig wieder zu trennen, wurde allmählich zum Abend.

Amelius und Sally waren wieder in der Bibliothek im Häuschen und saßen gemeinsam vor dem Kaminfeuer. Nichts unterbrach das Schweigen im Raum. Auf dem offenen Pult nahe Amelius lag der Brief, den ihm Mrs. Farnaby am Morgen ihres Todestags geschrieben hatte.

Amelius hatte ihn – im unverschlossenen Umschlag – am Boden des Schlafzimmers gefunden und glücklicherweise in Sicherheit bringen können, ehe die Wirtin und das Dienstmädchen sich ins Zimmer zurückgewagt hatten. Der Arzt, der einige Minuten später gekommen war, hatte die beiden Frauen vorgewarnt, daß im Hause eine polizeiliche Untersuchung abgehalten werden müsse. Er hatte sie dann vergebens darauf aufmerksam gemacht, daß sie in der Zwischenzeit mit ihren Äußerungen und Handlungen vorsichtig zu sein hätten, aber nicht nur die Tatsache von Mrs. Farnabys Tod war während der nächsten Stunden das Thema für den Klatsch in der Nachbarschaft, sondern auch die kurz darauf erfolgte Entdeckung des Namens der unglückseligen Frau auf ihrer Wäsche – der Beweis, daß sie die Wohnung unter dem angenommenen Namen einer »Mrs. Ronald« gemietet hatte. Unter diesen Umständen wurde die Katastrophe auch Thema für eine Meldung in den Abendblättern; der Name wurde zur Information etwaiger Verwandter hinzugefügt, die keine Kenntnis von dem traurigen Ereignis haben konnten. Hätte die Wirtin den Brief gefunden, so würde dieser Umstand aller Wahrscheinlichkeit nach auch einen Teil der Zeitungsberichte gebildet haben und das Geheimnis von Mrs. Farnabys Leben und Tod wäre vor der Öffentlichkeit enthüllt worden.

»Ich kann Ihnen vertrauen und nur Ihnen«, schrieb sie an Amelius, »daß Sie die letzten Wünsche einer sterbenden Frau erfüllen werden. Sie kennen mich und wissen, wie sehr ich mich auf die Aussicht eines glücklichen, zurückgezogenen Lebens gemeinsam mit meinem Kinde gefreut habe. Die einzige Hoffnung, für die ich gelebt habe, hat sich als eine grausame Täuschung erwiesen. Ich habe erst heute morgen entdeckt, daß ich zum Opfer von Elenden geworden bin, die mich von Anfang bis Ende belogen haben, und diese Entdeckung kann nicht bezweifelt werden. Wäre ich eine glücklichere Frau gewesen, hätte ich andere Interessen gefunden, die mich nach diesem entsetzlichen Unglück aufrechtgehalten hätten. So wie ich nun bin, bleibt der Tod meine einzige Zuflucht.

Mein Selbstmord wird keinem Menschen außer Ihnen bekannt werden. Vor einigen Jahren war mir bereits die Idee der Selbstzerstörung – und zwar versteckt hinter der Maske eines gewöhnlichen Irrtums – gekommen. Die Mittel hierfür – sehr einfache Mittel – hatte ich mir aufbewahrt und dachte mir wohl, daß alles schließlich doch auf diese Weise enden würde. Wenn Sie diese Zeilen lesen, werde ich für ewig Ruhe gefunden haben. Sie werden das, worum ich Sie noch zu bitten habe, zum gütigen Angedenken an mich gewiß tun, dessen bin ich sicher!

Sie haben noch ein langes Leben vor sich, Amelius. Meine närrische Vorstellung von Ihnen und meinem verlorengegangenen Kind geht mir immer noch durch den Kopf: ich glaube noch immer, es wird vielleicht möglich sein, daß Sie mein Kind im Laufe der Jahre treffen könnten.

Wenn das geschieht, dann flehe ich Sie im Namen des zarten Gefühls und des Mitleids an, die Sie einmal mir gegenüber empfanden, keiner Menschenseele zu erzählen, sie sei meine Tochter. Ich verbiete Ihnen mit der Autorität, die ein sterbender Freund wohl hat, John Farnaby, sollte er dann noch am Leben sein, das Mädchen je sehen zu lassen oder ihm zu sagen, daß so eine Person lebt. Sind Sie außerstande, meine Beweggründe zu begreifen? Jetzt, da ich weiß, daß wir einander nie mehr treffen werden, kann ich das beschämende Eingeständnis abgeben, das Ihnen Klarheit geben wird: mein Kind kam vor meiner Ehe zur Welt, und der Mann, der später mein Ehemann wurde – ein Mann niederen Ursprungs, wie ich Ihnen sagen muß – war sein Vater. Er hatte diesen entehrenden Umstand eingerechnet, um dadurch meine Eltern zu zwingen, mich ihm zur Frau zu geben und damit sein Glück zu machen, nämlich sein Vermögen zu begründen! Jetzt weiß ich – früher hatte ich nur einen unklaren Verdacht –, daß er sein Kind mit voller Absicht aussetzte, weil es ihn möglicherweise durch den Skandal seiner Geburt hätte daran hindern können, eine erfolgreiche Laufbahn im Leben einzuschlagen. Glauben Sie jetzt, daß ich zuviel von Ihnen verlange, wenn ich Sie anflehe, niemals vor meinem verlorenen Liebling über diesen unnatürlichen Elenden zu sprechen? Was meinen eigenen guten Ruf betrifft, so denke ich an mich nicht. Ich denke im Angesicht des Todes an meine arme Mutter und an all ihre Leiden und ihre Opfer, durch die sie mich vor der Schande erretten wollte, die ich verdiente. Um ihret- und nicht um meinetwillen: schweigen Sie gleichermaßen zu meinen Freunden und Feinden, wenn die Sie fragen, wo meine Tochter sei, mit Ausnahme meines Anwalts; in dessen Obhut ließ ich vor Jahren die geringen Mittel, um für mein Kind – auf die Chance hin, daß es am Leben sein und Anspruch darauf erheben könnte – Vorsorge zu treffen. Falls notwendig, können Sie ihm diesen Brief als Vollmacht zeigen.

Versuchen Sie, mich nicht zu vergessen, Amelius, aber trauern Sie nicht um mich! Ich gehe meinem Tod entgegen, so wie Sie schlafengehen, wenn Sie müde sind. Ich hinterlasse Ihnen meine dankbare Liebe, denn Sie waren immer gut zu mir. Es gibt nichts mehr zu schreiben; ich höre, daß das Dienstmädchen vom Apotheker zurückkommt und mir die Erlösung von einem harten, hoffnungslosen Leben bringt. Mögen Sie glücklicher werden, als ich es war! Adieu!«

Auf diese Weise schied sie für ewig von ihm. Aber die schicksalhafte Verbindung der Schmerzen dieser unglücklichen Frau mit Leben und Glück von Amelius hatte noch kein Ende gefunden.

Er zögerte weder, noch hatte er Skrupel bei dem Entschluß, den Wünschen der Toten mit dem Respekt, der ihnen zukam, entgegenzukommen. Jetzt, da ihm die traurige Geschichte der Vergangenheit vollkommen enthüllt worden war, hätte er sich auch ohne die leitende Anweisung ehrenhalber verpflichtet gefühlt, um der Mutter willen die Entdeckung ihrer Tochter geheim zu halten. In dieser Überzeugung las er den erschütternden Brief. In dieser Überzeugung stand er nun auf, um für seine sichere Verwahrung unter Schloß und Riegel zu sorgen.

Als er den Brief eben in einem Geheimfach seines Schreibtisches verwahrt hatte, kam Toff mit einer Visitenkarte und meldete, ein Herr wünsche ihn zu sehen. Amelius sah die Karte an und war überrascht, den Namen »Mr. Melton« darauf zu finden. Einige Zeilen waren mit Bleistift darunter geschrieben: »Ich komme, um mit Ihnen in einer Angelegenheit von großer Wichtigkeit zu sprechen.« Amelius wunderte sich, was wohl sein

Nebenbuhler mittleren Alters von ihm wünschte, und wies Toff an, den Besucher einzulassen.

Sally sprang – mit ihrem gewohnten Mißtrauen gegen Fremde – auf: »Darf ich hinauslaufen, ehe er hereinkommt?« fragte sie. »Wenn du willst«, antwortete Amelius ruhig. Sie lief in dem Augenblick zur Tür ihres Zimmers, als Toff wieder erschien und den Besucher anmeldete. Mr. Melton kam herein, knapp bevor sie verschwunden war, und sah noch ihr Kleid flattern, als sich die Türe hinter ihr schloß.

»Ich fürchte, ich störe Sie ...?« fragte er und sah unfreundlich in Richtung auf die Tür.

Er war vollendet angezogen: sein Hut und seine Handschuhe waren Muster für das, was derartige Utensilien zu sein hatten; er war melancholisch und höflich, aber offensichtlich mißtrauisch gegenüber dem wehenden Rock, der er an der Türe gesehen hatte. Als Amelius ihm einen Platz anbot, nahm er ihn mit einem geheimnisvollen Seufzer ein, als wäre er voller Trauer, sich der schlimmen Notwendigkeit überlassen zu müssen, Platz zu nehmen. »Ich werde mein Eindringen bei Ihnen nicht unnötig verlängern«, begann er wieder. »Sie haben ohne Zweifel die traurige Nachricht in den Abendzeitungen gesehen?«

»Ich habe die Abendzeitungen nicht gelesen«, antwortete Amelius. »Welche Nachricht meinen Sie?«

Mr. Melton lehnte sich in seinem Stuhl zurück und drückte in vollkommen geübter Vollendung seine Gefühlsregungen des Schmerzes und der Überraschung dadurch aus, daß er seine zarten weißen Hände leicht in die Höhe hob.

»O Gott, o Gott! Das ist sehr traurig! Ich hatte gehofft, Sie in vollem Besitz aller Einzelheiten anzutreffen und ergeben, wie wir das alle sein müssen, in die unergründlichen Wege der Vorsehung. Gestatten Sie mir, Ihnen so rücksichtsvoll wie möglich alles beizubringen. Ich kam hierher, um mich zu erkundigen, ob Sie schon etwas von Miss Regina gehört hätten. Verstehen Sie meine Motive recht! Über dieses Thema darf es zwischen uns kein Mißverständnis geben! Es besteht eine sehr ernste Notwendigkeit – bitte folgen Sie mir genau! – und ich sage: eine sehr ernste Notwendigkeit, sofort eine Verbindung mit Miss Reginas Onkel aufzunehmen, und ich kenne niemanden, der mit größerer Wahrscheinlichkeit eine Nachricht von den Reisenden – so bald nach ihrer Abreise – erhalten haben könnte, als Sie selbst. Sie sind, in gewisser Beziehung, ein Mitglied der Familie ...«

»Warten Sie einen Augenblick!« sagte Amelius.

»Ich bitte um Vergebung?« fragte Mr. Melton höflich, aber außerstande, die Unterbrechung zu verstehen.

»Ich wußte zuerst nicht, was Sie meinten«, erklärte Amelius. »Sie drückten sich – vergeben Sie mir, wenn ich das offen ausspreche – etwas weitschweifig aus. Wenn Sie die ganze Zeit auf Mrs. Farnabys Tod anspielten, so muß ich Ihnen aufrichtig sagen, daß ich bereits davon weiß.«

Die milde Selbstsicherheit in Mr. Meltons Gesicht begann Zeichen der Unruhe zu zeigen. Er hatte sich in Sicherheit gewiegt, seine auf konventionelle Weise geläufige Redseligkeit durch die gewählteste Modulierung seiner sonoren Stimme produzieren zu können, und es tat seinem Selbstgefühl weh, sich in seiner gegenwärtigen Lage finden zu müssen. »Ich hatte verstanden, daß Sie mir sagen wollten«, bemerkte er etwas steif, »Sie hätten die Abendzeitungen nicht gelesen?«

»Sie haben vollkommen recht«, antwortete Amelius, »ich habe sie nicht gelesen.«

»Darf ich dann fragen«, fuhr Mr. Melton fort, »auf welche Weise Sie vom Tod Mrs. Farnabys unterrichtet wurden?«

Amelius antwortete mit seiner gewohnten Offenheit. »Ich ging heute morgen hin, um die arme Dame aufzusuchen«, sagte er, »ohne zu wissen, was geschehen war. Ich traf den Arzt an der Tür und war bei ihrem Tode anwesend.«

Sogar die sorgfältig geübte Ruhe Mr. Meltons nützte ihm wenig angesichts der Eröffnung, die ihm jetzt gemacht wurde. Er brach in einen Ausruf des Erstaunens aus, wie ihn jeder normale Mensch tut: »Gott im Himmel, was bedeutet das?«

Amelius nahm das als eine an ihn gerichtete Frage. »Ich habe keine Ahnung«, sagte er ruhig.

Mr. Melton mißverstand seinerseits Amelius und nahm diese harmlosen Worte als einen Ausdruck einer vulgären Unterbrechung: »Verzeihen Sie«, sagte er voller Kälte, »ich war im Begriff, mich zu erklären! Sie werden dann meine Überraschung verstehen. Nachdem ich die Abendblätter gesehen hatte, begab ich mich sofort an die angegebene Adresse, um Erkundigungen einzuziehen. In Mr. Farnabys Abwesenheit hielt ich es für meine Pflicht, dies als sein alter Freund zu tun. Ich sprach die Wirtin und dann mit ihrer Hilfe auch den Arzt. Diese beiden Personen erzählten mir von einem Herrn, der heute morgen, von einer jungen Dame begleitet, vorgesprochen und darauf bestanden hätte, die junge Dame mit sich hinaufzunehmen. Ehe Sie eben erwähnten, Sie seien beim Tod anwesend gewesen, hatte ich keinerlei Verdacht, daß Sie jener Herr gewesen seien. Die Überraschung meinerseits war, so glaube ich, wohl nur natürlich. Man konnte kaum von mir erwarten, daß ich hätte wissen müssen, Sie wären von Mrs. Farnaby ins Vertrauen über ihren Zufluchtsort gezogen worden. Und in bezug auf die junge Dame bin ich jetzt noch außerstande, dies zu verstehen.«

»Wenn Sie nur verstünden, daß die Leute in jenem Haus Ihnen die Wahrheit gesagt haben, soweit sie mich betraf«, unterbrach ihn Amelius, »dann hoffe ich, genügte Ihnen das. Mit Bezug auf die junge Dame muß ich Sie bitten, mir zu gestatten, ganz offen sprechen zu dürfen. Ich habe weder Ihnen noch irgend jemandem irgend etwas über die junge Dame zu erklären.«

Mr. Melton erhob sich mit vollendeter Würde und in vollkommenem Besitz seiner stimmlichen Hilfsquellen: »Gestatten Sie mir die Versicherung«, sagte er mit eiskalter, jedoch flüssiger Höflichkeit, »daß ich nicht die Absicht habe, mich in Ihr Vertrauen zu drängen. Eine Bemerkung wage ich jedoch zu machen. Es ist zweifelsohne leicht genug, wenn Sie mit mir sprechen, Ihre Geheimnisse für sich zu behalten. Sie werden jedoch, wie ich fürchte, einige Schwierigkeiten haben, den gleichen Kurs zu verfolgen, wenn Sie vor dem Untersuchungsbeamten über den Fall auszusagen haben. Ich nehme an, daß Sie erwarten müssen, als Zeuge bei der Untersuchung des Todesfalles aufgerufen zu werden.«

»Ich hinterließ ja zu diesem Zweck bei dem Arzt meinen Namen und meine Adresse«, erwiderte Amelius ruhig wie stets. »Und ich bin bereit, Zeugnis über das abzulegen, was ich am Bett der armen Mrs. Farnaby beobachtet habe. Aber wenn sämtliche Untersuchungsbeamte in England mich über irgend etwas anderes ausfragen sollten, so werde ich ihnen genau das sagen, was ich Ihnen gesagt habe.«

Mr. Melton lächelte mit wohlerzogener Ironie. »Wir werden ja sehen«, sagte er. »Ich nehme an, daß ich Sie in der Zwischenzeit – im Interesse der Familie – bitten darf, mir einen Brief mit Miss Reginas Adresse zu schicken, sobald Sie von ihr gehört haben. Ich habe keine andere Möglichkeit, mich mit Mr. Farnaby in Verbindung zu setzen. Mit Bezug auf das traurige Ereignis möchte ich hinzufügen, daß ich es auf mich genommen habe, für die Beerdigung zu sorgen, kleine ausstehende Schulden zu begleichen und so weiter. Als Mr. Farnabys alter Freund und Vertreter ...«

Das Ende dieses Satzes wurde durch das Eintreten von Toff, der eine Nachricht brachte, unterbrochen, sowie durch seine

Entschuldigung wegen der Unterbrechung. »Ich bitte um Verzeihung, Sir, aber eine Frauensperson wartet draußen. Sie sagt, es sei nur eine Empfangsbestätigung zu unterschreiben. Die Schachtel ist in der Halle.«

Amelius untersuchte den Schein. Es war ein förmliches Dokument, in dem der Empfang von Sallys Kleidern zu bestätigen war, die von der Leitung des »Heims« zurückgeschickt wurden. Als er die Feder ergriff, um die Bestätigung zu unterzeichnen, sah er zur Tür von Sallys Zimmer hin. Mr. Melton, der den Blick auffing, machte sich bereit, sich zurückzuziehen. »Ich halte Sie nur auf«, sagte er, »Sie finden meine Adresse auf der Visitenkarte. Guten Abend.«

Auf seinem Hinausweg kam er an einer älteren Frau vorbei, die in der Halle wartete. Toff, der ihm vorauseilte, um die Gartentüre zu öffnen, wurde von der mürrischen Stimme eines Kutschers draußen begrüßt, die Frau, die er zum Häuschen gefahren habe, hätte ihm nicht die richtige Taxe bezahlt und er möchte sein Geld oder Name und Adresse der Frau haben, damit er sie anzeigen könne. Während Mr. Melton ruhig die Straße überquerte, hörte er als nächstes die Stimme der Frau, die ihre Bestätigung erhalten hatte und hinter ihm herausgekommen war. In dem darauffolgenden Streit über Taxen und Entfernungen erwähnten die streitbaren Parteien mehr als einmal den Namen des »Heims« und die Gegend, in der es lag. Nachdem Mr. Melton in den Besitz dieser Information gelangt war, ging er in seinen Klub. Er zog das Adressbuch und die Abteilung »Wohltätige Einrichtungen« zu Rate und löste so das Rätsel des in der Türe verschwundenen Unterrockes. Er hatte im Hause des Mannes, den Regina heiraten sollte, die Einwohnerin eines Asyls entdeckt . . .!

Die Post brachte Amelius am nächsten Morgen einen Brief von Regina. Er gab als Absender den Namen eines Hotels in Paris an. Ihr »lieber Onkel« habe seine Kraft überschätzt und es abgelehnt, die Nacht in Boulogne zu verbringen, und hatte so sehr unter der Müdigkeit nach der langen Reise gelitten, daß er seit seiner Ankunft das Bett hüten müsse. Der englische Arzt, den er konsultiert hätte, lehne es ab zu erklären, wann er für die Weiterreise kräftig genug sein würde. Die Konstitution des Patienten müsse einen argen Schock erlitten haben und er sei »sehr herunter«. Regina berichtete erst genau von diesem neuen medizinischen Urteil und erging sich als nächstes freigebig in Ausdrücken ihrer Zuneigung, um Amelius ihres großen Interesses daran zu versichern, von ihm so früh wie möglich zu hören! Aber des

»lieben Onkels« Zustand wäre – in diesem Fall wiederum – noch immer ihre erste Sorge. Sie kam wieder auf Mr. Farnaby zu sprechen und nahm ihn als Entschuldigung für einen »in großer Eile« geschriebenen Brief. Der arme Patient leide unter Depressionen, und sein größter Trost in seiner Krankheit sei es, wenn er seine Nichte vorlesen höre; in der Tat: eben rufe er nach ihr! Das unvermeidliche Postscriptum erwärmte sich bis zu einem milden Erguß der Zuneigung: »Wie ich wünschte, Du könntest bei mir sein! Aber leider darf das nicht sein!«

Amelius schrieb sich ihre Adresse auf und schickte sie sofort an Mr. Melton weiter.

Das war am Vierundzwanzigsten des Monats. Am frühen Morgen verließ kein Bootszug London. Die Untersuchung des Todesfalls wurde, um andere dringende Geschäfte des Beamten zu ermöglichen, auf den Sechsundzwanzigsten verschoben. Mr. Melton beschloß nach seinem Gespräch mit Amelius daher, daß das unerwartete Ereignis wichtig genug wäre, seinem Telegramm selbst nach Paris nachzufolgen.

Es war offensichtlich seine Pflicht als alter Freund, Mr. Farnaby davon zu unterrichten, was er in dem Häuschen entdeckt, sowie davon, was er von der Wirtin und dem Arzt gehört hatte. Dann würde er es der Besonnenheit des Onkels überlassen, so zu handeln, wie er es im Interesse seiner Nichte für richtig hielt. Ob dieses Verhalten nicht gleichzeitig dem Interesse von Mr. Melton in seiner Eigenschaft als erfolgloser Bewerber um Reginas Hand dienen könnte – diese Frage zu untersuchen, versagte er sich. Wenigstens bis zu diesem Augenblick war es nicht seine Sache, mehr als seine Pflicht zu tun!

An diesem Abend hielten die beiden Herren eine private Konferenz in Paris ab; der Arzt hatte vorher bestätigt, daß unter den Umständen sein Patient außerstande wäre, eine Rückreise nach London zu überstehen.

Nachdem die Frage des durch den Tod von Mrs. Farnaby notwendig gewordenen förmlichen Verfahrens besprochen und von Mr. Melton erledigt worden war, begann er zunächst mit der Erzählung, die seine Freundschaftspflicht nachdrücklich von ihm forderte. Zu seinem Erstaunen und Schrecken erregte Mr. Farnaby sich in seinem Bett wie von wilder Angst gejagt. »Haben Sie gesagt«, stotterte er, sobald er wieder sprechen konnte, »daß Sie eine Untersuchung über dieses Mädchen anstellen wollen?«

»Ich habe es natürlicherweise für wünschenswert gehalten, da ich an die Stellung von Mr. Goldenheart in Ihrer Familie dachte.«

»Sie tun nichts dergleichen! Und sagen Sie darüber nichts zu Regina und überhaupt zu keiner Menschenseele! Warten Sie, bis ich wieder gesund bin, und überlassen Sie es mir, die Sache in die Hand zu nehmen! Dafür bin ich der Rechte; sehen Sie das nicht selbst ein? Und hören Sie: Es ist möglich, daß bei der Untersuchung gewisse Fragen gestellt werden und irgendein frecher Schurke in der Jury vielleicht Lust hat, sich in Sachen zu mischen, die ihn nichts angehen. Sobald Sie wieder in London sind, verpflichten Sie einen Anwalt, der uns vertritt – und zwar den raffiniertesten Burschen, der für Geld zu bekommen ist! Sagen Sie ihm, er habe neugierige Fragen zu unterbinden. Wer das Mädchen ist und was den verdammten jungen Sozialisten Goldenheart dazu gebracht hat, sie mit nach oben zu nehmen – alles derartige Zeug hat nichts mit der Art und Weise zu tun, in der meine Frau den Tod gefunden hat. Verstanden? Und ich erwarte von Ihnen, Melton, daß Sie dafür sorgen, daß das so geschieht! Je weniger bei der verfluchten Untersuchung geredet wird, desto besser! In meiner Lage würden meine Feinde aus einer Bloßstellung meiner Person den größten Nutzen ziehen, wie die Dinge nun einmal liegen! Mir ist jetzt zu schlecht, um mich mit der Sache noch genauer zu befassen. Nein, ich brauche Regina nicht! Gehen Sie zu ihr ins Wohnzimmer und sagen Sie der Bedienung, man soll mir etwas zu essen und zu trinken bringen. Und noch etwas!: Versäumen Sie morgen früh um Gottes willen den Zug nach Boulogne nicht!«

Allein gelassen, machte er seinem Zorn Luft und bedachte Amelius mit Flüchen, die man nicht niederschreiben kann.

Er hatte den Brief verbrannt, den Mrs. Farnaby ihm geschrieben hatte, als sie ihn für immer verließ, aber er hatte die Worte, die der Brief enthielt, nicht aus seinem Gedächtnis gelöscht. Da die Worte seiner Frau ihm noch gegenwärtig waren, konnte er – nach dem, was Mr. Melton ihm erzählt hatte – nur zu einer Schlußfolgerung kommen: Amelius war an der Entdeckung seiner ausgesetzten Tochter beteiligt und hatte das Mädchen ans Sterbebett ihrer Mutter gebracht. Würde eine Untersuchung durchgeführt, so wäre Amelius mit seinen idiotischen sozialistischen Anschauungen durchaus imstande, die Wahrheit zu sagen. Der untadelige Ruf, den John Farnaby sich durch seine eigennützige Verlogenheit ein Leben lang aufgebaut hatte, war der Barmherzigkeit eines phantastischen jungen Narren preisgegeben, der da glaubte, reiche Männer seien dafür da, um den Armen Wohltaten zu erweisen, und der vorschlug, man solle die veraltete

Moral der »Primitiven Christen« wieder aufleben lassen! War es für ihn überhaupt möglich, sich mit einer solchen Person zu einigen? Es gab keinen Zentimeter eines gemeinsamen Grundes, auf dem sie einander treffen könnten! Er ließ sich verzweifelt in sein Kissen zurückfallen und lag eine Weile mit finsterem Blick da und kaute Nägel. Plötzlich setzte er sich wieder in seinem Bett auf, wischte sich über seine feuchte Stirn und gab einen Seufzer der Erleichterung von sich. Hatte seine Krankheit seiner Intelligenz geschadet? Wie war es möglich, daß er nicht sofort den ganz leichten Ausweg aus der Schwierigkeit erkannt hatte, der sich aus den Tatsachen selbst ergab? Hier ist ein Mann, der meine Nichte heiraten soll, der sich – wie man herausgefunden hat – ein Mädchen in seinem Haus hält und der sogar die Kühnheit besaß, sie mit sich nach oben zu nehmen, als er meine Frau aufsuchte! Beschuldige ihn so in klaren Worten, löse die Verlobung vor der Gesellschaft auf, und wer wird dann dem elenden Schurken glauben, wenn er versucht, sich zu verteidigen und die Wahrheit bekanntgibt, da man doch gesehen hat, wie das Mädchen aus seinem Zimmer hinauslief?! Und wenn er auf die ihm gestellte Frage, wer sie sei, sich weigert zu antworten, wer wird ihm noch glauben?

Der Elende – unwissend über die letzten Anweisungen seiner Frau an Amelius und gleichzeitig nichts wissend von dem mitleidsvollen Schweigen, das ein Ehrenmann einhält, wenn der gute Ruf einer Frau von ihm abhängt –, dieser Elende schmiedete sinnlose Ränke und plante nur sein widerrechtlich erworbenes Renommee zu wahren. Er sah, wie das Männer dieser Art unweigerlich tun, alles nur durch das verzerrte Licht seiner angeborenen Gemeinheit und Grausamkeit. Er wurde durch keine vergeltenden Gemütsbewegungen von Scham oder Reue bedrängt, da er dieses zweite Opfer entgegen den wahren Interessen seiner Tochter, die er als Säugling ausgesetzt hatte, plante. Wenn er irgendwelche böse Ahnungen hatte, so galten die nur seiner eigenen Person: sein Kopf dröhnte, seine Zunge war ausgetrocknet, und plötzlich überkam ihn die Furcht vor der Verschlechterung seines Krankheitszustandes. Er trank etwas von der Limonade, die an seinem Bett stand, und legte sich zurück, um zur Ruhe zu kommen und einzuschlafen. Es sollte nicht geschehen: seine Augen brannten und sein Herz schlug so wild und unregelmäßig, daß es ihn wach hielt. Bis zu einem gewissen Grade schien die Vergeltung bereits auf ihn zuzukommen.

Mr. Melton brachte Regina gegenüber auf die delikateste

Weise sein Mitgefühl und seinen Trost zum Ausdruck – ihre mitfühlende Natur empfand das Unglück des Todes ihrer Tante schwer – und er machte sich auf bescheidene Weise durch das Vorlesen gewisser frommer Gedichte nützlich, die von ihr hoch geschätzt wurden. Dann wurde Mr. Melton durch die Bedienung aus dem Zimmer gerufen.

»Ich habe soeben nach Mr. Farnaby gesehen, Sir«, sagte der Mann, »und ich fürchte, es geht ihm schlechter.«

Man schickte nach dem Arzt. Er hielt die Veränderung im Befinden des Patienten für so ernst, daß er von Regina verlangte, die Dienste einer Berufskrankenschwester in Anspruch zu nehmen. Als Mr. Melton am nächsten Morgen zur Rückreise aufbrach, ließ er seinen Freund mit hohem Fieber zurück.

Kapitel II

Die Untersuchung der Umstände, unter denen Mrs. Farnaby gestorben war, wurde am Vormittag des nächsten Tages abgehalten.

Mr. Melton überraschte Amelius dadurch, daß er ihn aufsuchte und zu der Untersuchung mitnahm. Die Kutsche hielt unterwegs, und ein Herr schloß sich ihnen an, der als Mr. Meltons juristischer Berater vorgestellt wurde. Er sprach mit Amelius über die Untersuchung und erklärte – um sich für gewisse diskrete Fragen zu entschuldigen –, seine Aufgabe werde es sein, irgendwelche peinlichen Enthüllungen zu unterdrücken. Nachdem sie das Haus erreicht hatten, sprachen Mr. Melton und sein Anwalt unten mit dem Beamten, während sich die Jury oben im ersten Stock versammelte.

Die erste Zeugin, die befragt wurde, war die Wirtin. Nach einer Erklärung über das Datum, an dem die verstorbene Mrs. Farnaby ihre Wohnung gemietet hatte und einer Bestätigung des Berichtes in den Zeitungen durch sie, wurde die Wirtin über das Leben und die Gewohnheiten der Verstorbenen befragt. Sie beschrieb ihre verstorbene Mieterin als eine achtenswerte Dame, die pünktlich mit ihren Zahlungen war, sowie ruhig und ordentlich in ihrer Lebensart: sie empfing Briefe, aber keine Freunde. Zu verschiedenen Gelegenheiten wurde eine alte Frau vorgelassen, und diese Besuche schienen für die Verstorbene alles andere als angenehm gewesen zu sein. Befragt, ob sie etwas über die alte Frau wisse oder was sich bei diesen Gesprächen, von denen sie berichtet hatte, ereignet habe, beantwortete die Zeugin beide Fragen negativ. Sobald die Frau gekommen war – so hatte sie dem Dienstmädchen gesagt –, solle sie sie als »die Pflegerin« anmelden.

Mr. Melton wurde als nächster befragt, um die Identität der Verstorbenen nachzuweisen.

Er gab an, außerstande zu sein zu erklären, wieso sie unter einem angenommenen Namen das Haus ihres Gatten verlassen hatte. Auf die Frage, ob Mr. und Mrs. Farnaby in herzlicher Beziehung zueinander gestanden hätten, gab er zu, gehört zu haben, daß ein Mangel an Harmonie von Zeit zu Zeit zwischen beiden geherrscht hätte, aber daß er mit der Sache selbst nicht vertraut sei. Mr. Farnabys hervorragender Charakter und seine Stellung in der Handelswelt sprächen für sich: in seinen Beziehungen zu seiner Frau sei er durch die Zurückhaltung eines Gentleman geleitet gewesen. Sodann wurde das ärztliche Zeugnis über seine Krankheit in Paris vorgelegt, und Mr. Meltons Verhör war zu Ende.

Der Apotheker, der das Medikament nach dem Rezept hergestellt hatte, war der dritte Zeuge. Er wußte, daß die Frau, die das Rezept in seinen Laden gebracht hatte, in den Diensten der ersten verhörten Zeugin stand, die eine alte Kundin von ihm war und eine in der Nachbarschaft hochgeachtete Bewohnerin des Bezirks. Er bereite alle Medikamente selbst zu, bei denen giftige Bestandteile verwendet wurden, und habe überdies auf die Flasche ein Etikett geklebt, auf dem in großen Druckbuchstaben das Wort »Gift« zu lesen stand. Die Flasche wurde vorgelegt und identifiziert; es zeigte sich, daß die Anweisungen des Rezepts auf das Etikett übertragen worden waren.

Das Erscheinen der nächsten Zeugin, des Dienstmädchens, fand allgemeines und aufsehenerregendes Interesse. Man setzte voraus, seine Aussage würde den schicksalhaften Fehler mit der Medizin aufklären. Nachdem sie die formellen Fragen beantwortet hatte, fuhr sie folgendermaßen fort:

»Als ich auf das Läuten hin erschien – zu der Zeit, die ich angegeben habe –, fand ich die Verstorbene vor dem Kamin stehend vor. Auf dem Tisch nahe ihrem Schreibpult stand eine Medizinflasche. Es war eine größere Flasche als die, welche der vorige Zeuge erkannt hatte, und sie war zu mehr als einem Drittel mit einer farblosen Medizin gefüllt. Die Verstorbene gab mir ein Rezept, das ich in die Apotheke bringen sollte, und ich bekam die Anweisung, zu warten und die Medizin zurückzubringen. Sie sagte: ›Ich fühle mich heute morgen gar nicht wohl; ich dachte daran, etwas von dieser Medizin zu probieren‹ – dabei zeigte sie auf die Flasche –, ›aber ich weiß nicht, ob diese die richtige für mich ist. Ich glaube, ich sollte ein stärkendes Mittel einnehmen. Das Rezept, das ich Ihnen gegeben habe, ist eines für ein stärkeres Mittel.‹ Ich ging sofort zu unserem Apotheker und holte es. Als ich zurückkam, schrieb sie gerade einen Brief, hörte aber damit sofort auf und schob ihn von sich weg. Als ich die Flasche, die ich vom Apotheker gebracht hatte, auf den Tisch stellte, sah sie die andere, größere Flasche an, die sie bei sich hatte, und sagte: ›Sie werden mich für sehr unentschlossen halten, aber, seitdem ich Sie zum Apotheker geschickt habe, hege ich Zweifel, ob ich nicht erst mit dieser Medizin beginnen soll, ehe ich das stärkere Mittel versuche. Es ist ein Medikament für den Magen, und ich bilde mir ein, es ist schließlich doch nur eine Magenverstimmung, die ich habe.‹ Ich sagte: ›Sie haben heute früh nur wenig zum Frühstück gegessen, Madame. Es steht mir nicht zu, Ihnen einen Rat zu geben, aber würden Sie – da Sie selbst Zweifel über sich haben – nicht besser daran tun, nach einem Arzt zu schicken?‹ Sie schüttelte den Kopf und sagte, wenn es nur irgendwie ginge, wolle sie keinen Doktor haben. ›Ich werde zuerst die Medizin gegen Verdauungsstörungen einnehmen‹, sagte sie, ›und wenn mir die nicht hilft, dann werden wir im Laufe des Tages noch sehen, was zu tun ist.‹ Während wir sprachen, war das Mittel in der Papierverpackung geblieben, genauso wie ich es aus dem Geschäft gebracht hatte. Sie hob die Flasche mit dem Magenmittel hoch und las die Anweisung darauf: ›Täglich zweimal zwei Eßlöffel. Mit dem Meßbecher abzumessen!‹ Ich fragte sie, ob sie einen Meßbecher habe und sie sagte ›Ja‹ und schickte mich ins Schlafzimmer, ihn zu suchen. Während ich mich umschaute, hörte ich sie aufschreien und lief ins Wohnzimmer zurück, um nachzusehen, was los war. ›Oh‹, sagte sie, ›wie ungeschickt bin ich doch! Ich habe die Flasche mit der Magenmedizin zerbrochen.‹ Sie hob die Flasche hoch und zeigte mir, wie sie kurz unter dem Flaschenhals gebrochen war. ›Gehen Sie wieder ins Schlafzimmer‹, sagte sie, ›und schauen Sie nach, ob Sie eine leere Flasche finden können und zwar auf dem Kaminsims.‹ Ich brachte sie ihr sofort. Sie gab mir die zerbrochene Flasche und während ich die Medizin in die Flasche goß, die ich im Schlafzimmer gefunden hatte, öffnete sie die Verpackung der Medizin, die ich aus der Apotheke gebracht hatte. Als ich damit fertig war und die beiden Flaschen – die, die ich gefüllt, und die, die ich vom Apotheker gebracht hatte – zusammen auf dem Tisch standen, da sah ich, daß die beiden gleich groß waren und auf beide ein Etikett geklebt war: ›Gift‹. Ich sagte zu ihr: ›Sie müssen vorsichtig sein, Madame, daß Sie keinen Fehler begehen, denn die beiden Flaschen sind genau gleich groß.‹ ›Das kann ich leicht verhindern‹, sagte sie und tauchte ihre Feder in die Tinte und kopierte die Anweisung von der zerbrochenen Flasche auf das Etikett der Flasche, die ich eben gefüllt hatte. ›So!‹, sagte sie, ›hoffentlich sind Sie jetzt beruhigt.‹ Sie sprach ganz fröhlich, als wenn sie einen Scherz mit mir machte. Und dann fragte sie: ›Aber wo ist der Meßbecher?‹ Ich ging ins Schlafzimmer zurück, um ihn zu suchen, und konnte ihn nicht wiederfinden. Daraufhin benahm sie sich ganz merkwürdig und wurde richtig böse. Sie ging wutschnaubend auf und ab und beschimpfte mich für meine Dummheit. Das hat gar nicht zu ihr gepaßt, denn bei allen anderen Gelegenheiten war sie eine sehr rücksichtsvolle Dame. Ich ließ aber Nachsicht walten: am Morgen hatte sie sich sehr aufgeregt, als sie einen Brief mit einer schlechten Nachricht bekam, wie sie mir selbst gesagt hat. Ja, damals war noch eine Person dabei: dieselbe Frau, von der Ihnen meine Herrin erzählt hat. Diese Frau sah sich den Absender auf dem Brief an und schien zu wissen, von wem der Brief kam. Ich sagte ihr, daß ein schielender Mann ihn ins Haus gebracht hatte, und daraufhin ging sie sofort weg. Ich weiß nicht, wohin sie ging oder unter welcher Adresse sie lebt oder wer der Bote war, der den Brief gebracht hatte. Wie gesagt, ich hatte Nachsicht mit der Dame! Ich ging ohne zu antworten hinunter und holte einen Becher und einen Eßlöffel, um sie statt des Meßbechers zu benutzen. Als ich mit den Dingen wiederkam, ging sie immer noch schlechtgelaunt auf und ab und nahm keine Notiz von mir. Als ich sah, daß sie nicht in einem Zustand war, um angesprochen zu werden, ging ich leise wieder hinaus. Ich habe nichts mehr von ihr gesehen, bis wir von ihrem Schrei alarmiert wurden. Wir haben die arme Dame auf dem Fußboden vorgefunden, sie hatte wohl einen Anfall. Ich lief weg und holte den nächsten Arzt. Auf meinen Eid: das ist die ganze Wahrheit und alles, was ich darüber weiß.«

Auf Wunsch der Jury wurde die Wirtin nochmals gerufen und über die alte Frau befragt. Sie konnte keine Auskunft geben. Als sie gefragt wurde, ob irgendwelche Briefe oder Papiere, die der verstorbenen Dame gehört hatten oder von ihr geschrieben worden waren, gefunden worden seien, erklärte sie, daß nach einer sorgfältigen Durchsuchung nichts außer den beiden Rezepten entdeckt worden sei.

Der Arzt war der nächste Zeuge.

Er beschrieb den Zustand, in dem er die Patientin vorgefunden hatte, als er ins Haus gerufen worden war. Die Symptome seien die einer Strychninvergiftung gewesen. Eine Untersuchung der Medizinen und der Flaschen – unterstützt durch die Mitteilungen des Dienstmädchens – hätte ihn davon überzeugt, daß von der Verstorbenen ein schicksalsschwerer Irrtum begangen worden war, und er erläuterte die Art des Irrtums der Jury so, wie er es gegenüber Amelius getan hatte. Nachdem er sein Zusammentreffen mit Amelius an der Haustür und die folgenden Ereignisse erwähnt hatte, schloß er seine Aussage mit der Bekanntgabe des Ergebnisses der Autopsie, die bewies: der Tod war durch ein Gift verursacht worden, das Strychnin genannt wird.

Die Wirtin und das Mädchen wurden nochmals befragt. Sie wurden angewiesen, der Jury genau über die Zeit Auskunft zu geben, die vom Augenblick an, da das Dienstmädchen die Verstorbene im Wohnzimmer alleingelassen hatte, bis zu dem Augenblick, da zuerst die Schreie gehört wurden, verstrichen war. Nachdem beide über diesen Punkt dieselbe Aussage gemacht hatten, wurden sie als nächstes gefragt, ob irgendeine Person außer der alten Frau die Verstorbene besucht oder in der Zwischenzeit unter irgendeinem Vorwand Zutritt zu ihr gefunden hatte. Beide schwuren ausdrücklich, daß in der Zwischenzeit nicht einmal ein Klopfen an der Türe zu hören gewesen und das Tor zum Grundstück geschlossen und der Schlüssel im Besitz der Wirtin gewesen wären. Diese Aussagen bewiesen über die Möglichkeit eines Zweifels hinaus, daß die Verstorbene selbst das Gift eingenommen hatte. Die Frage, ob sie es irrtümlich zu sich genommen hatte, war die einzige Frage, die noch geklärt werden mußte, als Amelius als der nächste Zeuge aufgerufen wurde.

Der Anwalt, den Mr. Melton bestellt hatte, um die Sache im Interesse von Mr. Farnaby zu beobachten, hatte bisher noch nicht eingegriffen. Man konnte beobachten, wie er an dem Punkt, an dem man jetzt angelangt war, die Untersuchung mit der größten Aufmerksamkeit verfolgte.

Amelius war von Anfang an nervös. Die Übung, die ihn früher in Amerika gestählt hatte, einem Auditorium gegenüberzutreten und selbstsicher über soziale und politische Themen zu sprechen, hatte ihn nicht auf die ganz andersgeartete Schwierigkeit eines ersten Auftretens als Zeuge vorbereitet. Nachdem er die gewohnten Fragen beantwortet hatte, regte er sich derart schmerzbewegt auf, als er die Leiden von Mrs. Farnaby beschrieb, daß der Beamte das Verhör für einige Minuten unterbrach, um ihm Zeit zu geben, sich zu fassen. Amelius war jedoch außerstande – ehe der berichtende Teil seiner Aussage zu Ende gekommen war –, seine Fassung wiederzugewinnen. Als es zu den kritischen Fragen kam, die Bezug auf seine Beziehungen zu Mrs. Farnaby hatten, merkten die Zuhörer, daß er den Kopf erhob und zum erstenmal aussah und sprach wie ein Mann, der seiner Sache sicher war und einen Entschluß gefaßt hatte.

Das Verhör ging weiter:

Besaß er in der Angelegenheit von Mrs. Farnabys häuslichen Zwistigkeiten mit ihrem Mann Mrs. Farnabys Vertrauen? Hatten diese Zwistigkeiten dazu geführt, daß Mrs. Farnaby sich aus dem ehelichen Hause entfernte? Hatte ihn Mrs. Farnaby über ihren Zufluchtsort informiert? Auf diese drei Fragen antwortete der Zeuge – bereitwillig auf jede der Fragen eingehend – mit einem »Ja«. Als nächstes wurde gefragt, welcher Natur die »häuslichen Zwistigkeiten« gewesen seien? Ob diese möglicherweise den Seelenfrieden von Mrs. Farnaby ernsthaft beeinflußt hätten? Warum sie unter einem angenommenen Namen gelebt habe? Warum sie ihre Eheschwierigkeiten einem jungen Mann wie ihm anvertraut habe, der ihr erst vor wenigen Monaten vorgestellt worden war? Der Zeuge lehnte es einfach ab, diese an ihn gerichteten Fragen zu beantworten. »Das Vertrauen, das Mrs. Farnaby in mich gesetzt hat«, sagte er dem Beamten, »werde ich respektieren, wie ich ihr das mit meinem Ehrenwort versprochen habe. Nachdem ich das gesagt habe, wird – so hoffe ich – die Jury begreifen, daß ich es dem Andenken der Verstorbenen schuldig bin, nichts weiter zu sagen.« Im Auditorium hörte man beifälliges Gemurmel, das von dem Beamten sofort untersagt wurde. Der Obmann der Jury erhob sich und bemerkte, daß Ehrenskrupel bei einer derartig ernsthaften Untersuchung falsch am Platze seien. Der Anwalt ergriff – als er dies hörte – die Gelegenheit und erhob sich: »Ich vertrete den Gatten der verstorbenen Dame«, sagte er. »Mr. Goldenheart hat sich auf das Gesetz der Ehre berufen, um sein Schweigen zu rechtfertigen. Ich bin erstaunt, daß sich ein Mann in dieser Versammlung findet, der mit ihm da nicht sympathisiert. Aber da eine solche Person anwesend zu sein scheint, ersuche ich um die Bewilligung, Sir, an den Zeugen eine Frage stellen zu dürfen. Sie wird den Obmann der Jury vielleicht zufriedenstellen und vielleicht auch nicht, aber sie wird sicherlich dem Zweck der gegenwärtigen Untersuchung dienlich sein.«

Der Untersuchungsbeamte erlaubte dem Anwalt, nach einem Blick auf Mr. Melton, seine Frage mit folgenden Worten zu stellen:

»Hatten Sie, nach Ihrer Kenntnis von Mrs. Farnabys häuslichen Zwistigkeiten, Grund anzunehmen, daß diese die Verstorbene beeinflussen könnten, Selbstmord zu begehen?«

»Natürlich nicht«, antwortete Amelius. »Als ich sie am Morgen ihres Todes aufsuchte, hegte ich keine wie immer geartete Befürchtung, daß sie Selbstmord begehen könne. Ich kam mit einer guten Nachricht ins Haus und sagte das auch dem Arzt, als er mich ansprach.«

Der Arzt bestätigte das. Der Obmann war dadurch zum Schweigen gebracht, jedoch nicht überzeugt worden. Einer seiner Mitgeschworenen – der seinem Beispiel folgen wollte – unterbrach das Verfahren jedoch wiederum und überfiel Amelius mit noch einer Frage: »Wir haben gehört, daß Sie zum Zeitpunkt, den Sie erwähnten, von einer jungen Dame begleitet waren und sie mit sich nach oben nahmen. Wir wünschen zu erfahren, was die junge Dame in dem Hause zu tun hatte?«

Der Anwalt griff wiederum ein. »Ich protestiere gegen diese Frage«, sagte er. »Der Zweck dieser Untersuchung ist es, festzustellen, auf welche Weise Mrs. Farnaby ihren Tod fand. Was hat die junge Dame damit zu schaffen? Die Aussage des Arztes bewies bereits, daß sie noch nicht im Hause war, als er gerufen wurde und die tödliche Wirkung des Giftes bereits eingesetzt hatte. Ich berufe mich, Sir, auf die Bestimmung über die Aussagepflicht und wende mich an Sie als die vorsitzende Autorität, ihr Nachdruck zu verleihen. Mr. Goldenheart, der mit den Umständen des Lebens der verstorbenen Dame vertraut ist, hat unter Eid ausgesagt, es sei unter den bestehenden Umständen für ihn kein Anlaß gewesen, irgendwelche Befürchtungen haben zu müssen, sie würde Selbstmord begehen. Die Aussage des Dienstboten führt eindeutig zur Schlußfolgerung, daß der Tod das Ergebnis eines beklagenswerten Irrtums gewesen ist und nichts anderes. Soll unsere Zeit mit unerheblichen Fragen vertan werden und sollen die Gefühle der überlebenden Verwandten zu keinem anderen Zweck grausam belastet werden, als dem, die Neugier von Fremden zu befriedigen?«

Dem folgte eine deutliche Demonstration der Zustimmung aus dem Publikum. Der Anwalt flüsterte Mr. Melton zu: »Alles in Ordnung!«

Nachdem die Ruhe wiederhergestellt worden war, befand der Beamte, daß die Frage des Obmanns der Jury nicht zugelassen sei und die Aussage des Dienstmädchens – zusammen mit den Erklärungen des Arztes und des Apothekers – die einzigen Aussagen seien, über die die Geschworenen sich ein Urteil zu bilden hätten. Nachdem er dieses Resümee gezogen hatte, rief er – auf Ersuchen des Obmannes – nochmals Amelius auf, um zu fragen, ob der Zeuge irgend etwas über die Frau wisse, auf die man sich im Verlaufe des Verfahrens mehreremal bezogen habe. Amelius konnte diese Frage ebenso ehrlich wie die vorhergegangenen Fragen beantworten. Weder wisse er den Namen der Frau, noch wo sie zu finden wäre. Der Vorsitzende fragte mit leichter Ironie, ob die Jury, unter den gegebenen Umständen, die Untersuchung vertagt wissen wollte? Um den Schein zu wahren, beriet die Jury. Aber die Zeit für das Mittagessen rückte näher und die Aussage des Dienstmädchens war unleugbar klar und überzeugend; der Vorsitzende hatte in seinem Schlußresümee sie ersucht, nicht zu vergessen, daß die Verstorbene gegenüber dem Dienstboten ihre Geduld verloren hatte und eine verärgerte Frau durchaus einen Fehler begehen konnte, den sie in ihren kühleren Augenblicken höchstwahrscheinlich nicht begehen würde. Alle diese Umstände zwangen die Jury über die Hürden ihrer Hartnäckigkeit hinweg unaufhaltsam zum Nachgeben. Nach einer grundlosen Verzögerung gab sie ihr Urteil ab: »Tod durch Mißgeschick«. Das Geheimnis von Mrs. Farnabys Selbstmord blieb unverletzt und der Ruf ihres gemeinen Ehemannes so rein wie vorher.

Das künftige Leben von Amelius wurde von diesem schicksalhaften Augenblick an unwiderruflich in eine neue Bahn gelenkt.

Kapitel III

Nach Schluß des Verfahrens fuhr Mr. Melton – der weder Amelius' noch des Anwalts länger bedurfte – allein davon. Aber Höflichkeit war ihm doch zu angeboren, als daß er seine Entschuldigungen für die eilige Abfahrt nicht angebracht hätte: er erwarte, so sagte er, zu Hause ein Telegramm aus Paris. Amelius verzögerte seine Abfahrt nur so lange, um die Wirtin noch zu fragen, ob der Zeitpunkt des Begräbnisses festgesetzt worden sei. Nachdem er gehört hatte, er sei für den nächsten Vormittag bestimmt, dankte er ihr und kehrte sofort in sein Häuschen zurück.

Sally wartete auf seine Rückkunft, um dann einige Einkäufe von Trauerkleidern zu Ende zu führen. Toffs Frau war bei ihr und sorgte für sie. Sie war begierig zu hören, wie die Untersuchung ausgegangen war. Als er ihre Fragen beantwortete, war Amelius vorsichtig genug, sie zu warnen. Wenn ihre Begleiterin ihr Fragen stelle, so habe sie nur zu sagen, daß sie ihre Mutter unter sehr traurigen Umständen verloren habe. Nachdem die beiden das Häuschen verlassen hatten, instruierte er Toff, daß er einen Fremden, der gemäß einer früheren Verabredung sich einfinden werde, einlassen und für jeden anderen die Tür verschließen solle. Nach einigen Minuten erschien die erwartete Person – ein junger Mann, der seinen Namen als »Morcross« angab – und gab dem alten Franzosen ein großes Rätsel auf: Er war gut angezogen, seine Manieren waren ruhig und selbstbewußt, und dennoch sah er nicht wie ein Gentleman aus. Er war in Wahrheit ein Polizist, einer höheren Rangstufe, in Zivil.

Nachdem er in die Bibliothek geführt worden war, breitete er auf dem Tisch einige Manuskriptseiten mit der Handschrift von Amelius aus; mit Notizen, die er selbst am Rand mit roter Tinte gemacht hatte.

»Wie ich höre, Sir«, begann er, »haben Sie Gründe dafür, diesen Fall nicht vor ein Gericht zu bringen?«

»Ich muß leider sagen«, antwortete Amelius, »daß ich es nicht wage – im Interesse von lebenden und toten Personen –, einer Bloßstellung in einem öffentlichen Verfahren zuzustimmen. Aus demselben Grunde habe ich den Bericht über die Verschwörung mit einer gewissen Zurückhaltung niedergeschrieben. Ich hoffe, daß ich Ihnen auf diese Weise nicht unnötige Schwierigkeiten in den Weg gelegt habe?«

»Gewiß nicht, Sir. Jedoch würde ich Sie gerne fragen, was Sie – falls ich die in diese Verschwörung verwickelten Personen aufspüre – zu tun vorschlagen?«

Amelius gab sehr zögernd zu, daß er nichts wegen der alten Frau, die Mitwisserin wäre, unternehmen könne. »Außer«, so fügte er hinzu, »ich kann sie dazu bringen, mir dabei zu helfen, den Mann wegen anderer Verbrechen, die er, wie ich glaube, verübt hat, vor Gericht zu bringen.«

»Womit ein Mann namens ›Jervy‹ – wie er in dieser Erklärung genannt wird – gemeint ist?«

»Ja, ich habe Grund zur Annahme, daß er die Vereinigten Staaten nach einigen schweren Vergehen verlassen mußte ...«

»Ich bitte um Entschuldigung, Sir, wenn ich Sie unterbreche. Waren die Vergehen so ernsthafter Natur, daß er, nach dem zwischen den beiden Ländern bestehenden Abkommen, angeklagt werden könnte?«

»Ich habe keinen Zweifel daran, daß sie ernsthaft waren. Ich habe wegen der Einzelheiten an die Personen, bei denen er früher angestellt war, telegraphiert. Hören Sie, ich scheue vor keinem Opfer zurück, um den Schurken für das büßen zu lassen, was er getan hat!«

Mit diesen Worten ließ Amelius, ehrlich wie stets, seine Absicht klar erkennen. Die schreckliche Erinnerung an Mrs. Farnabys letzte Augenblicke hatte in seiner gerechten und großmütigen Natur ein brennendes Gefühl für das Unrecht erweckt, das der armen Person, deren Herz gebrochen worden war, zugefügt wurde – ihr, die ihm vertraut und ihn geliebt hatte. Der unerträgliche Gedanke verfolgte ihn bei Tag und bei Nacht. In der Zeit, die zwischen dem Tod und der Untersuchung vergangen war, hatte er – interessiert wie er war, für Sally zu sorgen – Mrs. Farnabys Instruktionen befolgt und den Anwalt persönlich aufgesucht. Nachdem er von Formalitäten gehört hatte, die er zu erfüllen hatte – was voraussichtlich einige Verzögerung mit sich bringen würde –, hatte er sofort seinen Entschluß bekanntgegeben, die Zwischenzeit für den Versuch einer Verfolgung von Jervy zu nützen. Nachdem der Anwalt zuerst vergebens auf die ernsten Hindernisse hingewiesen hatte, die einem solchen Vorgehen im Wege stünden, hatte er schließlich dem unwiderstehlichen Ernst und guten Willen von Amelius soweit nachgegeben, daß er ihm einen fähigen Mann empfahl, dem man trauen konnte und der Amelius nicht betrügen würde. Am selben Tage hatte dieser Mann eine schriftliche Darstellung des Falles erhalten und war jetzt gekommen, um seinem Auftraggeber vom Ergebnis seines ersten Vorgehens zu berichten.

»Eines möchte ich wissen, ehe Sie mir irgend etwas anderes mitteilen«, nahm Amelius das Gespräch wieder auf, »ist meine schriftliche Beschreibung von Jervy klar genug gewesen, um Ihnen bei der Suche von Nutzen zu sein?«

»Sie war so genau, daß ihn einige der älteren Männer in unserem Büro dadurch als einen Mann anderen Namens erkannt haben, als des von Ihnen angegebenen.«

»Vergrößert das die Schwierigkeit, ihn aufzuspüren?«

»Er war lange aus England fort, Sir, und es ist deswegen keineswegs leicht, ihn zu finden. Ich war bei der jungen Frau, die in Ihrer Erklärung Phoebe genannt wird, um herauszufinden, was sie mir über ihn sagen könnte. Sie war – zwischen einigen Tränenergüssen – nur allzu gern bereit, uns zu helfen, Hand an den Mann zu legen, der sie verlassen hat. Es ist die alte Geschichte von einem Burschen, der – unter dem Vorwand, ein Mädchen zu heiraten – an sein Geld und seine Geheimnisse herankommt. Einmal tobt so ein Mädchen gegen ihn, dann möchte sie sich die Augen nach ihm ausweinen. Einige Informationen habe ich von ihr bekommen; nicht viele, aber sie können uns vielleicht helfen. Der Name der alten Frau, die nicht viel träger in der Angelegenheit war, ist Mrs. Sowler – polizeibekannt als eine gewohnheitsmäßige Trinkerin und als schlimmeres. Ich glaube nicht, daß es sehr schwierig sein wird, sie zu finden. Was Jervy betrifft – wenn man der jungen Frau glauben kann und ich denke, das kann man –, so besteht wohl kaum ein Zweifel, daß er das Geld von der Dame, die hier genannt wird, bekommen hat und damit durchgebrannt ist. Noch einen Augenblick, Sir, ich bin mit meinen Entdeckungen noch nicht am Ende. Ich habe die junge Frau natürlich gefragt, ob sie eine Photographie von ihm habe. Er ist ein verschlagener Bursche, denn sie hatte einmal eine, aber er nahm sie ihr – unter dem Vorwand, ihr eine bessere zu bringen –, ehe er verschwand, wieder ab. Nachdem ich diese Möglichkeit verloren hatte, fragte ich sie als nächstes, ob sie wisse, wo er zuletzt gelebt hat. Sie zeigte mir, wo das war, und ich hatte ein Gespräch mit dem Wirt. Er erzählte mir von einem schielenden Mann, der sich sehr viel im Haus aufhielt und für Jervy die unangenehmen Dinge erledigte. Wenn ich durch seine Beschreibung nicht in die Irre geführt wurde, glaube ich, den Mann zu kennen. Ich habe meine eigene Vorstellung davon, was der zu tun imstande wäre, wenn er die Gelegenheit hat, und schlage vor, erst den aufzuspüren und ihn dann dazu zu benutzen, Jervy zu finden. Es ist nur korrekt, wenn ich Ihnen sage, daß dafür einige Zeit gebraucht wird; aus diesem Grunde heißt mein Vorschlag: versuchen wir in dieser Zeit einen kürzeren Weg, um zu diesem Ziel zu gelangen. Haben Sie etwas dagegen – aber das wird Kosten verursachen –, wenn wir an jede Londoner Polizeistation eine Kopie Ihrer Beschreibung von Jervy schicken?«

»Ich habe gegen nichts etwas, was uns helfen kann, ihn zu finden. Glauben Sie denn, daß irgendeine Polizeistelle ihn schon festhält?«

»Sie vergessen, Sir, daß die Polizei keinen Haftbefehl besitzt; was ich erhoffe, ist die Möglichkeit, daß er das Geld bei sich hat, und zwar vielleicht in kleinen Banknoten, um diese leichter wechseln zu können – verstehen Sie?«

»Und?«

»Und die Leute, Sir, mit denen er lebt, der schielende Mann zum Beispiel, halten sich nicht mit Kleinigkeiten auf. Wenn irgendeiner von denen herausbekommt, daß es nützlich wäre, Jervys Geldbörse an sich zu bringen ...«

»Sie meinen, sie würden ihn berauben?«

»Und ermorden dazu, Sir, wenn er versuchte, Widerstand zu leisten.«

Amelius stand auf. »Schicken Sie, ohne eine Minute zu verlieren, die Beschreibung an die Polizeistationen«, sagte er, »und lassen Sie mich wissen – sobald Sie etwas hören –, wie die Antwort lautet.«

»Angenommen, ich erhalte Nachricht spät in der Nacht, Sir?«

»Es ist mir gleich, wann Sie sie erhalten, ob bei Tag oder bei Nacht. Ob tot oder lebendig, ich möchte ihn identifizieren. Hier ist ein zweiter Schlüssel für das Gartentor. Kommen Sie mit, und ich werde Ihnen zeigen, wo mein Schlafzimmer liegt. Wenn wir alle schon im Bett liegen, so klopfen Sie ans Fenster, und ich werde Ihnen in kürzester Frist zur Verfügung stehen.«

Mit dieser Verabredung verließ Morcross das Häuschen.

Der Tag, an dem die sterblichen Überreste von Mrs. Farnaby zur Ruhe gelegt wurden, war sehr regnerisch. Mr. Melton und zwei oder drei andere alte Freunde waren beim Begräbnis anwesend. Als der Sarg in die feuchte, dampfende Erde gesenkt wurde, waren ein junger Mann und eine Frau – außer dem Totengräber und seinen Gehilfen – die einzigen anderen Personen neben dem offenen Grab. Mr. Melton erkannte Amelius, war aber außerstande zu merken, wer seine Begleiterin sein könnte. Es war doch unmöglich anzunehmen, er würde die feierliche Zeremonie dadurch entweihen, daß er das verlorene Frauenzimmer aus dem Häuschen mitbrachte? Der dichte schwarze Schleier der Person ließ ihr Gesicht nicht erkennen, und kein sichtbarer Ausdruck eines Schmerzes war festzustellen. Als die letzten erhabenen Worte des Beerdigungszeremoniells gelesen worden waren, blieben diese beiden Trauergäste – nachdem die anderen alle gegangen waren – noch zusammen am Grabe stehen. Mr. Melton entschloß sich, diesen Umstand vertraulich zu erwähnen, als er seinem Freund in Paris schrieb. Regina hatte ihm als Antwort auf ein Telegramm aus London telegraphisch mitgeteilt, daß die angewendeten Kuren bei Mr. Farnaby zu wirken begännen und er langsam auf dem Wege der Besserung sei. Es schien möglich, daß er in nicht zu ferner Zukunft den richtigen Kurs einschlagen werde, um seine Nichte zu schützen. Mr. Melton war bereit, auf die Erklärung zu warten, die man ihm mit der Zeit vielleicht – oder vielleicht auch nicht – geben würde, und tat dies mit jener fügsamen Geduld, der er seinen Erfolg im Leben hauptsächlich zu danken hatte.

»Gedenke immer mit Zärtlichkeit deiner Mutter, mein Kind!« sagte Amelius, als sie den Friedhof verließen. »Sie hatte es in ihrem Leben sehr schwer, das arme Ding! Und sie liebte dich herzlich!«

»Wissen Sie etwas über meinen Vater?« fragte Sally schüchtern. »Lebt er noch?«

»Meine Liebe, deinen Vater wirst du niemals sehen! Ich muß jetzt all das für dich sein, was der gütigste Vater und deine Mutter dir gewesen wären. Ach, mein armes, kleines Mädchen!«

Sie drückte seinen Arm fest an sich. »Warum bedauern Sie mich?« sagte sie. »Habe ich denn nicht Sie?«

Sie verbrachten den Tag ruhig im Häuschen. Amelius holte einige seiner Bücher herunter und machte Sally glücklich, denn er gab ihr die ersten Unterrichtsstunden. Kurz nach 10 Uhr zog sie sich, zur gewohnten Stunde, in ihr Zimmer zurück. Als sie gegangen war, läutete er nach Toff: Er wollte ihn warnen, damit er nicht erschrecke, wenn er – nachdem alle zu Bett gegangen waren – Schritte im Garten höre. Der alte Diener hatte kaum die Bibliothek betreten, als er durch die Glocke am äußeren Gartentor weggerufen wurde. Amelius sah in die Halle, entdeckte Morcross und winkte ihm begierig zu, hereinzukommen. Der Polizeioffizier schloß vorsichtig die Türe hinter sich. Er war mit der Nachricht gekommen, daß Jervy gefunden wäre.

»Wo ist er gefunden worden?« fragte Amelius und griff schnell nach seinem Hut.

»Kein Grund zur Eile, Sir«, antwortete Morcross ruhig. »Als ich die Ehre hatte, Sie gestern zu besuchen, sagten Sie, Sie wollten Jervy für das, was er getan habe, leiden lassen. Irgend jemand anderer hat Ihnen die Mühe abgenommen: er wurde heute abend im Fluß gefunden.«

»Ertrunken?«

»Mit Stichen an drei Stellen seines Körpers, Sir. Aus dem Wege geräumt und in den Fluß geworfen. Das besagt der Bericht des Arztes. Seines Besitzes beraubt, das besagt – nach Durchsuchung seiner Taschen – der Polizeibericht.«

Amelius schwieg. Daß ein Verbrechen auch ein nächstes zur Folge haben und der Verbrecher nach diesem Gesetz entkommen könnte, das war Amelius bei seinen Plänen nicht eingefallen! Im Augenblick empfand Amelius ein Gefühl der Enttäuschung; was deutlich zeigte, daß sich in die reineren Motive, die ihn beseelt hatten, auch das Verlangen nach Rache gedrängt hatte. Er war unsicher, beschämt und wollte, wie gewöhnlich, Zuflucht von seinen unwillkommenen Gedanken in einer Tat suchen: »Sind Sie sicher, daß das der Mann ist?« fragte er. »Meine Beschreibung hat die Polizei vielleicht irregeführt. Ich möchte ihn gerne selbst sehen.«

»Natürlich, Sir. Da wir schon dabei sind: wenn Sie begierig sind, Jervys mit Unrecht erworbenes Geld aufzufinden, es besteht auch, nach dem, was ich gehört habe, eine Chance, den schielenden Mann zu finden. Unsere Leute halten es für wahrscheinlich, daß er an dem Raub beteiligt war, wenn nicht gar den Mord verübt hat.«

Eine Stunde später ging Amelius, geführt von Morcross, durch die trübseligen Türen des Leichenschauhauses, das am Südufer der Themse lag, und sah Jervys Körper auf einer Steinplatte ausgestreckt liegen. Der Wächter, der die Laterne hielt und an derart schreckliche Anblicke gewöhnt war, erklärte, der Leichnam könne nicht länger als zwei Tage im Wasser gelegen haben. Für jeden, der den ermordeten Mann einmal gesehen hatte, war das Gesicht, das durch keinerlei Verletzung entstellt war, vollkommen erkennbar. Und Amelius erkannte ihn als Toten so gewiß wieder, wie er ihn lebend wiedererkannt hatte, als Jervy auf Phoebe auf der Straße gewartet hatte.

»Wenn Sie hier Ihrer Sache sicher sind, Sir!« sagte Morcross, »dann schickt der Inspektor der Polizeistation einen Sergeanten los, der ›Mauer-Auge‹ suchen wird. Das ist der Name, mit dem der Mann genannt wird, den wir des Raubes verdächtigen. Wir können den Sergeanten in der Droschke mitnehmen, wenn Sie einverstanden sind?«

Sie blieben noch am Südufer des Flusses, fuhren eine Viertelstunde in westliche Richtung und hielten dann vor einer Kneipe. Der Polizeisergeant ging hinein, um seine ersten Fragen zu stellen.

»Wir kommen einen Tag zu spät, Sir«, sagte er zu Amelius, als er zur Droschke zurückkam. »›Mauer-Auge‹ war gestern abend hier. Und Mutter Sowler war, nach der Beschreibung zu schließen, mit ihm da. Beide waren betrunken und die Frau noch mehr als er. Mehr weiß der Wirt nicht; aber ein Mann an der Bar hat mir gesagt, er habe gehört, sie hätten heute morgen noch in der ›Molkerei‹ getrunken.«

»In der Molkerei?« wiederholte Amelius.

Morcross unterbrach und gab die nötige Erläuterung: »Ein altes Haus, Sir, das früher einmal allein in den Feldern dastand. Vor hundert Jahren war es eine Molkerei und hat seitdem den Namen behalten, ist jetzt aber ein schäbiger Gasthof.«

»Einer der schlimmsten Plätze auf dieser Flußseite«, fügte der Sergeant hinzu, »der Wirt ist ein entlassener Sträfling. So schlau er auch ist, werden wir ihn doch noch wegen Hehlerei schnappen. Unter seinen Mietern findet man eine jede Art von Dieben: vom Taschendieb bis zum Einbrecher. Es ist meine Pflicht, die Untersuchung fortzusetzen, Sir, aber ein Gentleman wie Sie – würde ich sagen – sollte sich von so einem Haus fernhalten.«

Amelius war zu jedem Abenteuer bereit, das ihn von seinen Gedanken ablenken könnte, obwohl er noch von dem Anblick im Leichenschauhaus und auch durch die Erinnerungen, die dieser Anblick in ihm geweckt hatte, erregt war. Sogar die Aussicht auf einen Besuch in der Diebesherberge war ihm willkommener als die Aussicht, allein nach Hause gehen zu müssen. »Wenn es keine ernsthaften Einwände dagegen gibt«, sagte er, »so möchte ich sagen, daß ich das Haus gerne sehen würde.«

»In unserer Gesellschaft sind Sie gut aufgehoben, Sir«, erwiderte der Sergeant. »Wenn Sie allerdings nichts gegen die von schmutzigen Leuten und gegen ordinäre Redensarten haben? In Ordnung, Sir. Kutscher, fahren Sie zur ›Molkerei‹!«

Ihre Richtung war nun – durch ein wahres Labyrinth von schäbigen und schmutzigen Straßen – der Süden von London. Zweimal mußte der Kutscher nach dem Weg fragen. Bei der zweiten Gelegenheit rief der Sergeant, der den Kopf durchs Fenster gesteckt hatte, um halten zu lassen: »Hallo, da ist was los!«

Sie stiegen vor einem langen, weitläufigen Haus aus, das einen vollkommenen Gegensatz zu den modernen Gebäuden ringsherum darstellte. So spät es auch war, hatte sich dennoch eine Menschenmenge vor der Haustür angesammelt. Die Polizei war zur Stelle, um für Ordnung zu sorgen. Morcross und der Sergeant – mit Amelius, den sie in die Mitte genommen hatten – schafften sich einen Weg durch die Menge. »Irgend etwas ist hinten in der Küche nicht in Ordnung, Sir«, antwortete der Polizist dem Sergeanten, als er ihnen die Haustüre öffnete. Ein paar Schritte weiter den Gang entlang stand ein zweiter Mann Wache. »Unten geht hübsch was vor«, erklärte der Mann, der den Sergeanten erkannt hatte und die Tür mit einem Schlüssel öffnete, den er aus der Tasche genommen hatte. »Der Wirt der Molkerei kennt seine Mieter!« wisperte Morcross Amelius zu. »Der Platz wird wie ein Gefängnis geführt.« Als sie durch die zweite Türe gelangten, erschreckte sie eine irre Stimme, die wütend von unten heraufschrie. Ein alter Mann kam die Küchenstufen heraufgehinkt: in seinen Augen lag wilde Angst, und sein langes graues Haar hing ihm wirr übers ganze Gesicht. »O Gott, haben Sie etwas, womit man die Türe aufbrechen kann?« fragte er und rang seine schmutzigen Hände in einer verzweifelten, bittenden Geste. »Sie setzt uns das Haus in Brand! Sie bringt meine Frau und meine Tochter um!« Der Sergeant schob ihn verächtlich aus dem Weg und sah sich nach Amelius um. »Das ist nur der Wirt; bleiben Sie nahe bei Morcross und folgen Sie mir!«

Sie stiegen die Küchentreppe hinunter, und mit jeder Stufe, die sie hinunterstiegen, wurden die verzweifelten Schreie lauter und lauter; dann bahnten sie sich ihren Weg durch die Diebe und Landstreicher, die sich im Gang zusammengedrängt hatten. Sie kamen an einer schweren, festverschlossenen Eichentür zur Rechten vorüber und erreichten eine offene Eisentür, die in einen gepflasterten Hof führte. Jetzt konnte man ein schwervergittertes Fenster in der Rückwand des Hauses sehen, drei bis vier Fuß über dem Pflaster des Hofs. Der Raum hinter dem Gitter war durch Gaslicht erleuchtet. Noch mehr Polizisten waren hier bemüht, weitere neugierige Mieter in Schach zu halten. Unter den Zuschauern war ein Mann, der schrecklich – nach außen hin – schielte und sich in einem Zustand betrunkener Angst an dem Fenstergitter festhielt. Der Sergeant sah ihn an und nickte einem der Polizisten zu. »Bringen Sie ihn auf die Station; ich habe ›Mauer-Auge‹ etwas zu sagen, sobald er wieder nüchtern ist. Also! Zurückgehen alle da! Wir wollen mal sehen, was in der Küche vorgeht.«

Er nahm Amelius am Arm und führte ihn ans Fenster. Sogar der

Sergeant erschrak, als sich die Szene drinnen seinem Blick darbot. »Mein Gott!« rief er aus, »das ist ja Mutter Sowler persönlich!«

Es war Mutter Sowler. Das schreckliche Weib marschierte in der Mitte der Küche wie ein Tier im Käfig im Kreis herum und tobte, von jenem schrecklichen Säuferwahnsinn besessen, den man »Delirium tremens« nennt. In der entferntesten Ecke des Raumes kauerten die Frau und die Tochter des Wirts; voller Angst um ihr Leben hatten sie sich hinter einem Tisch verbarrikadiert. Das Gas war ganz aufgedreht und brannte so hoch hinauf, daß es die Decke schwärzte: dadurch sah man auch die festen, vorgeschobenen Riegel oben und unten an der schweren Tür. Nichts anderes als ein Rammbock hätte die Tür von außen aufbrechen können und auch eine einstündige Feilarbeit hätte nicht genügt, um die Fenstergitter durchzusägen.

»Wie ist die da reingekommen?« fragte der Sergeant. »Runtergelaufen ist sie und hat hinter sich zugeriegelt, während die Frau und die Junge gekocht haben«, war der Antwortruf aus der Menge. Während sie noch sprachen, wurde ein zweiter vergeblicher Versuch unternommen, die Türe vom Gang her aufzubrechen. Der Lärm der schweren Schläge gegen die Türe verdoppelte die Raserei der schrecklichen Kreatur in der Küche, die immer noch unter dem grellen Gaslicht im Kreis herummarschierte. Plötzlich sprang sie zum Fenster und stellte sich den Männern gegenüber auf, die vom Hof hineinsahen. Ihre starren Augen waren blutunterlaufen, ihr Gesicht war grellrot. Das Haar hing ihr wild ins Gesicht – sie hatte es sich an einigen Stellen mit eigenen Händen ausgerissen. »Katzen!« rief sie und starrte wild aus dem Fenster. »Millionen Katzen! Alle haben ihre Mäuler weit offen und speien mich an! Feuer! Feuer her, um die Katzen wegzujagen!« Sie suchte wütend etwas in ihren Taschen und zog eine Handvoll loser Blätter hervor. Eines davon flog weg und flatterte auf einen Holzschrank unter dem Fenster. Amelius stand am nächsten und sah es genau, als es fiel. »Großer Gott«, rief er aus, »es ist eine Banknote!« »Des ›Mauer-Auges‹ Geld!« brüllten die Diebe im Hof, »sie wird ›Mauer-Auges‹ Geld verbrennen!« Die Irre drehte sich zur Mitte der Küche um, sprang zum Gaslicht hoch und setzte die Banknoten in Brand. Sie verstreute die brennenden Scheine um sich herum auf den Küchenboden. »Fort mit euch!« schrie sie und schüttelte ihre Fäuste gegen die »Katzen«. »Fort mit euch, den Rauchfang hinauf! Fort mit euch, aus dem Fenster hinaus!« Sie sprang zum Fenster zurück, ihre gekrümmten Finger in ihr Haar verkrampft: »Die Schlangen!« schrie sie. »Die Schlangen zischen wieder in meinem Haar! Die Käfer laufen über meine Haut!« Sie zerrte an ihren Haaren, zerkratzte sich mit langen schwarzen Fingernägeln ihr Gesicht, so daß ihre Haut einriß. Amelius konnte ihren Anblick nicht ertragen und wandte sich ab. Morcross nahm seinen Platz ein, sah sie einen Augenblick ruhig an und wußte plötzlich einen Weg, dem allen ein Ende zu bereiten: »Ein Viertel Gin!« rief er. »Rasch, ehe sie vom Fenster weggeht!« Einen Moment später hatte er einen Zinnkrug in der Hand und klopfte ans Fenster. »Mutter Sowler: Gin! Zerbrechen Sie das Fenster und trinken Sie etwas Gin!« Einen Augenblick war die Säuferin angesichts des Getränks Herrin ihrer eigenen Schreckensvisionen. Sie zerbrach mit der Faust die Glasscheibe. »Die Tür!« rief Morcross den schreckerfüllten Frauen zu, die sich hinter dem Tisch verbarrikadiert hatten. »Die Tür!« wiederholte er, während er den Gin durch das Fenstergitter reichte. Die ältere Frau war zu verschreckt, um ihn zu verstehen; die mutigere Tochter kroch jedoch unter dem Tisch durch, lief dann quer durch die Küche und zog die Riegel zurück. Als die Irre sich umdrehte, um sie anzugreifen, war der Raum schon voller Männer, angeführt vom Sergeanten. Drei von ihnen genügten kaum, die rasende Elende festzuhalten und ihre Hände und Füße festzubinden. Als Amelius in die Küche kam, nachdem sie ins Krankenhaus gebracht worden war, waren eine Fünfpfundnote auf dem Schrank (inzwischen von der Polizei sichergestellt) und einige wenige dünne schwarze Aschenreste, über den Küchenboden leicht verstreut, die letzten Überbleibsel des unrecht erworbenen Geldes.

Auch eine Nachuntersuchung, die geduldig in mehr als eine Richtung geführt wurde, brachte kein Licht in das Geheimnis von Jervys Tod. Der Bericht von Morcross für Amelius gegen Ende der Untersuchung war nicht viel mehr als ein erfinderisches Ratespiel.

»Erstens scheint es ziemlich klar zu sein, Sir, daß Mutter Sowler ›Mauer-Auge‹ eingeholt haben muß, nachdem er den Brief in Mrs. Farnabys Unterkunft abgegeben hatte. Zweitens haben wir recht – wie ich Ihnen gleich beweisen werde – anzunehmen, daß sie ihm von dem Geld in Jervys Besitz erzählt hat und die beiden es schafften, Jervy aufzuspüren, zweifellos durch des ›Mauer-Auge‹ bessere Kenntnis darüber, wo sein Herr sich immer aufhielt. Die Aussagen über die Banknoten beweisen das. Nach Verhören der Leute in der ›Molkerei‹ wissen wir, daß ›Mauer-Auge‹ – als sie sich dort weigerten, nach Getränken auszusenden, ohne zuerst Geld zu bekommen – aus seiner Tasche eine Handvoll Banknoten zog. Wir haben auch erfahren, daß der Säuferwahnsinn bei Mutter Sowler ausbrach, als sie ihm die Banknoten aus der Hand riß und versuchte, ihn zu erwürgen, ehe sie in die Küche hinunterlief und hinter sich zuriegelte. Und zum letzten: die Bank von Mrs. Farnaby hatte die aus dem Feuer geretteten Banknoten als eine der vierzig Fünfpfundnoten identifiziert, die auf einen Scheck hin an sie ausbezahlt wurden. Soviel über die Nachforschungen nach den Banknoten.

Ich wünschte, ich könnte Ihnen einen ebenso zufriedenstellenden Bericht über die Untersuchung des Verbrechens geben. Aus ›Mauer-Auge‹ können wir nichts herausbekommen. Er erklärt, daß er nicht einmal gewußt habe, daß Jervy tot sei, ehe wir es ihm sagten; er schwört, daß er das Geld auf der Straße gefunden habe. Unnötig zu sagen, daß die letzte Behauptung gelogen ist. Unter uns herrscht geteilte Meinung darüber, ob er für den Mord wie auch für den Raub verantwortlich ist oder ob eine dritte Person damit in Verbindung steht. Meine Überzeugung ist, daß Jervy in irgendeinem alten Haus am Fluß – wahrscheinlich mit Hilfe einer jungen Frauensperson als Lockvogel – von der alten Frau betäubt und dann kaltblütig von ›Mauer-Auge‹ ermordet wurde. Wir haben unser Bestes versucht, die Angelegenheit aufzuklären, und hatten keinen Erfolg damit. Die Ärzte geben uns keine Hoffnung, daß Mutter Sowler uns wird helfen können. Wenn sie ihren Anfall übersteht – was zweifelhaft ist –, dann wird sie, wie die Ärzte sagen, gewiß an einer Lebererkrankung sterben. Kurzum, ich fürchte, daß dieser Fall sich als noch einer jener Mordfälle erweisen wird, die für die Polizei wie für die Öffentlichkeit ein Rätsel bleiben.«

Der Bericht über den Fall, der in den Zeitungen großgedruckt erschien, verursachte einiges Aufsehen. Aufdringliche Leser schrieben Briefe, in denen sie selbstzufriedenerweise der Polizei dumme Vorschläge machten. Nach einiger Zeit fand jedoch ein anderes Verbrechen die allgemeine Aufmerksamkeit, und der Mord an Jervy verschwand aus der Erinnerung der Öffentlichkeit, wie andere vergessene Mordtaten der heutigen Zeit.

Kapitel V

Die letzten trüben Novembertage näherten sich ihrem Ende. Das Leben von Amelius – nicht länger von Verbrechen, Qual und Tod beschattet – glitt unmerklich hinüber in die friedlichen Bezirke einer Abgeschiedenheit, die durch Sallys Gesellschaft erhellt wurden. Einer der Wintertage folgte dem anderen in einer glücklich gleichmäßigen Reihe von Arbeit und Vergnügen. Die Vormittage waren mit Lektionen, die Nachmittage mit Spaziergängen erfüllt, und an den Abenden wurde manchmal gelesen, manchmal gesungen und manchmal nichts getan, als sich dem trägen Luxus der Unterhaltung hinzugeben. In der weiten Welt von London – mit ihren ungeheuerlichen Gegensätzen von Reichtum und Armut und ihrer alles durchdringenden, überhitzten Lebensgier – gab es *ein* übermäßig unschuldiges und übermäßig glückliches Geschöpf! Sally hatte vom Himmel gehört, der erst nach Abzahlung der Todesschuld erreichbar sei. Eines Tages sagte sie: »Ich habe einen gütigeren Himmel für mich gefunden: hier in diesem Häuschen, und Amelius hat mir den Weg dahin gewiesen.«

Ihre gesellschaftliche Abkapselung war zu dieser Zeit vollkommen: Sie waren zwei freundlose Menschen, die völlig unempfindlich gegenüber alldem waren, was gefährlich und beklagenswert an ihrer Lage war. Am Abend gingen sie mit einem Kuß auseinander und am Morgen begrüßten sie einander wieder mit einem Kuß und waren glücklicherweise so sorglos über ihre Zukunft wie ein Paar Vögel am Himmel. Keine Besucher kamen, und die wenigen Freunde und Bekannten von Amelius, die er vergessen hatte, vergaßen ihn ihrerseits. Hie und da kam Toffs Frau ins Häuschen und führte das »Engelsbaby« vor. Hie und da brachte Toff (musikalisch wie er neben seinen anderen Fähigkeiten auch war) seine Geige herauf und spielte – wie er das bescheiden folgendermaßen ausdrückte: »Ein wenig Musik hilft die Zeit überbrücken!« – dem jungen Herrn und der Herrin die fröhlich klingenden alten französischen Vaudevillemelodien auf. Sie freuten sich über diese kleine Abwechslung, wann immer sie kam, und waren nicht enttäuscht, wenn die Tage vorbeigegangen und Baby und Vaudeville in Abwesenheit und Schweigen verschwunden waren. So verging die glückliche Winterszeit; die heulenden Winde hatten keinen Rheumatismus mit sich gebracht, und sogar der Steuereinnehmer, wenn er in dieses Paradies auf Erden hineinsah, verließ es wieder ohne einen Fluch und ließ nur seinen kleinen Zettel zurück!

Hie und da drängte sich – nach großen Pausen – die Außenwelt in Form eines Briefes ein.

Regina schrieb, immer mit der gleichen, ruhigen Zuneigung und begann immer mit der gleichen, detaillierten Beschreibung des langsamen Fortschritts der Rückkehr des »lieben Onkels« zur Gesundheit. Seine Nerven seien in einem bedauernswert reizbaren Zustand. »Ich wage es nicht einmal, ihm gegenüber

Deinen Namen zu erwähnen, lieber Amelius; er scheint ihn – ich weiß nicht, warum – auf irgendeine Weise (ach, so unvernünftig!), böse zu machen! Ich kann nur nachgeben und beten, er möge bald wieder sein wahres Selbst sein.« Amelius schrieb zurück und immer im gleichen, rücksichtsvollen und milden Ton, immer der bemühten Gleichmäßigkeit seines Lebens die Schuld für seine langweiligen Briefe gebend. Über das Thema »Sally« bewahrte er mit vollkommen gutem Gewissen absolutes Schweigen. Da er Regina treu war, was wäre der Grund dafür gewesen, sich wegen des Schutzes, den er einem armen, mutterlosen Kinde angedeihen ließ, Vorwürfe zu machen? Wenn er verheiratet sein würde, dann könnte er vielleicht die Umstände erwähnen, unter denen er Sally getroffen hatte und das übrige dem Mitgefühl seiner Frau anheimstellen.

Eines Morgens wurden die Briefe mit einem Pariser Poststempel durch einige Zeilen von Rufus abgelöst.

»Jeden Vormittag stehe ich auf, mein fröhlicher Junge, und sage mir: Na, ich nehme an, es wäre an der Zeit, die Fahrt nach London anzutreten. Und jeden Vormittag, Sie werden es nicht glauben, verschiebe ich sie auf den nächsten Tag. Ob es an dem guten Essen liegt (teuer, zugegeben!)? Aber wenn sein Koch einem hilft, gut zu verdauen statt einen daran zu hindern, dann wird ein Mann meiner schwachen Natur allzu dankbar dafür sein, um sich zu beklagen! Oder ob es an der Luft hier liegt, die mich – ich versichere Sie – an unsere heimische Atmosphäre in Coolspring, Massachusetts erinnert? Diese Frage ist zu schwer zu beantworten, als daß ich die Antwort mit einer festen Stahlfeder auf ein Blatt dünnes Papier niederschreiben könnte. Sie kennen ja die Redensart: ›Wenn ein guter Amerikaner im Sterben liegt, fährt er nach Paris.‹?

Vielleicht ist er manchmal klug genug, seinen eigenen Tod zu ignorieren und vernünftigerweise schon in der Gegenwart die künftige Zeit zu genießen. Dies ist, wie Sie sehen, eine dichterische Schwärmerei. Aber – die Gnade sei gepriesen! – das Ergebnis meines Aufenthalts in Paris ist die klare Erkenntnis: Wenn ich nicht zu Amelius fahren kann, so muß Amelius zu mir kommen! Notieren Sie die Adresse: ›Grand Hotel‹, packen Sie nach Erhalt dieses Briefes und seien Sie ein braver Junge. Memorandum: Die braune Miss ist hier! Ich sah sie auf einer Spazierfahrt in einer Kutsche und lüftete meinen Hut gegen sie. Sie sah nach der anderen Richtung. Britisch! Aber dennoch, ich nehme nichts übel! Ich bin Ihr ergebener Diener und grüße Sie herzlichst: Rufus. Postscriptum: Ich möchte, daß Sie sich einige unserer Mädchen hier im Hotel ansehen. Original amerikanisches Material, durch Worth vollendet.«

An einem anderen Morgen kamen einige traurige Zeilen von Phoebe an: Nach dem, was geschehen war, sei sie außerstande, ihren Freunden ins Gesicht zu sehen und sie hätte auch nicht den Mut, in ihrem eigenen Land eine neue Anstellung anzustreben. Ihr augenblickliches Leben sei zu elend und ohne Hoffnung, um es ertragen zu können. Eine wohltätige Dame habe ihr das Angebot gemacht, eine Gruppe von Emigranten nach Neuseeland zu begleiten, und sie habe das Angebot angenommen. Vielleicht würde sie bei anderen Menschen ihre Selbstachtung und Lebenslust wiedergewinnen und als eine bessere Frau weiterleben. Inzwischen sage sie Mr. Goldenheart adieu und bitte ihn, ihr zu erlauben, ihm ein glückliches Leben mit Miss Regina wünschen zu dürfen.

Amelius schrieb an Phoebe einige freundliche Zeilen, sowie an Rufus eine herzliche Antwort und gab als Entschuldigung dafür, daß er in London bleiben müsse, die Weiterführung seiner Studien an. Nach dieser gab es keine weitere Korrespondenz. Ein Vormittag folgte dem anderen, und der Postbote brachte keine weiteren Nachrichten aus der Außenwelt.

Die Lektionen wurden fortgesetzt und Lehrer und Schülerin waren so unvernünftig glücklich in der Gesellschaft des anderen wie vordem. Amelius beobachtete mit unerschöpflichem Interesse die geistige Entwicklung von Sally, war jedoch zu schwerfällig, auch die körperliche zu bemerken, die unauffällig mit der anderen Schritt hielt. Er war vollkommen unwissend über die Rolle, die sein eigener Einfluß bei diesem schrittweisen und delikaten Entwicklungsvorgang spielte. Es dauerte nicht lange, und die ersten Anzeichen einer kommenden Störung ihrer harmlosen Beziehung zueinander machten sich bemerkbar. Es dauerte nicht lange, und es gab Anzeichen für Sorgen, die Sally bewegten, die jedoch für Amelius ein Rätsel waren und für das Mädchen selbst zur Quelle des Staunens wurden und manchmal sogar der Grund für Launen.

Eines Tages sah sie – in ihrem weißen Schlafrock – aus der Tür ihres Zimmers und bat um Entschuldigung dafür, wenn sie die Morgenlektionen noch ein wenig hinausschöbe.

»Komm herein«, sagte Amelius, »und sage mir, warum!«

Sie zögerte. »Sie werden mich nicht für faul halten, wenn Sie mich in meinem Schlafrock sehen?«

»Natürlich nicht! Dein Schlafrock, meine Liebe, ist so hübsch wie irgendein anderes Kleid. Ein junges Mädchen wie du sieht in Weiß am besten aus!«

Sie kam mit ihrem Arbeitskorb und dem Hauskleid über dem Arm herein.

Amelius lachte: »Warum hast du's nicht angezogen?« fragte er.

Sie setzte sich in eine Ecke nieder und schaute – statt auf Amelius zu sehen – auf ihren Arbeitskorb. »Es paßt mir nicht so gut, wie ich dachte«, antwortete sie. »Ich muß es ändern.«

Amelius sah sie an: ihre charmante jugendliche Figur, die voller geworden war, und ihr weiches, rundlicher gewordenes Gesicht, das nun keine Kanten und Löcher zeigte. »Ist es der Fehler der Schneiderin?« fragte er listig.

Ihre Augen waren noch immer auf den Korb gerichtet.

»Es ist mein Fehler«, sagte sie. »Sie erinnern sich, was ich für ein armes, kleines, dürres Geschöpf war, als Sie mich zuerst sahen. Ich ... – Sie werden mich deswegen nicht für häßlicher halten, nein? –, ich werde dick! Ich weiß nicht, warum. Man sagt, glückliche Leute werden dick. Vielleicht deswegen. Ich bin jetzt nie hungrig, nie geängstigt und nie traurig ...« Sie hielt inne und ihr Kleid rutschte ihr vom Schoß auf die Erde. »Schauen Sie mich nicht an!« sagte sie und schlug plötzlich die Hände vors Gesicht.

Amelius sah, wie Tränen sich ihren Weg durch die hübschen molligen Finger bahnten, an die er sich erinnerte, wie sie noch so ungestalt und dünn waren. Er ging durchs Zimmer hin und berührte sie zart an der Schulter. »Mein liebes Kind! Habe ich irgend etwas gesagt, das dir weh tat?«

»Nichts.«

»Warum weinst du dann?«

»Ich weiß es nicht.« Sie zögerte, sah ihn an und machte den verzweifelten Versuch, ihm zu sagen, an was sie dachte. »Ich habe Angst, Sie werden meiner müde werden. Jetzt ist nichts mehr an mir, dessentwegen Sie Mitleid haben könnten. Sie scheinen so ... – nicht ganz wie früher –, nein, das ist es nicht! Ich weiß nicht, was über mich gekommen ist ..., aber ich bin noch dümmer als früher! Geben Sie mir meine Lektion!«

Amelius holte – etwas überrascht von Sallys außerordentlichem Interesse daran, mit ihren Lektionen zu beginnen – die Bücher hervor, während ihr (ungeändertes) Kleid unbeachtet zu ihren Füßen auf dem Teppich lag. Eine kluge Zusammenfassung der Geschichte Englands, zum Gebrauch für junge Leute veröffentlicht, lag zufällig als erstes Buch oben. Das Erziehungssystem, das Amelius anwendete, folgte dem Gesetz des Zufalls: sie begannen mit Geschichte, weil die zufällig als erste da war. Sally las laut vor, und Sallys Lehrer erklärte unklare Stellen und verbesserte gelegentliche Aussprachefehler, während sie weiterlas. An diesem besonderen Vormittag gab es wenig zu erklären und nichts zu verbessern. »Habe ich's heute gut gemacht?« fragte Sally, nachdem sie den Schluß ihrer Aufgabe erreicht hatte.

»Wirklich sehr gut!«

Sie schloß das Buch und sah ihren Lehrer an. »Merkwürdig, daß ich mit meinen Lektionen hier so viel besser vorankomme als im ›Heim‹«, fuhr sie fort, »und doch ist es dumm von mir, mich darüber zu wundern! Ich komme hier natürlich besser voran, weil Sie mich unterrichten. Aber ich bin nicht zufrieden mit mir! Trotz all meinem Lernen bin ich dasselbe hilflose Geschöpf geblieben; ich empfinde Ihre Güte und kann mich nicht revanchieren dafür. Ich möchte gern ...« Sie ließ ihre Gedanken unausgesprochen und öffnete ihr Schreibheft. »Ich werde jetzt meine Schreibaufgabe machen«, sagte sie still und ergeben. »Vielleicht werde ich mich so verbessern, daß ich eines Tages Ihr Haushaltsbuch für Sie führen kann.«

Sie wählte, ein wenig abwesend, ihre Feder aus und begann zu schreiben. Amelius sah ihr über die Schulter und lachte, denn sie schrieb seinen Namen. Er zeigte auf die gedruckte erste Zeile des Heftes, die eine unleugbare moralische Maxime in Worten jenseits aller Kritik ausdrückte: »Veränderung ist ein Naturgesetz.« »Da, meine Liebe: das sollst du kopieren, bis du dessen müde bist!« sagte der bequeme Schulmeister, »und dann beginnen wir auf der nächsten Seite etwas Neues zu kopieren, das mit dem Buchstaben W beginnt.«

Sally legte ihre Feder nieder. »Ich mag nicht: ›Veränderung ist ein Naturgesetz‹«, sagte sie und legte ihre hübsche Stirn in Falten. »Ich habe mir diese Worte gestern angeschaut, und sie haben mich für die ganze Nacht elend gemacht. Ich war dumm genug zu glauben, daß wir immer zusammen so weitermachen würden wie bisher, bis ich das las. Ich hasse es! Es fiel mir wieder ein, als ich im Dunkeln wach lag, und es schien mir zu sagen, daß *wir* uns eines Tages verändern würden. Das ist der Nachteil beim Lernen: man weiß dann zuviel, und das ist das Ende allen Glücks! Gedanken kommen einem und gerade solche, auf die man nicht kommen will. Ich dachte an die junge Dame, die wir vorige Woche im Park sahen.«

Sie sprach ernsthaft und traurig. Als Amelius sie ansah, war die fröhliche Zufriedenheit, die ihren Augen einen neuen Liebreiz gegeben hatte, aus ihnen verschwunden. Was war mit ihrem kindlichen Gehabe und ihrem ungekünstelten Lachen geschehen? Er zog seinen Stuhl näher an sie heran: »Welche junge Dame meinst du?« fragte er.

Sally schüttelte den Kopf und zog mit ihrer Feder Linien auf das Löschpapier. »Ach, Sie können sie doch nicht vergessen haben! Eine junge Dame, die ein herrliches weißes Pferd ritt! Alle Leute haben sie bewundert. Ich war erstaunt, daß Sie mich noch ansehen konnten, nachdem dieses wunderschöne Geschöpf vorbeigeritten war. Sie kennt alle möglichen Dinge, die ich nicht kenne. Sie spielt auf dem Klavier niemals einen falschen Ton, wenn sie spielt und sie kann ihre Multiplikationen aufsagen und kennt alle Hauptstädte der Welt! Ich kann mir beinahe denken, daß sie so gebildet ist wie Sie. Wenn sie mit Ihnen hier lebte, würde das Ihnen nicht besser gefallen, als mich hier zu haben?« Sie ließ ihre Arme auf den Tisch niederfallen und legte ihren Kopf müde darauf. »Die schrecklichen Straßen!« murmelte sie leise und verzweifelt. »Wieso habe ich an die schrecklichen Straßen gedacht, nachdem ich die junge Dame gesehen hatte, und an die Nacht, in der ich Sie getroffen habe? Oh, Amelius, sind Sie meiner müde? Schämen Sie sich für mich?« Sie hob ihren Kopf wieder, ehe er noch antworten konnte, und nahm sich mit einer plötzlichen Willensanstrengung zusammen. »Ich weiß nicht, was heute morgen mit mir los ist!« sagte sie und sah ihn mit einem ängstlich bittenden Ausdruck in ihren Augen an.

»Ach, kümmern Sie sich nicht um mein dummes Gerede! Ich kopiere jetzt weiter.« Sie begann mit zitternden Fingern und schwer atmend die unerträgliche Behauptung niederzuschreiben, daß Veränderung ein Naturgesetz sei. Amelius nahm ihr vorsichtig die Feder aus der Hand. Seine Stimme stockte, als er sie ansprach:

»Für heute werden wir mit den Lektionen aufhören, Sally. Du hast heute nacht schlecht geschlafen, meine Liebe, und das spürst du jetzt – das ist alles! Glaubst du, daß du dich wohl genug fühlst, um mit mir auszugehen und zu sehen, ob die frische Luft dir nicht gut tut?«

Sie stand auf, nahm seine Hand und küßte sie. »Ich glaube, auch wenn ich im Sterben läge, würde ich wieder gesund werden, um mit Ihnen ausgehen zu können. Darf ich Sie um einen kleinen Gefallen bitten? Haben Sie etwas dagegen, wenn wir heute nicht in den Park gehen?«

»Was ist geschehen, daß du den Park nicht magst, Sally?«

»Wir könnten die schöne junge Dame wieder treffen«, sagte sie mit gesenktem Kopf, »und das will ich nicht.«

»Wir werden hingehen, wohin du gehen willst, mein Kind. Du sollst entscheiden – nicht ich!«

Sie hob ihr Kleid vom Fußboden auf, eilte in ihr Zimmer zurück, ohne wie sonst zu ihm zurückzuschauen, als sie die Türe öffnete.

Alleingelassen, setzte Amelius sich an den Tisch und blätterte mechanisch in den Lehrbüchern. Sally hatte ihn überrascht und sogar erschreckt. Seine Fähigkeit, die harmlose Beziehung zwischen ihnen beiden aufrechtzuerhalten, hing hauptsächlich von der stummen Wirkung ab, die das unschuldige Mädchen unbewußt auf ihn ausübte. Ohne sich vollkommen klar darüber zu werden, spürte er dies vage. Durch irgendeinen geheimnisvollmysteriösen Assoziationsvorgang, den nachzuvollziehen er außerstande war, und während er seinen Weg durch die Schwierigkeiten, die ihn befallen hatten, klar zu sehen versuchte, stieg eine Redensart des weisen Alt-Bruders von Tadmor in seiner Erinnerung auf: »Du wirst vielen Versuchungen gegenüberstehen, wenn du unsere Gemeinschaft verlassen hast«, hatte der alte Mann zum Abschied gesagt, »und die meisten davon werden von Frauen kommen. Sei besonders auf der Hut, mein Sohn, wenn du einer Frau begegnest, die dir das Gefühl gibt, daß sie dir leid tut. Sie befindet sich dann – durch die offene Tür deines Mitleids – auf dem unmittelbaren Wege dazu, deine Leidenschaft zu wecken. Und das noch desto gewißlicher, wenn sie sich dessen gar nicht bewußt ist!« Amelius erkannte jetzt die Wahrheit, die in diesen Worten ausgedrückt war, so wie er sie nie vorher verstanden hatte. Seit geraumer Zeit waren Anzeichen für eine Veränderung von Sallys Wesen zu merken. Aber sie hatten einen beinahe allzu zarten Ausdruck gefunden, um die Aufmerksamkeit eines Mannes zu erregen, der unvorbereitet war und nicht auf der Hut. Erst heute vormittag waren sie stark genug erkennbar gewesen, um sich sogar seiner Aufmerksamkeit aufzudrängen. Erst heute vormittag hatte sie ihn derart angesehen und derart mit ihm gesprochen, wie sie es nie vorher getan hatte. Er begann undeutlich die Gefahr für sie beide zu erkennen, der gegenüber er bisher die Augen verschlossen gehalten hatte. Wo war die Kur? Was sollte er tun? Diese Fragen gingen ihm ganz natürlicherweise durch den Kopf, und dennoch schreckte er davor zurück, sie weiter zu verfolgen.

Er stand ungeduldig auf und beschäftigte sich mit dem Wegräumen der Lehrbücher, einer unwichtigen Pflicht, die bisher Toff überlassen war. Es war nutzlos, denn seine Gedanken kreisten unweigerlich um Sally.

Während er im Zimmer umherging, sah er noch immer jenen Blick in ihren Augen und hörte er noch immer den Ton ihrer Stimme, mit dem sie von der jungen Dame im Park gesprochen hatte. Die Worte des guten Arztes fielen ihm wieder ein, den er ihretwegen konsultiert hatte. »Das natürliche Wachstum ihrer Sinne, wie das natürliche Wachstum ihres Körpers sind durch Hunger, Schreck, Kälte und andere Einflüsse, denen sie in dem Leben, das sie führte, ausgesetzt war, verkümmert.« Und dann hatte der Arzt von nahrhaftem Essen gesprochen, von frischer Luft und einer vorsichtigen Behandlung, kurz: von dem Leben, das sie nun im Häuschen führte, und hatte vorausgesagt, daß sie sich zu einer »intelligenten und gesunden jungen Frau« entwikkeln werde. Wieder fragte Amelius sich: »Was soll ich tun?«

Er wandte sich zum Fenster und sah hinaus. Ihm kam eine Idee: wie wäre es, wenn er den Mut aufbrächte, ihr zu sagen, er sei verlobt und würde heiraten?

Nein! Abgesehen von seiner natürlichen Sorge, dadurch dem armen dankbaren Mädchen, das erst in seiner Obhut das Glück kennengelernt hatte, einen Schock zu versetzen, stand ihm das abscheuliche Hindernis von Mr. Farnaby unverändert im Wege. Sally würde sicherlich Fragen über seine Verlobung stellen und nicht ruhen, ehe sie beantwortet waren. Es war natürlich unmöglich gewesen, den Namen ihrer Mutter vor ihr verborgen zu halten. Die Entdeckung ihres Vaters wäre dann – wenn sie von Regina und Reginas Onkel gehört hatte – nur eine Frage der Zeit. Wessen wäre so ein Mann nicht fähig, welche neue Schurkerei wäre er nicht imstande zu begehen, wenn die Tochter, die er ausgesetzt hatte, ihn als Vater in Anspruch nähme? Auch wenn Mrs. Farnabys letzter Wunsch für Amelius nicht heilig gewesen wäre (was er war), diese Überlegung allein hätte ihn um Sallys willen schweigen lassen.

Er begann nun zum erstenmal daran zu zweifeln, ob sein Plan klug war, Sallys traurige Geschichte nach seiner Heirat dem Mitgefühl seiner Frau zu überlassen. Die Eifersucht, welche diese natürlicherweise gegenüber einem jungen Mädchen fühlen würde, die ein Ziel des Interesses ihres Mannes war, brachte nicht die größte Schwierigkeit mit sich, mit der er fertigzuwerden hatte. Regina glaubte an ihres Onkels Redlichkeit wie an ihre Religion. Was würde sie sagen, was würde sie tun, wenn die unschuldige Zeugin für Farnabys Niedertracht vor ihr auftauchte und wenn Amelius von ihr den Schutz für Sally erbat, den ihr eigener Vater ihr im Säuglingsalter verwehrt hatte, und wenn er ihr sagte, was er sagen mußte: »Dein Onkel ist jener Mann.«? Und was für eine andere Aussicht konnte er für sich sehen als jene, alles aufzuklären, wenn er zuerst an sein eigenes Interesse und an seinen Hochzeitstag denken wollte? Wieder stand die böse Figur von Farnaby ihm gegenüber. Wie könnte er den Kerl empfangen, wenn Regina ihn ganz unschuldig in ihrem gemeinsamen Hause willkommen heißen würde? Er hätte von da an keine andere Wahl und es wäre seine Pflicht sich selbst gegenüber, seiner Frau die schreckliche Wahrheit zu sagen. Und was wäre das Ergebnis? Er rief sich den ganzen Verlauf seines Werbens in Erinnerung und sah, wie Farnaby in Reginas Einschätzung immer die gleiche Höhe einnahm wie er selbst. Trotz seiner natürlichen Fröhlichkeit und seines angeborenen Mutes – wenn er an die kommende Zeit dachte, verließ ihn dieser.

Als er sich vom Fenster zurückwandte, öffnete sich Sallys Türe; sie kam zu ihm und war zum Spaziergang bereit. Ihre Laune war zurückgekehrt, unterstützt von dem ermunternden Gedanken, sich zum Ausgang umziehen zu können! Ihr liebenswürdiges Lächeln ließ ihr Gesicht heiter erscheinen. Amelius – in schierer Verzweiflung: es war ihm gleich, was er tat oder was er sagte – breitete beide Arme aus, um sie willkommen zu heißen: »Das ist recht, Sally«, rief er aus. »Sieh vergnügt und hübsch in die Welt, meine Liebe! Wir wollen glücklich sein, solang wir das können – und die Zukunft möge sich um sich selbst kümmern!!«

Kapitel VI

Man kann niemals sicher sein, daß die launenhaften Einflüsse, denen wir ausgeliefert sind, nicht verschwinden werden, wenn wir dumm genug sind, über sie zu reden. Amelius hatte von ihnen gesprochen. Als er und Sally das Häuschen verließen, gingen sie eine Straße entlang, auf der sie sich zwar vom Park entfernten, aber die auch an einer Kirche vorbeiführte. An der Kirchentür ließ sie der glückliche Einfluß im Stich.

Lange Wagenreihen warteten und Hunderte von müßigen Leuten hatten sich an den Kirchenstufen versammelt, durch die offenen Türen rollte der Klang von donnernder Orgelmusik nach draußen: eine großartige Hochzeit – mit Chören – wurde eben gefeiert. Sally bettelte, Amelius möge sie hineinführen, damit sie die Hochzeit sehen könne. Sie versuchten es am Haupteingang, dort war es aber unmöglich, durch die Menschenmenge hindurchzukommen. An einem Seiteneingang und mit einem Trinkgeld für den Küster hatten sie größeren Erfolg. Sie fanden Platz, um stehend den Altar sehen zu können.

Die Braut war ein großes dralles Mädchen, das herrlich angezogen war; sie führte ihre Rolle in der Zeremonie mit der ruhigsten Gelassenheit durch. Der Bräutigam gab ein lehrreiches Beispiel dafür, wie altersbedingte vorgeschrittene Natur mit Hilfe von Kunst gestützt werden kann: sein Haar, sein Teint, seine Zähne, seine Brust, seine Schultern und seine Beine waren Zeugnis dafür, was der Perückenmacher, sein Kammerdiener, sein Zahnarzt, sein Schneider und sein Strumpfwarenlieferant für einen reichen alten Mann leisten konnten, der eine jugendliche Erscheinung bieten wollte, während er sich eine junge Frau kaufte. Nicht weniger als drei Geistliche waren versammelt, um den Kauf zu leiten. Das Gehabe der reichen Versammlung entsprach den gloriosen vergangenen Tagen des Tanzes um das Goldene Kalb. Soweit es den Anschein hatte, war eine alte Dame, die in einem Kirchenstuhl nicht weit von dem Platz saß, an dem Amelius und Sally standen, die einzige Anwesende, die von der Zeremonie nicht günstig beeindruckt war.

»Ich finde es eine Schande!« bemerkte sie zu einer reizenden, jungen Person, die neben ihr saß.

Aber die liebenswürdige junge Person – ein rechtes Produkt der augenblicklichen Zeit – hatte ungefähr gleich große Sympathie für Gefühlsfragen wie eine Hottentottin. »Wie kannst du so etwas sagen, Großmama!« antwortete sie. »Er hat Zwanzigtausend im Jahr, und das Glücksmädchen wird Herrin eines der herrlichsten Häuser von London sein.«

»Das ist mir gleichgültig.« Die alte Dame ließ nicht locker. »Es ist nichtsdestoweniger eine Schande für alle Beteiligten. Es gibt viele freundlose Geschöpfe, die vom Hunger auf die Straße getrieben werden und ein größeres Anrecht auf unsere Sympathie haben, als dieses schamlose Mädchen, das sich im Gotteshaus verkauft. Ich warte im Wagen auf dich; ich will nichts mehr davon sehen.«

Sally berührte Amelius. »Bringen Sie mich hinaus!« flüsterte sie leise. Er nahm an, die Hitze in der Kirche sei zu groß für sie gewesen. »Geht es dir jetzt besser?« fragte er, als sie an die frische Luft kamen.

Sie hielt sich an seinem Arm fest. »Wir wollen weiter weg gehen!« sagte sie. »Jene Dame kommt hinter uns her, und ich möchte nicht, daß sie mich noch einmal sieht. Ist das Zeichen der Straße – nach alledem, was Sie dafür getan haben, um es auszuradieren – noch an mir zu sehen?«

Das wilde Elend, das aus ihren Worten sprach, war ganz neu für Amelius. »Mein liebes Kind«, wandte er ein, »du machst mich unglücklich, wenn du so sprichst. Gott weiß, daß du ohne eigene Schuld jenes Leben führtest, als ich dich traf. Vergiß es durch das Leben, das du jetzt führst!«

Aber Sallys Gedanken waren immer noch von ihren schmerzvollen Empfindungen über das, was die Dame gesagt hatte, erfüllt. »Ich sah sie ...«, brachs aus ihr heraus, »ich sah, wie sie mich ansah, als sie sprach!«

»Weil sie dachte, daß es angenehmer war, dich anzusehen als die Braut – und sie hatte recht!« erwiderte Amelius. »Na, Sally: sei du selbst! Du willst mich doch sicherlich nicht deinetwegen unglücklich machen, oder?«

Er hatte den rechten Weg zu ihr gefunden, sie spürte die ehrliche Bitte an sie, bat ihn um Entschuldigung und dies mit all dem alten Charme in ihrem Benehmen und Ton. Für den Augenblick war sie wieder die »Simple Sally«.

Sie gingen schweigend weiter. Als sie die Kirche aus den Augen verloren hatten, fühlte Amelius, wie ihre Hand an seinem Arm zu zittern begann. Als sie zu ihm aufsah, sprach eine Mischung von Zärtlichkeit und Sorge aus ihren blauen Augen. »Ich denke jetzt an etwas anderes«, sagte sie, »ich denke an Sie. Darf ich Sie etwas fragen?«

Amelius lächelte. Sein Lachen spiegelte sich nicht wie sonst in Sallys Antlitz wieder. »Es ist nichts besonderes«, erklärte sie ihm auf eine merkwürdig gehetzte Weise. »Die Kirche hat mir das in den Kopf gesetzt. Sie ...«. Sie zögerte und versuchte es auf eine andere Art: »Werden Sie sich eines Tages auch verheiraten?«

Er tat sein Bestes, der Frage auszuweichen. »Ich bin nicht so reich, Sally, wie der alte Herr, den du eben gesehen hast.«

Ihre Augen wandten sich von ihm ab und sie seufzte leise vor sich hin. »Eines Tages werden Sie heiraten!« sagte sie. »Wollen Sie noch etwas Gutes für mich tun, Amelius, wenn ich sterbe? Sie erinnern sich daran, daß ich in der Zeitung von der neuen Erfindung der Verbrennung von Toten gelesen und Sie darüber gefragt habe? Sie sagten, daß Sie dächten, das sei besser als begraben zu werden, und Sie wären fest entschlossen, Anweisungen zu hinterlassen – wenn es für Sie soweit wäre –, um statt begraben verbrannt zu werden. Wenn es für mich soweit sein wird, werden Sie – wenn ich Sie darum bitte – andere Anweisungen für sich hinterlassen?«

»Meine Liebe, du redest aber auf eine sehr merkwürdige Weise! Wenn du schon glaubst, daß ich eines Tages heiraten werde, was hat das denn mit deinem Tod zu schaffen?«

»Es ist egal, Amelius, wenn ich nichts mehr haben werde, für das ich leben kann, dann werde ich wahrscheinlich sterben, nehme ich an. Werden Sie verlangen, daß man mich an irgendeinem stillen Friedhof, weit weg von London und wo wenige Gräber sind, beerdigt? Und wenn Sie für sich Anweisungen hinterlassen, sagen Sie nicht, daß Sie verbrannt werden wollen! Sagen Sie – nachdem Sie ein langes, langes Leben gelebt und alles Glück, das Sie so reichlich verdienen, genossen haben werden –, daß Sie beerdigt werden wollen und Ihr Grab nahe dem meinen liegen soll? Ich möchte mir vorstellen, daß dieselben Bäume uns beschatten und dieselben Blumen über uns wachsen werden. Nein, sagen Sie nicht wieder: ich rede auf eine merkwürdige Weise – das kann ich nicht ertragen! Ich möchte, daß Sie mir nachgeben und mir gegenüber in dieser Sache gütig sind. Haben Sie etwas dagegen, daß wir jetzt nach Hause gehen? Ich bin ein wenig müde und weiß, daß ich heute eine schlechte Gesellschafterin für Sie bin.«

Zur Essenszeit sackte die Konversation ein wenig ab, obwohl Toff sein Bestes versuchte, sie in Gang zu halten.

Am Abend unternahm der ausgezeichnete Franzose eine Anstrengung, die beiden schwerfälligen jungen Leute aufzumuntern. Er kam zuversichtlich mit seiner Geige herein und sagte, er müsse um einen Gefallen bitten: »Ich habe einige Kenntnis der ergötzlichen Kunst des Tanzens. Darf ich die junge Miss tanzen lehren? Wissen Sie – wenn ich mir erlauben darf, das zu sagen –: die anderen Lektionen – oh, sie sind sehr nützlich, sehr wichtig diese anderen Lektionen, aber sie sind ein wenig ernsthaft. Etwas sollte geschehen, das das Gemüt aufheitert, Sir, wenn Sie mir verzeihen, daß ich das erwähne ...? Ich plädiere für eine unschuldige Fröhlichkeit: wir wollen tanzen!«

Er spielte auf seiner Geige einige Töne, stellte seinen rechten Fuß in Position und wartete freundlich auf den Beginn. Sally dankte ihm und brachte als Entschuldigung vor, sie sei müde. Sie wünschte Amelius eine gute Nacht, ohne darauf zu warten, daß sie allein wären und ohne ihm – zum erstenmal – den üblichen Kuß zu geben.

Toff wartete ab, bis sie gegangen war und näherte sich auf den Zehenspitzen seinem Herrn mit einer tiefen Verbeugung.

»Darf ich mir die Freiheit herausnehmen, meine Meinung zu sagen, Sir? Ein junges Mädchen, das eine Kur mit der Geige ablehnt, stellt einen sehr schwerwiegenden Fall dar. Aber verzweifeln Sie nicht, Sir! Ich bin stolz darauf und es freut mich, nie zu versagen, wenn Ihre Interessen auf dem Spiele stehen. Dieses ist jedoch, glaube ich, eine Angelegenheit, die einer Frau übertragen werden muß. Wenn Sie meiner Frau vertrauen, wage ich den Vorschlag, einen Besuch von Madame Toff in Erwägung zu ziehen.«

Er zog sich diskret zurück und ließ seinen Herrn allein, um zu überlegen.

Die Zeit verging, und Amelius dachte nach; er war noch immer weit davon entfernt, zu einem Entschluß zu gelangen, als sich die Türe hinter ihm öffnete. Ehe er sich vom Stuhl erheben konnte, kam Sally quer durchs Zimmer: ihre Wangen waren gerötet, ihre Augen strahlten und ihr Haar fiel ihr offen über die Schultern. Sie fiel ihm zu Füßen nieder und verbarg ihr Gesicht an seinen Knien. »Ich bin eine undankbare Person!« brachs aus ihr heraus. »Ich habe Sie nicht einmal geküßt, als ich gute Nacht sagte.«

Amelius wählte in bester Absicht den schlechtestmöglichen Weg, um sie zu beruhigen: er nahm ihre Schwierigkeiten nicht ernst. »Vielleicht hast du's vergessen?« sagte er.

Sie hob ihren Kopf und schaute ihn mit Tränen in den Augen an. »Ich bin ja schlecht«, antwortete sie, »aber so schlecht doch nicht. Ach, lachen Sie nicht! Da gibt es nichts zu lachen! Haben Sie aufgehört, mich gern zu haben? Sind Sie böse mit mir, weil ich mich den ganzen Tag hindurch so schlecht benommen und Ihnen gute Nacht gesagt habe, als wären Sie Toff? Sie dürfen nicht böse mit mir sein!« Sie sprang auf, setzte sich ihm auf die Knie und schlang ihre Arme um seinen Hals. »Ich war noch nicht im Bett«, flüsterte sie. »Mir war zu elend zumute, um schlafen gehen zu können. Ich weiß nicht, was heute mit mir los ist. Ich scheine auch das wenige an Verstand zu verlieren, was ich jemals hatte. Ach, wenn ich Ihnen nur klar machen könnte, wie gern ich Sie habe! Und trotzdem mache ich mir ernste Gedanken, daß ich eine Last für Sie bin und etwas Schlechtes begangen habe, als ich hierher zu Ihnen kam, und daß Sie mir das sagen würden, wenn Sie nicht Mitleid mit dem armen Ding hätten, das nicht weiß, wohin es gehen soll.« Sie verstärkte ihren Druck um seinen Hals und legte ihre brennenden Wangen an sein Gesicht. »Ach, Amelius, mir tut das Herz weh! Küssen Sie mich und sagen Sie: ›Gute Nacht, Sally!‹«

Er war jung, er war ein Mann und er verlor für einen Augenblick seine Selbstbeherrschung. Er küßte sie, wie er sie bisher noch nie geküßt hatte.

Dann fand er sich wieder, faßte sich, schob sie zart von sich weg, führte sie zur Tür ihres Zimmers und schloß die Tür stumm hinter ihr. Eine kurze Zeit hindurch blieb er allein. Dann läutete er nach einer Pause nach Toff.

»Glaubst du, daß deine Frau Miss Sally als Lehrling annehmen würde?«

Toff sah erstaunt drein. »Meine Frau wird tun, was Sie wünschen, Sir. Ihre Kenntnisse der Schneiderkunst ...!« Es fehlten ihm die Worte, um die ungeheuren Fähigkeiten seiner Frau als Schneiderin auszudrücken. Er küßte seine eigene Hand in stummer Begeisterung und warf einen Kuß in Richtung von Madame Toffs Etablissement. »Allerdings«, fuhr er fort, »sollte ich Ihnen eine Sache sagen, Sir: ihr Geschäft ist klein, sehr klein! Aber wir liegen alle in den Händen der Vorsehung und eines Tages wird das Geschäft Fortschritte machen.« Er hob Schultern und Augenbrauen in die Höhe und sah drein, als wäre er vollkommen zufrieden mit den Aussichten seiner Frau.

»Ich werde morgen früh zu Madame Toff gehen und selbst mit ihr sprechen«, fuhr Amelius fort. »Es ist ganz leicht möglich, daß ich London für kurze Zeit verlassen muß, und ich muß daher auf irgendeine Weise für Miss Sally Sorge tragen. Sage ihr darüber noch kein Wort, Toff, und schau nicht so traurig drein: wenn ich wegfahren werde, dann nehme ich dich mit. Gute Nacht.«

Toff, das Taschentuch schon auf halbem Weg an seine Augen gedrückt, gewann seine natürliche Fröhlichkeit wieder. »Auf See werde ich unweigerlich seekrank, Sir«, sagte er. »Aber nichtsdestotrotz: ich werde für Sie sorgen und das bis ans äußerste Ende der Welt!«

So plante der ehrliche Amelius seinen Fluchtweg aus der kritischen Lage, in der er sich fand. Er ging zu Bett und war von Sorgen gequält, die ihn viele, erschöpfte Stunden wach hielten. Hätte er gewußt, was am selben Tage auf der anderen Seite des Kanals geschehen war, so hätte er sich (trotz des Hindernisses in der Person von Mr. Farnaby) zu einem Überraschungsbesuch bei Regina in Paris entschlossen.

Kapitel VII

Am Morgen, als Amelius und Sally in London in die Kirche gegangen waren, um die Hochzeit anzusehen, ging Rufus in Paris auf die Champs Elysées, um dort zu promenieren. Er war zur Hälfte die wunderbare Avenue hinaufgegangen, als er zum zweitenmal Regina sah, die in Gesellschaft einer älteren Frau ihre tägliche Ausfahrt unternahm. Rufus nahm wieder seinen Hut ab, unempfindlich für die kalte Aufnahme, die er einmal bereits erfahren hatte. Regina erwiderte nicht nur zu seinem großen Erstaunen seinen Gruß, sondern ließ ihren Wagen anhalten und winkte ihn herbei, damit er mit ihr spräche. Als er sie genauer ansah, entdeckte er in ihrem Gesicht Anzeichen des Leides, das ihren Gesichtsausdruck, so wie er sich an ihn erinnerte, vollkommen verändert hatte. Ihre wunderbaren Augen waren trübe und rot; sie hatte ihre strahlenden Farben verloren, und ihre Stimme zitterte, während sie mit ihm sprach.

»Haben Sie einen Augenblick Zeit für mich?« fragte sie.

»Den ganzen Tag, wenn Sie wünschen, Miss.«

Sie wandte sich an die Frau in ihrer Begleitung. »Warte hier auf mich, Elisabeth; ich habe diesem Herrn etwas zu sagen.«

Mit diesen Worten stieg sie aus der Kutsche. Rufus bot ihr seinen Arm. Sie nahm ihn so bereitwillig, als wären sie alte Freunde. »Wir wollen einen der Seitenwege einschlagen«, sagte sie. »Denn die sind um diese Tageszeit fast ausgestorben. Ich fürchte, daß ich Sie sehr überrasche. Ich kann jedoch nur um Ihre Nachsicht bitten und auch, mir heute zu verzeihen, daß ich beim letztenmal, als wir uns trafen, ohne Notiz zu nehmen, an Ihnen vorbeifuhr. Vielleicht kann als eine Entschuldigung gelten, daß ich in großen Schwierigkeiten bin. Es ist vielleicht möglich, daß Sie mir meine Sorgen abnehmen können. Ich glaube, daß Sie wissen: ich bin verlobt?«

Rufus sah sie plötzlich mit einem Ausdruck großen Interesses an. »Handelt es sich um Amelius?« fragte er.

Sie antwortete ihm fast unhörbar: »Ja.«

Rufus ließ noch immer seine Augen nicht von ihr.

»Ich möchte nichts Unhöfliches sagen, Miss«, erklärte er, »aber, falls Sie irgendwelche Klagen über Amelius vorzubringen haben, so würde ich es als eine Liebenswürdigkeit Ihrerseits mir gegenüber ansehen, wenn Sie mir offen ins Gesicht sähen und das deutlich sagten.«

Bei der Verlegenheit, in der sich Regina in diesem Augenblick befand, hatte er unter allen anderen gerade die zwei Bitten vorgebracht, die für sie am unmöglichsten zu erfüllen waren. Sie sah noch immer hartnäckig auf die Erde und, statt von Amelius zu sprechen, lenkte sie auf das Thema von Mr. Farnabys Krankheit ab.

»Ich bin mit meinem Onkel hier in Paris«, sagte sie. »Er hatte eine langwierige Krankheit, aber ist jetzt wieder gestärkt genug, um mit mir von Dingen zu sprechen, die ihm einige Zeit schon auf der Seele lagen. Er hat mich derart überrascht. Er erreichte es, daß ich mich ganz elend wegen Amelius fühle ...« Sie hielt inne und führte ihr Taschentuch an die Augen. Rufus sagte nichts, um sie zu trösten, und wartete hartnäckig, bis sie bereit war, weiterzusprechen. »Sie kennen Amelius gut«, begann sie wieder. »Sie haben ihn gern und glauben an ihn, nicht wahr? Halten Sie ihn für fähig, einer Person gegenüber, die ihr Vertrauen in ihn setzt, sich unanständig zu benehmen? Ist es möglich, ja ist es wahrscheinlich, daß er zu mir falsch und grausam sein könnte?«

Allein diese Frage erregte die Entrüstung von Rufus: »Wer immer das von ihm gesagt hat, Miss, hat Ihnen eine Lüge gesagt! Ich nehme die Verantwortung für diesen meinen Jungen auf mich, genauso wie für mich selbst!«

Sie sah ihn endlich mit einem Ausdruck der Erleichterung an. »Das habe ich auch gesagt«, fuhr sie fort. »Ich sagte, irgendein Feind von ihm hat ihn verleumdet. Mein Onkel will mir nicht sagen, wer das ist. Er verbietet mir eindeutig, Amelius zu schreiben; er sagt mir, ich dürfe Amelius nie wieder sehen. Er wird ihm schreiben und meine Verlobung auflösen. Oh, es ist allzu grausam von ihm, allzu grausam!«

Bis jetzt waren sie langsam einhergegangen. Aber nun blieb Rufus stehen, entschlossen, sie zu zwingen, offen mit ihm zu sprechen.

»Nehmen Sie ein Wort des Rates von mir entgegen, Miss«, sagte er. »Es gäbe nichts, was ich nicht tun wollte, um die Sache in Ordnung zu bringen. Aber zuerst muß ich wissen, was ich zu wissen habe: Was wurde gegen Amelius gesagt? Heraus damit! Egal, was es ist! Ich bin alt genug, um Ihr Vater sein zu können. Und meine Gefühle Ihnen gegenüber sind auch derartig ... wirklich!«

Die völlige Ehrlichkeit seines Tones und seines Benehmens, die diese Worte begleiteten, hatten ihre Wirkung. Regina errötete und zitterte, aber sie sprach offen:

»Mein Onkel sagte, Amelius habe Schande über sich gebracht und mich beleidigt; mein Onkel sagte, eine Person ..., ein Mädchen lebe mit ihm ...« Sie hielt inne und gab einen kleinen Angstschrei von sich. Mit ihrer Hand, die noch immer auf seinem Arm lag, spürte sie, wie er erschrak, als die Anspielung auf das Mädchen von ihren Lippen kam. »Sie haben davon gehört!« rief sie aus. »Oh, so helfe mir Gott, es ist wahr!«

»Wahr?« wiederholte Rufus mit einer ernsten Verachtung. »Habe ich Ihnen denn nicht schon gesagt, das ist eine Lüge? Ich schwöre Ihnen, Amelius ist Ihnen treu. Genügt das? Nein? Sie sind aber eine hartnäckige Person, Miss – weiß Gott! Also: der Junge kann von mir erwarten, daß – wenn Worte genügen – ich ihn bei Ihnen ins rechte Licht setze. Sie wissen, daß er in Tadmor erzogen wurde? Daran sollten Sie denken. Und jetzt werden Sie, auf das Wort eines Ehrenmannes, von diesem die Wahrheit erfahren.«

Ohne eine weitere Einleitung erzählte er ihr, wie Amelius Sally getroffen hatte, und betonte nachdrücklich die rein menschlichen Motive, aus denen heraus sein Freund gehandelt hatte. Regina hörte ihm mit einem hartnäckigen Ausdruck eines Mißtrauens zu, das die meisten anderen Männer entmutigt hätte. Rufus gab nichtsdestoweniger nicht auf, und es gelang ihm wenigstens bis zu einem gewissen Grad, Eindruck zu machen. Als er sich dem Ende seiner Erzählung näherte und als er versicherte, er selbst habe gesehen, wie Amelius das Mädchen voll und ganz der Obhut einer Dame anvertraut habe, die eine liebe und hochgeschätzte Freundin von ihm sei, und erklärte, nachher hätte es zwischen Amelius und dem Mädchen kein weiteres Zusammentreffen und keine Korrespondenz gegeben, dann endlich gab Regina zu, er habe sie nicht ohne begründete Berechtigung nun dazu ermutigt, der Ehre von Amelius zu trauen. Aber unter diesen Umständen lag noch immer ein Rest von Mißtrauen in ihrer Seele. Sie bat um den Namen der Dame, der Amelius für ihre wohlwollende Unterstützung verpflichtet war. Rufus nahm eine Visitenkarte heraus und schrieb Namen und Adresse von Mrs. Payson drauf.

»Sie sind von Natur aus nicht ganz so vertrauensvoll, meine Liebe, wie ich mir das gewünscht hätte«, sagte er, ruhig seine Karte überreichend. »Aber wir können unsere Natur nicht wechseln wie ein Hemd, oder können wir das? Und Sie sind nicht verpflichtet, einem Mann wie mir ohne Beweise durch Zeugen zu glauben. Schreiben Sie an Mrs. Payson und lassen Sie sich beruhigen. Und da wir von dergleichen reden: Sagen Sie mir, wohin ich Ihnen morgen telegraphieren kann, denn ich fahre heute nacht nach London.«

»Heißt das, Sie werden Amelius sehen?«

»Genau! Ich habe Amelius zu gern, um die Schwierigkeiten so zu belassen, wie sie jetzt liegen. Ich war, da ich hier in Paris mich aufhielt, längere Zeit von ihm getrennt, und Sie könnten mir – dazu mit einiger Berechtigung – sagen, ich könne für das, was in meiner Abwesenheit geschehen sein mag, nicht einstehen. Nein; da wir uns nun damit beschäftigt haben, will ich klar sehen! Ich habe vor, morgen früh Amelius und Mrs. Payson aufzusuchen. Sagen Sie Ihrem Onkel nur, er möge noch so lange mit der Auflösung der Verlobung warten, bis er ein Telegramm von mir erhalten hat. Gut? Dies ist Ihre Adresse, ja? Das Hotel kenne ich. Hat einen hübschen Ausblick auf die ›Twillery-Gärten‹, aber soviel ich höre, einen schlechten Weinkeller. Ich selbst bin im Grand Hotel abgestiegen, falls Ihnen bis heute abend irgend etwas anderes Sorge bereitet. Da ich mir Sie jetzt so ansehe, habe ich das Gefühl, Sie hätten noch etwas zu sagen, wenn Sie es nur seinen Weg zu Ihren Lippen finden ließen. Nein, ich meine nicht: ›danke schön?‹. Dankbarkeit wollen wir voraussetzen und lieber herausbekommen, was dahinter steckt! Hier ist Ihre Kutsche – und die gute Dame sieht aus, als sei sie des Wartens müde. Also?«

»Es ist nur noch eines.« Regina bestätigte ihm, was er gesagt hatte, und hielt die Augen wieder nach unten gesenkt: »Vielleicht, wenn Sie nach London fahren, sehen Sie vielleicht das ...«

»... das Mädchen?«

»Ja.«

»Das ist unwahrscheinlich. Aber angenommen, ich sehe es, was dann?« Regina hatte wieder Farbe in ihren Wangen. »Wenn Sie es doch sehen«, sagte sie, »dann bitte und ersuche ich Sie nachdrücklich, von mir in seiner Anwesenheit nicht zu sprechen. Ich würde sterben vor Scham, wenn das Mädchen glaubte, man bittet es, Amelius aus Mitleid mit mir aufzugeben. Versprechen Sie mir, daß von mir nicht die Rede sein wird; versprechen Sie mir, nicht einmal zu erwähnen, daß ich mit Ihnen darüber gesprochen habe. Auf Ihr Ehrenwort?«

Rufus gab – ohne Zögern zu zeigen oder eine Bemerkung zu machen – das verlangte Versprechen. Aber als sie ihm die Hand schüttelte, hielt er Regina vor dem Wagen noch für einen Augenblick auf. »Bitte entschuldigen Sie, Miss, wenn ich noch eine Frage an Sie richte«, sagte er so leise, daß das von niemandem gehört werden konnte. »Haben Sie Amelius wirklich gern?«

»Ich bin überrascht zu hören, daß Sie das bezweifeln«, antwortete sie. »Ich habe ihn viel, viel mehr als nur gern!«

Rufus reichte ihr die Hand, um sie in den Wagen hinaufzuheben. Gern? Hast du ihn wirklich gern? dachte er, als er allein weiterging. Ich halte das für eine Art von Gernhaben, die sich abtragen wird und *eine* Wäsche nicht überstehen würde!

Kapitel VIII

Früh am nächsten Morgen läutete Rufus am Tor zum Häuschen.

»Na, Herr Franzose, wie ist es Ihnen ergangen? Und wie geht es Amelius?«

Toff stand am Tor, antwortete zwar mit dem größten Respekt, zeigte aber keine Neigung, den Besucher einzulassen.

»Amelius hat seine faulen Perioden«, fuhr Rufus fort. »Ich wette, er ist noch im Bett!«

»Mein junger Herr ist vor einer Stunde aufgestanden und hat sich angezogen, Sir, und ist soeben ausgegangen.«

»Ach, wirklich? Na, dann werde ich warten, bis er wiederkommt.« Er zog an Toff vorbei und ging ins Häuschen hinein. Als Toff versuchte, ihn in der Halle aufzuhalten, sagte er: »Ihre ausländischen Zeremonien sind an mir vertan. Ich bin ein amerikanischer Wilder und ganz elend, weil ich die ganze Nacht unterwegs war. Hier ist ein kleiner Auftrag für Sie: Whisky, Soda, Zitrone und Eis! Ich trinke den Cocktail in der Bibliothek.«

Toff unternahm einen letzten verzweifelten Versuch, sich zwischen den Besucher und die Tür zu werfen. »Ich bitte tausendmal um Verzeihung, Sir, aber ich muß Sie auf das respektvollste ersuchen, zu warten ...«

Ehe er sich verständlich machen konnte, schob Rufus den alten Mann auf äußerst gutmütige Weise aus dem Weg. Was regt die gute alte Seele derart auf? fragte er sich. Glaubt er, ich kenne den Eingang nicht?

Er öffnete die Tür zur Bibliothek und fand sich angesichts von

Sally. Sie war – als sie draußen Stimmen gehört hatte und nicht wußte, ob sie das Zimmer verlassen sollte oder nicht – von ihrem Sessel aufgestanden.

Sie standen einander – auf beiden Seiten des Tisches – in schweigendem Entsetzen gegenüber. Rufus war – was bei ihm selten vorkam – derart verwirrt, daß er sich in seine gewohnte Grußform hineinrettete, ehe er es selbst merkte.

»Wie finden Sie sich zurecht, Miss? Es ist mir ein Vergnügen, unsere Bekanntschaft zu erneuern. – Donner und Doria, das stimmt ja nicht! Ich muß den Verstand verloren haben. Tun Sie mir den Gefallen, junge Frauensperson und vergessen Sie jedes Wort, das ich zu Ihnen gesagt habe. Wenn irgendeine Menschenseele mir vorausgesagt hätte, daß ich Sie hier finden würde, so hätte ich gesagt, das sei eine Lüge. Aber der Lügner wäre ich gewesen! Das tut einem Mann weh –, das kann ich Ihnen sagen! Schwirren Sie nicht ins nächste Zimmer ab. Setzen Sie sich wieder hin! Da ich nun einmal hier bin, habe ich etwas zu sagen. Zuerst dem Herrn Franzosen! Hören Sie zu, alter Mann: wenn ich einen Zeugen am Eingang brauche, dann läute ich, aber im Augenblick schaffe ich es ohne Sie! Bong Schuhr, wie man in Ihrem Land sagt.« Er ging dazu über, die Tür vor Toff und seinen Protesten zuzuschließen.

»Ich protestiere gegen diese Gewaltmaßnahmen, Sir, die eines Gentleman unwürdig sind!« rief Toff, der versuchte, sich den Weg herein wieder zu erkämpfen.

»Seien Sie so böse, wie es Ihnen Vergnügen macht, aber bitte in der Küche!« antwortete Rufus und bestand darauf, die Türe zu schließen. »Ich möchte hier oben keinen Lärm haben. Wenn Sie wissen, wo Ihr Herr ist, dann gehen Sie ihn holen, und je schneller, desto besser!« Er drehte sich zurück zu Sally und betrachtete sie eine Zeitlang in schrecklichem Schweigen. Sie hatte Angst, ihn anzusehen, und sah auf das Buch, das sie gelesen hatte, als er hereinkam. »Sie sehen mir so aus«, sagte Rufus, »als hätten Sie sich hier schon eine ganze Weile niedergelassen. Das Buch ist jetzt unwichtig; Sie können weiterlesen, nachdem wir beide ein paar Worte gewechselt haben.« Er griff mit seinem langen Arm nach dem Buch und zog es auf seine Tischseite herüber.

Sally machte ihn – unschuldigerweise – zum zweitenmal verstummen. Er öffnete das Buch und entdeckte: ›Das Neue Testament‹.

»Bitte, Sir, das ist meine Lektion. Ich habe die Stellen zu

lernen, wo das Bleistiftzeichen ist und ehe Amelius zurückkommt.« Zitternd vor Angst gab sie diese armselige Erklärung ab. Gegen seinen Willen begann Rufus, sie weniger streng anzusehen.

»So, Sie nennen ihn ›Amelius‹, was?« sagte er. »Ich merke mir das – als erstes – als ein ungünstiges Zeichen vor. Seit wann, wenn ich bitten darf, hat sich Amelius zum Nutzen einer jungen Dame in eine Schullehrerin verwandelt? Verstehen Sie mich nicht? Na ja, Sie sind nicht die einzige Bewohnerin von England, die die Landessprache nicht versteht. Ich werde mich klarer ausdrücken. Als ich Amelius zuletzt sah, da lernten Sie Ihre Lektionen im ›Heim‹. Welcher Wind hat Sie hierher geblasen? Hat Amelius Sie hergeholt oder sind Sie von selber gekommen, ohne daß man nach Ihnen pfeifen mußte?« Er sprach grob, aber nicht ohne Humor. Sally bettelte ihn mit niedergeschlagenem Gesicht um Gnade an und tat das (wie er mit höchster Verachtung gegen sich selbst fühlte) nicht ohne Erfolg. »Wenn ich rate, daß Sie aus dem ›Heim‹ ausgerissen sind«, fuhr er fort, »rate ich dann richtig?«

Sie antwortete mit einem plötzlichen Gefühl des Vertrauens. »Geben Sie Amelius keine Schuld«, sagte sie, »ich bin davongelaufen. Ich konnte ohne ihn nicht leben.«

»Sie wissen nicht, wie gut Sie ohne ihn leben könnten, meine Kleine, ehe Sie es einmal versuchen. Na, und was haben die im Heim gemacht? Haben die jemanden hergeschickt, um Sie zurückzuholen?«

»Sie wollten mich nicht zurückhaben, und sie haben mir meine Kleider nachgeschickt.«

»Ach so, das war wohl, denke ich, wegen ihrer Bestimmungen? Ich beginne mich nun auszukennen. Amelius bot Ihnen Unterkunft?«

Sie sah ihn voller Stolz an. »Er gab mir ein Zimmer ganz für mich allein!« sagte sie.

Seine nächste Frage war die genaue Wiederholung der Frage, die er Regina in Paris gestellt hatte.

»Haben Sie Amelius gern?«

»Ich würde für ihn sterben!«

Rufus hatte bisher stehend gesprochen. Er nahm sich jetzt einen Stuhl.

»Wenn Amelius nicht in Tadmor erzogen worden wäre«, sagte er »so würde ich meinen Hut nehmen und gehen. Wie die Dinge aber liegen, so kommt wohl ein Wort von mir zur rechten Zeit. Ihre Lektionen hier scheinen Ihnen gut bekommen zu sein, Miss.

Sie sind heute eine andere Art von Mädchen, als Sie es waren, als ich Sie zuletzt sah.«

Sie überraschte ihn, da sie diese Bemerkung schweigend aufnahm. Die Farbe war aus ihrem Gesicht gewichen, und sie seufzte tief auf. Dieser Seufzer wunderte Rufus; er hielt mit seiner Meinung über sie zurück, ehe er nicht mehr gehört hatte.

»Sie haben eben gesagt, Sie würden für Amelius sterben«, fuhr er fort und beobachtete sie aufmerksam. »Ich halte das für die hysterische Art und Weise einer Frau, auszudrücken, daß sie an Amelius interessiert ist. Haben Sie ihn gern genug, ihn auch zu verlassen, wenn man Ihnen nur klarmachen könnte, daß das zu seinem Nutzen wäre?«

Sie stand rasch vom Tisch auf und ging zum Fenster. Sie drehte Rufus den Rücken zu, als sie sagte: »Bin ich denn eine Schande für ihn?« Sie fragte das mit einer so leisen Stimme, daß er sie kaum hörte. »Ich habe das schon vorher gefürchtet.«

Hätte er Amelius weniger gern gehabt, so hätte ihn seine natürliche Herzensgüte verstummen lassen.

Auch so antwortete er nicht direkt. »Sie erinnern sich an das Leben, das Sie führten, ehe Amelius Sie traf?« war alles, was er sagte.

Ihre traurigen blauen Augen sahen ihn mit geduldiger Trauer an; ihre leise süße Stimme antwortete mit einem »Ja.« Nur ein Blick, nur ein Wort und der Eindruck einer Sekunde ließen alle Zweifel in Rufus vergehen.

»Glauben Sie nicht, daß ich das als Vorwurf meine, mein Kind! Ich weiß, daß es nicht Ihre Schuld war, und ich weiß, daß Sie zu bedauern und nicht zu tadeln sind.«

Sie wandte ihr Gesicht – blass, ruhig und ergeben – ihm zu: »Zu bedauern und nicht zu tadeln ...«, wiederholte sie. »Wird man mir *verzeihen*?«

Er schrak vor einer Antwort zurück. Es herrschte Schweigen.

»Sie haben eben gesagt«, fuhr sie fort, »daß ich heute anders als das Mädchen aussehe, das Sie zuletzt gesehen haben. Ich bin ein anderes Mädchen. Ich denke an Dinge, an die ich nie vorher gedacht habe; irgendeine Veränderung – ich weiß nicht, welche – hat sich in mir vollzogen. Ach, mein Herz hungert so danach, gut zu sein! Ich sehne mich so danach, zu verdienen, was Amelius für mich getan hat! Sie haben mein Buch hier gesehen. Amelius hat es mir gegeben; wir lesen jeden Tag darin. Wenn Christus heute auf Erden wäre, ist es schlecht von mir zu denken, daß er mir vergeben würde?«

»Nein, meine Liebe, es ist richtig, so zu denken!«

»Und so lange ich lebe, werde ich mein Bestes tun, ein gutes Leben zu führen. Und wenn mein letztes Gebet an den lieben Gott heißt, er soll mich zu sich in den Himmel holen – wird das erhört werden?«

»Es wird erhört werden, mein Kind, ich zweifle nicht daran. Aber wissen Sie, Sie haben mit der Welt um sich herum zu rechnen und die Welt hat ihre eigene Religion erfunden. Es ist nutzlos, sie in Ihren Büchern zu suchen. Es ist eine Religion, die im Grunde nur den Stolz des Besitztums kennt und darüber hat sie eine Tünche von wohlwollender Gefühlsduselei gelegt! Sie wird sehr traurig für Sie sein und sehr wohltätig Ihnen gegenüber und wird alles für Sie tun außer einem: Sie nämlich wieder aufzunehmen.«

Sie hatte ihre Antwort darauf bereit: »Amelius hat mich wieder aufgenommen!« sagte sie.

»Amelius hat Sie wieder aufgenommen«, stimmte Rufus zu. »Aber eines hat er zu tun vergessen: er hat vergessen, sich die Nachteile auszurechnen. Es scheint mir überlassen zu sein, dies zu tun. Hören Sie, mein Kind: ich gebe zu, daß ich meine Zweifel hatte, als ich in dieses Zimmer hereinkam. Es tut mir leid, und ich bitte Sie deswegen um Verzeihung. Ich glaube, daß Sie ein gutes Ding sind; wenn man mich deswegen fragte, wüßte ich nicht, warum ich das glaube, aber ich tu es eben. Ich wünschte, man müßte nicht mehr darüber reden. Aber es gibt mehr darüber zu reden, und weder Sie noch ich dürfen davor zurückschrecken. Die öffentliche Meinung wird mit Ihnen nicht so zart umgehen wie ich; die öffentliche Meinung wird Sie und auch Amelius fertigmachen! Während Sie hier mit ihm leben – es ist nicht zu verschweigen! –, stehen Sie dem Leben des Jungen unschuldigerweise im Wege. Ich weiß nicht, ob Sie mich verstehen?«

Sie hatte sich von ihm abgewandt und sah wieder zum Fenster hinaus.

»Ich verstehe Sie«, antwortete sie. »In der Nacht, da mich Amelius traf, beging er einen Fehler, als er mich mit sich nahm. Er hätte mich lassen sollen, wo ich war.«

»Einen Augenblick! Das ist weit entfernt von dem, was ich gemeint habe! Für jeden gibt es eine Hoffnung. Und – wenn Sie mir vertrauen – werde ich auch für Sie eine Hoffnung finden.«

Sie hörte nicht auf das, was er sagte. Ihre nächsten Worte zeigten, daß sie ihren eigenen Gedanken gefolgt war.

»Ich stehe seinen Aussichten im Leben im Wege«, fuhr sie

wieder fort. »Sie meinen also, daß er eines Tages heiraten würde, wenn ich nicht da wäre?«

Rufus gab das vorsichtig zu. »So etwas könnte geschehen ...«, war alles, was er sagte.

»Und seine Freunde würden ihn hier besuchen«, fuhr sie fort, und das noch immer mit abgewandtem Gesicht und einer Stimme, die immer leiser und unterdrückter klang. »Jetzt kommt niemand hierher. Sie sehen, daß ich Sie verstehe. Wohin soll ich gehen? Ich nehme an, ich sollte ihm nicht ›adieu‹ sagen? Es würde ihn nur unglücklich machen. Ich könnte still aus dem Haus verschwinden, nicht wahr?«

Rufus begann sich unbehaglich zu fühlen. Er war auf Tränen vorbereitet gewesen, aber nicht auf eine solche Resignation. Nach einem leichten Zögern ging er zu ihr ans Fenster. Sie drehte sich nicht um, sah noch immer gerade vor sich hin, und ihr junges, frisches Gesicht war bedauernswert starr und blaß geworden. Er sprach sehr zart mit ihr und riet ihr, sich zu überlegen, was er gesagt hatte und nichts Übereiltes zu tun. Sie kenne ja das Hotel, in dem er gewohnt hatte, als er in London war; dorthin könne sie ihm schreiben. Wenn sie sich dazu entschlösse, in einem anderen Land ein neues Leben zu beginnen, stünde er ihr voll und ganz zu Diensten. Er würde für ihre Überfahrt im selben Schiff, das ihn nach Amerika zurückbrächte, sorgen. Bei seinem Alter und bei dem Ansehen, das er bei seinen Nachbarn genieße, sei ein Skandal nicht zu befürchten. Er könne für sie eine ansehnliche und einträgliche Anstellung besorgen und eine Arbeit, die ein junges Mädchen ausführen könnte. »Ich werde so gut wie ein Vater für Sie sein, mein armes Kind!« sagte er. »Glauben Sie nicht, daß Sie – wenn Sie Amelius verlassen – ohne Freund dastehen würden. Dafür werde ich sorgen. Sie werden ehrsame Leute um sich herum haben und ein unschuldiges Vergnügen an Ihrem neuen Leben finden!«

Sie dankte ihm, noch immer mit der gleichen müden und tränenlosen Resignation. »Was werden die ehrsamen Leute sagen, wenn sie erfahren, wer ich bin?«

»Es wird sie nichts angehen, wer Sie sind. Und sie werden es nicht erfahren.«

»Ach, es kommt auf dasselbe heraus!« sagte sie. »Sie müßten die ehrsamen Leute über mich täuschen, oder Sie könnten nichts für mich tun. Amelius hätte mich lieber lassen sollen, wo ich war! Dort war ich für niemanden eine Schande und für niemanden eine Last. Kälte, Hunger und schlechte Behandlung können manchmal auf ihre Weise barmherzige Freunde sein. Wenn ich bei denen geblieben wäre, hätte man mich inzwischen zur Ruhe gebettet.« Ehe Rufus antworten konnte, hatte sie sich zu ihm gedreht: »Ich bin nicht undankbar, Sir! Ich werde mir überlegen, was Sie gesagt haben. Und ich werde alles tun, was ein armes, dummes Geschöpf wie ich tun kann, um sich des Interesses würdig zu erweisen, das Sie an mir nehmen!« Sie legte plötzlich mit einem Ausdruck des Schmerzes ihre Hand an ihren Kopf. »Ich habe eine Art dumpfen Schmerz hier«, sagte sie, »er erinnert mich an mein altes Leben, als ich manchmal auf den Kopf geschlagen wurde. Darf ich gehen, um allein zu sein, und mich ein wenig hinlegen?«

Rufus nahm ihre Hand und drückte sie schweigend. Als sie die Türe zu ihrem Zimmer öffnete, sah sie zu ihm zurück. »Regen Sie Amelius nicht auf!« sagte sie »Ich kann alles ertragen, nur nicht das.«

Rufus ging getrieben von seinen Sorgen – allein gelassen – rastlos in der Bibliothek auf und ab. »Ich mußte das tun«, dachte er, »und ich sollte mit mir zufrieden sein. Aber ich bin nicht zufrieden! Die Welt ist hart gegen Frauen, und das Recht auf Besitz ist ein verflucht schlechter Grund dafür!«

Die Tür zur Halle wurde plötzlich aufgerissen, und Amelius kam ins Zimmer. Er sah erregt und ärgerlich aus und lehnte es ab, Rufus' Hand anzunehmen, die er ihm bot.

»Was höre ich von Toff? Es scheint, Sie haben sich hier eingedrängt, als Sally noch hier war. Es gibt Grenzen für die Freiheiten, die sich ein Mann in seines Freundes Haus erlauben darf!«

»Das ist richtig«, sagte Rufus ruhig. »Aber wenn ein Mann sich keine Freiheiten herausgenommen hat, so ist – scheint mir – nichts darüber zu sagen. Als ich Sie zuletzt gesehen hatte, war Sally im ›Heim‹, und niemand hatte mir erzählt, ich würde sie hier in diesem Zimmer vorfinden.«

»Sie hätten das Zimmer verlassen können, als Sie sie hier vorfanden. Wenn Sie etwas von Regina gesagt haben ...«

»Ich habe nichts von Miss Regina gesagt. Sie sind schlecht gelaunt, Amelius. Warten Sie einen Augenblick und werden Sie ruhiger!«

»Meine Laune ist unwichtig. Ich möchte wissen, was Sie Sally gesagt haben. Warten Sie, ich werde Sally selbst fragen.« Er ging durchs Zimmer an die andere Türe und klopfte. »Komm herein, meine Liebe! Ich möchte mit dir sprechen.«

Die Antwort erreichte ihn nur leise durch die Türe. »Ich habe schlimme Kopfschmerzen, Amelius. Bitte lassen Sie mich ein wenig ruhen!« Er wandte sich Rufus wieder zu und senkte seine Stimme, aber seine Augen glühten und er was böser als je vorher. »Sie sollten lieber gehen!« sagte er. »Ich kann mir denken, wie Sie mit ihr gesprochen haben, und ich weiß, was ihre Kopfschmerzen bedeuten. Ein Mensch, der dieses kleine, liebe, herzliche Geschöpf aufregt, ist jemand, den ich für meinen Feind halte. Ich spucke auf alle die üblichen Rücksichten, die Leute wie Sie nehmen! Niemals hat ein süßeres Mädchen als Sally gelebt! Ihr Glück ist mir wichtiger, als ich es mit Worten beschreiben kann. Sie ist mir heilig! Und ich habe das soeben bewiesen: ich komme eben von einer guten Frau, die ihr einen ehrlichen Broterwerb beibringen wird. Kein Hauch eines Skandals soll um sie sein! Wenn Sie oder Leute Ihresgleichen denken sollten, ich werde dazu bereit sein, sie in die Welt hinauszustoßen und sie wieder in ein Gefängnis zu bringen, das unter dem Namen eines ›Heims‹ besteht, so kennen Sie meine Natur und meine Grundsätze schlecht. Hier ...« und er hob das ›Neue Testament‹ hoch und schüttelte es Rufus entgegen. »Hier drin stehen meine Grundsätze, und ich schäme mich ihrer nicht!«

Rufus nahm seinen Hut.

»Wenn Sie ruhig genug sind, mein Sohn«, sagte er, »dann werden Sie sich für eines schämen: für die Worte, die Sie einem Freund gesagt haben, der Sie liebt. Ich selbst bin nicht im geringsten böse. Sie erinnern mich an die Zeit an Bord des Dampfers, als der Quartiermeister jenen Vogel abschießen wollte. Sie haben sich mit ihm versöhnt, und Sie werden in mein Hotel kommen, um sich auch mit mir zu versöhnen. Und dann werden wir einander die Hände schütteln und über Sally sprechen. Wenn ich mir nicht noch eine Freiheit damit herausnehme, dann möchte ich Sie jetzt um Feuer ersuchen.« Er bediente sich aus der Streichholzschachtel auf dem Kaminsims, zündete seine Zigarre an und verließ das Zimmer.

Er war noch keine halbe Stunde fort, da hatte sein besseres Ich Amelius gedrängt, Rufus nachzufolgen, um sich zu entschuldigen. Aber er war zu besorgt um Sally, als daß er das Haus verlassen wollte, ehe er sie gesehen hatte. Der Ton, in dem sie ihm geantwortet hatte, als er an ihre Tür geklopft hatte, deutete ihm an – empfindsam und besorgt, wie er war –, daß es um etwas Ernsteres ging als nur um Kopfschmerzen. Er wartete noch geduldig eine halbe Stunde auf die Chance, sie sich in ihrem Zimmer bewegen zu hören. Nichts geschah, und kein Ton erreichte sein Ohr, außer dem des gelegentlichen Rollens von Wagenrädern draußen auf der Straße.

Seine Geduld begann ihn zu verlassen, als die zweite Stunde anbrach. Er ging zur Tür, lauschte und hörte noch immer nichts. Eine plötzliche Angst, daß sie ohnmächtig geworden sein konnte, befiel ihn. Er öffnete die Tür einige Zentimeter und sprach Sally an. Es kam keine Antwort. Er sah hinein. Das Zimmer war leer.

Er lief in die Halle und rief Toff. War sie zufällig unten? Nein. Oder draußen im Garten? Herr und Diener sahen einander schweigend an. Sally war gegangen.

Kapitel IX

Toff fand seine Fassung als erster wieder.

»Mut, Sir!« sagte er. »Nach einiger Überlegung werden wir einen Weg finden, sie aufzuspüren. Dieser grobe amerikanische Mensch, der heute früh mit ihr gesprochen hat, ist vielleicht die Person, die dieses Unglück über uns gebracht hat.«

Amelius brauchte nicht mehr zu hören! Wenigstens bestand eine Möglichkeit, daß bei dieser Gelegenheit etwas gesagt worden war, was sie dazu verleitet hatte, Zuflucht bei Rufus zu suchen. Er lief in die Bibliothek zurück, um seinen Hut zu holen.

Toff folgte seinem Herrn mit einem weiteren Vorschlag. »Noch ein Wort, Sir, ehe Sie gehen. Wenn der Amerikaner uns nicht helfen kann, müssen wir bereit sein, noch einen anderen Weg einzuschlagen. Erlauben Sie mir, Sie bis zum Geschäft meiner Frau zu begleiten. Ich schlage vor, daß sie mit mir herkommen und Miss Sallys Schlafzimmer durchsuchen soll. Wir werden natürlich auf Ihre Rückkehr warten, ehe irgend etwas getan wird. In der Zwischenzeit flehe ich Sie an, nicht zu verzweifeln! Es ist immerhin möglich, daß im Schlafzimmer etwas entdeckt werden kann, wodurch wir sie wiederfinden können.«

Sie gingen zusammen weg und riefen die erste Droschke an, die des Weges kam. Amelius fuhr allein zum Hotel weiter.

Rufus war in seinem Zimmer. »Was ist geschehen?« fragte er im Augenblick, da Amelius die Türe öffnete. »Lassen Sie uns einander die Hände schütteln, mein Sohn, und die kleine Schwierigkeit zwischen uns schweigend begraben. Aber Ihr Gesicht macht mich wirklich ängstlich. Was ist mit Sally?«

Amelius erschrak über die Frage: »Ist sie nicht hier?«

Rufus fuhr zurück. Ehe er geantwortet hatte, zeigte seine Bewegung, daß er »Nein« sagen würde.

»Haben Sie nichts von ihr gehört, sie nicht gesehen?«

»Nichts. Nur Ruhe! Nehmen Sie es wie ein Mann. Und sagen Sie mir, was geschehen ist!«

Amelius sagte es ihm in zwei Worten. »Glauben Sie nur nicht, daß ich wie heute morgen explodieren werde«, fuhr er fort. »Ich bin zu ängstlich und elend, um böse zu werden. Sagen Sie mir nur ...«

Rufus hob seine Hand: »Ich weiß, worauf Sie hinauswollen. Es wäre sinnvoller, Ihnen zu sagen, was sie zu mir gesagt hat. Amelius, ich sprach von Anfang bis Ende freundlich mit ihr und ließ ihr Gerechtigkeit widerfahren. Geben Sie mir eine Minute Zeit, um um meine Erinnerung aufzufrischen.« Nach kurzer Überlegung wiederholte er genau, was zwischen ihm und Sally während des späteren Teils ihres Gesprächs gesagt worden war. »Haben Sie sich in ihrem Zimmer umgesehen?« fragte er, nachdem er geendet hatte. »Vielleicht liegt dort irgend etwas Unwichtiges, das sie zurückgelassen hat und das Ihnen helfen könnte.«

Amelius erzählte ihm von Toffs Vorschlag. Sie kehrten beide sofort zum Häuschen zurück. Madame Toff wartete dort, um mit der Suche zu beginnen.

Die erste Entdeckung war leicht: Sally hatte eine oder zwei kleine Schmuckstücke, die sie von Amelius geschenkt bekommen und gewöhnlich getragen hatte, abgenommen und in Papier eingewickelt auf dem Toilettentisch zurückgelassen. Ein Abschiedsbrief war nicht zu finden. Als nächstes wurde der Schrank untersucht und hier machten sie eine erschreckende Entdeckung. Jedes der Kleider, die Amelius ihr geschenkt hatte, hing an seinem Platz. Es gab nicht viele und sie waren alle bei einer früheren Gelegenheit schon von Toffs Frau inspiziert worden. Sie war vollkommen sicher, daß jetzt die komplette Zahl Kleider im Schlafzimmer vorhanden war. Sally mußte statt ihrer neuen Kleider etwas anderes getragen haben. Was hatte sie angezogen?

Amelius sah im Zimmer umher und entdeckte in einer Ecke den Handkoffer, in den er das erste neue Kleid gelegt hatte, das er an dem Morgen, nachdem er Sally getroffen hatte, gekauft hatte. Er versuchte, ihn zu öffnen; er war verschlossen und der Schlüssel nicht zu finden. Der immerbereite Toff holte aus der Küche ein kleines Spießchen und hatte den Koffer in zwei Minuten aufgebrochen. Nachdem man den Deckel gehoben hatte, erwies er sich als leer.

Die einzige anwesende Person, die verstand, was das bedeutete, war Amelius.

Er erinnerte sich daran, daß Sally ihre alten abgeschabten Kleider in dem Koffer mitgenommen hatte, als die erboste Wirtin verlangte, daß sie das Haus verließen. »Ich möchte sie manchmal anschauen«, hatte das arme Mädchen gesagt, »und dann daran denken, wieviel besser es mir jetzt geht.« In diesen armseligen Lumpen war sie, nachdem sie die grausame Wahrheit gehört hatte, aus dem Häuschen geflohen. »Er hätte mich besser dort lassen sollen, wo ich war«, hatte sie gesagt. »Kälte, Hunger und schlechte Behandlung würden mich inzwischen zur Ruhe gebettet haben.« Amelius fiel in hilfloser Verzweiflung vor dem offenen Koffer auf die Knie. Die Erkenntnis, die sich ihm aufzwang, entmutigte ihn nun vollkommen. Sie war in ihrem alten Kleid zurückgegangen, um in der Kälte hungernd in den Schrecken ihrer alten Welt zu sterben.

Rufus nahm seine Hand und sprach gütig auf ihn ein. Amelius faßte sich wieder, wischte die Tränen aus seinen Augen und erhob sich. »Ich weiß, wo ich sie suchen muß«, war alles, was er sagte, »und ich muß das allein tun.« Er weigerte sich, irgendeine Erklärung zu geben oder sich von irgend jemandem helfen zu lassen. »Dies ist mein Geheimnis und das ihre«, antwortete er. »Fahren Sie in Ihr Hotel zurück, Rufus, und beten Sie, daß ich Ihnen keine Nachricht bringen werde, die Sie für den Rest Ihres Lebens zu einem unglücklichen Mann werden läßt.« Damit verließ er sie.

Nach einer Stunde stand er wieder an der Stelle, wo er und Sally einander getroffen hatten.

Das wilde Durcheinander des Nachtmarktes der Händler lärmte diesmal nicht um ihn her, und die Straße war bei Tageslicht in einem Zustand trübseliger Stille. Er ging langsam von einem Ende zum anderen hin und her und wartete mit nur der einen Hoffnung, die ihn aufrecht erhielt: der Hoffnung, daß sie Zuflucht bei den beiden Frauen gesucht haben möge, die in den dunklen Tagen ihres Lebens ihre einzigen Freunde gewesen waren. Da er nicht wußte, wo sie wohnten, hatte er keine andere Wahl, als auf das Erscheinen der einen oder der anderen auf der Straße zu warten. Er war ganz ruhig und gefaßt. Er hatte sich entschlossen, den Rest des Tages oder wenn nötig die ganze Nacht hartnäckig Wache zu halten.

Als er nicht länger auf- und abgehen konnte, suchte er in dem Kochzelt, an das er sich gut erinnerte, Ruhe und nahm eine Erfrischung zu sich; er setzte sich auf einen Stuhl, von dem aus er immer noch eine Übersicht über die Straße hatte. Die Gaslampen brannten, und die lange Winternacht hatte begonnen, als er seinen ermüdenden Marsch von Bürgersteig zu Bürgersteig wieder aufnahm. Als es gänzlich dunkel geworden war, wurde schließlich seine Geduld belohnt. Wie er an der Tür eines Pfandleihers vorbeikam, stand er plötzlich Angesicht zu Angesicht mit einer der Frauen, die mit einem kleinen Paket unter ihrem Arm rasch daherkam.

Sie erkannte ihn mit einem Ausruf fröhlicher Überraschung.

»Ach, Sir, wie freue ich mich, Sie zu sehen – wirklich! Sie sind gekommen, um nach Sally zu sehen, nicht wahr? Ja, ja, sie ist bei uns in unserer armseligen Unterkunft sicher aufgehoben, aber in was für einem elenden Zustand! Hat sie den Verstand verloren? Sie redet von nichts anderem als von Ihnen! ›Ich stehe seinen Aussichten im Leben im Wege.‹ Immer wieder und immer wieder sagt sie das. Seien Sie unbesorgt, Sir, Jenny ist zu Hause und kümmert sich um sie. Sally will ausgehen. Sie hat eine Art Fieber; aber hitzig und wild, wie sie ist, will sie ausgehen! Sie fragte, ob es regnet. ›Der Regen wird mich vielleicht in diesen zerlumpten Kleidern umbringen‹, sagte sie. ›Und dann stehe ich ihm für seine Aussichten im Leben nicht mehr im Wege.‹ Wir haben versucht, sie zu beruhigen und haben ihr gesagt, es regnete nicht. Aber es hatte keinen Sinn, sie war noch immer wild darauf, auszugehen. ›Vielleicht kriege ich einen neuen Schlag auf die Brust‹, sagte sie. ›Und vielleicht trifft er diesmal die richtige Stelle.‹ Aber keine Sorge, Sir, der brutale Kerl, der sie geschlagen hat, sitzt im Gefängnis. Bitte sagen Sie noch nicht, daß Sie sie besuchen wollen, Sir, bitte nicht! Ich habe Angst, daß – wenn ich Sie jetzt mit zu ihr nehme – alles nur noch schlimmer wird, und das möchte ich nicht riskieren. Wissen Sie, wir kriegen sie einfach nicht dazu, zu schlafen! Wir haben schon daran gedacht, irgend etwas Beruhigendes in der Apotheke zu kaufen. Ja, Sir, es wäre besser, wenn wir einen Doktor zu ihr holten! Aber jetzt eben bin ich nicht zum Doktor unterwegs ... also wenn ich's Ihnen sagen soll: ich mußte die Leintücher vom Bett ziehen, um etwas Geld aufzutreiben, und ich war zum Pfandleiher unterwegs.« Sie sah das Paket unter ihrem Arm an und lachte. »Jetzt, da ich Sie getroffen habe, kann ich vielleicht die Bettücher wieder zurückbringen. Es wohnt ganz in der Nähe ein guter Arzt und ich könnte Ihnen den Weg zu ihm zeigen. Oh, wie blaß Sie sind! Sind Sie sehr müde? Es ist nur ein kurzer Weg bis zum Doktor. Ein Arm von mir ist noch frei und steht Ihnen zu Diensten, aber Sie zeigen sich vielleicht nicht gerne mit einer Person wie mir?!«

Amelius war geistig und körperlich völlig erledigt. Der traurige Bericht dieser Frau hatte ihn überwältigt, und er konnte weder sprechen noch handeln. Er steckte ihr mechanisch seine Geldbörse in die Hand und ging mit ihr zum Hause des nächsten ärztlichen Helfers.

Der Arzt war anwesend und mischte Medizinen in seinem kleinen Laboratorium. Nach einem kurzen Blick auf Amelius lief er nach hinten in sein Wohnzimmer und kam mit einem Glas Schnaps wieder. »Trinken Sie das, Sir«, sagte er, »außer Sie wollen sich erst nach einer Ohnmacht am Fußboden wiederfinden? Und erwarten Sie nicht von Ihrer Jugend, daß Sie mit Ihrem Herzen umgehen dürfen, als wäre es aus Eisen.« Er gab Amelius ein Zeichen, sich hinzusetzen und auszuruhen; dann wandte er sich an die Frau, um zu hören, was sie von ihm wolle. Nach einigen Fragen sagte er, sie könne gehen; er versprach, ihr in einigen Minuten zu folgen, sobald der Herr sich genügend erholt habe, um mitzugehen.

»Na, Sir, fangen Sie wieder an, zu sich zu kommen?« Während er Amelius mit diesen Worten ansprach, mischte er einen Beruhigungstrank. »Sie können dem armen Ding, das eben von uns wegging, ruhig überlassen, sich um das kranke Mädchen zu kümmern!« fuhr er auf die merkwürdig familiäre Weise fort, die seine Art zu sein schien. »Ich frage Sie nicht danach, wie Sie in ihre Gesellschaft gekommen sind, denn das geht mich nichts an! Aber ich kenne die Leute in meiner Nachbarschaft ziemlich gut und kann Ihnen eines sagen, falls Sie daran interessiert sind: das Frauenzimmer, das Sie herbrachte, ist – abgesehen von dem einen Unglück in ihrem Leben – ein so gutes Geschöpf wie nur irgendein anderes! Und die andere, die mit ihr lebt, ist genauso. Wenn ich daran denke, was allem die beiden ausgesetzt sind ... na! Ich hole mir meine Pfeife heraus und beruhige mich auf diese Weise. Früher war ich einmal Schiffsarzt und könnte für beide in Australien ehrliche Arbeit schaffen, wenn ich nur das Geld für ihre Ausstattung hätte. Wenn nicht irgend etwas für sie getan wird, werden sie wie die übrigen im Krankenhaus sterben. Ich denke in meinen hoffnungsvolleren Augenblicken manchmal an eine

Sammlung für sie. Was halten Sie davon? Wollen Sie mit ein paar Schillingen als gutem Beispiel vorangehen?«

»Ich werde mehr als das tun!« antwortete Amelius. »Ich habe Gründe, meine Freundschaft diesen beiden Frauen zuzuwenden und werde mit Vergnügen für ihre Ausstattung sorgen.«

Der ungezwungene, alte Doktor hielt ihm seine Hand über den Tisch hinweg entgegen. »Sie sind der beste Bursche, den ich je getroffen habe!« rief er aus. »Ich kann Ihnen Zeugnisse vorzeigen, aus denen Sie ersehen können, daß ich kein Schuft bin. Bis dahin wollen wir uns anschauen, was mit dem kleinen Mädchen los ist. Sie können mir von ihr erzählen, während wir gehen.« Er steckte seine Medizinflasche in die Tasche, seinen Arm in den von Amelius und führte ihn so hinaus.

Als sie die armselige Unterkunft erreicht hatten, wo die Frauen wohnten, schlug er vor, daß sein Begleiter besser vor der Türe warte. »Ich bin an traurige Anblicke dieser Art gewöhnt; es würde Sie nur aufregen, die Wohnung zu sehen. Ich werde Sie nicht lange warten lassen.«

Er hielt Wort und kam nach knapp zehn Minuten wieder zu Amelius auf die Straße hinaus.

»Regen Sie sich nicht auf!« sagte er. »Der Fall ist nicht so ernst, wie es aussah. Das arme Kind leidet unter einem schweren Nerven- und Hirnschock, der von dem plötzlichen Schreck verursacht wurde, den Sie angedeutet haben. Mein Medikament wird ihr das eine verschaffen, das sie zuerst einmal braucht: eine Nacht, die sie durchschläft.«

Amelius fragte, wann es ihr wieder gut genug gehen würde, um ihn sehen zu können.

»Ach, mein junger Freund, das ist noch nicht leicht zu sagen! Ich könnte Ihnen morgen eine bessere Antwort auf diese Frage geben. Genügt das nicht? Darf ich eine vorschnelle Meinung wagen? In drei oder vier Tagen könnte sie ruhiger geworden sein und dürfte Sie dann sprechen. Und Sie werden, wenn es soweit ist, meiner Meinung nach mehr für sie tun können als ich, um sie wieder in Ordnung zu bringen.«

Amelius war beruhigt, aber noch nicht ganz zufriedengestellt. Er fragte, ob es nicht möglich wäre, sie aus diesem schrecklichen Haus wegzubringen.

»Ganz unmöglich – ohne ihr einen ernsten Schaden zuzufügen. Die Mädchen haben jetzt für's erste genügend Geld und – wie ich Ihnen schon gesagt habe –, man kümmert sich gut um sie. Ich selbst werde morgen früh wieder nach ihr sehen. Gehen Sie nach Hause und zu Bett; essen Sie erst etwas zu Abend und beruhigen Sie sich! Kommen Sie morgen mittag um zwölf Uhr in mein Haus, und dort werden Sie mich bereit finden, Ihnen meine Referenzen zu geben, sowie meinen Bericht über die Patientin. Doktor Pinfold, Blackacre-Buildings, das ist meine Adresse! Gute Nacht.«

Kapitel X

Rufus erinnerte sich, nachdem Amelius ihn verlassen hatte, an sein Versprechen, sich telegraphisch mit Regina in Verbindung zu setzen.

Bei seinem aufrichtigen Respekt für die Wahrheit war es keine leichte Sache für ihn zu entscheiden, welche Botschaft er ihr schicken sollte. Er überlegte sich, daß unter den gegenwärtigen Umständen das einzige, was er ehrlich tun konnte, war, zu versuchen, Regina dazu zu bringen, unerschütterlich wie er an Amelius zu glauben! Besorgt und mit einer schlechten Vorahnung schickte er in folgenden Worten ein Telegramm nach Paris ab: »Seien Sie noch eine Zeitlang geduldig und lassen Sie A. Gerechtigkeit widerfahren. Er verdient es.«

Nachdem er sein Geschäft am Telegraphenamt erledigt hatte, fuhr Rufus los, um Mrs. Payson einen Besuch abzustatten.

Die gute Dame empfing ihn mit ernster Miene und – im krassen Gegensatz zu der gewohnten Wärme ihres Willkommens – in einer distanzierten Haltung. »Ich hatte immer geglaubt, Sie wären ein Mann unter Tausenden!« begann sie unvermittelt. »Und nun sehe ich, daß Sie nicht besser als die übrigen sind. Falls Sie zu mir gekommen sind, um über diesen niederträchtigen jungen Sozialisten zu sprechen, so sollten Sie bitte wissen: mich überrumpelt man nicht so leicht wie Miss Regina! Ich habe meine Pflicht getan und habe dem armen Ding die Augen für die Wahrheit geöffnet. Ach, Sie sollten sich schämen!«

Rufus behielt – wie gewöhnlich voller Selbstbeherrschung – seine Ruhe. »Es ist durchaus möglich, daß Sie recht haben«, sagte er ruhig. »Aber auch der größte Schurke, der lebt, hat das Recht, eine Erklärung zu fordern, wenn eine Dame ihm Rätsel aufgibt. Haben Sie irgendwelche besonderen Einwände dagegen, meine alte Freundin, daß ich erfahren kann, was Sie meinen?«

Ihre Erklärung war nicht derart, daß sie ihn beruhigen konnte.

Regina hatte am selben Abend, als Rufus nach London gefahren war, geschrieben, und Mrs. Payson wiederholt, was sie bei ihrem Gespräch auf den Champs Elysées erfahren hatte, und um ihr Verständnis, um Nachricht und Rat gebeten. Mrs. Payson, die morgens den Brief erhalten hatte, beantwortete ihn – ihren herzlichen und mitleidigen Impulsen folgend – sofort und hatte den Brief zur Post geschickt. Ihre Erfahrungen bezüglich der unglücklichen Personen, die in dem »Heim« aufgenommen worden waren, ließen sie keineswegs an die Unschuld eines davongelaufenen Mädchens glauben, das Versuchungen ausgesetzt war. Um Gerechtigkeit gegenüber Regina zu üben, hatte sie den Brief beigefügt, in dem Amelius zugab, daß Sally die Nacht unter seinem Dach zugebracht hatte.

»Ich glaube, daß ich nur die schändliche Wahrheit sage«, hatte Mrs. Payson geschrieben, »wenn ich hinzufüge: seit damals war dieses Mädchen eine Bewohnerin des Häuschens von Mr. Goldenheart. Wenn Sie diesen schamvollen Zustand mit Rufus Dingwells Versicherung in Einklang bringen können, sein Freund stehe treu zu seiner Verlobung, dann habe ich weder das Recht noch den Wunsch, irgendeinen Versuch zu unternehmen, Ihre Meinung zu beeinflussen. Aber Sie haben mich um meinen Rat gebeten und ich darf nicht davor zurückschrecken, ihn zu erteilen. Als eine ehrliche Frau muß ich Ihnen sagen, daß der Entschluß Ihres Onkels, die Verlobung aufzulösen, dem Kurs entspricht, den ich selbst eingeschlagen hätte, wäre eine Tochter von mir in Ihre schmerzliche und erniedrigende Lage versetzt worden.« Es war noch genügend Zeit für ihn, diese in starken Worten ausgedrückten Ansichten mit der Tagespost zu mildern. Rufus appellierte vergebens an Mrs. Payson, die Schlußfolgerung, zu der sie gekommen war, nochmals zu überdenken. Innerhalb der Grenzen, die Mrs. Payson durch ihre tägliche Routinearbeit gesetzt waren, war sie eine derart wohltätige und rücksichtsvolle Person, wie sie sonst nicht leicht zu finden war. Aber unter den Eigenschaften, die zu denen gehörten, aus denen sich die moralische Haltung von Mrs. Payson ergab, war nicht geistige Großzügigkeit, die – nach langen und zuverlässigen Erfahrungen mit der Ordnung – nichtsdestoweniger begreifen kann, daß andere Köpfe auch Erfahrungen gesammelt haben, und zwar mit Ausnahmen von den Regeln dieser Ordnung. Sie klammerte sich fest an ihr engstirniges, gewissenhaftes Pflichtbewußtsein, das durch einen natürlichen Unwillen gegen Amelius gesteigert worden war: gegen Amelius, weil er sie enttäuscht, und gegen Rufus, der keine Bedenken gehabt hatte, ihn zu verteidigen. Die beiden alten Freunde gingen zum erstenmal in ihrem Leben kühl auseinander.

Rufus kehrte in sein Hotel zurück, um eine Nachricht von Amelius abzuwarten.

Der Tag verging, und der einzige Besucher, der seine Einsamkeit belebte, war ein amerikanischer Brieffreund, der mit einer Agentur in Verbindung stand, die seine Angelegenheiten in England verwaltete. Der Auftrag, den dieser Herr hatte, lautete: seinem Klienten den vernünftigsten und schnellsten Rat über die Anlage seines Geldes zu geben. Nachdem er die sichersten und seriösesten Geldanlagen erwähnt hatte, fügte der Besucher ein warnendes Wort hinzu, das sich auf die einleuchtend scheinenden und gefährlichen (und jetzt üblichen) Geldinvestitionen bezog. »Da gibt es zum Beispiel«, sagte er, »eine von Farnaby aufgezogene Bank ...«

»Unnötig, mich vor Farnaby zu warnen«, unterbrach Rufus. »Ich würde keine Anteile an seiner Bank aufnehmen, und wenn er sie mir schenkte!«

Sein amerikanischer Freund sah überrascht aus. »Gewiß können Sie die Nachricht noch gar nicht gehört haben?« rief er aus. »Man weiß ja noch nicht einmal auf der Börse davon.«

Rufus erklärte, daß er nur durch seine persönliche Voreingenommenheit gegen Farnaby beeinflußt so gesprochen habe. »Was hört man also jetzt?« fragte er.

Er wurde im Vertrauen davon unterrichtet, daß ein Sturm sich zusammenbraue; mit anderen Worten: es sei in der Bank eine wichtige Entdeckung gemacht worden. Vor einiger Zeit hätten die Direktoren einem Geschäftsmann – der von Mr. Farnaby selbst eine Garantie besaß – eine große Geldsumme vorgestreckt. Der Mann war soeben gestorben, und eine Prüfung seiner Angelegenheiten hätte gezeigt, daß er einige hundert Pfund nur unter der Bedingung erhalten hatte, seinen Mund zu halten. Der größte Teil dieser Summe sei – wie festgestellt wurde – in Mr. Farnabys Besitz gelangt und war von seiner Zeitung verschlungen worden, seiner Patentmedizin und – abgesehen von seinem richtigen Betrieb – von seinen anderen faulen Spekulationen. »Sie mögen das vielleicht nicht wissen«, schloß sein amerikanischer Freund, »aber Farnaby ist aus der Gosse aufgestiegen. Sein Bankrott ist nur eine Frage der Zeit und er wird in die Gosse zurückfallen. Und er wird höchstwahrscheinlich wegen des Verdachtes eines kriminellen Vergehens vor Gericht erscheinen müssen. Ich habe gehört, daß Melton, dessen Kreditwürdigkeit in letzter Zeit die Bank noch über Wasser hielt, zu seinem Freund nach

Paris unterwegs ist. Man sagt, Farnabys Nichte sei ein schönes Mädchen und Melton verliebt in sie. Schlimm für Melton!«

Rufus hörte aufmerksam zu. Während er den Auftrag für die Anlage seines Geldes unterzeichnete, entschloß er sich im stillen, sich in der Angelegenheit der Verlobung seines jungen Freundes im Augenblick nicht zu rühren.

Den Rest des Tages und am Abend wartete er auf Amelius und wartete vergebens. Mitternacht war schon nahe, als Toff mit einer Nachricht von seinem Herrn erschien. Amelius hatte Sally entdeckt und war in einem derart ermüdeten Zustand zurückgekommen, daß er nur imstande war, eine kleine Erfrischung zu sich zu nehmen und ins Bett zu gehen. Er würde morgen früh wieder vom Häuschen abwesend sein, aber er hoffe, im Lauf des Tages im Hotel vorbeizukommen. Rufus beobachtete Toffs Gesicht mit einem ernsten und aufmerksam forschenden Blick. Und er versuchte, weitere Informationen aus ihm herauszuholen. Aber der alte Franzose verlor in seiner unbeweglichen Ruhe und Zurückhaltung seine Würde nicht: »Sie packten mich heute morgen an der Schulter, Sir, und drehten mich im Kreis herum«, sagte er. »Es ist nicht mein Wunsch, ein zweitesmal wie ein Würfel behandelt zu werden! Im übrigen ist es nicht meine Gewohnheit, mich in meines Herrn Geheimnisse zu drängen.«

»Es ist nicht meine Gewohnheit«, erwiderte Rufus kühl, »übelzunehmen. Ich bitte Sie ernsthaft um Entschuldigung, Sir, weil ich Sie wie einen Würfel behandelt habe. Und ich biete Ihnen meine Hand!«

Toff war bis zur Tür gelangt. Er kehrte sofort mit der Würde zurück, über die ein Franzose in den ernsten Notlagen seines Lebens stets verfügt. »Sie berufen sich auf mein Herz und meine Ehre, Sir«, sagte er. »Ich vergrabe die Ereignisse von heute morgen; sie seien vergessen, und ich gebe mir die Ehre, Ihre Hand anzunehmen.«

Als sich die Tür hinter ihm geschlossen hatte, grinste Rufus ingrimmig. »Du hast nicht die Gewohnheit, dich in deines Herrn Geheimnisse zu drängen?« wiederholte er. »Wenn Amelius in deinem Gesicht lesen kann so wie ich, so wird er morgen, wenn er ausgeht, über seine Schulter sehen und – zehn zu eins –: Er wird dich in einiger Entfernung hinter sich erblicken!«

Später am Tag meldete Amelius sich im Hotel. Er war außergewöhnlich zurückhaltend, solang er von Sally sprach; er sagte nur, sie sei krank und in ärztlicher Behandlung und wechselte dann das Thema.

Rufus fiel sein deprimierter und ängstlicher Gesichtsausdruck auf, und er fragte ihn, ob er von Regina gehört hätte. Nein, längere Zeit als sonst sei verstrichen, seit Regina ihm geschrieben habe. »Ich verstehe es nicht«, sagte er traurig. »Ich nehme nicht an, Sie haben sie in Paris gesehen?«

Rufus hatte sein Versprechen gehalten, Reginas Namen nicht in Sallys Anwesenheit zu erwähnen. Aber um des Freundes willen, den er liebte, war es unmöglich für ihn, Amelius ins Gesicht zu blicken, ohne die an ihn gestellte Frage aufrichtig zu beantworten. »Ich fürchte, von dieser Seite kommen Schwierigkeiten auf Sie zu, mein Sohn.« Nach diesen warnenden Worten beschrieb er, was zwischen Regina und ihm vorgefallen war. »Irgendein unbekannter Feind von Ihnen hat bei ihrem Onkel gegen Sie gesprochen«, schloß er. »Ich nehme an, mein armer Junge, Sie haben sich Feinde geschaffen, seit Sie in London sind.«

»Ich kenne den Mann«, antwortete Amelius. »Er wollte Regina heiraten, ehe ich sie traf. Sein Name ist Melton.«

Rufus erschrak. »Ich habe erst gestern gehört, daß er bei Farnaby in Paris ist. Und das ist noch nicht das Schlimmste, Amelius. Es gibt noch jemanden, der Schwierigkeiten macht: eine gute Freundin von mir, deren Charakter sich derart verändert hat, daß es mich nach einer zwanzigjährigen Erfahrung überrascht hat. Ich nehme an, in der Anlage der besten Frau, die je gelebt hat, gibt es einen Tropfen Böswilligkeit, und Männer finden das erst heraus, wenn eine andere Frau kommt und ihn aufrührt. Warten Sie noch!« fuhr er fort, nachdem er vom Ergebnis seines Besuchs bei Mrs. Payson berichtet hatte. »Ich habe Miss Regina telegraphiert, sie möge Geduld üben und Ihnen trauen. Schreiben Sie ihr nicht, um sich zu verteidigen, ehe Sie gehört haben, wie sie Sie nach meiner Botschaft einschätzt. Die morgige Post bringt vielleicht eine Antwort.«

Die morgige Post brachte eine Antwort.

Zwei Briefe erreichten Amelius aus Paris. Einer kam von Mr. Farnaby – kurz und unverschämt –, der die Verlobung auflöste. Der andere kam von Regina, die sich mit sehr harten Worten ausdrückte. Ihr schwacher Charakter ging, wie das bei allen schwachen Naturen vorkommt, von einem Extrem ins andere, und sie flüchtete sich – einmal herausgefordert, sich zu behaupten – in eine Heftigkeit, so wie scheue Menschen oft zu Unverschämtheiten Zuflucht nehmen. Nur eine Frau mit einem stärkeren Charakter hätte über das ihr zugefügte Unrecht in einem gerechteren und bescheideneren Ton geschrieben.

Regina begann ohne irgendeine einleitende Anrede. Sie hätte nicht im Sinn, Amelius Vorwürfe zu machen und nicht den Wunsch, einem Mann gegenüber von ihren Leiden zu sprechen, der keine

Achtung vor sich selbst, noch für sie Liebe, sogar nicht einmal Mitleid bewiese. Um ihrer selbst gerecht zu werden, entbände sie ihn seines Versprechens und sende seine Briefe und Geschenke zurück. Ihre eigenen Briefe möge er in einem versiegelten Paket an sie unter ihres Onkels Geschäftsadresse in London schicken. Sie würde dafür beten, daß er zur Erkenntnis der von ihm verübten Sünde kommen möge und er später das Leben eines wertvollen und glücklichen Mannes würde führen können. Im übrigen sei ihr Entschluß unwiderruflich. Sein eigener Brief an Mrs. Payson verurteile ihn, und das Zeugnis eines alten und verehrten Freundes ihres Onkels beweise, seine Schlechtigkeit sei nicht die Folge eines plötzlichen Impulses, sondern die eines durch viele Wochen hindurch verfolgten Kurses der Niederträchtigkeit und Falschheit. Vom Augenblick an, da sie diese Entdeckung gemacht habe, sei er für sie ein Fremder gewesen, und jetzt entbiete sie ihm ihr »Adieu!«.

»Haben Sie ihr geschrieben?« fragte Rufus, nachdem er die Briefe gesehen hatte.

Amelius wurde rot vor Ärger. Er war sich dessen nicht bewußt, aber sein Aussehen und Benehmen zeigten deutlich, daß Regina ihre Macht über ihn verloren hatte. Ihr Brief hatte ihn beleidigt und nicht verwundet: er war wütend und empört; seine tieferen und zarteren Empfindungen, die Gefühlsbewegungen eines verletzten und erniedrigten Liebhabers waren durch die harten Worte der Abweisung und des Abschieds getötet worden.

»Glauben Sie, ich ließe mich ohne ein Wort des Protests auf diese Weise behandeln?« sagte er zu Rufus. »Ich habe ihr geschrieben und es abgelehnt, mein Eheversprechen zurückzunehmen. ›Ich erkläre auf mein Ehrenwort, daß ich Dir und unserem Verlöbnis gegenüber treu geblieben bin‹ – so habe ich mich ausgedrückt – ›und ich verachte die häßliche Auslegung, die Dein Onkel und sein Freund einem Akt christlicher Barmherzigkeit geben!‹ Ich schrieb – ehe ich den Brief abschloß – noch mit Mitgefühl für ihre Verzweiflung etwas zärtlicher und weil ich vor allem bemüht war, diese nicht noch zu vergrößern. Wir werden sehen, ob sie noch genug Liebe für mich aufbringt, um meiner Treue und meiner Ehre zu trauen, anstatt falschem Anschein zu glauben. Ich gebe ihr noch Zeit.«

Rufus hielt sich rücksichtsvollerweise davon zurück, irgendeine Meinung zu vertreten. Er wartete auf den nächsten Morgen, da man erst dann eine Antwort aus Paris erwarten konnte; dann erschien er im Häuschen.

Ohne ein Wort zu sagen, legte Amelius einen Brief in die Hand seines Freundes. Es war sein eigener Brief an Regina, der ihm zurückgeschickt worden war. Auf der Rückseite war eine Zeile in Mr. Farnabys Handschrift zu lesen: »Wenn Sie noch irgendwelche Briefe schicken, so werden diese ungelesen verbrannt werden.« Diese unverschämten Worte schrieb dieser Elende, über dessen Kopf Bankrott und Enthüllungen hingen!

Rufus drückte sich daraufhin ganz offen aus: »Das ist nun das Ende«, sagte er. »Dieses Mädchen wäre niemals die richtige Frau für Sie gewesen, Amelius. Es ist gut, daß Sie das hinter sich haben. Vergessen Sie, daß Sie diese Leute auch nur kannten, und wir wollen von etwas anderem sprechen. Wie geht es Sally?«

Amelius bewies – nach dieser zum falschen Zeitpunkt vorgebrachten Frage – wieder sein heftiges Naturell. Er war in einem derartigen Zustand nervöser Reizbarkeit, daß sie ihn dazu führte, da leicht beleidigt zu sein, wo keine Beleidigung beabsichtigt war. »Ach, es besteht kein Grund für Ihre Sorge!« antwortete er verdrießlich. »Sie brauchen nicht zu befürchten, daß das arme Kind wieder herkommen wird, um hier mit mir zu leben. Sie steht noch immer unter Aufsicht des Arztes.«

Rufus ging über diese ärgerliche Antwort hinweg, ohne sie zur Kenntnis zu nehmen, und schlug ihm auf die Schulter: »Ich sprach von dem Mädchen«, sagte er, »weil ich helfen wollte. Und ich kann ihr helfen, wenn Sie mir das erlauben. Bald werde ich in die Vereinigten Staaten zurückkehren. Ich wünschte, Sie würden mit mir kommen!«

»Und soll Sally im Stich lassen?« rief Amelius aus.

»Nichts dergleichen! Ehe wir wegfahren, würde ich mich darum kümmern, daß Sally zu Ihrer Zufriedenheit versorgt ist. Wollen Sie sich das mir zuliebe überlegen?«

Amelius gab nach. »Alles, um Ihnen zu Gefallen zu sein!« sagte er.

Rufus sah, daß Amelius Hut und Handschuhe auf dem Tisch liegen hatte. Er ging, ohne noch mehr zu sagen. Die Schwierigkeiten mit Amelius, dachte er, als er das Tor zum Häuschen hinter sich schloß, sind noch nicht vorbei.

Kapitel XI

Der Tag, für den der ehrenwerte alte Doktor Pinfold vorausgesagt hatte, daß Sally sich ziemlich erholt haben werde, war gekommen und vorbeigegangen, und sein ärztlicher Befund für Amelius lautete noch immer: »Sie müssen Geduld haben, Sir; sie ist noch nicht in einem genügend guten Zustand, um Sie sehen zu können.«

Toff, der seinen jungen Herrn ängstlich beobachtete, war durch dessen ständig sich verschlechternden Zustand, der sich zu dieser Zeit sehr bemerkbar machte, beunruhigt. Einmal traurig und schweigsam, einmal wieder bitter und gereizt, ging es mit ihm sowohl körperlich wie auch moralisch bergab, bis er wirklich nur noch wie sein eigener Schatten aussah. Er wechselte mit seinem treuen Diener kaum ein Wort, außer wenn er mechanisch »Guten Morgen« oder »Gute Nacht« sagte. Toff konnte es nicht länger ertragen. Auf die Gefahr hin, gröblich mißverstanden zu werden, folgte er seinem eigenen herzlichen Impuls und sprach: »Darf ich bekennen, Sir«, sagte er mit vollkommener Sanftheit und voller Respekt, »daß ich wahrhaft und herzlich betrübt bin, Sie so krank sehen zu müssen?«

Amelius sah ihn scharf an. »Ihr Diener macht immer ein großes Getue um Kleinigkeiten. Ich bin ein wenig herunter und brauche Luftveränderung – das ist alles! Vielleicht werde ich nach Amerika fahren. Das wird dir nicht behagen; ich würde mich nicht beklagen, wenn du dich nach einer neuen Stellung umsähest. ...«

Tränen standen in des alten Mannes Augen. »Niemals«, antwortete er inbrünstig. »Mein letzter Posten, Sir, wenn Sie mich wegschikken, wird mein heißgeliebter Dienst hier gewesen sein!«

Alle zärtlichen Gefühle, die Amelius besaß, wurden in ihm geweckt: »Vergib mir, Toff«, sagte er. »Ich bin einsam, fühle mich elend und habe mehr Sorgen um Sally, als ich's mit Worten sagen kann. Es kann keine Veränderung im meinem Leben eintreten, ehe meine Gedanken über das arme kleine Mädchen nicht ruhiger geworden sind. Aber wenn alles damit endet, daß ich nach Amerika fahren sollte, so kommst du mit mir – ich möchte dich, mein guter Freund, nicht um alles in der Welt verlieren!«

Toff blieb noch im Zimmer, als ob er noch etwas zu sagen hätte. Er wußte nichts von dem Heiratsplan mit Regina und seinem schließlichen Auseinanderbrechen, aber er hatte den vagen Verdacht, sein Herr sei in irgendeine Affäre mit irgendeiner unbekannten Dame verwickelt. Nun ergab sich für ihn die Gelegenheit, eine Frage zu stellen. Er riskierte sie auf eine geflissentlich bescheidene Weise:

»Fahren Sie nach Amerika, um dort zu heiraten, Sir?«

Amelius sah ihn mit einem plötzlichen Verdacht an. »Wer hat dir das in den Kopf gesetzt?« fragte er.

»Ich weiß nicht, Sir«, antwortete Toff bescheiden, »außer, es war meine eigene Einbildung. Wäre es so etwas Außerordentliches, wenn ein Herr in Ihrem Alter und von Ihrer Erscheinung irgendeine liebenswürdige Person zum Altar führte?«

Amelius war wiederum geschlagen; er lächelte schwach: »Genug mit dem Unsinn, Toff! Ich werde nie heiraten – verstanden?«

Toffs faltiges Gesicht hellte sich – mit einem schlauen Ausdruck – wieder auf. Er drehte sich um, im Begriff sich zurückzuziehen, zögerte und kehrte plötzlich zu seinem Herrn zurück.

»Bedürfen Sie für ein oder zwei Stunden meiner Dienste, Sir?« fragte er.

»Nein. Sei wieder zurück, bevor ich gehe – sei um drei Uhr wieder da!«

»Danke, Sir. Wenn Sie etwas in meiner Abwesenheit brauchen, so ist mein kleiner Junge unten.«

Der kleine Junge, der Toff bis zum Tor geleitete, sah zu seiner völligen Überraschung, daß sein Vater im Weggehen fröhlich mit den Fingern schnalzte und die ersten Takte der Marseillaise vor sich hin summte. »Irgend etwas wird geschehen!« sagte Toffs Junge auf seinem Rückweg zum Haus.

Der Weg vom Regent's Park bis zu den Blackacre-Buildings ist beinahe eine Reise von einem Ende von London zum anderen. Toff schaffte die Reise zum Teil unterstützt von einem Omnibus, und erschien in der Wohnung von Doktor Pinfold mit der vertrauensvollen Sicherheit eines Mannes, der sein Ziel genau kannte und auch wußte, warum er es erreichen wollte. Der Scharfsinn von Rufus hatte seine Absichten genau durchschaut: er war insgeheim seinem Herrn gefolgt und hatte sich aus vielerlei Motiven, bei denen die reine Zuneigung zu Amelius und seinen Interessen die Hauptrolle spielte, dem Arzt bekanntgemacht. Seine Erfahrungen in dieser Welt hatten ihn gelehrt, daß Sallys Verschwinden der Anfang von weiteren Schwierigkeiten sein würde. Was nütze ich meinem Herrn, war sein Argument für das, was er tat, wenn ich ihm nicht auch gegen seinen Willen Schwierigkeiten erspare?

Dr. Pinfold schrieb eben Verordnungen für eine Reihe kranker Leute aus, die vor ihm auf einer Bank saßen. »Sie sind doch nicht krank, oder?« fragte er Toff scharf. »Also schön, gehen Sie ins Wohnzimmer und warten Sie dort.«

Die Patienten waren entlassen worden und Toff versuchte, den

Zweck seines Besuches zu erklären. Der alte Schiffsarzt bestand darauf, erst durch eine klare Frage klar herauszufinden, was er wollte. »Hat Ihr Herr Sie hergeschickt oder ist das – wie das letztemal – wieder ein privater Besuch?«

»Es geht um die privatesten Dinge«, antwortete Toff, »denn mein armer Herr zehrt sich auf, ist elend und in einer steten Spannung, die ihn nicht losläßt. Etwas muß für ihn geschehen. Ach, guter und lieber Herr, helfen Sie mir in dieser allerelendigsten Lage! Sagen Sie mir die Wahrheit über Miss Sally!« Der alte Pinfold steckte seine Hände in die Tasche, lehnte sich an die Wand des Wohnzimmers und sah den Franzosen mit einem merkwürdigen Ausdruck an, in dem sich ehrliche Zuneigung mit einem komischen Gefühl der Erheiterung auf eigenartige Weise vermischten. »Sie sind ein anständiger Kerl«, sagte er, »und Sie sollen die Wahrheit erfahren. Ich war genötigt, Ihren Herrn über die schwierige junge Sally zu belügen; ich habe darauf bestanden, daß sie zu krank sei, um ihn zu sehen oder seine Briefe zu beantworten. Beides Lügen! Sie hat nichts im Augenblick – außer einer Krankheit, die ich nicht heilen kann: ihr Geist ist gestört. Sie bildet sich ein, sie habe sich in seiner Einschätzung ihrer Person für immer erniedrigt, weil sie ihn verlassen habe und hierher gekommen sei. Es hat keinen Sinn, ihr zu sagen – was übrigens vollkommen wahr ist –, daß sie fast den Verstand verloren hatte und für das, was sie damals tat, nicht verantwortlich ist. Sie bleibt nichtsdestoweniger bei ihrer Meinung. ›Was kann er von mir denken, außer daß ich freiwillig in mein schandbares altes Leben zurückgekehrt bin? Wenn er hier ins Zimmer käme, müßte ich mich aus dem Fenster stürzen.‹ So antwortete sie mir und – was die Sache noch schlimmer macht – es bricht ihr das Herz vor Sehnsucht nach ihm. Das arme Ding sehnt sich derart nach irgendeiner Nachricht über seinen Gesundheitszustand und über das, was er tut – es ist ein Jammer, das mitansehen zu müssen! Ich glaube nicht, daß ihr fiebriges kleines Hirn das noch viel länger aushalten wird, und ich lasse mich hängen, wenn ich sagen könnte, was man jetzt machen soll, um das wieder in Ordnung zu bringen! Die beiden Frauen – ihre Freundinnen – haben keinerlei Einfluß auf sie. Als ich sie heute morgen aufsuchte, war sie undankbar genug, zu sagen: ›Warum haben Sie mich nicht sterben lassen?‹ Wie Ihr Herr zu diesem unglückseligen Menschen gekommen ist, kann ich mir nicht vorstellen und es geht mich auch nichts an. Ich wünschte nur, er wäre eine andere Art Mann. Ehe ich ihn so gut kannte wie jetzt, habe ich – wie ein Narr – vorausgesagt, er wäre genau die richtige Person, um dieses Mädchen zu lenken. Ich habe meine Meinung geändert. Er ist ein derart prächtiger Bursche, so impulsiv und zartbesaitet, daß er ihr in ihrem augenblicklich erregten Zustand sicherlich mehr Schaden zufügen würde, als ihr Gutes zu tun. Wissen Sie, ob er heiraten wird?«

Toff hatte ihm bisher schweigend und besorgt zugehört, aber jetzt sah er plötzlich auf. »Warum fragen Sie mich das, Sir?«

»Es ist vielleicht eine ganz unbegründete Frage«, bemerkte der alte Pinfold. »Aber Sally hört nicht auf, uns zu erzählen, sie stünde seinen Aussichten im Leben im Wege. Sie hat es sich irgendwie in ihren eigensinnigen kleinen Kopf gesetzt, seine Aussichten im Leben bestünden in einer Heirat und der stünde sie im Wege! – Hallo, gehen Sie schon wieder?«

»Ich möchte zu Miss Sally gehen, Sir. Ich glaube, ich kann ihr etwas sagen, was sie trösten wird. Glauben Sie, sie wird mich hereinlassen?«

»Sind Sie der Mann mit dem Spitznamen ›Toff‹? Sie spricht manchmal von einem ›Toff‹.«

»Ja, Sir, ja! Ich heiße Théophile Leblond, ansonsten genannt ›Toff‹. Wo kann ich sie finden?«

Dr. Pinfold läutete. »Mein Laufbursche geht an dem Haus vorbei, um irgendwo Medizin abzuliefern«, antwortete er. »Es ist ein armseliges Haus, aber Sie werden finden, daß es dort sauber und ganz hübsch ist – dank Ihrem guten Herrn! Er hilft den beiden Frauen, im Ausland ein neues Leben zu beginnen; und während sie darauf warten, bei der Überfahrt an die Reihe zu kommen, haben sie sich noch ein Zimmer gemietet und auf den Wunsch Ihres Herrn auch einige anständige Möbelstücke ausgeliehen. Ah, da ist der Junge, er wird Ihnen den Weg zeigen. Noch ein Wort, bevor Sie gehen! Was wollen Sie Sally sagen?«

»Ich werde ihr in jedem Fall eines sagen, Sir: mein Herr sei verzweifelt, weil sie ihm fehlt!«

Dr. Pinfold schüttelte den Kopf. »Das wird Ihnen nicht sehr weiterhelfen, um sie zu überzeugen. Sie werden damit nur auch sie zur Verzweiflung bringen, und mehr werden Sie dadurch auch nicht erreichen.«

Toff legte seinen Zeigefinger an seine Nase: »Angenommen, ich sage ihr etwas anderes, Sir? Angenommen, ich sage ihr, mein Herr wird niemanden heiraten?«

»Sie wird nicht glauben, daß Sie irgend etwas darüber wissen.«

»Sie wird mir aus folgendem Grund glauben«, sagte Toff wichtig. »Ich habe meinem Herrn diese Frage gestellt, ehe ich herkam, und ich habe aus seinem eigenen Munde gehört, daß keine junge

Dame für ihn existiert und er nicht – bestimmt nicht – heiraten wird! Wenn ich das Miss Sally sage, Sir, wohin glauben Sie wird das führen? Wollen Sie wirklich einen Schilling darauf setzen, daß das keine Wirkung auf sie haben wird?«

»Ich setze keinen Penny darauf! Folgen Sie dem Jungen und sagen Sie der jungen Sally, ich schicke ihr da einen besseren Arzt, als ich es bin.«

Während Toff auf dem Weg zu Sally war, störte Toffs Sohn Amelius durch die Anmeldung eines Besuchers. Die Visitenkarte, die er hereinbrachte, lautete: »Bruder Bawkwell aus Tadmor.«

Amelius sah die Karte und lief in die Halle hinaus, um den Besucher mit ausgebreiteten Armen herzlich willkommen zu heißen. »Oh, wie freue ich mich, Sie zu sehen!« rief er aus. »Kommen Sie herein und erzählen Sie mir alles über Tadmor!«

Bruder Bawkwell erwiderte den enthusiastischen Empfang mit einem grimmig überraschten Blick. Er war ein trockener, alter, harter Mann, mit einem struppigen weißen Bart, einer niedrigen Stirn voller Falten und einem harten, schmallippigen Mund; weder nach seinem Alter noch nach seinem Temperament paßte es ihm, wenn man ihn als einen intimen Freund eines der jüngeren Brüder der Gemeinschaft bezeichnet hätte. Aber es wärmte das Herz von Amelius, zu einem der traurigsten Zeitpunkte in seinem Leben jemanden zu treffen, der ihn an seine ruhigen und glücklichen Tage in Tadmor erinnerte. Sogar dieser kalte alte Sozialist schien ihm jetzt – zum ersten Male – so etwas wie ein willkommener Freund zu sein.

Bruder Bawkwell nahm den angebotenen Platz ein und eröffnete das Verfahren, indem er in feierlicher Stille auf seine Uhr sah. »Fünfundzwanzig Minuten nach Zwei«, sagte er zu sich und steckte die Uhr wieder ein.

»Sind Sie mit der Zeit knapp?« fragte Amelius.

»Viel kann in zwanzig Minuten erledigt werden!« antwortete Bruder Bawkwell mit einem schottischen Akzent, der die Prüfungen eines halben in Amerika verbrachten Lebens überdauert hatte. »Sie sollen wissen, daß ich mich auf einer Mission im Auftrag der Gemeinschaft in England befinde und im Besitz einer Liste von insgesamt siebenundzwanzig Personen bin, mit denen ich auftragsgemäß über Angelegenheiten von unterschiedlicher Wichtigkeit zu verhandeln habe. Die Ihre, Freund Amelius, ist von geringer Wichtigkeit. Ich kann Ihnen zehn Minuten geben.«

Er öffnete eine große, schwarze Brieftasche, die mit einer Menge von Briefen angefüllt war; indem er zwei von ihnen auf den Tisch vor sich hinlegte, wandte er sich Amelius zu, als ob er in einer öffentlichen Versammlung eine Rede zu halten hätte:

»Ich muß Ihre Aufmerksamkeit für gewisse Punkte erbitten, die auf einer Ratsversammlung in Tadmor am 3. Dezember vorigen Jahres behandelt wurden und sich auf eine Person beziehen, die – gemeinsam mit Ihnen – unter dem Urteilsspruch einer zeitweiligen Abwesenheit von der Gemeinschaft …«

»Mellicent!« rief Amelius aus.

»Wir haben keine Zeit für Unterbrechungen«, bemerkte Bruder Bawkwell. »Die Person ist Schwester Mellicent, und Aufgabe des Rates war es, sich mit einem Briefe zu beschäftigen, der mit ihrer Unterschrift am zweiten Dezember eingelangt war. Besagter Brief«, fuhr er fort und hob eines der Papiere empor, »wurde folgendermaßen von dem Sekretär der Gemeinschaft gekürzt und sagt inhaltsgemäß erstens: ›Daß die verheiratete Schwester, unter deren Obhut sie in New York lebt, im Begriff sei, sich mit ihrem Gatten in England niederzulassen, wo er als Leiter einer Zweigstelle seines Betriebs, die in London errichtet wurde, tätig sein wird.‹ Zweitens: ›Daß sie‹ – gemeint ist Schwester Mellicent – ›ernste Gründe dafür hat, ihre Verwandten nicht nach England zu begleiten, jedoch keine anderen Freunde besitzt, die sich um ihr Wohlergehen kümmern können, wenn sie in New York bleibt.‹ Drittens: ›Daß sie unter diesen Umständen an die Barmherzigkeit des Rates appelliert, den Ausdruck ihrer aufrichtigen Reue für das Vergehen der Überschreitung einer Regel entgegenzunehmen, und ihn bittet, einer freundlosen und reuigen Person die Rückkehr in das einzige Heim zu gestatten, das ihr geblieben ist: ihre Heimat in Tadmor.‹ Nein, Freund Amelius, für Ausdrücke des Mitgefühls haben wir keine Zeit, denn die erste Hälfte der zehn Minuten ist bereits vergangen. Ich habe Sie weiterhin davon zu unterrichten, daß eine Abstimmung über diese Frage abgehalten wurde und zwar in folgender Form: ›Stimmt es mit der ernsten Verantwortung, die der Rat trägt, überein, wenn man die Aufhebung eines Urteils in Erwägung zieht, das nach den Bestimmungen, wie sie im Buch der Regeln festgelegt wurden, rechtens ausgesprochen wurde?‹ Das Ergebnis war sehr bemerkenswert. Die Stimmen pro und contra waren gleichmäßig verteilt. Wie Sie wissen, bestimmen unsere Gesetze, daß die Entscheidung für diesen Fall dem Alt-Bruder überlassen bleibt, der daraufhin seine Stimme dahingehend abgab: die Aufhebung des Urteils sei in Betracht zu ziehen. Er stellte daraufhin den nächsten Antrag, daß das Urteil dementsprechend aufzuheben sei.

Dies wurde mit einer kleinen Mehrheit angenommen. Woraufhin Schwester Mellicent wieder in Tadmor aufgenommen wurde.«

»Ach, der liebe, gute Alt-Bruder!« rief Amelius aus. »Immer auf der Seite der Barmherzigkeit!«

Bruder Bawkwell hob protestierend seine Hand. »Sie scheinen keinen Begriff vom Wert der Zeit zu haben, seien Sie doch still! Als reisender Vertreter der Gemeinschaft habe ich weiterhin den Auftrag zu sagen, daß – als Folge der Aufhebung des Urteils gegen Schwester Mellicent – der Urteilsspruch gegen Sie folglich ebenfalls aufgehoben wurde. Es steht Ihnen frei – Ihren Wünschen und Plänen entsprechend –, gleichermaßen nach Tadmor zurückzukehren. Aber hören Sie, was auf Sie zukommt, lieber Freund Amelius! Der Rat bleibt bei seinem Beschluß, daß Ihre Entscheidung zwischen uns und der Welt vollkommen vorurteilsfrei getroffen werden muß. Aus der Furcht heraus, damit auch nur einen indirekten Einfluß auszuüben, haben wir uns absichtlich davon zurückgehalten, mit Ihnen Verbindung aufzunehmen. Aus demselben Grunde sagen wir nun, daß es – sollten Sie zu uns zurückkehren – keinerlei Einmischung unsererseits geben darf. Wir teilen Ihnen ein Ereignis mit, das sich in Ihrer Abwesenheit zugetragen hat, mehr tun wir nicht!«

Er machte eine Pause und sah nach seiner Uhr. Die Zeit wirkt – wie das Sprichwort sagt – Wunder: Die Zeit verschloß ihm den Mund!

Amelius antwortete schweren Herzens. Die Botschaft des Rates hatte ihn von der Erinnerung an Mellicent zur Erkenntnis seiner eigenen Lage gebracht. »Meine Erfahrungen mit der Welt waren sehr hart«, sagte er. »Ich würde gerne heute nach Tadmor zurückkehren, wäre es nicht wegen einer Überlegung ...« Er zögerte, das Bild von Sally stand vor ihm und Tränen stiegen ihm in die Augen; er sagte nichts mehr.

Bruder Bawkwell, sehr in Zeitnot, stand auf und übergab Amelius das zweite Papier, das er seiner Brieftasche entnommen hatte.

»Hier ist ein durchaus formloses Dokument«, sagte er. »Es sind einige Zeilen von Schwester Mellicent, die ich Ihnen zu bringen den Auftrag hatte. Seien Sie so gütig und lesen Sie sie so schnell wie möglich durch und sagen Sie mir, ob Sie darauf eine Antwort geben wollen.«

Es gab nicht viel zu lesen:

»Amelius, die guten Leute hier haben mir vergeben und erlaubten mir, zu ihnen zurückzukehren. Ich lebe nun glücklich hier, mein Lieber, und mit meinen Erinnerungen an Sie! Ich gehe spazieren, so wie wir einst spazieren gegangen sind, und manchmal fahre ich mit dem Boot auf den See hinaus und denke an die Zeit, als ich Ihnen meine traurige Geschichte erzählte. Ihre armen kleinen Lieblingstiere sind in meiner Pflege: der Hund, der Pfau und die Vögel – allen geht es gut und sie warten auf Sie, gemeinsam mit mir! Mein Glaube, daß Sie zu mir zurückkehren werden, bleibt wie von Anfang an ungebrochen. Ich sage es noch einmal: wenn Ihr Lebensmut unter der Last des Lebens sinkt und Ihr Herz sich wieder den Freunden Ihres früheren Lebens zuwenden wird, dann werden Sie mich als erste unter denen sehen, die Sie willkommen heißen werden. Bis diese Zeit kommt, denken Sie hie und da an mich. Leben Sie wohl!«

»Ich warte«, sagte Bruder Bawkwell und nahm seinen Hut.

Amelius antwortete mit Mühe: »Danken Sie ihr freundlichst in meinem Namen«, sagte er. »Das ist alles.« Sein Haupt senkte sich, als er dies sagte. Er verfiel in Nachdenken, als wäre er allein im Zimmer.

Aber der Botschafter aus Tadmor – vorgewarnt durch den Minutenzeiger auf seiner Uhr – lenkte seine Aufmerksamkeit auf die augenblicklichen Ereignisse zurück. »Sie würden mir einen Gefallen erweisen«, sagte Bruder Bawkwell und zog eine Namens- und Adressenliste hervor, »wenn Sie mich unterrichten könnten, wie ich die Person finde, die hier genannt ist: die achte von oben. Es wird langsam zwanzig Minuten vor drei!«

Die Adresse, auf die hingewiesen wurde, war nicht weit von hier zu finden: auf der nördlichen Seite des Regent's Park. Amelius – noch immer schweigsam und in Gedanken – war gern bereit, den Führer zu spielen. »Danken Sie bitte dem Rat für seine Güte mir gegenüber«, sagte er, als sie ihr Ziel erreicht hatten. Bruder Bawkwell sah Freund Amelius mit einem ruhigen, fragenden Blick an. »Ich denke mir, Sie werden am Ende zu uns zurückkehren«, sagte er. »Wenn ich Sie dann in Tadmor wiedersehe, werde ich die Gelegenheit benutzen, Ihnen einige wenige Bemerkungen über den Wert der Zeit mitzuteilen.«

Amelius ging ins Häuschen zurück, um zu sehen, ob Toff in seiner Abwesenheit zurückgekehrt sei, ehe er selbst seinen täglichen Besuch bei Dr. Pinfold abstattete. Er rief die Küchenstufen hinunter: »Bist du da, Toff?« Und Toff antwortete lebhaft: »Zu

Diensten, Sir!« Der Himmel hatte sich bewölkt und Regen drohte. Amelius fand seinen Schirm nicht in der Halle und ging in die Bibliothek, um ihn zu suchen. Als er die Türe hinter sich schloß, erschienen Toff und sein Junge auf den Küchenstufen; beide gingen auf den Zehenspitzen und beide waren offensichtlich auf Ausschau nach etwas.

Amelius fand seinen Schirm. Aber es war charakteristisch für die melancholische Veränderung, die in ihm vorgegangen war, daß er – statt sofort mit der frischen Lebendigkeit seiner glücklicheren Tage wieder auszugehen – müde in den nächsten Stuhl fiel; Sally war ihm wieder in den Sinn gekommen, und er entschloß sich, den Befehlen des Arztes Widerstand entgegenzusetzen und – komme, was da wolle – zu verlangen, sie sehen zu dürfen.

Er schaute plötzlich auf. Ein leichtes Geräusch hatte ihn erschreckt.

Es war ein leises, raschelndes Geräusch und es kam aus dem traurigerweise leeren Zimmer, das einst Sally gehört hatte.

Er lauschte und hörte es wieder. Er sprang auf – sein Herz schlug wild – und öffnete die Zimmertüre.

Sie war hier.

Ihre Hände lagen gefaltet über ihrer heftig atmenden Brust. Sie war außerstande, ihn anzusehen, außerstande, ihn anzusprechen, außerstande, ihm entgegenzugehen, bis er seine Arme für sie öffnete. Dann brach alle Liebe und aller Schmerz in einem leise geflüsterten Ausruf aus ihr hervor. Sie verbarg ihren errötenden Kopf an seiner Brust. Das zarte Rosa verfärbte ihren Hals; ein unausgesprochenes Eingeständnis alles dessen, was sie gefürchtet und was sie erhofft hatte.

Eine Zeitspanne ohne Worte. Sie lagen einander stumm in den Armen.

Aber unter ihnen, im Stockwerk darunter, wurde das Schweigen im Häuschen durch einen Ausbruch von Tanzmusik fröhlich gestört – mit einem rhythmischen Stampfen der Füße im Takt einer fröhlichen Weise. Toff spielte auf seiner Geige, und Toffs Sohn tanzte zur Musik seines Vaters.

Rufus fuhr – nachdem er ein bis zwei Tage auf eine Nachricht von Amelius gewartet hatte – zum Häuschen, um nachzufragen.

»Mein Herr hat die Stadt verlassen, Sir«, sagte Toff, als er die Türe öffnete.

»Wohin?«

»Ich weiß es nicht, Sir.«

»Ist irgend jemand mit ihm?«

»Ich weiß es nicht, Sir.«

»Irgendwelche Nachricht von Sally?«

»Ich weiß es nicht, Sir.«

Rufus trat in die Halle. »Hören Sie mal, Herr Franzose! Dreimal ist genug; ich habe mich bereits dafür entschuldigt, daß ich Sie bei einer früheren Gelegenheit wie einen Drehwürfel behandelt habe. Ich fürchte, ich tu das noch einmal, Sir, wenn ich auf meine nächste Frage keine Antwort erhalte! Meine Hände jucken mir schon danach, Hand an Sie zu legen, weiß Gott! Wann wird Amelius zurück erwartet?«

»Ihre Frage ist bestimmt, Sir«, sagte Toff würdevoll. »Ich bin glücklich, mit einer ebenso bestimmten Antwort dienen zu können. Mein Herr wird in drei Wochen zurückerwartet!«

Nachdem Rufus wenigstens diese Auskunft erhalten hatte, überlegte er sich, was als nächstes zu tun sei. Er entschloß sich, daß »der Junge es wert ist, auf ihn zu warten« und es für ihn – als einen Amerikaner – aber am klügsten wäre, zurückzufahren und in Paris zu warten.

Als er zwei, drei Tage später durch die Gärten der Tuilerien ging und in die Rue de Rivoli gelangte, erinnerte ihn der Name eines der Hotels in diesem Bezirk an Regina. Er folgte seiner Neugier und fragte nach, ob Mr. Farnaby und seine Nichte noch in Paris wären.

Der Manager des Hotels stand in dem Augenblick in der Portierloge. Soweit er wisse, so sagte er, seien Mr. Farnaby und seine Nichte, sowie ein englischer Herr mit ihnen jetzt auf Reisen. Sie hätten das Hotel auf eine etwas geheimnisvolle Weise verlassen. Der Diener sei entlassen worden und der Kutscher des Mietwagens, mit dem sie abfuhren, wurde angewiesen, geradeaus loszufahren und spätere Befehle abzuwarten. Kurz, so drückte sich der Manager aus, die Abreise hätte einer Flucht geähnelt. Rufus erinnerte sich an das, was sein amerikanischer Agent ihm erzählt hatte und nahm diese Nachricht ohne Erstaunen auf. Sogar die unverständliche Ergebenheit von Mr. Melton den Interessen eines Mannes wie Mr. Farnaby gegenüber, erschien ihm nicht als ein überraschender Umstand. Seiner Ansicht nach war Mr. Meltons Benehmen nur mit seiner Aussicht auf eine zukünftige Belohnung zu erklären, und diese Belohnung hieß: Miss Regina.

Nach drei Wochen kehrte Rufus nach London zurück.

Wieder einmal standen er und Toff sich an der Türschwelle gegenüber. Diesmal bot der freundliche alte Mann einen Anblick, der – gelinde gesagt – blendend schien: Er war von Kopf bis Fuß mit neuen Kleidern angetan und prunkte mit einer immensen Rosette aus weißem Band im Knopfloch.

»Donner und Doria!« rief Rufus aus, »der Herr Franzose wird heiraten!«

Toff lehnte es ab, dies als Witz aufzunehmen. Er wahrte – so steif wie je – seine Würde: »Verzeihen Sie, Sir, ich besitze bereits Frau und Familie.«

»Besitzen Sie? Also, heute bitte keine ›ich-weiß-es-nicht‹-Antworten gefälligst! Ist Amelius zurückgekommen?«

»Ja, Sir.«

»Und was für Nachrichten gibt es von Sally?«

»Gute Nachrichten, Sir. Miss Sally ist ebenfalls zurückgekehrt.«

»Das nennen Sie gute Nachrichten – wirklich?! Ich werde Amelius mal etwas sagen! Was stehen Sie hier herum? Lassen Sie mich durch!«

»Verzeihen Sie nochmals, Sir. Mein Herr und Miss Sally empfangen heute keine Besucher.«

»Ihr Herr und Miss Sally?« wiederholte Rufus. Hat dieser alte Kerl ein wenig zu viel getrunken? »Was meinen Sie damit?« brach's aus ihm hervor und zwar mit einer plötzlichen Tonfalländerung; er sprach in einem strengen Ton, der seine Überraschung zeigte: »Was fällt Ihnen ein, Ihren Herrn und Sally zusammen zu nennen?«

Toff schoß schließlich seinen letzten Pfeil ab: »Sie werden für den Rest ihres Lebens zusammenbleiben. Sie haben heute morgen geheiratet.«

Rufus nahm den Schlag schweigend entgegen. Er drehte sich um und ging in sein Hotel zurück.

Nachdem er sein Zimmer erreicht hatte, öffnete er die Aktentasche, in der er seine Korrespondenz aufbewahrte, und suchte den langen Brief hervor, in dem Amelius seine Einführung bei den Damen der Familie Farnaby beschrieben hatte. Er griff nach einer Feder und fügte hinzu, was im ›Zweiten Buch‹ dieser Erzählung als ein wesentlicher Teil seines Briefes zitiert worden ist:

»Ach, armer Amelius! Er sollte lieber zu Miss Mellicent zurückkehren und sich mit dem geringen Hindernis ihres Alters abfinden. Was für ein frischer, liebenswerter Bursche er doch war! Adieu, Goldenheart!«

ENDE

Criminal-Romane

Edward Bulwer-Lytton:
Nacht und Morgen
2 Bände
1032, 1033
Was wird er damit machen?
Nachrichten aus dem Leben eines Lords
2 Bände
1083, 1084

Wilkie Collins:
Die Frau in Weiß
2 Bände
500, 501
Der rote Schal
2 Bände
714, 715
Der Monddiamant
905

Emile Gaboriau:
Der Strick um den Hals
709
Die Affäre Lerouge
878

Sheridan Le Fanu:
Onkel Silas oder Das verhängnisvolle Erbe
1116

Robert L. Stevenson/ Lloyd Osbourne:
Die falsche Kiste
788